행잉 가든

THE HANGING GARDEN

행잉 가든

The Hanging Garden
존 리버스 컬렉션

이언 랜킨 지음
정세윤 옮김

오픈하우스

일러두기

1. 외국 인명, 지명은 외래어표기법을 따르되 일부는 관용적인 표기를 따랐다.
2. 책·신문·잡지명은 『 』, 영화·연극·TV·라디오 프로그램명은 「 」, 시·곡명은 〈 〉,
   음반·오페라·뮤지컬명은《 》로 묶어 표기했다.

모든 시간이 영원히 현재라면
시간은 돌이킬 수 없는 것.

― T. S. 엘리엇의 시 〈불타버린 노튼Burnt Norton〉 중에서

스코틀랜드에 갔다. 스코틀랜드처럼 보이는 것은 찾지 못했다.

― 아서 프리드, 「브리가둔Brigadoon」 제작자

작가의 말

　1996년 가을, 6년간의 파리 생활을 마치고 가족과 함께 에든버러로 돌아왔다. 10년 전 스코틀랜드를 떠났을 때, 나는 대학을 갓 졸업했고, 신혼이었다. 이제는 아이가 둘 생겼고, 전업 작가가 되었다. 침실이 셋 있는 아파트의 대출금을 상환할 수 있을 만큼 충분한 돈을 벌고 있지는 못하지만, 떠나던 당시에 느꼈던 불안감은 일부나마 사라졌다. 나 자신이 추리소설이란 겉모습 아래 거대한 도덕적 주제를 다룰 수 있는 올바르고 성숙한 작가라고 생각했다. 학계나 문단에서는 이 형식을 진지하게 받아들이지 않을지도 모르지만, 나는 범죄 소설이 문학의 다른 분야에 못지않게 인간의 본성과 사회 현상에 대해 많은 이야기를 할 수 있다는 사실을 알았다. 이 삿짐을 풀고 좌측 운전에 적응하는 동안에도 내 다음 프로젝트는 이미 진행 중이었다. 이 프로젝트의 기원은 '오라두르*'라고 하는 마을을 찾아간 당일치기 여행이었다. 말 그대로 이미 '죽어버린' 곳이었다.

　프랑스에서 지내는 6년 동안 이 마을에 대해 들어보았고, 우리가 살고 있는 도르도뉴 북동부에서 차로 한 시간 거리라는 걸 알고 있었다. 친구네

---

* 오라두르 쉬르 글람(Oradour-sur-Glane), 프랑스 리무쟁 지방의 북서쪽에 위치한 작은 마을. 1944년 6월 10일 독일 점령하에 있던 이 마을은 나치 독일의 무장 친위대가 대규모 학살을 자행, 전원에 가까운 마을 주민들이 살해당해 마을은 하루 만에 유령 도시가 되었다. 나치의 만행을 잊지 않기 위해 마을을 복원하지 않고 폐허 상태로 두고 있다.

아이들은 현장학습으로 거기에 다녀왔지만, 나는 가보지 않았다. 갑자기 나는 런던이 생각났다. 프랑스로 오기 전 4년 동안 런던에서 살았다. 런던을 떠난 후에야 거기서 해보지 못한 일들, 가보지 못한 곳들이 아쉬워졌다. 그래서 프랑스에서의 생활이 끝나갈 무렵, 북쪽으로 차를 몰아 오라두르로 향했다.

그리고 놀랐다.

오라두르는 피해자들을 위한 성지로 보존되어 있었다. SS*의 '총통' 연대가 진군해 주민들을 잡아들인 그날, 거기서 죽은 사람들이 정확히 몇 명인지는 아무도 모른다. 역사학자들에 따르면 천 명에 육박한다고 한다. 시체들은 소각되거나 우물에 던져졌다. 남자, 여자, 아이 모두 이 학살을 피하지 못했다. 거기서 나는 창문으로 부엌과 거실을 들여다보았고, 불탄 자동차와 녹슨 전차의 잔해를 지나갔다. 하늘에서는 계속해서 비가 내렸다. 교회에서 비를 피하려고 했지만 지붕이 없었다. 나치가 태워버렸기 때문이다. 벽에 가까이 다가가니, 주위 회반죽이 온통 총알구멍투성이였다. 여자들을 끌고 와 기관총으로 학살한 장소였다. 나는 작은 추모관으로 향했다. 머리빗이나 안경 같은 일상용품들을 전시해 죽음을 기억하는 곳이었다.

하지만 오라두르에서 내가 가장 깊은 인상을 받은 것은, 학살을 명령했던 장군이 연합군에 체포되었으나 독일로 송환되었고 산업계의 거물로 편안히 여생을 보냈다는 사실이다. 무슨 이런 정의가 다 있는가? 물론 정치, 외교, 비밀 거래와 정보 교환 같은 이유가 있을 것이다. 이런 일에는 이유가 있는 게 보통이다. 조사를 하면서 '랫 라인'이라고 하는 네트워크(여러분은 이 작품에서 읽게 될 것이다)에 대해 알게 되었다. 과거가 주는 교훈

---

* 독일어 '슈츠슈타펠(Schutzstaffel)'의 약자로 '나치 친위대'를 뜻한다.

이 전혀 학습되지 않았다는 사실에도 흥미가 생겼다. 이 당시에는 구舊 유고슬라비아에서 잔혹 행위가 일상적으로 벌어졌었다. 서방 세계는 누구의 짓인지, 책임자가 누구인지 알고 있었다. 이자들이 벌이는 학살극이 밤마다 TV 화면에 나왔다. 하지만 이들을 막는 조치는 거의 취해지지 않았다.

반복되는 역사의 장면이 이 책의 토대를 이뤘다. 책의 대부분은 프랑스에서 집필했지만, 에든버러에 돌아왔을 때 나는 전범들, 그리고 우리가 과거에 이들을 어떻게 다루었는지에 대해 최종적으로 조사해야 한다고 생각했다. 그래서 에든버러의 조지 4세 다리에 있는 국립도서관(내가 학생 시절 첫 소설 두 편을 쓸 때 무시로 다니던 곳이었다)에 가서 조사했다.

그리고 뭔가를 찾아냈다.

오라두르에 관해 쓰겠다고 결심하고 나서, 한동안 막막했다. 존 리버스 형사의 관점에서 어떻게 이야기를 풀어나갈 것인가가 난제였다. 그러다 마침내 해답을 찾아냈다. 리버스가 40년 넘게 에든버러에서 조용히 살고 있는 나치 전범 용의자를 수사하게 한 것이다. 이 방법을 통해, 한 노인을 반세기 전에 벌어졌던 범죄 혐의로 기소하는 것이 유용한가에 대한 질문을 던질 수 있었다.

완벽해. 나는 생각했다.

하지만 국립도서관에서 조사하면서, 실제 전범 용의자 한 사람이 에든버러에서 조용히 살고 있다는 정보를 알아냈다. 이 사람에 관한 TV 다큐멘터리가 제작되었고, 그는 프로듀서에게 소송을 제기했다. 패소하긴 했어도, 나는 그가 내 소설에서 괴물처럼 묘사되었다는 사실을 깨닫지 못하게 주의해야겠다고 생각했다.

이 작품은 '코냑 추리문학 상Cognac Prix du Roman Policier'을 수상했다. 프랑스에

사는 동안 내 책을 내줄 프랑스 출판사를 찾지 못했던 점을 감안하면 꽤 괜찮은 성과였다. 영국에서 베스트셀러 목록에 올랐고, 스코틀랜드에서는 세 번째로 많이 팔렸다(내 위의 두 작품은 '해리 포터 시리즈'였다). 『블랙 앤 블루』로 평단의 호평을 받은 데 이어, 이제는 상업적으로도 성공을 거두기 시작했다. 방 세 개짜리 아파트의 대출금을 상환할 날도 머지않았다!

이 책의 제목인 '행잉 가든'을 영국의 록밴드 더 큐어The Cure의 노래에서 빌려왔기 때문에, 각 절의 제목을 이 노래의 가사로 시작하고 싶었다. 허락을 구할 방법을 몰라서 더 큐어의 팬클럽에 도움을 청했다. 팬클럽에서는 로버트(밴드의 작사가인 로버트 스미스)와 상의했다고 알려주었다. 로버트 말로는 사용해도 좋지만 당연히 비용을 지불해야 한다고 했다. 나는 심호흡을 하고는 얼마냐고 물어보았다.

"책이 나오면 작가님 사인본 몇 부만 보내 달래요."

나는 크게 웃고는(안도했을 뿐만 아니라, 스미스 씨가 얼마나 신사적인 사람인가를 알게 되어서였다) 재빨리 수락했다. 나중에야 깨달았는데, 책을 보내줄 주소도 몰랐고, 나와 통화한 팬클럽 담당자에 대한 정보도 없었다. 그러니 독자들 중에 로버트 스미스를 개인적으로 아는 사람이 있다면, 내가 연락 기다린다고 전해주기 바란다. 그의 이름을 적은 초판본이 기다리고 있다. 언젠가는 스미스가 이 책을 읽기를, 그래서 내가 작품 속에서 그의 다른 노래들(특히 〈Fascination Street〉와 〈Mr. Pink Eye〉)도 등장시킨 것을 보며 미소 짓길 바란다.

이제 작품 속으로 들어갈 시간이다.

1부

행잉 가든에서는
과거를 바꾸지*

<hr />

* 더 큐어의 노래 〈The Hanging Garden〉의 가사 'In a hanging garden, change the past'를 인용한 것이다.

그들은 거실에서 말다툼을 하고 있었다.

"일이 그렇게 소중하면……"

"나한테 뭘 원해?"

"알잖아!"

"난 우리 셋을 위해 죽어라 일하고 있다고!"

"허튼소리 그만둬!"

그때 딸아이가 보였다. 테디베어 '파 브룬'을 안고 있었다. 인형의 한쪽 귀는 씹힌 자국투성이였다. 그녀는 엄지손가락을 입에 물고 출입구 쪽을 둘러보고 있었다. 그들은 딸아이 쪽으로 몸을 돌렸다.

"무슨 일이니, 아가?"

"무서운 꿈을 꿨어."

"이리 오렴." 엄마는 쭈그리고 앉아서 팔을 벌렸다. 하지만 딸아이는 아빠에게 달려가서 팔로 아빠 무릎을 안았다.

"이리 와, 아빠가 침대로 데려다줄게."

그는 딸아이에게 이불을 덮어주고 책을 읽어주기 시작했다.

"아빠." 딸이 말했다. "나 잠들었다가 못 깨어나면 어떡해? 백설공주나 잠자는 숲속의 공주처럼 말이야."

"영원히 자는 사람은 없어, 새미. 누구나 키스를 받으면 일어날 수 있지. 마녀나 사악한 왕비도 막을 수 없단다."

그는 딸의 이마에 키스했다.

"죽은 사람은 안 일어나." 새미가 파 브룬을 안으며 말했다. "키스해도 안 돼."

1

존 리버스는 딸에게 키스했다.

"정말 안 태워다줘도 돼?"

사만다는 고개를 저었다. "걸어서 소화 좀 시켜야 해."

리버스는 손을 주머니에 넣었다. 손수건 아래 접은 지폐가 느껴졌다. 용돈을 좀 줄까 생각했다. 아버지들은 보통 그렇게 하잖아? 하지만 새미는 웃어버릴 것이다. 새미는 스물네 살이고 독립했다. 그런 호의는 필요 없다. 분명히 돈도 받지 않을 것이다. 심지어 피자값도 자기가 내려고 했다. 아빠가 한 조각 먹는 사이에 자기는 절반이나 먹었다면서. 남은 피자는 상자에 포장해 새미가 팔에 들었다.

"잘 가, 아빠." 새미는 리버스의 뺨에 가볍게 입을 맞췄다.

"다음 주에는?"

"전화할게. 아마 우리 셋이……" 남자친구인 네드 팔로우 얘기다. 새미는 말하면서 뒷걸음질 쳤다. 마지막으로 손을 흔들고는 몸을 돌렸다. 고개를 움직여 저녁의 교통 상황을 확인하고는 돌아보지 않고 길을 건넜다. 하지만 반대쪽 보도에서 몸을 돌렸다. 리버스가 자신을 보고 있다는 것을 알고는 확인하듯 손을 흔들었다. 젊은 남자 하나가 하마터면 새미와 부딪힐 뻔했다. 남자는 보도를 응시하고 있었다. 이어폰에서 나온 가는 검은색 코

16

드가 아래쪽으로 흘러내렸다. 몸을 돌려 한 번 봐. 리버스는 속으로 명령했다. 멋진 여자잖아? 하지만 남자는 새미의 세계에는 관심을 보이지 않고 계속해서 보도를 따라 발을 끌며 걸었다.

그리고 새미는 모퉁이를 돌아 가버렸다. 리버스는 이제 상상만 할 수 있었다. 피자 상자는 새미의 왼팔 아래 단단히 자리했겠지. 눈은 앞쪽에 고정하고, 오른쪽 귀 뒤로 엄지손가락을 문지르겠지. 오른쪽 귀에는 세 번째로 피어싱을 했다. 리버스는 새미가 재미있는 일을 생각할 때면 코를 씰룩거린다는 사실을 알고 있다. 집중하고 싶을 때는 재킷 옷깃 모서리를 입에 넣을 것이다. 땋은 가죽 팔찌와 은반지 세 개, 검은색 플라스틱 스트랩과 인디고 색 숫자판의 싸구려 시계를 하고 있다는 것도 알고 있다. 머리카락은 천연 갈색이라는 사실도. 가이 포크스 파티*에 가지만 오래 있지는 않을 거라는 사실도 알고 있다.

리버스는 새미에 대해 아는 게 많지 않았다. 만나서 저녁을 먹으려고 했던 이유가 그것이었다. 우여곡절이 많았다. 날짜가 변경되고, 막판에 취소되었다. 가끔 새미의 탓도 있었지만, 그가 원인인 경우가 훨씬 잦았다. 심지어 오늘 밤도 리버스는 다른 데 있어야 했다. 그는 안쪽 가슴주머니가 불룩한 것을 느끼며 손을 재킷 앞으로 가져갔다. 자기만의 작은 시한폭탄이었다. 시계를 확인해보니 거의 9시였다. 차를 타고 갈 수도, 걸어갈 수도 있었다. 그렇게 멀리 오지 않았다.

리버스는 차를 타고 가기로 결정했다.

에든버러에 불꽃놀이가 열리는 밤이었다. 잎사귀가 날려 보도에 두껍

---

* Guy Fawkes party: 1605년 11월 5일, 가이 포크스가 의회 의사당을 폭파해 잉글랜드의 왕과 대신들을 한꺼번에 몰살시키려고 했던 '화약 음모 사건'이 실패한 것을 기념하기 위해 매년 11월 5일에 열리는 불꽃놀이.

게 쌓였다. 조만간 아침마다 폐부를 찌르는 듯한 추위를 느끼며 자동차 앞 유리에 낀 성에를 긁어내야 할 것이다. 도시의 남부는 북부보다 먼저 첫서리가 내리는 듯했다. 리버스는 남부에서 살고 일했다. 크레이그밀러에서 잠시 근무한 후 세인트 레너즈로 돌아왔다. 지금도 거기로 갈 수 있었다. 어쨌든 아직까지는 파견 상태였다. 하지만 다른 계획이 있었다. 차로 가면서 펍 세 군데를 지나쳤다. 바에서의 잡담, 담배와 웃음, 열기와 알코올의 탁한 공기. 리버스는 자기 딸보다 이런 것들을 더 잘 알았다. 세 군데의 바 중 두 곳에는 빌어먹을 '도어맨'이 폼을 잡고 있었다. 요즘엔 '경비원'이라고 부르는 것 같지 않았다. 도어맨 아니면 정문 매니저였다. 짧은 머리에 더 짧은 수염을 한 덩치들이었다. 그중 하나는 킬트를 입었다. 흉터투성이에 찌푸린 얼굴이었고, 두피는 상처가 생길 정도로 박박 밀었다. 리버스는 남자의 이름이 워티 또는 월리라고 생각했다. 놈은 텔포드의 부하였다. 전부 그럴지도 모른다. 벽을 따라 그래피티가 이어져 있었다. '도와주지 않을 건가요?' 세 단어가 도시 전체에 퍼지고 있었다.

리버스는 플린트 스트리트 모퉁이 근처에 차를 세우고 걷기 시작했다. 거리는 카페와 오락실을 빼고는 어둠에 싸여 있었다. 하나 있는 가로등은 전구가 나갔다. 경찰은 지자체에 전구 교체를 서두르지 말아 달라고 요청했다. 감시 팀은 가능한 모든 도움이 필요했다. 아파트 단지에서 불빛 몇 개가 비추고 있었다. 차도 가장자리에는 차 세 대가 주차되어 있었지만 사람이 타고 있는 것은 한 대뿐이었다. 리버스는 뒷문을 열고 들어갔다.

운전석에는 남자가, 조수석에는 여자가 타고 있었다. 그들은 춥고 지루한 것 같았다. 여자는 쇼반 클락 경장이었다. 최근에 스코틀랜드 경찰청 강력반으로 배치되기 전까지 세인트 레너즈에서 리버스와 함께 근무했다. 남자는 강력반 소속의 클래버하우스라는 경사였다. 둘은 토미 텔포드의 행동을 24시간 감시하는 팀의 일원이었다. 처진 어깨와 창백한 얼굴은 감시가 지루할 뿐 아니라 헛수고라는 사실을 보여주고 있었다.

감시가 헛수고인 건 텔포드가 이 거리의 지배자이기 때문이다. 텔포드는 여기 주차한 사람과 이유를 죄다 알고 있었다. 지금 주차한 다른 두 차는 텔포드의 갱단 소유인 레인지로버다. 강력반에는 감시용 특수 장비가 장착된 밴이 있었지만 플린트 스트리트에서는 무용지물이다. 어떤 밴이든 여기서 5분 이상 주차하고 있으면 텔포드 부하들의 치밀하고 개인적인 관심을 끌게 된다. 텔포드의 부하들은 정중하면서도 동시에 위협적으로 보일 수 있는 훈련을 받았다.

"빌어먹을 비밀 감시." 클래버하우스가 투덜거렸다. "비밀도 아니고 감시할 것도 없어요." 클래버하우스는 스니커즈 초코바 껍질을 이로 뜯고 쇼반 클락에게 먼저 권했다. 클락은 고개를 저었다.

"저놈의 아파트들 탓이죠." 쇼반이 앞 유리를 통해 살펴보며 말했다. "완벽하군요."

"전부 텔포드 소유라는 게 문제지." 입 안 가득 초콜릿을 우물거리며 클래버하우스가 말했다.

"전부 사람이 사나?" 리버스가 물었다. 차 안에 불과 몇 분 있었는데도 벌써 발가락이 시렸다.

"몇 집은 비었어요." 클락이 말했다. "텔포드가 창고로 사용하죠."

"하지만 정문으로 드나드는 사람은 전부 눈에 띕니다." 클래버하우스가 덧붙였다. "검침원과 배관공으로 가장해서 들어가려고 해봤죠."

"배관공 역은 누가 했는데?" 리버스가 물었다.

"오민스턴이요. 왜요?"

리버스는 어깨를 으쓱했다. "우리 집도 욕실 수도를 봐줄 사람이 필요해서."

클래버하우스가 미소를 지었다. 그는 키가 크고 말랐으며 다크서클이 심했고 눈 아래 피부는 처져 있었다. 머리카락은 가는 금발이었다. 몸도 굼뜨고 말이 느렸기 때문에 사람들이 종종 과소평가했다. 그랬던 사람들이 클래버하우스에게 '핏대'라는 별명이 괜히 있는 게 아니라는 사실을 알게 되는 경우가 가끔 있었다.

클락이 시계를 확인했다. "교대까지 90분 남았어요."

"히터 좀 켜도 되지 않아?" 리버스가 제안했다. 클래버하우스가 좌석에서 몸을 돌렸다.

"제가 그러자고 계속 말하는데도 듣질 않습니다."

"왜?" 리버스는 룸미러에서 클락의 눈을 보았다. 그녀는 미소 짓고 있었다.

"이유인즉." 클래버하우스가 말했다. "히터를 켜면 엔진을 돌리는 거고, 가만히 있으면서 엔진을 돌리는 건 낭비라는군요. 지구 온난화 때문이라나 뭐라나."

"사실이에요." 클락이 말했다.

리버스는 거울에 비친 클락에게 윙크했다. 클락은 클래버하우스에게 인정받는 것 같았다. 페테스의 팀원 전체에게 인정받는다는 의미였다. 영원한 아웃사이더인 리버스는 클락의 적응력이 부러웠다.

"어쨌든 헛수고입니다." 클래버하우스가 말을 이었다. "놈은 우리가 여기 있는 걸 알아요. 밴은 20분 만에 사라졌고 배관공으로 가장한 오민스턴은 입구도 넘지 못했죠. 그리고 이제 이 거리 전체에 우리밖에 없습니다. 팬터마임 공연이라도 하지 않는 한 섞여들 방법이 없어요."

"우리가 눈엣가시겠지." 리버스가 말했다.

"그렇겠죠. 이렇게 며칠만 있으면 토미가 잘도 개과천선하겠네요." 클래버하우스는 몸을 편하게 하려고 좌석에서 꿈틀거렸다. "캔디스 소식은 없었습니까?"

새미도 같은 걸 물었었다. 리버스는 고개를 저었다.

"아직도 타라비츠가 납치했다고 생각하십니까? 도망쳤을 가능성은 없고요?"

리버스는 코웃음을 쳤다.

"경위님이 원한다고 해서 현실이 그렇게 되는 건 아닙니다. 충고 하나 해드리죠. 저희한테 맡기세요. 캔디스는 잊어버리시고요. 나치 일만으로도 바쁘실 텐데."

"상기시켜줄 필요 없네."

"콜쿠혼은 추적해보셨습니까?"

"갑자기 휴가를 냈더군. 사무실에는 진단서를 제출했고."

"우리 때문에 병 난 것 같군요."

리버스는 자신이 한쪽 손으로 가슴주머니를 쓰다듬고 있다는 것을 깨달았다. "그나저나 텔포드는 카페에 있나?"

"한 시간쯤 전에 들어갔어요." 클락이 말했다. "뒤쪽에 방이 있는데 거길 이용하죠. 게임 센터도 좋아하는 것 같고요. 오토바이에 앉아서 트랙을 도는 게임요."

"내부에 끄나풀이 필요합니다." 클래버하우스가 말했다. "아니면 도청을 하든지요."

"배관공도 못 들여 보내잖나." 리버스가 말했다. "도청기 잔뜩 단다고 사정이 나아지겠어?"

"더 나빠질 것도 없죠." 클래버하우스가 음악을 들으려고 라디오를 켰다.

"제발." 클락이 부탁했다. "컨트리 앤드 웨스턴*은 사양이에요."

리버스는 카페를 응시했다. 조명은 밝았고 망사 커튼이 창문 아래쪽 절반을 가리고 있었다. 위쪽 절반에는 '싼값으로 푸짐하게'라고 적혀 있었다. 창문에는 메뉴가 붙어 있었고, 바깥 보도에는 광고판이 있었다. 광고판에는 영업시간이 오전 6시 30분부터 저녁 8시 30분까지라고 되어 있었다. 카페는 한 시간 전에 닫았어야 했다.

"영업 허가에는 문제없어?"

"변호사들이 한 트럭이에요." 클락이 말했다.

"제일 먼저 확인해봤습니다." 클래버하우스가 덧붙였다. "영업시간 연장을 신청했어요. 이웃들의 불평도 없었고."

"그렇다면," 리버스가 말했다. "여기 앉아서 잡담이나 하는 게……"

"연락 담당 일은 안 하시고요?" 클락이 물었다. 유머 감각을 유지하고는 있었지만 리버스는 그녀가 지친 걸 알 수 있었다. 수면 패턴에 지장을 받고, 몸에는 오한이 생긴다. 게다가 감시는 지겹기 짝이 없다. 클래버하우스와 파트너가 되는 건 절대 쉬운 일이 아니다. 재미있는 이야깃거리도 없

---

* Country and Western: 미국 서부의 오랜 카우보이 송이나 그 계통의 파퓰러 송 및 연주를 포함한 웨스턴 뮤직과 미국 중부 산악지대의 민요나 그 계열의 파퓰러 송, 힐빌리즈, 그 연주 등을 포함하는 컨트리 뮤직을 뜻하는 용어.

고, 끊임없이 모든 일을 '제대로' 해야 한다고 상기시킨다. 규정대로 해야 한다는 뜻이다.

"부탁이 하나 있습니다." 클래버하우스가 말했다.

"뭔데?"

"오데온에서 길 건너면 칩스 가게가 있어요."

"뭐로 사다 줄까?"

"칩스 한 봉지면 됩니다."

"쇼반, 자네는?"

"아이언브루요."

"아참, 존." 리버스가 차 밖으로 나갈 때 클래버하우스가 덧붙였다. "가시는 김에 뜨거운 물주머니 하나도 부탁해요."

차 한 대가 거리로 들어서더니 속도를 내다가 카페 바깥에 급정거했다. 경계석 근처에 있던 뒷문이 열렸지만 아무도 나오지 않았다. 차는 속력을 내며 가버렸다. 문은 아직 열려 있었고 보도 위에 누군가 있었다. 그 누군가가 바닥을 기면서 몸을 일으키려고 하고 있었다.

"쫓아가!" 리버스가 소리쳤다. 클래버하우스는 이미 시동을 걸고 기어를 1단으로 올렸다. 차가 움직이기 시작하자 클락은 무선을 켰다. 리버스가 길을 건넜을 때 남자는 일어섰다. 그는 한 손을 카페 창문에 대고, 다른 손으로는 머리를 짚었다. 리버스가 다가가자 남자는 리버스의 존재를 알아챈 듯 비틀거리며 카페를 떠나 거리로 향했다.

"제발!" 남자가 비명을 질렀다. "도와줘요!" 남자는 다시 무릎을 꿇고 쓰러졌다. 그는 양손으로 머리카락을 헝클어뜨렸다. 얼굴은 피투성이였다. 리버스는 남자 앞에 쭈그려 앉았다.

"구급차 부를게요." 리버스가 말했다. 카페 창가로 사람들이 모여들었다. 문이 열리고 젊은 남자 둘이 마치 노천극장의 관객인 양 구경하고 있었다. 리버스는 놈들을 알아보았다. 케니 휴스턴과 '프리티 보이(Pretty-Boy)'였다. "구경만 하지 말고!" 리버스가 소리 질렀다. 휴스턴이 프리티 보이를 쳐다보았지만 프리티 보이는 꿈쩍도 하지 않았다. 리버스는 휴대폰을 꺼내 응급실에 전화하는 동안 프리티 보이에게서 눈길을 떼지 않았다. 웨이브가 있는 검은색 머리카락, 아이라이너, 검은색 가죽 재킷, 검은색 터틀넥, 검은색 청바지. 롤링 스톤스의 〈검은색으로 칠해^{Paint it Black}〉가 떠오르는군. 하지만 얼굴은 분칠한 것처럼 새하앴다. 리버스는 문으로 걸어갔다. 뒤에서 남자가 흐느끼기 시작했다. 고통스러운 울부짖음이 밤하늘에 메아리쳤다.

"모르는 사람이야." 프리티 보이가 말했다.

"아는 사람이냐고 안 물었어. 도와달라고 했지."

프리티 보이는 눈 하나 깜짝하지 않았다.

리버스가 프리티 보이의 얼굴 앞으로 바짝 다가갔다. 프리티 보이는 미소를 짓고는 휴스턴 쪽으로 고개를 끄덕였다. 휴스턴이 수건을 가지러 갔다.

손님들은 대부분 자리로 돌아갔다. 한 사람은 창가에서 빌어먹을 팸플릿을 보고 있었다. 리버스는 다른 한 무리의 사람들이 카페 뒤쪽에 있는 방으로 가는 복도에서 구경하고 있는 걸 보았다. 사람들 한가운데 토미 텔포드가 서 있었다. 큰 키에 어깨를 꼿꼿이 세우고 다리를 벌리고 있었다. 마치 군인 같아 보였다.

"부하 한 놈을 손봐준 것 같군, 토미!" 리버스가 텔포드에게 소리쳤다.

텔포드는 리버스를 똑바로 쳐다보다가 몸을 돌려 방으로 향했다. 문이 닫혔다. 밖에서 비명이 더 들렸다. 리버스는 휴스턴에게서 수건을 받아들고 달려갔다. 피를 흘리던 남자는 다시 일어서서, 패배한 권투선수처럼 몸을 사방으로 흔들고 있었다.

"손 좀 잠깐 내려봐요." 남자는 엉겨 붙은 머리카락에서 두 손을 들어올렸다. 리버스는 두피 조각이 손과 함께 딸려 올라오는 걸 보았다. 마치 두개골에 두피가 경첩으로 부착된 것 같았다. 가는 핏줄기가 리버스의 얼굴을 때렸다. 리버스가 얼굴을 돌리자 핏줄기가 귀와 목에 느껴졌다. 리버스는 눈을 거의 감은 채로 수건을 남자의 머리에 댔다.

"잡고 있어요." 리버스는 남자가 머리에 수건을 대고 있게 했다. 표식이 없는 순찰차의 헤드라이트가 보였다. 클래버하우스가 차창을 내렸다.

"코스웨이사이드에서 놓쳤습니다. 분명 도난 차량이겠죠. 버리고 도망갈 겁니다."

"응급실에 데려가야겠어." 리버스는 뒷문을 열었다. 클락이 종이타월 상자를 발견하고는 한 장을 꺼냈다.

"그걸로는 어림없을 것 같은데." 클락이 종이타월을 건네자 리버스가 말했다.

"경위님 거예요." 클락이 말했다.

2

에든버러 왕립병원까지 차로 3분이 걸렸다. 응급실은 불꽃놀이 피해자들을 받을 준비를 하고 있었다. 리버스는 화장실로 가서 옷을 벗고 최대한 몸을 닦았다. 셔츠가 젖어서 만지니 차가웠다. 핏줄기 하나가 가슴 앞쪽에 말라붙어 있었다. 몸을 돌려 거울을 보니 등에는 더 많은 피가 있었다. 파란색 종이타월 한 뭉치가 다 젖을 정도였다. 차에는 갈아입을 옷이 있었지만, 차는 플린트 스트리트 근처에 있었다. 화장실 문이 열리고 클래버하우스가 들어왔다.

"이게 제일 나은 겁니다." 검은색 티셔츠를 건네며 클래버하우스가 말했다. 앞쪽에 화려한 프린트가 있었다. 악마의 눈을 하고 큰 낫을 휘두르고 있는 좀비였다. "레지던트 겁니다. 꼭 돌려달라고 다짐을 받더군요."

리버스는 종이타월 뭉치로 몸을 닦았다. 클래버하우스에게 언제 보이느냐고 물었다.

"이마에 아직 몇 개 남았네요." 리버스가 놓친 핏자국 몇 개를 클래버하우스가 닦아주었다.

"남자 상태는 어때?" 리버스가 물었다.

"뇌에 감염이 없다면 괜찮을 거라더군요."

"어떻게 생각해?"

"빅 제르가 토미 텔포드한테 보내는 메시지죠."

"토미 부하인가?"

"말을 안 하더군요."

"어쩌다 그렇게 된 거지?"

"계단에서 구르는 바람에 바닥에 머리를 찧었다고 합니다."

"차에서 던져진 건?"

"기억이 안 난다네요." 클래버하우스가 잠시 말을 멈췄다. "저기, 존."

"왜?"

"간호사가 뭐 좀 물어보라더군요."

음색만 들어도 무슨 이야기인지 알 수 있었다. "에이즈 검사?"

"걱정돼서 그런다고 합니다."

리버스는 생각해보았다. 남자는 눈과 귀에서 피가 났고, 목으로 흘러내렸다. 리버스는 몸을 살펴보았다. 긁히거나 베인 곳은 없었다. "기다려보지." 리버스가 말했다.

"감시 팀을 철수시켜야 할지도 모릅니다." 클래버하우스가 말했다. "계속 감시하게 놔뒀거든요."

"시체 이송할 구급차 부대도 대기시켰고?"

클래버하우스가 콧방귀를 뀌었다. "이게 빅 제르 스타일인가요?"

"거의 그렇지." 재킷에 손을 뻗으며 리버스가 말했다.

"나이트클럽 칼부림은 아니고요?"

"아니야."

클래버하우스는 웃기 시작했지만 유머라고는 없었다. 그는 눈을 비볐다. "칩스에는 입도 못 댔네요. 젠장, 뭐라도 마실걸."

리버스는 재킷 주머니로 손을 집어넣어 4분의 1 크기의 벨 위스키병을 꺼냈다.

클래버하우스는 놀란 기색을 보이지 않으면서 병을 땄다. 그는 한 모금 마시고 바로 한 모금 더 마신 다음 병을 돌려주었다. "의사가 바로 이걸 처방했죠."

리버스는 뚜껑을 닫았다.

"안 드십니까?"

"금주 중이야." 리버스는 위스키병의 상표를 엄지손가락으로 문질렀다.

"언제부터요?"

"여름부터."

"그런데 왜 가지고 다니세요?"

리버스는 술병을 쳐다보았다. "술이 아니니까."

클래버하우스는 어리둥절한 것 같았다. "그럼 뭔데요?"

"폭탄이지." 리버스는 술병을 다시 주머니에 집어넣었다. "소형 자살폭탄."

둘은 응급실로 돌아갔다. 잠긴 문밖에서 쇼반 클락이 기다리고 있었다.

"진정제를 처방했어요." 클락이 말했다. "다시 일어나서는 사방을 돌아다녔거든요." 바닥의 표시를 가리켰다. 말라붙은 피 위에 발자국이 찍혀 있었다.

"이름은 알아냈어?"

"입에 자물쇠를 채웠던데요. 주머니에는 신원을 확인할 만한 게 없었고요. 지갑에 현금이 2백 파운드 넘게 있었으니 강도를 당한 건 아니었어요. 무기가 뭐였던 것 같으세요? 망치?"

리버스는 어깨를 으쓱했다. "망치로 맞았다면 두개골이 함몰됐겠지. 표면이 너무 깔끔했어. 큰 식칼로 한 것 같아."

"아니면 마체테*거나요." 클래버하우스가 덧붙였다. "아니면 그 비슷한 거요."

클락이 클래버하우스를 쳐다보았다. "위스키 냄새가 나는데요."

클래버하우스가 입술에 손가락을 가져다 댔다.

"다른 건?" 리버스가 물었다. 클락이 어깨를 으쓱할 차례였다.

"하나 있어요."

"뭔데?"

"티셔츠 멋지네요."

클래버하우스가 자판기에 돈을 넣고 커피 세 잔을 꺼냈다. 그는 사무실에 전화를 걸어 감시를 보류한다고 말했다. 지금은 병원에 머물면서 피해자가 뭐라도 말하는지 보라는 지시가 내려왔다. 최소한 신원은 알아내고 싶었다. 클래버하우스는 커피를 리버스에게 건넸다.

"크림 커피입니다. 설탕은 안 넣었고요."

리버스는 한 손으로 커피를 받아들었다. 다른 손에는 비닐로 된 세탁물 봉지를 들고 있었다. 안에는 셔츠가 들어 있었다. 가서 세탁해야 했다. 좋은 셔츠였다.

"존." 클래버하우스가 말했다. "여기 안 계셔도 돼요."

알고 있었다. 메도우스를 건너 조금만 걸어가면 집이었다. 크고 텅 빈 아파트. 이웃에는 학생들이 살았다. 그들은 음악을 크게 틀었다. 리버스가

---

* machete: 날이 넓고 무거운 칼.

29

모르는 노래들이었다.

"텔포드쪽 조폭들 알지?" 리버스가 말했다. "아는 얼굴 아니야?"

클래버하우스는 어깨를 으쓱했다. "대니 심슨 같긴 했어요."

"확실하진 않다?"

"대니라면 이름 말고 다른 건 못 건질 겁니다. 텔포드가 애들 관리를 잘하거든요."

클락이 복도를 따라 다가왔다. 그녀는 클래버하우스에게서 커피를 받아들었다.

"대니 심슨이에요." 클락이 확인해주었다. "방금 한 번 더 보고 왔어요. 피는 다 닦아냈더군요." 클락은 커피를 한 모금 마시고는 얼굴을 찡그렸다. "설탕 안 넣었어요?"

"자넨 충분히 달달하잖아." 클래버하우스가 말했다.

"왜 심슨을 골랐을까?" 리버스가 물었다.

"잘못된 시간에 잘못된 장소에 있었던 걸까요?" 클래버하우스가 의견을 냈다.

"게다가 심슨은 말단 똘마니예요." 클락이 덧붙였다. "점잖게 힌트를 준 거겠죠."

리버스는 클락을 쳐다보았다. 짙은색 머리칼을 짧게 잘랐고, 한 성깔 할 것 같은 얼굴에 눈은 반짝이고 있었다. 클락은 용의자들을 다루는 데 능숙했다. 진정시킨 다음 신중하게 진술을 들었다. 현장에서의 실력도 좋았다. 머리만큼 발도 빨랐다.

"말씀드렸지만," 클래버하우스가 커피를 마저 마시고는 말했다. "언제든 가고 싶으시면……"

리버스는 빈 복도를 위아래로 쳐다보았다. "내가 방해가 되나?"

"그런 게 아닙니다. 하지만 경위님은 연락 담당이시잖아요. 일하시는 방식을 압니다. 몰두하시죠. 때로는 지나치다 싶을 정도로요. 캔디스를 보세요. 제가 말씀드리고 싶은 건……"

"끼어들지 말라?" 리버스의 뺨이 벌게졌다. 캔디스를 보세요.

"저희 사건이란 얘깁니다. 경위님 게 아니라요. 그게 전부입니다."

리버스는 눈을 찌푸렸다. "무슨 말인지 모르겠군."

클락이 끼어들었다. "존, 경사님 말씀은……"

"됐어! 본인이 직접 말하라고 해!"

클래버하우스는 한숨을 쉬었다. 그는 빈 컵을 구기더니 쓰레기통을 찾아 두리번거렸다. "존, 텔포드를 수사한다는 건 빅 제르 캐퍼티와 그 패거리한테서도 눈을 떼서는 안 된다는 뜻입니다."

"그래서?"

클래버하우스가 리버스를 응시했다. "정말 듣고 싶으십니까? 좋아요. 말씀드리죠. 어제 발리니니 교도소에 가셨죠? 이 바닥은 소문이 금방 퍼집니다. 캐퍼티를 만나서 잡담을 하셨고요."

"그자가 부탁했어." 리버스는 거짓말했다.

클래버하우스는 손을 올렸다. "방금 말씀하신 대로 그자가 청하니까 경위님이 가셨죠." 클래버하우스가 어깨를 으쓱했다.

"내가 그자 손아귀에 있다는 얘긴가?" 리버스의 언성이 높아졌다.

"진정들 하세요." 클락이 말했다.

복도 끝에 있는 문은 열려 있었다. 검은색 양복을 입은 젊은 남자가 서류가방을 흔들면서 자판기 쪽으로 다가오고 있었다. 남자는 콧노래를 부르다가 그들 쪽에 가까워지자 멈췄다. 그러고는 서류가방을 내려놓고 주머니에서 잔돈을 찾았다. 남자는 그들을 보고 미소 지었다.

"안녕하세요."

30대 초반이었고, 검은 머리를 이마부터 빗어 넘겼다. 잔머리 한 가닥이 눈썹 사이로 흘러내려와 있었다.

"혹시 잔돈 바꿔줄 수 있는 분 계신가요?"

셋은 주머니를 뒤졌지만 동전이 부족했다.

"아, 괜찮습니다." 자판기는 '정확한 금액을 투입하세요'라고 깜빡이고 있었지만, 남자는 파운드 동전을 투입하고 차를 선택했다. 홍차를 선택했고 설탕은 넣지 않았다. 몸을 구부려 컵을 꺼냈지만, 서둘러 자리를 뜰 것 같진 않았다.

"경찰이시군요." 남자가 말했다. 느릿느릿한 음성에 콧소리가 살짝 섞였다. 스코틀랜드 상류층이었다. 남자가 미소를 지었다. "직업상으로는 만나긴 하지만 늘 구별할 수 있는 건 아니죠."

"변호사군요." 리버스가 추측했다. 남자는 그렇다는 듯 고개를 끄덕였다. "토머스 텔포드 씨를 대리해 오셨군요."

"저는 다니엘 심슨 씨의 법률 고문입니다."

"그게 그거죠."

"다니엘이 방금 입원했다고 알고 있습니다." 남자는 입김으로 차를 불고는 한 모금 마셨다.

"누가 그러던가요?"

"형사님이 상관할 일이 아닌 것 같은데요. 성함이?"

"리버스 경위입니다."

남자는 컵을 왼손으로 옮겨 쥐고는 오른손을 내밀었다. "찰스 그롤입니다." 그롤이 리버스의 티셔츠를 바라보았다. "그게 '사복'인가요, 경위님?"

클래버하우스와 클락이 차례로 소개를 했다. 그롤이 잘난 체하며 명함을 건넸다.

"알겠습니다." 그롤이 말했다. "제 의뢰인을 심문할 수 있을까 해서 어슬렁거리고 계시는군요?"

"맞습니다." 클래버하우스가 말했다.

"이유를 물어봐도 될까요, 클래버하우스 경사님? 아니면 경사님 상관한테 물어야 하나요?"

"경위님은 제 상관이……" 클래버하우스는 리버스의 시선을 알아챘다.

그롤이 눈썹을 치켜떴다. "상관이 아니라고요? 하지만 분명히 경위가 경사보다 위인데." 그는 천장을 올려다보고는 손가락으로 컵을 톡톡 쳤다. "같은 소속이 아니군요." 시선을 내려 클래버하우스를 쳐다보며 말했다.

"클래버하우스 경사님과 난 스코틀랜드 경찰청 강력반 소속이에요." 클락이 말했다.

"리버스 경위님은 아니군요." 그롤이 말했다. "멋진데요."

"세인트 레너즈 경찰서 소속입니다."

"그럼 경위님 관할이 맞군요. 하지만 강력반은……"

"어떻게 된 일인지 알고 싶을 뿐입니다." 리버스가 말을 이었다.

"낙상 사고 아닌가요? 그나저나 상태는 어떻습니까?"

"걱정해주시니 다행이군요." 클래버하우스가 중얼거렸다.

"의식불명 상태입니다." 클락이 말했다.

"곧 수술실로 옮겨지겠군요. 아니면 엑스레이를 먼저 찍나요? 병원 절

차는 잘 몰라서요."

"간호사한테 물어보시죠." 클래버하우스가 말했다.

"클래버하우스 경사님, 왠지 적대감이 느껴지는데요."

"평소 말투가 저렇습니다." 리버스가 말했다. "대니 심슨 입단속하러 온 게 분명하군요. 우린 당신네들이 꾸며내는 핑곗거리를 들으려고 여기 있는 거고. 요약하면 이렇죠?"

그롤이 한쪽으로 머리를 살짝 올렸다. "경위님에 관한 얘기는 많이 들었습니다. 때로는 소문이 사실보다 과장되지만, 다행히 경위님은 그렇지 않군요."

"살아 있는 전설이죠." 클락이 말했다. 리버스는 코웃음을 치고 응급실로 돌아갔다.

응급실에는 제복 경관이 있었다. 그는 모자를 무릎 위에 놓고 의자에 앉아 있었다. 모자 위에는 책 한 권이 놓여 있었다. 리버스는 30분 전에 이 경관을 보았다. 순경은 굳게 닫힌 문밖에 앉아 있었다. 반대쪽에서 조용한 목소리가 들렸다. 제복 경관의 이름은 레드패스였고 세인트 레너즈 소속이었다. 근무한 지는 1년이 안 되었다. 대졸이었다. 사람들은 레드패스를 '교수'라고 불렀다. 그는 키가 크고 여드름이 많았으며, 수줍은 표정이었다. 리버스가 다가가자 책을 덮었지만 접은 페이지에 손가락은 그대로 두고 있었다.

"SF입니다." 레드패스가 설명했다. "이젠 졸업해야 한다고 늘 생각하지만."

"졸업하지 못하는 게 좀 많아야지. 무슨 내용인가?"

"뻔하죠. 시간 연속체의 안정성에 대한 위협, 평행우주." 레드패스가 올려다보았다. "평행우주에 대해 어떻게 생각하십니까?"

리버스는 문 쪽으로 고개를 까닥였다. "안에 있는 건 누군가?"

"뺑소니 피해자입니다."

"심한가?" 교수는 어깨를 으쓱했다. "장소는?"

"민토 스트리트 끝입니다."

"범인은 잡았고?"

레드패스는 고개를 저었다. "피해자의 진술을 기다리고 있습니다. 경위님은요?"

"비슷한 사건이야. 평행우주라고 해도 되겠지."

쇼반 클락이 새 커피 컵을 조심스럽게 들고 나타났다. 레드패스가 일어나자 고개를 끄덕여 인사했다. 레드패스의 얼굴에 은밀한 미소가 떠올랐다.

"텔포드는 대니가 입을 여는 걸 원하지 않는군요." 클락이 리버스에게 말했다.

"당연하지."

"그 사이에 보복할 생각이고요."

"물론이지."

클락이 리버스의 눈을 쳐다보았다. "아까 저기선 좀 무례했죠." 클래버하우스 얘기였다. 제복 경관 앞에서 이름을 입 밖에 내고 싶지 않은 것 같았다.

리버스는 고개를 끄덕였다. "고맙네." 아까 말을 많이 하지 않은 게 옳았다는 뜻이었다. 지금 클래버하우스와 클락은 파트너였다. 클래버하우스의 성질을 돋우는 건 클락에게 좋지 않다.

문이 열리고 의사가 나왔다. 젊었고 지쳐 보였다. 리버스는 의사 뒤쪽으로 병실을 볼 수 있었다. 침대에 사람이 있었고, 간호사들이 여러 기기 주위에서 부산스럽게 움직이고 있었다. 그리고 문이 닫혔다.

"뇌 검사를 할 겁니다." 의사가 레드패스에게 말했다. "가족에게 연락하셨나요?"

"아직 이름도 모릅니다."

"소지품이 안에 있어요." 의사가 다시 문을 열고 들어갔다. 개켜진 옷들이 의자 위에 놓여 있었고, 그 아래 가방이 있었다. 의사가 가방을 꺼낼 때 리버스의 눈에 뭔가가 들어왔다. 납작한 흰색 상자였다.

흰색 피자 상자였다. 옷은 검은색 데님 바지, 검은색 브래지어, 빨간색 새틴 셔츠, 검은색 더플코트였다.

"존?"

그리고 5cm 굽이 달린 검은색 구두가 있었다. 발끝은 네모난 모양이었고, 흠집만 빼면 새것처럼 보였다. 길을 따라 끌려간 것 같은 흠집이었다.

리버스는 방으로 들어갔다. 환자는 얼굴에 산소마스크를 쓰고 있었다. 이마는 베이고 멍이 들었다. 머리카락은 밀려나 있었다. 손가락에는 물집이 생겼고 손바닥은 벗겨져 찰과상이 나 있었다. 환자가 누워 있는 것은 침대가 아니라 강철로 된 넓은 환자 이송 카트였다.

"여기 들어오시면 안 됩니다."

"어떻게 된 일이죠?"

"이분이……"

"존? 무슨 일이에요?"

귀걸이는 떼어놓았다. 뚫은 자국이 세 개 있었다. 하나는 다른 두 개보다 더 빨갰다. 시트 위로 얼굴이 보였다. 눈두덩이는 검게 부었고, 코는 부러졌다. 양 뺨에는 찰과상이 있었다. 입술은 갈라졌고 턱은 까졌다. 눈썹은 꼼짝도 하지 않았다. 리버스는 뺑소니 피해자의 얼굴을 보았다. 그의 딸 사만다였다.

리버스는 비명을 질렀다.

클락과 레드패스가 리버스를 끌어내야 했다. 소리를 듣고 달려온 클래버하우스가 거들었다.

"문 열어둬! 닫으면 죽여 버린다!"

셋은 리버스를 앉히려고 애썼다. 레드패스가 의자에서 책을 치웠다. 리버스가 책을 잡아채 복도로 집어던졌다.

"어떻게 빌어먹을 책이나 읽을 수 있나?" 리버스가 내뱉었다. "저기 있는 건 새미야! 그런데 여기서 책이나 읽고 있어?"

클락의 커피잔이 떨어지는 바람에 바닥이 미끄러웠다. 레드패스는 리버스에게 밀려 넘어졌다.

"문 계속 열어놓으실 수 있습니까?" 클래버하우스가 의사에게 물었다. "그리고 진정제 좀 놔주실 수 있나요?"

리버스는 머리를 쥐어뜯으며 눈물이 마를 때까지 소리 내 울었다. 목소리는 잠겨서 무슨 말을 하는지 알아들을 수 없었다. 리버스는 고개를 숙여 자기 모습을 내려다보다가 바보 같은 티셔츠를 보고는 오늘 밤에 없애버려야 할 게 무엇인지 알았다. 아이언 메이든* 티셔츠와 밝은 눈으로 활짝 웃고 있는 악마였다. 리버스는 셔츠를 벗고 잡아 뜯기 시작했다.

---

* Iron Maiden: 영국의 헤비메탈 그룹.

새미가 병실에 있었어. 리버스는 생각했다. 그리고 난 여기서 언제나처럼 잡담이나 하고 있었지. 내가 여기 있던 내내 새미는 저 병실에 있었어. 두 가지가 떠올랐다. 뺑소니, 그리고 플린트 스트리트에서 내빼던 차.

리버스는 레드패스를 움켜잡았다. "민토 스트리트가 확실해?"

"네?"

"새미, 민토 스트리트. 끝이었어?"

레드패스가 고개를 끄덕였다. 클락은 리버스가 무슨 생각을 하는지 바로 알아챘다.

"그건 아닌 것 같아요, 존. 반대 방향이었어요."

"되돌아갔을 수도 있잖아."

클래버하우스가 이어받았다. "방금 전화를 받았습니다. 대니 심슨을 내다버린 차를 찾았어요. 아가일 플레이스에 흰색 포드 에스코트가 버려져 있었습니다."

리버스는 레드패스를 쳐다보았다. "흰색 에스코트였나?"

레드패스가 고개를 저었다. "목격자는 어두운색이라고 했습니다."

리버스는 벽 쪽으로 돌아서서 손바닥을 벽에 대고 눌렀다. 안쪽을 투시할 수 있는 것처럼 페인트를 응시했다.

클래버하우스가 어깨에 손을 얹었다. "존, 괜찮을 겁니다. 의사가 약을 보내올 텐데 그 전에 이걸 좀 마시는 게 어때요?"

클래버하우스는 리버스의 재킷을 접은 채 팔 안쪽에 들고, 손에는 술병을 쥐고 있었다.

소형 자살 폭탄이었다.

리버스는 클래버하우스에게서 병을 받아들었다. 뚜껑을 열었다. 눈은 열린 병실 출입구를 향했다. 병을 입에 갖다 댔다.

　그리고 들이켰다.

2부

행잉 가든에서는
아무도 잠들지 않아*

---

* 더 큐어의 노래 〈The Hanging Garden〉의 가사 'In the hanging garden, no one sleeps'를 인용한 것이다.

바닷가에서 보내는 휴가였다. 캠핑카 주차장, 긴 산책, 그리고 모래성. 리버스는 데크의 의자에 앉아서 책을 읽으려고 했다. 해가 쨍쨍한데도 찬바람이 불고 있었다. 로나는 새미에게 로션을 발라주면서 아무리 조심해도 모자라다고 말했다. 로나는 리버스에게 애를 잘 보고 있으라고 말하고는 책을 가지러 캠핑카로 돌아갔다. 새미는 아빠 발을 모래에 파묻고 있었다.

리버스는 책을 읽으려고 했지만 생각은 일에 가 있었다. 휴가 내내 매일 공중전화 부스로 몰래 빠져나가 경찰서에 전화했다. 경찰서에서는 다 잊고 휴가나 즐기라고 계속 말했다. 스파이 스릴러 소설을 반쯤 읽었다. 이미 플롯은 기억도 나지 않았다.

로나는 최선을 다하고 있었다. 로나는 좀 더 멋지고 햇살이 뜨거운 외국 어딘가를 원했다. 하지만 경제권은 리버스에게 있었다. 그래서 리버스가 로나를 처음 만났던 여기 파이프 해변으로 왔다. 리버스는 무엇을 바랐나? 다시 떠오르는 추억? 리버스는 부모님과 함께 여기 와서 미키와 놀았고, 다른 아이들을 만났고, 2주가 지날 즈음에는 그 아이들을 잊곤 했다.

다시 스파이 소설에 집중하려고 했지만 사건 생각에 가로막혔다. 그러더니 그림자가 리버스 위에 드리워졌다.

"애 어딨어?"

"뭐?" 리버스는 아래를 내려다보았다. 발은 모래에 묻혀 있었지만 새미는 없었다. 언제 사라졌지? 그는 일어나서 해변을 살펴보았다. 머뭇거리며 무릎까지만 바다에 들어가는 해수욕객 몇 명만이 있었다.

"맙소사, 존. 애 어디 있냐고?"

리버스는 돌아보았다. 멀리 모래 언덕이 보였다.

"언덕……?"

그들은 새미에게 주의시켰다. 모래가 약한 쪽에 구멍이 생겨 작은 굴이 만들어져 있었다. 그건 아이들을 끌어당기는 자석이었다. 굴은 무너지기 쉬웠다. 휴가철 초반에 열 살짜리 애가 빠졌다가 부모가 정신없이 파낸 적도 있었다. 다행히 모래에 질식하지는 않았다.

둘은 달려갔다. 언덕, 잔디밭…… 어디에도 새미의 흔적은 없었다.

"새미!"

"바다에 들어갔을지도 몰라."

"안 보고 있었어?"

"미안해, 난……"

"새미!"

굴 하나에 작은 형체가 있었다. 형체는 엎드린 채 빠르게 움직이고 있었다. 로나가 손을 뻗어 새미를 꺼내 안았다.

"여기 오지 말라고 했잖아!"

"난 토끼거든요."

리버스는 굴의 약한 지붕을 보았다. 모래가 나무뿌리, 잔디와 섞여 있었다. 주먹으로 쳤더니 지붕이 무너졌다. 로나가 그걸 보고 있었다.

그렇게 그들의 휴가는 끝났다.

3

존 리버스는 딸에게 키스했다.

"나중에 보자." 새미가 커피숍을 나가는 걸 보면서 리버스는 말했다. 새미는 에스프레소와 캐러멜 쇼트브레드 한 조각을 먹을 시간밖에 없었다. 하지만 다음번 저녁 식사 약속을 잡았다. 대단한 건 아니고 피자였다.

10월 30일이었다. 11월 중순이면 날씨가 거지 같은 겨울일 것이다. 리버스는 학교에서 사계절에 대해 배웠다. 밝고 칙칙한 색으로 사계절의 그림을 그렸었다. 하지만 리버스의 나라는 사계절을 모르는 것 같았다. 겨울이 지겨울 정도로 길었다. 첫 꽃봉오리가 보일 때쯤이면 더운 날씨가 갑자기 찾아와서 사람들은 티셔츠로 갈아입었다. 봄과 여름이 한데 얽힌 것 같았다. 그리고 잎사귀가 갈색으로 변하기 시작하자마자 첫서리가 내렸다.

새미는 카페 창문 너머에서 손을 흔들고는 가버렸다. 잘 자란 것 같았다. 리버스는 불안, 어린 시절의 트라우마, 또는 자기파괴로 향하는 유전적 성향의 증거를 늘 찾고 있었다. 언젠가는 로나에게 전화해서 감사해야 할지도 모른다. 사만다를 자립할 수 있게 키워준 것에 대해서. 사람들이 늘 말하듯 쉽지 않았을 것이다. 자신도 한몫했다는 느낌이 든다면 좋았을 것이다. 하지만 그 정도로 뻔뻔하지는 않았다. 새미가 성장하는 동안 자신은 딴 곳에 있었던 게 사실이다. 결혼 생활과 마찬가지였다. 아내와 한방에 있을 때도, 영화를 보거나 파티에 갔을 때도 리버스의 마음은 딴 데 가 있었다. 사건을 생각했고, 대답이 필요한 질문을 떠올린 후에야 쉴 수 있었다.

리버스는 의자에 걸어놓은 코트를 집어 들었다. 사무실로 돌아가는 것 말고는 할 게 없었다. 새미는 자기 회사로 향했다. 전과자 몇 명과 함께 일하고 있었다. 리버스가 태워다주겠다는 제의를 새미는 거절했다. 터놓고 말할 수 있는 사이가 되자, 새미는 남자친구 네드 팔로우 얘기를 하고 싶어 했다. 리버스는 흥미 있는 척하려고 했지만, 생각은 조셉 린츠에게 반쯤 가 있었다. 다시 말하자면 언제나 그렇듯 똑같은 문제였다. 린츠 사건을 맡게 되자 딱 어울린다는 얘기를 들었다. 군 경력도 그렇고, 오래된 사건(리버스의 상관인 '농부' 왓슨 총경에 따르면 바이블 존 사건)에 흥미를 보이는 것 같아서였다.

"죄송하지만 총경님." 리버스는 말했다. "전부 헛소리 같습니다. 저한테 넘어온 데는 두 가지 이유가 있죠. 하나, 아무도 손대려고 하지 않는다. 둘, 저를 한동안 멀리 떼어놓을 수 있다."

"자네 임무는," 농부는 리버스 때문에 귀찮아지기 싫다는 듯 말했다. "사건을 샅샅이 조사하고 증거가 될 만한 게 있는지 찾아내는 거야. 도움이 된다면 린츠 씨를 심문해도 돼. 필요하다고 생각하는 건 뭐든 해. 기소하기에 충분할 만큼 찾아내면……"

"안 합니다. 아시잖습니까." 리버스가 한숨을 쉬었다. "전에도 조사했습니다. 그래서 전쟁범죄과가 폐지되었고요. 수십 년 전 사건입니다. 한숨 나올 정도로 아무것도 없어요." 리버스는 고개를 절레절레 저었다. "누가 곰팡내 나는 서류에서 이런 사건을 꺼내고 싶어 하겠습니까?"

"미스터 테이스티 사건에서 빼주겠네. 그건 빌 프라이드한테 맡겨둬."

그들은 그렇게 타협했다. 리버스는 린츠 사건을 맡게 되었다.

사건의 시작은 뉴스였다. 신문 일요판에 실린 문서였다. 출처는 텔아비브에 있는 홀로코스트 조사국이었다. 조사국은 신문사에 조셉 린츠라는 이름을 알려주었다. 조사국에 따르면 이 악당은 2차 대전이 끝난 후 스코틀랜드에서 가명으로 조용히 살아가고 있으며, 진짜 이름은 알자스 출신의 요제프 린츠스테크였다. 1944년 6월, 린츠스테크 중위는 제2기갑사단 SS 연대 제3중대를 이끌고 프랑스 코레즈 지방에 있는 빌프랑슈 달바르데 마을로 진군했다. 제3중대는 남녀노소 할 것 없이 주민을 전원 체포했다. 환자는 병상에서, 노인은 안락의자에서, 아기는 침대에서 끌려 나왔다.

로렌에서 피난 왔던 10대 여자애 하나는 독일군이 무슨 짓을 할지 알았다. 여자애는 다락방으로 올라가 숨어서 지붕 아래 작은 창을 통해 밖을 내다보았다. 모두 마을 광장으로 끌려 나왔다. 학교 친구들이 가족을 찾는 모습을 보았다. 그녀는 그날 목감기로 결석했다. 누가 독일군에게 그 사실을 알릴까 봐 걱정스러웠다.

읍장과 유지들이 독일군 장교들에게 항의하면서 소란이 일었다. 기관총이 주민들(신부, 변호사, 의사도 있었다)을 겨냥했고, 이들은 개머리판으로 얻어맞았다. 밧줄이 만들어져 광장을 따라 늘어선 나무 여섯 그루에 걸렸다. 독일군들은 항의하던 유지들을 일으켜 세워 그들의 머리를 올가미에 밀어 넣었다. 명령이 떨어졌다. 손이 올라갔다 내려오자 독일군은 밧줄을 당겼다. 여섯 사람이 나무에 목이 매달렸다. 온몸이 뒤틀리고, 발은 헛되이 허공을 찼다. 점점 움직임이 느려졌다.

여자애는 그 장면을 기억했다. 목 매달린 사람들이 죽기까지는 한참 걸렸다. 공포에 질린 침묵이 광장을 감쌌다. 이제 신분 확인 따위는 없으리라는 것을 마을 사람 전체가 알고 있는 것 같았다. 남자들은 여자와 아이들에게서 분리되어 프뤼동의 헛간으로 끌려갔고, 나머지는 교회 안에 갇혔다. 광장은 텅 비었다. 어깨에 소총을 멘 십여 명의 독일군만 남았다. 그들은 잡담을 하고 먼지와 돌멩이를 걷어차며 농담을 하고 담배를 나눠 피웠다. 하나가 바에 들어가서 라디오를 켰다. 재즈 음악이 허공을 채웠다. 바람이 나무에 매달린 시체들을 흔들면서 바스락거리는 잎사귀 소리가 더해졌다.

"이상했어요." 여자애는 나중에 말했다. "더 이상 시체처럼 보이지 않았어요. 다른 것, 나무 자체의 일부가 된 것 같았죠."

그리고 폭발이 있었다. 교회에 연기와 먼지가 피어올랐다. 세상이 진공이 된 듯 잠시 정적이 흐르더니 비명이 터져 나왔다. 기관총 소리가 곧바로 이어졌다. 마침내 총소리는 그쳤지만 여자애에게는 여전히 들렸다. 총소리는 교회 안에서만 난 게 아니었기 때문이다. 멀리서도 들렸다.

프뤼동의 헛간이었다.

이웃 마을 사람들이 마침내 여자애를 발견했다. 여자애는 트렁크에서 찾아낸 숄 말고는 알몸이었다. 숄은 작년에 죽은 할머니 것이었다. 하지만 대학살에서 살아남은 사람이 더 있었다. 독일군은 프뤼동의 헛간에 불을 지르고 아래쪽을 겨냥했다. 첫 번째 줄에 있던 남자들이 몸 아래쪽에 총상을 입고 쓰러졌고, 이들 위로 쓰러진 다른 사람들이 불을 막아주는 역할을 했다. 시체의 산 위로 밀짚이 쓰러져 불이 붙자, 이들은 최대한 기다리다 아래쪽으로 땅을 파기 시작했다. 어느 때라도 총에 맞을 수 있다는 건 각오하고 있었다. 네 명이 탈출에 성공했다. 그중 두 명은 머리와 옷에 불이 붙었고, 한 명은 나중에 화상이 악화되어 숨졌다.

남자 셋과 10대 여자애 하나. 생존자는 그들이 전부였다.

최종 사망자 수는 집계할 수 없었다. 그날 빌프랑슈에 얼마나 많은 방문자가 있었는지, 피난민은 얼마나 있었는지 아무도 몰랐다. 사망했을 가능성이 높은 사람들의 명단은 700명에 달했다.

리버스는 책상에 앉아서 손가락 관절로 눈을 비볐다. 10대 여자애는 아직 살아 있고, 지금은 노령 연금으로 생활한다. 남자 생존자들은 전부 사망했다. 하지만 1953년의 보르도 재판까지는 살아 있었다. 리버스는 이들의 증언 요약본을 가지고 있었다. 전부 프랑스어로 되어 있었다. 책상에 있는 자료 대부분은 프랑스어였고, 리버스는 프랑스어에는 까막눈이었다. 그래서 대학의 어문학부에 가서 도와줄 사람을 찾았다. 커스틴 메디는 프랑스어 강사였지만 독일어도 알고 있었다. 문서는 프랑스어 아니면 독일어였다. 리버스는 영어로 된 한 페이지짜리 재판 과정 요약본을 가지고 있었다. 나치 추적자들에게서 받은 것이었다. 재판은 1953년 2월에 시작해 불과 한 달도 못 가 끝났다. 빌프랑슈에 있었던 것으로 확인된 독일군 75명 중 15명만이 기소되었다. 독일인 6명, 알자스 출신 프랑스인이 9명이었다. 장교는 하나도 없었다. 독일인 한 명이 사형을, 나머지는 4년에서 12년의 형을 선고받았지만, 재판이 끝나자마자 석방되었다. 알자스 주민들은 재판에 불만을 품었고, 프랑스 영토 합병을 묻는 주민투표에서 정부는 사면령을 통과시켰다. 그사이에 독일인들은 이미 형기를 마쳤다고 한다.

빌프랑슈의 생존자들은 공포에 떨었다.

리버스가 더 이상하게 생각한 것은, 영국이 이 대학살에 관련된 독일군 장교 몇 명을 체포했지만 프랑스 당국에 넘기지 않고 독일로 송환했다는 사실이다. 송환된 장교들은 잘 먹고 잘살았다. 린츠스테크가 당시에 체포되었다면 지금의 이 소동도 없었을 것이다.

정치였다. 전부 정치 문제였다. 리버스가 고개를 들자 커스틴 메디의 모습이 보였다. 키가 크고 몸매가 좋았으며 옷차림이 깔끔했다. 여자들이 보통 패션을 자랑할 때만 하는 화장을 했다. 오늘은 체크무늬 투피스를 입었는데, 스커트는 무릎에 겨우 닿을 정도였고, 긴 금색 귀걸이를 했다. 그녀는 벌써 서류가방을 열어 종이 다발을 꺼냈다.

"최신 번역문이에요." 메디가 말했다.

"고마워요."

리버스는 자신이 쓴 메모를 내려다보았다. '코레즈 출장이 필요할까?' 농부는 필요한 건 뭐든 하라고 했지. 리버스는 메디를 올려다보고 가이드를 고용할 만한 예산이 될지 생각했다. 메디는 반달 모양 안경을 쓰고 리버스 맞은편에 앉아 있었다.

"커피 좀 드릴까요?" 리버스가 물었다.

"오늘 좀 힘들어서요. 이거나 읽어봐 주세요." 메디는 리버스가 볼 수 있게 서류 두 장을 내밀었다. 한 장은 타자기로 친 보고서의 복사본이었고, 독일어였다. 두 번째 서류는 메디의 번역문이었다. 리버스는 독일어 서류를 보았다.

"보복이 시작되면서," 리버스는 읽었다. "눈에 띄게 사기가 올라갔음. 병사들은 현재 훨씬 편안해졌음."

"린츠스테크가 지휘관에게 보낸 편지로 추측돼요." 메디가 설명했다.

"서명이 없는데요?"

"타자기로 이름을 쓰고 밑줄을 친 게 다죠."

"그러면 린츠스테크라고 확정 짓기는 부족하겠군요?"

"그렇죠. 하지만 우리가 뭘 찾고 있는지는 기억하시죠? 이 서류는 공격 이유를 알려줘요."

"병사들의 유흥?" 메디의 눈초리가 싸늘해졌다. "미안해요." 손을 들며 리버스가 말했다.

"말이야 그럴듯하죠. 그리고 경위님 말씀이 맞아요. 린츠스테크 중위는 모든 일을 문서로 남겨 변명하려고 했던 것 같아요."

"훗날을 대비해서?"

"그럴 수 있죠. 어쨌든 전쟁에서 밀리기 시작했으니까요." 리버스는 다른 서류들을 쳐다보았다. "다른 건요?"

"추가 보고서 몇 개인데, 별건 없어요. 목격자들의 증언 몇 가지하고요." 메디는 창백한 회색 눈으로 리버스를 쳐다보았다. "나중에 보실 거죠?"

리버스는 메디를 쳐다보고 고개를 끄덕였다.

대학살에서 살아남았던 여자애는 쥬약*에 살았다. 지역 경찰이 최근 그녀에게 독일군 지휘자였던 남자에 대해 질문했다. 답변은 재판에서 했던 얘기와 대동소이했다. 불과 몇 초 본 게 다였고, 그나마 3층 다락에서 내려다본 것이었다. 조셉 린츠의 최근 사진 몇 개를 보여주었지만 어깨만 으쓱했다.

"그 사람인 것 같아요." 여자가 말했다. "네, 아마도요."

검사는 이 진술을 채택하지 않을 것이다. 변호사가 바보라도 통하지 않을 게 뻔하기 때문이다.

"사건은 어떻게 돼가요?" 커스틴 메디가 물었다. 리버스의 표정을 읽었

---

* Juillac: 코레즈 주에 있던 도시.

는지도 모른다.

"별 진전이 없죠. 전부 이 서류들에 달려 있어요." 리버스는 서류가 널려 있는 책상 쪽으로 손을 저었다. "한쪽에는 이 서류들이, 다른 쪽에는 뉴타운에 사는 병약한 노인이 있죠. 두 가지는 서로 맞지 않아요."

"만나보셨어요?"

"한두 번요."

"어떻던가요?"

조셉 린츠가 어땠냐고? 그는 교양 있는 언어학자였다. 70년대 초반에 불과 1~2년이었지만 대학교수를 하기도 했다. 본인의 설명으로는 "명망이 더 높은 사람을 초빙할 때까지 공백기를 채우는 역할"이었다. 린츠는 독일어를 가르쳤다. 1945년 아니면 46년부터 스코틀랜드에 살았다. 정확한 날짜를 기억하지 못했는데, 기억력 탓으로 돌렸다. 초기 이력도 모호했다. 린츠의 말로는 서류가 유실됐다고 했다. 연합국 측에서 사본을 만들어줬다고 했다. 전부 린츠의 말뿐이었고, 이 새 서류는 린츠가 한 거짓말에 속아 넘어간 공식 기록에 지나지 않았다. 린츠는 본인 이야기에 따르면 알자스 태생이었다. 부모와 일가친척은 모두 사망했고, 자신은 SS에 강제 징집되었다. 리버스는 SS에 들어갔다는 언급이 마음에 들었다. 일종의 속임수였다. SS에 들어간 것을 털어놓았으니 다른 세부 내용도 사실대로 말했다고 공무원들이 생각하게 만든 것이다. 린츠가 SS연대에 복무한 실제 기록은 없었지만, SS는 전쟁에서 패색이 짙어지면서 자신들의 기록을 폐기했다. 린츠의 전쟁 당시 기록도 모호했다. 린츠는 전쟁신경증* 탓에 기억에 공백이 있다고 설명했다. 하지만 자신은 린츠스테크라고 불린 적이 없

---
* 폭탄으로 인한 기억력 상실증.

으며, 프랑스 코레즈 지방에서 복무한 적도 없다고 강력하게 주장했다.

"동부전선에 있었어요." 린츠는 말했다. "거기서 연합군의 포로가 됐죠. 동부전선에서요."

문제는 린츠가 어떻게 영국에서 자리 잡게 되었는가에 대한 설득력 있는 설명이 없다는 것이었다. 린츠는 영국에 가서 새출발할 수 있게 해달라고 요청했다고 주장했다. 린츠는 알자스로 돌아가고 싶지 않았고, 가능하면 독일에서 먼 곳으로 가고 싶었다고 했다. 이 주장을 뒷받침해줄 수 있는 서류 또한 없었고, 그사이에 홀로코스트 조사관들은 린츠가 '랫 라인'* 에 가담했다는 사실을 가리키는 자체 증거를 제시했다.

"랫 라인이라고 들어보셨습니까?" 처음 만났을 때 리버스가 물었다.

"물론이죠." 조셉 린츠가 말했다. "하지만 난 아무 관계없어요."

린츠는 헤리엇 로우Heriot Row에 있는 자기 집의 거실에 있었다. 그레고리안 양식의 우아한 4층 건물이었다. 미혼의 남자가 살기에는 큰 집이었다. 리버스도 그렇게 말했다. 린츠는 자신의 특권인 양 어깨를 으쓱할 뿐이었다. 돈이 어디서 났지?

"열심히 일했을 뿐입니다, 경위님."

그럴 수도 있다. 하지만 린츠는 1950년대 후반에 교수 월급으로 집을 샀다. 당시 동료들 말로는 학부의 모든 사람들이 린츠에게 개인적인 수입이 있었다고 의심했다. 린츠는 손사래 쳤다.

"당시에는 집값이 쌌어요. 전원주택과 방갈로만 붐이었죠."

조셉 린츠는 겨우 150cm 정도의 키에 안경을 썼다. 손은 종잇장처럼

---

* Rat Line, 바티칸 교황청이 2차 세계대전 당시 나치 전범을 남미, 아르헨티나 등으로 피신시킨 사업을 말한다.

얇았고 검버섯이 피었다. 전쟁 전에 나왔던 잉거솔^{Ingersoll} 시계를 한쪽 손목에 찼다. 거실을 따라 유리문 달린 책장이 있었다. 짙은 회색 양복을 입었다. 컵을 들어 입에 갖다 대는 태도, 바지에서 먼지를 터는 모습에는 거의 여성스럽다고 할 정도의 우아함이 있었다.

"유대인을 비난할 생각은 없습니다." 린츠가 말했다. "그들은 가능하면 모두를 끌어들이려고 하죠. 그들은 온 세상이 죄책감을 느끼길 바랍니다. 어쩌면 그들이 옳을지도 몰라요."

"어떤 면에서요?"

"누구나 부끄러운 비밀을 가지고 있어요." 린츠는 미소를 지었다. "경위님은 유대인들의 게임을 하고 있지만 그걸 모르고 있죠."

리버스는 압박을 가했다. "두 이름은 아주 비슷하지 않나요? 린츠와 린츠스테크요."

"당연하죠. 아니면 근거가 전혀 없을 수도 있고요. 생각해 보세요. 그렇다면 내가 이름을 완전히 다르게 바꾸지 않았겠습니까? 제가 머리가 좀 돌아간다고 생각하시죠?"

"조금 돌아가는 거 이상이죠." 벽에는 액자에 든 학위증, 명예 학위증, 대학 총장이나 정치인들과 찍은 사진들이 있었다. 농부는 조섭 린츠에 대해 좀 더 알게 되면서, 리버스에게 '조심'하라고 주의를 주었다. 린츠는 오페라 극장, 박물관, 미술관 등 예술계의 후원자였고 자선단체에 거액의 기부를 하고 있었다. '친구'가 많은 사람이었다. 하지만 외로운 사람이기도 했다. 그는 워리스턴 묘지에 있는 묘지를 돌볼 때 가장 행복한 사람이었다. 눈 아래는 짙은색으로 처진 살이 여윈 뺨 위로 늘어져 있었다. 잠은 잘 자는 걸까?

"제물인 셈이죠." 린츠가 다시 미소를 지었다. "희생양 말입니다. 전 경위님도 탓하지 않습니다. 경위님 일을 할 뿐이니까요."

"무한히 용서하는 마음을 가지고 계신 것 같군요, 린츠 씨."

린츠는 조심스럽게 어깨를 으쓱했다. "블레이크*가 한 말을 아십니까? '모든 영원의 시간을 통해 / 나는 너를 용서하고 너는 나를 용서한다'. 내가 언론을 용서할 수 있을지 모르겠군요." 이 마지막 말에는 혐오감이 담겨 있었으며, 일그러진 얼굴 근육이 이를 분명히 보여주고 있었다.

"그래서 변호사를 고용해 기습하신 건가요?"

"'기습'이라고 하니 내가 무슨 사냥꾼 같군요. 저들은 신문입니다. 비싼 변호사 군단을 갖추고 있죠. 개인이 이런 적들에게 이길 수 있을까요?"

"그런데 왜 시도하셨죠?"

린츠는 주먹을 쥐고 의자 양팔을 내리쳤다. "원칙을 위해서죠!" 이런 감정 폭발은 극히 드물고 짧았다. 하지만 린츠가 한 성질 한다는 걸 리버스가 알기에는 충분했다.

"경위님?" 머리를 기울여 시선을 마주치려 하면서 메디가 말했다.

"네?"

메디가 미소를 지었다. "딴생각하시는군요."

"하다가 말았죠." 리버스가 대답했다.

메디가 서류를 가리켰다. "여기 두고 가도 되죠? 궁금한 게 있으시면……."

"그래요. 고마워요." 리버스는 일어섰다.

"괜찮아요. 나가는 길 알아요."

---

* 영국 시인 윌리엄 블레이크를 말한다.

하지만 리버스는 끈질겼다. "미안해요. 내가 좀……" 그는 머리 위로 손을 흔들었다.

"아까 말씀드렸지만, 나중에라도 보셔야 해요."

CID 사무실을 지나 돌아가는 동안, 리버스는 자신과 메디에게 시선이 모이는 걸 느꼈다. 빌 프라이드가 소개받기를 바라면서 옷매무새를 가다듬고 나타났다. 곱슬한 금발에 금색 속눈썹이 두꺼웠고, 코는 크고 주근깨가 많았다. 입은 작고 적갈색 콧수염에 덮여 있었다. 애지중지하는 패션 액세서리였다.

"반갑습니다." 커스틴 메디의 손을 잡으며 프라이드가 말했다. 그런 다음 리버스에게 말했다. "사건 바꾸고 싶어지는데."

프라이드는 미스터 테이스티 사건을 맡고 있었다. 밴에서 피살된 채 발견된 아이스크림 노점상이었다. 차가 잠긴 상태로 엔진이 작동되고 있었기 때문에 처음에는 자살로 보였다.

리버스는 메디가 프라이드를 지나가게 안내하면서 계속 움직였다. 메디에게 데이트 신청을 하고 싶었다. 그녀는 미혼이지만 남자친구는 있는 것 같았다. 프랑스 요리와 이탈리아 요리 중 어느 쪽을 더 좋아할지 궁금했다. 메디는 프랑스어와 이탈리아어를 할 수 있었다. 인도 요리나 중국 요리처럼 중립적인 걸 좋아할지도 모른다. 채식주의자일 수도 있다. 레스토랑을 좋아하지 않을지도 모른다. 그러면 술을 마시자고 할까? 하지만 리버스는 요새 술을 마시지 않는다.

"……그래서 어떻게 생각하세요?"

리버스는 움찔했다. 커스틴 메디가 뭔가 묻고 있었다.

"네?"

메디는 리버스가 듣지 않고 있었다는 걸 알고 웃었다. 리버스는 사과하기 시작했지만 메디는 개의치 않았다. "알아요." 메디가 말했다. "경위님은 좀……" 그러고는 머리 위로 손을 흔들었다. 리버스는 미소를 지었다. 둘은 걸음을 멈추고 서로 마주 보았다. 메디는 한쪽 팔을 구부려 서류가방을 끼고 있었다. 데이트 신청을 할 순간이었다. 종류는 상관없다. 메디가 선택하게 하면 된다.

"저게 뭐죠?" 메디가 갑자기 말했다. 날카로운 비명이었다. 리버스도 들었다. 가장 가까운 문 뒤에서 나는 소리였다. 여자 화장실 문이었다. 다시 비명이 들렸다. 이번에는 알아들을 수 있는 소리가 이어졌다.

"도와줘요!"

리버스는 문을 열고 뛰어들어갔다. 여자 경관 한 사람이 어깨로 칸막이문을 밀고 있었다. 문 뒤에서 목이 졸리는 듯한 소리가 들렸다.

"무슨 일이야?" 리버스가 말했다.

"여자 하나를 20분 전에 체포해 왔는데 화장실에 가야겠다고 했습니다." 경관의 뺨이 분노와 당혹감으로 상기되어 있었다.

리버스는 문 위쪽을 잡고 몸을 올려 변기 위에 앉은 여자를 살펴보았다. 어렸고 진하게 화장을 했다. 변기 물통에 등을 대고 있어서 리버스 쪽을 보고 있었지만 눈이 흐리멍덩했다. 손은 바빴다. 화장실 휴지를 풀어내서 입에 집어넣고 있었다.

"자살을 시도하고 있어." 내려오면서 리버스가 말했다. "비켜봐." 그는 어깨로 문을 밀었다. 다시 밀었다. 물러서서 신발 뒤꿈치로 손잡이를 찼다. 문이 열렸다. 변기에 앉아 있던 여자는 무릎을 꿇고 있었다. 얼굴이 보라색으로 변하고 있었다.

"손 붙들어." 리버스는 경관에게 말했다. 그런 다음, 마치 싸구려 무대 마술사가 된 느낌으로 여자의 입에서 휴지를 빼내기 시작했다. 휴지 반 통은 들어 있는 것 같았다. 리버스와 경관의 눈이 마주친 순간, 둘 다 자기도 모르게 웃음을 터뜨렸다. 여자는 저항을 멈췄다. 머리카락은 칙칙한 갈색이었고, 볼품없게 곧은 데다 기름으로 떡이 져 있었다. 검은 스키 재킷에 타이트한 검은색 스커트를 입고 있었다. 맨다리는 분홍색으로 얼룩덜룩했고, 문이 닿았던 부분에는 멍이 들었다. 빨간색 립스틱이 리버스의 손가락에 묻었다. 여자는 울고 있었고, 계속 울었다. 리버스는 갑자기 웃음을 터뜨린 것에 미안함을 느끼면서, 여자의 화장 번진 눈을 볼 수 있게 쭈그리고 앉았다. 여자는 눈을 깜빡이다가 리버스를 마주 보았다. 마지막 휴지가 뽑혀 나오자 여자는 기침을 했다.

"외국인입니다." 경관이 설명했다. "영어를 못하는 것 같아요."

"그럼 화장실 가야겠다는 얘기는 어떻게 했지?"

"다 방법이 있죠."

"어디서 데려왔나?"

"플레즌스* 아래쪽에서요. 대타로 근무하던 중이었죠."

"골칫거리 생겼군."

"저에게도 그렇습니다."

"같이 있던 사람은 없었나?"

"못 봤습니다."

리버스는 여자의 손을 잡았다. 아직 쭈그리고 앉아 있어서 가슴에 여자의 무릎이 쏠리는 게 느껴졌다.

---

* Pleasance: 에든버러 대학 근처에 있는 종합 쇼핑몰이자 레크리에이션 센터.

"괜찮아요?" 여자는 눈만 깜빡일 뿐이었다. 리버스는 걱정하는 듯한 표정을 지었다. "이제 오케이?"

여자는 살짝 고개를 끄덕였다. "오케이." 여자가 말했다. 목소리가 허스키했다. 리버스는 여자의 손가락을 느꼈다. 차가웠다. 마약 중독자인가? 매춘부들 다수가 그랬다. 하지만 영어를 못하는 매춘부는 본 적이 없었다. 리버스는 여자의 손을 뒤집어서 손목을 봤다. 최근에 생긴 지그재그 모양의 흉터가 보였다. 리버스는 여자의 재킷 한쪽 소매를 걷어 올렸다. 여자는 저항하지 않았다. 팔에는 비슷한 상처가 있었다.

"이 여자는 상습 자해자야."

여자는 이제 말을 시작했다. 횡설수설하듯 웅얼거렸다. 뒤에 물러나 있던 커스틴 메디가 다가왔다. 리버스가 메디를 쳐다보았다.

"알아들을 수는 없는데 아주 낯설지는 않아요. 동유럽어예요."

"뭐라도 해봐요."

그래서 메디는 프랑스어로 물어보고, 서너 가지 다른 말로도 해봤다. 여자는 무슨 일을 하려는지 이해하는 것 같았다.

"도와줄 수 있는 사람이 대학에 있을 거예요." 메디가 말했다.

리버스는 일어나기 시작했다. 여자가 리버스의 무릎을 붙잡고 당기는 바람에 넘어질 뻔했다. 여자는 리버스의 다리를 단단히 잡고 얼굴을 댔다. 계속 울면서 웅얼거렸다.

"경위님을 좋아하나 봅니다." 경관이 말했다. 둘은 여자의 손을 떼어내고 리버스는 한 걸음 뒤로 물러섰다. 하지만 여자는 몸을 앞으로 던지듯 곧바로 리버스를 따라왔다. 호소하는 것처럼 목소리가 높아졌다. 사람들이 몰려와 있었다. 복도에 형사들이 대여섯 명 있었다. 리버스가 움직일 때마다 여자는 기면서 따라왔다. 리버스는 나갈 길을 찾았지만 사람들로 가로막혀 있었다. 싸구려 마술 쇼가 코미디로 바뀌었다. 경관이 여자를 잡아서 일으켜 세우고는 한쪽 팔을 등 뒤로 틀었다.

"따라와." 경관이 이를 악물고 말했다. "유치장으로 돌아가야 해. 쇼는 끝났어요, 여러분."

여자가 끌려가는 동안 드문드문 박수가 터져 나왔다. 여자는 돌아보면서 리버스를 찾았다. 호소하는 눈빛이었다. 왜? 리버스는 이유를 알 수 없었다. 대신 커스틴 메디 쪽으로 몸을 돌렸다.

"언제 카레라도 같이 먹을래요?"

메디는 미친 거 아니냐는 표정으로 리버스를 쳐다보았다.

"두 가지입니다. 첫째, 여자는 보스니아 무슬림입니다. 둘째, 경위님을 다시 보고 싶어 합니다."

리버스는 슬라브어 학부에서 온 남자를 쳐다보았다. 남자는 메디의 요청으로 왔다. 둘은 세인트 레너즈 경찰서 복도에서 이야기하고 있었다.

"보스니아요?"

콜쿠혼 박사는 고개를 끄덕였다. 그는 키가 작았고 둥글둥글했다. 검은 머리카락은 대머리 양옆으로 넘겼다. 부어오른 얼굴은 곰보였고, 갈색 양복은 낡고 얼룩졌다. 신발은 스웨이드 재질에 허시파피 브랜드였는데, 양복과 똑같은 색깔이었다. 리버스는 교수라고 하면 전형적으로 떠오르는 모습이라는 생각을 떨칠 수 없었다. 콜쿠혼은 불안한 듯 몸을 씰룩거렸고, 리버스와 눈을 맞추려 하지 않았다.

"저는 보스니아 전문가는 아닙니다." 콜쿠혼이 말을 이었다. "하지만 여자 말로는 사라예보에서 왔다고 하는군요."

"에든버러에 어떻게 오게 됐는지는 얘기했나요?"

"물어보지 않았습니다."

"지금 물어봐주시겠습니까?" 리버스는 복도를 따라 돌아가자는 몸짓을 했다. 둘은 함께 걸었다. 콜쿠혼의 시선은 바닥을 향해 있었다.

"사라예보는 내전 중에 엄청난 공습을 받았습니다." 콜쿠혼이 말했다. "그나저나 자기 나이가 스물두 살이라고 하더군요."

그보다는 더 들어 보였다. 어쩌면 스물두 살이 맞을지도 몰랐다. 아니면 거짓말을 하고 있을 수도 있다. 하지만 취조실에서 여자를 다시 보니, 얼굴 피부가 반질거리는 게 그 정도 나이가 맞을 것 같았다. 여자는 리버스가 들어오자 갑자기 벌떡 일어났다. 리버스 쪽으로 달려오려는 것 같았다. 하지만 리버스는 손을 들어 경고한 다음 의자를 가리켰다. 여자는 다시 앉아서 설탕을 탄 홍차 머그컵을 양손으로 감쌌다. 여자는 리버스에게서 시선을 떼지 않았다.

"경위님 광팬이네요." 여자 경관이 말했다. 화장실 사건 때 있었던 그 경관이었다. 이름은 엘렌 샤프였다. 샤프는 방에 있는 다른 의자에 앉아 있었다. 취조실에는 공간이 별로 없었다. 테이블과 의자 두 개만으로도 꽉 찰 지경이었다. 테이블에는 트윈 비디오 녹화기와 트윈 카세트 녹음기가 있었다. 리버스는 샤프에게 의자를 콜쿠혼에게 양보하라는 몸짓을 했다.

"이름은 말하던가요?" 리버스가 교수에게 물었다.

"캔디스라더군요." 콜쿠혼이 말했다.

"안 믿으십니까?"

"전통적인 이름은 아닙니다." 캔디스가 뭔가 말했다. "경위님을 자기 보호자라고 하는군요."

"무엇에게서 보호해야 하나요?"

콜쿠혼과 캔디스는 걸걸하고 쉰 목소리로 대화했다.

"처음에는 자기 자신에게서 보호해줬다는군요. 이제 경위님이 계속해야 한다고 합니다."

"계속 보호해야 한다고요?"

"이제 자기는 경위님 소유라는군요."

리버스는 교수를 쳐다보았다. 교수의 시선은 캔디스의 팔에 가 있었다. 캔디스는 스키 재킷을 벗은 상태였다. 가슴 쪽이 파인 반팔 셔츠를 입고 있어서 작은 가슴이 보였다. 맨팔로 팔짱을 끼고 있었지만 긁히고 베인 자국들이 너무 뚜렷했다.

"자해한 상처인지 물어보세요."

콜쿠혼은 말을 옮기는 데 애를 먹었다. "제가 문학과 영화 쪽이 전공이라 음……"

"뭐라고 합니까?"

"자기가 그런 거라는군요."

리버스는 확인하려고 캔디스를 쳐다보았다. 캔디스는 약간 부끄러워하며 고개를 끄덕였다.

"거리에 내보낸 게 누구죠?"

"무슨 뜻인지?"

"누구 밑에 있죠? 캔디스의 포주가 누구죠?"

짧은 대화가 다시 이어졌다.

"무슨 뜻인지 모르겠다는군요."

"매춘부가 아니라고 하나요?"

"무슨 뜻인지 모르겠다고 합니다."

리버스는 샤프 경관 쪽으로 몸을 돌렸다. "어떻게 된 건가?"

"차 몇 대가 섰어요. 차창에 몸을 기대고 운전자들과 얘기하더군요. 그리고 차가 떠났어요. 좋은 사람들이 아닌 것 같았어요."

"영어를 못하는데 어떻게 운전자들과 '얘기'할 수 있지?"

"방법이야 많죠."

리버스는 캔디스를 쳐다보았다. 그는 부드럽게 말하기 시작했다. "그냥 섹스는 15파운드, 오럴은 20. 콘돔 안 쓰면 5파운드 추가." 리버스는 말을 멈췄다. "항문 섹스는 얼마죠, 캔디스?"

캔디스의 뺨이 빨개졌다. 리버스는 미소를 지었다.

"대학 교육은 아니라도 누군가 영어 몇 마디는 가르쳐줬나 보네요, 박사님. 일하기에 충분한 정도로요. 어쩌다 여기 오게 되었는지 다시 물어보세요."

콜쿠혼은 먼저 얼굴부터 문질렀다. 캔디스는 고개를 숙이고 대답했다.

"사라예보에서 피난을 떠났다는군요. 암스테르담으로 갔다가 그다음에 영국으로 왔답니다. 처음 기억나는 건 다리가 많았던 곳이라는군요."

"다리요?"

"거기서 한동안 머물렀답니다." 콜쿠혼은 이야기에 동요하는 것 같았다. 캔디스가 눈을 닦을 수 있게 손수건을 건넸다. 캔디스가 미소를 지어주었다. 그러고는 리버스를 쳐다보았다.

"배고파요?" 리버스는 배를 문질렀다. 캔디스는 고개를 끄덕이고 미소를 지었다. 리버스는 샤프 쪽으로 몸을 돌렸다. "구내식당에 가서 먹을 것 좀 가져다주겠나?"

경관은 가기 싫다는 듯 딱딱한 표정을 지었다. "박사님도 뭐 좀 드시겠습니까?"

콜쿠혼은 고개를 저었다. 리버스는 커피 한 잔을 부탁했다. 샤프가 떠나자 리버스는 테이블 옆에 쭈그리고 앉아서 캔디스를 쳐다보았다. "어떻게해서 에든버러에 오게 되었는지 물어보세요."

콜쿠혼이 묻고는 긴 사연처럼 들리는 이야기에 귀를 기울였다. 접은 종이에 몇 가지를 메모했다.

"다리가 많은 도시에서는 많은 것을 보지 못했답니다. 실내에 갇혀 있었다는군요. 가끔은 차에 태워져서 누군가를 만나러 갔다고 합니다. 이해해 주십시오, 경위님. 제가 언어학자이기는 하지만 구어체 전문가는 아니라서요."

"잘하고 계십니다, 박사님."

"제가 추측하기로는 매춘부 노릇을 한 것 같습니다. 그러고는 어느 날차 뒤에 태워졌다는군요. 다른 호텔이나 사무실에 간다고 생각했답니다."

"사무실이요?"

"캔디스의 설명에 따르면, 사무실에서도 그 일을 했나 봅니다. 아파트나 주택에서도요. 하지만 대부분은 호텔방이었다는군요."

"갇혀 있던 곳은 어디였습니까?"

"주택이었답니다. 방 안에 가두고 문을 잠갔다는군요." 콜쿠혼은 콧등을 찔렀다. "어느 날 차에 태웠는데, 그다음에 보니 에든버러였다는군요."

"시간이 어느 정도 걸렸답니까?"

"확실히는 모르겠다는군요. 중간중간 잤다고 합니다."

"이제 괜찮을 거라고 해주십시오." 리버스는 잠시 말을 멈췄다. "그리고 지금 누구 밑에서 일하는지 물어봐주시고요."

캔디스의 얼굴에 두려움이 되돌아왔다. 고개를 저으며 말을 더듬었다. 목소리는 아까보다도 더 쉬었다. 콜쿠혼은 통역하는 데 어려움을 겪는 것 같았다.

"말할 수 없다는군요." 콜쿠혼이 말했다.

"이젠 안전하다고 말해주십시오." 콜쿠혼이 그렇게 했다. "다시 말해주세요." 리버스가 말했다. 콜쿠혼이 말하는 동안 캔디스가 자기를 보게 했다. 믿음이 가는 표정을 지었다. 캔디스가 손을 뻗었다. 리버스는 손을 잡아 주었다.

"누구 밑에서 일하는지 다시 물어봐주세요."

"말할 수 없답니다, 경위님. 자기를 죽일 거래요. 소문을 들었다고 합니다."

리버스는 생각하고 있던 이름을 말해보기로 했다. 에든버러에 있는 매춘부의 절반을 손에 넣고 있는 남자의 이름이었다.

"캐퍼티." 리버스는 말하면서 여자를 관찰했다. 별 반응이 없었다. "빅 제르. 빅 제르 캐퍼티." 캔디스는 무표정이었다. 리버스는 다시 캔디스의 손을 쥐었다. 다른 이름이 있었다. 최근에 듣고 있는 이름이.

"텔포드." 리버스가 말했다. "토미 텔포드."

캔디스는 손을 빼고 히스테리 반응을 보였다. 바로 그때 샤프 경관이 문을 열고 들어왔다.

리버스는 콜쿠혼 박사를 안내해 경찰서 밖으로 나가면서, 처음에 자기를 이 길로 들어서게 했던 일을 떠올렸다.

"감사합니다, 박사님. 필요한 게 있으면 다시 연락드려도 될까요?"

"필요하다면 그러셔야겠죠." 콜쿠혼이 마지못해 말했다.

"주변에 슬라브어 전문가가 별로 없어서요." 리버스가 말했다. 그는 뒷면에 집 전화번호가 적힌 콜쿠혼의 명함을 갖고 있었다. "그럼," 리버스는 손을 내밀었다. "다시 한 번 감사드립니다." 악수를 하던 중에 리버스는 뭔가가 떠올랐다.

"조셉 린츠가 독일어 교수일 때 대학에 계셨습니까?"

콜쿠혼은 이 질문에 놀랐다. "네." 그는 뒤늦게 대답했다.

"아십니까?"

"우리 학부는 교수들끼리 그렇게 친하지 않습니다. 가끔 있는 강연 때 사교상 한두 번 만났습니다."

"린츠를 어떻게 생각하셨습니까?"

콜쿠혼이 눈을 깜빡였다. 아직도 리버스를 쳐다보지 않았다. "나치였다고 하더군요."

"그렇죠. 하지만 그때는……?"

"말씀드렸듯이 가까운 사이가 아니었습니다. 린츠를 수사하고 계신가요?"

"그냥 호기심입니다. 시간 내주셔서 감사합니다."

경찰서에 돌아온 리버스는 엘렌 샤프가 취조실 문밖에 있는 걸 보았다.

"그럼 이제 캔디스는 어떻게 하죠?" 샤프가 물었다.

"여기 가둬야지."

"기소하라고요?"

리버스는 고개를 저었다. "보호 구금이라고 해두지."

"캔디스도 알까요?"

"누구한테 항의하겠어? 캔디스 말을 알아들을 수 있는 사람은 에든버러 전체에서 한 사람뿐이고, 방금 배웅했는데."

"텔포드가 데리러 오면요?"

"그럴 것 같아?"

샤프는 잠시 생각했다. "아닐 것 같네요."

"맞아. 이 일에 관한 한 그자가 할 일은 기다리는 것뿐이야. 우린 결국에는 캔디스를 석방해야 할 거고. 게다가 캔디스는 영어도 못해. 그러니 우리한테 뭘 해줄 수 있겠어? 그리고 캔디스는 분명히 여기 불법 입국했을 테고, 만일 증언을 하더라도 국외 추방될 수밖에 없겠지. 텔포드는 영리한 놈이야. 깨닫지 못하고 있었지만 그래. 불법 체류 외국인을 매춘부로 이용하지. 대단해."

"얼마나 오래 가둬둘 수 있을까요?"

리버스는 어깨를 으쓱했다.

"제 상관한테는 뭐라고 보고하죠?"

"모든 질문은 리버스 경위한테 하라고 해." 문을 열려고 걸어가면서 리버스가 말했다.

"모범적이던데요?"

리버스는 발을 멈췄다. "뭐가?"

"매춘부 취조하는 방법이요."

"그냥 일이지."

"마지막으로 하나만 여쭤볼게요."

"뭔데?"

"왜 그렇게 신경을 쓰시죠?"

리버스는 코를 찡그리며 생각해보았다. "좋은 질문이야." 그렇게 말하고 그는 문을 열고 들어갔다.

알고 있었다. 정확하게 알고 있었다. 캔디스는 새미와 닮았다. 화장과 눈물 자국을 지우고 보통 옷을 걸치고 나니 새미와 판박이였다.

그리고 두려워하고 있었다.

도울 수 있을지도 모른다.

"뭐라고 부르면 되죠, 캔디스? 진짜 이름이 뭐죠?"

캔디스는 리버스의 손을 잡고 자기 얼굴을 가져다 댔다. 리버스는 자신을 가리켰다.

"존." 리버스가 말했다.

"돈."

"존."

"숀."

"존." 리버스는 미소를 지었다. 캔디스도 미소를 지었다. "존."

"존."

리버스는 고개를 끄덕였다. "맞아. 당신은?" 리버스는 이제 캔디스를 가리켰다. "당신은 누구?"

캔디스는 잠시 말을 멈췄다. "캔디스." 그녀가 말했다. 캔디스의 눈 뒤에서 작은 빛이 사라졌다.

4

리버스는 토미 텔포드의 얼굴은 몰랐지만 어디 가면 찾을 수 있는지는 알았다.

플린트 스트리트는 클럭 스트리트와 버클루 스트리트 사이의 통로로, 에든버러 대학 근처에 있었다. 가게는 대부분 문을 닫았지만, 게임 센터는 언제나 성업 중이었다. 텔포드는 플린트 스트리트에서 도시 전체의 펍에 게임기를 임대하고 있었다. 플린트 스트리트는 텔포드의 동부 왕국 중심지였다.

영업권은 최근까지 데이비 도널드슨이라는 사람의 소유였지만 최근에 '건강상 이유'로 은퇴했다. 잘한 일이었다. 토미 텔포드가 누군가에게 뭔가를 원하는데 기꺼이 내놓지 않으면 그 사람의 향후 건강 상태는 갑자기 달라질 수 있으니까. 도널드슨은 지금 어딘가에 숨어 있다. 텔포드가 아니라 빅 제르 캐퍼티에게서 숨은 것이다. 캐퍼티가 발리니니 교도소에 수감 중인 동안 영업권을 위탁받았기 때문이다. 캐퍼티가 교도소에 있지만 예전과 마찬가지로 에든버러를 지배하고 있다고 말하는 사람들이 있었다. 하지만 사실 조폭은 대자연과 마찬가지로 공백을 싫어한다. 그리고 이제 텔포드가 에든버러를 장악했다.

텔포드는 페이즐리*의 퍼거슬리 파크 출신이었다. 그는 열한 살 때 동네 조폭에 들어갔다. 열두 살 때 제복 경관 몇 명이 찾아와서 자주 일어나는 타이어 훼손 사고에 대해 그에게 물었다. 경찰들은 텔포드가 조폭들에게 둘러싸여 있는 걸 보았다. 대부분 텔포드보다 나이가 많았지만 텔포드가 그 중심이라는 건 의심할 여지가 없었다.

조폭들은 텔포드와 함께 성장하면서 페이즐리를 상당 부분 장악했다. 마약을 매매하고 매춘부를 거느렸으며, 금전도 갈취했다. 최근에는 카지노와 비디오 대여점, 레스토랑, 운송 회사의 지분을 보유했고 부동산까지 더해지면서 수백 명에게 임대하는 건물주가 되었다. 글래스고까지 손을 뻗치려 했지만 만만치 않다는 걸 알고는 다른 곳을 쑤셨다. 뉴캐슬 암흑가의 거물과 우호 관계를 맺었다는 소문도 돌았다.

텔포드는 1년 전에 에든버러에 왔다. 처음에는 카지노와 호텔을 매입하면서 점잖게 행동했다. 그러더니 갑자기 비구름의 그림자처럼 무시할 수 없는 존재가 되었다. 그는 데이비 도널드슨을 쫓아내면서 캐퍼티의 복부에 계산된 펀치를 날렸다. 캐퍼티는 싸우거나 항복할 수밖에 없었다. 모두 개싸움이 벌어지기를 기다리고 있었다.

게임 센터는 자칭 '매혹의 거리'였다. 게임기는 계속 번쩍거리면서 플레이어들의 죽은 듯한 얼굴과 극명한 대조를 보였다. 그곳에는 거대한 비디오 화면과 온라인 욕설이 난무하는 총격전 게임이 있었다.

"배짱 좋은데?" 리버스가 지나갈 때 그들 중 하나가 시비를 걸었다. 이런 애들은 '하빈저'니 '네크로캅'이니 하는 이름을 가지고 있었다. 리버스는 네크로캅을 보며 자신이 늙었다는 느낌을 받았다. 주위를 둘러싼 놈들

---

* Paisley: 스코틀랜드 남서부 스트래스클라이드 주 중부의 공업 도시.

중에 아는 얼굴이 몇 명 보였다. 세인트 레너즈 경찰서에 끌려온 적이 있던 놈들이었다. 그들은 텔포드의 조폭들 주위를 맴돌면서, 위탁가정의 아이들처럼 불러주기만을 기다렸고, '패밀리'가 자신들을 데려가주기만을 바랐다. 대부분은 가정이라고 할 수 없는 가정 출신이었고, 때 이르게 나이 들어 버린 '래치키 키드'*들이었다.

카페에서 직원 하나가 나와 게임 센터로 들어왔다.

"누가 베이컨 샌드위치 시켰어?"

리버스는 녀석들이 자기를 돌아보자 미소를 지었다. 베이컨은 돼지를 말했고 돼지는 곧 경찰을 의미했다. 잠시 주목의 대상이 되는 것쯤은 감당할 수 있었다. 놈들의 시선에는 그보다 더한 압박이 있었다. 게임 센터 제일 끝에는 초대형 게임기가 있었다. 실물 절반 크기의 오토바이였다. 거기에 타고 앞에 있는 화면에 나오는 트랙을 도는 게임이다. 오토바이 주변에는 감탄하면서 구경하는 무리가 있었다. 오토바이에는 가죽 재킷을 입은 젊은 남자가 타고 있었다. 상점에서 흔히 파는 게 아닌 완전 특수 재킷이었다. 명품이었다. 발끝이 칼처럼 날카롭고 번쩍이는 부츠를 신었다. 몸에 쫙 달라붙는 검은색 데님 바지와 흰색 터틀넥 차림이었다. 리버스는 노려보는 눈길들 가운데서 자리를 찾았다.

"돼지는 안 태워주나?" 리버스가 물었다.

"당신 누구야?" 오토바이에 타고 있던 남자가 물었다.

"리버스 경위다."

"캐퍼티 똘마니군." 확신에 찬 말이었다.

"뭐?"

---

* latchkey kid: 부모의 돌봄을 받지 못하고 혼자 지내는 아이들.

"둘이 절친이라던데."

"그놈을 잡아넣은 게 나야."

"하지만 모든 경찰이 면회를 가는 건 아니지." 리버스는 텔포드의 시선이 화면에 고정되어 있지만 화면에 비치는 자신의 모습을 보고 있다는 걸 깨달았다. 리버스를 쳐다보고 얘기하면서도 그는 오토바이를 조종해 급커브를 돌고 있었다.

"그나저나 무슨 문제가 있나, 경위?"

"있지. 너희 여자 하나를 잡아들였어."

"우리 뭐?"

"캔디스라고 하더군. 우리가 아는 건 그게 다야. 하지만 외국 아가씨는 처음이군. 너도 처음 보는 얼굴이고."

"무슨 말인지 모르겠군, 경위. 난 엔터테인먼트 산업에 상품과 서비스를 제공해. 내가 포주라는 얘기야?"

리버스는 발을 내밀어 오토바이를 옆으로 밀었다. 화면에서 오토바이가 구르면서 충돌 방지 장애물을 들이받았다. 잠시 후 화면이 바뀌어 출발 지점으로 돌아왔다.

"봤지, 경위?" 아직 돌아보지 않은 채로 텔포드가 말했다. "이게 게임의 멋진 점이야. 사고가 생겨도 언제나 다시 출발할 수 있어. 현실에서는 그렇게 쉽지 않지."

"내가 전원을 끊으면? 그럼 게임 오버야."

텔포드는 천천히 엉덩이를 돌려 리버스를 보았다. 가까이서 보니 텔포드는 아주 젊어 보였다. 리버스가 알던 조폭들은 영양 부족이지만 과식으로 얼굴이 삭은 놈들이 대부분인데 텔포드는 아직 파악되지 않은 신종 박테리아였다.

"그래서 무슨 일인데? 캐퍼티가 메시지를 보냈나?"

"캔디스." 리버스는 조용히 말했다. 살짝 떨리는 목소리가 분노를 드러내고 있었다. 술 한두 잔만 했다면 지금쯤 텔포드를 바닥에 쓰러뜨렸을 것이다. "오늘 밤부터 캔디스는 게임에서 빠지는 거야. 알겠어?"

"캔디스가 누군데?"

"알겠냐고!"

"잠깐. 내가 제대로 알아들었는지 확인해야겠군. 내가 알지도 못하는 여자가 몸 팔지 못하게 동의하라는 얘기지?"

구경하던 놈들이 미소를 지었다. 텔포드는 다시 게임기 쪽으로 몸을 돌렸다. "그나저나 여자는 어디서 왔대?" 무심코 텔포드가 물었다.

"확실히는 몰라." 리버스는 거짓말했다. 텔포드가 필요한 것 이상 알게 하고 싶지 않았다.

"둘이서 얘기 나눴을 텐데."

"죽도록 겁에 질렸어."

"나도 그래, 리버스. 당신이 귀찮게 해서 죽을 지경이야. 그 캔디스가 몸이라도 바쳤나? 보통 매춘부라면 당신이 이렇게 길길이 날뛰진 않을 텐데."

리버스는 웃음으로 선공을 날렸다.

"캔디스는 게임에서 빠지는 거야, 텔포드. 손댈 생각 마."

"그런 건 나도 질색이야, 친구. 난 깨끗한 사람이라고. 밤마다 자기 전에 기도해."

"그러고는 곰인형에 키스하고?"

텔포드는 다시 리버스를 쳐다보았다. "소문을 전부 믿지는 마, 경위. 여기서 얼쩡거리고 있으면 누군가 열 받을걸." 리버스는 잠시 버티고 있다가 몸을 돌렸다. "그리고 앞에 있는 바보들한테 인사 전해줘."

리버스는 게임 센터에서 밤의 거리로 나와 니콜슨 스트리트로 향했다. 캔디스를 어떻게 해야 할지 생각했다. 답은 간단했다. 풀어준 다음 도망치길 바라는 것이다. 주차된 차를 지나쳐갈 때 차창이 내려졌다.

"잘도 들어갔군요." 조수석에서 목소리가 들렸다. 리버스는 멈춰 서서 말한 사람을 쳐다보고는 얼굴을 알아보았다.

"오민스턴." 오리온의 뒷문을 열며 리버스가 말했다. "그놈이 한 말이 무슨 뜻인지 이제 알겠군."

"누구요?"

"토미 텔포드. 자네들한테 안부 전하래."

운전자가 오민스턴을 쳐다보았다. "또 들켰군." 놀란 목소리는 아니었다. 리버스는 누구 목소리인지 알아챘다.

"잘 있었나, 클래버하우스."

클래버하우스 경사와 오민스턴 경장이었다. 페테스에 있는 스코틀랜드 경찰청 강력반 형사들. 그들은 감시 중이었다. 클래버하우스는 말랐다. 리버스의 아버지라면 '젓가락처럼 빼빼 말랐다'라고 했을 것이다. 오민스턴은 주근깨투성이 얼굴에 머리카락은 믹 맥마누스* 같았다. 번질거리고, 푸딩 그릇 같은 모양에, 믿기 힘들 정도로 새카맸다.

"위안이 될지 모르겠지만, 내가 들어가기 전부터 자네들은 발각됐어."

"안에서 대체 뭘 하셨습니까?"

---

* Mick McManus: 영국 프로레슬러.

"나름대로 경의를 표했지. 자네들은?"

"시간 낭비했죠." 오민스턴이 투덜거렸다.

강력반이 텔포드를 노리고 있다. 리버스에게는 좋은 소식이었다.

"잡아둔 사람이 있어." 리버스가 말했다. "텔포드 밑에서 일하는 여자야. 겁에 질렸어. 자네들의 도움이 필요해."

"겁에 질렸다면 증언은 안 하죠."

"이 여자도 그럴 거야."

클래버하우스가 리버스를 쳐다보았다. "우리가 해야 할 일은요?"

"여기서 빼내서 다른 데 자리를 마련해줘."

"증인 보호 프로그램이요?"

"가능하다면."

"여자가 알고 있는 건요?"

"확실히는 모르겠어. 영어를 잘 못해."

클래버하우스는 뭔가 이해하는 것 같았다. "말씀해보세요." 그가 말했다.

리버스는 얘기해주었다. 둘은 흥미를 느끼지 않는 척하려고 했다.

"그 여자와 얘기해보겠습니다." 클래버하우스가 말했다.

리버스는 고개를 끄덕였다. "감시는 언제부터 했나?"

"텔포트와 캐퍼티가 싸우기 시작하면서부터요."

"우리는 누구 편이지?"

"우리야 늘 그렇듯 UN이죠." 클래버하우스가 말했다. 각 단어와 문장을 음미하며 천천히 말했다. 클래버하우스 경사는 신중한 사람이었다. "그사이에 경위님이 돌격대처럼 들이받은 거죠."

"나야 전략 같은 게 없으니까. 게다가 그 개자식을 가까이서 보고 싶었거든."

"어때요?"

"어린애 같았어."

"그리고 털어도 먼지 하나 안 나오죠." 클래버하우스가 말했다. "대신 죄를 뒤집어쓸 부하들도 한 중대나 있고요."

리버스는 '중대'라는 단어에 조셉 린츠가 떠올랐다. 누군가는 명령을 내리고, 누군가는 실행한다. 어느 쪽이 죄가 더 많을까?

"얘기해보게." 리버스가 말했다. "그 테디베어 이야기, 사실인가?"

클래버하우스는 고개를 끄덕였다. "그놈 레인지로버 조수석이었습니다. 빌어먹게 거대한 누런색 살덩이였어요. 일요일 점심 때 펍에서 추첨으로 팔아도 될 정도였죠."

"어떻게 된 얘기지?"

오민스턴이 좌석에서 몸을 움직였다. "테디 윌콕스라고 들어보셨습니까? 글래스고의 청부업자입니다. 목공용 못과 망치가 무기였죠."

리버스는 고개를 끄덕였다. "약속을 어기면 윌콕스가 목공용 연장 가방을 들고 찾아옵니다."

"하지만 그 후에," 클래버하우스가 이어받았다. "테디는 어떤 조르디 놈의 눈 밖에 났습니다. 텔포드는 어렸고 나름대로 명성을 쌓고 있었죠. 그리고 이 조르디 놈과 몹시 친분을 쌓고 싶어 했습니다. 그래서 테디를 손봐줬죠."

"그래서 테디 시체를 이리로 가져온 겁니다." 오민스턴이 말했다. "모든 사람에게 본보기를 보여주려고요."

리버스는 생각했다. 조르디는 뉴캐슬 출신을 말한다. 뉴캐슬에는 타인

^{Tyne} 강을 건너는 다리가 있다.

"뉴캐슬이야." 리버스는 좌석에서 몸을 앞으로 기대며 부드럽게 말했다.

"뉴캐슬이 왜요?"

"캔디스가 거기 있었을 거야. 다리가 많았던 도시. 캔디스는 텔포드를 이 조르디 조폭과 연결시킬 수 있어."

오민스턴과 클래버하우스는 서로 쳐다보았다.

"캔디스는 안전하게 머물 곳이 필요해." 리버스가 둘에게 말했다. "돈, 그리고 나중에 갈 곳도."

"텔포드를 잡아넣을 수 있게만 해주면 일등석에 태워 고향에 보내주죠."

"고향으로 가고 싶어 할 것 같진 않은데."

"그건 나중 일입니다." 클래버하우스가 말했다. "우선 캔디스와 얘기부터 해야 해요."

"통역이 필요할 거야."

클래버하우스가 리버스를 쳐다보았다. "아는 분…… 있으시죠?"

캔디스는 유치장 감방에서 자고 있었다. 담요 아래 몸을 말고 있어서 머리카락만 보였다. 감방은 여성 유치장 블록에 있었다. 분홍색과 파란색으로 페인트칠을 했고, 잠을 자는 널빤지가 있었다. 벽에는 긁어댄 낙서가 있었다.

"캔디스." 리버스가 그녀의 어깨를 쥐면서 조용히 말했다. 캔디스는 마치 리버스가 전기 쇼크를 가한 것처럼 갑자기 잠에서 깼다. "괜찮아. 나야, 존."

캔디스는 앞이 안 보이는 듯 주위를 둘러보다가 리버스에게 천천히 초점을 맞췄다. "존." 그녀가 말했다. 그리고 미소를 지었다.

클래버하우스는 전화로 조정할 일이 있어서 자리를 떴다. 오민스턴이 입구에 서서 캔디스를 살펴보았다. 오민스턴이 까다롭다는 얘기는 들은 적이 없었다. 리버스는 콜쿠혼의 집에 연락해봤지만 응답이 없었다. 그래서 리버스는 몸짓으로 캔디스에게 다른 곳으로 가야 한다는 사실을 알렸다.

"호텔이야." 리버스가 말했다.

캔디스는 그 단어를 좋아하지 않았다. 시선이 리버스에게서 오민스턴으로 옮겼다가 다시 리버스에게로 돌아왔다.

"괜찮아." 리버스가 말했다. "자는 곳이야. 그게 다야. 텔포드나 그런 사람 없어."

캔디스는 안심하는 것 같았다. 그녀는 자리에서 나와 리버스 앞에 섰다. 믿을게요. 그리고 실망시켜도 놀라지 않을게요. 눈이 이렇게 말하고 있는 것 같았다.

클래버하우스가 돌아왔다. "전부 준비됐습니다." 그는 말하면서 캔디스를 살펴보았다. "영어 아예 못하나요?"

"점잖은 자리에서 쓸 정도는 아니지."

"그렇다면," 오민스턴이 말했다. "우리와 함께 있어도 괜찮을 겁니다."

남자 셋과 젊은 여자 하나가 짙은 푸른색 포드 오리온을 타고 도시 남쪽으로 향했다. 지금은 자정을 지난 늦은 시각이어서 검은색 택시만 다녔다. 학생들이 펍에서 쏟아져나오고 있었다.

"매년 더 어려지네요." 클래버하우스는 상투적인 말을 빼먹는 적이 없다.

"그리고 경찰서에 점점 더 많이 들어오지." 리버스가 한마디 보탰다.

클래버하우스는 미소를 지었다. "학생 말고 매춘부들이요. 지난주에 하나 잡아왔는데 열다섯 살이라고 하더군요. 가출한 열두 살짜리로 밝혀졌습니다. 그쪽으로는 다 큰 거죠."

리버스는 열두 살 때의 새미를 떠올려보려고 했다. 리버스에게 앙심을 품은 미친놈의 손아귀에 잡혀서 겁에 질려 있었다.* 그 후에 엄마가 런던으로 데려가기 전까지 새미는 수없이 악몽에 시달렸다. 로나는 몇 년 후에 전화했다. 로나는 리버스가 새미의 유년 시절을 빼앗아갔다는 사실을 알려주고 싶었을 뿐이었다.

"미리 연락했습니다." 클래버하우스가 말했다. "걱정마십시오. 전에도 사용했던 곳입니다. 완벽해요."

"옷도 좀 필요할 텐데." 리버스가 말했다.

"쇼반이 아침에 좀 보내줄 수 있을 겁니다."

"쇼반은 어때?"

"괜찮은 것 같습니다. 농담이나 대화를 중간에서 끊지 않습니다."

"쇼반은 농담을 잘 합니다." 오민스턴이 말했다. "술도 좋아하고요."

이 마지막 말은 리버스에게는 새로운 소식이었다. 쇼반 클락이 새 환경에 적응하기 위해 얼마나 달라졌는지 궁금했다.

"우회로 지나가면 바로입니다." 클래버하우스가 말했다. 목적지 얘기였다. "이제 거의 다 왔어요."

갑자기 도시가 끝났다. 그린벨트와 펜틀랜드 힐이 나타났다. 우회로는 조용했다. 오민스턴은 출구 사이를 시속 160km로 밟았다. 콜린턴을 지나 호텔 안으로 신호를 보냈다. 자동차 여행자를 위한 전국 호텔 체인 중 하

* '존 리버스 컬렉션'의 첫 번째 작품 『매듭과 십자가』에 나오는 내용이다.

나였다. 가격도, 방도 동일했다. 주차장에는 조수석에 담뱃갑이 어질러진 세일즈맨 특유의 차들이 가득했다. 세일즈맨들은 자거나 손에 TV 리모컨을 쥐고 멍하니 누워 있을 것이다.

캔디스는 머뭇거렸지만 리버스도 가는 걸 보고는 차에서 내렸다.

"캔디스 인생의 빛이 되셨군요." 오민스턴이 한마디 했다.

프런트에서 캔디스를 커플의 한쪽으로 서명했다. 앵거스 캠벨 부인. 강력반 형사 두 명은 이런 절차를 잘 알고 있었다. 리버스는 호텔 직원을 쳐다보았지만, 클래버하우스는 괜찮다고 윙크로 알려주었다.

"2층으로 줘, 맬컴." 오민스턴이 말했다. "누가 창문으로 훔쳐보는 건 질색이야."

객실은 20호였다. "누가 같이 있어야 하나?" 리버스는 계단을 오르면서 물었다.

"다 같이 방에 있어야죠. 층계참은 너무 눈에 띄고, 차에 있다간 엉덩이가 얼어붙을 겁니다. 콜쿠혼 박사 번호 주셨던가요?"

"오민스턴이 가지고 있어."

오민스턴이 문을 열었다. "누구부터 망을 보죠?"

클래버하우스는 어깨를 으쓱했다. 캔디스는 무슨 얘기를 하는지 알려고 리버스 쪽을 보고 있었다. 그녀는 리버스의 팔을 와락 붙잡고는 먼저 클래버하우스를, 그다음에는 오민스턴을 보면서 모국어로 흥분해 지껄였다. 그러는 내내 리버스의 팔을 흔들고 있었다.

"정말 괜찮아, 캔디스, 이 사람들이 당신을 돌봐줄 거야."

캔디스는 계속해서 고개를 저으면서 한 손으로는 리버스를 붙잡고 다른 손으로는 리버스를 가리켰다. 자기 생각을 분명하게 하려고 계속 리버스의 가슴을 쿡쿡 찔렀다.

"어때요, 존?" 클래버하우스가 물었다. "증인이 안심해야 증언도 기꺼이 하죠."

"쇼반은 언제 오지?"

"서두르라고 하겠습니다."

리버스는 다시 캔디스를 쳐다보고는 한숨을 쉬고 고개를 끄덕였다. "오케이." 리버스는 자기 자신을, 그다음에는 방을 가리켰다. "잠깐만이야. 오케이?"

캔디스는 만족한 것 같았다. 그리고 방으로 들어갔다. 오민스턴이 리버스에게 열쇠를 건네줬다.

"젊다고 너무 기분 내지는 마시……"

리버스는 오민스턴의 면전에서 문을 닫았다.

방은 예상한 그대로였다. 리버스는 전기 포트에 물을 채우고 스위치를 켠 다음, 컵에 티백을 넣었다. 캔디스는 욕실을 가리킨 다음, 손으로 몸을 돌리는 동작을 했다.

"목욕?" 리버스는 팔로 몸짓을 했다. "어서 해."

창문 커튼은 닫혀 있었다. 리버스는 커튼을 걷고 내다보았다. 풀로 덮인 경사지가 있었고, 우회로에서는 가끔 불빛이 보였다. 커튼을 단단히 닫은 다음 방 온도를 조절했다. 방은 답답했다. 자동 온도 조절 장치는 없는 것 같아서 창문으로 돌아가 조금 열었다. 차가운 밤공기, 그리고 근처에서 차들이 휙휙 지나가는 소리가 들렸다. 리버스는 커스터드 크림, 그리고 작은 비스킷 두 개로 된 팩을 열었다. 갑자기 배가 고파 죽을 것 같았다. 로비에서 스낵 자판기를 본 게 기억났다. 주머니에는 잔돈이 가득 있었다. 차를 만들고 우유를 넣은 다음 소파에 앉았다. 기분 전환할 게 필요해서 TV를 켰다. 차는 괜찮았다. 아주 괜찮았다. 불평할 게 없었다. 전화기를 집어 들고 잭 모튼에게 전화했다.

"자고 있었어?"

"아니. 어떻게 돼 가?"

"오늘 술 생각이 났어."

"그럼 새 소식은?"

리버스는 잭이 소변을 보는 소리를 들을 수 있었다. 잭은 리버스가 술을 끊는 걸 도와주었다. 원하면 언제든 전화하라고 했다.

"토미 텔포드라는 쓰레기하고 얘기해야 했어."

"아는 이름이군."

리버스는 담뱃불을 붙였다. "술 한잔 마시면 도움이 됐을 것 같아."

"전에, 아니면 후에?"

"둘 다." 리버스는 미소를 지었다. "내가 지금 어디 있는지 알아?"

잭은 짐작도 못 했다. 그래서 리버스는 사연을 들려주었다.

"자네 속셈은 뭐야?" 잭이 물었다.

"모르겠어." 리버스는 생각해보았다. "캔디스는 내가 필요한 것 같아. 누군가 나를 그렇게 느낀 게 아주 오랜만이야." 리버스는 이렇게 말하면서 그동안의 사연을 전부 털어놓지 않았을까 봐 걱정했다. 로나와 했던 다른 말다툼이, 리버스가 가졌던 관계들을 이용할 때마다 지르던 로나의 비명이 기억났다.

"아직도 술 생각나?" 잭이 묻고 있었다.

"이젠 아니야." 리버스는 담배를 비벼 껐다. "잘 자, 잭."

리버스가 차를 두 잔째 마시고 있을 때 캔디스가 돌아왔다. 같은 옷을 입고 있었고, 젖은 머리카락이 쥐꼬리처럼 흔들렸다.

"괜찮아?" 엄지손가락을 치켜올리는 신호를 하며 리버스가 물었다. 캔디스는 미소를 지으며 고개를 끄덕였다. "차 마실래?" 리버스는 포트를 가리켰다. 캔디스는 다시 고개를 끄덕였다. 그래서 리버스는 한 잔 만들어주었다. 그러고는 스낵 자판기로 가자고 제안했다. 감자칩, 너츠, 초콜릿, 캔 코카콜라 몇 개를 샀다. 그들은 작은 우유팩에 든 우유를 넣어 차를 한 잔 더 마셨다. 리버스는 신발을 벗고 소파에 누워서 소리를 끈 채 TV를 보았다. 캔디스는 옷을 다 입고 침대에 누워서 가끔 봉지에 든 감자칩을 먹으며 채널을 돌렸다. 리버스가 있다는 걸 잊은 것 같았다. 리버스는 다행이라고 생각했다.

잠들었던 게 분명했다. 캔디스의 손가락이 무릎을 만지는 바람에 깼다. 캔디스는 알몸에 티셔츠만 입고 앞에 서 있었다. 손가락은 아직 리버스의 무릎에 대고 있었다. 리버스는 고개를 젓고는 미소를 지으며 그녀를 침대로 데려갔다. 그는 캔디스를 눕게 했다. 캔디스는 등을 대고 누워서 팔을 벌렸다. 리버스는 다시 고개를 젓고는 이불을 당겨 덮어주었다.

"이제 안 그래도 돼." 리버스가 말했다. "잘 자, 캔디스."

리버스는 소파로 돌아가서 다시 누웠다. 캔디스가 그의 이름을 부르지 않기를 바랐다.

문을 두드리는 소리에 리버스는 잠에서 깼다. 밖은 아직 어두웠다. 방이 추웠다. 창문을 닫는 걸 잊어버린 탓이다. TV는 아직 나오고 있었지만 캔디스는 잠들었다. 이불은 차버렸고, 초콜릿색 가운 치마가 맨다리와 허벅지를 감싸고 있었다. 리버스는 이불을 덮어주고 발끝으로 문까지 가 문구멍으로 내다보았다. 그리고 문을 열었다.

"이제 안심이군. 정말 고마워." 리버스는 쇼반 클락에게 낮은 목소리로 말했다.

클락은 불룩한 비닐봉지를 들고 있었다. "24시간 영업하는 가게가 있어서 다행이었어요." 둘은 안으로 들어왔다. 클락은 자고 있는 캔디스를 보고는 소파로 와서 봉지를 열기 시작했다.

"경위님 거예요." 클락이 낮은 목소리로 말했다. "샌드위치 좀 샀어요."

"자넨 복 받을 거야."

"잠자는 공주를 위해서 제 옷 몇 벌 가져왔어요. 가게 열 때까지는 괜찮을 거예요."

리버스는 이미 첫 번째 샌드위치를 먹고 있었다. 흰 빵에 치즈샐러드가 이렇게 맛있었던 적이 없었다.

"난 어떻게 집에 가지?" 리버스가 물었다.

"택시 불렀어요." 클락이 시계를 확인했다. "2분 후에 도착해요."

"자네 없었으면 어쩔 뻔했어."

"반반이죠. 얼어 죽거나 굶주리거나." 클락이 창문을 닫았다. "이제 나가세요."

리버스는 캔디스를 마지막으로 보았다. 깨워서 영원히 가는 게 아니라는 사실을 알려주고 싶은 마음이 간절했다. 하지만 캔디스는 너무나도 편안히 잠들었고, 쇼반은 모든 걸 잘 처리할 수 있다.

그래서 두 번째 샌드위치를 주머니에 넣고 방 열쇠를 소파 위로 던진 다음 방을 나왔다.

4시 30분이었다. 택시가 밖에서 기다리고 있었다. 리버스는 숙취를 느

껐다. 새벽 이 시간에 술을 마실 수 있는 모든 장소의 목록을 머릿속에서 훑어보았다. 술을 안 마신 지 얼마나 되었는지 몰랐다. 날짜를 세지 않았다.

리버스는 기사에게 주소를 알려준 다음, 좌석에 편히 기댔다. 다시 캔디스를 생각했다. 편안히 잠들었고 보호받고 있다. 그리고 새미를 생각했다. 아버지한테 뭘 바라기에는 이제 다 자랐다. 새미도 자고 있을 것이다. 네드 팔로우의 품 안에서. 잠은 순수하다. 심지어 도시도 잠들어 있을 때는 순수해 보인다. 리버스는 가끔 도시를 보다가 자신의 냉소주의가 침범할 수 없는 아름다움을 발견하곤 했다. 최근이었던가, 아니면 몇 년 전이었던가, 바에서 누군가가 로맨스가 무엇인지 정의해보라고 시비를 걸었다. 리버스는 사랑과 반대되는 것들을 너무나 많이 보았다. 사람들은 과도한 열정 때문에, 부족한 열정 때문에 살해당한다. 그래서 이제 리버스는 미인을 봐도, 그 아름다움이 사라지거나 야수처럼 변하리라는 것을 깨달은 상태에서 반응할 수밖에 없었다. 리버스는 프린스 스트리트 가든에서 연인들을 보면서 언젠가는 그들이 배신과 갈등이 만나는 교차로에 서 있는 모습을 상상했다. 가게에서 발렌타인데이 카드를 보면 찔린 상처, 진짜 심장에서 피가 흐르는 모습을 상상했다.

이제 리버스는 바에서 묻던 사람에게 이것들 중 어떤 이야기라도 할 수 있을 것이다.

"로맨스를 정의해봐."

리버스의 대답은? 새로 따른 맥주잔을 들고 그 잔에 입 맞출 것이다.

리버스는 9시까지 잔 다음 샤워를 하고 커피를 끓였다. 그러고는 호텔에 전화를 걸었다. 쇼반이 아무 일 없다고 확인해주었다.

"캔디스는 일어나서 경위님이 아니라 내가 있는 걸 보고는 좀 놀란 것 같았어요. 계속 경위님 이름을 부르더군요. 다시 만나게 될 거라고 얘기해 줬어요."

"어떻게 할 계획이야?"

"쇼핑이요. 가일 쇼핑센터에 갔다 오려고요. 그런 다음에는 페테스로 가요. 콜쿠혼 박사가 정오부터 한 시간 내줬어요. 뭘 알아낼 수 있는지 봐야죠."

리버스는 창가로 가서 비에 젖은 아든 스트리트를 내려다보았다. "잘 돌봐줘."

"걱정마세요."

쇼반이 없어도 문제없으리라는 건 알고 있었다. 이 일은 쇼반이 강력반에서 처음 맡은 임무였고, 성공시키려고 죽어라 최선을 다할 것이다. 부엌에 있을 때 전화벨이 울렸다.

"리버스 경위님이신가요?"

"누구시죠?" 처음 듣는 목소리였다.

"제 이름은 데이비드 레비입니다. 초면에 댁으로 전화드려서 죄송합니다. 매튜 밴더하이드가 번호를 알려줬습니다."

늙은 밴더하이드. 한동안 그를 보지 못했다.

"그런데요?"

"밴더하이드가 경위님을 안다는 사실에 놀랐다는 말씀은 꼭 드려야겠군요." 목소리에는 건조한 유머가 가미되어 있었다. "하지만 지금은 매튜에 관한 어떤 일에도 놀라지 않습니다. 매튜가 에든버러를 잘 안다기에 찾아갔습니다."

"그래서요?"

전화에서 웃음소리가 들렸다. "죄송합니다, 경위님. 의심하시는 것도 당연합니다. 제 소개가 횡설수설이었으니까요. 저는 역사학자입니다. 솔로몬 메이어링크가 연락해서 도움을 청하더군요."

메이어링크. 리버스가 아는 이름이었다. 홀로코스트 조사국 국장.

"제가 정확히 어떤 '도움'이 필요하다고 하던가요?"

"직접 만나서 얘기하는 게 어떨까요? 전 지금 샬롯 광장에 있는 호텔에 묵고 있습니다."

"록스버그 호텔요?"

"거기서 뵐 수 있을까요? 오늘 아침이면 좋겠는데요."

리버스는 시계를 보았다. "한 시간 뒤로 할까요?" 리버스가 제안했다.

"좋습니다."

리버스는 사무실에 전화해서 어디 갈 것인지 알려놓았다.

5

두 사람은 록스버그 호텔 라운지에 앉았다. 데이비드 레비가 커피를 따랐다. 나이 든 커플이 먼 모퉁이 창가에 앉아서 신문을 세세히 읽고 있었다. 레비도 나이가 들었다. 검은 테 안경을 썼고 짧은 은색 턱수염을 길렀다. 햇볕에 탄 가죽 색깔의 두피 주위로 은색 머리카락이 후광처럼 났다. 회갈색 사파리 슈트에 파란색 셔츠를 입었고 그 아래 넥타이를 맸다. 의자 옆에 지팡이가 놓여 있었다. 옥스퍼드, 뉴욕 주립대, 텔아비브 대학, 그 외세계 여러 대학에서 가르쳤고 지금은 은퇴했다.

"하지만 조셉 린츠와는 접점이 없었어요. 그럴 이유도 없었죠. 관심사가 달랐거든요."

"그런데 왜 메이어링크 씨는 선생님이 절 도와줄 수 있다고 생각했을까요?"

레비는 커피포트를 쟁반 위에 다시 놓았다. "우유? 설탕?" 리버스는 둘다에 고개를 젓고 질문을 되풀이했다.

"글쎄요, 경위님." 레비는 자기 컵에 설탕을 두 스푼 가득 털어 넣으며 말했다. "정신적 지원의 문제에 가깝죠."

"정신적 지원이요?"

"아시다시피 경위님 전에도 많은 사람들이 이 사건을 조사했죠. 저는 객관적이고, 사심이 없고, 수사에 이해관계가 없는 전문가가 필요합니다."

리버스는 발끈했다. "제가 일을 제대로 하고 있지 않다는 얘기신가요?"

레비의 얼굴에 짜증스러운 표정이 스쳤다. "내가 말을 요령 있게 하지 못했군요. 경위님이 지금 하고 있는 일의 타당성을 의심하는 때가 있을 거라는 얘깁니다. 그 가치에 의문을 품게 되죠." 레비의 눈이 빛났다. "아니면 이미 의문을 품고 있나요?"

리버스는 아무 말도 하지 않았다. 의문은 한가득 품고 있었다. 살아 숨쉬는 현실의 사건이 있는 지금은 특히 그랬다. 캔디스. 캔디스는 토미 텔포드로 이끌어줄 실마리였다.

"저는 경위님의 양심이 되기 위해 여기 왔습니다." 레비는 통증으로 얼굴을 움찔했다. "아니, 그 말은 맞지 않네요. 경위님은 이미 양심을 가지고 있으니까요. 그건 논쟁의 여지가 없죠." 레비는 한숨을 쉬었다. "경위님이 당연히 떠올릴 의문은 나 자신에게 가끔 던지는 것이기도 합니다. 시간이 지나면 책임도 씻겨나갈까? 나에게 그 대답은 '아니다'입니다. 핵심은 이겁니다, 경위님." 레비가 몸을 앞으로 기울였다. "경위님이 수사하고 있는 건 노인의 범죄가 아닙니다. 노인이 된 젊은이의 범죄죠. 거기에 중점을 두십시오. 전에도 수사는 있었지만 겉핥기였죠. 정부는 이자들을 재판하기보다는 죽기를 기다리고 있습니다. 하지만 각각의 수사는 기억의 작용입니다. 그리고 기억은 절대 버려지지 않습니다. 우리가 배울 수 있는 유일한 방법이니까요."

"지금 우리가 보스니아에서 배우는 것처럼요?"

"맞는 말씀입니다, 경위님. 우리는 언제나 뒤늦게 교훈을 얻죠. 가끔은 고향을 망치질해야 하기도 하고요."

"제가 선생님의 목수라고 생각하십니까? 빌프랑슈에 유대인이 있었나요?" 리버스는 그런 기록을 읽은 기억이 없었다.

"그게 중요한가요?"

"왜 관심을 보이시는지 궁금할 뿐입니다."

"솔직히 말씀드리면 숨은 동기가 약간 있습니다." 레비는 단어를 생각하며 커피를 홀짝였다. "'랫 라인'이요. 그게 존재했다는 걸, 추적자들로부터 나치를 구해줬다는 걸 폭로하고 싶습니다." 레비는 잠시 말을 멈췄다. "'랫 라인'은 몇몇 서유럽 정부, 심지어 바티칸의 암묵적인 승인을 받고 실행되었습니다. 전면적인 공모가 이루어진 게 문제죠."

"모든 사람이 죄책감을 느끼길 원하십니까?"

"인정을 바랍니다. 진실을 원해요. 경위님도 그걸 바라지 않습니까? 매튜 밴더하이드 말로는 그게 경위님의 인생 지침이라던데요."

"밴더하이드는 저를 아주 잘 알지는 못합니다."

"나도 확신하는 건 아닙니다. 그건 그렇고, 진실을 숨긴 채로 두고 싶어 하는 사람들이 있습니다."

"진실이라면……?"

"유명 전범들이 영국과 다른 곳으로 옮겨가서 새 삶과 새 신분을 받았죠."

"대가는요?"

"냉전이 시작되던 때였습니다. 이런 옛말을 아실 겁니다. '적의 적은 친구다.' 정보기관이 이 살인자들을 보호했죠. 군 정보기관이 일자리를 줬고요. 이 사실이 대중에게 알려지길 원하지 않는 사람들이 있습니다."

"그래서요?"

"그래서 재판, 그것도 공개 재판이 열리면 그런 사람들이 노출되죠."

"스파이가 있다고 경고하시는 건가요?"

레비는 거의 기도하는 태도로 두 손을 그러모았다. "경위님, 이게 만족스러운 만남이었는지는 확신하지 못하겠군요. 그 점은 사과드립니다. 난 여기 며칠 더 묵을 겁니다. 필요하다면 더 있을 수도 있죠. 다시 만날 수 있을까요?"

"모르겠습니다."

"그래도 생각은 해보세요." 레비는 오른손을 내밀었다. 리버스는 그 손을 마주 잡았다. "전 여기 있을 겁니다, 경위님. 만나주셔서 고맙습니다."

"잘 지내십시오, 레비 씨."

"샬롬.*"

리버스는 사무실로 돌아와서도 레비의 악수를 느낄 수 있었다. 빌프랑슈 파일들에 둘러싸여 있으니 전문가들과 괴짜들만 찾아오는 박물관의 큐레이터가 된 느낌이었다. 빌프랑슈에서 악행이 저질러졌다. 하지만 조셉 린츠가 책임자일까? 설사 그렇다 해도, 지난 반세기 동안 속죄하지 않았을까? 리버스는 검사실에 전화해 약간의 진전이 있었다고 보고했다. 검사실에서는 연락해줘서 고맙다고 했다. 그런 다음, 리버스는 농부를 찾아갔다.

"들어오게, 존. 무슨 일인가?"

"총경님, 강력반이 우리 구역에서 감시 작전을 펴는 걸 알고 계셨습니까?"

---

* shalom: '평화'를 뜻하는 히브리어로 만날 때나 헤어질 때 하는 인사.

"플린트 스트리트 말인가?"

"아셨군요?"

"그쪽에서 알려왔다네."

"연락 담당은 누구죠?"

농부는 얼굴을 찌푸렸다. "말했잖나. 그쪽에서 알려왔다고."

"그럼 현장에는 연락 담당관이 없었군요?" 농부는 말이 없었다. "연락 담당관이 있어야 하는 게 원칙입니다."

"뭐가 불만인가, 존?"

"일을 주십시오."

농부는 책상에 앉은 채로 리버스를 응시했다. "빌프랑슈 사건으로 바쁠 텐데."

"일을 주십시오, 총경님."

"존, 연락 담당은 외교야. 자네는 그쪽에 젬병이잖나."

그래서 리버스는 캔디스에 대해, 그리고 자신이 어떻게 이미 사건에 얽혀들었는지 설명했다. "그리고 사건에 뛰어든 후로," 리버스는 마무리했다. "저는 연락 담당이나 마찬가지로 일했습니다."

"빌프랑슈 사건은 어떻게 하고?"

"최우선으로 처리하겠습니다."

농부는 리버스의 눈을 바라보았다. 리버스는 눈 한 번 깜빡이지 않았다. "그럼 좋네." 농부가 마침내 말했다.

"페테스에도 알리실 겁니까?"

"내가 알려놓겠네."

"감사합니다, 총경님." 리버스는 몸을 돌려 자리를 떴다.

"존?" 농부는 책상 뒤에 서 있었다. "내가 무슨 말 하려는지 알지?"

"너무 여기저기 들쑤시지 말 것, 혼자만의 정의감으로 설치지 말 것, 정기적으로 보고할 것, 총경님의 신뢰를 배반하지 말 것. 맞습니까?"

농부는 미소를 지으며 고개를 절레절레 흔들었다. "가보게." 농부가 말했다.

리버스는 자리를 떴다.

리버스가 방 안에 들어서자 캔디스가 벌떡 일어나는 바람에 의자가 바닥에 넘어졌다. 캔디스는 앞으로 다가와서 그를 안았다. 그사이 리버스는 주변 사람들을 둘러보았다. 오민스턴, 클래버하우스, 콜쿠혼 박사, 그리고 여자 경관.

로디언 앤 보더스 주 경찰청 본청인 페테스의 취조실이었다. 콜쿠혼은 어제와 똑같은 복장에 어제와 똑같이 불안해 보였다. 내내 한쪽 벽에 기대서 있던 오민스턴이 캔디스의 의자를 세웠다. 클래버하우스는 콜쿠혼 옆의 테이블에 앉아 있었다. 앞에는 종이 패드가, 종이 위에는 펜이 놓여 있었다.

"경위님을 만나서 기쁘다고 하는군요." 콜쿠혼이 통역했다.

"통역 안 해주셔도 알 것 같네요." 캔디스는 새 옷을 입었다. 데님 바지는 너무 길어서 무릎에서 10cm 정도 말려 올라갔다. 검은색 모직 V넥 점퍼를 입었다. 스키 재킷은 의자 뒤에 걸려 있었다.

"앉으라고 해주시겠습니까?" 클래버하우스가 말했다. "시간이 별로 없습니다."

리버스가 앉을 의자는 없었다. 그래서 오민스턴과 경관 옆에 섰다. 캔디스는 하던 얘기를 계속했지만 리버스 쪽을 주기적으로 쳐다보았다. 리버스는 클래버하우스의 종이 패드 옆에 갈색 봉투와 A4 크기의 봉투가 있는 것을 보았다. 봉투 위에는 흑백으로 된 토미 텔포드 감시 사진이 있었다.

"이 남자." 클래버하우스가 사진을 톡톡 치며 물었다. "이 남자를 아나요?"

콜쿠혼이 묻고 캔디스의 대답을 들었다. "캔디스는……" 콜쿠혼이 목청을 가다듬었다. "직접 접촉한 적은 없다고 합니다." 2분에 걸친 캔디스의 진술이 이 한마디로 정리되었다. 클래버하우스는 봉투 안에서 사진 몇 장을 더 꺼내 캔디스 앞에 놓았다. 캔디스는 그중 하나를 톡톡 쳤다.

"프리티 보이." 클래버하우스가 말했다. 그는 텔포드의 사진 하나를 다시 집어 들었다. "이 남자하고는 접촉이 있었죠?"

"캔디스는……" 콜쿠혼이 얼굴을 닦았다. "일본인들 얘기를 합니다. 동양인 사업가들이요."

리버스는 오민스턴과 서로 마주 보았다. 오민스턴이 어깨를 으쓱했다.

"어디였죠?" 클래버하우스가 물었다.

"차였답니다. 한 대 이상이었다는군요. 일종의 호위대죠."

"캔디스는 이 차들 중 하나에 있었고요?"

"네."

"어디로 갔죠?"

"시내를 나와서 한두 군데 섰답니다."

"주니퍼 그린." 캔디스가 꽤 정확하게 말했다.

"주니퍼 그린." 콜쿠혼이 되풀이했다.

"거기서 차를 세웠다고요?"

"아니요. 그 전이었답니다."

"무슨 일로요?"

콜쿠혼이 다시 캔디스와 이야기를 했다. "모른답니다. 운전사 중 하나가 담배를 사러 갔다고 생각했다는군요. 다른 사람들은 흥미로운 듯 건물을 보고 있는 것 같았답니다. 하지만 한마디도 하지 않았다는군요."

"어떤 건물이요?"

"모른답니다."

클래버하우스는 화가 난 것 같았다. 캔디스는 별다른 정보를 주지 못했다. 리버스는 캔디스에게 거래할 게 없다면 강력반이 다시 그녀를 거리로 돌려보내리라는 걸 알았다. 콜쿠혼은 이 일에 서툴렀다. 역부족이었다.

"주니퍼 그런 다음에는 어디로 갔죠?"

"교외를 돌아다녔다는군요. 두세 시간 정도였답니다. 가끔 차를 세우고 차 밖으로 나갔지만 경치를 볼 뿐이었다고 합니다. 수많은 언덕과……" 콜쿠혼이 무언가 확인했다. "언덕과 깃발들이요."

"깃발이요? 건물에 걸린 깃발?"

"아니요. 땅에 꽂혀 있었답니다."

클래버하우스는 오민스턴에게 가망 없다는 시선을 보냈다.

"골프장." 리버스가 말했다. "캔디스에게 골프장을 설명해주세요, 콜쿠혼 박사님."

콜쿠혼이 그렇게 했다. 캔디스는 맞다고 고개를 끄덕이며 리버스를 쳐다보았다. 클래버하우스도 리버스를 쳐다보았다.

"그냥 찍은 거야." 리버스가 어깨를 으쓱하며 말했다. "일본인 사업가들이 스코틀랜드에서 좋아할 만한 건 골프겠지."

클래버하우스가 캔디스 쪽으로 몸을 돌렸다. "그 사람들 중 하나와 한 방에 투숙했는지 물어봐주세요."

콜쿠혼이 다시 목청을 가다듬었다. 말하면서 그의 뺨이 빨개졌다. 캔디스는 테이블을 내려다보며 고개를 끄덕여 인정했다. 그리고 말을 시작했다.

"거기 간 이유가 그거라는군요. 처음에는 속았답니다. 그 사람들이 예쁜 여자를 보고 싶어 했고…… 멋진 드라이브를 했고…… 하지만 시내로 돌아와서 일본인들을 호텔에 내려준 다음, 캔디스를 객실로 데려갔답니다. 캔디스는 일본인 세 사람과…… 클래버하우스 경사님, 경사님이 말씀하신 대로 한방에 '투숙'했답니다."

"호텔 이름은 기억난다고 하나요?"

캔디스는 기억하지 못했다.

"점심은 어디서?"

"깃발 옆에……" 콜쿠혼이 바로잡았다. "골프장 옆에 있는 레스토랑이었다는군요."

"언제 있었던 일이죠?"

"2~3주 전이랍니다."

"사람은 몇 명이나 있었나요?"

콜쿠혼이 확인했다. "일본인 세 명, 그 외에 네 명이었다는군요."

"에든버러에 온 지는 얼마나 되었는지 물어봐주십시오."

콜쿠혼은 그렇게 했다. "한 달쯤 된 것 같답니다."

"거리에 나온 지 한 달이라…… 우리가 못 잡은 게 이상하군요."

"벌을 받았답니다."

"무엇에 대한 벌이요?" 클래버하우스가 물었다. 리버스는 답을 알고 있었다.

"자기 모습을 추하게 만들었으니까." 리버스는 캔디스 쪽으로 몸을 돌렸다. "왜 자해했는지 물어봐주세요."

캔디스는 리버스를 쳐다보고 어깨를 으쓱했다.

"무슨 얘기죠?" 오민스턴이 물었다.

"흉터가 있으면 손님들이 그만둘 거라고 생각했겠지. 매춘부 생활이 싫었다는 뜻이야."

"그리고 확실하게 빠져나갈 방법은 우리를 돕는 것뿐이고요?"

"그 비슷하지."

그래서 콜쿠혼이 캔디스에게 다시 물어보고 나서 말했다. "그들은 캔디스가 자해하는 걸 안 좋아했답니다. 그래서 캔디스는 그렇게 했다는군요."

"우리를 도와주면 그런 일을 다시는 안 해도 된다고 말해주십시오."

콜쿠혼이 시계를 보며 통역했다.

"'뉴캐슬'이란 단어를 듣고 생각나는 게 없답니까?" 클래버하우스가 물었다.

콜쿠혼이 뉴캐슬을 설명했다. "강가에 있는 잉글랜드 도시라고 말해주었습니다."

"다리 이야기도 잊지 마십시오." 리버스가 말했다.

콜쿠혼이 단어 몇 개를 더 얘기했지만 캔디스는 어깨를 으쓱할 뿐이었다. 사람들을 실망시켜서 속상해하는 것 같았다. 리버스는 미소를 지어주었다.

"고용주였던 남자 얘기는 어떨까요?" 클래버하우스가 물었다. "에든버러에 오기 전의 고용주 말입니다."

캔디스는 할 말이 많은 듯했다. 말하는 동안 계속해서 손가락으로 얼굴을 만졌다. 콜쿠혼은 고개를 끄덕였다. 중간중간 통역하기 위해 캔디스의 말을 끊었다.

"덩치 큰…… 뚱뚱한 남자였다는군요. 그자가 보스였답니다. 피부에…… 점 같은데 뭔가 뚜렷한 게 있었다고 합니다. 안경을 꼈다는군요. 선글라스 같은데 확실하지는 않습니다."

리버스는 클래버하우스와 오민스턴이 시선을 교환하는 걸 보았다. 전부 너무 모호해서 큰 쓸모가 없었다. 콜쿠혼은 다시 시계를 확인했다. "그리고 차가 많이 있었다는군요. 이 남자가 그 차들을 부렸답니다."

"얼굴에 흉터가 있을지도 모르겠군요." 오민스턴이 말했다.

"안경과 흉터만으로는 알아낼 수 있는 게 별로 없어." 클래버하우스가 덧붙였다.

"형사님들." 캔디스가 리버스를 보고 있는 사이에 콜쿠혼이 말했다. "저는 이만 가봐야겠습니다."

"나중에 돌아오실 수 있나요?" 클래버하우스가 물었다.

"오늘 말씀입니까?"

"오늘 저녁은 어떨지……?"

"다른 약속이 있습니다."

"알겠습니다. 그러면 오민스턴 경장이 다시 시내로 모셔다드리겠습니다."

"기꺼이요." 오민스턴이 아첨하듯 말했다. 어쨌든 콜쿠혼은 필요했다. 기분을 맞춰줘야 했다.

"말씀드릴 게 하나 있습니다." 콜쿠혼이 말했다. "파이프에 사는 난민 가족이 있습니다. 사라예보 출신이에요. 캔디스를 받아줄 겁니다. 제가 물어봐줄 수 있습니다."

"감사합니다, 박사님." 클래버하우스가 말했다. "나중에 부탁드리죠."

콜쿠혼은 실망한 것 같았다. 오민스턴이 그를 안내해 밖으로 나갔다.

리버스는 클래버하우스에게 다가갔다. 클래버하우스는 사진을 한데 모으고 있었다.

"좀 괴짜네요." 클래버하우스가 한마디 했다.

"현실에 익숙하지 않은 거지."

"별로 도움도 못 되고요."

리버스는 캔디스를 보았다. "내가 데리고 나가도 될까?"

"네?"

"딱 한 시간만." 클래버하우스가 리버스를 쳐다보았다. "내내 여기 갇혀 있었잖아. 기다리고 있는 건 호텔방뿐이고. 한 시간, 아니면 한 시간 반 후에 호텔로 데려갈게."

"안전하게 데려오십시오. 좀 웃게 만들면 더 좋겠죠."

리버스는 캔디스에게 함께 나가자는 몸짓을 했다.

"일본인과 골프장." 클래버하우스가 말했다. "어떻게 생각하십니까?"

"알다시피 텔포드는 사업가잖아. 사업가들은 다른 사업가들과 거래하지."

"술집 경비원과 슬롯머신이 전문이잖아요. 일본인과 어떤 연관이 있을까요?"

리버스는 어깨를 으쓱했다. "어려운 질문은 자네들한테 맡기겠네." 그러고는 문을 열었다.

"그리고, 존." 캔디스 쪽으로 고개를 끄덕이며 클래버하우스가 경고했다. "캔디스는 강력반 자산인 거 아시죠? 그리고 기억하십시오. 경위님이 우리 쪽에 파견된 겁니다."

"걱정말게, 클래버하우스. 참, 내가 자네들 B 부서* 연락 담당관이 됐어."

"언제부터요?"

"즉시 발령이지. 못 믿겠다면 자네들 상관한테 물어봐. 자네들 사건이지만 텔포드는 내 구역에서 일하니까."

리버스는 캔디스의 팔을 잡고 방에서 데리고 나왔다.

리버스는 플린트 스트리트 모퉁이에 차를 세웠다.

"괜찮아, 캔디스." 불안해하는 것을 보고 리버스가 말했다. "우린 차 안에 있어. 괜찮아." 캔디스는 보고 싶지 않은 얼굴을 찾아 눈을 흘깃거렸다. 리버스는 다시 시동을 걸고 떠났다. "봐, 우리 떠나잖아." 캔디스에게 말했다. 캔디스가 이해하지 못한다는 걸 알았다. "그날부터 네가 시작한 곳이 여긴 것 같아." 리버스는 캔디스를 쳐다보았다. "주니퍼 그린으로 간 날 말이야. 일본인들은 중심가 호텔에 묵었겠지. 비싼 곳. 일본인들을 태우고 동쪽으로 향했어. 아마 달리 로드를 따라서겠지?" 리버스는 혼잣말하고 있었다. "맙소사. 난 모르겠어, 캔디스. 보다가 눈에 익숙한 게 있으면 알려줘. 오케이?"

"오케이."

알아들었을까? 아니. 캔디스는 웃고 있었다. 마지막 단어만 들었을 것

---

* 동부 지역을 관할하는 부서.

이다. 아는 것이라고는 플린트 스트리트에서 멀어진다는 사실뿐이었다. 리버스는 먼저 프린스 스트리트로 그녀를 데리고 갔다.

"여기 호텔이었어, 캔디스? 일본인들 말이야. 여기였어?" 캔디스는 멍한 눈으로 차창 밖을 바라보았다.

리버스는 로디언 스트리트로 향했다. "어서 홀이야." 리버스가 말했다. "쉐라톤…… 생각나는 거 없어?" 없었다. 웨스턴 어프로치 로드, 슬레이트포드 로드, 그리고 라나크 로드를 따라 달렸다. 조명이 대부분 그들 쪽으로 향하고 있어서 캔디스가 건물을 살펴볼 시간이 충분했다. 신문 가판대를 지나갈 때마다 리버스는 호위대가 담배를 사러 멈춘 곳이 아닌지 해서 가판대를 가리켰다. 곧 시내를 벗어나 그들은 주니퍼 그린으로 들어섰다.

"주니퍼 그린!" 표지판을 가리키며 캔디스가 말했다. 리버스에게 보여줄 게 생겨서 기뻐했다. 리버스는 애써 미소 지으려고 했다. 에든버러 주위에는 골프장이 수없이 많았다. 골프장마다 데리고 다닐 수는 없었다. 일주일이면 몰라도 한 시간 안에는 어림도 없다. 그는 들판 옆에 잠시 차를 세웠다. 캔디스가 밖으로 나왔기 때문에 리버스도 따라 나와 담뱃불을 붙였다. 도로 옆에는 돌로 된 문기둥이 두 개 있었지만 기둥 사이에는 문도, 그 뒤로 난 길 같은 것도 없었다. 한 기둥 위에는 심하게 마모된 황소 상징물이 있었다. 캔디스는 다른 기둥 뒤에 있는 들판을 가리켰다. 조각된 돌덩어리가 쓰러져 있었다. 잡초와 잔디로 반쯤 뒤덮인.

"도마뱀 같은데." 리버스가 말했다. "드래곤일지도 몰라." 그는 캔디스를 쳐다보았다. "누군가에겐 의미가 있겠지." 캔디스는 멍하니 리버스를 되돌아봤다. 새미의 모습이 보였다. 도와주고 싶다는 생각이 다시 떠올랐다. 캔디스를 돕는다는 생각보다 텔포드를 잡는 데 캔디스가 어떻게 도움이 될지에 대해서만 집중할 위험이 있었다.

차로 돌아와 리빙스턴으로 접어들었다. 라토로 가서 시내로 돌아올 생각이었다. 그때 캔디스가 몸을 돌려 뒤쪽 유리창 밖을 내다보는 걸 알아챘다.

"무슨 일이야?"

캔디스는 불분명한 톤으로 봇물 터지듯 말을 쏟아냈다. 리버스는 차를 돌려 방금 온 길을 천천히 되돌아갔다. 그는 길옆에 차를 세웠다. 돌벽 반대쪽이었다. 돌벽 뒤에는 높고 낮은 언덕이 이어지는 골프장이 있었다.

"알아보겠어?" 캔디스는 몇 마디를 중얼거렸다. 리버스는 골프장을 가리켰다. "여기? 맞아?"

캔디스는 리버스 쪽으로 몸을 돌려서 사과하는 듯한 말을 했다.

"괜찮아." 리버스가 말했다. "가까이 가서 보자." 거대한 이중 철문이 열려 있는 곳으로 차를 몰았다. 한쪽 면에 '포인팅헤임 골프 & 컨트리클럽'이라고 쓴 안내판이 있었고, 그 아래는 '바 - 점심 식사와 일품요리. 방문을 환영합니다'라고 쓰여 있었다. 리버스가 문을 통과해 들어서자 캔디스는 다시 고개를 끄덕였고, 거대한 그레고리안 양식의 집이 시야에 들어오자 손으로 허벅지를 때리며 거의 좌석에서 뛰어오르려고 했다.

"무슨 뜻인지 알겠군." 리버스가 말했다.

메인 출입구 밖, 볼보 에스테이트와 높이가 낮은 토요타 사이에 끼다시피 주차했다. 골프장에서는 남자 셋이 라운드를 마치고 있었다. 마지막 퍼팅이 들어가자, 지갑을 꺼내 돈을 주고받았다.

리버스가 골프에 대해 아는 건 두 가지였다. 첫째, 어떤 사람들에게는 종교다. 둘째, 많은 플레이어들이 내기를 즐긴다. 최종 스코어, 각 홀, 심지어 각 샷마다 내기를 걸었다.

그리고 도박 하면 일본인 아닌가?

리버스는 캔디스의 팔을 잡고 주 건물로 함께 들어갔다. 바에서는 피아노 음악이 흘러나왔다. 여송연 연기 냄새가 났고 떡갈나무 판자가 있었다. 유리를 끼운 액자 안에 오래된 나무 퍼터 몇 개가 있었다. 오늘 저녁에 헬러윈 디너 댄스 파티가 열린다는 광고 포스터가 붙어 있었다. 리버스는 안내소로 가서 신분을 밝히고 자초지종을 얘기했다. 안내소 직원은 전화를 한 다음 사장실로 안내했다.

휴 맬러하이드는 대머리에 몸이 마른 40대 중반의 남자였다. 약간 말을 더듬었는데, 리버스가 첫 질문을 던지자 더 심해졌다. 리버스에게 되물으면서 시간을 벌려는 것 같았다.

"일본인 방문객이 있었냐고요? 글쎄요. 골프 치시는 분이 몇 있죠."

"이 사람들은 점심 식사를 하러 왔습니다. 2주 아니면 3주 전이었을 거예요. 일본인 세 명에 스코틀랜드인 네 명이었습니다. 차는 레인지로버였고, 테이블은 텔포드란 이름으로 예약되었을 겁니다."

"텔포드요?"

"토머스 텔포드."

"아, 네." 맬러하이드는 이 상황이 아주 불편한 것 같았다.

"텔포드 씨를 아시는군요?"

"어느 정도는요."

리버스는 의자에서 몸을 앞으로 기울였다. "계속하시죠."

"음…… 텔포드 씨는…… 저기, 제가 입을 열지 않으려는 건 이 사실이 알려지지 않았으면 해서입니다."

"이해합니다."

"텔포드 씨는 중재자 역할을 했습니다."

"중재자요?"

"교섭에서 말입니다."

리버스는 맬러하이드가 무슨 말을 하는지 알았다. "일본인들이 포인팅 헤임을 매수하려고 합니까?"

"아시는군요. 저는 여기 관리자일 뿐입니다. 일상적인 업무만 처리한다는 뜻이죠."

"하지만 사장이잖습니까?"

"클럽 지분을 보유하고 있지 않습니다. 실소유주는 처음에는 매각에 반대했죠. 하지만 제안이 들어왔는데, 아주 좋다고 판단했습니다. 그리고 매수 희망자들은 음…… 집요했습니다."

"협박이 있었습니까, 맬러하이드 씨?"

맬러하이드는 겁에 질린 것 같았다. "어떤 종류의 협박이요?"

"아닙니다."

"교섭 분위기가 험악했냐는 말씀이라면, 그렇지 않았습니다."

"그럼 여기서 점심 식사를 한 일본인들은……?"

"컨소시엄 대표들이었습니다."

"어떤 컨소시엄이요?"

"모릅니다. 일본인들은 언제나 아주 비밀스럽죠. 제 생각엔 큰 회사나 대기업 같았습니다."

"왜 포인팅헤임을 원하는지 아십니까?"

"저도 궁금하던 참입니다."

"그리고요?"

"일본인들이 골프 좋아하는 건 다들 알죠. 그게 중요한 이유일 수 있습니다. 아니면 리빙스턴에 어떤 공장을 지으려고 하는지도 모르죠."

"그리고 포인팅헤임은 그 공장의 사교 클럽이 되고요?"

맬러하이드는 그 생각에 몸을 떨었다. 리버스는 일어났다.

"큰 도움이 되었습니다. 다른 얘기는 없습니까?"

"이건 오프 더 레코드입니다, 경위님."

"그건 걱정마십시오. 아는 이름은 없으셨나요?"

"이름이요?"

"그날 식사에 왔던 사람들이요."

맬러하이드는 고개를 저었다. "죄송합니다. 신용카드도 없었습니다. 텔포드 씨가 언제나처럼 현금으로 계산했습니다."

"팁은 많이 줬나요?"

"경위님." 맬러하이드가 미소를 지었다. "어떤 비밀은 신성불가침입니다."

"이 대화도 그렇게 묻어둡시다. 괜찮죠?"

맬러하이드는 캔디스를 쳐다보았다. "저 여자 매춘부죠? 그들이 온 날 그렇게 생각했습니다." 혐오하는 목소리였다. "더러운 년이죠."

캔디스가 맬러하이드를 보고는 리버스에게 도와달라는 눈길을 보냈다. 그녀는 알아들을 수 없는 말을 몇 마디 했다.

"뭐랍니까?" 맬러하이드가 물었다.

"사장님과 똑같이 생긴 손님을 받은 적이 있다고 합니다. 골프 바지를 입었는데, 16번 아이언으로 자기를 때려달라고 했다는군요."

맬러하이드는 나가라는 몸짓을 했다.

6

리버스는 캔디스의 방에서 클래버하우스에게 전화했다.

"반반이겠네요." 클래버하우스가 말했다. 하지만 리버스는 그가 흥미를 보이는 걸 알 수 있었다. 좋은 조짐이었다. 클래버하우스가 계속 관심을 보일수록 캔디스를 붙들고 있을 테니까. 오민스턴은 베이비시터 임무를 재개하기 위해 호텔로 오고 있는 중이었다.

"내가 알고 싶은 건, 텔포드가 대체 어떻게 이런 곳을 손에 넣게 되었는가야."

"좋은 질문입니다." 클래버하우스가 말했다.

"전에 놀던 바닥하고는 다른 분야잖아?"

"우리가 알기론 그렇죠."

"일본 회사를 위해 운전사 노릇이라……"

"게임기를 공급하는 계약을 따내려는 건지도 모릅니다."

리버스는 고개를 저었다. "아직 모르겠어."

"경위님이 신경 쓸 문제가 아닙니다. 그걸 잊지 마세요."

"그런 것 같군." 문에서 노크 소리가 들렸다. "오민스턴 같은데."

"아닐 겁니다. 방금 떠났는데요."

리버스는 문을 쳐다보았다. "끊지 말고 대기해."

리버스는 수화기를 침대 옆 테이블에 놓았다. 노크 소리가 되풀이됐다. 소파에서 잡지를 뒤적이고 있던 캔디스에게 욕실로 가라고 손짓했다. 문으로 천천히 다가가 문구멍에 눈을 댔다. 여자였다. 프런트 주간 근무자였다. 리버스는 문을 열었다.

"무슨 일이죠?"

"부인께 편지가 왔어요."

리버스는 직원이 건네려고 하는 작은 흰색 봉투를 쳐다보았다.

"편지예요." 직원이 되풀이했다.

봉투에는 이름도 주소도 없었다. 소인도 찍혀 있지 않았다. 리버스는 편지를 받아서 전등에 비춰보았다. 종이 한 장, 그리고 사진처럼 평평한 사각형의 물건이 들어 있었다.

"어떤 남자가 프런트에 전해줬어요."

"언제요?"

"2~3분 전에요."

"어떻게 생겼습니까?"

직원이 어깨를 으쓱했다. "키가 크고 짧은 갈색 머리였어요. 양복을 입고 있었고, 서류가방에서 편지를 꺼냈어요."

"누구한테 보내는 건지 어떻게 알았죠?"

"외국인 여자에게 전하라고 했어요. 'T'라는 여자라고 설명하더군요."

리버스는 편지를 쳐다보았다. "알았어요. 고맙습니다"라고 중얼거렸다. 문을 닫고 전화기로 돌아갔다.

"뭐였습니까?" 클래버하우스가 물었다.

"누군가 캔디스에게 보내는 편지를 던져놓고 갔어." 리버스는 수화기를 어깨와 턱 사이에 끼고 편지를 뜯었다. 폴라로이드 사진과 종이 한 장이 있었다. 작은 대문자로 된 손편지였다. 외국어였다.

"뭐라고 적혀 있습니까?" 클래버하우스가 물었다.

"모르겠어." 리버스는 단어 몇 개를 큰 소리로 읽어보려고 했다. 캔디스가 욕실에서 나왔다. 메모를 낚아채 빠르게 읽더니 욕실로 재빨리 돌아갔다.

"캔디스에게 어떤 의미가 있어." 리버스가 말했다. "사진도 있어. 캔디스가 무릎을 꿇고 어떤 뚱뚱한 남자에게 오럴 섹스를 해주고 있군."

"어떤 남자인데요?"

"카메라가 남자 얼굴을 찍지 않았어. 캔디스를 여기서 데리고 나가야 해."

"오민스턴이 올 때까지 기다리세요. 놈들은 경위님을 혼란시키려고 할 겁니다. 캔디스를 납치하려고 했다면 차에 있는 경찰 하나쯤은 문제도 아니겠죠. 둘이라면 몰라도."

"놈들이 어떻게 알았지?"

"그건 나중에 생각해야죠."

리버스는 욕실 문을 쳐다보았다. 세인트 레너즈의 잠긴 화장실 칸이 기억났다. "가봐야겠어."

"조심하세요."

리버스는 수화기를 내려놓았다.

"캔디스?" 리버스는 문을 열려고 했다. 잠겨 있었다. "캔디스?" 물러서서 발로 찼다. 문은 세인트 레너즈의 화장실만큼 단단하지 않아서 경첩이 떨어질 뻔했다. 캔디스는 변기에 앉아서 손에 쥔 면도날로 팔을 긋고 있었다. 티셔츠에는 피가 묻었고, 흰색 타일 바닥에 피가 뿌려졌다. 캔디스는 리버스에게 비명을 지르기 시작했다. 단어들이 단음절로 흩어졌다. 리버스는 면도날을 잡다가 엄지손가락을 베었다. 리버스는 캔디스를 끌어당기고, 면도날을 변기에 흘려버린 다음, 팔에 수건을 둘러주었다. 메모는 욕조에 있었다. 리버스는 메모를 캔디스의 얼굴에 흔들었다.

"겁주려는 거야. 그것뿐이야." 리버스 자신도 믿지 않을 얘기였다. 캔디스를 이렇게 빨리 찾아낼 수 있고, 캔디스의 모국어로 편지를 쓸 수 있는 방법이 있다면, 텔포드는 리버스가 생각한 것보다 훨씬 강하고 영리한 놈이다.

"괜찮아." 리버스는 말을 이었다. "약속할게. 전부 괜찮아. 우리가 돌봐줄게. 여기서 빼내서 놈이 찾을 수 없는 곳으로 데려다줄게. 약속해, 캔디스. 봐, 내가 약속할게."

하지만 캔디스는 엉엉 울었다. 뺨에서 눈물이 흘러내리고, 손을 심하게 떨었다. 캔디스는 잠시 백마 탄 기사를 믿었다. 이제 자신이 얼마나 어리석었는지 깨달았다.

해안은 안전한 것 같았다.

리버스는 캔디스를 자신의 차로 데리고 왔다. 오민스턴은 뒷좌석에 탔다. 다른 방법이 없었다. 빠르게 탈출하는 것과 지원을 기다리는 것 둘 중 하나를 선택해야 했다. 캔디스가 피를 흘리고 있었기 때문에 기다릴 여유가 없었다. 병원까지 차를 몰고 가는 동안 신경이 바짝바짝 타들어갔다. 그들은 캔디스의 상처를 꿰매는 동안 기다렸다. 리버스와 오민스턴은 응급실에서 기다렸다. 긴 종이컵에 든 커피를 마시면서 대답할 수 있는 질문을 서로에게 했다.

"놈이 어떻게 알았지?"

"누구에게 편지를 쓰게 했을까요?"

"왜 경고만 했지? 납치하지 않고?"

"편지에는 뭐라고 쓰여 있었을까요?"

리버스는 대학 근처에 있다는 게 생각났다. 주머니에서 콜쿠혼 박사의 명함을 꺼내 사무실로 전화했다. 콜쿠혼은 사무실에 있었다. 리버스는 몇몇 단어의 철자를 말하면서 메시지를 읽어주었다.

"주소 같은데요." 콜쿠혼이 말했다. "번역이 안 됩니다."

"주소요? 도시 이름인가요?"

"그런 것 같진 않습니다."

"박사님, 캔디스가 나아지면 페테스로 데려갈 생각입니다. 거기서 뵐 수 있을까요? 중요한 일입니다."

"여러분한테는 모든 게 중요하겠죠."

"네. 하지만 이건 정말 중요합니다. 캔디스의 생명이 위험해요."

콜쿠혼은 뜸을 들였다. "그런 경우라면……"

"차를 보내드리겠습니다."

한 시간쯤 지나자 캔디스는 퇴원할 수 있을 만큼 나아졌다. "상처가 그렇게 깊지는 않았습니다." 의사가 말했다. "생명이 위험할 정도는 아니었어요."

"그럴 생각은 아니었겠지." 리버스는 오민스턴 쪽으로 몸을 돌렸다. "캔디스는 텔포드에게 돌아간다고 생각했어. 그래서 자해했고. 텔포드에게 돌아갈까 봐."

캔디스는 온몸의 피가 다 빠져나간 사람 같았다. 얼굴은 전보다 더 해골 같았고 눈은 어두웠다. 리버스는 캔디스의 미소가 어땠는지 떠올리려고 했다. 한동안 못 볼 것 같았다. 캔디스는 방어하듯 팔짱을 끼고 있었고, 리버스와 눈을 마주치려 하지 않았다. 리버스는 수감된 용의자들이 그렇게 행동하는 걸 보았다. 세상이 덫을 쳤다고 생각하는 사람들이다.

페테스에서는 클래버하우스와 콜쿠혼이 이미 기다리고 있었다. 리버스는 편지와 사진을 건네주었다.

"말씀드렸듯이, 주소입니다." 콜쿠혼이 말했다.

"무슨 의미인지 물어봐주십시오." 클래버하우스가 요청했다. 다들 전과 같은 방에 있었다. 캔디스는 자기 자리를 알고 이미 앉았다. 아직 팔짱을 끼고 있어서 크림색 붕대와 분홍색 깁스가 보였다. 콜쿠혼이 물었지만 존재하지 않는 듯한 취급을 받았다. 캔디스는 눈도 깜빡이지 않고 앞의 벽을 응시했다. 앞뒤로 몸을 조금 흔드는 것이 유일한 몸짓이었다.

"다시 물어보세요." 클래버하우스가 말했다. 하지만 콜쿠혼이 입을 떼기 전에 리버스가 끼어들었다.

"아는 사람이, 그러니까 캔디스에게 중요한 사람이 거기 사는지 물어봐주세요."

콜쿠혼이 그 질문을 하자, 캔디스의 움직임이 조금 격해졌다. 눈물이 맺혔다.

"부모님? 형제자매?"

콜쿠혼이 통역했다. 캔디스는 입술이 떨리는 걸 막을 수 없었다.

"아이를 남겨두고 왔을지도……"

콜쿠혼이 묻자, 캔디스는 의자에서 벌떡 일어나 울부짖고 소리를 질렀다. 콜쿠혼이 잡으려고 했지만 캔디스는 뿌리쳤다. 진정되자 방구석에 주저앉아서 팔로 머리를 감쌌다.

"아무 말도 하지 않겠다는군요." 콜쿠혼이 통역했다. "우리를 믿은 게 잘못이라고 합니다. 가고 싶답니다. 우리를 도울 수 있는 게 없다는군요."

리버스와 클래버하우스가 시선을 교환했다.

"캔디스가 가겠다고 하면 붙잡아둘 수 없습니다, 존. 변호사를 만나지 못하게 한 것만으로도 충분히 위험해요. 가겠다고 요청하면……" 클래버하우스는 어깨를 으쓱했다.

"이봐." 리버스는 낮은 소리로 말했다. "캔디스는 극도로 겁에 질렸어. 그럴만하지. 그런데 이제 와서 손 놓고 텔포드한테 돌려보낼 생각인가?"

"존, 이건 그런 문제가……"

"텔포드는 캔디스를 죽일 거야. 자네도 알잖아."

"그럴 생각이었으면 벌써 죽였겠죠." 클래버하우스는 잠시 말을 멈췄다. "그러기엔 너무나 영리한 놈입니다. 캔디스에게 겁만 주면 된다는 걸 잘 알고 있어요. 놈은 캔디스를 압니다. 마음에 걸리지만 방법이 없잖습니까?"

"며칠만 더 데리고 있어. 우리가……"

"우리가 뭘요? 이민국에 넘기실 생각인가요?"

"그것도 방법이지. 여기서 멀리 보낼 수만 있다면."

클래버하우스는 생각해보다가 콜쿠혼 쪽으로 몸을 돌렸다. "사라예보로 돌아가고 싶은지 물어봐주세요."

콜쿠혼이 물었다. 캔디스는 눈물을 삼키며 불분명한 발음으로 대답했다.

"사라예보로 돌아가면 그들이 전부 죽일 거라고 합니다."

침묵이 흘렀다. 전부 캔디스를 보고 있었다. 네 남자, 직업과 가족이 있는 남자들, 각자의 삶이 있는 남자들이었다. 당연히, 자신들이 얼마나 좋은 상황에서 살아가고 있는지 깨닫는 게 드물었다. 그들은 이제 다른 걸 깨닫고 있었다. 자신들이 얼마나 무력한지를.

"전해주세요." 클래버하우스가 조용히 말했다. "정말 원하면 언제든 여기서 나갈 수 있다고요. 만일 여기 있겠다면 우리가 온 힘을 다해 돕겠다고."

콜쿠혼은 그렇게 말했고, 캔디스는 들었다. 콜쿠혼이 말을 마치자 의자를 뒤로 당겨 일어나서 그들을 쳐다보았다. 그리고 붕대로 코를 문지르고 눈에서 머리카락을 치운 다음, 문으로 향했다.

"가지 마, 캔디스." 리버스가 말했다.

캔디스는 리버스 쪽으로 반쯤 몸을 돌렸다. "오케이." 그녀가 말했다.

그리고 문을 열고는 가버렸다.

리버스는 클래버하우스의 팔을 잡았다. "텔포드를 잡아와서 캔디스를 건드리지 말라고 경고해야 해."

"말한다고 들을 것 같습니까?"

"믿을 수 없군. 놈이 캔디스를 죽을 만큼 겁에 질리게 했는데, 우리는 캔디스를 그냥 가버리게 했잖아? 난 도저히 용납할 수 없어."

"캔디스는 언제든 파이프로 갈 수 있었습니다." 콜쿠혼이 말했다. 캔디스가 방에 없자 조금 생기가 도는 것 같았다.

"이젠 늦었습니다." 오민스턴이 말했다.

"이번에는 놈한테 한 방 먹었습니다. 그게 다예요." 클래버하우스가 말했다. 시선은 리버스를 향하고 있었다. "하지만 우리가 놈을 무너뜨릴 거

니까 걱정마세요." 클래버하우스는 간신히 엷고 웃음기 없는 미소를 지었
다. "우리가 포기한다고 생각하지 마세요, 존. 그건 우리 스타일이 아닙니
다. 아직은 어떻게 될지 몰라요. 아직은."

캔디스는 주차장에서 리버스가 나오기를 기다리고 있었다. 리버스의
낡은 사브 900의 조수석 문 옆에 서 있었다.

"오케이?"

"오케이." 리버스는 대답했다. 그는 안도감에 미소를 지으며 차 문을 열
었다. 데려갈 곳은 한 군데뿐이었다. 메도우스를 지나갈 때, 캔디스는 나무
가 늘어서 있는 운동장을 알아보고 고개를 끄덕였다.

"전에 여기 와 봤어?"

리버스가 아든 스트리트로 들어설 때 캔디스는 몇 마디 말하며 고개를
끄덕였다. 주차한 다음 캔디스 쪽으로 몸을 돌렸다.

"여기 와 봤다고?"

캔디스는 위쪽을 가리켰다. 손가락을 말아 쌍안경 모양을 했다.

"텔포드하고?"

"텔포드." 캔디스가 말했다. 무언가를 적는 몸짓을 했다. 리버스는 수첩
과 펜을 꺼내 건넸다. 캔디스는 테디베어를 그렸다.

"텔포드 차 타고 왔어?" 리버스가 끼어들었다. "그리고 텔포드는 저기
위 아파트 한 곳을 보았고?" 리버스는 자기 아파트를 가리켰다.

"예스, 예스."

"언제?" 캔디스는 질문을 이해하지 못했다. "회화책이 있어야겠군." 리
버스는 투덜거렸다. 그러고는 문을 열고 나와 주위를 둘러보았다. 주변에

는 전부 빈 차들뿐이었다. 레인지로버는 없었다. 캔디스에게 나와서 따라오라고 신호했다.

캔디스는 거실이 마음에 드는 것 같았다. 바로 레코드 컬렉션으로 갔지만 아는 레코드는 찾지 못했다. 리버스는 부엌으로 가 커피를 끓이며 생각에 잠겼다. 텔포드가 여길 안다면 캔디스를 이 집에 둘 수는 없다. 텔포드는 왜 리버스의 아파트를 감시하고 있었을까? 답은 분명했다. 텔포드는 리버스가 캐퍼티와 관련이 있고, 따라서 잠재적인 위협이 된다는 걸 알고 있었다. 리버스가 캐퍼티의 수하라고 생각했다. 적을 알라. 텔포드가 배웠던 또 다른 규칙이었다.

리버스는 『스코틀랜드 온 선데이』 경제부의 아는 기자에게 전화했다.

"일본 회사와 관련된 소문 있어?" 리버스가 말했다.

"범위 좀 좁혀줄 수 있어?"

"에든버러 주변의 새 부지야. 리빙스턴 같은데."

리버스는 기자가 책상 위 신문을 뒤적이는 소리를 들을 수 있었다. "마이크로프로세서 공장에 관한 소문이 돌고 있어."

"리빙스턴에?"

"가능성 있지."

"다른 건?"

"없어. 왜 관심을 보이는데?"

"고마워, 토니." 리버스는 수화기를 내려놓고 캔디스를 쳐다보았다. 어디로 데려가야 할지 알 수 없었다. 호텔은 안전하지 않다. 한 군데가 떠올랐다. 하지만 위험할 수 있다. 글쎄, 그렇게 위험하진 않지. 전화를 걸었다.

"새미." 리버스가 말했다. "부탁 하나 들어줄 수 있어?"

새미는 샌던에 있는 '콜로니'*에 살고 있었다. 바깥 도로가 좁아서 주차가 불가능했다. 리버스는 가능한 한 집과 가깝게 차를 세웠다.

새미는 좁은 현관에서 기다리다가 비좁은 거실로 안내했다. 고리버들 의자에는 기타가 놓여 있었다. 캔디스는 기타를 들고 의자에 앉아 코드를 쳤다.

"새미." 리버스가 말했다. "이쪽은 캔디스야."

"안녕하세요." 새미가 말했다. "해피 핼러윈." 캔디스는 이제 코드를 함께 짚었다. "오아시스네요."

캔디스가 고개를 들고 미소를 지었다. "오아시스." 캔디스가 되풀이했다.

"CD가 어디 있는데……" 새미는 오디오 옆에 쌓아둔 CD를 살펴보았다. "여기 있네요. 틀어볼까요?"

"예스."

새미는 오디오를 틀고는, 캔디스에게 커피를 끓여오겠다고 말했다. 그러고는 리버스에게 부엌으로 따라오라고 손짓했다.

"그래서 저 여자는 누구야?" 부엌은 작았다. 리버스는 입구에 섰다.

"매춘부야. 강요당했지. 포주한테 붙잡히면 안 돼."

"어디 출신이야?"

"사라예보."

"그래서 영어를 잘 못하는구나?"

"네 세르비아-크로아티어 실력은 어때?"

"다 까먹었지."

---

* colony: 출신지나 직업·관심사 등이 같은 사람들의 집단 거주지.

리버스는 주위를 둘러보았다. "남자친구는?"

"일하러 나갔어."

"책은?" 리버스는 네드 팔로우를 좋아하지 않았다. 이름도 이유 중 하나였다. '네드'는 『선데이 포스트』가 훌리건을 부르는 말이었다. 놈들은 할머니들의 연금 수급 바우처와 보행 보조기를 훔쳤다. 이 세계의 '네드'는 그런 놈들이었다. 그리고 '팔로우'는 원래는 롤링 스톤스의 곡이었던 〈당신은 (나와 함께한) 시간에서 떠났어Out of Time〉를 부른 크리스 팔로우를 연상케 했다. 팔로우는 '스코틀랜드의 조직 범죄 역사'를 연구하고 있었다.

"머피의 법칙이지." 새미가 말했다. "글을 쓸 시간을 내려면 돈이 필요하니까."

"그래서 무슨 일을 하는데?"

"프리랜서로 몇 가지 해. 캔디스는 얼마나 오래 돌봐줘야 해?"

"기껏해야 며칠이야. 있을 곳을 찾을 때까지만."

"포주가 캔디스를 찾으면 어떻게 돼?"

"그렇게 되지 않길 바라야지."

새미는 머그컵을 다 씻었다. "캔디스는 나랑 비슷해. 그렇지 않아?"

"맞아."

"일하다 잠깐 짬을 내서 왔어. 여기 계속 있을 수 있는지 직장에 전화해서 알아볼게. 캔디스 진짜 이름은 뭐야?"

"안 알려줬어."

"옷은 있어?"

"호텔에. 경찰차 보내서 가져오게 할게."

"캔디스는 정말 위험해?"

"그럴지도 몰라."

새미는 리버스를 쳐다보았다. "나는 아니고?"

"위험하지 않아." 리버스가 말했다. "우리만의 비밀이니까."

"네드한테는 뭐라고 해?"

"간단히 말해. 아빠 부탁이라고."

"기자가 그걸로 만족할 것 같아?"

"널 사랑한다면."

물이 끓으면서 주전자가 삑삑거렸다. 새미는 머그컵 세 개에 물을 따랐다. 거실로 돌아와 보니 캔디스의 관심은 이제 미국 만화책으로 옮겨가 있었다.

리버스는 커피를 마시고는, 새미와 캔디스가 음악과 만화 얘기를 하는 걸 보고 떠났다. 집으로 가는 대신 영 스트리트의 옥스퍼드 바로 가 인스턴트 커피 한 잔을 주문했다. 50펜스였다. 생각해보면 꽤 괜찮은 가격이었다. 50펜스에…… 잠깐, 반 파인트? 1파인트에 1파운드? 반값이네. 맥주로 치면 1.7배 싸고…… 차이는 있겠지만.

리버스는 계산해보지 않았다.

뒤쪽 방은 조용했다. 어떤 사람이 난로 근처 테이블에서 뭔가를 쓰고 있을 뿐이었다. 단골이었다. 기자인가 뭐 그럴 것이다. 리버스는 네드 팔로우를 생각했다. 캔디스에 대해 알고 싶어 할 것이다. 하지만 네드가 캐묻는 걸 막을 수 있는 사람이 있다면 바로 새미다. 리버스는 휴대폰을 꺼내 콜쿠혼의 사무실로 전화했다.

"또 귀찮게 해서 죄송합니다." 리버스가 말했다.

"이번엔 또 뭡니까?" 교수는 완전히 짜증이 난 것 같았다.

"말씀하신 그 난민 말입니다. 박사님이 얘기 좀 해주시겠습니까?"

"글쎄요……" 콜쿠혼이 헛기침을 했다. "네, 얘기할 수 있을 것 같군요. 그 말은……?"

"캔디스는 안전합니다."

"여기는 그 사람들 전화번호가 없습니다." 콜쿠혼은 다시 오락가락하는 것 같았다. "집에 갈 때까지 기다려줄 수 있나요?"

"그 사람들과 얘기할 때 전화 주십시오. 감사합니다."

리버스는 전화를 끊고 커피를 다 마신 다음, 쇼반 클락의 집에 전화했다.

"부탁이 있네." 고장 난 레코드 같다고 느끼면서 리버스는 말했다.

"들어드리면 저한테는 얼마나 문제가 생기죠?"

"거의 없어."

"문서로 약속해주실 수 있어요?"

"내가 바보야?" 리버스는 미소를 지었다. "텔포드 파일을 좀 봤으면 해."

"왜 클래버하우스 경사님한테 요청하지 않고요?"

"자네한테 부탁하는 게 낫지."

"분량이 많아요. 복사해드려요?"

"그러든지."

"알아볼게요." 앞쪽 바에서 들리는 소리가 높아졌다. "옥스퍼드 바예요?"

"마침 그렇게 됐네."

"술 드시는 중이에요?"

"커피 한 잔."

클락은 못 믿겠다는 듯 웃고는 리버스에게 조심하라고 했다. 리버스는

통화를 마치고 커피잔을 응시했다. 쇼반 같은 여자면 남자한테 술 마시게
할 수 있지.

7

아침 7시였다. 아파트 정문에 누가 와 있다고 알리는 버저가 울렸다. 리버스는 현관을 따라 비틀거리며 인터컴으로 가, 대체 누구냐고 물었다.

"크루아상 배달원이야." 거친 잉글랜드 말투가 대답했다.

"뭐?"

"이봐, 멍청이, 일어나. 요새 기억력이 별로인가 보네."

리버스의 머릿속으로 이름 하나가 떠올랐다. "애버네시?"

"빨리 열어. 얼어 죽겠어."

리버스는 버저를 눌러 애버네시를 들어오게 한 다음, 침대로 달려가 옷을 걸쳤다. 머리가 멍했다. 애버네시는 런던에 있는 특수부 경위였다. 테러리스트를 추적해 에든버러로 왔을 때 본 게 마지막이었다. 리버스는 애버네시가 대체 무슨 일로 여기 왔는지 의아했다.

초인종이 울리자 리버스는 셔츠를 쑤셔 넣고 현관으로 갔다. 애버네시는 말한 그대로 크루아상 봉지를 들고 있었다. 별로 변한 게 없었다. 색 바랜 데님 바지와 검은색 가죽 봄버 재킷도 똑같았고, 짧고 숱 많은 머리카락에 젤을 발라 세운 것도 그대로였다. 얼굴은 심각하고 곰보 자국이 있었으며, 눈은 무기력한 사이코패스 같은 푸른색이었다.

"어떻게 지냈어, 친구?" 애버네시는 리버스의 어깨를 찰싹 치고 그를 지나 부엌으로 갔다. "주전자 올려놔야지." 매일 그랬던 것 같은 태도였다. 600km도 넘게 떨어진 곳에 사는 사람 같지 않았다.

"애버네시, 여긴 웬일이야?"

"자네 밥 주려고 왔지. 잉글랜드는 늘 스코틀랜드를 먹여 살렸잖아. 버터 있어?"

"버터 접시 찾아봐."

"접시?"

리버스는 찬장을 가리켰다.

"인스턴트 커피 마시지?"

"애버네시……"

"이거 준비부터 마치고 얘기는 나중에 하자. 괜찮지?"

"주전자 플러그에 꽂아야지."

"맞아."

"잼도 있어."

"꿀은?"

"내가 벌이야?"

애버네시가 히죽히죽 웃었다. "늙은 조지 플라이트가 안부 전해달래. 곧 은퇴한다는 소문이 있어."

조지 플라이트. 리버스의 과거에서 온 또 다른 유령. 애버네시는 커피병 뚜껑을 열고 알갱이 냄새를 맡았다.

"얼마나 된 거야?" 애버네시가 코를 찡그렸다. "형편없네."

"나한테 뭘 바라? 여긴 언제 왔어?"

"30분쯤 전에 에든버러에 도착했어."

"런던에서?"

"졸음쉼터에서 두어 번 눈 좀 붙였어. A1 고속도로는 끔찍하더군. 뉴캐슬 북부는 제3세계 국가에 온 기분이었다니까."

"나 욕하려고 600km를 차 몰고 왔어?"

거실에 있는 테이블을 치웠다. 리버스는 책과 노트를 한쪽으로 치웠다. 제2차 세계대전에 관한 책들이었다.

"그래서," 둘이 자리에 앉자 리버스가 말했다. "사교성 방문은 아니지?"

"어떤 면에선 사실 그래. 전화를 할 수도 있었는데, 이 늙은 악마가 어떻게 지내고 있을까 하는 생각이 갑자기 들었어. 그래서 차를 타고 북부순환도로로 향했지."

"감동인데."

"자네가 뭘 하고 있는지 언제나 궁금했지."

"왜?"

"지난번에 만났을 때, 자네는 달랐어."

"내가?"

"자네는 팀 플레이어가 아니라는 뜻이야. 독불장군이지. 나와 좀 비슷해. 독불장군도 쓸모가 있지."

"쓸모?"

"언더커버. 일반적인 것에서 다소 벗어난 임무."

"내가 특수부에 맞는다고?"

"런던으로 옮길 생각한 적 없어? 진짜 재미있는 곳인데."

"재미라면 여기도 충분해."

애버네시는 창밖을 내다보았다. "폭탄이 터져도 조용할 것 같은 곳이군."

"이봐, 자네 상대하는 게 싫어서 그러는 건 아닌데, 여긴 왜 왔어?"

애버네시는 손에서 빵부스러기를 털었다. "미묘한 문제가 많아." 그는 커피를 쭉 들이켜고는 형편없는 맛에 몸서리쳤다. "전범 말이야." 애버네시가 말했다. 리버스는 빵을 씹던 걸 멈췄다. "새 명단이 있어. 알 거야. 그중 하나가 자네 코앞에 살고 있으니까."

"그래서?"

"그래서 런던 본청에 갔지. 임시로 전쟁범죄과를 개설했거든. 다양한 수사의 정보를 수집, 분석하고 중앙 데이터베이스를 구축하는 게 내 업무야."

"내가 뭘 알고 있는지 궁금했군."

"그런 셈이지."

"그걸 알려고 밤새 달려왔다고? 그게 다가 아닐 텐데."

애버네시가 웃었다. "어째서?"

"당연하지. 분석관이란 건 내근직이 적성인 사람을 위한 업무야. 자네는 아니지. 현장 체질이잖아."

"자네는? 자네가 역사학자에 맞는다고는 생각도 안 해봤는데." 애버네시는 테이블에 있는 책 중 하나를 손으로 톡톡 쳤다.

"억지로 하는 일이야."

"나하고 뭐가 다른데? 그래서 린츠 선생한테는 몇 점이나 땄어?"

"0점. 지금까지는 화살이 죄다 빗나갔지. 거긴 사건이 얼마나 돼?"

"원래는 스물일곱 건이었어. 하지만 여덟이 사망했지."

"진전은 있어?"

애버네시는 고개를 저었다. "한 건 기소했는데, 재판이 첫날 끝나버렸어. 노망났다고 버티면 기소도 못해."

"참고삼아 말해주는데, 린츠 사건도 딱 그래. 린츠가 요제프 린츠스테 크인지도 입증할 수 없어. 군대에 가게 된 것, 어떻게 영국에 오게 됐는지 에 대한 얘기가 거짓말이라도 입증할 방법이 없어." 리버스는 어깨를 으 쓱했다.

"전국에서 듣는 얘기가 다 똑같네."

"뭘 기대했어?" 리버스는 크루아상을 집어 들었다.

"이건 커피도 아냐." 애버네시가 말했다. "근처에 괜찮은 카페 없어?"

그래서 둘은 카페로 갔다. 애버네시는 더블 에스프레소를, 리버스는 디 카페인 커피를 주문했다. 『레코드』 1면에는 나이트클럽 밖에서 벌어진 칼 부림으로 사람이 죽었다는 기사가 났다. 신문을 읽던 남자는 아침 식사를 마치자 신문을 접어 들고 가버렸다.

"오늘 린츠와 얘기할 계획 없어?" 애버네시가 갑자기 물었다.

"왜?"

"나도 따라가려고. 프랑스인 700명을 죽인 사람과 만날 수 있는 기회가 자주 있는 건 아니잖아."

"병적으로 끌리는 거야?"

"우리는 다 어느 정도 그런 경향이 있잖아?"

"새로 물어볼 게 없어." 리버스가 말했다. "린츠는 벌써 우리가 괴롭히 고 있다고 변호사에게 불평하고 있고."

"인맥이 대단한 모양인데?"

리버스는 테이블 너머를 쳐다보았다. "자네도 읽었을 텐데."

"애버네시 하면 성실 아니겠어?"

"어쨌든 자네 말이 맞아. 높은 자리에 있는 친구들이 많지. 사건이 시작된 이후 커튼 뒤로 대다수가 숨었지만."

"린츠가 무죄라고 생각하는 것 같군."

"유죄가 입증될 때까지는."

애버네시는 커피잔을 들었다. "유대인 역사학자 한 사람이 여기저기 쑤시고 다닌다던데. 자네한테도 연락했어?"

"이름이 뭐지?"

애버네시가 다시 미소를 지었다. "연락해온 유대인 역사학자가 여럿 있었나 보네. 데이비드 레비야."

"여기저기 쑤시고 다닌다고?"

"한 주는 여기서, 한 주는 저기서, 사건이 어떻게 되어가고 있는지 묻고 다녀."

"지금은 에든버러에 있어."

애버네시는 커피를 후후 불었다. "그래서 얘기해봤어?"

"그래. 우연히도."

"그리고?"

"그리고 뭐?"

"'랫 라인'도 얘기했어?"

"다시 물어볼게. 왜 관심이 있어?"

"모든 사람한테 그 얘기를 하고 다니거든."

"만일 사실이라면?"

"맙소사. 질문에 질문으로 대답하기야? 이봐, 이 레비라는 사람의 이름이 내 컴퓨터 화면에 뜬 게 한두 번이 아니야. 그래서 관심을 보이는 거고."

"애버네시 하면 성실이니까?"

"맞아. 린츠 만나러 갈 거야?"

"뭐, 자네가 여기까지 왔으니까."

리버스는 집으로 돌아오는 길에 신문 가판대에서 『레코드』를 샀다. 칼부림 사건은 포르토벨로에 새로 문을 연 '메건 나이트클럽' 밖에서 일어났다. 피살자는 '도어맨'이었던 25세 윌리엄 테넌트였다. 이 사건이 1면에 뜬 이유는 사건 현장에 프리미어리그 축구선수가 있었기 때문이다. 이 선수와 같이 있던 친구가 가벼운 상처를 입었다. 공격자는 오토바이를 타고 도주했다. 선수는 기자들에게 아무런 코멘트도 하지 않았다. 리버스는 이 선수를 알고 있었다. 린리스고에 살았고, 1년쯤 전에 에든버러에서 과속으로 적발된 적이 있다. 적발 당시에 본인 표현으로는 '아주 약간의 찰리(Charlie)', 그러니까 코카인을 소지하고 있었다.

"재미있는 기사라도 있어?" 애버네시가 물었다.

"누가 클럽 경비원을 죽였어. 아주 평화로운 곳이지?"

"그런 사건이라면 런던에서는 발에 차일 정도야."

"여긴 얼마나 있을 거야?"

"오늘 떠나려고. 칼라일에 들를 예정이야. 늙은 나치 하나가 거기서 산대. 그다음에는 집에 가기 전에 블랙풀과 울버햄튼에 가고."

"일에 환장했군."

리버스는 관광객이 다니는 경로로 차를 몰았다. 더 마운드The Mound를 지나 프린스 스트리트를 가로질렀다. 헤리엇 로우에 이중 주차했다. 하지만 린츠는 집에 없었다.

"걱정 마." 리버스가 말했다. "어디 있을지 알아." 인버리스 로Inverleith Row

로 내려와 워리스톤 가든으로 우회전한 다음, 묘지 정문에 차를 세웠다.

"뭐야? 린츠가 무덤을 파?" 애버네시는 차에서 내려 재킷 지퍼를 올렸다.

"꽃을 심어."

"꽃? 뭐 하려고?"

"나도 몰라."

묘지는 죽음의 장소여야 했다. 하지만 워리스턴은 리버스에게 그렇게 느껴지지 않았다. 조각상들이 몇 개 쓰러져 있는, 두서없이 뻗어 나간 공원과 비슷했다. 돌로 된 진입로가 있는 새 구역은 바래가는 비문碑文들 사이에 있는 흙길로 바뀌어 갈 것이다. 오벨리스크와 켈트 십자가*, 수많은 나무와 새들, 쏜살같이 뛰어다니는 다람쥐들이 있었다. 산책로 아래 터널은 묘지에서 가장 오래된 구역이었지만, 터널과 진입로 사이에는 이 묘지의 심장이 에든버러의 과거를 하나하나 불러내며 자리하고 있었다. 오븐스턴, 클레우, 플록하트 같은 이름들, 보험 회계사, 비단 상인, 철물점 주인 같은 직업들이 있었다. 인도에서 죽은 사람들도, 유아 때 죽은 사람들도 있었다. 문에 있는 안내판은 방문자들에게 에든버러 시가 이 묘지를 강제 수용했다는 사실을 알려주고 있었다. 이전의 개인 소유자들이 이 묘지를 방치해두고 있었기 때문이다. 하지만 그렇게 방치된 부분도 최소한 이 묘지의 매력의 일부분이었다. 사람들은 이곳으로 개를 데리고 산책을 나오거나, 사진 찍는 연습을 하거나, 비석 사이에서 혼잣말을 했다. 게이들은 상대를 찾으러, 그 외는 고독을 즐기러 이곳에 왔다.

물론 어둠이 내리고 나면, 이곳은 완전히 다른 쪽으로 유명했다. 리스의 매춘부(리버스가 알았고 좋아했던 여자) 하나가 올해 초에 여기서 피살된 채

---

* 가로축보다 세로축이 길고 가운데 원이 있는 십자가.

로 발견되었다. 리버스는 조셉 린츠가 그 사실을 알고 있을지 궁금했다.

"린츠 씨?"

린츠는 정원용 가위 한 쌍으로 묘비 주위의 잔디를 다듬고 있었다. 억지로 들어 올린 얼굴은 땀으로 번들거렸다.

"아, 리버스 경위님. 동료분과 같이 오셨네요?"

"이쪽은 애버네시 경위입니다."

애버네시는 묘비를 살펴보았다. 코스모 메리맨이라는 교사의 묘지였다.

"잔디 정리하는 걸 허락받았나요?" 애버네시가 물었다. 마침내 린츠의 시선과 마주쳤다.

"막는 사람이 없었습니다."

"리버스 경위 말로는 꽃도 심으신다던데요."

"사람들은 내가 친척이라고 생각합니다."

"하지만 그렇지 않죠?"

"인류는 한 가족이라는 점에서만 그렇지요, 애버네시 경위님."

"그럼 기독교인이신가요?"

"네, 그래요."

"기독교 가정에서 자라셨나요?"

린츠는 손수건을 꺼내 코를 문질렀다. "기독교인이 빌프랑슈 학살 같은 잔혹 행위를 할 수 있는지 궁금해하시는군요. 이런 얘기에 관심은 없습니다만, 그런 일은 전적으로 가능하다고 생각합니다. 리버스 경위님께도 계속 설명했죠."

리버스는 고개를 끄덕였다. "여러 번 대화를 나눴지."

"아시겠지만 신앙은 변명이 될 수 없습니다. 보스니아를 보십시오. 수

많은 가톨릭 신자들이 내전에 뛰어들었죠. '좋은' 무슬림들도요. '좋은'이라는 건 '신앙인'이라는 뜻이죠. 이걸 보고도 신앙이 사람을 죽일 권리를주었다고 믿게 되던가요?"

보스니아. 리버스는 캔디스가 테러를 피해 탈출했지만 아직도 더 큰 공포를 겪고, 더 꼼짝도 못할 처지에 놓인 모습이 선명하게 보였다.

린츠는 헐렁한 고무줄 바지 주머니에 손수건을 쑤셔 넣었다. 녹색 고무덧신, 녹색 털스웨터, 트위드 재킷. 겉보기에는 정말 정원사처럼 보였다. 린츠가 묘지에 별로 관심을 보이지 않는 것도 놀랍지 않았다. 그는 묘지에녹아들어 있었다. 리버스는 린츠가 정말 교묘하다고, 남의 눈에 띄지 않는기술을 깊이 익혔다고 생각했다.

"짜증 나신 것 같군요, 애버네시 경위님. 이론파는 아니시죠?"

"그건 잘 모르겠군요."

"그런 경우에는 너무 많이 알아서는 안 됩니다. 리버스 경위님은 내가해야 할 말에 귀를 기울이죠. 관심이 있는 것처럼 보입니다. 그런지 아닌지는 내가 판단할 수 없습니다. 하지만 리버스 경위님의 행동은, 그게 행동이라면, 모범적이죠." 린츠는 늘 이런 식으로, 각 대사들을 리허설하듯말했다. "지난번에 경위님이 저희 집에 왔을 때는, 인간의 이중성에 대해토론했죠. 거기에 대해 어떤 의견 있으신가요, 애버네시 경위님?"

애버네시의 표정은 차가웠다. "아니요."

린츠는 어깨를 으쓱하며 애버네시에게 반론을 제시했다. "대학살은 집단 의지가 실행되었을 때 발생합니다." 그는 예전에 했던 강의처럼 간결하게 말했다. "때로 우리를 악마로 만드는 건 오로지 아웃사이더가 되기싫다는 두려움 때문이니까요."

애버네시는 주머니에 손을 찔러 넣고 코웃음 쳤다. "전쟁범죄를 정당화하시는 것 같군요. 선생님 자신도 거기 있었던 것처럼 들립니다."

"우주인이 되어야 화성을 상상할 수 있나요?" 린츠는 리버스 쪽으로 몸을 돌려 살짝 미소를 보였다.

"제가 좀 단순한지도 모르죠." 애버네시가 말했다. "게다가 좀 춥기도 하네요. 차로 돌아가서 얘기를 계속하는 게 어떨까요?"

린츠가 몇 가지 소도구를 캔버스 가방에 집어넣는 동안, 리버스는 주위를 둘러보았다. 묘비들 사이 먼 곳에서 움직임이 보였다. 어떤 남자가 쭈그리고 앉아 있었다. 잠깐 스쳤지만 누구 얼굴인지 알아볼 수 있었다.

"왜 그래?" 애버네시가 물었다.

리버스는 고개를 저었다. "아무것도 아니야."

세 남자는 조용히 걸어 사브로 돌아왔다. 리버스는 린츠에게 뒷문을 열어주었다. 놀랍게도 애버네시도 뒷좌석으로 들어갔다. 리버스는 운전석에 앉아서 발가락에 온기가 돌아오는 걸 느꼈다. 애버네시는 팔을 좌석 뒤에 대고 린츠 쪽으로 몸을 틀었다.

"린츠 씨, 이 모든 일에서 제 역할은 꽤 간단합니다. 최근에 이른바 '늙은 나치'들이 출현하는 것에 대한 모든 정보를 수집해 분석하죠. 이런 혐의는 매우 중대하기 때문에, 우리는 수사할 의무가 있다는 점을 이해하실 겁니다."

"'중대한' 게 아니라 '거짓' 혐의겠죠."

"어떤 경우든 염려하실 것 없습니다."

"내 평판만 빼고요."

"무죄가 입증되면, 그 문제도 처리하겠습니다."

리버스는 주의 깊게 들었다. 애버네시답지 않았다. 묘지 옆에서 보였던 적대적인 태도가 훨씬 모호하게 바뀌어 있었다.

"그동안에는요?" 린츠는 애버네시가 행간에 감추고 있는 의미를 파악한 것 같았다. 리버스는 이 대화에서 완전히 소외된 느낌이었다. 애버네시가 뒷좌석에 탄 이유는 바로 이것이었다. 애버네시는 조셉 린츠를 수사하는 형사와 자기 사이에 물리적 장애물을 놓았다. 뭔가 있었다.

"그동안에는," 애버네시가 말했다. "가능한 한 제 동료에게 전적으로 협조해주십시오. 이 친구가 결론에 빨리 도달할수록 사건이 빨리 끝날 테니까요."

"얘기가 나와서 말씀인데, 그 결론은 결정적이어야 합니다. 하지만 난 증거가 별로 없어요. 당시는 전쟁 때였습니다. 기록들이 많이 유실되었죠."

"어쨌든 증거가 없으면 사건이 종결될 수 없습니다."

린츠는 고개를 끄덕였다. "알겠습니다." 그가 말했다.

애버네시는 리버스가 이해할 수 없는 말은 하지 않았다. 그런데 용의자에게는 그런 말을 했다는 게 문제였다.

"기억력이 좋아지면 도움이 될 겁니다." 리버스는 뭐라도 한마디 덧붙여야 할 것 같았다.

"린츠 씨." 애버네시가 말했다. "시간 내주셔서 감사합니다." 애버네시는 노인의 어깨에 손을 얹었다. 보호하고 안심시키는 것 같았다. "어디 내려드릴까요?"

"여기 조금 더 있겠습니다." 문을 열고 나가면서 린츠가 말했다. 애버네시는 도구 가방을 건네주었다.

"그럼 몸조심하십시오." 애버네시가 말했다.

린츠는 고개를 끄덕이고 리버스에게 살짝 목례한 다음, 문 쪽으로 발을 끌며 돌아갔다. 애버네시는 조수석으로 옮겨탔다.

"이상한 양반이지?" 애버네시가 말했다.

"풀려났다고 얘기해준 거나 마찬가지야."

"헛소리 마." 애버네시가 말했다. "린츠에게 자기 처지를, 상황을 알려준 거야. 그게 전부라고." 애버네시는 리버스의 표정을 보았다. "정말 린츠가 법정에 서는 걸 보고 싶어? 묘지를 깔끔하게 관리해온 늙은 교수를?"

"자네가 그자 편을 든다고 해서 일이 편해지지는 않아."

"설사 린츠가 그 학살을 명령했다고 가정해도 그래. 재판을 해서 죽을 때까지 감옥에 가두는 게 답이라고 생각해? 그냥 겁만 주는 게 더 나아. 재판 같은 건 관두고. 그게 세금 절약하는 길이지."

"우리 일은 그런 게 아니야." 시동을 걸며 리버스가 말했다.

리버스는 애버네시를 아든 스트리트까지 태우고 갔다. 둘은 악수를 했다. 애버네시는 더 있고 싶었던 것처럼 말했다.

"조만간 보자고." 애버네시는 그렇게 말하고 떠났다. 애버네시의 시에라가 멀어지자, 다른 차가 바로 그 빈 자리에 주차했다. 쇼반 클락이 슈퍼마켓 봉지를 흔들며 나왔다.

"경위님 거예요." 클락이 말했다. "그리고 커피 한 잔 주세요."

클락은 애버네시처럼 까다롭지 않았다. 감사해하며 인스턴트 커피가 든 머그컵을 받았고, 남아 있는 크루아상을 먹었다. 자동응답기에는 메시지가 하나 있었다. 콜쿠혼 박사는 그 난민 가족이 내일 캔디스를 받아줄 수 있다고 말했다. 리버스는 세부 내용을 받아 적고, 쇼반의 봉지에 든 내용물로 관심을 돌렸다. 200장은 될 듯한 서류와 복사물이었다.

"흩어 놓지 마세요." 클락이 경고했다. "스테이플러로 찍을 시간이 없었어요."

"빨리 했네."

"어젯밤에 사무실로 돌아갔어요. 아무도 없을 때 해야 할 것 같았거든요. 괜찮다면 요약해 드릴게요."

"주요 선수들이 누군지만 말해줘."

클락은 테이블로 와서 리버스 옆으로 의자를 당겨 앉았다. 순서대로 정리된 감시 카메라 사진을 찾아서 얼굴 위에 이름을 적었다.

"브라이언 서머스예요." 클락이 말했다. "'프리티 보이'로 더 잘 알려져 있죠. 대부분의 매춘부들을 관리해요." 창백하고 여윈 얼굴에 검은색 속눈썹이 두꺼웠고, 입을 삐쭉 내밀고 있었다. 캔디스의 포주였다.

"별로 예쁘지 않네."

클락이 다른 사진을 찾았다. "케니 휴스턴이에요."

"프리티 보이 옆 울트라 추남이군."

"엄마 눈엔 예뻤겠죠." 이는 튀어나왔고, 피부는 황달에 걸린 것 같았다.

"이자는 뭘 하지?"

"도어맨들을 관리해요. 케니, 프리티 보이, 토미 텔포드는 같은 거리에서 자랐어요. 패밀리의 핵심이죠." 클락은 다른 사진들을 꼼꼼하게 살펴 추려냈다. "말키 조던, 마약 유통을 담당하죠. 션 해도우, 일종의 브레인이에요. 재정을 관리해요. 앨리 콘웰, 경호원이죠. 딕 맥그레인, 패밀리에 종교적인 갈등은 없어요. 개신교와 가톨릭이 함께 일하죠."

"모범 집단일세."

"하지만 여자는 없어요. 텔포드의 철학이죠. 여자는 걸림돌이다."

리버스는 서류 다발을 집어 들었다. "그럼 우리가 가진 건 뭐지?"

"증거 빼고 전부요."

"감시 팀이 증거를 잡을 것 같아?"

클락이 머그컵 위로 미소를 지었다. "그럴 것 같지 않으세요?"

"내 알 바 아니지."

"하지만 아직 관심을 가지고 계시잖아요." 클락이 잠시 말을 멈췄다. "캔디스 때문인가요?"

"캔디스에게 일어난 일이 마음에 들지 않아."

"그럼 이것만 기억하세요. 아직 이 일은 제 거예요."

"고마워, 쇼반." 리버스는 잠시 말을 멈췄다. "다 잘돼 가지?"

"그럼요. 전 강력반이 좋아요."

"세인트 레너즈에 있을 때보다 생기가 도는 것 같군."

"브라이언이 그리워요." 클락의 전 파트너 브라이언 홈스. 지금은 경찰을 그만뒀다.

"만난 적 있어?"

"아니요. 경위님은요?"

리버스는 고개를 젓고, 일어나서 클락을 밖으로 안내했다.

리버스는 한 시간 정도 서류를 꼼꼼히 읽었다. 텔포드 패밀리와 그들의 복잡한 사업에 대해 더 많이 알게 되었다. 뉴캐슬에 관한 건 없었다. 일본에 관한 것도 없었다. 여덟아홉 명쯤 되는 패밀리의 핵심 멤버들은 같은 학교에 다녔다. 그중 셋은 아직 페이즐리에 살면서 기존 사업을 관리하고 있다. 나머지는 이제 에든버러에 살면서 빅 제르 캐퍼티에게서 도시를 빼앗느라 바쁘다.

리버스는 텔포드가 지분을 가지고 있는 나이트클럽과 바의 명단을 훑어보았다. 첨부된 사고 보고서가 있었다. 근처에서 일어난 체포 기록이었다. 음주 난동, 경비원과 싸움. 차량과 기물 파손. 리버스의 눈길을 끄는 게 있었다. 클럽 몇 곳의 밖에 주차된 핫도그 노점용 밴에 대한 언급이었다. 밴 주인은 심문을 받았다. 목격자일 가능성이 있었다. 하지만 기억날 만한 것은 전혀 보지 못했다. 이름은 개빈 테이였다.

미스터 테이스티.

최근의 의심스러운 자살 사건. 리버스는 빌 프라이드에게 전화를 걸어 수사가 어떻게 되어가고 있는지 물었다.

"막다른 골목이야." 프라이드가 말했다. 그는 심드렁한 것 같았다. 프라이드는 경위 계급을 오래 달고 있었고, 다른 데로 옮길 생각도 없었다. 은퇴까지 긴 내리막길을 걷기 시작했다.

"부업으로 핫도그 노점을 했던 거 알아?"

"현금이 어디서 났는지 알 것 같군."

개빈 테이는 전과자였다. 1년 정도 아이스크림 가게를 했다. 이것도 성공적이었다. 집 옆에 새 벤츠가 주차되어 있었다. 재정 기록에 따르면 여윳돈이 나올 데가 없었다. 부인은 벤츠에 대해 해명하지 못했다. 벤츠는 이제 부업의 증거가 되었다. 나이트클럽에서 나오는 손님들에게 음식과 음료를 팔았던 것이다.

토미 텔포드의 나이트클럽이었다.

개빈 테이는 과거에 다수의 폭행 전과가 있었다. 상습적으로 폭행을 저질렀지만 결국에는 마음을 고쳐먹었다. 리버스는 방이 답답하게 느껴지기 시작했다. 머리가 꽉 막힌 것처럼 아팠다. 밖으로 나가기로 했다.

메도우스를 지나 조지 4세 다리로 내려간 다음, 프린스 스트리트로 내려갔다. 스코틀랜드왕립대학 계단에 사람들 한 무리가 앉아 있었다. 수염은 덥수룩하고, 머리는 염색했고, 찢어진 옷을 입었다. 노숙자들이었다. 무시당하지 않으려고 애쓰고 있었다. 리버스는 자신이 이들과 공통점이 있다는 것을 알았다. 인생을 살아오면서 남편, 아버지, 연인이라는 몇 가지 틈새를 메우지 못했다. 군대가 바라는 모습의 군인도 되지 못했고, 경찰에서도 정확히는 '동료들 중 하나'가 아니었다. 노숙자 하나가 손을 내밀었다. 리버스는 5파운드를 건넨 후, 프린스 스트리트를 건너 옥스퍼드 바로 향했다.

커피 한 잔을 들고 모퉁이에 앉았다. 휴대폰을 꺼내 새미에게 전화했다. 새미는 집에 있었고, 캔디스에게도 별일 없었다. 리버스는 캔디스가 있을 곳이 생겼고, 내일 갈 수 있을 것이라고 말했다.

"잘됐네." 새미가 말했다. "잠깐 기다려." 수화기를 건넬 때 바스락거리는 소리가 들렸다.

"안녕, 존. 잘 지냈어요?"

리버스는 미소를 지었다. "안녕, 캔디스. 이제 우리 말을 잘하네요."

"고마워요. 새미가 음, 나 가르쳐……" 캔디스는 웃음을 터뜨리고는 수화기를 다시 넘겼다.

"내가 가르쳐주고 있어." 새미가 말했다.

"그런 것 같네."

"오아시스 노래 가사부터 시작했어. 아직 걸음마지."

"나중에 들를게. 네드는 뭐래?"

"완전히 녹초가 돼서 돌아왔어. 알아채지도 못했을 거야."

"지금 있어? 얘기 좀 하고 싶은데."

"일하러 나갔어."

"네드가 다시 뭐 한다고 그랬지?"

"안 그랬는데."

"맞아. 고마워, 새미. 나중에 보자."

리버스는 커피를 들이켜 입가심을 했다. 애버네시 생각을 떨칠 수 없었다. 커피를 넘긴 다음 록스버그 호텔에 전화해서 데이비드 레비의 방에 연결해달라고 했다.

"레비입니다."

"존 리버스입니다."

"경위님, 전화해주시니 반갑군요. 도와드릴 일이라도?"

"얘기 좀 하고 싶습니다."

"사무실이신가요?"

리버스는 주위를 둘러보았다. "어떤 면에서는 그렇죠. 호텔에서 걸어서 2분 거리입니다. 호텔 문에서 오른쪽으로 돌아 조지 스트리트를 건넌 다음 영 스트리트로 내려오세요. 끝쪽에 옥스퍼드 바가 있습니다. 저는 뒤쪽 룸에 있습니다."

레비가 도착하자 리버스는 에이티 밥 맥주 반 잔을 샀다. 레비는 의자에 편안히 앉았다. 지팡이는 의자 뒤에 걸어두었다. "그럼 뭘 도와드릴까요?"

"경찰 중에 저하고만 얘기하신 건 아니죠?"

"네, 아닙니다."

"런던 특수부에서 오늘 절 만나러 왔습니다."

"제가 여기저기 돌아다닌다고 말했겠군요?"

"네."

"저하고 말하지 말라고 경고하던가요?"

"그렇게 많이 얘기하진 않았습니다."

레비는 안경을 벗고 닦기 시작했다. "말씀드렸듯이, 이 일을 역사 속에 묻어버리려는 사람들이 있습니다. 런던에서 여기까지 왔다는 그 사람이 저에 대해 얘기하던가요?"

"조셉 린츠를 만나고 싶어 했습니다."

"아." 레비는 생각에 잠겼다. "경위님 생각은 어떻습니까?"

"선생님 의견을 듣고 싶은데요."

"제 의견은 완전히 주관적인데요?" 리버스는 고개를 끄덕였다. "린츠를 확인하고 싶었을 겁니다. 그 사람은 특수부에서 일하죠. 그리고 특수부가 정보국의 오른팔이라는 건 공공연한 사실이죠."

"내가 린츠에게서 아무것도 알아내지 못한다는 걸 확인하고 싶어 했다고요?"

레비는 리버스의 담배에서 나오는 연기를 보며 고개를 끄덕였다. 이 사건이 바로 그랬다. 한순간 눈에 보이다가 다음 순간 사라진다. 마치 연기처럼.

"책을 하나 가져왔습니다." 주머니에 손을 뻗으며 레비가 말했다. "읽어보셨으면 좋겠네요. 히브리어 책의 영어 번역본입니다. 랫 라인에 관한 책이에요."

리버스는 책을 받았다. "이 책에서 입증한 게 있나요?"

"경위님 보시기에 달렸죠."

"확실한 증거요."

"확실한 증거는 존재합니다, 경위님."

"이 책에요?"

레비는 고개를 저었다. "영국 정부가 단단히 보관하고 있습니다. 백년 법*으로 공개를 막고 있죠."

"그럼 입증할 방법이 없군요."

"하나 있습니다. 증언. 그들 중 하나가 증언하게만 할 수 있다면······"

"그래서 이렇게 하시는 건가요? 그들의 인내심을 바닥나게 하려고요? 가장 약한 고리를 찾고 계시는군요?"

레비는 다시 미소를 지었다. "우리는 인내심이 무엇인지 배웠습니다, 경위님." 그는 맥주를 마저 마셨다. "전화해주셔서 고맙습니다. 정말 만족 스러운 만남이었어요."

"선생님 상관들에게 진행 보고서를 보내실 건가요?"

레비는 이 말을 무시하기로 했다. "이 책을 읽고 나서 다시 얘기하죠." 그가 일어섰다. "그 특수부 형사 말인데요. 이름을 잊어버렸습니다."

"말씀도 안 드렸는데요."

레비는 잠깐 기다리고는 말했다. "어떻게 된 일인지 알겠군요. 아직 에 든버러에 있나요?" 레비는 리버스가 고개를 젓는 걸 보았다. "그럼 아마 칼라일로 가는 길이겠죠?"

리버스는 커피를 홀짝이면서 아무 말도 하지 않았다.

"다시 한 번 감사드립니다, 경위님." 레비는 단념하지 않고 말했다.

"들러 주셔서 감사합니다."

---

* 중요한 역사적 사건 관련 파일의 공개를 100년 동안 제한하는 법률.

레비는 마지막으로 주위를 둘러보았다. "경위님 사무실에서 뵙죠." 고 개를 저으며 레비가 말했다.

8

랫 라인은 나치를, 때로는 바티칸의 도움을 받아, 소비에트 검찰에서 빼내오는 '지하 철도'*였다. 제2차 세계대전이 끝나자 냉전이 시작되었다. 정보가 필요했다. 특정 수준의 전문 지식을 제공해줄 수 있는 똑똑하지만 무자비한 인재들이 필요했다. 영국 정보국에서 '리옹의 도살자(Butcher of Lyons)'로 불렸던 클라우스 바르비에게 일자리를 제안했다는 얘기가 돌았다. 고위급 나치들을 미국으로 도피시켰다는 소문도 있었다. 1987년이 되어서야 UN이 4만 명에 달하는 나치와 일본 전범 전체 명단을 공개했다.

왜 그렇게 뒤늦게 공개했을까? 리버스는 이해할 수 있을 것 같았다. 현대 정치에서는 독일과 일본을 세계 자본주의의 형제로 보고 있다. 옛 상처를 다시 파헤치는 게 누구에게 이익이 될까? 게다가, 연합국 자신들이 저지른 대학살은 얼마나 많이 은폐되었을까? 전쟁에서 피를 묻히지 않은 사람이 어디 있을까? 군대에서 청년 시절을 보낸 리버스는 이해할 수 있었다. 자신도 그랬다. 북아일랜드에서 복무하면서 신뢰가 더럽혀지고 증오가 공포를 대신하는 것을 보았다.

리버스는 한편으로 랫 라인의 존재를 아주 잘 믿을 수 있었다.

레비가 준 책을 보면서 리버스는 이러한 작전이 작동하는 메커니즘을

---

* 남북전쟁 당시 남부의 흑인 노예를 북부로 탈출시키던 비밀 조직.

알 수 있었다. 리버스는 의아했다. 신분을 바꾸고 완전히 사라지는 게 가능할까? 그리고 이러한 의문도 다시 들었다. 그게 중요할까? 확인할 수 있는 출처가 있고, 아돌프 아이히만, 클라우스 바르비, 이반 데먀뉴크의 재판 외에 현재 진행 중인 사건도 있다. 리버스는 재판을 받거나 관할국에 인도되지 않고 본국으로 돌아가, 사업에 성공해 부자가 되고 명대로 살다가 죽은 전범들의 사례를 읽었다. 하지만 형기를 마치고 '좋은 사람'이 된, 사람이 달라진 전범들의 사례도 읽었다. 이런 사람들은 전쟁 자체야말로 진정한 죄인이라고 말했다. 리버스는 처음 린츠를 만났을 때 그의 집 거실에서 나눴던 대화를 떠올렸다. 노인의 목소리는 쉬었고, 목 주위에 스카프를 두르고 있었다.

"내 나이쯤 되면, 단순한 목감기에도 죽을 것처럼 느껴집니다."

사진은 별로 없었다. 린츠는 전쟁 중에 많이 없어졌다고 해명했다.

"다른 기념품들도요. 그래도 이 사진들이 있습니다."

린츠는 액자에 넣은 사진 대여섯 장을 보여주었다. 1930년대까지 올라가는 사진들이었다. 린츠가 사진의 주인공이 누군지 설명하는 동안, 리버스는 갑자기 이런 생각이 들었다. 린츠가 꾸며낸 것은 아닐까? 어디선가 오래된 사진을 구해서 액자에 넣어둔 것이라면? 지금 알려주는 사람들의 신원도 린츠가 만들어낸 것은 아닐까? 그 순간 리버스는 다른 인생을 만들어내는 게 얼마나 쉬운 일인지 처음으로 깨달았다.

그리고 그날 대화 끝 무렵에, 린츠는 꿀이 든 차를 홀짝이며 빌프랑슈에 대한 얘기를 시작했다.

"짐작하셨겠지만, 그 일에 대해 많이 생각해봤습니다. 이 린츠스테크 중위라는 사람이 그날의 책임자였죠?"

"네."

"하지만 위에서 명령을 받았겠죠. 중위는 명령을 내릴 만한 위치가 아닙니다."

"그럴 수도 있죠."

"아시다시피 군인이 명령을 받으면, 반드시 수행해야 합니다. 그렇죠?"

"비록 정신 나간 명령이라도?"

"그렇기는 하지만, 그 사람은 적어도 범죄를 실행하라는 강압을 받았고, 우리 중 다수도 비슷한 상황에서는 그런 범죄를 저질렀을 겁니다. 자신도 같은 일을 저질렀을지 모르는데, 그 사람을 재판에 회부하는 건 위선임을 모르시겠습니까? 군인 하나가 군중 앞에 서서 학살 명령을 거부합니다. 경위님은 그런 군인이 될 수 있습니까?"

"그러길 바라죠." 리버스는 책에서 본 얼스터*와 '미친개'를 다시 생각했다.

레비의 책은 아무것도 입증하지 못했다. 알게 된 것은 요제프 린츠스테크가 랫 라인을 이용한 사람들의 명단에 있었다는 사실이 다였다. 그는 폴란드인으로 가장했다. 하지만 이 명단의 출처는? 이스라엘이다. 다시 말해 고도의 추측일 뿐 증거가 아니다.

리버스의 본능은 린츠와 린츠스테크가 같은 사람이라고 말하고 있었지만, 그게 중요한지는 여전히 알 수 없었다.

리버스는 책을 돌려주러 록스버그 호텔로 갔다. 레비 씨에게 전해달라고 프런트에 맡겼다.

---

* Ulster: 리버스가 군 시절 파견되었던 북아일랜드 사태를 말한다.

"방에 계실 겁니다. 직접……"

리버스는 고개를 저었다. 아무 메시지도 남기지 않았다. 메시지를 남기지 않은 것 자체를 레비가 메시지로 해석할 것임을 알고 있었다. 리버스는 집에 가서 차를 타고 헤이마켓으로 내려가 샌턴으로 차를 몰고 내려갔다. 늘 그렇듯이 새미의 아파트는 주차가 문제였다. 주민들은 다들 퇴근해서 TV 앞에 있었다. 리버스는 서리가 내리면 위험하겠다고 생각하면서 돌계단을 올라가 초인종을 눌렀다. 새미가 직접 거실까지 안내했다. 캔디스는 예능 프로그램을 보고 있었다.

"안녕, 존." 캔디스가 말했다. "당신이 내 방어벽(Wonderwall)*인가요?"

"난 누구의 방어벽도 아니야, 캔디스." 리버스는 새미 쪽으로 몸을 돌렸다. "별일 없지?"

"그럼."

그 순간 네드 팔로우가 부엌에서 들어왔다. 식빵을 접어서 그릇에 담은 수프에 적셔 먹고 있었다.

"잠깐 얘기 좀 할까?" 리버스가 말했다.

팔로우는 고개를 끄덕이고 부엌 쪽으로 방향을 돌렸다.

"먹으면서 얘기해도 되죠? 배가 고파서요." 팔로우는 접이식 테이블에 앉은 다음, 봉지에서 빵을 하나 더 꺼내 마가린을 발랐다. 새미가 부엌 입구 쪽에 머리를 들이밀었다가 아빠의 표정을 보고는 전략적 후퇴를 했다. 부엌은 매우 좁았고, 냄비와 주방기기로 가득했다. 고양이라도 있었으면 세간이 남아나지 않았을 것이다.

"오늘 자네를 봤어." 리버스가 말했다. "워리스턴 묘지에 숨어 있더군.

* 오아시스의 노래 제목.

우연인가?"

"어떻게 생각하세요?"

"물은 건 나야." 리버스는 싱크대에 등을 기대고 팔짱을 꼈다.

"린츠를 감시하고 있었어요."

"왜?"

"일을 맡았거든요."

"신문사?"

"린츠의 변호사가 접근 금지 임시 명령을 받아냈어요. 아무도 린츠 주위에 있어서는 안 돼요."

"하지만 린츠가 뭘 하는지는 계속 보고 있어야 하고?"

"소송이 있게 되면 변호사들은 최대한 많이 알아야 하니까요."

팔로우는 린츠의 재판이 아니라 신문사의 명예훼손 사건을 말하는 것이었다.

"린츠가 눈치채면?"

"못 알아봐요. 게다가 나를 대신할 사람이 언제나 있거든요. 이제 제가 여쭤봐도 되나요?"

"먼저 얘기 좀 하고. 내가 린츠 사건 수사하는 거 알지?" 팔로우가 고개를 끄덕였다. "우리가 너무 가깝다는 뜻이야. 자네가 뭔가를 알아내면, 사람들은 그 출처가 나라고 생각할 거야."

"새미에게는 제 일을 얘기하지 않았어요. 그러면 이해충돌이 없잖아요?"

"다른 사람들은 믿지 않을 거야."

"며칠만 더 일하면 한 달 동안 다음 책을 쓸 수 있을 만큼의 돈을 받을 수 있어요." 팔로우는 수프를 다 먹었다. 빈 그릇을 싱크대에 넣고 리버스 옆에 섰다.

"문제가 안 됐으면 좋겠어요. 하지만 핵심은 이거예요. 이 일에 대해 뭘 하실 수 있죠?"

리버스는 팔로우를 쳐다보았다. 본능대로라면 팔로우의 머리를 싱크대에 처박고 싶었다. 하지만 새미에게 어떻게 보일까?

"이제 제가 질문해도 되죠?" 팔로우가 말했다.

"뭔데?"

"캔디스는 누구죠?"

"내 친구야."

"그럼 아버님 아파트에 묵게 하면 되잖아요?"

리버스는 팔로우가 더 이상 딸의 남자친구가 아니라는 사실을 깨달았다. 상대는 기삿거리에 대한 촉을 가지고 있는 기자였다.

"이걸 말해두지." 리버스가 말했다. "난 묘지에서 자네를 보지 않은 거야. 이 대화도 하지 않았고."

"그리고 전 캔디스에 대해 묻지 않고요?" 리버스는 입을 다물었다. 팔로우는 제안을 고려했다. "제 책에 대해 몇 가지만 여쭤봐도 될까요?"

"어떤 종류의 질문인데?"

"캐퍼티에 관해서요."

리버스는 고개를 저었다. "하지만 토미 텔포드에 관해서는 얘기할 수 있지."

"언제요?"

"그놈을 잡아넣고 나면."

팔로우는 미소를 지었다. "그때쯤이면 전 연금 받을 나이겠죠." 기다렸지만 리버스는 아무 얘기도 하지 않았다.

"어쨌든 캔디스는 내일까지만 여기 있을 거야." 리버스가 말했다.

"어디로 가죠?"

리버스는 윙크만 했다. 주방을 나와 거실로 돌아갔다. 캔디스가 보는 예능 프로그램이 클라이맥스를 향해 가는 동안 새미와 이야기했다. 박수 소리가 나올 때마다 캔디스도 박수를 쳤다. 리버스는 다음 날 약속을 정하고 집을 나왔다. 팔로우는 보이지 않았다. 침실에 있거나 나갔을 것이다. 리버스는 주차했던 곳을 기억하는 데 시간이 좀 걸렸다. 조심스럽게 운전하면서 집으로 돌아왔다. 모든 신호를 지켰다.

아든 스트리트에는 주차할 자리가 없었다. 리버스는 주차 금지 구역에 사브를 세웠다. 아파트 정문에 다가갈 때 차 문이 열리는 소리를 듣고 뒤돌아섰다.

클래버하우스였다. 혼자였다. "들어가도 될까요?"

리버스는 거절할 이유를 열 가지도 넘게 생각했다. 하지만 어깨를 으쓱하고 문을 열었다. "메건 클럽 사건 소식 있어?" 리버스가 물었다.

"우리가 관심 있는 건 어떻게 아셨죠?"

"클럽 경비원이 칼에 찔렸고, 공격자는 기다리던 오토바이를 타고 도주했어. 사전 계획된 범죄야. 경비원들 다수는 토미 텔포드 밑에서 일하지."

계단을 올라갔다. 리버스의 아파트는 3층이었다.

"맞습니다." 클래버하우스가 말했다. "윌리엄 테넌트는 텔포드 밑에서 일했죠. 메건 클럽의 유통을 관리합니다."

"마약 유통?"

"축구선수의 친구 말인데요. 경상을 입은 그놈은 유명한 마약상입니다. 페이즐리가 근거지죠."

"그래서 텔포드와 연결되는군."

"그자가 표적이었다고 보고 있습니다. 테넌트는 장애물이었고요."

"한 가지 문제만 남는군. 배후가 누구지?"

"왜 이러세요, 존. 뻔하죠. 캐퍼티입니다."

"캐퍼티 스타일이 아니야." 문을 열며 리버스가 말했다.

"텔포드를 보고 배운 게 있나 보죠."

"편하게 있어." 현관으로 들어서며 리버스가 말했다. 식탁에는 아직 아침 식사가 남아 있었다. 쇼반의 봉지가 의자 옆에 있었다.

"손님이 있었군요." 클래버하우스는 잔 두 개와 접시 두 개가 있는 걸 봤다. 그는 주위를 둘러보았다. "지금은 여기 없죠?"

"아침도 여기서 먹지 않았어."

"따님 집에 있으니까요."

리버스는 얼어붙었다.

"정리하러 호텔에 갔어요. 경찰차가 와서 캔디스 물건들을 다 가져갔다더군요. 조사해봤죠. 운전했던 경관이 사만다 집 주소를 알려줬어요." 클래버하우스는 소파에 앉아서 다리를 꼬았다. "무슨 속셈입니까, 존? 어떻게 날 따돌릴 수 있죠?" 클래버하우스는 이제 침착했다. 하지만 리버스는 폭풍이 몰아치리라는 걸 느낄 수 있었다.

"한잔하겠나?"

"대답해보세요."

"그날 캔디스는 내 차 옆에서 날 기다리고 있었어. 어디로 가야 할지 몰라서 이리로 데려왔지. 그런데 캔디스가 이 거리를 알아봤어. 텔포드가 내 아파트를 감시하고 있었어."

클래버하우스가 관심을 보이는 것 같았다. "왜요?"

"내가 캐퍼티를 알기 때문이겠지. 캔디스를 여기 머물게 할 수 없었어. 그래서 새미 집에 데려갔지."

"아직 거기 있나요?" 리버스는 고개를 끄덕였다. "그럼 이제 어떻게 되는 겁니까?"

"캔디스가 갈 수 있는 곳이 있어. 난민 가정이야."

"얼마 동안요?"

"무슨 뜻이지?"

클래버하우스는 한숨을 쉬었다. "존, 캔디스가 여기서 아는 일이라고는 매춘뿐이에요."

리버스는 오디오 쪽으로 가서 테이프를 뒤적거렸다. 할 일이 필요했다.

"캔디스는 뭘 해서 돈을 벌죠? 선배님이 주려고요? 캔디스가 뭘 해줬길래요?"

리버스는 CD를 떨어뜨리고 바로 돌아섰다. "그런 게 아니야."

클래버하우스는 손바닥을 보이며 손을 들었다. "이봐요, 존. 아시겠지만……"

"난 아무것도 몰라."

"존……"

"나가주겠어?" 그냥 긴 하루가 아니었다. 끝나지 않을 하루 같았다. 저녁이 끝없이 이어져 쉴 수 없을 것 같았다. 연기가 교회를 뒤덮는 동안 나무에서 천천히 흔들리고 있는 시체들의 모습이 머리에 떠올랐다. 텔포드가 게임 센터의 오토바이에 앉아서 관중들을 치고 있었다. 애버네시가 린 츠의 어깨를 만졌다. 군인들이 소총 개머리판으로 민간인을 가격하고 있 었다. 그리고 존 리버스는…… 존 리버스는 모든 장면에 있었다. 구경꾼으 로 남아 있으려고 애쓰고 있었다.

오디오에 밴 모리슨을 얹었다. 〈고속도로를 달려 떠나가자Hardnose the Highway〉. 이스트 누크 해변에서, 아니면 잠복근무를 할 때 이 음악을 틀었었 다. 치유되는 느낌이 들었다. 최소한 상처를 꿰매주는 것 같았다. 거실로 돌아와 보니 클래버하우스는 가고 없었다. 창밖을 내다보았다. 건너편 아 파트의 3층에는 아이 둘이 살고 있었다. 이 창으로 종종 쳐다보았지만, 아 이들은 단 한 번도 그를 보지 않았다. 이유는 간단했다. 그럴 필요가 없었 으니까. 아이들의 세상은 완전하고 흥미진진했다. 창밖의 것들은 아무 상 관없었다. 아이들은 이제 자고, 엄마는 블라인드를 내렸다. 도시는 조용했 다. 그 점에선 애버네시의 말이 맞았다. 에든버러의 대부분 지역에서는 평 생 성가신 일을 한 번도 겪지 않는다. 하지만 스코틀랜드의 살인사건 발생 률은 잉글랜드의 두 배였고, 살인사건의 절반은 두 개의 주요 도시인 에든 버러와 글래스고에서 일어난다.

통계가 문제가 아니다. 죽음은 죽음이다. 고유한 존재가 세상에서 사라 지는 것이다. 한 건의 살인사건이든 수백 명의 죽음이든 모두 살아남은 자 에게는 의미가 있다. 리버스는 빌프랑슈의 유일한 생존자를 생각했다. 만 난 적은 없다. 앞으로도 그럴 것이다. 오래된 사건에 열정을 쏟기가 힘든 이유가 또 있었다. 현재의 사건에서는 입수할 수 있는 사실이 많고, 목격 자와 얘기할 수 있다. 법의학적 증거를 수집하고, 사람들의 이야기에 질문 을 할 수 있다. 죄책감과 슬픔을 느낄 수 있다. 전체 이야기의 일부가 된다.

리버스는 이런 것에 관심이 있었다. 사람들에게 관심이 있었고, 이야기에 매료되었다. 사람들의 삶의 일부가 되면 자신의 삶을 잊을 수 있었다.

자동응답기가 깜빡이는 게 보였다. 메시지가 하나 있었다.

"아, 안녕하세요. 저는 음…… 어떻게 말해야 할지 모르겠네." 리버스는 누구 목소리인지 알았다. 커스틴 메디였다. 메디는 한숨을 쉬었다. "저기…… 더는 이 일 못하겠어요. 그러니 제발…… 죄송해요. 못하겠어요. 다른 사람들이 도와줄 수 있을 거예요. 그 사람들 중 하나는……"

메시지가 끝났다. 리버스는 응답기를 내려다보았다. 메디를 탓할 생각은 없었다. 이렇게는 더 이상 못하겠어요. 우리 둘 얘기겠지. 리버스는 생각했다. 리버스 자신은 계속해야 한다는 사실만이 남았다. 테이블에 앉아서 빌프랑슈 서류를 꺼냈다. 이름과 직업, 나이, 생일이 적힌 명단이었다. 피카, 메스플레, 루소, 데샹, 와인 상인, 도예가, 마차 수리 목수, 하녀. 이들이 스코틀랜드 중년 남자에게 의미가 있을까? 리버스는 명단을 한쪽으로 밀어두고 쇼반의 서류를 테이블 위에 올려놓았다.

밴 모리슨을 내려놓고 핑크 플로이드의 《당신이 여기 있었으면Wish You Were Here》의 앞면을 올려놓았다. 닳도록 들은 음반이다. 검은 봉지에 넣어서 들고 왔던 때가 기억났다. 레코드를 열었을 때 이 냄새가 났다. 사람의 살이 타는 냄새도 비슷하다는 걸 나중에 알게 됐지만……

"한잔해야겠어." 의자에서 몸을 앞으로 당기면서 혼잣말했다. "마시고 싶어. 맥주 몇 잔만. 위스키도 곁들여서." 긴장을 풀 수 있는 게……

시계를 봤다. 문을 닫기까지는 아직도 한참 남은 시간이었다. 에든버러에서는 문제도 아니다. 영업 끝나는 시간이라는 게 없는 도시였다. 문 닫기 전까지 옥스퍼드 바에 갈 수 있을까? 그럼. 식은 죽 먹기다. 빠듯하게 도전해보는 것도 괜찮겠지. 한 시간쯤 기다렸다가 다시 생각해보자.

잭 모튼에게 전화할 것인지.

아니면 지금 바로 나갈 것인지.

전화가 울렸다. 수화기를 들었다.

"여보세요."

"존? 발음이 '션'처럼 되네요."

"무슨 일이야, 캔디스?"

"'무슨'?"

"문제 있어?"

"문제, 없어요. 말하려고. 당신에게. 내일 보자고."

리버스는 미소를 지었다. "그래, 내일 봐. 이제 말을 아주 잘하네."

"나는 면도날에 묶여 있어요."

"뭐라고?"

"노래 가사예요."

"아, 그렇군. 지금은 묶여 있지 않지?"

캔디스는 이해하지 못하는 것 같았다. "나는, 음……"

"괜찮아, 캔디스. 내일 봐."

"그래요, 봐요."

리버스는 수화기를 내려놓았다. 면도날에 묶여 있다…… 갑자기 더 이
상 술 생각이 나지 않았다.

9

다음 날 오후에 캔디스를 태우러 갔다. 캔디스는 쇼핑백 두 개를 들고 있었는데, 소지품 전부가 거기 있었다. 새미와 붕대 감은 팔로 가능한 한 활짝 포옹을 했다.

"또 만나, 캔디스." 새미가 말했다.

"그래, 만나. 고마……" 캔디스는 말을 끝맺지 못하고 팔을 활짝 벌렸다. 쇼핑백이 흔들거렸다.

요기를 하려고 맥도날드(캔디스의 선택이었다)에 들렀다. 맑고 상쾌해서 조지 4세 다리를 건너기에 딱 좋은 날씨였다. 리버스가 천천히 차를 몰아서 캔디스는 경치를 감상할 수 있었다. 그들은 파이프 주의 이스트 누크로 향하고 있었다. 아티스트들과 관광객들로 붐비는 어촌이다. 휴가철이 지나서 앤스트루더Anstruther는 사실상 버려진 것 같았다. 리버스는 주소를 알고 있었지만 몇 번이나 멈춰서 방향을 물어봐야 했다. 마침내 작은 테라스 하우스 앞에 차를 세웠다. 캔디스는 리버스가 따라오라는 손짓을 할 때까지 빨간 문을 쳐다보고 있었다. 여기서 뭘 할 것인지를 캔디스에게 이해시킬 수 없었다. 드리니치 씨 부부가 잘 설명해주길 바랐다.

40대 초반의 여자가 문을 열었다. 긴 머리카락은 검은색이었고, 반달 모양의 안경 위로 리버스를 살펴보았다. 그리고 캔디스에게 관심을 보였다. 두 여자가 다 이해할 수 있는 언어로 무엇인가 말했다. 캔디스는 일이 어떻게 돌아가는지는 모르는 채 약간 수줍어하며 대답했다.

"들어오세요." 드리니치 부인이 말했다. "남편은 부엌에 있어요."

그들은 부엌 식탁에 둘러앉았다. 드리니치 씨는 체구가 컸다. 두꺼운 갈색 콧수염을 길렀고, 머리카락은 반백의 갈색이었다. 차가 나왔고, 드리니치 부인은 캔디스 옆에 의자를 가지고 와서 다시 얘기를 시작했다.

"설명하고 있어요." 드리니치 씨가 말했다.

리버스는 고개를 끄덕였다. 진한 차를 홀짝이며 자신이 알아들을 수 없는 대화에 귀를 기울였다. 캔디스는 처음에는 조심스러워하다가 자기 이야기를 하면서 차츰 활기를 띠었다. 드리니치 부인은 능숙하게 이야기에 귀를 기울이면서, 때로는 위로하고, 두려움과 분노에 공감하는 모습을 보여주었다.

"아이를 남겨두고 온 것 같아요."

"맞아요, 아들. 아내에게 아들 이야기를 하고 있어요."

"선생님은요?" 리버스가 물었다. "어쩌다 여기 오게 되셨습니까?"

"사라예보에서 건축가로 일했어요. 삶 전체를 남겨두고 온다는 게 쉬운 결정은 아니었죠." 드리니치 씨는 잠시 말을 멈췄다. "처음에는 베오그라드로 갔어요. 그다음에 난민 버스를 타고 스코틀랜드로 왔습니다." 어깨를 으쓱했다. "벌써 5년 가까이 되었군요. 지금은 목수입니다." 미소를 지었다. "이것저것 가릴 처지가 아니죠."

리버스는 캔디스를 쳐다보았다. 캔디스는 울기 시작했다. 드리니치 부인이 위로하고 있었다.

"우리가 돌봐줄게요." 남편을 쳐다보며 드리니치 부인이 말했다.

나중에 리버스는 문 앞에서 드리니치 부부에게 돈을 좀 주려고 했지만 받으려 하지 않았다.

"가끔 보러 와도 되겠습니까?"

"물론이죠."

리버스는 캔디스 앞에 섰다.

"진짜 이름은 카리나예요." 드리니치 부인이 조용히 말했다.

"카리나." 리버스는 그 이름을 말해보았다. 캔디스는 미소를 지었다. 캔디스의 눈은 리버스가 기억하는 것보다 더 부드러웠다. 마치 어떤 변화가 시작되는 것 같았다. 캔디스는 앞으로 몸을 굽혔다.

"키스해주세요." 드리니치 부인이 말했다.

두 볼에 살짝 입을 맞췄다. 캔디스의 눈에 다시 눈물이 맺혔다. 리버스는 고개를 끄덕였다. 모든 걸 이해한다는 사실을 알리기 위해서였다.

차에서 캔디스에게 손을 한 번 흔들었다. 그러자 캔디스는 손키스를 날렸다. 리버스는 모퉁이를 돈 다음 차를 세웠다. 핸들을 세게 움켜잡았다. 캔디스가 협조할지 의문이었다. 잊어버리면 어떻게 하지? 리버스는 전처로나가 했던 말을 다시 생각했다. 캔디스는 지금은 그를 어떻게 생각할까? 그가 캔디스를 이용한 걸까? 아니다. 하지만 이용하지 않은 건 카리나가 텔포드에 관해 아무 정보도 줄 수 없었기 때문이 아니었을까? 어쨌든 올바른 일은 아니라고 느꼈다. 지금까지 캔디스가 한 유일한 선택은, 텔포드에게 돌아가지 않고 차 옆에서 리버스를 기다리고 있었던 것뿐이다. 그 전에는, 그리고 그 후에도 모든 결정은 그녀가 내린 게 아니었다. 어떤 면에서 캔디스는 여전히 갇혀 있는 셈이다. 생각에 자물쇠와 사슬이 채워져 있기 때문이다. 캔디스가 변하려면, 세상을 다시 믿기 시작하려면 시간이 걸리겠지. 드리니치 부부가 도와줄 것이다.

리버스는 가족들을 생각하면서 해안을 따라 남쪽으로 내려갔다. 동생을 찾아가보기로 했다.

미키는 커콜디에 살고 있었다. 빨간색 BMW가 진입로에 세워져 있었다. 방금 퇴근한 참이었고, 형을 보고는 깜짝 놀랐다.

"크리시와 애들은 처가에 갔어." 미키가 말했다. "저녁으로 카레를 먹을 생각이었지. 맥주 어때?"

"커피 한 잔만 줘." 리버스가 말했다. 미키가 돌아올 때까지 라운지에 앉아 있었다. 미키는 낡은 신발 상자들을 들고 왔다.

"지난주에 다락방에서 찾아냈어. 형이 보고 싶어 할 것 같아서. 우유하고 설탕 타?"

"우유만 조금."

미키가 커피를 가지러 부엌으로 간 사이에 상자를 살펴보았다. 사진 꾸러미들로 가득 차 있었다. 꾸러미 위에는 날짜가 쓰여 있었고, 물음표만 적힌 것도 있었다. 리버스는 아무 꾸러미나 열어보았다. 휴가 때 찍은 스냅사진이었다. 멋진 패션쇼 사진과 소풍 사진도 있었다. 리버스는 부모님 사진을 한 장도 가지고 있지 않아서 사진들을 보고 놀랐다. 어머니는 기억하는 것보다 다리가 굵었고, 몸매도 포동포동했다. 아버지는 모든 사진마다 활짝 웃었다. 리버스와 미키도 웃는 모습이 아버지와 비슷했다. 상자를 더 뒤져보다, 자기가 로나와 새미와 함께 찍은 사진을 발견했다. 어디 해변이었는데, 바람이 거세게 불고 있었다. 리버스는 어디인지 전혀 알 수 없었다. 미키가 커피 한 잔과 맥주 한 병을 들고 돌아왔다.

"사진들 중에," 미키가 말했다. "누군지 알 수 없는 사람들을 찍은 게 있어. 친척일까? 할아버지와 할머니?"

"나도 별 도움이 못 될 것 같은데."

미키가 메뉴를 건넸다. "여기가 시내에서 제일 맛있는 인도 요리 전문점이야. 먹고 싶은 거 골라."

그래서 리버스는 메뉴를 선택했고, 미키는 전화로 주문했다. 배달은 20분 걸린다고 했다. 리버스는 다른 꾸러미를 보고 있었다. 더 오래된, 1940년대의 스틸사진들이었다. 제복을 입은 아버지였다. 군인들은 맥도날드의 카운터 직원 같은 모자를 쓰고 있었다. 긴 카키색 바지도 입고 있었다. 어떤 사진들 뒤에는 '말레이시아'라고, 다른 사진들 뒤에는 '인도'라고 쓰여 있었다.

"생각나. 아버지는 말레이시아에서 부상을 당했지?" 미키가 말했다.

"아니야."

"우리한테 상처 보여줬잖아. 무릎에 있는 거."

리버스는 고개를 저었다. "축구 하다 다친 거라고 지미 삼촌이 말해줬어. 계속 딱지를 떼는 바람에 흉터가 남았지."

"전쟁 때 당한 부상이라고 그랬잖아."

"허풍이지."

미키는 다른 상자를 열기 시작했다. "형, 이거 봐." 1cm가 넘는 두께의 엽서와 사진이 고무줄로 묶여 있었다. 리버스는 고무줄을 벗기고 엽서를 뒤집었다. 자기 글씨가 보였다. 사진도 리버스 사진이었다. 포즈를 잡은 스냅사진이었다. 찍는 솜씨가 형편없었다.

"어디서 났어?"

"형이 늘 엽서나 사진 보내왔잖아. 기억 안 나?"

전부 리버스의 군대 시절 사진이었다. "잊고 있었어." 리버스가 말했다. "보통 2주에 한 번 보냈어. 아버지한테는 편지, 나한테는 엽서."

리버스는 다시 의자에 앉아서 살펴보기 시작했다. 소인을 보니 연대순이었다. 훈련소, 그다음에는 독일과 얼스터에 복무하던 시절, 키프로스에서의 추가 훈련, 몰타, 핀란드, 그리고 사우디아라비아의 사막. 엽서의 분위기는 경쾌했다. 벨파스트에서 보낸 엽서는 거의 농담뿐이었지만 리버스는 이 시기를 인생에서 겪은 최악의 악몽 중 하나로 기억한다.

"엽서 받는 게 좋았어." 미키가 미소를 지으며 말했다. "나도 함께 있는 기분이었다니까."

리버스는 아직 벨파스트를 생각하고 있었다. 폐쇄된 막사들이 전체 요새를 이루고 있었다. 현장으로 배치된 후에는 울분을 발산할 방법이 없었다. 술, 도박, 싸움 이 모든 것이 사방의 벽 안에서 이루어졌다. 모두 '미친개' 안에 쌓여 있었다. 그리고 여기 이 엽서들이 있다. 여기 리버스의 과거 삶의 이미지가 있고, 미키는 지난 20여 년 동안 이 이미지들과 함께 살아왔다.

그리고 이건 전부 거짓말이었다.

과연 그랬을까? 진실이란 게 리버스의 머리 말고 다른 어디에 있을까? 엽서는 가짜 서류지만, 유일하게 존재하는 것이기도 했다. 리버스의 말 말고는 이 엽서들을 반박할 수 있는 게 없다. 랫 라인과 마찬가지다. 조셉 린츠의 이야기와 마찬가지다. 리버스는 동생의 얼굴을 쳐다보고 그 주문을 바로 지금 깰 수 있다는 걸 알았다. 진실만 얘기해주면 된다.

"왜 그래?" 미키가 물었다.

"아무것도 아니야."

"맥주 안 마셔? 음식은 곧 와."

리버스는 식은 커피잔을 응시했다. "마실 수야 있지." 자신의 과거를 다시 고무줄로 묶으며 리버스가 말했다. "하지만 이거면 됐어." 커피잔을 들어 올려 건배했다.

10

다음 날 아침, 리버스는 세인트 레너즈로 가서 프레스트윅에 있는 NCIS*에 전화해 유럽 매춘 산업과 연관된 영국 범죄자들이 있는지 물었다. 리버스의 추론은 이랬다. 누군가 캔디스를 암스테르담에서 영국으로 데려왔다. 그게 텔포드 같지는 않았다. 리버스는 그게 누구인지 알아낼 작정이었다. 캔디스에게 사슬을 끊어낼 수 있다는 걸 보여주고 싶었다.

NCIS에게 정보를 팩스로 보내달라고 했다. 대부분의 매춘은 '티펠존Tippelzone'과 관련이 있었다. 운전자들이 매춘부를 찾으려고 오는 유료 주차장 같은 곳이다. 매춘부는 주로 외국인이었는데, 대부분 취업허가증이 없었고, 동유럽에서 밀입국한 경우가 다수였다. 주요 조폭들은 주로 예전 유고슬라비아 출신들이었다. NCIS는 이들 납치범 겸 포주의 명단을 확보하지 못했다. 암스테르담에서 영국으로 들어온 매춘부들에 대해서도 정보가 없었다.

리버스는 그날의 두 번째 담배를 피우러 주차장으로 갔다. 다른 흡연자들이 몇 명 있었다. 사회적 외톨이들의 작은 조직이었다. 사무실에 돌아오니, 농부가 린츠 사건에 대해 진전이 있는지 알고 싶어 했다.

"여기 데려와서 손 좀 봐줄까요?" 리버스가 제안했다.

* 전국 범죄 정보 서비스.

"농담은 집어치워." 사무실로 돌아가면서 농부가 으르렁거렸다.

리버스는 자리에 앉아서 파일을 꺼냈다.

"경위님의 문제는," 린츠가 언젠가 말했다. "진지하게 받아들여지기를 두려워하는 겁니다. 사람들이 원한다고 생각하는 얘기를 해주고 싶어 하죠. 내가 이슈타르의 문*을 언급하니까 경위님은 할리우드 영화 얘기를 했죠. 처음에는 지각없는 행동으로 나를 화나게 하려는 건가 생각했습니다. 하지만 이제 보니 경위님이 자신과 벌이는 게임에 가깝군요."

리버스는 린츠의 거실에서 늘 앉던 의자에 앉아 있었다. 창가에서 보이는 건 퀸 스트리트 가든의 경치였다. 퀸 스트리트 가든은 잠겨 있었다. 돈을 내야 열쇠를 받을 수 있다.

"지성을 갖춘 사람이 두려운가요?"

리버스는 노인을 쳐다보며 말했다. "아닙니다."

"정말입니까? 그런 사람들처럼 되고 싶어 할 것 같은데요?" 린츠는 씩 웃었다. 작고 변색된 치아가 보였다. "지식인들은 자신을 역사의 희생자로 보고 싶어 하죠. 편견의 제물이고, 신념 때문에 체포되고, 심지어 고문당하고 살해된다고요. 하지만 카라지치**는 자신을 지식인이라고 생각했죠. 나치의 지배층에는 사상가, 철학자들이 있었고요. 심지어 바빌론에도……" 린츠는 일어나서 자기가 마실 차를 더 따랐다. 리버스는 거절했다.

"바빌론은," 린츠는 다시 편안하게 말했다. "풍요롭고 예술이 발달했죠. 현명한 왕도 있었고요. 하지만 뭘 했는지 아십니까? 네부카드네자르 왕은 유대인들을 70년 동안 포로로 잡았습니다. 이 화려하고 장엄한 문명에서

---

* Ishtar gate: 바빌로니아 시대의 유물.

** Karadzic: 보스니아 내전에서 인종 청소를 자행한 전범.

도…… 우리 안에 깊이 흐르는 광기와 결함이 보이기 시작하시나요?"

"안경이 필요할지도 모르겠군요."

린츠는 컵을 집어 던졌다. "경위님은 귀를 기울이고 배워야 합니다! 이해해야 한다고요!"

컵과 잔 받침이 바닥에 나동그라졌지만 멀쩡했다. 바닥의 정교한 디자인 속으로 차가 스며 들어가 점점 보이지 않게 되었다.

리버스는 버클룩 플레이스에 주차했다. 슬라브어 학부는 건물 중 한 곳에 자리하고 있었다. 행정실에 먼저 들러서 콜쿠혼 박사가 있는지 물었다.

"오늘은 못 뵌 것 같은데요."

리버스가 용건을 설명하자, 행정실 직원이 몇 군데 전화를 걸었지만 찾지 못했다. 그는 리버스에게 도서관을 찾아가 보라고 제안했다. 도서관은 한 층 위였고 잠겨 있었다. 직원이 열쇠를 건네주었다.

도서관은 5평 정도 크기에 퀴퀴한 냄새가 났다. 창문을 가로지른 블라인드가 닫혀 있어서 자연광이 들어오지 않았다. 네 개의 책상 중 하나에는 금연 안내판이 붙어 있었다. 다른 책상 위에는 꽁초가 세 개 든 재떨이가 있었다. 한쪽 벽 전체가 책장이었다. 책, 팸플릿, 잡지로 가득했다. 신문 스크랩이 든 상자가 있었고, 벽에 걸린 지도는 유고슬라비아의 변경된 국경선을 보여주고 있었다. 리버스는 가장 최근의 스크랩이 든 상자를 내려놓았다.

리버스는 다른 사람들과 마찬가지로, 구 유고슬라비아에서 벌어진 전쟁에 대해 잘 알지 못했다. 그는 신문기사를 읽고 사진을 보면서 충격을 받았다. 그러고는 일상으로 돌아갔다. 하지만 이 스크랩이 사실이라면, 유고슬라비아 전체 지역을 전범들이 지배하고 있는 것이다. 평화유지군은 교전을 피하기 위해 빌어먹을 최선을 다하고 있는 것 같았다. 최근에 몇 명을 체포하기는 했지만, 전부 피라미들이었다. 고작 74명이 기소되었고, 그중 겨우 7명이 수감되었다.

노예 상인에 대해서는 아무것도 찾지 못했다. 그래서 행정 직원에게 감사 인사를 하고 열쇠를 돌려준 다음, 도시의 교통 체증 속으로 천천히 차를 몰았다. 리버스는 휴대폰으로 온 전화를 받고 도로로 거의 뛰어나오다시피 했다.

캔디스가 사라졌다.

드리니치 부인은 완전히 넋이 나갔다. 지난밤과 오늘 아침에 같이 식사를 했는데, 캔디스는 아무 일 없어 보였다고 했다.

"말할 수 없다고 얘기한 게 많았어요." 앉은 부인 옆에 서 있던 드리니치 씨가 말했다. 손으로 부인의 어깨를 톡톡 치고 있었다. "잊고 싶다더군요."

그러고는 항구로 산책을 나가서 돌아오지 않았다. 길을 잃었을 수도 있지만, 마을은 작았다. 드리니치 씨는 일을 하고 있었고, 부인이 나가서 사람들에게 캔디스를 봤는지 물어보았다.

"뮈르 부인의 아들이," 드리니치 부인이 말했다. "캔디스가 차를 타고 떠났다고 했어요."

"어디서요?" 리버스가 물었다.

"여기서 한두 블록 떨어진 곳에서요." 드리니치 씨가 말했다.

"안내해주세요."

열한 살인 에디 뮈르는 시포드 로드에 있는 집 밖에서 리버스에게 자기가 본 것을 얘기했다. 여자 옆에 차가 섰다, 잠깐 얘기를 했는데 뭐라고 하는지는 듣지 못했다, 문이 열리고 여자가 탔다.

"어느 문이었지, 에디?"

"뒷문 중 하나였어요. 그럴 수밖에 없었죠. 차에는 이미 두 사람이 타고 있었거든요."

"남자?"

에디는 고개를 끄덕였다.

"여자는 자발적으로 탔니? 남자들이 여자를 붙잡거나 그러지는 않았어?"

에디는 고개를 저었다. 자전거에 올라타 있었는데, 타고 싶어 애가 달아 있었다. 한 발은 계속 페달을 테스트하고 있었다.

"어떤 차였니?"

"컸어요. 좀 번쩍거렸고요. 못 보던 차였어요."

"남자는?"

"잘생기지는 않았어요. 운전사는 파스^{Pars} 셔츠를 입었어요."

던펌린 애슬레틱 팀의 축구 유니폼이다. 파이프에서 왔다는 뜻이다. 리버스는 얼굴을 찌푸렸다. 매춘? 그럴 수 있을까? 캔디스가 그렇게 빨리 옛날로 돌아갔을까? 이런 곳, 이런 거리에서 그럴 가능성은 없다. 우연한 만남일 리 없다. 드리니치 부인 말이 맞았다. 납치된 것이다. 캔디스를 어디서 찾을 수 있는지 아는 사람이 있다. 어제 미행당했나? 그랬다면 투명인간일 것이다. 차에 무슨 장치를 달았나? 그럴 가능성은 별로 없다. 그래도 휠 아치와 차 밑바닥을 확인해보았다. 드리니치 부인은 남편이 약 삼아 준보드카 덕분에 조금 진정됐다. 리버스에게도 한 잔 권했지만, 거절했다.

"캔디스가 전화를 했나요?" 리버스가 물었다. 드리니치는 고개를 저었다. "낯선 사람이 거리를 배회하진 않았나요?"

"그렇다면 제가 눈치챘을 겁니다. 사라예보를 떠난 후에는 안전하다고 느끼기 어려웠거든요." 드리니치는 팔을 벌렸다. "여기 그 증거가 있네요. 안전한 곳은 없다."

"캔디스 얘기를 누구한테 했습니까?"

"누구한테 하겠습니까?"

누가 알까? 그게 문제였다. 리버스는 알았다. 클래버하우스와 오민스턴도 알았다. 콜쿠혼이 언급했으니까.

콜쿠혼은 알고 있다. 그 불안해하는 슬라브 전문가 노인은 알고 있다. 리버스는 에든버러로 돌아오는 길에 콜쿠혼의 사무실과 집에 전화했다. 받지 않았다. 캔디스가 돌아오면 알려달라고 드리니치에게 말해 두었지만, 그럴 거라고는 생각하지 않았다. 리버스는 전에 자기를 믿으라고 말했을 때 캔디스가 보이던 표정을 기억했다. 날 실망시켜도 놀라지 않을게요. 마치 리버스가 실패할 것을 그때 알고 있었던 것 같았다. 그리고 차 옆에서 기다리면서 리버스에게 두 번째 기회를 줬다. 그리고 리버스는 캔디스를 실망시켰다. 리버스는 다시 휴대폰을 꺼내 잭 모튼에게 전화했다.

"잭." 리버스가 말했다. "나 술 못 마시게 말려줘."

콜쿠혼의 집과 슬라브어 학부에 들러보았지만 굳게 잠겨 있었다. 그런 다음 플린트 스트리트로 가서 게임 센터에 있는 토미 텔포드를 찾았다. 하지만 텔포드는 거기 없었다. 카페 뒤쪽 사무실에 있었는데, 언제나처럼 부하늘이 에워싸고 있었다.

"얘기 좀 하지." 리버스가 말했다.

"말해봐."

"관객은 필요 없어." 리버스는 프리티 보이를 가리켰다. "쟤는 있어도 돼."

텔포드는 생각해보다 결국 고개를 끄덕였다. 부하들이 방을 떠나기 시작했다. 프리티 보이는 손을 등 뒤에 대고 벽에 기대섰다. 텔포드는 책상 위에 발을 올리고 의자에 등을 기댔다. 편안하고 자신감이 있었다. 리버스는 자신이 어떻게 보일지 알았다. 우리에 갇힌 곰이었다.

"어디 있는지 말해."

"누구?"

"캔디스."

텔포드는 미소를 지었다. "아직도 그년 붙들고 있어? 어디 있는지 내가 어떻게 알아?"

"너희 똘마니 둘이 붙잡아갔으니까." 하지만 리버스는 말하면서 자신이 실수했다는 걸 깨달았다. 텔포드의 조폭은 페이즐리에서 함께 자란 패밀리였다. 던펌린 서포터들은 대부분 파이프 출신이었다. 리버스는 텔포드의 매춘부들을 관리하는 프리티 보이를 쳐다보았다. 캔디스는 다리가 많은 도시에서 에든버러로 왔다. 아마 뉴캐슬이겠지. 텔포드는 뉴캐슬에 연줄이 있었다. 그리고 뉴캐슬 유나이티드의 흑백 세로 줄무늬 유니폼은 던펌린과 아주 비슷했다. 소년이 파이프에 살아서 착각했을 것이다.

뉴캐슬 유니폼. 뉴캐슬 차.

텔포드가 뭐라 말했지만 리버스는 듣지 않았다. 그는 바로 사무실을 나가 차를 몰았다. 페테스에 있는 스코틀랜드 경찰청 강력반으로 가 조사를 시작했다. 미리엄 켄워디의 전화번호를 찾아 전화했지만 자리에 없었다.

"젠장." 리버스는 혼잣말을 하고 차에 다시 탔다.

A1 고속도로는 스코틀랜드에서 가장 빠른 도로다. 애버네시 말이 맞았다. 아직 차가 밀릴 시간이 아니어서 생각보다 빠르게 남쪽으로 갈 수 있었다. 뉴캐슬에 도착했을 때는 늦은 저녁이었다. 펍에서는 사람들이 빠져나왔고, 클럽 앞에는 사람들이 줄을 서고 있었다. 뉴캐슬 유나이티드의 철창 같은 유니폼을 입은 사람이 몇 명 보였다. 리버스는 뉴캐슬이 초행이었다. 몇 바퀴 헤매면서 똑같은 신호와 랜드마크를 지나쳤다. 바깥쪽으로 향하면서 무작정 달렸다.

캔디스를 찾고 있었다. 아니면 캔디스를 아는 여자라도.

몇 시간 뒤, 리버스는 포기하고 중심가로 향했다. 차에서 잘 생각이었지만 빈 객실이 있는 호텔이 보이자 편안한 잠자리를 놓치기 싫다는 생각이 들었다.

그는 호텔방에 미니바가 없는 걸 확인했다.

눈을 감고 욕조에 몸을 푹 담갔지만, 몸과 마음은 아직 운전의 피로가 풀리지 않았다. 창가 옆 의자에 앉아서 밤의 소리에 귀를 기울였다. 택시와 고함, 배달 트럭 소리. 잠이 오지 않았다. 침대에 누워 음을 소거한 TV를 보았다. 호텔방에서 예쁜 이불을 덮고 잠들었던 캔디스가 생각났다.

아침 프로가 나올 때쯤 잠이 깼다. 호텔에서 체크아웃하고 카페에서 아침을 먹은 다음, 미리엄 켄워디의 사무실에 전화했다. 그녀가 일찍 출근한 걸 알고 안심했다.

"바로 오세요." 켄워디는 어안이 벙벙한 듯 말했다. "코앞이에요."

켄워디는 전화 목소리보다는 젊었고, 태도는 딱딱했지만 얼굴은 부드러웠다. 농장에서 일하는 여자처럼 얼굴이 동그랬고, 뺨은 분홍빛에 통통했다. 리버스가 이야기를 하는 동안 의자를 살짝 돌리며 그를 쳐다보았다.

"타라비츠." 이야기가 끝나자 켄워디가 말했다. "제이크 타라비츠요. 진짜 이름은 요아힘일 거예요." 켄워디가 미소를 지었다. "여기서는 '핑크 아이(Pink Eye)'라고도 부르죠. 이 텔포드라는 놈과 거래를 했어요. 아마 회의였겠죠." 그녀는 앞에 있는 갈색 폴더를 열었다. "핑크 아이는 유럽에 연줄이 많아요. 체첸이라고 아세요?"

"러시아에 있는?"

"러시아의 시칠리아예요. 무슨 뜻인지 아시겠죠?"

"타라비츠가 거기 출신인가?"

"추측이에요. 세르비아 출신이라는 얘기도 있어요. 왜 수송대를 조직했는지 알겠네요."

"무슨 수송대?"

"구 유고슬라비아에 대한 구호품 트럭을 운영해요. 진정한 인도주의자죠."

"하지만 사람들을 밀입국시키는 수단이기도 하다?"

켄워디가 리버스를 쳐다보았다. "조사 많이 하셨네요?"

"경험에서 우러난 추측이지."

"어쨌든 제대로 짚으셨어요. 타라비츠는 6개월 전에 땡잡은 거죠. 영국 여자와 결혼했거든요. 사랑은 아니었어요. 데리고 있던 매춘부 중 하나였죠."

"덕분에 영주권이 생겼군."

켄워디는 고개를 끄덕였다. "여기에 모습을 보인 지는 오래되지 않았어요. 5년 아니면 6년 정도."

텔포드와 마찬가지군. 리버스는 생각했다.

"하지만 자기 힘으로 명성을 쌓았어요. 아시아인이나 터키인들이 지배하던 구역을 차지했죠. 시작은 장물아비였어요. 소비에트 쪽에서 엄청난 물건을 빼냈죠. 그게 시들해지자 매춘 쪽으로 눈길을 돌렸어요. 싸구려 매춘부들을 마약으로 길들였죠. 마약은 런던에서 왔어요. 야디* 출신들이 장악하고 있거든요. 핑크는 야디들의 마약을 북동부 일대에 퍼뜨렸어요. 터키인들과 헤로인을 거래하고 매춘부들을 삼합회**의 집창촌에 팔아넘겼죠." 켄워디는 리버스를 보고 자기 얘기에 관심을 보인다는 걸 알았다. "사업이라면 인종을 가리지 않아요."

"그런 것 같군."

"아마 경위님 친구인 텔포드한테도 마약을 팔았을 거예요. 텔포드는 자기 나이트클럽에 그걸 퍼뜨렸고."

"아마?"

"확실한 증거가 없어요. 핑크가 텔포드에게 마약을 파는 게 아니라 산다는 얘기도 돌아요."

리버스는 눈을 깜빡였다. "텔포드는 그렇게 거물은 아니야."

켄워디는 어깨를 으쓱했다.

"물건은 어디서 구하지?"

"전부 추측뿐이에요."

---

* Yardy: 자메이카나 서인도 제도 출신 범죄 집단.
** 중국의 폭력 조직.

하지만 리버스는 그 문제를 생각했다. 타라비츠와 텔포드 사이의 관계를 파악하는 데 도움이 될 수 있기 때문이다.

"타라비츠는 얻는 게 뭐지?" 생각을 구체화하면서 리버스는 물었다.

"돈 말고요? 글쎄요. 텔포드 밑에 쓸 만한 덩치들이 많죠. 그런 덩치들이 있으면 여기서는 아무도 만만히 못 봐요. 그리고 당연히 텔포드는 카지노 지분도 있고요."

"타라비츠의 돈세탁을 해준다?" 리버스는 이 문제를 생각했다. "타라비츠가 손을 뻗지 않은 데도 있나?"

"많죠. 타라비츠는 현금을 다루는 사업을 선호해요. 아직 상대적으로 새내기이기도 하고요."

"타라비츠는 무기상이었던 것 같아요. 수많은 무기가 서유럽으로 건너오죠. 체첸에는 무기가 넘쳐나고요." 켄워디는 생각을 정리하면서 코를 훌쩍였다.

"토미 텔포드보다는 한 수 위인 것 같군." 그래서 텔포드는 타라비츠와 그렇게 사업을 하고 싶어 했을 것이다. 텔포드는 학습 곡선상에 있었고, 어떻게 하면 야디와 아시아인들, 터키인과 체첸인들, 그리고 그 외의 사람들로 이루어진 큰 그림에 한자리 차지하는지를 배우고 있었다. 리버스는 놈들이 거대한 수레바퀴의 바큇살 같았다. 그 수레바퀴는 전 세계를 무자비하게 굴러가면서 걸리적거리는 것들을 뼈까지 부숴버린다.

"근데 왜 '핑크 아이'지?" 리버스가 물었다.

켄워디는 그 질문을 기다렸다는 듯 컬러 사진 한 장을 리버스에게 내밀었다.

클로즈업한 얼굴 사진이었다. 피부는 분홍색에 물집이 있었고, 얼굴 전체에 피부 병변이 있었다. 얼굴은 심하게 부었고, 얼굴 가운데는 파란색으로 코팅한 안경을 쓴 눈이 있었다. 눈썹이 없었다. 돌출된 이마 위의 머리카락은 가늘고 노란색이었다. 면도한 괴물 돼지 같았다.

"어떻게 된 거지?" 리버스가 물었다.

"모르겠어요. 여기 왔을 때부터 저런 얼굴이었어요."

리버스는 캔디스가 설명해준 인상착의가 기억났다. 선글라스. 자동차 사고를 당한 것 같은 얼굴. 판박이군.

"타라비츠와 얘기 좀 하고 싶은데." 리버스가 말했다.

하지만 켄워디는 먼저 도시를 안내했다. 켄워디의 차를 타고 매춘부들이 있는 거리로 갔다. 아침나절이라서 별다른 일이 없었다. 리버스는 캔디스의 인상착의를 알려주었고, 켄워디는 알아보겠다고 했다. 그는 매춘부 몇 명을 만나서 얘기를 나누었다. 다들 켄워디를 아는 듯 적대적인 태도를 보이지 않았다.

"쟤들도 우리와 똑같아요." 차로 떠나며 켄워디가 말했다. "애들을 위해 일하죠."

"아니면 습관이거나."

"물론 그렇기도 하죠."

"암스테르담에는 매춘부 노조도 있다는군."

"거기서 실려 오는 불쌍한 애들한테는 해당 없죠." 켄워디는 갈림길에서 신호를 보냈다. "캔디스가 타라비츠 손에 있다고 확신하세요?"

"텔포드 짓 같지는 않아. 캔디스의 사라예보 주소를 알고 있는 사람이 있었어. 캔디스한테 중요한 주소지. 거기서 캔디스를 데려온 사람이야."

"핑크가 맞는 것 같군요."

"그리고 캔디스를 돌려보낼 수 있는 것도 그놈뿐이지."

켄워디가 리버스를 쳐다보았다. "그놈이 왜 그러겠어요?"

리버스가 다 쓰러져가는 공장 건물과 군데군데 팬 도로들로 둘러싸인 주변 경관이 정말 암울하다는 생각을 하는 순간, 켄워디가 폐차장 입구에서 들어간다는 손짓을 했다.

"농담이지?" 리버스가 말했다.

10m 가까운 사슬에 묶인 셰퍼드 세 마리가 짖으며 차로 달려들었다. 켄워디는 개들을 무시하고 계속 차를 몰았다. 산골짜기에 있는 것 같았다. 양옆에 폐차들이 위태롭게 쌓인 협곡이 있었다.

"들려요?"

리버스도 들었다. 충돌음이었다. 차는 넓은 빈터로 들어왔다. 그리고 팔에 거대한 그랩*이 달린 노란색 크레인이, 자신이 떨어뜨린 차를 다시 잡아 높이 들어 올려 다른 폐차 위에 떨어뜨리는 게 보였다. 안전한 거리에 남자들 몇 명이 서서 담배를 피우며 지루한 듯 쳐다보고 있었다. 제일 위에 쌓인 차 위에 그랩이 떨어지면서 차를 완전히 찌그러뜨렸다. 기름으로 덮인 땅 위에 깨진 유리가 마치 검은 벨벳 위의 다이아몬드처럼 빛났다.

제이크 타라비츠, 핑크 아이는 웃고 고함을 지르면서 다시 차를 집어 들어 흔들었다. 마치 고양이가 쥐가 죽은 것도 모르고 가지고 노는 것 같았다. 켄워디와 리버스가 온 것을 알았는지는 확실하지 않았다. 켄워디는 차에서 바로 나오지 않았다. 우선 목표가 되는 얼굴에 시선을 고정했다.

* grab: 물건을 잡아드는 장치.

그런 다음 준비가 되자 리버스에게 고개를 끄덕였다. 둘은 동시에 차 문을 열었다.

리버스가 똑바로 섰을 때, 그랩이 차를 떨어뜨리고 그들 앞에서 흔들리는 것이 보였다. 켄워디는 팔짱을 끼고 꼿꼿이 서 있었다. 리버스는 인형 뽑기 게임이 떠올랐다. 타라비츠가 조종석에서 장난감을 가지고 노는 아이처럼 제어판을 조종하는 것이 보였다. 토미 텔포드가 게임기의 오토바이에 타고 있던 모습이 기억나면서, 두 남자의 공통점을 알 수 있었다. 둘 다 진정으로 성장하지 않았다.

기계음이 갑자기 멈추더니 타라비츠가 조종석에서 뛰어내렸다. 크림색 양복에 목 주위를 풀어헤친 에메랄드색 셔츠를 입었다. 바지를 더럽히지 않으려고 무릎까지 오는 녹색 장화를 신고 있었다. 타라비츠가 두 형사 앞으로 걸어오자, 부하들이 뒤에 줄지어 섰다.

"미리엄." 타라비츠가 말했다. "언제나 환영이야." 그는 잠시 말을 멈췄다. "안 그러면 나쁜 소문이 퍼질 테니까." 부하 몇이 크게 웃었다. 리버스는 한 놈을 알아보았다. 스코틀랜드 중부에서 '크랩'이라고 불리던 자였다. 그는 무쇠 주먹이었다. 오랫동안 눈에 띄지 않았었다. 이렇게 깔끔하게 차려입은 것도 처음 보았다.

"잘 지냈나, 크랩?" 리버스가 물었다.

타라비츠는 이 말에 당황한 것 같았다. 부하들 쪽으로 몸을 반쯤 돌렸다. 크랩은 입을 다물고 있었지만 목 언저리가 시뻘게졌다.

이렇게 가까이에 오니 핑크 아이의 얼굴을 응시하지 않을 수 없었다. 눈은 거의 보이지 않았지만 정말로 그 얼굴을 살펴볼 마음은 들지 않을 것이다.

이제 타라비츠가 리버스를 쳐다보았다.

"우리 구면인가?"

"아니."

"리버스 경위님이야." 켄워디가 설명했다. "스코틀랜드에서 널 만나러 오셨어."

"몸 둘 바를 모르겠네." 타라비츠가 씩 웃으니 작고 날카로운 이빨과 그 사이의 벌어진 틈이 보였다.

"내가 왜 왔는지 알 텐데." 리버스가 말했다.

타라비츠가 놀라는 척했다. "내가?"

"텔포드가 도와달라고 했지. 캔디스의 집 주소가 필요하다고. 세르비아 – 크로아티아에 있는……"

"이거 수수께끼야?"

"그리고 캔디스를 데려왔고."

"내가?"

리버스는 반걸음 앞으로 나섰다. 타라비츠의 부하들이 두목 옆으로 펼쳐 섰다. 땀 혹은 연고 때문인지 타라비츠의 얼굴이 번들거렸다.

"캔디스는 벗어나고 싶어 했어." 리버스가 말했다. "도와주겠다고 약속했지. 난 약속을 깬 적이 없어."

"벗어나고 싶다고? 그렇게 얘기했어?" 타라비츠는 놀리는 듯한 목소리였다.

뒤에 있던 남자 하나가 헛기침을 했다. 리버스는 이 남자가 내내 궁금했다. 다른 부하들보다 체격도 훨씬 작고 머뭇댔다. 옷도 잘 차려입었고, 눈은 슬픈 듯 풀이 죽어 있었으며, 피부는 병색이 완연했다. 리버스는 알 수 있었다. 변호사였다. 헛기침은 타라비츠에게 말을 많이 하지 말라고 주의를 주는 것이다.

"토미 텔포드를 쓰러뜨릴 거야." 리버스가 조용히 말했다. "장담하지. 일단 잡아넣으면 다 털어놓게 돼."

"텔포드 씨는 자기 앞가림은 알아서 할 수 있습니다, 경위님. 캔디스 얘기는 몰라도 그건 확실히 말씀드릴 수 있죠." 변호사가 다시 기침을 했다.

"캔디스에게 매춘을 강요하지 마." 리버스가 말했다.

타라비츠가 리버스를 응시했다. 검고 작은 눈동자가 마치 완전히 까만 점 같았다.

"토머스 텔포드가 방해받지 않고 사업을 할 수 있어?" 타라비츠가 마침내 말했다. 뒤에 있는 변호사는 거의 숨이 막힐 지경이었다.

"약속 못 하는 거 알 텐데." 리버스가 말했다. "텔포드가 걱정할 상대는 내가 아니야."

"친구한테 메시지 전해." 타라비츠가 말했다. "그런 다음에는 친구 관계를 끊고."

리버스는 무슨 말인지 깨달았다. 캐퍼티 얘기였다. 리버스가 캐퍼티의 수하라고 텔포드가 말했던 것이다.

"그건 가능할 것 같군." 리버스가 조용히 말했다.

"그러면 그렇게 해." 타라비츠는 몸을 돌려 자리를 떴다.

"캔디스는?"

"알아보지." 타라비츠는 멈춰 서서 재킷 주머니에 손을 찔러넣었다. "이봐, 미리엄." 타라비츠가 말했다. 여전히 등을 돌린 채였다. "빨간 투피스 입은 게 더 좋아."

타라비츠는 웃으면서 가버렸다.

"차에 타세요." 켄워디가 이를 악물며 말했다. 리버스는 차에 탔다. 켄워디는 초조해 보였다. 그녀는 열쇠를 떨어뜨리는 바람에 주우려고 몸을 굽혔다.

"왜 그래?"

"아무것도 아니에요." 켄워디가 날카롭게 말했다.

"빨간색 투피스?"

켄워디는 리버스를 쳐다보았다. "저는 빨간색 투피스가 없어요." 켄워디는 필요 이상으로 브레이크와 액셀을 밟으면서 3점 방향 전환*을 했다.

"무슨 말인지 모르겠는데."

"지난주에," 켄워디가 말했다. "빨간색 속옷을 샀어요. 브라와 팬티요." 엔진 속도를 높였다. "타라비츠의 게임이죠."

"어떻게 알았지?"

"저도 그게 궁금해요." 그들은 재빠르게 개들을 지나쳐 문을 나갔다. 리버스는 토미 텔포드를, 그가 리버스의 아파트를 감시하고 있던 걸 생각했다.

"경찰만 감시를 하는 건 아니지." 리버스가 말했다. 이제 누가 텔포드에게 수법을 가르쳐줬는지 알았다. 잠시 후 리버스는 폐차장에 대해 물어보았다.

"타라비츠 소유예요. 압축 분쇄기가 있지만, 그 전에 차를 가지고 노는 걸 좋아하죠. 경위님이 눈에 거슬리면 타라비츠는 경위님을 묶고 안전벨트를 용접하겠죠." 켄워디는 리버스를 쳐다보았다. "그놈의 먹잇감이 되는 거예요."

---

* 좁은 공간에서 차를 전진, 후진, 다시 전진하여 방향을 돌리는 방법.

개인적으로 얽히지 말 것. 이 말은 황금률이었다. 그리고 리버스는 거의 모든 사건에서 이를 어겼다. 이렇게 사건에 몰두하는 건 자신만의 삶이 없기 때문이라는 생각이 가끔 들었다. 그는 다른 사람을 통해서만 살 수 있었다.

왜 캔디스한테 이렇게 관여하지? 새미하고 겉모습이 닮아서? 첫날 캔디스가 자신에게 매달려서? 잠깐이나마 누군가의 백마 탄 기사가 되고 싶었을까? 흉내가 아니라 진심으로?

존 리버스, 이 빌어먹을 허풍선이.

차에서 클래버하우스에게 전화해서 지금까지의 일을 알려줬다. 클래버하우스는 걱정하지 말라고 했다.

"고맙네." 리버스가 말했다. "정보를 많이 얻어냈어. 누가 텔포드의 공급책인지 알아?"

"무슨 공급이요? 마약?"

"그래."

"그거 진짜 조커인데요. 텔포드는 뉴캐슬 쪽과 거래하고 있지만 상대가 누구인지, 누가 구매자인지 확실히 모르거든요."

"텔포드가 판매자라면?"

"그럼 유럽 대륙 쪽에 연줄이 있다는 얘깁니다."

"마약반에서는 뭐래?"

"아무것도요. 텔포드가 보트에서 마약을 내린다면, 해안가를 통해 운반한다는 뜻이죠. 뉴캐슬 쪽이 판매자일 가능성이 높습니다. 타라비츠는 유럽에 연줄이 있거든요."

"타라비츠는 대체 왜 텔포드를 필요로 할까?"

"존, 잠깐 숨 좀 돌리세요."

"콜쿠혼은 왜 우리를 피하지?"

"제가 한 말 들으셨어요?"

"곧 만나서 얘기하지."

"돌아오는 길입니까?"

"그런 셈이지." 리버스는 전화를 끊고 차를 몰았다.

11

"스트로맨." 두 명의 교도관에게 호송되어 면회실로 들어온 캐퍼티가 말했다.

올해 초에 리버스는 캐퍼티에게 글래스고의 조폭인 엉클 조 톨을 집어넣겠다고 약속했다. 하지만 최선을 다했음에도 실패했다. 톨은 고령과 질병을 구실로 철창 신세를 면했다. 전범들이 노령을 핑계 대는 것과 마찬가지였다. 그 이후로 캐퍼티는 리버스가 자신에게 빚이 있다고 생각했다.

캐퍼티는 자리에 앉아서 목을 몇 차례 돌려 풀었다.

"그래서?" 캐퍼티가 물었다.

리버스는 교도관들에게 가도 된다고 고개를 끄덕이고는, 둘만 남을 때까지 조용히 기다렸다. 그러고는 4분의 1 크기의 벨 위스키병을 주머니에서 꺼냈다.

"넣어둬." 캐퍼티가 말했다. "표정을 보니 술이 더 필요한 사람은 자네 같은데."

리버스는 술병을 주머니에 다시 집어넣었다. "뉴캐슬에서 보내는 메시지가 있어."

캐퍼티가 팔짱을 꼈다. "제이크 타라비츠?"

리버스는 고개를 끄덕였다. "토미 텔포드한테서 손을 떼래."

"무슨 소리야?"

"왜 이래, 캐퍼티. 경비원이 칼에 찔렸고 마약상이 다쳤잖아. 이건 선전 포고야."

캐퍼티는 리버스를 쳐다보았다. "내가 한 짓이 아니야."

리버스는 코웃음을 쳤다. 하지만 캐퍼티의 눈을 보고는 거의 믿을 뻔했다.

"그럼 누군데?" 리버스는 조용히 물었다.

"내가 어떻게 알아?"

"어쨌든 전쟁은 터졌어."

"그럴지도 모르지. 타라비츠가 뭔 상관인데?"

"토미와 사업을 하거든."

"그걸 보호하려고 경찰을 시켜 경고를 해?" 캐퍼티가 고개를 저었다. "정말 그 말을 믿어?"

"몰라." 리버스가 말했다.

"끝내는 방법이 하나 있지." 캐퍼티가 잠시 말을 멈췄다. "텔포드를 게임에서 쫓아내는 거야." 캐퍼티는 리버스의 표정을 보았다. "밟아버린다는 뜻이 아니야. 쫓아버리는 거지. 그게 자네 임무잖아, 스트로맨."

"난 메시지를 전하러 왔을 뿐이야."

"자네한테 무슨 득인데? 뉴캐슬에 뭐 있어?"

"그럴지도."

"이제 타라비츠 부하가 된 거야?"

"날 잘 알 텐데."

"내가?" 캐퍼티는 의자에 등을 기대고 다리를 뻗었다. "가끔 그게 궁금하긴 해. 잠을 설칠 정도는 아니지만 늘 생각하지."

리버스는 테이블에 몸을 기댔다. "빼돌린 거 많잖아. 그걸로 만족하면 될 텐데?"

캐퍼티는 웃었다. 답답한 분위기였다. 세상에 둘만 남은 것 같았다. "은퇴하라고?"

"훌륭한 권투선수는 떠날 때를 알지."

"그러면 우리 둘 다 싸울 상대가 없잖아? 자네는 은퇴 계획 있어, 스트로맨?"

리버스는 자기도 모르게 미소를 지었다.

"아닌 것 같군. 내가 뭐라고 전해야 타라비츠한테 돌아갈 수 있어?"

리버스는 고개를 저었다. "그건 거래에 없었어."

"타라비츠가 찾아오면 보험 들라고 해. 사망보험금 있는 걸로."

리버스는 캐퍼티를 쳐다보았다. 감옥 생활로 약해진 건 육체뿐이었다.

"누가 텔포드를 게임에서 쫓아내줬으면 좋겠군." 캐퍼티가 말을 이었다. "무슨 말인지 알지, 스트로맨? 그러면 내가 큰 신세 지는 거야."

리버스는 일어섰다. "사양이야." 리버스가 말했다. "개인적으로는 너희 둘이 서로를 없애버렸으면 좋겠어. 그러면 링사이드에서 좋아서 펄쩍 뛸 텐데."

"링사이드에서는 무슨 일이 생기는지 알아?" 캐퍼티가 관자놀이를 문질렀다. "핏물 세례를 받게 돼."

"내 피가 아니면 상관없지."

캐퍼티의 가슴 깊은 곳에서 웃음이 터져 나왔다. "자넨 관중이 아니야, 스트로맨. 자네 본성은 그런 게 아니야."

"자네가 심리학자라도 돼?"

"그건 아니겠지." 캐퍼티가 말했다. "하지만 사람을 흥분시키는 게 뭔지는 알아."

3부

짐승들이 울면 내 얼굴을 가려줘*

<hr/>

* 스웨덴 록 밴드 '마스케(Masquer)'의 앨범명 《Cover my face as the animals cry》를 인용한 것이다.

병원을 내달리며 간호사들을 멈춰 세우고 방향을 물었다. 땀이 흘러
내렸고 넥타이가 목에서 흔들거렸다. 안내판을 찾아 오른쪽, 왼쪽으로
돌았다. 누구 탓이지? 리버스는 자기 자신에게 계속 물었다. 메시지를
받지 못했다. 감시 임무 때문이었다. 경찰서에서는 그 메시지가 얼마나
중요한지 몰랐다.

달리다 보니 옆구리가 쑤셨다. 차에서부터 내내 달려왔다. 한 번에
두 계단씩 뛰어올라 복도를 달렸다. 병원은 조용했다. 한밤중이었다.

"산부인과!" 리버스는 카트를 미는 남자에게 외쳤다. 남자는 몇 개의
문을 가리켰다. 문을 밀고 들어섰다. 유리로 된 칸막이방 안에 간호사
세 사람이 있었다. 그중 한 명이 나왔다.

"무슨 일이시죠?"

"존 리버스입니다. 제 아내가……"

간호사는 굳은 표정을 지었다. "세 번째 침대예요." 간호사가 가리켰
다. 세 번째 침대 주위에 커튼이 쳐져 있었다. 리버스는 커튼을 당겨 열
었다. 로나는 모로 누워 있었다. 얼굴은 아직 상기됐고, 머리카락이 이
마에 달라붙어 있었다. 그 옆에는 갈색 머리카락과 눈이 검고 초점이 맞
지 않는, 작고 완벽한 존재가 로나에게 코를 비비고 있었다.

리버스는 아내의 코를 만지고 귀의 곡선을 따라 손가락을 움직였다.
아내의 얼굴이 씰룩였다. 리버스는 몸을 앞으로 구부려 키스했다.

"로나, 정말 미안해. 10분 전에야 메시지 받았어. 괜찮아? 우리 아들
예쁘네."

"아들이 아니라 딸이야." 로나는 이렇게 말하고 등을 돌려 누웠다.

12

리버스는 상관의 사무실에 앉아 있었다. 아침 9시 15분이었다. 지난밤엔 45분 정도 잤을 것이다. 병원에서 밤새워 간호한 데다 새미의 수술이 있었다. 혈전 문제였다. 아직 의식불명이었고 '위중'했다. 리버스는 런던에 있는 로나에게 전화했다. 그녀는 가능한 한 빨리 기차를 타고 내려오겠다고 했다. 도착하면 연락할 수 있게 휴대폰 번호를 알려주었다. 로나는 묻기 시작했다. 그녀의 목소리가 갈라졌다. 로나가 수화기를 내려놓았다. 리버스는 로나에게 어떤 감정이든 느껴보려고 노력했다.

동생 미키에게 전화했다. 오늘 병원에 들르겠다고 했다. 그래서 가족이다. 전화할 만한 다른 사람들도 있었다. 한때 리버스의 연인이었고, 그보다 더 최근에는 새미의 집주인이었던 페이션스 같은 사람. 하지만 하지 않았다. 아침에 새미가 일하는 사무실에 전화해야 한다. 잊지 않게 수첩에 적어놓았다. 그러고는 새미의 아파트에 전화해 네드 팔로우에게 소식을 알렸다.

팔로우는 누구도 묻지 않았던 질문을 했다. "아버님은요? 괜찮으세요?"

리버스는 병원 복도 주위를 둘러보았다. "꼭 그렇지는 않아."

"바로 가겠습니다."

그래서 둘은 몇 시간 동안 말동무를 했다. 사실 처음에는 말을 많이 하

188

지 않았다. 팔로우는 담배를 피웠다. 리버스도 언어 피웠다. 이미 다 마셔 버려서 위스키로 답례할 수는 없었다. 대신 팔로우에게 커피 몇 잔을 샀다. 샌던에서 택시를 타고 오느라 팔로우가 있는 돈을 거의 다 써버렸기 때문이다.

"일어나, 존."

리버스의 상관이 부드럽게 그를 깨우고 있었다. 리버스는 눈을 깜빡이고 자세를 바로했다.

"죄송합니다."

왓슨 총경이 자리로 돌아가 앉았다. "새미 일은 정말 유감이네. 뭐라고 말해야 할지 모르겠네만 기도하겠네."

"감사합니다."

"커피 좀 들겠나?" 농부의 커피는 경찰서 내에 악명이 자자했지만 리버스는 기꺼이 머그컵을 받아들었다. "그나저나 새미 상태는 어떤가?"

"아직 의식불명입니다."

"뺑소니차의 종적은?"

"아직까지는 없습니다."

"담당이 누구지?"

"빌 프라이드가 시작했는데 지금 누가 인계받았는지는 모르겠습니다."

"알아보겠네." 농부는 내선으로 전화했다. 리버스는 머그컵 테두리 위로 쳐다보았다. 의자 뒤에 자리하고 있는 농부는 체격이 컸다. 뺨은 붉은 모세혈관으로 가득했고 가느다란 머리카락은 잘 만들어진 들판의 고랑처럼 머리 위에 걸쳐 있었다. 책상 위에는 사진들이 있었다. 손자들이었다. 정원에서 찍은 사진이었다. 뒤에 그네가 있었다. 손자 하나는 테디베어를 안고 있었다. 리버스는 목이 따끔거리기 시작했다. 참으려고 애썼다.

농부가 수화기를 내려놓았다. "빌이 아직 맡고 있어." 농부가 말했다. "결과를 빨리 알리면 자기가 계속 담당해야겠다고 생각했다는군."

"고맙네요."

"결과가 나오면 바로 알려주겠네. 그동안에 집에 가서……"

"아닙니다."

"아니면 병원에 가게."

리버스는 천천히 고개를 끄덕였다. 그래, 병원. 하지만 지금 당장은 아니었다. 먼저 빌 프라이드와 얘기를 해야 했다.

"그리고 사건을 재배당 해주겠네." 농부는 뭔가 적기 시작했다. "전범 사건과 텔포드 사건 연락 담당. 다른 사건은 없나?"

"총경님, 괜찮으시다면…… 계속 일하고 싶습니다."

농부는 리버스를 쳐다보았다. 그러고는 의자에 등을 기댔다. 손가락 위에 펜이 놓여 있었다.

"왜?"

리버스는 어깨를 으쓱했다. "계속하고 싶어서요." 그래, 바로 그거였다. 다른 사람에게 일을 넘기고 싶지 않았다. 그의 사건이었다. 리버스가 사건을 소유했고, 사건이 리버스를 소유했다.

"좀 쉬어야 하지 않나?"

"잘할 수 있습니다." 리버스는 농부와 시선이 마주쳤다. "부탁드립니다."

CID 사무실 복도를 지나면서, 다가와 위로를 건네는 모든 사람들에게 고개를 끄덕였다. 책상에 남아 있는 사람은 하나였다. 빌 프라이드는 리버스가 자신에게 오리라는 걸 알고 있었다.

"잘 잤나, 빌."

프라이드가 고개를 끄덕였다. 둘은 간밤에 병원에서 잠깐 만났다. 네드 팔로우가 졸고 있어서 복도로 나가 이야기했다. 프라이드는 지금 더 피곤해 보였다. 어두운 녹색 셔츠의 맨 윗단추를 풀어 놓았고 갈색 양복은 갈아입지 않은 것 같았다.

"맡아줘서 고마워." 리버스가 의자를 끌어당기며 말했다. 좀 더 똑똑한 사람이 맡았으면 좋았을 텐데. 속으로 생각했다.

"천만에."

"소식 있어?"

"쓸 만한 목격자 두어 명을 확보했어. 횡단보도에서 신호 대기하고 있었다는군."

"뭐라고 하던가?"

프라이드는 대답을 생각해보았다. 상대방은 아버지이자 경찰이다. "새미가 길을 건너고 있었대. 민토 스트리트 쪽으로 향하고 있었다는군. 버스 정류장으로 가고 있었을지도 몰라."

리버스는 고개를 저었다. "걸어가고 있었을 거야. 길모어 로드에 친구 집이 있어."

피자 가게에서 그렇게 얘기했었다. 더 오래 있지 못해서 미안하다고 했다. 식사 끝나고 커피 딱 한 잔만 더 마셨다면…… 커피 한 잔만 더 마셨다면 새미는 그 순간에 거기 있지 않았을 것이다. 삶을 시간의 덩어리라고 생각하겠지만, 사실은 연속된 순간이 이어지는 것이다. 그 순간 중 하나가 삶을 완전히 바꿔버린다.

"차는 시내 남쪽으로 향하고 있었대." 프라이드가 말을 이었다. "빨간 불인데 지나간 것 같다더군. 뒤 차 운전자는 그렇게 생각해."

"음주 운전 같다던가?"

프라이드는 고개를 끄덕였다. "운전하는 모양을 보니 그런 것 같다더군. 순간적으로 실수했을 수도 있어. 하지만 그렇다면 왜 세우지 않았을까?"

"어떤 차였대?"

리버스는 고개를 저었다. "어두운 색깔에 스포츠카 같았다고만 하더군. 번호판을 본 사람은 없고."

"붐비는 거리라 다른 차들도 있었을 텐데."

"제보 전화가 몇 통 왔어." 프라이드는 수첩을 뒤적였다. "도움이 될 만한 내용은 없지만 만나서 알아볼게."

"도난 차량은 아닐까? 그래서 그렇게 서두른 거고."

"확인해볼게."

"나도 도울게."

프라이드는 이 제안을 생각해보았다. "정말인가?"

"말려도 할 거야, 빌."

"스키드 마크는 없었어." 프라이드가 말했다. "충돌 전이나 후에 운전자가 브레이크를 밟은 흔적이 없어."

그들은 민토 스트리트와 뉴잉턴 로드의 분기점에 서 있었다. 교차로는 솔즈베리 플레이스와 솔즈베리 로드였다. 보행자들이 길을 건너는 동안 승용차와 밴, 버스들이 신호등 앞에 줄을 섰다.

당신들 중 하나일 수 있었어. 리버스는 생각했다. 저들 중 누구라도 새미의 처지일 수 있었다.

"새미는 여기쯤 있었어." 프라이드가 신호등을 바로 지난 지점, 버스 차로가 시작되는 곳을 가리켰다. 차도는 4차선으로 넓었다. 새미는 신호 때 건너지 못했다. 여유롭게 민토 스트리트로 몇 걸음 계속 내려가다가 대각선으로 건넜다. 리버스는 새미가 어렸을 때 길 건너는 법을 가르쳐줬다. 아동 교통안전 규칙 전부를 주입했다. 리버스는 주위를 둘러봤다. 민토 스트리트 위쪽에는 개인 주택과 민박이 있었다. 한쪽 모퉁이에는 은행이 있었다. 다른 쪽 모퉁이에는 렘넌트 킹스* 지점이, 그 옆에는 테이크아웃 음식 전문점이 있었다.

"저기는 열려 있었을 거야." 리버스가 가리키며 말했다. 세 번째 모퉁이에는 스파 마트가 있었다. "저기도. 새미가 어디 있었다고 했지?"

"버스 차로." 새미는 차로 세 개를 건넜다. 안전 구역에서 불과 1~2m 떨어져 있었다. "목격자들 말로는 새미가 거의 경계석에 있을 때 차가 쳤다더군. 운전자가 취해서 순간 삐끗했겠지." 프라이드는 은행 쪽을 향해 고개를 끄덕였다. 은행 앞에는 공중전화 박스가 두 개 있었다. "목격자는 저기서 전화했어." 공중전화 박스 뒤 벽에는 포스터가 붙어 있었다. 어떤 미치광이가 운전대를 잡고 씩 웃고 있었고, 그 밑에 '보행자는 너무 많고 시간은 너무 없다'라고 쓰여 있었다. 컴퓨터 게임 포스터였다.

"새미를 피하기는 어렵지 않았을 거야." 리버스가 조용히 말했다.

"괜찮아? 위쪽에 카페가 있어."

"난 괜찮아, 빌." 리버스는 주위를 둘러보고 심호흡했다. "스파 마트 뒤

---

* Remnant Kings: 커튼, 의류 등을 판매하는 전문점.

193

는 사무실 같아. 현장에 있었던 사람은 없겠지. 하지만 렘넌트 킹스와 은행 위는 아파트야."

"주민들하고 얘기하려고?"

"스파 마트와 케밥 매장도. 자네는 민박과 주택을 맡아줘. 30분 후에 여기서 다시 봐."

리버스는 찾을 수 있는 사람과는 전부 얘기했다. 스파 마트는 새 근무조가 일하고 있었다. 그래서 점장에게 지난밤 근무했던 직원들의 번호를 받아 전화했다. 뭔가를 보거나 들은 사람은 아무도 없었다. 구급차의 헤드라이트가 번쩍이던 것만 알고 있었다. 케밥 매장은 닫혀 있었다. 하지만 리버스가 문을 두드리자 뒤쪽에서 여자 하나가 마른행주에 손을 닦으며 나왔다. 리버스가 유리문 위로 신분증을 보이자 여자가 문을 열어주었다. 매장은 지난밤에 바빴다. 여자는 사고를 보지 못했다. 여자는 '사고'라고 했다. 여자가 말하기 전까지는 그 단어가 다가오지 않았다.

"아니요." 여자가 말했다. "사람들이 모여 있는 게 먼저 눈에 들어왔어요. 서너 명뿐이었지만 주변에 둘러서 있었죠. 그다음에 구급차가 왔고요. 그 여자 괜찮나요?"

여자의 눈은 리버스가 전에도 보았던 것이었다. 피해자가 죽었기를 사실상 바라고 있었다. 그래야 할 얘기가 많아질 테니까.

"병원에 있습니다." 리버스가 말했다. 더 이상 여자를 쳐다볼 수 없었다.

"네. 하지만 신문에서는 혼수상태라던데요."

"어떤 신문이요?"

여자는 그날의 『이브닝 뉴스』 초판을 가져다주었다. 안쪽 페이지에 '뺑소니 피해자 혼수상태'라는 기사가 있었다.

혼수상태가 아니었다. 새미는 의식불명일 뿐이다. 하지만 리버스는 기사가 고마웠다. 누군가 기사를 읽고 제보할 수 있다. 운전자가 죄책감에 시달리기 시작할 수도 있다. 동승자가 있을지도 모른다. 비밀을 지키기는 힘들다. 누군가에게 털어놓게 된다.

렘넌트 킹스에도 들러 보았지만 지난밤에는 당연히 문을 닫았다. 그래서 위층 아파트로 올라갔다. 2층에는 아무도 없었다. 리버스는 명함 뒤에 간단한 메시지를 적어서 우편함에 밀어 넣은 다음, 문에 있는 주민들의 성을 적었다. 주민들이 전화하지 않으면 자신이 할 생각이었다. 3층에는 젊은 남자가 있었다. 10대를 갓 지난 듯했고, 두껍게 뭉친 검은 머리카락을 눈에서 치웠다. 버디 홀리 안경을 썼고, 입 주위에 여드름 자국이 있었다. 리버스는 자기소개를 했다. 남자의 손이 다시 머리카락으로 가면서 아파트 안쪽을 돌아보았다.

"여기 사세요?" 리버스가 물었다.

"네, 비슷해요. 주인은 아니고 세입자예요."

문에는 이름이 없었다. "지금 다른 사람 있나요?"

"아니요."

"다들 학생인가요?"

젊은 남자는 고개를 끄덕였다. 리버스는 이름을 물어보았다.

"롭. 로버트 렌턴이에요. 대체 무슨 일이죠?"

"지난밤에 사고가 있었어요, 롭. 뺑소니요." 리버스는 이런 상황을 많이 겪었다. 다른 사람의 삶에 대한 평범한 뉴스는 지나친다. 병원에 전화한 지 한 시간이 지났다. 병원에서는 리버스의 휴대폰 번호를 받고, 소식 있으면 편한 시간에 전화해주겠다고 했다. 리버스가 아니라 병원에 편한 시간이라는 뜻이다.

"아, 네." 렌턴이 말했다. "봤어요."

리버스는 눈을 깜빡였다. "봤다고요?"

렌턴은 고개를 끄덕였다. 머리카락이 눈앞에서 흔들거렸다. "창문에서요. CD를 바꾸려고 갔는데……"

"잠깐 들어가도 될까요? 창에서 본 장면을 확인하고 싶습니다."

렌턴은 뺨을 부풀리고는 숨을 내쉬었다. "뭐, 괜찮겠죠."

리버스는 안으로 들어갔다.

거실은 꽤 깔끔했다. 렌턴은 리버스 앞에 서서 두 창문 사이에 있는 오디오 랙으로 향했다. "새 CD를 올려놓고 창밖을 내다봤어요. 버스정류장 보이시죠? 제인이 버스에서 내리는 모습이 보이지 않을까 생각했어요." 랜턴이 말을 멈췄다. "제인은 에릭의 여자친구예요."

리버스는 그 말은 귓등으로 흘렸다. 새미가 걷고 있었던 거리를 내려다보았다. "뭘 봤는지 얘기해주세요."

"여자가 길을 건너고 있었어요. 꽤 예뻤어요…… 제 눈에는요. 그리고 차가 신호를 무시하고 달려오더니 방향을 바꾸더군요. 그리고 피해자의 몸이 날아갔죠."

리버스는 잠시 눈을 감았다.

"공중으로 3m는 날아갔을 거예요. 울타리를 치고 보도 위로 떨어졌죠. 그러고 나서는 움직이지 않았어요."

리버스는 눈을 떴다. 리버스는 창가에 있었고, 렌턴은 왼쪽 어깨 바로 뒤에 서 있었다. 아래 도로에서는 사람들이 길을 건너고 있었다. 새미가 차에 치였던 지점, 쓰러졌던 지점을 걷고 있었다. 새미가 누웠던 보도 위에 담뱃재를 털고 있었다.

"운전자는 못 보셨죠?"

"이 각도에서는 안 보이죠."

"동승자는요?"

"모르겠어요."

렌턴은 안경을 썼지. 리버스는 생각했다. 과연 신빙성이 있을까?

"사고를 보고 내려가지 않았나요?"

"전 의대생이 아니거든요." 렌턴은 모서리에 있는 이젤 쪽으로 고개를 끄덕였다. 리버스는 물감과 붓이 있는 선반을 보았다. "누군가 공중전화 박스로 달려가더군요. 그래서 구급차가 곧 오겠거니 생각했죠."

리버스는 고개를 끄덕였다. "본 사람은 또 없나요?"

"친구들은 부엌에 있었어요." 렌턴이 잠시 말을 멈췄다. "형사님이 무슨 생각하시는지 알아요." 리버스는 영문을 몰랐다. "내가 안경을 쓰고 있으니 제대로 못 봤을 거라 생각하시죠. 하지만 운전자는 분명히 방향을 바꿨어요. 그러니까, 고의적으로요. 피해자를 향하는 것처럼요." 렌턴이 혼자 고개를 끄덕였다.

"피해자를 향했다고요?"

렌턴이 손으로 차가 한 차선을 벗어나 다른 차선으로 가는 동작을 했다. "운전자는 곧바로 피해자 쪽으로 차를 몰았어요."

"운전을 제대로 못 한 게 아니고?"

"그랬다면 차가 더 비틀거렸겠죠."

"차 색깔은요?"

"어두운 녹색이요."

"어느 회사 차였죠?"

렌턴은 어깨를 으쓱했다. "차는 잘 몰라서요. 혹시……"

"혹시?"

렌턴은 안경을 벗어 닦기 시작했다. "제가 스케치해서 드려도 될까요?"

렌턴은 이젤을 창가로 가져와서 작업을 시작했다. 리버스는 현관으로 가서 병원에 전화했다. 전화를 받은 사람은 별로 놀라는 것 같지 않았다.

"별다른 변화는 없습니다. 문병객이 두어 명 왔어요."

미키와 로나였다. 리버스는 전화를 끊고 프라이드의 휴대폰에 전화했다.

"렘넌트 킹스 위에 있는 아파트야. 목격자를 확보했어."

"그래?"

"전부 다 봤대. 그리고 미대생이야."

"그런데?"

"왜 이래, 빌. 그럼 내가 그려줘?"

잠시 침묵이 흘렀다. 그러고는 프라이드가 "아!" 하고 말했다.

13

리버스는 휴대폰을 귀에 댄 채 병원으로 걸어갔다.

"조 허드먼이 목록을 만들고 있어." 빌 프라이드가 말했다. "레인지 로버 600 시리즈, 포드 몬데오 신형, 토요타 셀리카, 닛산 몇 종. 그 밖에 BMW 5 시리즈도 있고."

"범위를 좀 좁혀야 할 것 같은데."

"조 말로는 레인지로버, 몬데오, 셀리카가 유력 후보래. 세부 내용 몇 가 지도 알려줬어. 번호판 주변에 크롬 처리가 되어 있다든가 하는. 미대생 친구한테 전화 걸어서 생각나는 거 있는지 확인해볼게."

리버스가 걸어오자 간호사 한 사람이 쏘아보았다.

"뭐라고 했는지 알려줘. 나중에 전화할게." 리버스는 휴대폰을 다시 주 머니에 집어넣었다.

"여기서는 휴대폰 쓰시면 안 돼요." 간호사가 딱딱거렸다.

"급한 일이 있어서요."

"의료 기기에 문제가 생길 수 있어요."

리버스는 멈춰 섰다. 얼굴이 하얘졌다. "깜빡했네요." 리버스가 말했다. 떨리는 손을 이마에 댔다.

"괜찮으세요?"

"네, 괜찮아요. 다시는 안 그럴게요." 리버스는 다시 걷기 시작했다. "약속합니다."

리버스는 주머니에서 렌턴의 그림 사본을 꺼냈다. 조 허드먼은 내근 경사인데, 자동차에는 박사였다. 모호한 설명만으로도 구체적으로 그려낼 수 있어서 쓸모 있는 존재였다. 리버스는 걸어가면서 그림을 쳐다보았다. 세부 사항이 모두 있었다. 배경의 건물, 울타리, 구경꾼. 그리고 차와 충돌하는 순간의 새미도. 새미는 반쯤 몸을 돌려 마치 차를 밀어 세우기라도 하는 듯 손을 뻗었다. 하지만 렌턴은 차의 뒤쪽에서 나오는 가는 줄을 그려서 마치 공기와 차의 속도가 보이는 것 같았다. 얼굴이 있어야 할 자리는 빈 타원형으로 남겨놓았다. 차의 뒤쪽은 명료하게 그렸지만 앞쪽은 사라지는 듯한 원근법으로 흐릿했다. 렌턴은 확실히 못 본 것은 뺐다고 했다. 상상한 것으로 공백을 채우지 않았다고 단언했다.

리버스는 그림에서 무엇보다도 얼굴, 또는 얼굴이 없는 것이 신경 쓰였다. 자신이 그 상황이었다면 어땠을까 생각해보았다. 차에 집중할 수 있었을까? 번호판을 알아볼 수 있었을까? 새미에게만 초점을 맞추게 되었을까? 경찰로서의 본능과 부성애 중 어느 쪽이 우선이었을까? 경찰서에서 누군가 이렇게 말했다. "걱정 마. 우리가 잡을게." 아니면 "걱정 마. 새미는 괜찮을 거야." 전부 둘 중 하나였다. 범인(운전자)과 처벌 쪽이 새미(피해자)와 회복 쪽보다 더 많았다.

"나도 목격자였겠지." 리버스는 조용히 말했다. 그러고는 그림을 접어 다시 넣었다.

새미의 병실은 1인실이었다. 리버스가 영화나 TV에서 본 것처럼 튜브와 의료 기기에 둘러싸여 있었다. 이 병실은 더 우중충하다는 점만이 달랐다. 벽과 창틀에는 페인트가 벗겨져 있었다. 의자는 금속 다리에 고무 발이 끼워져 있었고, 좌석과 등판은 플라스틱이었다. 리버스가 들어오자 한 여자가 일어났다. 둘은 포옹했다. 리버스는 여자의 옆이마에 키스했다.

렌턴은 운전자가 피해자 쪽으로 차를 몰았다고 했다. 렌턴 말고 그렇게 말한 사람이 있었나?

"안녕, 로나."

"안녕, 존."

로나는 당연히 피곤해 보였지만 머리카락은 유행에 맞게 잘랐고, 칙칙한 황금색으로 염색했다. 옷은 깔끔했고 장신구를 했다. 눈을 살펴보니 눈동자 색깔이 달랐다. 컬러 콘택트렌즈 때문이다. 눈조차도 과거를 드러내지 않는다.

"미안해, 로나."

리버스는 새미를 방해하지 않으려고 낮은 목소리로 말했다. 바보 같은 생각이었다. 지금은 무엇보다도 새미가 깨어나기만을 바라고 있는데.

"새미는 어때?"

"거의 비슷해."

미키가 일어났다. 의자 세 개가 반원을 그리고 있었다. 미키와 로나는 빈 의자를 사이에 두고 앉았다. 로나가 포옹을 풀자 미키가 그 자리를 대신했다.

"빌어먹게 끔찍한 일이야." 미키가 말했다. 낮은 목소리였다.

리버스는 자세한 대화는 생략하고 새미의 침대로 갔다. 새미의 얼굴에는 아직 멍이 있었다. 리버스는 이제 그 멍의 원인을 알 수 있었다. 울타리, 벽, 보도였다. 한쪽 다리가 부러졌고 양팔에는 붕대가 두껍게 감겼다. 한쪽 귀가 없는 테디베어가 머리 옆에 놓여 있었다. 리버스는 미소를 지었다.

"파 브룬을 가져왔네."

"그래."

"아직 모른대?" 새미를 보면서 리버스가 말했다.

"뭘?" 로나는 리버스가 그 말을 입 밖으로 내기를 바랐다. 숨을 곳이 없다.

"뇌 손상." 리버스가 말했다.

"아무 말도 못 들었어." 무시하는 듯 로나가 말했다.

'피해자 쪽으로 차를 몰았다'는 렌턴의 말…… 구경꾼 중에서 그렇게 말한 사람은 없었다. 하지만 렌턴과 같은 시야에서 보지는 못했으니까.

"찾아온 사람은 없었어?"

"내가 온 후로는 없었어."

"난 로나가 오기 전부터 있었어." 미키가 덧붙였다. "아무도 없었어."

충분했다. 리버스는 병실에서 나갔다. 복도 끝에 의사 한 명과 간호사 두 명이 잡담을 하고 있었다. 간호사 한 명은 벽에 기대 있었다.

"어떻게 된 겁니까?" 리버스가 폭발했다. "아침 내내 병실에 아무도 안 들렀다뇨!"

의사는 젊은 남자였다. 짧게 깎은 금발에 가르마가 있었다.

"최선을 다하고 있습니다."

"무슨 뜻이죠?"

"선생님 심정은 이해합니다만……"

"닥쳐요. 왜 의사가 돌보지 않는 거죠? 딸애가 왜 저렇게 누워만 있죠? 마치……" 리버스는 말을 삼켰다.

"오늘 아침에 전문의 두 명이 따님을 살펴보았습니다." 의사가 조용히 말했다. "재수술 여부를 결정하려고 검사 결과를 기다리고 있습니다. 뇌에 부기가 좀 있습니다. 검사를 처리하려면 시간이 좀 걸립니다. 저희가 할 수 있는 게 없어요."

리버스는 속는 기분이었다. 아직 화가 풀리지 않았다. 하지만 화를 낼 대상이 없었다. 여기에는 없었다. 그는 고개를 끄덕이고 몸을 돌려 떠났다.

병실로 돌아와서 로나에게 상황을 설명했다. 의료 기기 중 하나 뒤에 서류가방과 여행용 가방이 놓여 있었다.

"로나." 리버스가 로나에게 말했다. "아파트에 머무는 게 나을 것 같아. 10분 거리야. 차도 쓰게 해줄게."

로나는 고개를 저었다. "우린 쉐라톤 호텔에 예약했어."

"아파트가 가깝잖아. 돈도 안 들고." 우리? 리버스는 미키를 쳐다보았지만 미키는 침대를 보고 있었다. 그때 문이 열리고 한 남자가 들어왔다. 키가 작고 땅딸막했으며, 숨을 거세게 몰아쉬었다. 늘어진 살이 이마에 주름을 이루었고 셔츠 칼라 위로 튀어나왔다. 머리털은 빽빽한 검은색이어서 마치 기름막 같았다. 남자는 리버스를 보고 걸음을 멈췄다.

"존." 로나가 말했다. "여긴 내 친구 재키야."

"재키 플랫입니다." 통통한 손을 내밀며 남자가 말했다.

"재키가 소식을 듣고 여기까지 태워주겠다고 했어."

플랫은 어깨를 으쓱했다. 머리가 거의 어깨로 사라질 지경이었다. "이런 상황에서 직접 운전해서 가게 할 수가 없어서요."

"교통지옥이죠." 미키가 반복적으로 암시하듯 말했다.

"공사 구간만 없어도 괜찮을 텐데요." 재키 플랫이 맞장구쳤다. 리버스의 시선이 로나에게 향했다. 로나는 비난을 피하려는 듯 재빨리 눈을 돌렸다.

이 땅딸보는 리버스의 세계에 속하지 않은 사람이었다. 마치 잘못된 무대에서 우왕좌왕하는 등장인물 같았다. 플랫은 대본에 없었다.

"평화로워 보이네요." 플랫이 말하며 침대 쪽으로 향했다. 새미의 붕대감긴 팔을 만지고는 손등으로 스쳤다. 주먹 쥔 리버스의 손톱이 손바닥으로 파고들었다.

그러더니 플랫이 하품했다. "로나, 예의가 아닌 건 알지만 졸려 죽겠어. 호텔에서 봐도 될까?" 로나는 안심한 듯 고개를 끄덕였다. 플랫이 서류가방을 집어 들었다. 로나를 지나치면서 바지 주머니에 손을 넣어 접힌 지폐를 꺼냈다.

"택시 보낼게. 괜찮지?"

"그래, 재키. 나중에 봐."

"힘내." 그러고는 로나의 손을 잡았다. "잘 지내요, 미키. 잘 있어요, 존." 재키는 얼굴이 구겨질 정도로 크게 윙크하고는 떠났다. 잠시 침묵이 흘렀다. 로나가 한 손을 들었다. 지폐 뭉치가 없는 손이었다.

"아무 말도 하지 마, 알았지?"

"그럴 생각도 없어." 리버스가 앉으며 말했다.

"왜 이래, 조니." 미키가 말했다. 조니. 미키만이 그렇게 부를 수 있다. 조니라는 이름을 쓰면 둘 사이의 세월은 사라진다. 리버스는 동생을 쳐다보고 미소를 지었다. 미키는 전문 상담사였다. 무슨 말을 해야 할지 알았다.

"여행가방은 왜?" 리버스가 로나에게 물었다.

"뭐?"

"호텔에 묵을 생각이었으면 재키 차에 두고 오지 그랬어?"

"병실에서 지낼 생각이었어. 병원에서 그래도 된다고 했거든. 그런데 새미를 보고 생각이 바뀌었어." 눈물이 얼굴 위로 흘러내리면서 이미 번진 마스카라를 더 번지게 하고 있었다. 미키는 손수건을 건넸다.

"대체 왜 이런 일이 일어난 거야?" 로나는 이제 흐느끼고 있었다. 리버스는 로나의 의자 앞으로 가서 그 앞에 쭈그리고 앉았다. 그리고 로나에게 손을 얹었다. "새미는 우리 전부야, 존. 우리에겐 새미뿐이라고."

"새미는 아직 여기 있어, 로나. 바로 여기 있어."

"하지만 왜 새미야? 왜 사만다냐고!"

"범인을 잡으면 물어볼게." 리버스는 로나의 머리카락에 키스했다. 눈은 미키를 향했다. "믿어줘. 꼭 잡을게."

나중에 네드 팔로우가 오자 리버스는 그를 밖으로 데리고 나왔다. 보슬비가 내리고 있었지만 날은 좋았다.

"목격자 중 한 명이," 리버스가 말했다. "고의적인 사고였다고 보고 있어."

"무슨 말인지 모르겠는데요."

"운전자가 새미를 의도적으로 쳤대."

"아직 이해가 안 가요."

"시나리오가 둘 있어. 하나는 보행자를 칠 의도였고, 피해자는 누구든 될 수 있었던 경우지. 둘째는 새미가 표적이었던 경우야. 새미를 미행하다가 길을 건널 때 기회를 포착했는데 신호에 걸려서 위반해야 했지. 그리고 새미가 경계석에 너무 가까이 있어서 차선을 바꿔야 했고."

"하지만 왜요?"

리버스는 팔로우를 응시했다. "여기 있는 건 새미의 아빠와 연인이야. 나중 일을 생각해서라도 기자처럼 굴지는 말아줬으면 좋겠네."

팔로우는 마주 보고는 천천히 고개를 끄덕였다.

"토미 텔포드와 몇 차례 충돌이 있었어." 리버스가 말했다. 그는 테디베 어들을 생각했다. 파 브룬, 그리고 텔포드가 차에 두었던 것. "나한테 보내 는 메시지인지도 몰라." 텔포드 아니면 타라비츠, 둘 중 하나다. "아니면 자네에게 보내는 것일 수도 있어. 자네가 텔포드에 대해 캐고 다녔다면 말 이야."

"제 책이……"

"가능성은 열어두고 있네. 난 린츠 사건을 조사하고 있어. 자네도 그렇 지."

"린츠 사건에서 손 떼라는 경고?"

리버스는 애버네시를 생각하고 어깨를 으쓱했다. "그리고 새미의 직장 도 있어. 새미는 전과자들과 일하지. 그놈들 중 하나가 앙심을 품었을 수 도 있네."

"세상에."

"누가 미행한다고 말한 적 있나? 못 보던 사람이라도?" 드리니치 부부 에게도 같은 질문을 했다. 피해자만 다를 뿐이다.

팔로우는 고개를 저었다. 그리고 말했다. "5분 전까지만 해도 이 일은 사고라고 생각했습니다. 이제 아버님은 살인미수라고 하시는군요. 확신하 십니까?"

"목격자 말이 신빙성이 있어." 하지만 빌 프라이드가 음주 운전 아니면 미친놈 짓이라고 생각하는 걸 알고 있었다. 그리고 목격자는 안경을 썼고 잘못 봤을 수도 있다. 리버스는 그림을 다시 꺼냈다.

"뭐죠?"

리버스는 그림을 건네주었다. "지난밤에 목격자가 본 거야."

"어떤 종류의 차죠?"

"레인지로버 600, 포드 몬데오, 그런 종류의 차야. 어두운 녹색이고. 생각나는 거 있나?"

네드 팔로우는 고개를 저었다. 그는 리버스를 쳐다보았다. "저도 돕겠습니다. 주위에 알아볼 수 있어요."

"피해자는 하나로 족해."

사무실의 나머지 직원들은 퇴근했다. 리버스와 새미의 상사만 남았다. 매 크럼리라는 여자였다. 대여섯 개의 책상 스탠드에서 나오는 빛이 어수선한 사무실을 밝히고 있었다. 사무실은 팔머스톤 플레이스에서 떨어진 곳에 위치한 오래된 4층 건물 꼭대기 층에 있었다. 리버스는 팔머스톤 플레이스를 알고 있었다. 금주 모임이 열리는 교회가 있는 곳이다. 그는 두 번 참석했었다. 아직도 목 뒤에서 위스키 맛을 느낄 수 있었다. 오늘은 아직이었다. 대낮에는 마시지 않았다. 하지만 잭 모튼에게 전화하지도 않았다.

사무실은 리버스가 생각한 것만큼 허름하지는 않았지만 공간은 비좁았다. 사무실은 건물 처마 안에 있어서 서 있을 공간은 반밖에 되지 않았고, 책상은 가장 불편한 구석 자리에 놓을 수밖에 없었다.

"새미 자리는 어디죠?" 리버스가 물었다. 매 크럼리는 자기 옆자리를 가리켰다. 어딘가 컴퓨터가 있었지만 보이는 건 모니터뿐이었다. 느슨하게 펼쳐진 서류, 책, 팸플릿, 보고서들이 의자와 바닥에 떨어져 있었다.

"새미는 열심히 일했어요." 크럼리가 말했다. "우리 모두 그렇죠."

리버스는 크럼리가 만들어준 커피를 홀짝였다. 카페 헤그 커피였다.

"새미가 여기 왔을 때," 크럼리가 말을 이어갔다. "처음 한 얘기는 자기 아버지가 CID라는 거였어요. 숨기려고 하지 않았죠."

"새미를 받아들이는 게 꺼림칙하지 않았나요?"

"전혀요." 크럼리는 팔짱을 꼈다. 팔이 우람했다. 덩치도 컸다. 머리카락은 타는 듯한 붉은색에 곱슬곱슬하게 컬을 만들었고, 뒤로 넘겨 리본으로 묶었다. 오트밀색 리넨 셔츠를 입고 그 위에 데님 재킷을 걸쳤다. 창백한 회색 눈 위로 가는 반원을 이루게 눈썹을 정리했다. 크럼리의 책상은 상대적으로 깔끔했지만, 리버스에게 설명했듯이 다른 사람보다 늦게까지 사무실에 있기 때문이었다.

"새미의 고객은요?" 리버스가 물었다. "원한을 품을 만한 사람이 있었습니까?"

"새미한테요? 아니면 경위님한테요?"

"새미를 통해서 저한테 보복하려는 사람이요."

크럼리는 생각해보았다. "단지 경고하려고 새미를 친다고요? 그럴 것 같지 않은데요?"

"새미의 고객 명단을 보고 싶습니다만."

크럼리는 고개를 저었다. "저기…… 경위님은 이러시면 안 돼요. 아시겠지만 너무 개인적으로 얽혀 있어요. 제가 지금 얘기하고 있는 상대가 새미의 아버지인가요? 아니면 경찰인가요?"

"제가 복수심으로 이런다고 생각하십니까?"

"아닌가요?"

리버스는 머그컵을 내려놓았다. "그럴지도 모르죠."

"그래서 경위님은 이 조사를 하시면 안 돼요." 크럼리는 한숨을 쉬었다. "제 희망사항 1순위는 새미가 쾌차해서 돌아오는 거예요. 하지만 그동안에 제가 조사를 해보면 어떨까요? 경위님보다는 제가 새미 고객과 얘기할 수 있는 가능성이 높아요."

리버스는 고개를 끄덕였다. "그래 주시면 감사하죠." 리버스는 일어섰다. "커피 잘 마셨습니다."

그는 밖으로 나와 주스 교회가 줬던 명단을 확인했다. 주머니에 넣어놓고는 있었지만, 자주 참고하지는 않았다. 한 시간 반쯤 후에 팔머스톤 플레이스에서 모임이 있었다. 좋지 않았다. 리버스는 자신이 그 전에 펍에서 시간을 보내리라는 것을 알고 있었다. 잭 모튼이 금주 모임을 소개해주었지만 리버스는 각각의 사연들에 감동을 받기는 했어도 진심으로 받아들이지는 않았다.

"저는," 모임에서 한 남자가 말했다. "직장에서 문제가 있었죠. 아내와 아이들하고도요. 돈 문제, 건강 문제, 온갖 문제가 있었습니다. 사실 아무 문제가 없었던 것은 술뿐이었습니다. 그래서 중독자가 됐어요."

리버스는 담뱃불을 붙이고 집으로 차를 몰았다.

의자에 앉아서 로나를 생각했다. 여러 해를 함께했다. 하지만 모두 멈춰버렸다. 리버스는 결혼 생활보다 일을 택했다. 용서받을 수 없었다. 마지막으로 로나를 본 것은 런던에서였다. 로나는 새로운 삶을 갑옷처럼 걸치고 있었다. 재키 플랫에 대해 알려준 사람은 아무도 없었다. 전화기가 울려서 바닥에서 집어 들었다.

"리버스입니다."

"빌이야." 프라이드는 반쯤 흥분한 것 같았다. 드문 일이었다.

"뭐 알아냈어?"

"어두운 녹색 레인지로버 600이 어제저녁 사고 한 시간쯤 전에 도난당했대. 차주는 차 색깔을 '셔우드 그린'이라고 하더군."

"어디서?"

"조지 스트리트에 있는 유료 주차장에서."

"어떻게 생각해?"

"모든 가능성을 고려하라고 충고하고 싶어. 적어도 이제 번호판은 알아냈잖아. 차주는 어젯밤 6시 40분에 신고했어. 아직 차가 발견되지 않아서 수배령을 내렸지."

"번호 불러줘." 프라이드가 읽어주었다. 리버스는 고맙다고 하고 전화를 끊었다. 대니 심슨을 생각했다. 심슨은 새미가 사고를 당한 시간대에 '매혹의 거리' 밖에 버려졌다. 우연일까? 아니면 텔포드와 리버스에게 보내는 이중의 메시지일까? 그렇다면 빅 제르 캐퍼티가 용의자다. 병원에 전화를 걸었지만 달라진 건 없다는 이야기를 들었다. 팔로우가 병실에 있었다. 간호사 말로는 노트북을 가져왔다고 했다.

리버스는 새미가 자라던 모습을 떠올렸다. 별개의 이미지의 연속이었다. 리버스는 함께 있지 않았다. 필름을 이어붙인 듯 빠르게 덜컹대는 인상만 있었다. 새미가 고든 리브의 손아귀에서 겪어야 했던 지옥에 대해서는 생각하지 않으려고 했다.*

그는 착한 사람이 나쁜 짓을 하고, 나쁜 사람이 착한 일을 하는 것을 보았다. 그 둘을 그룹으로 나누려고 했다. 캔디스와 토미 텔포드, 핑크 아이

---

* '존 리버스 컬렉션' 중 『매듭과 십자가』 참고.

를 보았다. 이들을 전부 한데 포괄하는 것은 에든버러였다. 수많은 사람들이 그저 삶을 이어나가는 것을 보았고, 거기에 찬사를 보냈다. 사람들은 세상을 알았고, 세상을 느꼈다. 자신은 결코 느끼지 못할 세상을. 전에는 세상을 안다고 생각하곤 했다. 어렸을 때는 모든 것을 알았다. 이제는 다르다. 확신할 수 있는 것은 자기 내면뿐이다. 심지어 내면마저도 자신을 속일 수 있다. 난 내 자신조차 알지 못해. 리버스는 생각했다. 그런데 어떻게 새미를 알 수 있을까? 그렇게 해가 지나면서 점점 더 이해할 수 없게 되었다.

리버스는 옥스퍼드 바를 생각했다. 금주 중에도 단골이었다. 콜라와 커피를 마셨다. 옥스퍼드 바 같은 펍은 단순한 술집 이상이었다. 치료소이자 피난처였고, 오락이자 예술이었다. 이제 그리로 갈 시간이라고 생각하면서 시계를 확인했다. 위스키 몇 잔과 맥주를 마시면 아침까지는 기분이 좋을 것이다.

전화가 다시 울렸다. 리버스는 휴대폰을 집어 들었다.

"안녕, 존."

리버스는 미소를 지으며 의자에 등을 기댔다. "잭, 자넨 독심술사인 게 분명해."

14

아침나절이었다. 리버스는 묘지를 걷고 있었다. 새미 상태를 확인하러 병원에 전화했다. 변화는 없었다. 이제 시간을 죽여야겠다는 느낌이 들었다.

"오늘은 좀 춥죠, 경위님?" 엎드려 있던 조셉 린츠가 일어나 안경을 콧등 위로 다시 올렸다. 바지에는 엎드려 있던 자리에서 묻은 젖은 자국이 있었다. 린츠는 모종삽을 흰색 비닐봉지에 넣었다. 봉지 옆에는 작은 녹색 식물 화분이 있었다.

"서리에 죽지 않나요?" 리버스가 물었다. 린츠는 어깨를 으쓱했다.

"서리는 모든 것을 죽이죠. 하지만 오래지 않아 싹을 틔웁니다."

리버스는 그 말을 무시했다. 오늘은 게임을 할 기분이 아니었다. 워리스턴 묘지는 넓었다. 리버스는 과거에 여기서 역사 수업을 했다. 묘비는 19세기 에든버러의 이야기를 들려주었다. 하지만 이제는 필멸을 불쾌하게 상기시키고 있었다. 묘비는 이 묘지에서 유일한 생명체였다. 린츠는 손수건을 꺼냈다.

"물어볼 게 더 있나요?"

"꼭 그런 건 아닙니다."

"그럼요?"

"사실 다른 생각을 하고 있습니다, 린츠 씨."

노인이 리버스를 쳐다보았다. "이 고고학이 지루해지기 시작한 모양이군요?"

"첫서리가 내리기 전에 식물을 심는 게 아직 이해가 안 되네요."

"사실 서리가 내린 후에는 많이 심을 수 없습니다. 그리고 내 나이쯤 되면 언제든 무덤 신세가 될 수 있죠. 내 위에 꽃 몇 송이가 살아남는다고 생각하는 걸 좋아합니다." 린츠는 반세기 동안 대부분 스코틀랜드에서 살았다. 하지만 악센트, 표현의 특징과 음색 아래에는 아직 무엇인가가 숨어 있었다. 그 무엇인가는 조셉 린츠가 죽을 때까지 남아서 그리 오래되지 않은 과거를 상기시킬 것이다.

"그래서," 린츠가 말했다. "오늘은 질문이 없나요?" 리버스는 고개를 저었다. "경위님 말이 맞습니다. 다른 생각으로 머리가 꽉 찬 것처럼 보이는군요. 제가 도울 게 있을까요?"

"어떤 식으로요?"

"사실은 모릅니다. 하지만 경위님은 질문이 있든 없든 여기 왔잖아요. 그게 이유라고 생각합니다만?"

개 한 마리가 긴 잔디밭을 지나 달려왔다. 낙엽을 밟고 코는 땅을 쓸고 있었다. 누런색 래브라도 리트리버였다. 털이 짧고 살이 쪘다. 린츠는 개쪽으로 몸을 돌려 거의 으르렁거렸다. 개는 적이었다.

"그냥 궁금해하던 참이었습니다." 리버스가 말했다. "선생님이 뭘 할 수 있을지." 린츠는 어리둥절한 것 같았다. 개가 땅을 발로 긁기 시작했다. 린츠는 바닥으로 손을 뻗어 돌을 집어 든 다음 던졌다. 개한테 닿지 않았다. 개 주인이 모서리를 돌아 나타났다. 젊고, 머리가 짧았으며, 말랐다.

"목줄을 매야죠!" 린츠가 고함쳤다.

"야볼!"* 개 주인이 발뒤꿈치를 붙이며 대답했다. 둘을 지나쳐가면서 그는 웃고 있었다.

"난 이제 유명인이군요." 린츠는 고함을 지른 후 예전의 모습으로 돌아가서 말했다. "신문 덕분이죠." 린츠는 하늘을 보고 눈을 깜빡였다. "사람들이 우편으로 증오의 메시지를 보냅니다. 지난밤에는 집 밖에 주차된 차가 있었는데 누가 앞 유리창에 벽돌을 던졌더군요. 내 차가 아닌 걸 몰랐겠죠. 이제 이웃들이 혹시 몰라서 거기를 비워둡니다."

린츠는 정말 노인처럼 말했다. 좀 지치고 좌절한 것 같았다.

"생애 최악의 해입니다." 린츠는 돌보던 울타리 쪽을 응시했다. 새로 뒤집어놓은 땅은 초콜릿 케이크 부스러기처럼 어둡고 기름졌다. 지렁이와 쥐며느리 몇 마리가 방해를 받았지만 여전히 옛날 집을 찾고 있었다. "그리고 점점 더 나빠지겠죠?"

리버스는 어깨를 으쓱했다. 발이 차가웠고 신발 속으로 습기가 스며들었다. 리버스는 거친 길 위에 서 있었고, 린츠는 그보다 15cm 위 잔디에 있었다. 그래도 여전히 린츠는 리버스의 키에 미치지 못했다. 작은 노인. 그것이 린츠의 현재 모습이었다.

"아까 그 말은 무슨 뜻이죠?" 린츠가 말했다. "무슨 얘기입니까? 내가할 수 있는 어떤 거라니요?"

리버스는 린츠를 응시했다. "괜찮습니다. 개가 보여줬어요."

"뭘 보여줬는데요?"

"적과 있을 때의 선생님 모습을요."

린츠는 미소를 지었다. "개를 싫어합니다. 그건 사실이죠. 과잉 해석하

* Jawohl: 독일어로 '네'라는 말이다.

지 마십시오. 그건 기자의 일입니다."

"개가 없다면 삶이 훨씬 편했겠죠?"

린츠는 어깨를 으쓱했다. "물론입니다."

"제가 없어도 쉬웠겠죠?"

린츠는 얼굴을 찡그렸다. "경위님이 없더라도 다른 누가 있었겠죠. 애버네시 경위처럼 천박한 사람이요."

"에버네시의 말을 어떻게 생각하십니까?"

린츠는 눈을 깜빡였다. "확실히 모르겠습니다. 다른 사람이 나를 만나러 왔어요. 레비라는 남자입니다. 난 대화를 거절했죠. 나에게 남은 하나의 특권입니다."

리버스는 발을 질질 끌면서 온기를 얻으려고 했다. "저는 딸이 하나 있습니다. 얘기했던가요?"

린츠는 당황한 것 같았다. "그랬던 것 같습니다."

"저에게 딸이 있다는 걸 안다고요?"

"네…… 제 말은 오늘 이전에도 알고 있었던 것 같습니다."

"린츠 씨. 그제 밤에 누가 제 딸을 죽이려고 했습니다. 적어도 심각한 부상을 입히려고 했죠. 딸애는 지금 병원에 있고 의식불명 상태입니다. 그 생각으로 제 머리가 꽉 차 있죠."

"정말 유감입니다. 어쩌다가…… 제 말은, 경위님에게 어떻게……?"

"누가 저에게 보낸 메시지일 수 있다고 생각합니다."

린츠의 눈이 휘둥그레졌다. "제가 그런 일을 할 수 있다고 믿으시나요? 세상에. 전 우리가 서로 이해하게 됐다고 생각했는데요. 적어도 조금은."

리버스는 생각하고 있었다. 반세기를 연습해 왔다면 연기하는 것은 쉬

우리라고. 무고한 사람을 죽일 정도로 또는 적어도 그런 명령을 내릴 정도로 독해지는 게 얼마나 쉬운지. 명령만 있으면 된다. 지시를 수행할 사람에게 몇 마디 하면 끝이다. 린츠는 자기 자신에게 그렇게 했을지도 모른다. 요제프 린츠스테크에게 했던 것만큼 어렵지는 않았을 것이다.

"선생님이 아셔야 할 게 있습니다." 리버스가 말했다. "전 위협에 겁먹지 않습니다. 오히려 그 반대죠."

"경위님이 강한 걸 보니 다행이군요." 리버스는 말 뒤에 숨은 의미를 찾아보았다. "집에 가는 길입니다. 차 한잔 하시겠습니까?"

리버스가 운전했다. 그리고 린츠가 부엌에서 차를 타는 동안 거실에 앉아 있었다. 책상 위에 쌓여 있는 책들을 살펴보았다.

"고대사 책들입니다, 경위님." 쟁반을 가져오며 린츠가 말했다. 린츠는 언제나 도움을 사양했다. "또 다른 취미죠. 역사와 허구가 만나는 교차점에 매료되었습니다." 책은 전부 바빌로니아에 관한 것이었다. "바빌론은 역사적 사실이죠. 하지만 바벨탑은 어떻습니까?"

"엘튼 존의 노래 말인가요?" 리버스가 말했다.

"언제나 농담이군요." 린츠가 올려다보았다. "두려워하는 게 뭡니까?"

리버스는 컵 하나를 집어 들었다. "바빌론의 정원에 관한 이야기를 들은 적이 있습니다." 리버스는 말하고 책을 내려놓았다. "다른 취미가 있나요?"

"점성술, 귀신 출몰, 미지의 존재."

"귀신에 씌어본 적이 있습니까?"

린츠는 재미있어 하는 것 같았다. "아니요."

"그러고 싶으신가요?"

"700명의 프랑스 주민에게요? 아니요. 전혀 그러고 싶지 않습니다. 처음에는 점성술 때문에 신비학에 관심을 갖게 됐죠. 신비학은 바빌로니아가 기원입니다. 바빌로니아 숫자에 대해 들어보셨나요?"

린츠는 자기가 원하는 방향으로 대화를 돌리는 요령이 있었다. 리버스는 이번에는 말려들지 않을 생각이었다. 린츠가 컵을 입술로 가져갈 때까지 기다렸다.

"내 딸을 죽이려고 했습니까?"

린츠는 잠시 멈췄다가 차를 홀짝인 다음 삼켰다.

"아니요." 그가 조용히 말했다.

텔포드, 타라비츠, 캐퍼티가 남았다. 리버스는 텔포드를 생각했다. 텔포드는 패밀리에 둘러싸여 있지만 거물들과 놀고 싶어 한다. 조폭 간의 전쟁은 다른 종류의 전쟁과 얼마나 다를까? 병사가 있고 명령을 내린다. 병사들은 자신을 증명해야 한다. 안 그러면 위신을 잃고 겁쟁이임이 드러난다. 민간인을 쏘고 보행자를 친다. 리버스는 자신이 그 운전자를 원하지 않는다는 걸 깨달았다. 그렇게 하게 만든 사람을 원했다. 린츠는 린츠스테크가 명령을 받은 젊은 중위였으며, 전쟁 자체가 진정한 범인이며, 인간은 그에 대해 할 말이 없다고 변호했다.

"경위님." 노인이 말했다. "제가 린츠스테크라고 생각하십니까?"

리버스는 고개를 끄덕였다. "그렇다는 걸 압니다."

린츠는 빈정대듯 미소 지었다. "그럼 체포하시죠."

"청교도가 납셨네." 코너 리어리 신부가 말했다. "신께서 주신 아일랜드 기네스 맥주를 훔치러 나왔군." 신부가 눈살을 찌푸리며 말을 멈췄다.

"설마 아직도 금주 중인가?"

"노력하고 있습니다."

"그럼 유혹하지 않겠네." 리어리 신부가 미소를 지었다. "하지만 날 알지, 존. 내가 이래라저래라 할 건 아니지만, 한 방울 정도로는 영혼에 상처가 되지 않는다네."

"문제는 신부님이 엄청난 수의 방울에 빠뜨리신다는 거죠."

리어리 신부는 웃었다. "하지만 우리 모두가 어딘가에는 빠지지 않나? 들어오게."

리어리 신부는 '영원한 도움의 성모회' 신부였다. 몇 년 전에 누군가 바깥 안내판의 '도움'을 '지옥'으로 훼손시켰다. 안내판은 여러 번 고쳐졌지만, 리버스는 항상 이곳을 '영원한 지옥'이라고 생각했다. 녹스*와 칼뱅의 추종자들은 그렇게 믿을 것이다. 리어리 신부는 리버스를 부엌으로 데려갔다.

"편안히 앉게. 정말 오랜만이군. 나와 인연을 끊었다고 생각했지." 신부는 냉장고로 가서 기네스 맥주 한 캔을 꺼냈다.

"부업으로 약국 하세요?" 리버스가 물었다. 리어리 신부가 리버스를 쳐다보았다. 리버스는 냉장고 쪽으로 고개를 끄덕였다. "약 선반이 있어서요."

리어리 신부는 눈을 굴렸다. "내 나이쯤에 협심증으로 병원에 가면 약이란 약은 다 처방해준다네. 그러면 늙은이들이 안심한다고 생각하나 봐." 신부는 맥주잔 하나를 식탁에 가져와서 캔 옆에 놓았다. 리버스는 어깨에 손이 얹히는 걸 느꼈다.

---

* Knox: 영국의 종교개혁가.

"새미 일은 정말 유감이네."

"어떻게 아셨어요?"

"새미 이름이 오늘 아침 신문에 났다네." 리어리 신부는 자리에 앉았다. "뺑소니라고 하더군."

"뺑소니." 리버스는 되풀이했다.

리어리 신부는 지친 듯 고개를 저었다. 한 손으로는 가슴 위를 천천히 문질렀다. 말한 적은 없지만 60대 후반일 것이다. 체격이 좋고 은발이 풍성했다. 귀, 코, 로만 칼라 위로 회색 털이 자라나 있었다. 그는 손으로 기네스 맥주 캔의 목을 조르듯 꽉 쥐고 있었다. 하지만 잔에 따를 때는 천천히, 거의 경건한 태도로 따랐다.

"끔찍한 일이야." 신부가 조용히 말했다. "혼수상태라고 했지?"

"의사는 아직 그렇게 말하지 않았습니다." 리버스는 목청을 가다듬었다. "아직 하루 반밖에 지나지 않았어요."

"우리 같은 신자들이 뭐라고 말하는지 알 거야." 리어리 신부가 말을 이었다. "이런 일이 생기면 우리 모두에 대한 시험이라고 하지. 우리를 강하게 해주는 방법이라고." 신부의 맥주 거품은 완벽했다. 신부는 맥주를 마시고 입술을 고루 핥았다. "우리는 그렇게 말하지. 우리가 그렇게 생각하는 건 아닐지 몰라도." 신부는 맥주를 쳐다보았다.

"저를 강하게 해주지는 않습니다. 다시 위스키를 마셨어요."

"이해하네."

"하지만 친구가 상기시켰죠. 안일한 탈출구고 겁쟁이의 방법이라고."

"친구 말이 틀렸다고 누가 말할 수 있겠나?"

"'약한 마음과 설교(Faint-Heart and the Sermon)'죠." 리버스는 미소를

띠며 말했다.

"그게 뭔데?"

"피터 해밀의 노래 제목이에요. 하지만 우리 자신이기도 하겠죠."

"집어치워. 우린 그저 문제 많은 두 늙은이일 뿐이야. 그래서 어떻게 버티고 있나?"

"모르겠어요." 리버스는 잠시 말을 멈췄다. "사고라고 생각하지 않아요. 그리고 배후에 있는 것 같은 자는…… 그자가 파괴하려던 여자가 새미가 처음은 아니었어요." 리버스는 신부의 눈을 응시했다. "놈을 죽여버리고 싶어요."

"하지만 아직까지는 그러지 않았군?"

"심지어 말도 하지 않았어요."

"그렇게 할까 봐 걱정돼서?"

"하지 않을까 봐서요." 리버스의 휴대폰이 울렸다. 리버스는 미안하다는 표정을 짓고 전화를 받았다.

"존, 빌이야."

"무슨 일이야?"

"녹색 레인지로버 600."

"응."

"찾았어."

차는 피어실 묘지 밖 도로에 불법 주차되어 있었다. 앞 유리에 꽂혀 있는 주차권은 어제 날짜였다. 누군가 확인해봤다면 운전석 문이 잠겨 있지 않았다는 걸 발견했을 것이다. 확인해봤을 수도 있다. 차는 텅 비어 있었다. 동전도, 지도책도, 카세트도 없었다. 계기반은 라디오카세트 부분이 제거되어 있었다. 점화 장치에는 열쇠가 꽂혀 있지 않았다. 견인차가 레인지로버를 견인해 왔다.

리버스는 앞자리 조수석을 살펴보았다. 움푹 들어간 부분이 없었다. 이 차가 딸을 공격한 파성퇴*였다고 암시할 만한 것은 없었다.

"자네 허락이 필요하다고 생각했어."

"무슨 허락?"

"병원에 가서 새미 지문을 찍어 와야 해."

리버스는 차 앞부분을 처다보고 그림을 꺼냈다. 새미는 손을 내밀었다. 보이지는 않지만 새미 지문이 있을 수 있다.

"물론이지." 리버스가 말했다. "아무 문제없어. 이 차라고 생각해?"

"일단 지문을 채취하면 알려줄게."

"자네가 차를 훔쳤어." 리버스가 말했다. "그러고 나서 그 차로 누군가를 쳤는데 몇 킬로미터 떨어진 곳에 내버려뒀어. 말이 되나?" 리버스는 주위를 돌아보았다. "전에 이 거리에 와본 적 있어?" 프라이드는 고개를 저었다. "나도 그래."

"주민일까?"

"애초에 왜 차를 훔쳤는지가 의문이야."

"가짜 번호판을 붙여서 팔 생각이었겠지." 프라이드가 의견을 냈다. "훔친 차로 기분 냈거나."

"차량 절도범들은 차를 이렇게 내버려두지 않아."

"그렇지. 하지만 겁에 질렸을 거야. 사람을 쳤으니까."

---

* 성문이나 성벽을 두들겨 부수는 데 쓰던 나무 기둥같이 생긴 무기.

"그러고는 버리기 전에 내내 몰고 다녔고?"

"범죄에 쓰려고 훔쳤을 수도 있어. 장물로 넘기든지. 그러다가 새미를 치는 바람에 차를 버리려고 결심했겠지. 도시 이쪽이 목표였을 수도 있어."

"아니면 새미가 목표였든지."

프라이드는 리버스의 어깨에 손을 얹었다. "과학수사팀에서 뭘 알아냈는지 확인부터 하고."

리버스는 프라이드를 쳐다보았다. "그렇게 생각하지 않는군?"

"이봐, 그건 자네 느낌이야. 그럴만해. 하지만 지금 자네 수중에 있는 건 그 학생의 말뿐이잖아. 다른 증인들도 있어. 그리고 내가 다시 전부 확인해봤어. 진술은 똑같았어. 운전자가 차를 제어하지 못한 것 같다고. 그게 다야."

프라이드의 목소리에는 짜증이 묻어났다. 리버스는 이유를 알았다. 과로였다.

"하우덴힐에서는 오늘 밤에 알려주겠대?"

"그러겠다고 약속했어. 자네한테 바로 전화할게. 괜찮지?"

"휴대폰으로 해." 리버스가 말했다. "어디 가볼 생각이야." 주위를 둘러보았다. "피어실 묘지에 최근에 무슨 일 있었지?"

"애들이야." 프라이드가 고개를 끄덕이며 말했다. "애들이 묘비를 많이 넘어뜨렸어."

리버스는 이제 기억났다. "유대인 묘비만이었지?"

"그런 것 같아."

그리고 문 근처 벽에 같은 문구의 낙서가 스프레이로 쓰여 있었다. '도

와주지 않을 건가요?'

저녁이었다. 리버스는 운전 중이었다. 파이프로 가는 M90 도로가 아니었다. M8을 타고 글래스고로 향하고 있었다. 병원에서 30분을 보낸 다음, 로나와 재키 플랫과 한 시간 반 동안 함께 있었다. 그들은 쉐라톤 호텔에서 저녁을 함께했다. 리버스는 새 양복과 셔츠를 입었다. 담배를 피우지 않았고, 하이랜드 스프링 탄산수 한 병을 마셨다.

새미에게 몇 가지 검사를 더 하기로 했다. 신경과 전문의가 그들을 사무실로 데려가서 과정에 대해 자세히 얘기했다. 결국에는 또 수술을 받아야 할 수도 있다. 리버스는 의사가 말한 내용을 거의 기억하지 못했다. 로나는 가끔 설명을 요청했다. 하지만 지난번처럼 모호하기는 마찬가지였다.

저녁 식사는 우울했다. 리버스는 재키 플랫이 중고차 매매업자라는 사실을 알게 되었다.

"존, 제가 점수를 따는 곳은 부고란입니다. 지역 신문을 확인하고 유품 중에 차가 있는지 보죠. 그리고 빠르게 현금을 제시합니다."

"새미는 운전을 하지 않아요. 미안하군요." 리버스가 말했다. 그 말에 로나가 식기를 접시에 떨어뜨렸다.

식사가 끝나고 로나는 차로 향하는 리버스를 보고는 팔을 세게 잡았다.

"그 개자식을 잡아, 존. 그놈 낯짝을 보고 싶어. 우리한테 이런 짓을 한 놈을 잡기만 해줘." 로나의 눈이 이글거렸다.

리버스는 고개를 끄덕였다. 그도 그랬다.

M8 도로는 러시아워에는 악몽이겠지만 저녁 시간에는 조용했다. 리버스는 자신이 빨리 가고 있다는 것과 곧 하늘에 이스터하우스 주택 단지의

윤곽선이 보일 것이라는 사실을 알고 있었다. 휴대폰이 울렸는데 처음에는 듣지 못했다. 위시본 애쉬 탓이었다. 〈아르고스^{Argus}〉가 끝나자 휴대폰을 집어 들었다.

"리버스입니다."

"존, 빌이야."

"뭐 좀 알아냈어?"

"과학수사팀에서 노다지를 발견했어. 차 내부와 외부에 지문이 있었어. 몇 가지 세트로." 프라이드는 잠시 말을 멈췄다. 리버스는 연결 고리가 사라졌다고 생각했다. "보닛 앞쪽에 상태 좋은 손바닥과 손가락 지문 세트가 있었는데……"

"새미 지문이야?"

"확실해."

"그럼 제대로 찾았군."

"차주가 용의선상에서 벗어나려고 지문을 제출했어. 분석이 끝나면……"

"우린 아직 끝난 게 아니야, 빌. 차는 묘지 밖에 잠기지 않은 채로 방치되어 있었어. 누가 차 내부를 털어갔는지 아직 모르고."

"차주는 자기가 있었을 때는 카 라디오카세트가 그대로였대. 테이프 대여섯 개, 파라세타몰 약통 하나, 주유소 영수증과 지도도 있었고. 누가 훔쳐간 거라면 우리가 찾고 있는 개자식이거나 그냥 차량털이범이겠지."

"적어도 범행 차량은 확보했군."

"과학수사팀과 내일 다시 확인해볼게. 다른 지문도 채취해서 대조하고. 피어실 묘지 주변도 탐문해서 차를 버리는 걸 본 사람이 있는지 알아볼

게."

"그동안에 잠도 좀 자야지?"

"말려도 소용없어. 자네는 어때?"

"나?" 저녁 식사 후에 에스프레소 두 잔을 마셨다. 앞으로 벌어질 일이 무엇인지 알고 있었다. "이제 눈 좀 붙이려고. 내일 얘기해, 빌."

리버스는 글래스고 외곽에서 발리니니 교도소로 향했다.

미리 전화해서 방문 사실을 알렸다. 면회 시간은 지났지만, 리버스는 살인사건 수사라는 구실을 댔다. "후속 질문"이라고 말했다.

"이 밤에요?"

"로디언 앤 보더스 경찰의 모토조. '정의는 잠들지 않는다.'"

빅 제르 캐퍼티도 잠을 별로 못 잔 것 같았다. 리버스는 캐퍼티가 깨어 있는 채로 누워서 손을 머리 뒤에 대고 어둠을 응시하는 모습을 상상했다.

계략을 꾸미고 있겠지.

머릿속에서 여러 일들이 스쳐갈 것이다. 제국이 몰락하는 것을 어떻게 막을까. 토미 텔포드 같은 위협과 어떻게 싸우는 게 최선일까. 리버스는 캐퍼티가 변호사(뉴타운 출신의 줄무늬 양복을 입은 중년 남자)를 고용해서 에든버러의 조폭들에게 메시지를 전한다는 사실을 알고 있었다. 리버스는 텔포드의 변호사인 찰스 그롤을 생각했다. 그롤은 의뢰인처럼 젊고 예리했다.

"스트로맨."

캐퍼티는 취조실에서 팔짱을 낀 채 기다리고 있었다. 의자는 테이블에서 멀리 놓여 있었다. 당연히 첫마디는 그가 부르는 리버스의 별명이었다.

"일주일에 두 번이나 찾아주다니 놀라 자빠지겠네. 폴란드놈한테서 또 다른 메시지를 받아 온 건 아니겠지?"

리버스는 캐퍼티 반대편에 앉았다. "타라비츠는 폴란드 사람이 아니야." 리버스는 문 옆에 서 있는 교도관 쪽을 힐끗 보고 목소리를 낮췄다. "텔포드의 부하 하나가 일을 당했어."

"꼴사납군."

"머리가죽이 벗겨질 뻔했어. 전쟁을 할 생각이야?"

캐퍼티는 의자를 테이블로 당기고는 리버스 쪽으로 몸을 기울였다. "난 싸움에서 물러난 적이 없어."

"내 딸이 다쳤어. 재미있게도 우리가 대화를 나눈 후에."

"어떻게 다쳤는데?"

"뺑소니."

캐퍼티는 생각에 잠겼다. "난 민간인은 안 건드려."

그렇지. 리버스는 생각했다. 하지만 새미는 민간인이 아니다. 리버스가 전쟁터에 끌어들였다.

"날 납득시켜 봐." 리버스가 말했다.

"내가 왜?"

"우리가 했던 대화. 자네가 나한테 부탁했던 거."

"텔포드?" 낮은 목소리였다. 캐퍼티는 잠시 뒤로 등을 기대고 생각했다. 다시 몸을 앞으로 기울였을 때는 리버스의 눈을 쏘아보았다. "자네가 잊은 게 있어. 난 아들을 잃었어. 그 짓을 다른 아버지한테 한다고? 난 많은 일을 저질렀어, 리버스. 하지만 그건 아니야. 절대."

리버스는 마주 응시했다. "알았어." 그가 말했다.

"누구 짓인지 알아봐줘?"

리버스는 천천히 고개를 끄덕였다.

"그게 자네 현상금이야?"

로나가 말했다. 그놈 낯짝을 보고 싶어. 리버스는 고개를 저었다. "놈들을 내 앞에 데려왔으면 좋겠어. 무슨 일이 있더라도 자네가 그렇게 해줬으면 해."

캐퍼티는 손을 무릎에 얹었다. 그런 자세를 취하느라 시간을 보내는 것 같았다. "텔포드 짓이라고 생각하지?"

"그래. 자네가 아니라면."

"그러고는 놈을 쫓을 거고?"

"무슨 방법을 써서라도."

캐퍼티는 미소를 지었다. "하지만 자네 방법은 내 방법과 다르지."

"자넨 놈을 잡기만 하면 돼. 산 채로."

"그리고 그동안에 자넨 내 편이고?"

리버스는 캐퍼티를 응시했다. "난 자네 편이야." 리버스가 말했다.

15

리버스는 다음 날 아침 일찍 리스 CID에서 온 전화를 받았다. 조섭 린츠가 죽었다고 했다. 살인 같다는 나쁜 소식이었다. 워리스턴 묘지에 있는 나무에 목이 매달렸다고 했다.

리버스가 현장에 도착했을 때는 저지선이 쳐 있었다. 법의관은 대부분의 자살에서는 실행하기 전에 자신의 머리에 굳이 폭행을 가하지 않는다고 결론을 내렸다.

조섭 린츠의 시체는 보디 백에 넣어져 지퍼로 잠겨 있었다. 리버스는 린츠의 얼굴을 보았다. 전에도 노인의 시체를 본 적은 있었다. 대부분은 놀라울 정도로 평화로웠다. 얼굴이 빛나고 아이 같았다. 하지만 조섭 린츠는 고통스러워 보였다. 전혀 안식을 취하고 있는 것 같지 않았다.

"분명히 우리한테 감사하게 될 거야." 한 남자가 리버스 쪽으로 걸어오며 말했다. 남자의 어깨는 네이비색 레인코트 안으로 굽어 있었다. 머리는 숙이고, 손은 주머니에 찔러넣은 채 걸었다. 은발은 두껍고 뻣뻣했으며, 피부는 거의 황달에 걸린 것처럼 누런색이었다. 가을 휴가의 흔적이었다.

"안녕, 바비." 리버스가 말했다.

바비 호건은 리스 CID였다.

"최초에 관찰한 바로는……"

"자네한테 뭘 감사해야 하지?"

호건은 보디 백 쪽으로 고개를 끄덕였다. "린츠 사건이 자네 손을 떠난 거. 사건을 파헤치는 게 즐거웠단 얘기는 말게."

"꼭 그렇지는 않아."

"린츠가 죽길 바라는 사람이 있었나?"

리버스는 뺨을 불룩하게 했다. "어디서부터 시작하길 원해?"

"일반적인 경우는 배제하는 게 맞지 않나 해서." 호건은 손가락 세 개를 들어 보였다. "자살은 아니야. 강도는 이렇게 창의적이지 않지. 사고는 당연히 아니고."

"누군가 주장을 밝히는 거야. 분명해."

"어떤 주장?"

과학수사팀 경찰들이 분주하게 움직이며 현장을 채우고 있었다. 리버스는 호건에게 함께 걷자고 손짓했다. 지금은 묘지 깊은 곳에 있었다. 린츠가 무척 사랑하던 구역이었다. 둘이 걸어 들어간 곳은 더 황량했고 풀이 무성했다.

"어제 아침에 린츠와 여기 있었어." 리버스가 말했다. "일상이었는지는 확실히 모르겠어. 하지만 린츠는 거의 매일 여기 왔지."

"정원용 도구가 든 봉지를 발견했어."

"꽃을 심었어."

"린츠가 온다는 사실을 누군가 알았다면, 기다리고 있었을 수도 있겠군?"

리버스는 고개를 끄덕였다. "암살이지."

호건은 생각에 잠겼다. "왜 목을 매달았을까?"

"빌프랑슈에서 그랬거든. 마을 노인들이 광장에 목매달렸어."

"맙소사." 호건은 걸음을 멈췄다. "다른 사건 수사 중인 건 알지만, 좀 도와줄 수 있어?"

"할 수 있다면 뭐든."

"용의자 명단부터 시작하면 좋겠는데."

"프랑스에 사는 할머니하고 지팡이 든 유대인 역사학자는 어때?"

"그게 전부야?"

"그리고 내가 있지. 내 딸을 죽이려고 했다고 어제 비난했거든." 호건이 리버스를 응시했다. "린츠가 그랬다고 생각하지 않아." 리버스는 새미를 생각하며 잠시 말을 멈췄다. 우선 병원에 전화했다. 새미는 아직 의식불명이었고 병원에서는 아직 '혼수상태'라는 단어를 쓰지 않았다. "하나 더 있어." 리버스가 말했다. "특수부의 애버네시라는 형사. 린츠와 얘기하러 여기 왔었어."

"무슨 관련이 있지?"

"애버네시는 다양한 전범 수사를 조정해. 책상물림이 아니라 현장에서 잔뼈가 굵은 스타일이야."

"어울리지 않는 업무란 뜻이지?" 리버스는 고개를 끄덕였다. "그것만으로는 용의자로 보기 어려운데."

"난 최선을 다하고 있어, 바비. 린츠의 집을 조사해서 그가 받았다고 주장하는 증오 편지가 있는지 확인해볼 수도 있지."

"주장?"

리버스는 어깨를 으쓱했다. "자네는 린츠에 대해 전혀 몰라. 자네 생각은 어때?"

"자네 말로 판단해 보면, 린츠는 언제나처럼 정원 일을 하려고 온 것 같아. 복장도 확실히 그랬지. 누군가 기다리고 있었어. 머리를 가격하고 목에 올가미를 걸어 나무에 매달았지. 밧줄은 묘지에 묶여 있었어."

"목매달려 죽은 건가?"

"의사 말로는 그래. 눈에 출혈이 있다는군. 그걸 뭐라고 하더라?"

"타르디외 반점."

"맞아. 머리에 가해진 충격은 린츠를 기절시키는 정도였어. 다른 것도 있었어. 얼굴에 타박상과 찰과상이 있었지. 린츠가 쓰러졌을 때 누가 발로 찬 것 같아."

"기절시키고 얼굴을 찬 다음 목매달았군."

"오랜 원한이야."

리버스는 주위를 둘러보았다. "무대를 꾸미는 재주가 있군."

"위험도 감수했어. 붐비는 곳은 아니지만 공공장소고, 나무는 눈에 띄지. 지나가는 사람이 있을 수 있었어."

"범행 시간이 언제지?"

"8시나 8시 반. 린츠는 해가 떴을 때 정원 일을 하고 싶어 했던 것 같아."

"더 이를 수도 있어." 리버스가 의견을 냈다. "사전 약속 같은 거."

"그럼 도구는 왜?"

"해가 떴을 때쯤이면 만남이 끝날 테니까."

호건은 미심쩍어하는 것 같았다.

"약속이 있었다면," 리버스가 말했다. "린츠의 집에 기록이 있을지도 몰라."

호건은 리버스를 보며 고개를 끄덕였다. "내 차? 아니면 자네 차?"

"우선 린츠의 차 열쇠를 확보하는 게 좋겠어."

둘은 경사로를 다시 걸어 올라갔다.

"사망자의 주머니를 뒤져봐야겠군." 호건이 혼잣말했다. "왜 아무도 그 생각을 못 했지?"

"어제도 여기 왔었어." 리버스가 말했다. "린츠가 차를 마시자고 초대했지."

"가족은 없고?"

"없어."

호건은 현관을 둘러보았다. "집이 크네. 매각되면 대금은 어떻게 되지?"

리버스는 호건을 쳐다보았다. "우리 둘이 나눠 갖지 뭐."

"아니면 아예 우리가 들어와 살 수도 있어. 지하실과 1층은 내가, 2층과 3층은 자네가 써."

호건이 미소를 지었다. 현관에서 떨어진 문 하나를 열려고 했다. 문은 사무실로 통했다. "여길 침실로 써야겠네." 호건이 들어서며 말했다.

"전에 왔을 때, 린츠는 언제나 위층으로 데려갔어."

"자네가 올라가. 각 층을 차지한 다음에 바꿔 보자고."

리버스는 층계참으로 가서 니스칠을 한 난간에 손을 문질러보았다. 먼지 한 점 없었다. 가사도우미는 귀중한 정보원이 될 수 있다.

"수표책 찾으면," 아래층에 있는 호건에게 소리쳤다. "가사도우미한테 정기적으로 지급한 수표가 있는지 살펴봐!"

2층 층계참에서 떨어진 곳에 문 네 개가 있었다. 둘은 침실, 하나는 욕실이었다. 마지막 문은 넓은 거실로 이어졌다. 리버스가 질문을 하고, 린츠가 대답 대신 했던 이야기와 철학을 들었던 곳이었다.

"죄책감에는 유전적 요소가 있다고 보십니까, 경위님?" 한번은 린츠가 그렇게 물었다. "아니면 우리가 죄책감을 가르치는 걸까요?"

"죄책감이 이미 존재하는데 그게 문제가 되나요?" 리버스가 말했다. 린츠는 학생이 만족스러운 대답을 한 것처럼 고개를 끄덕이며 미소를 지었다.

방은 넓었지만 가구는 그리 많지 않았다. 최근에 청소한 큰 새시 유리창이 거리를 내려다보고 있었다. 벽에는 액자에 넣은 판화와 회화가 있었다. 고가의 원본이거나 싸구려일 것이다. 리버스는 전문가가 아니었다. 그림 하나가 마음에 들었다. 누더기를 걸친 백발 남자가 황량한 들판에 둘러싸인 바위 위에 앉아 있었다. 무릎에는 책이 펼쳐져 있었지만 시선은 하늘을 향했다. 하늘에 찬란한 빛이 나타나 그의 모습을 드러내는 것을 두려움 또는 경외감을 가지고 지켜보았다. 성경을 연상시키는 장면이었지만 리버스는 알 수 없었다. 하지만 남자의 표정은 알았다. 신중하게 꾸며낸 알리바이가 갑자기 무너졌을 때 용의자가 그런 표정이었던 것을 전에 본 적이 있다.

대리석 난로 위에는 금박 틀의 대형 거울이 있었다. 리버스는 거울에 비친 자기 모습을 살펴보았다. 자기 모습 뒤로 방이 보였다. 리버스는 자기가 여기 맞지 않는다는 걸 알았다.

하나는 손님용 침실, 다른 하나는 린츠의 침실이었다. 파스 냄새가 희미하게 났고, 침대 옆 테이블에는 약병 대여섯 개가 있었다. 책도 쌓여 있었다. 침대는 정돈되었고, 가운이 그 위에 아무렇게나 놓여 있었다. 린츠는 습관에서 벗어나지 않는 사람이었다. 오늘 아침에도 특별히 서두르지 않았다.

리버스는 한 층 더 올라가서 두 개의 침실과 화장실을 더 발견했다. 방하나에서는 눅눅한 냄새가 조금 났고, 천장은 색이 바랬다. 리버스는 린츠에게 손님이 많지 않았으리라고 생각했다. 방을 다시 장식할 생각이 없었을 것이다. 층계참으로 다시 나갔다. 계단 난간 하나가 빠진 게 보였다. 빠진 난간은 벽에 기댄 채 수리를 기다리고 있었다. 이 정도 크기의 집에는 언제나 문제가 생긴다.

다시 아래층으로 내려갔다. 호건은 지하실에 있었다. 부엌에는 뒤뜰로 이어진 문이 있었다. 돌로 된 파티오, 썩어 가는 낙엽들에 덮인 잔디밭, 프라이버시를 보호해주는 담쟁이덩굴 벽이 있었다.

"내가 찾은 걸 좀 봐." 다용도실에서 나오며 호건이 말했다. 그는 긴 밧줄을 들고 있었다. 밧줄 한쪽 끝은 잘려 해어졌다.

"올가미와 일치할 것 같지? 살인자가 여기서 가져갔단 뜻이야."

"린츠가 살인자들을 알았다는 의미군."

"사무실에는 뭐 있었어?"

"시간이 좀 걸릴 거야. 주소록이 있었는데 명단이 많았어. 하지만 대부분은 예전 것 같아."

"어떻게 알아?"

"옛날 STD* 번호야."

"컴퓨터?"

"심지어 타자기로 치지도 않았어. 연필로 썼어. 변호사에게 보낸 편지가 많아."

"언론에 재갈을 물리려고 했나?"

---

* 장거리 직통 전화.

"그런 언급도 몇 있었어. 1층에는 뭐 있었어?"

"가서 봐. 난 사무실을 확인할게."

리버스는 1층으로 올라가서 사무실 입구에 서서 주위를 둘러보았다. 그러고는 책상 앞에 앉아서 자기 방이라고 상상했다. 여기서 뭘 했을까? 린츠는 일상 업무를 처리했다. 파일 캐비닛이 두 개 있었지만 거기 손이 닿으려면 자리에서 일어나야 했다. 린츠는 노인이었다. 캐비닛에는 오래된 서신들을 보관했을 것이다. 최근 물건은 손이 닿을 수 있는 곳에 두었을 것이다.

서랍을 열어보았다. 호건이 언급한 주소록이 있었다. 편지 몇 장도 있었다. 작은 보관함도 있었는데 내용물은 별게 없었다. 린츠는 자신에게 작은 결함도 용납하지 않았다. 아래 서랍에는 파일이 몇 개 있었다. 리버스는 '일반/가사'라고 표시된 파일을 꺼냈다. 청구서와 보증서들로 이루어져 있었다. 'BT'라고 표시된 큰 갈색 봉투가 있었다. 리버스는 봉투를 열고 전화요금 고지서를 꺼냈다. 올해 초 것까지 있었다. 가장 최근 고지서가 앞에 있었다. 리버스는 고지서에 항목이 표시되지 않은 걸 보고 실망했다. 그러다 다른 명세서들은 있다는 것을 발견했다. 린츠는 꼼꼼했다. 통화 기록 옆에 이름을 적어두고, 각 페이지 밑에 브리티시 텔레콤의 총액을 이중으로 확인했다. 전체 연도분이 그랬다. 바로 최근까지. 리버스는 끝에서 두 번째 명세서가 빠져 있는 걸 발견하고 얼굴을 찌푸렸다. 린츠가 제자리에 두지 않았나? 리버스는 린츠가 물건을 제자리에 두지 않는 것을 본 적이 없었다. 린츠의 정돈된 세상에서는 없어진 청구서는 혼돈의 전조일 것이다. 아니다. 다른 데 있어야 한다.

하지만 찾지 못해도 상관없었다.

린츠의 편지는 전부 업무 서신이었다. 변호사 아니면 지역 자선단체와 위원회와 관련 있었다. 린츠는 위원회에서 사임했다. 리버스는 압력을 받은 게 아닌가 생각했다. 에든버러는 그런 면으로 냉혹할 수 있다.

"어때?" 문 주변에 머리를 대고 호건이 물었다.

"그냥 좀 생각하고 있었어."

"뭘?"

"온실을 추가해서 부엌에서 바로 갈 수 있게 하면 어떨까?"

"정원 공간이 없어질걸." 호건이 말하고는 들어와서 책상 맞은편에 앉았다. "뭐 좀 건졌어?"

"전화요금 고지서가 사라졌어. 그리고 명세서 작성을 갑자기 그만뒀고."

"확인할 필요가 있겠군." 호건이 인정했다. "침실에서 수표책을 찾았어. E. 포건에게 매달 60파운드를 지급했더군."

"침실 어디에 있었지?"

"책에 위치를 표시해뒀어." 호건이 책상 제일 위 서랍에 손을 뻗어서 주소록을 꺼냈다.

리버스는 일어났다. "여기는 부자 동네야. 대부분 가사도우미를 쓰겠지."

호건이 주소록을 덮었다. "E. 포건은 명단에 없어. 이웃 사람들은 알까?"

"에든버러의 이웃들은 모든 걸 알지. 그리고 대부분 자기들끼리만 간직하고."

16

    조셉 린츠의 이웃은 이랬다. 한쪽 옆집엔 화가와 그 남편, 다른 한쪽 옆집엔 은퇴한 변호사와 그 아내가 살았다. 화가는 엘라 포건이라는 가사도우미를 썼다. 포건 부인은 이스트 클레어몬트 스트리트에 살았다. 화가는 포건 부인의 전화번호를 알려주었다.

    두 차례 조사에서 나올 건 다 나왔다. 린츠가 사망했다는 사실에 대한 충격과 두려움, 그리고 조용하고 사려 깊었던 이웃에 대한 찬사였다. 매년 크리스마스 카드를 보냈고, 매년 7월이면 한 번씩 일요일 오후에 술을 마시자고 초대했다. 린츠가 언제 집에 있고 언제 나가는지는 거의 몰랐다. 린츠는 포건 부인에게만 알리고 휴가를 떠났다. 방문객은 얼마 되지 않았다. 아니면 눈에 띈 게 몇 사람뿐이었을 수도 있다. 두 가지는 아주 다르다.

    "남자였나요? 여자였나요?" 리버스가 물었다. "아니면 둘 다?"

    "둘 다였던 것 같아요." 화가가 단어를 생각해보며 대답했다. "사실 우리는 린츠 씨에 대해 거의 몰라요. 지난 20여 년 동안 이웃이긴 했지만……"

    에든버러는 그렇다. 적어도 집값이 이 정도인 동네에서는. 에든버러에서 부富는 아주 사적인 것이다. 요란스럽고 화려하지 않다. 두꺼운 돌담 뒤에 조용히 있다.

리버스와 호건은 문간에서 회의를 했다.

"내가 가사도우미한테 전화해서 만날 수 있는지 알아볼게. 되도록 여기면 좋겠는데." 호건이 린츠의 집 정문을 돌아보았다.

"린츠가 이 집을 살 돈을 어디서 구했는지 알고 싶군." 리버스가 말했다.

"옛날 서류 좀 뒤져야 할걸."

리버스는 고개를 끄덕였다. "변호사부터 시작하지. 주소록은 어때? 이 정체 모를 친구들 중에 찾아볼 만한 사람이 있을까?"

"그래야 할 텐데." 호건은 그 생각에 벌써부터 기가 꺾인 것 같았다.

"난 전화요금 고지서를 추적해볼게." 리버스가 말했다. "도움이 될지 모르겠지만."

호건이 고개를 끄덕였다. "자네 파일 사본 주는 거 잊지 마. 다른 바쁜 일 있어?"

"바비, 시간이 돈이라면 난 도시의 모든 사채업자한테 빚을 내야 할 처지야."

매 크럼리가 리버스의 휴대폰으로 연락했다.

"저를 잊으신 줄 알았는데요." 리버스는 새미의 상사에게 말했다.

"꼼꼼히 살피느라고요. 경위님 마음에 들 정도로." 리버스는 신호에 차를 세웠다. "새미 문병 가려고 해요. 차도가 있나요?"

"달라진 게 별로 없어요. 그래서 새미 고객과 얘기해보셨나요?"

"네. 전부 당황하고 놀라던데요. 실망시켜 죄송하네요."

"왜 제가 실망한다고 생각하세요?"

"새미는 고객들과 좋은 관계를 유지했어요. 새미가 다치길 원하는 사람은 없을 것 같아요."

"새미의 고객이 되고 싶어 하지 않았던 사람들은요?"

크럼리는 망설였다. "한 사람 있었어요. 새미 아버지가 경찰이라는 얘기를 듣고 새미와는 일하지 않겠다고 했어요."

"이름이 뭐죠?"

"그 사람일 수 없어요."

"왜요?"

"자살했거든요. 이름은 개빈 테이예요. 아이스크림 노점을 했어요."

리버스는 크럼리에게 감사 인사를 하고 전화를 끊었다. 누군가 새미를 고의적으로 살해하려고 했다면 의문이 남는다. 왜? 리버스는 린츠를 수사했다. 네드 팔로우는 린츠를 미행했다. 리버스는 텔포드와 두 번 맞섰다. 네드는 조직범죄에 대한 책을 쓰고 있다. 그리고 캔디스가 있었다……. 캔디스가 새미에게 뭔가 말했을까? 텔포드나 심지어 핑크 아이에게 위협이 될 만한 것을? 가장 유력한, 그리고 가장 잔인한 용의자는 토미 텔포드다. 처음 만났을 때 이 젊은 조폭이 했던 말이 기억났다. '이게 게임의 멋진 점이야. 사고가 생겨도 언제나 다시 출발할 수 있어. 현실에서는 그렇게 쉽지 않지.' 당시에는 부하들에게 과시하려는 허세로 들렸다. 하지만 지금은 순수한 위협 같다.

그리고 이제 새미를 텔포드와 연결시키는 개빈 테이, 미스터 테이스티가 있다. 미스터 테이스티는 텔포드의 클럽을 위해 일했다. 미스터 테이스티는 새미를 거부했다. 리버스는 미망인과 얘기해야겠다고 생각했다.

문제는 하나였다. 핑크 아이는 텔포드에게 손 떼지 않으면 캔디스가 무사하지 못할 것이라고 암시했다. 리버스는 계속 캔디스의 이미지를 떠올렸다. 그녀는 집과 조국을 떠나 이용당하고 학대받았다. 학대에서 벗어나기 위해 자해하고, 낯선 사람의 다리에 매달렸다. 레비의 말이 떠올랐다. '시간이 지나면 책임도 씻겨나갈까?' 정의는 아름답고 고귀하다. 하지만 복수는…… 복수는 감정일 뿐이다. 그리고 정의 같은 추상적인 개념보다 훨씬 강하다. 리버스는 새미가 복수를 원할지 궁금했다. 아마 아니겠지. 새미는 리버스가 캔디스를 도와주길 바랄 것이다. 텔포드에게 굴복하라는 얘기다. 리버스는 그럴 수 있을 것 같지 않았다.

그리고 이제 린츠의 살인사건도 있다. 관련성은 없지만 반향은 크다.

"나는 과거에 대해 편안함을 느껴본 적이 없습니다, 경위님." 린츠는 언젠가 그렇게 말했다. 우습게도 리버스는 현재에 대해 똑같이 느끼고 있다.

개빈 테이의 아내 조안 테이는 콜린턴에 살았다. 침실 세 개짜리 신축 세미 주택*이었다. 진입로에는 벤츠가 아직 주차되어 있었다.

"저한테는 너무 커요." 조안이 리버스에게 설명했다. "팔 생각이에요."

리버스는 집 얘긴지 차 얘긴지 알 수 없었다. 차를 거절하고 어수선한 거실에 앉았다. 평평한 표면마다 장식이 되어 있었다. 조안 테이는 아직 슬픔에 잠겨 있었다. 검은 스커트와 블라우스를 입었고, 눈 아래가 어둡게 패어 있었다. 리버스는 수사 초기에 조안을 조사했었다.

"아직도 남편이 왜 그랬는지 모르겠어요." 그녀는 남편의 죽음이 자살이 아니라는 것을 인정하는 걸 주저하고 있었다.

하지만 검시관과 과학수사팀의 검사 결과는 자살이라는 사실을 의심하게 했다.

"혹시 토미 텔포드라는 사람 들어보신 적 있습니까?" 리버스가 말했다.

---

* 한쪽 벽면이 옆집과 붙어 있는 주택.

"나이트클럽 주인 아닌가요? 개빈이 거길 한번 데려가줬어요."

"그럼 개빈이 텔포드와 아는 사이였군요?"

"그런 것 같았어요."

맞다. 미스터 테이스티는 허락 없이 텔포드의 건물 밖에 핫도그 노점을 차릴 수 없다. 그리고 텔포드의 허락에는 대부분 일종의 대가가 필요하다. 지분일 수도 있고, 부탁일 수도 있다.

"개빈이 죽기 전주에," 리버스가 말을 이었다. "내내 바빴다고 하셨죠?"

"종일 일했어요."

"밤낮으로요?" 조안이 고개를 끄덕였다. "그 주에는 날씨가 안 좋았는데요."

"저도 알아요. 개빈에게 그랬죠. 이런 날씨에 아이스크림이 팔릴 리 없다고요. 비가 쏟아진다고. 개빈은 그래도 나갔어요."

리버스는 의자에서 몸을 움직였다. "개빈이 스윕(SWEEP)에 대해 언급한 적이 있나요, 테이 부인?"

"어떤 여자가 찾아오곤 했어요. 빨강머리였죠."

"매 크럼리?"

조안은 석탄 모양을 흉내 낸 난로를 응시하며 말했다. 그녀는 리버스에게 다시 차를 권했다. 리버스는 고개를 젓고 자리를 떴다. 꽤 잘했다. 문까지 가는 동안 장식물을 두 개만 찼으니까.

병원은 조용했다. 새미의 병실 문을 열고 들어가니 병상 하나가 추가된 게 보였다. 중년 여자가 자고 있었다. 여자의 손은 이불 위에 있었고, 흰색 식별표가 손목에 걸렸다. 의료 기기가 연결되었고, 머리에는 붕대가 감겼다.

새미 옆에는 두 여자가 앉아 있었다. 로나와 페이션스 에이트킨이었다. 리버스는 한동안 페이션스를 보지 못했다. 여자들은 가까이 앉아 있었다. 낮은 목소리로 대화를 하다가 리버스가 들어오자 멈췄다. 리버스는 의자를 들어 페이션스 옆에 놓았다. 페이션스는 몸을 기울여 리버스의 손을 잡았다.

"안녕, 존."

리버스는 페이션스에게 미소를 짓고 로나에게 말했다. "상태가 어때?"

"전문의 말로는 최종 검사 결과가 아주 긍정적이래."

"무슨 뜻이야?"

"뇌의 활동이 있대. 깊은 혼수상태가 아니래."

"그 의사 소견이야?"

"의식불명 상태에서 깨어날 것 같대." 로나의 눈이 충혈됐다. 리버스는 로나의 한쪽 손이 손수건을 움켜잡고 있는 걸 보았다.

"좋은 소식이네." 리버스가 말했다. "어느 의사 말이야?"

"스태포드 박사. 휴가에서 방금 돌아왔대."

"누가 누군지 모르겠네." 리버스는 이마를 문질렀다.

"저기," 시계를 확인하며 페이션스가 말했다. "정말 가야 해서요. 두 사람……"

"원하는 만큼 있어요." 리버스가 페이션스에게 말했다.

"사실은 벌써 약속에 늦었어요." 페이션스가 일어섰다. "만나서 반가웠어요, 로나."

"고마워요, 페이션스." 두 여자는 다소 어색하게 악수를 했다. 로나가 일어나 포옹하자 어색함은 사라졌다. "와 줘서 고마워요."

페이션스는 리버스 쪽으로 몸을 돌렸다. 빛나 보인다고 리버스는 생각했다. 피부에서 정말 빛이 나는 것 같았다. 늘 쓰는 향수를 뿌렸고, 헤어스타일을 바꿨다.

"문병 고마워요." 리버스가 말했다.

"새미는 좋아질 거예요, 존." 페이션스가 리버스 쪽으로 몸을 기울이면서 손을 잡았다. 그리고 뺨에 살짝 입을 맞췄다. 친구끼리의 키스였다. 리버스는 로나가 둘을 보고 있는 걸 알았다.

"존." 로나가 말했다. "페이션스 배웅해줘."

"아니에요, 괜찮아요."

"물론이지." 리버스가 말했다.

두 사람은 함께 병실을 떠났다. 말없이 몇 걸음 뗐다.

"멋진 여자네요." 페이션스가 먼저 말했다.

"로나?"

"네."

리버스는 생각에 잠겼다. "대단하죠. 로나 애인도 만났어요?"

"런던으로 돌아갔대요. 로나한테 우리 집에서 머물면 어떤지 물어봤죠. 호텔은……"

리버스가 피곤한 듯 미소를 지었다. "좋은 생각이에요. 내 동생만 초대하면 세트 완성이네요."

페이션스의 얼굴에 어색한 웃음이 떠올랐다. "당신 가족 전부를 수집하는 것처럼 보이겠네요."

"불행한 가족 완전체죠."

페이션스는 리버스 쪽으로 몸을 돌렸다. 두 사람은 병원 정문 앞에 있었다. 페이션스가 리버스의 어깨를 어루만졌다. "존, 새미 일은 정말 안됐어요. 내가 할 수 있는 게 있으면 언제든 얘기해요."

"고마워요, 페이션스."

"하지만 당신은 부탁하는 데 서툴러요. 그냥 조용히 앉아서 도움이 오길 기다리죠." 페이션스는 한숨을 쉬었다. "이런 말을 하다니 믿을 수 없지만, 당신이 그리워요. 그래서 새미 문병 온 거예요. 당신과 가까이 있을 수 없다면, 당신과 가까운 사람 곁에 있으려고요. 이해가 가요? 나한테 어울리지 않는 얘기라고 말할 건가요?"

"대본이라도 외운 것 같네요." 리버스는 페이션스의 얼굴을 볼 수 있게 뒤로 조금 물러섰다. "나도 당신이 그리워요."

밤에 바 아니면 집의 의자에 무너지듯 앉아 있거나 한밤중에 오래 운전을 했다. 그래야 마음의 동요가 계속될 수 있었으니까. TV와 오디오를 동시에 틀어놓기도 해봤지만 아파트는 여전히 텅 빈 느낌이었다. 책을 읽으려고도 해봤지만, 열 페이지도 넘기기 전에 아무것도 기억할 수 없었다. 깜깜한 아파트의 창문에서 거리를 내려다보면서 편히 쉬고 있는 사람들을 상상했다.

모두 그녀가 없었기 때문이었다.

둘은 잠시 말없이 서로 안았다. "늦겠어요." 리버스가 말했다.

"존, 이제 우리 어쩌죠?"

"만날까요?"

"사귀자는 말처럼 들리네요."

"오늘 밤 어때요? 마리오에서 8시?" 페이션스는 고개를 끄덕였고 둘은 다시 키스했다. 리버스는 그녀의 손을 잡았다. 페이션스는 문을 열면서 다시 고개를 돌려 그를 쳐다보았다.

리버스는 새미의 병실로 돌아오며 다소 들떴다. 다만 그 병실은 더 이상 '새미의 병실'이 아니었다. 이제 다른 환자가 더 있었다. 병원 측에서는 병실 부족과 예산 삭감 때문에 그럴 수 있다고 얘기했다. 여자 환자는 아직 잠들어 있거나 의식불명이었고, 소리 내어 숨을 쉬고 있었다. 리버스는 그녀를 무시하고 페이션스가 앉았던 자리에 앉았다.

"당신한테 메시지가 왔어." 로나가 말했다. "모리슨 박사래."

"이름만으로 누군지 어떻게 알아?"

"나도 몰라. 티셔츠 돌려받을 수 있냐고 하던데?"

큰 낫을 든 구울*…… 리버스는 새미의 곰인형을 집어 들고 손으로 그걸 돌렸다. 둘은 잠시 말없이 앉아 있었다. 그러다 로나가 의자에서 몸을 움직였다. "페이션스 정말 좋은 사람이던데."

"대화 즐거웠어?" 로나는 고개를 끄덕였다. "내가 얼마나 완벽한 남편이었는지 얘기해줬지?"

"페이션스를 떠나다니, 당신은 미친 게 분명해."

"난 늘 분별력이 없었잖아."

"하지만 좋은 걸 알아보는 눈은 있었지."

"거울에 비친 모습에서는 좋은 게 없어서 문제지."

"거울에서 뭘 봤는데?"

리버스는 로나를 쳐다보았다. "가끔은 아무것도 안 보여."

나중에 둘은 커피를 마시려고 자판기로 갔다.

---

* ghoul, 무덤을 파헤치고 시체를 먹는다고 알려진 귀신.

"알겠지만, 난 그 애를 잃었어." 로나가 말했다.

"뭐?"

"새미를 잃었다고. 이리로 돌아왔잖아. 당신에게."

"우린 거의 만나지도 못해, 로나."

"하지만 여기 있잖아. 모르겠어? 새미가 원하는 건 내가 아니라 당신이야." 로나는 그에게서 몸을 돌리고 손수건을 찾았다. 리버스는 그녀 뒤에 가까이 섰지만 할 말을 생각해낼 수 없었다. 말이 전혀 떠오르지 않았다. 연민의 말은 공허하게 느껴졌다. 그저 또 다른 상투어일 뿐이다. 로나의 목 뒤에 손을 대고 문질렀다. 로나는 뿌리치지 않고 머리를 조금 숙였다. 마사지. 결혼 생활 초기에는 마사지를 많이 해줬다. 막을 내릴 무렵에는 악수할 시간도 주지 않았다.

"새미가 왜 돌아왔는지 모르겠어, 로나." 리버스가 마침내 말했다. "하지만 새미가 도망쳤다고 생각하지는 않아. 그리고 나를 보는 게 그렇게 어렵다고도 생각하지 않고."

간호사 두 사람이 다급하게 그들을 지나쳐 갔다.

"돌아가는 게 낫겠어." 한 손으로 얼굴을 문지르며 애써 태연한 척 로나가 말했다.

리버스는 병실까지 함께 걸었다. 그러고는 가야 한다고 말했다. 몸을 굽혀 새미에게 키스했다. 새미의 코에서 나오는 숨결이 뺨에 닿는 게 느껴졌다.

"일어나렴, 새미." 리버스가 꾀듯 말했다. "평생 침대 신세를 질 수는 없어. 일어날 시간이야."

어떤 움직임도, 반응도 없자 리버스는 몸을 돌려 병실을 나갔다.

17

　데이비드 레비는 에든버러에 없었다. 적어도 록스버그 호텔에는 없었다. 리버스는 레비와 연락할 방법이 하나밖에 생각나지 않았다. 자리에 앉아 텔아비브에 있는 홀로코스트 조사국에 전화를 해 솔로몬 메이어링크에게 연결해 달라고 했다. 메이어링크는 자리에 없었지만 리버스는 신분을 밝히고 급한 문제로 연락해야 한다고 말했다. 메이어링크의 집 전화번호를 받았다.

　"린츠스테크에 관한 소식입니까, 경위님?" 메이어링크의 목소리는 거슬릴 정도로 거칠었다.

　"그런 셈이죠. 죽었습니다."

　침묵이 흐른 다음 느리게 숨을 내쉬는 소리가 들렸다. "안타깝군요."

　"그런가요?"

　"사람이 죽으면 역사의 일부도 그 사람과 함께 죽습니다. 법정에서 봤으면 좋았겠지만 죽으면 가치가 없죠." 메이어링크는 잠시 말을 멈췄다. "경위님의 조사도 끝난 겁니까?"

　"수사의 성격이 달라졌죠. 살해당했습니다."

　통화가 정지됐다. 8박자 쉼표였다. "……어떻게요?"

　"나무에 목이 매달렸습니다."

더 긴 침묵이 흘렀다. "알겠습니다." 메이어링크가 마침내 말했다. 목소리에 약간의 울림이 있었다. "린츠스테크의 혐의 때문에 살해됐다고 생각하십니까?"

"무슨 말씀이신지?"

"저는 수사관이 아닙니다."

하지만 리버스는 메이어링크가 거짓말하고 있다는 것을 알았다. 메이어링크가 인생에서 선택한 역할이 바로 수사였다. 역사 수사관.

"데이비드 레비와 얘기해야 합니다." 리버스가 말했다. "주소와 전화번호 아십니까?"

"경위님을 찾아갔습니까?"

"알고 계실 텐데요."

"데이비드 일은 그렇게 간단하지 않습니다. 그는 조사국에서 일하지 않아요. 자기만의 동기가 있습니다. 우리가 가끔 도움을 청하죠. 도와줄 때도 있고, 아닐 때도 있습니다."

"하지만 연락 방법은 있죠?"

메이어링크가 세부 내용을 알려주기까지는 1분이 꼬박 걸렸다. 서섹스에 있는 주소와 전화번호였다.

"데이비드가 가장 유력한 용의자입니까, 경위님?"

"왜 물으시죠?"

"엉뚱한 나무에 도끼질하는 것 같아서요."

"조셉 린츠가 매달렸던 것과 같은 나무요?"

"정말 데이비드 레비가 살인범이라고 생각하십니까?"

사파리 슈트와 지팡이. "살인자도 각양각색이죠." 수화기를 내려놓으며 리버스가 말했다.

레비에게 전화를 걸었다. 받지 않았다. 몇 분 기다리고 커피를 마신 후 다시 걸었다. 여전히 답이 없었다. 대신 브리티시 텔레콤에 전화해 자초지종을 설명한 끝에 담당자와 연결되었다.

"저는 저스틴 그레이엄입니다, 경위님. 어떻게 도와드릴까요?"

리버스는 린츠의 인적사항을 알려주었다. "항목별 고지서를 받았는데 바뀌었더군요."

그레이엄의 손가락이 키보드를 두드리는 소리가 들렸다. "맞습니다." 그녀가 말했다. "고객께서 항목별 고지서 발송 중단을 요청했습니다."

"이유를 말하던가요?"

"기록에는 없습니다. 이유가 필요 없거든요."

"언제였죠?"

"두 달 전이었습니다. 고객이 몇 년 전에 월별 고지서를 청구하셨고요."

월별 고지서. 린츠가 꼼꼼했기 때문이다. 그는 계좌를 한 달 단위로 관리했다. 두 달 전이면 9월이다. 린츠/린츠스테크 사건이 언론에 터진 때. 그리고 린츠는 갑자기 자신의 통화가 기록되는 걸 원하지 않았다.

"항목화하지 않더라도 통화 기록은 가지고 계십니까?"

"네, 그 정보는 보유해야 합니다."

"통화 기록을 보고 싶습니다. 항목별 고지서를 받지 않은 때부터 오늘 아침까지의 모든 기록을요."

"린츠 씨가 오늘 아침에 사망하셨나요?"

"네."

그레이엄은 생각에 잠겼다. "확인해봐야 합니다."

"그렇게 하십시오. 하지만 명심해 주십시오, 그레이엄 씨. 이건 살인사건 수사입니다."

"네, 물론이죠."

"그리고 귀사의 정보는 극히 중요합니다."

"잘 알고 있습니다."

"그러니 오늘 중으로 받을 수 있을까요?"

그레이엄은 망설였다. "약속드릴 수는 없습니다."

"그리고 마지막으로 하나만요. 9월분 고지서가 사라졌습니다. 사본이 필요합니다. 팩스 번호를 알려드릴 테니 서둘러 주십시오."

리버스는 주차장에서 커피 한 잔을 더 마시고 담배를 피우며 자축했다. 그레이엄이 오늘 중으로 정보를 보내줄 수 있을지는 확실하지 않다. 하지만 최선을 다해줄 것이다. 그 정도면 할 만큼 한 게 아닐까?

전화를 한 통 더 했다. 런던의 특수부였다. 그는 애버네시를 찾았다.

"연결해드리겠습니다."

누군가 전화를 받았다. 인사 대신 투덜거리는 듯한 소리가 들렸다.

"애버네시?" 리버스가 물었다. 액체를 삼키는 소리가 들렸다. 목소리가 또렷해졌다.

"지금 안 계십니다. 무슨 일이신가요?"

"애버네시와 꼭 통화해야 합니다."

"급한 일이면 호출기로 연락할 수 있습니다."

"저는 리버스 경위입니다. 로디언 앤 보더스 경찰청 소속입니다."

"아, 알겠습니다. 에버네시를 잃어버리셨나보네요?"

리버스의 표정이 약간 놀란 것처럼 변했다. 상대방의 목소리에는 가짜 유머가 실려 있었다. "애버네시가 어떤 사람인지 아시는군요."

코웃음 치는 소리가 들렸다. "정확히는 모릅니다."

"조금만 도와주시면 고맙겠습니다."

"그러죠. 경위님 전화번호를 알려주세요. 애버네시한테 전화하라고 하겠습니다."

"에버네시가 어디 있는지 모르는군요?"

"경위님 도시에 있습니다. 최선을 다해보시죠."

애버네시가 여기 있군. 리버스가 생각했다. 바로 여기.

"에버네시가 없으니 그쪽 사무실도 조용하겠네요."

전화에서 웃음이 터졌다. 그리고 담뱃불을 켜는 소리가 들렸다. 길게 담배를 뿜어내는 것 같았다. "휴가 느낌입니다. 원하는 만큼 잡아두십시오."

"에버네시가 떠난 지 얼마나 됐습니까?"

잠시 정적이 흘렀다. 침묵이 길어지자 리버스는 분위기가 달라졌다는 것을 느낄 수 있었다.

"성함이 뭐라고 하셨죠?"

"리버스 경위입니다. 에버네시가 언제 런던을 떠났는지 묻는 겁니다."

"오늘 아침에 소식을 듣자 마자요. 이제 뭘 알려드릴까요? 차량 번호? 묵는 호텔?"

리버스가 웃을 차례였다. "미안합니다. 제가 좀 참견하기 좋아서요."

"애버네시한테 전해드리죠." 딸깍 하고 전화 끊는 소리가 났다.

그날 오후 늦게 리버스는 브리티시 텔레콤에 독촉 전화를 한 다음 레비의 집에 다시 전화를 했다. 이번에는 어떤 여자가 받았다.

"안녕하세요. 레비 부인이십니까? 저는 존 리버스입니다. 남편분과 통화할 수 있을까요?"

"아버지를 찾으시나보군요."

"죄송합니다. 아버님 계신가요?"

"아니요, 안 계세요."

"어디 계시는지 혹시……?"

"전혀 몰라요." 짜증 섞인 목소리였다. "저는 요리하고 청소만 해요. 저만의 삶은 없는 거나 마찬가지죠." 여자는 하던 말을 갑자기 멈췄다. "죄송해요. 성함이?"

"리버스입니다."

"아버지는 어디에 얼마 동안 간다고 말씀하시는 적이 없어요."

"지금도 어디 가셨나요?"

"거의 2주일쯤 됐어요. 일주일에 두세 번 전화를 해서 전화나 편지 온 거 없는지 확인해요. 운이 좋으면 제가 어떻게 지내는지도 물어보겠죠."

"그래서 어떻게 지내십니까?"

목소리에 웃음기가 돌았다. "알아요. 제가 엄마처럼 구는 것 같다는 거."

"뭐 아시다시피 아버지들은……" 리버스는 집중하려고 했다. "잘못된 일을 지적하지 않으면 아무 문제없는 줄 알고 무사태평이죠."

"경험에서 우러난 말씀이신가요?"

"너무 많아서 문제죠."

여자는 생각에 잠겼다. "중요한 일인가요?"

"아주 중요합니다."

"그러면 성함과 전화번호를 알려주세요. 아버지가 다음에 전화하면 연락드리라고 전할게요."

"감사합니다." 리버스는 집 전화와 휴대폰 번호를 불러주었다.

"적었어요." 여자가 말했다. "다른 메시지는요?"

"없습니다. 저한테 전화하라고만 해주세요." 리버스는 잠시 생각에 잠겼다. "다른 전화도 있었나요?"

"아버지를 찾는 다른 사람이 있었느냐는 말씀이죠? 그건 왜 물으시죠?"

"사실 별다른 이유는 없습니다." 경찰이라고 밝히고 싶지 않았다. 여자를 겁먹게 하고 싶지 않았다. "이유는 없어요." 그는 다시 한 번 말했다.

전화를 끊자 누군가 커피 한 잔을 더 건넸다. "그 전화기 불나겠네."

리버스는 손가락 끝을 커피에 살짝 댔다. 꽤 따뜻했다. 그때 전화가 와서 수화기를 들었다.

"리버스 경위입니다." 리버스가 말했다.

"존, 쇼반이에요."

"반가워. 어떻게 지내?"

"그 사람 기억해요?" 쇼반의 음색이 뭔가를 경고했다.

"어떤 사람?" 리버스의 목소리에서 웃음기가 가셨다.

"대니 심슨이요." 머리가죽이 벗겨질 뻔했던 텔포드의 똘마니.

"그놈이 왜?"

"HIV 양성이라는 결과를 방금 알았어요. 주치의가 병원에 알려줬죠."

"불쌍한 친구." 리버스는 조용히 말했다.

"그놈은 그때 말했어야 해요."

"언제?"

"우리가 병원에 데려갔을 때요."

"머리에 딴생각을 하고 있었나 보지. 머리가죽도 떨어지려고 하고."

"맙소사, 존. 지금 농담할 때예요?" 쇼반의 목소리가 너무 커서 사람들이 쳐다볼 정도였다. "혈액검사 받으셔야 해요."

"그래, 문제없어. 그런데 그놈은 어때?"

"집에는 갔는데 상태는 좋지 않아요. 자기 얘기를 고집하고요."

"텔포드의 변호사가 손을 쓴 것 같은데?"

"찰스 그롤요? 너무 친한 척해요. 원시인 같아요."

"발렌타인데이 카드 비용은 아꼈네."

"병원에 꼭 전화하세요. 존스 박사하고 얘기해요. 약속 잡아줄 거예요. 검사 바로 할 수 있어요. 최종 통고는 아니에요. 3개월의 잠복기가 있대요."

"고마워, 쇼반."

리버스는 수화기를 내려놓고 손가락으로 톡톡 쳤다. 대단한 아이러니 아닌가? 텔포드를 잡으러 가서 텔포드 부하 중 하나에게 착한 사마리아인 노릇을 했다가 에이즈에 걸려 죽는다. 리버스는 천장을 응시했다.

잘난 체하더니 꼴좋군.

전화기가 다시 울렸다. 리버스는 집어 들었다.

"교환입니다."

"당신이에요, 존?" 페이션스 에이트킨이었다.

"여기서 존은 나뿐이죠."

"오늘 밤 약속 확인하려고요."

"솔직히 말하면, 오늘 상태가 별로인 것 같아요."

"취소하고 싶어요?"

"전혀 아니에요. 하지만 일이 있어요. 병원에."

"네, 그렇겠죠."

"아니요, 이해 못한 것 같네요. 이번에는 새미가 아니라 나 때문이에요."

"무슨 일 있어요?"

그래서 리버스는 페이션스에게 털어놓았다.

페이션스는 리버스와 함께 병원에 갔다. 새미가 입원한 병원이었지만 과는 달랐다. 로나와 마주쳐서 모든 것을 설명해야 하는 상황만은 피하고 싶었다. HIV에 감염되었을 수도 있다고 하면 로나는 새미 곁에 얼씬도 못하게 할 것이다.

대기실은 희고 깨끗했다. 벽에는 수많은 정보가 있었다. 테이블마다 전단지가 있었다. 그 종이들이 진짜 바이러스 같았다.

"나병환자 세상치고는 아주 쾌적하네요."

페이션스는 아무 말도 하지 않았다. 방에는 둘뿐이었다. 안내데스크 직원이 먼저 접수를 했고, 그다음에 간호사가 나와서 세부 사항을 적어갔다. 이제 다른 문이 열렸다.

"리버스 씨?"

키가 크고 마른 여자가 흰 가운을 입고 입구에 서 있었다. 존스 박사일 거라고 리버스는 생각했다. 페이션스가 팔을 잡고 함께 걸어갔다. 반쯤 갔을 때 리버스는 발을 돌려 달려나갔다.

페이션스는 병원 밖에서 리버스를 따라잡고는 왜 그러느냐고 물었다.

"알고 싶지 않아요." 리버스는 그녀에게 말했다.

"하지만 존."

"제발, 페이션스. 피 몇 방울 튄 게 다예요."

페이션스는 미심쩍어하는 것 같았다. "검사 받아야 해요."

리버스는 병원 건물을 돌아보았다. "알았어요." 그는 걷기 시작했다. "하지만 나중에요. 괜찮죠?"

리버스가 아든 스트리트로 돌아왔을 때는 새벽 1시였다. 페이션스와 저녁 식사는 하지 않았다. 대신 병원으로 가서 로나와 함께 앉았다. 리버스는 신에게 말없이 약속했다. 새미를 살려주면 술을 끊겠다고. 그는 페이션스를 집에 데려다줬다. 페이션스가 마지막으로 한 말은 "검사 받아요. 해치워버려요"였다.

차 문을 닫았을 때, 어떤 사람이 갑자기 나타났다.

"리버스 씨, 오래간만이군."

리버스는 얼굴을 알아보았다. 뾰족한 턱, 괴상한 이빨, 조금 헐떡이는 호흡. 캐퍼티의 부하 '위즐'이었다. 그는 노숙자처럼 차려입었다. 완벽한 위장이었다. 위즐은 거리에서 캐퍼티의 눈과 귀였다.

"얘기 좀 해, 리버스 씨." 위즐은 트위드 코트 주머니에 손을 깊게 찔러 넣었다. 코트는 위즐의 키보다 20cm는 길었다. 그가 주택 정문 쪽을 흘끗 보았다.

"내 아파트에서는 안 돼." 리버스가 말했다. 신성불가침 영역이다.

"여긴 추워."

리버스는 고개를 저을 뿐이었다. 위즐은 코를 세게 훌쩍였다.

"살인 미수였다고 생각해?" 위즐이 물었다.

"그래." 리버스가 대답했다.

"딸을 죽이려고 했다고?"

"모르겠어."

"프로에게 실패는 없어."

"그럼 경고겠군."

"수사 기록을 주면 알아낼 수 있어."

"그건 안 돼."

위즐은 어깨를 으쓱했다. "캐퍼티 씨의 도움을 원하는 줄 알았는데."

"기록은 못 줘. 내가 요약해줄게."

"거기부터 시작하지."

"레인지로버 600이야. 그날 오후 조지 스트리트에서 도난당했지. 피어실 묘지 옆 도로에 버려졌어. 라디오와 카세트테이프는 떼어갔어. 동일범이 할 짓은 아니지."

"차량털이범이군."

"그럴 거야."

위즐은 생각에 잠겼다. "경고…… 그렇다면 프로겠군."

"그래." 리버스가 말했다.

"그리고 우리 애들은 아니고…… 남는 후보자가 많지는 않겠군. 레인지로버 600 무슨 색깔이지?"

"셔우드 그린."

"조지 스트리트에 주차했고?"

리버스는 고개를 끄덕였다.

"도움이 되겠군." 위즐은 몸을 돌려 자리를 뜨다 발을 멈췄다. "다시 함께 일하게 돼 반가웠어, 리버스 씨."

리버스는 뭐라고 입을 떼려다가, 위즐이 자신을 필요로 하는 것보다 자신이 위즐을 더 필요로 한다는 것을 기억했다. 리버스는 캐퍼티에게서 얼마나 많은 쓰레기를 받게 될지, 얼마나 오랫동안 받게 될지 생각했다. 평생? 악마와 계약을 한 것일까?

새미를 위해서라면 더한 짓도, 더 나쁜 짓도 할 것이다.

아파트로 돌아와서 《로큰롤 서커스^{Rock 'n' Roll Circus}》 CD를 올려놓고, 진짜 롤링 스톤스다운 노래가 나올 때까지 스킵했다. 자동응답기가 깜빡였다. 메시지가 세 개 있었다. 첫 번째 메시지는 리스 CID 바비 호건이었다.

"안녕, 존. BT(브리티시 텔레콤)에서 연락 왔는지 알아봐야 할 것 같아서 전화했어."

리버스가 사무실을 떠날 때까지 연락이 없었다. 두 번째 메시지는 애버네시였다.

"또 나야. 동전이 얼마 없네. 나한테 연락하려고 했다고 들었어. 내일 전화할게."

리버스는 자동응답기를 응시했다. 애버네시가 더 말한 게 있는지, 에버네시의 위치에 대한 힌트가 있는지 들으려고 했다. 하지만 응답기는 마지막 메시지로 넘어갔다. 빌 프라이드였다.

"존, 사무실로 전화했다가 메시지 남겨. 하지만 자네가 알고 싶어 할 것 같아서. 그 지문에 관해 했던 마지막 얘기 말이야. 우리 집으로 전화하려면 번호는……"

리버스는 번호를 받아 적었다. 새벽 2시였지만 빌은 이해할 것이다.

1~2분쯤 지나 여자가 전화를 받았다. 비몽사몽인 것 같았다.

"죄송합니다." 리버스가 말했다. "빌 있습니까?"

"바꿔드릴게요."

대화를 나누는 소리 다음에 전화가 연결됐다.

"지문 얘기는 뭐야?" 리버스가 물었다.

"맙소사, 존. 한밤중에 전화해도 된다는 얘기는 아니었다고!"

"중요한 일이잖아."

"그래, 나도 알아. 그나저나 새미는 어때?"

"아직 의식불명이야."

프라이드는 하품을 했다. "차 내부의 지문은 차주와 그 부인 거였어. 하지만 다른 지문 세트를 하나 발견했어. 아이 지문 같다는 게 문제지만."

"어떻게 확신하지?"

"크기."

"성인 중에서도 손이 작은 사람은 많아."

"그렇긴 하지만……"

"회의적인 것 같군."

"두 가지 시나리오 중 하나일 가능성이 높아. 첫째, 새미는 난폭 운전자의 차에 치였다. 자네 생각은 알지만 그런 일은 실제로 일어나. 둘째, 지문은 차가 묘지에 버려진 뒤에 차량을 털어간 놈의 것이다."

"라디오카세트와 테이프를 훔쳐간 애?"

"맞아."

"다른 지문은 없어? 부분 지문이라도?"

"차는 깨끗했어, 존."

"외부는?"

"문 쪽에 똑같은 지문 세트 세 개, 보닛에 새미의 지문이 있었어." 프라이드는 다시 하품했다. "자네의 보복 이론은 어때?"

"아직 유효해. 프로라면 장갑을 꼈겠지."

"내 생각도 그래."

"그렇지." 리버스는 위즐을 생각했다. 나쁜 놈 잡으려고 더러운 놈과 손을 잡는다. 전에도 해본 일이었다. 단지 이번에는 개인적인 이유가 있었다.

그리고 재판에 넘길 생각도 없었다.

18

아침은 호건이 샀다. 검은 종이봉투에 든 베이컨 롤빵이었다. 세인트 레너즈의 CID 사무실에서 먹었다. 살인사건 상황실은 리스에 설치되었고, 호건은 거기 있어야 했다.

호건이 여기 온 건 리버스의 파일을 원했고, 리버스가 그 파일들을 가져다주리라고 믿지 않았기 때문이었다.

"자네 귀찮게 하지 않으려고." 호건의 말이었다.

"신사 나셨네." 롤빵 안쪽을 살펴보며 리버스가 말했다. "그나저나 베이컨값이 올랐나 보네?"

"내가 하나 꺼냈거든. 자네 생각해서 그랬어. 콜레스테롤 같은 거 말이야."

리버스는 롤빵을 한쪽으로 밀어 놓고 아이언브루 캔을 꿀꺽꿀꺽 마셨다. 호건이 제안한 아침 음료였다. HIV에 걸렸을지도 모르는데 당 섭취 따위가 무슨 상관일까?

"가사도우미한테 알아낸 거 있어?"

"슬픔. 고용주가 사망했다는 소식을 듣자마자 수도꼭지 틀어놓은 것처럼 울더군." 호건이 손가락에 묻은 밀가루를 털었다. 식사는 끝났다. "린츠의 친구를 본 적이 없대. 전화를 받은 적도 없고, 최근에 린츠가 달라진 것 같지도 않았고, 학살범이라고는 생각하지 않는대. 이렇게 말하더군. '그분이 그렇게 많은 사람들을 죽였다면 내가 알아챘을 거예요.'"

"영매라도 되나?"

호건은 어깨를 으쓱했다. "내가 들은 거라고는 린츠가 모범적인 인간이고, 급여는 선불로 받았기 때문에 부분 상환할 채무가 있다는 사실이 다야."

"동기가 있군."

호건이 미소를 지었다. "동기 얘기가 내와서 말인데."

"뭐 알아냈어?"

"린츠의 변호사가 린츠의 은행에서 받은 편지를 제출했어." 호건이 리버스에게 사본을 건넸다. "린츠가 열흘 전에 5천 파운드를 현금으로 인출한 것 같아."

"현금?"

"10파운드는 소지했고, 집에 300파운드 정도 더 있었어. 5천 파운드는 없었어. 협박을 받은 게 아닌가 하는 생각이 들기 시작하는군."

리버스는 고개를 끄덕였다. "주소록은 어때?"

"거북이걸음이야. 옛날 번호가 많아. 죽거나 이사 간 사람들이지. 자선단체와 박물관이 몇 곳, 화랑이 한두 곳." 호건이 잠시 말을 멈췄다. "자네는?"

리버스는 서랍을 열어서 팩스로 받은 종이를 꺼냈다. "오늘 아침에 와 있더군. 린츠가 숨기려고 했던 통화들이야."

호건이 목록을 훑어보았다. "여러 곳? 아니면 특정한 한 군데?"

"이제 찾아보기 시작한 참이야. 린츠가 정기적으로 연락한 번호가 있을 거야. 그 번호들은 다른 명세서에도 나오겠지. 이례적인 통화를 찾아야 해. 딱 한 번 했던 통화."

"말 되네." 호건이 손목시계를 보았다. "내가 알아야 할 게 또 있어?"

"두 개야. 특수부가 관심을 보이더란 얘기 기억나?"

"애버네시?"

리버스는 고개를 끄덕였다. "어제 연락하려고 했어."

"그런데?"

"사무실에서는 애버네시가 이리로 오고 있다고 했어. 이미 소식을 들은 거지."

"그럼 애버네시가 냄새를 맡고 돌아다니는데, 자네는 그를 못 믿는다는 얘기군? 끔찍하네. 다른 하나는?"

"데이비드 레비. 그의 딸하고 얘기했어. 어디 있는지 모른대. 어디든 있을 수 있어."

"린츠에게 원한을 품고?"

"가능해."

"전화번호는?"

리버스는 책상 제일 위에 놓인 파일을 토닥였다. "자네 주려고 준비해 뒀지."

호건은 30cm가 넘게 쌓인 서류 더미를 보고 암울해 했다.

"꼭 필요한 것만 추렸어." 리버스가 말했다.

"읽으려면 한 달은 걸리겠네."

리버스는 어깨를 으쓱했다. "내 사건이 자네 사건이잖아, 바비."

호건이 가자, 리버스는 브리티시 텔레콤 목록을 다시 살펴보았다. 원했던 만큼 상세했다. 다수의 통화는 린츠의 변호사에게 한 것이고, 지역 택시 회사에 한 게 몇 통 있었다. 리버스는 몇 개의 번호에 전화를 해봤는데, 자선단체 사무실이었다. 린츠는 사임 의사를 전달하려고 전화했을 것이다. 눈에 띄는 통화가 몇 있었다. 록스버그 호텔에 4분. 에든버러 대학에 26분. 록스버그 호텔은 레비일 것이다. 레비가 린츠와 얘기했다는 사실을 알고 있었다. 린츠 자신이 인정했다. 레비와 얘기한 것(레비에게 맞선 것)과 레비가 묵는 호텔로 전화한 것은 아주 다른 문제다.

에든버러 대학 번호로 걸자 교환이 받았다. 리버스는 린츠가 재직했던 학부로 연결해달라고 청했다. 행정실 직원은 큰 도움이 되었다. 20년 넘게 재직했고 은퇴를 앞두고 있었다. 린츠 교수를 기억했지만 최근에 그가 학부로 연락한 적은 없었다고 했다.

"여기를 거치는 모든 통화는 제가 알아요."

"하지만 교수들과 직접 연락했을 수도 있잖습니까?" 리버스가 의견을 냈다.

"린츠 교수님과 얘기했다고 한 사람은 없었어요. 교수회의 이후로는 아무도 없었죠."

"학부와 연락을 계속해오지 않았다는 얘긴가요?"

"교수님과 얘기해본 지 여러 해 됐어요. 기억하기엔 너무 오래전이죠."

그럼 린츠는 누구와 20분 넘게 통화했을까? 리버스는 직원에게 감사 인사를 하고 전화를 끊었다. 다른 번호들에 전화해봤다. 레스토랑 몇 군데, 와인 매장, 지방 라디오 방송국이었다. 리버스는 방송국의 안내데스크에 자초지종을 얘기했고, 담당자는 최선을 다하겠다고 말했다. 그러고는 다시 레스토랑들에 전화해 린츠가 예약한 적이 있는지 찾아봐달라고 부탁했다.

　30분도 안 되어 전화가 울리기 시작했다. 첫 번째 레스토랑이었다. 저녁 식사 예약이 있었고 인원은 한 사람이었다. 라디오 방송국에서는 린츠에게 출연을 요청한 적이 있다고 했다. 린츠는 생각해보겠다고 하고, 나중에 전화해 거절했다. 두 번째 레스토랑에서는 점심 식사 예약이 있었고 인원은 두 사람이었다고 했다.

　"두 사람이요?"

　"린츠 씨와 그 외 1인이요."

　"'그 외 1인'이 누구였는지 기억나십니까?"

　"연세가 꽤 드신 신사분이었던 것 같습니다. 죄송합니다. 잘 기억이 나지 않네요."

　"지팡이를 짚었나요?"

　"도와드리고 싶지만 점심시간에 여기는 사람이 워낙 많아서요."

　"하지만 린츠 씨는 기억하시네요?"

　"린츠 씨는 단골이시니까…… 단골이셨죠."

　"보통 혼자 식사를 했습니까? 아니면 동행이 있었나요?"

　"대부분 혼자셨습니다. 개의치 않으시는 것 같았어요. 책을 가져오셨습니다."

　"린츠 씨 손님 중에 생각나는 분 있나요?"

　"젊은 여성분이 있었던 게 기억납니다. 따님? 아니면 손녀?"

　"그러면 '젊다'는 말씀은?"

　"린츠 씨보다 젊다는 얘기죠." 그는 잠시 말을 멈췄다. "훨씬 젊었던 것 같습니다."

"그게 언제였죠?"

"정말 기억나지 않습니다." 이제 짜증난 목소리였다.

"도와주셔서 고맙습니다. 딱 하나만 더 물어보겠습니다. 린츠 씨가 이 여성분과 한 번 이상 같이 왔나요?"

"죄송합니다, 경위님. 주방에 일이 있어서요."

"그럼 다른 게 생각나시면……"

"물론이죠. 안녕히 계십시오."

리버스는 수화기를 내려놓고 몇 가지 메모했다. 한 개의 번호만 남았다. 그는 응답을 기다렸다.

"뭐야?" 마지못해 받는 목소리였다.

"누구시죠?"

"말키다. 넌 누구야?"

뒤에서 목소리가 들렸다. "토미가 그 새 기계는 엉망이래." 리버스는 수화기를 내려놓았다. 손이 떨렸다. '그 새 기계……' 토미 텔포드가 게임 센터에서 타던 오토바이. 패밀리의 머그샷*이 기억났다. 말키 조던. 풍선같이 부푼 얼굴에 작은 눈과 코. 조셉 린츠가 텔포드의 부하 중 하나와 통화했다? 텔포드의 사무실에 전화를? 리버스는 바비 호건의 휴대폰 번호를 찾았다.

"바비." 리버스가 말했다. "운전 중이라면 지금 당장 속도 늦춰."

호건은 현금 5천 파운드라면 딱 텔포드의 스타일이라고 했다. 협박? 하지만 어떤 연관성이 있지? 뭔가 다른 게 있나?

---

* mugshot: 경찰의 범인 식별용 얼굴 사진.

호건은 린츠가 텔포드에게 요청했을 수도 있다는 의견을 냈다.

리버스 생각으로는 살인 청부에 5천 파운드는 터무니없이 비쌌다. 그렇기는 해도 린츠가 '사고'를 가장하려고 텔포드에게 5천 파운드를 지불한다는 것에 의구심이 들었다. 리버스에게 겁을 줘서 손을 떼게 하려는 게 동기라고? 하지만 자칫하면 다시 용의자로 지목될 수 있는 일이다.

리버스는 다른 약속을 잡았다. 누구에게도 알리고 싶지 않은 약속이었다. 헤이마켓 역은 눈에 띄지 않고 만나기에 좋았다. 1번 플랫폼에 있는 벤치였다. 네드 팔로우는 이미 기다리고 있었다. 새미 걱정에 피곤해 보였다. 둘은 잠시 새미 이야기를 했다. 그리고 리버스는 본론으로 들어갔다.

"린츠가 살해당한 거 알고 있나?"

"역시 일 때문에 보자고 하셨군요."

"협박 쪽을 의심하고 있네."

팔로우는 관심을 보이는 것 같았다. "그런데 돈을 안 내놓았나요?"

아, 돈은 냈지. 리버스는 생각했다. 돈은 냈는데 누군가가 게임에서 쫓아냈지.

"네드, 이건 전부 오프 더 레코드야. 원칙적으로는 자네를 데려와서 심문해야 해."

"제가 린츠를 며칠 미행해서요?"

"그래."

"그래서 용의자가 되는 건가요?"

"목격자일 수도 있지."

팔로우는 그 점을 생각해보았다. "어느 날 저녁에 린츠가 집을 나와 길을 걸어 내려가더니 공중전화 박스에서 전화를 한 통 했어요. 그러고는 바로 집으로 돌아갔죠."

집 전화를 쓰고 싶지 않았다? 도청될까 봐? 번호가 추적될까 봐? 도청은 특수부의 장기지.

"하나 더 있어요." 팔로우가 말했다. "문간에서 어떤 여자를 만났어요. 린츠를 기다린 것 같았어요. 몇 마디 나눴고 여자가 울면서 떠났어요."

"어떻게 생겼지?"

"키가 크고 머리카락은 어두운색에 짧았어요. 서류가방을 들고 있었어요."

"옷은?"

팔로우는 어깨를 으쓱했다. "스커트와 재킷. 어울렸어요. 검은색과 흰색 체크무늬였죠. 뭐랄까…… 우아했어요."

네드가 설명하는 여자는 커스틴 메디였다. 메디는 리버스에게 응답기 메시지를 남겼었다. '더는 이 일 못하겠어요……'

"여쭤보고 싶은 게 있어요." 팔로우가 말했다. "그 캔디스라는 여자요."

"캔디스는 왜?"

"새미가 사고를 당하기 전에 이상한 일은 없었느냐고 물어보셨죠?"

"그런데?"

"캔디스가 그 이상한 일 아닌가요?" 팔로우가 눈을 찌푸렸다. "캔디스가 이 일과 관련이 있나요?"

리버스는 팔로우를 쳐다보았다. 팔로우는 끄덕이기 시작했다.

"확인해주셔서 고맙네요. 캔디스는 누구죠?"

"텔포드가 데리고 있는 여자야."

팔로우는 벌떡 일어나서 플랫폼을 서성거렸다. 리버스는 그가 다시 앉을 때까지 기다렸다. 다시 앉았을 때 그의 눈에는 분노가 이글거렸다.

"텔포드의 여자를 딸 집에 숨겨요?"

"다른 수가 없었어. 텔포드는 내가 어디 사는지 알았거든. 난……"

"우릴 이용했군요!" 팔로우는 잠시 말을 멈췄다. "텔포드 짓이군요. 그렇죠?"

"모르겠어." 리버스가 말했다. 팔로우는 다시 벌떡 일어났다. "이봐, 네드. 난 자네가 그러는 걸……"

"솔직히 말씀드리면, 무슨 충고 하실 처지가 아닌 것 같네요." 팔로우는 걷기 시작했다. 리버스가 불렀지만 한 번도 뒤돌아보지 않았다.

리버스가 강력반 사무실로 들어갔을 때, 종이비행기 하나가 지나가 벽에 부딪혔다. 오민스턴이 책상 위에 올라가 있었다. 컨트리 앤드 웨스턴이 배경으로 부드럽게 흐르고 있었다. 클래버하우스의 책상 뒤 창턱에 있는 녹음기에서 나오는 소리였다. 쇼반 클락이 클래버하우스 옆에 의자를 하나 당겨놓았다. 둘은 보고서 몇 개를 자세히 살펴보고 있었다.

"여기가 꼭 'A 특공대'*인 건 아니군?" 리버스는 종이비행기를 주워서 구겨진 앞머리를 편 다음, 오민스턴에게 다시 날려 보냈다. 오민스턴은 리버스에게 뭘 하는 중이냐고 물어보았다.

"연락 업무지." 리버스가 말했다. "상관이 진행 보고서를 원해서."

오민스턴은 클래버하우스를 쳐다보았다. 클래버하우스는 손을 머리 뒤로 하고 의자에 파묻혀 있었다.

"우리 일에 얼마나 진전이 있는지 알고 싶으세요?"

* 특수 작전 팀을 다룬 인기 미국 드라마.

리버스는 클래버하우스 맞은편에 앉았다. 쇼반에게 고개를 끄덕여 인사했다.

"새미는 어때요?" 쇼반이 물었다.

"그냥 똑같아." 리버스가 대답했다. 클래버하우스는 겸연쩍어하는 것 같았다. 리버스는 새미를 사람들의 연민을 끌어내는 지렛대로 사용할 수 있겠다는 생각이 퍼뜩 들었다. 뭐 어때? 과거에도 그러지 않았나? 아까 네드 팔로우도 그렇게 말하지 않았나?

"감시 팀은 철수시켰어요." 클래버하우스가 말했다.

"왜?"

오민스턴이 콧방귀를 뀌었다. 하지만 대답은 클래버하우스가 했다.

"고생만 하고 얻는 건 없어서요."

"윗선 명령인가?"

"결과가 신통치 않을 것 같았나 보죠."

"그럼 텔포드는 그냥 내버려두나?"

클래버하우스는 어깨를 으쓱했다. 리버스는 뉴캐슬에 소식이 전해졌는지 궁금했다. 타라비츠는 좋아할 것이다. 리버스가 약속을 지켰다고 생각하겠지. 캔디스는 안전할 것이다. 어쩌면.

"나이트클럽 살인사건에 관한 소식은?"

"경위님 친구 캐퍼티하고 연관될 만한 건 없어요."

"그자는 내 친구가 아니야."

"그러시겠죠. 주전자 올려놔, 오미." 오민스턴은 클락을 힐끗 보고는 마지못해 의자에서 일어났다. 리버스는 이 사무실의 긴장이 모두 텔포드와 관련이 있다고 생각했다. 전혀 그렇지 않았다. 클래버하우스와 클락은 가까웠고, 둘 다 열심이었다. 오민스턴은 외톨이 신세였다. 종이비행기나 만들고 관심을 받고 싶어 하는 어린애였다. 스테이터스 쿠오의 〈종이비행기 Paper Plane〉라는 옛날 노래가 있다. 하지만 이곳의 스테이터스 쿠오*는 불안하다. 클락이 오민스턴의 자리를 차지했다. 사무실 막내가 차 끓이는 일에서 면제됐다.

리버스는 오민스턴이 왜 화가 났는지 알 수 있었다.

"린츠 씨가 나무에 매달린 그네 신세가 되었다면서요?" 클래버하우스가 말했다.

"참신한 농담이군." 리버스의 호출기가 울렸다. 전화번호가 찍혀 있었다.

클래버하우스의 전화를 썼다. 공중전화 같았다. 거리 소음과 차량 소리가 가까이서 들렸다.

"리버스 씨?" 목소리만으로도 바로 알 수 있었다. 위즐이었다.

"무슨 일이야?"

"물어볼 게 몇 있어. 차에서 도난당한 라디오카세트, 어디 거야?"

"소니."

"앞쪽이 분리 가능하고?"

"맞아."

"그럼 앞쪽 부분만 가져간 거네?"

"그래." 클래버하우스와 클락은 안 듣는 척하며 다시 보고서를 보고 있었다.

"테이프는? 테이프 몇 개가 도난당했다고 했지?"

"오페라야. 《피가로의 결혼》과 베르디의 《맥베스》." 리버스는 눈을 감고

---

* status quo: '현재 상황'이라는 뜻.

생각했다. "유명한 영화음악이 담긴 테이프. 로이 오비슨^{Roy Orbison}의 히트곡 모음집도 있어." 마지막 테이프는 차주의 아내 것이었다. 리버스는 위즐이 무슨 생각을 하는지 알았다. 훔쳐간 놈은 펍을 돌면서 그걸 팔거나 트렁크 세일*을 할 것이다. 하지만 잠기지 않은 차에서 물건들을 훔친 게 누구든, 운전자를 지목하려 하지는 않을 것이다. 하지만 그 아이, 물건들을 훔치고 차에 지문을 남긴 아이는 뭔가 보았을 것이다. 거리를 어슬렁거리던 중에 갑자기 차가 멈추고, 남자가 하나 내리더니 차를 버리고 가버리는 것을 보았을 것이다.

목격자다. 운전자의 인상착의를 알려줄 수 있다.

"채취한 지문은 아주 작아. 아이 지문 같아."

"흥미로운데."

"달리 필요한 거 있으면 말만 해." 리버스가 말했다.

위즐이 전화를 끊었다.

"소니는 좋은 회사죠." 클래버하우스가 미끼를 던지며 말했다.

"차에서 훔쳐간 물건이야." 리버스가 말했다. "나타날지도 몰라."

오민스턴이 차를 가지고 왔다. 리버스는 의자를 가지러 가다가 누군가 열린 출입문을 지나치는 것을 봤다. 의자를 바닥에 놓고 복도를 달려가 그 사람의 팔을 잡았다.

애버네시는 재빨리 몸을 돌렸다가 누군지 알고 안심했다.

"잘했어." 에버네시가 말했다. "그러다 사람 패겠네." 그는 껌을 씹고 있었다.

"여기서 뭘 하고 있어?"

---

* 자동차 뒤 트렁크에 물건을 싣고 다니면서 싸게 파는 행상.

"방문." 애버네시는 열린 사무실 문을 보고 그리로 걸어갔다. "자네는?"

"일하고 있지."

애버네시는 사무실 안내판을 보았다. "강력반." 재미있다는 듯 말하며 사무실과 그 안의 사람들을 눈여겨보았다. 주머니에 손을 넣고 안으로 들어갔다. 리버스는 따라갔다.

"특수부의 애버네시야." 애버네시는 자기소개하며 말했다. "그 음악은 좋은 아이디어네. 심문할 때 틀어놓으면 용의자가 살고 싶은 마음이 없어질 테니까." 애버네시는 미소를 지으며 마치 전근 오기라도 할 듯이 사무실을 둘러보았다. 리버스의 머그컵은 책상 모서리에 있었다. 애버네시는 컵을 집어 들고 후루룩 마시더니 얼굴을 찡그리고 다시 껌을 씹기 시작했다. 강력반 형사 세 명은 정지 화면처럼 서 있었다. 그들이 갑자기 한 팀처럼 보였다. 애버네시 덕분이었다.

불과 10초 만에 벌어진 일이었다.

"어떤 사건 조사 중이지?" 아무도 대답하지 않았다. "문의 안내판이 잘못된 모양이네." 애버네시가 말했다. "강력반이 아니라 침묵반이어야 했는데."

"필요한 거 있습니까?" 클래버하우스가 물었다. 목소리는 침착했지만 눈에는 적대감이 있었다.

"모르겠네. 존이 불러서 왔어."

"그럼 내가 다시 데리고 나가지." 애버네시의 팔을 잡으며 리버스가 말했다. 애버네시는 크게 어깨를 으쓱이고 주먹을 쥐었다. "복도에서 얘기하자. 부탁이야."

애버네시는 미소를 지었다. "매너가 신사를 만들지, 존."

"자네는 뭐로 만들어졌는데?"

애버네시는 천천히 고개를 돌려서 얘기 중이던 쇼반을 쳐다보았다.

"난 착한 마음과 30cm 거시기를 가진 보통 남자일 뿐이야." 애버네시가 쇼반을 보며 씩 웃었다.

"아이큐 30인 머리나 잘 간수하세요." 다시 보고서를 보면서 쇼반이 말했다. 애버네시가 급하게 사무실을 나가자 오민스턴과 클래버하우스는 터지는 웃음을 굳이 감추려 하지 않았다. 리버스는 뒤에 오래 남아서 오민스턴이 쇼반의 등을 툭툭 치는 것을 보고는 애버네시를 따라 나갔다.

"망할 년." 애버네시가 말했다. 그는 출구 쪽으로 나가고 있었다.

"내 친구야."

"친구를 보면 그 사람을 안다는데……" 애버네시가 고개를 절레절레 저었다.

"왜 돌아왔지?"

"알아야겠어?"

"린츠는 죽었어. 자네 쪽으로는 사건 종결이야."

둘은 건물에서 나왔다.

"그래서?"

"그래서," 리버스는 집요했다. "왜 여기로 다시 돌아온 거야? 왜 전화나 팩스로 할 수 없었지?"

애버네시는 발을 멈추고 몸을 돌려 리버스를 마주 보았다. "미진한 부분이 있을까 봐."

"무슨 미진한 부분?"

"아냐, 그런 거 없어." 애버네시는 웃음기 없는 미소를 짓고는 주머니에서 열쇠를 꺼냈다. 차 쪽으로 다가가면서 리모컨을 사용해 문을 열고 알람을 해제했다.

"무슨 일이야, 애버네시?"

"자네가 걱정할 일은 없어." 애버네시는 운전석 문을 열었다.

"린츠가 죽어서 다행인가?"

"뭐?"

"린츠. 살해당하니까 어떤 느낌이야?"

"아무 느낌 없어. 린츠는 죽었어. 내 명단에서 삭제해도 된다는 뜻이지."

"지난번에 여기 왔을 때, 자네는 린츠한테 경고했어."

"그렇지 않아."

"린츠의 전화를 도청했나?" 애버네시는 코웃음만 쳤다. "살해당할 수 있다는 걸 알았어?"

애버네시가 리버스 쪽으로 몸을 돌렸다. "무슨 상관이야? 분명히 말하는데, 자네하고는 상관없어. 살인사건은 리스 CID가 맡았고 자네 손을 떠났어. 얘기 끝이야."

"랫 라인 때문인가? 그게 드러나면 곤혹스러워지니까?"

"맙소사. 자네가 무슨 상관이야? 그냥 내버려둬." 애버네시는 차를 타고 문을 닫았다. 리버스는 꼼짝하지 않았다. 엔진에 시동이 걸렸다. 애버네시가 창을 내렸다. 리버스는 준비했다.

"자네에게 여기까지 600km 넘게 달려와서 미진한 부분이 없는지 살펴보게 했겠지."

"그래서?"

"미진한 부분이 꽤 컸던 거지?" 리버스는 말을 멈췄다. "린츠를 죽인 자가 누군지 알아내지 못한다면 말이야."

"그런 종류의 사건은 자네들에게 맡겨두지."

"리스로 갈 건가?"

"호건과 얘기해봐야 해." 애버네시는 리버스를 응시했다. "자넨 구제불능 개자식이야. 이기적이기도 하고."

"무슨 소리야?"

"나라면, 딸이 병원에 있다면, 일 따위는 안중에도 없을 거야."

리버스가 열린 차창으로 다가서자 애버네시는 차를 출발시켰다. 뒤에서 발소리가 들렸다. 쇼반 클락이었다.

"도망은 잘 치네요." 애버네시가 창문으로 손을 내밀어 손가락 욕을 했다. 클락은 양손으로 맞받아주었다. "사무실에서는 얘기하고 싶지 않아서⋯⋯." 클락이 입을 뗐다.

"어제 검사 받았어." 리버스는 거짓말했다.

"음성일 거예요."

"자네 음성은 안 그런데?"

썰렁한 농담이었지만 쇼반은 미소를 지었다. "오민스턴이 경위님 차를 버렸어요. 감염되면 안 된다고."

"애버네시가 밉상이긴 하지." 리버스는 쇼반을 바라보았다. "그리고 명심해. 오민스턴과 클래버하우스는 오래된 동료야."

"알아요. 클래버하우스가 저한테 마음이 있는 것 같아요. 곧 지나가겠지만 그때까지는⋯⋯."

"신중하게 처신해." 둘은 입구 쪽으로 다시 걷기 시작했다. "클래버하우스랑 좁은 공간에 단둘이 있지 말고."

19

리버스는 세인트 레너즈로 돌아갔다. 자기 없이도 사무실이 아주 잘 돌아가고 있는 걸 보고는, 모리슨 박사의 아이언 메이든 티셔츠가 든 비닐 봉지를 가지고 병원에 갔다. 새미의 병실에는 세 번째 침대가 들어와 있었다. 나이 든 여자가 누워 있었다. 깨어 있기는 했지만 천장만 쳐다보고 있었다. 로나는 새미의 침대 옆에서 책을 읽고 있었다.

리버스는 딸의 머리카락을 토닥였다. "새미는 어때?"

"그대로야."

"추가 검사 계획은?"

"내가 알기로는 없어."

"그러면? 이렇게 그대로?"

리버스는 의자를 가져와 앉았다. 이렇게 병상 옆에서 간호하는 게 이제는 일종의 의식이 되었다. 느낌은 거의…… 리버스는 '편안하다'는 단어를 쓰고 싶었다. 그는 아무 말 없이 로나의 손을 잡고 20분 동안 앉아 있다가 커스틴 메디를 만나러 갔다.

메디는 프랑스어 학부에 있는 자신의 사무실에서 답안지 채점을 하고 있었다. 창 앞에 있는 큰 책상에 앉아 있었지만 대여섯 개의 의자가 둘러싸고 있는 커피 테이블로 옮겨왔다.

"앉으세요." 메디가 말했다. 리버스는 앉았다.

"메시지 받았어요." 리버스가 말했다.

"이젠 별문제 없지 않나요? 그 사람이 죽었으니까."

"그 사람과 얘기했다는 거 압니다, 커스틴."

메디가 리버스를 쳐다보았다. "네?"

"린츠의 집 밖에서 기다렸죠. 즐거운 대화였나요?"

메디의 뺨이 상기되었다. 다리를 꼬고 치맛단을 무릎 쪽으로 당겼다. "네." 마침내 말했다. "린츠의 집에 갔어요."

"왜요?"

"가까이서 보고 싶었으니까요." 이제 메디의 시선이 도전하듯 리버스를 향했다. "얼굴을 보면…… 눈을 보면 알 수 있을 것 같았어요. 음색에 뭔가 있을 수도 있었고."

"그래서 성공했나요?"

메디는 고개를 저었다. "전혀요. 영혼의 창 같은 건 없었어요."

"린츠에게 뭐라고 말했나요?"

"내가 누군지 밝혔죠."

"반응이 있었나요?"

"네." 메디는 팔짱을 꼈다. "이렇게 말하더군요. '친애하는 아가씨, 부디 꺼져 주시겠소?'"

"그래서 그렇게 했나요?"

"네. 그때 알았거든요. 린츠스테크인지 여부가 아니라 다른 걸."

"뭔데요?"

"린츠의 인내심이 한계에 달했다는 것을요." 메디는 고개를 끄덕였다. "완전히 폭발 직전이었어요." 그녀는 다시 리버스를 쳐다보았다. "무슨 짓이든 할 수 있었죠."

플린트 스트리트의 감시는 너무 눈에 띄었다는 게 문제였다. 강력한 위장이나 비밀 작전이 필요했다. 리버스는 지역을 정찰하기로 했다.

텔포드의 카페와 게임 센터 건너편의 아파트에는 정문이 하나밖에 없었다. 문이 잠겨 있어서 리버스는 무작위로 버저를 눌러보기로 했다. '헤더링턴'이라고 적힌 곳의 버저를 눌렀다. 나이 든 목소리가 인터컴에서 흘러나왔다.

"누구세요?"

"헤더링턴 부인이십니까? 저는 리버스 경위입니다. 관할 CID 형사죠. 주거 보안에 대해 잠시 얘기할 수 있을까요? 인근에 특히 나이 드신 분을 노린 강도 사건이 몇 건 일어나서요."

"고마워요. 올라오시는 게 좋겠네요."

"몇 층이죠?"

"2층이에요." 버저가 울리자 리버스는 문을 밀었다.

헤더링턴 부인은 문간에서 기다리고 있었다. 체구가 작고 약해 보였지만 눈은 생기 있었고 몸짓도 자신감이 넘쳤다. 아파트는 작았지만 잘 관리되어 있었다. 거실은 2선 전기난로로 난방을 했다. 리버스는 창가로 갔다. 게임 센터가 내려다보였다. 감시에 완벽한 위치였다. 리버스는 창문을 점검하는 척했다.

"괜찮아 보이는군요." 리버스가 말했다. "언제나 잠겨 있나요?"

"여름에는 조금 열어놔요." 헤더링턴 부인이 말했다. "그리고 창을 닦아야 할 때요. 하지만 그런 다음에는 늘 잠가 놓는답니다."

"하나 경고해드려야겠군요. 가짜 신분증입니다. 누가 찾아와서 자기가 뭐 하는 사람이라고 말할 수 있습니다. 그럴 때는 언제나 신분증을 보자고 하시고, 확인할 때까지는 문을 열어주지 마세요."

"문을 열지 않고 어떻게 확인하죠?"

"우편함으로 밀어 넣으라고 하세요."

"형사님 신분증도 안 본 것 같은데요?"

리버스는 미소를 지었다. "그렇군요." 리버스는 신분증을 꺼내 보여주었다. "가끔은 꽤 그럴싸한 가짜 신분증도 있습니다. 잘 모르겠으면 문을 열지 말고 경찰에 전화하세요." 그는 주위를 둘러보았다. "전화 있으세요?"

"침실에요."

"침실에도 창문이 있나요?"

"네."

"잠깐 봐도 될까요?"

침실 창문도 플린트 스트리트 쪽으로 나 있었다. 리버스는 화장대 위에 여행 안내지가 놓여 있고, 문 가까이에 작은 여행가방이 세워져 있는 걸 보았다.

"휴가 가시나 보죠?" 집이 비면 감시 팀을 들일 수 있을 것이다.

"주말 연휴 동안요." 헤더링턴 부인이 말했다.

"멋진 곳인가요?"

"네덜란드요. 튤립 꽃밭을 보기에는 좋은 시기가 아니지만 늘 가고 싶었어요. 인버네스 공항에서 가면 번거롭기는 하지만 훨씬 싸요. 남편이 죽은 뒤로는 자주 여행을 했답니다."

"저도 데려가실 생각은 없나요?" 리버스는 미소를 지었다. "이 창문도 괜찮군요. 문을 점검해서 자물쇠를 더 달 수 있는지 보죠." 둘은 좁은 현관으로 갔다.

"아시겠지만," 헤더링턴 부인이 말했다. "여긴 늘 운이 좋았어요. 강도 사건 같은 건 없었죠." 건물주가 토미 텔포드인데 놀랄 일도 아니지. "그리고 비상 버튼도 있어요."

리버스는 문 옆 벽을 쳐다보았다. 큰 빨간색 버튼이 있었다. 계단 안내 버튼이라고 생각했는데.

"누구든 찾아오면 저 버튼을 눌러야 해요."

리버스는 문을 열었다. "그래서 누르셨나요?"

체구가 아주 거대한 남자 두 사람이 바로 앞에 서 있었다.

"아, 그럼요." 헤더링턴 부인이 말했다. "언제나 그래요."

두 남자는 조폭치고는 아주 정중했다. 리버스는 신분증을 보이고 방문 목적을 설명했다. 누구냐고 묻자 그들은 '건물주의 대리인'이라고 말했다. 하지만 리버스는 둘의 얼굴을 알고 있었다. 케니 휴스턴과 앨리 콘웰이었다. 휴스턴(못생긴 쪽)은 텔포드의 도어맨들을 관리했다. 레슬링 선수 같은 덩치의 콘웰은 경호원이었다. 유머와 온화함이 섞인 가식적인 인사가 오갔다. 둘은 아래층까지 리버스를 따라왔다. 길 건너편에 토미 텔포드가 카페 문간에 서 있었다. 보행자 한 사람이 리버스의 시선에 들어왔다. 누군지 알아봤지만 너무 늦었다. 입을 열어 뭐라고 외치려 했지만, 바로 그 순간 토미 텔포드가 손을 머리에 가져다 대는 게 보였다. 귀에 거슬리는 소리가 들렸다.

리버스는 거리를 건너 달려갔다. 보행자를 잡아 돌렸다. 네드 팔로우였다. 팔로우의 손에서 병이 떨어졌다. 텔포드의 부하들이 다가왔다. 리버스는 팔로우를 꽉 잡았다.

"이 사람을 체포한다." 리버스가 말했다. "이자는 내 거야, 알겠나?"

10여 명이 리버스를 쳐다보았다. 그리고 토미 텔포드는 무릎을 꿇고 있었다.

"너희 두목이나 병원에 데려가." 리버스가 말했다. "이자는 내가 세인트 레너즈로 데려갈 테니."

네드 팔로우는 유치장 한쪽 구석에 앉아 있었다. 벽은 파란색이었고, 화장실 환기구 근처는 갈색으로 지저분했다. 팔로우는 스스로에게 만족한 것 같았다.

"염산?" 유치장을 서성거리면서 리버스가 말했다. "조사 좀 하더니 겁을 상실했군."

"그놈은 당해도 싸요."

리버스는 팔로우를 쳐다보았다. "자네가 무슨 짓을 했는지 모르는군."

"확실하게 알아요."

"텔포드가 자네를 죽일 거야."

팔로우는 어깨를 으쓱했다. "저 체포된 건가요?"

"내 말 들어. 이쪽에 얼씬거리지 마. 내가 거기 없었다면……" 하지만 리버스는 그 일을 생각하고 싶지 않았다. 그는 팔로우를 쳐다보았다. 새미의 연인이었다. 방금 텔포드에게 전면 공격을 감행했다. 하지만 리버스는 그런 종류의 공격은 성공하지 못한다는 걸 알고 있었다.

이제 리버스는 배로 노력해야 한다. 그렇지 않으면 네드 팔로우는 죽은 몸이다. 그리고 새미가 깨어났을 때 그런 뉴스가 기다리게 하고 싶지 않았다.

차를 몰고 플린트 스트리트로 향했다. 좀 떨어진 곳에 주차한 다음 걸어서 갔다. 텔포드는 그 아파트를 손아귀에 넣고 있었다. 옛 주민들에게 임대해준 것은 자선이었겠지만, 자신의 의도에 딱 맞게 만들었다. 같은 상황이라면 캐퍼티는 비상 버튼을 생각할 정도로 영악했을까 하는 의문이 들었다. 아마 그렇지 않았을 것이다. 캐퍼티는 미련하지는 않았지만, 대부분의 경우 본능에 따라 일을 처리했다. 리버스는 텔포드가 평생 경솔한 행동을 단 한 번도 하지 않았을 것이라고 생각했다.

플린트 스트리트를 은밀히 감시했다. 내부에 잠입해야 했다. 텔포드를 둘러싼 사슬의 약한 부분을 찾아야 했다. 바람 속에서 10분쯤 떨다가 좋은 수가 생각났다. 휴대폰으로 택시 회사에 전화했다. 신분을 밝힌 다음, 헨리 윌슨이 근무 중인지 물었다. 윌슨은 근무 중이었다. 리버스는 헨리를 보내 달라고 교환에게 부탁했다. 간단했다.

10분 후에 윌슨이 나타났다. 윌슨은 가끔 옥스퍼드 바에서 술을 마셨다. 그게 진짜 문제였다. 술에 취한 채 택시를 몰았다. 다행히 리버스가 무마시켜 주었고, 윌슨은 리버스에게 평생 갚아도 모자랄 신세를 졌다. 윌슨은 키가 크고 체격이 우람했다. 머리카락은 짧았고 긴 검은색 턱수염을 길렀다. 얼굴이 벌겠고, 항상 체크무늬 셔츠를 입었다. 리버스는 윌슨을 보면

'벌목꾼'이 생각났다.

"어디 태워다 줘?" 리버스가 조수석에 타자 월슨이 말했다.

"우선 히터부터 틀어." 월슨은 그렇게 했다. "그다음엔 자네 택시를 위장용으로 사용해야 해."

"여기 있으라고?"

"바로 그거야."

"미터기 꺾고?"

"자네 차 엔진에 문제가 생겼어, 헨리. 오후 내내 운행 불가야."

"크리스마스에 쓸 돈 모으고 있는데." 월슨이 불평했다. 리버스가 노려보았다. 월슨은 한숨을 쉬고는 운전석 옆에서 신문을 꺼냈다. "우승마 찍는 거 좀 도와줘." 경마 페이지를 펼치며 그가 말했다.

둘은 플린트 스트리트 끝에서 한 시간 넘게 앉아 있었다. 리버스는 조수석에 앉았다. 뒷좌석에 승객을 태운 채 주차하고 있는 택시는 수상쩍게 보이리라는 생각 때문이었다. 앞좌석에 두 사람이 탄 채 주차된 택시를 보면 비번이거나 근무 교대 중이라고(택시 기사 두 명이 차를 마시며 잡담을 하고 있다고) 생각할 것이다.

리버스는 플라스틱 컵에 든 걸 한 모금 마시고 움찔했다. 컵에 설탕을 반 봉지는 탄 것 같았다.

"단 것 중독이라서." 월슨이 설명했다. 무릎 위에는 양파향이 나는 감자칩 한 봉지를 열어놓았다.

마침내 리버스는 레인지로버 두 대가 플린트 스트리트로 들어오는 것을 보았다. 텔포드의 재정 담당인 션 해도우가 앞 차에 타고 있었다. 해도우는 차에서 나와 게임 센터로 들어갔다. 조수석에 큰 노란색 테디베어가 보였다. 해도우는 텔포드를 데리고 다시 나왔다. 텔포드는 벌써 병원에서 나왔다. 손에는 붕대를 감았고, 얼굴에는 면도하다 벤 것처럼 거즈를 붙였다. 하지만 염산 공격 같은 사소한 일로 사업을 방해받을 생각은 없어 보였다. 해도우가 뒷문을 잡아 주었고, 텔포드가 탔다.

"우리 차례야, 헨리." 리버스가 말했다. "자네는 저 레인지로버 두 대를 미행해. 최대한 멀리 떨어져 있고. 저 차는 높이가 있어서 버스가 아닌 한 뭐든 볼 수 있어."

레인지로버 두 대는 플린트 스트리트를 빠져나갔다. 두 번째 차는 텔포드의 '병사들' 셋을 태우고 있었다. 리버스는 프리티 보이를 알아보았다. 다른 둘은 그보다 젊은 신입이었다. 단정한 머리에 옷을 잘 차려입었다. 겉보기에는 완벽한 사업가였다.

수송대는 도심으로 향하더니 호텔 밖에 멈췄다. 텔포드는 부하들과 몇 마디 나눴지만 호텔에는 혼자 들어갔다. 차들은 그 자리에 서 있었다.

"들어갈 거야?" 윌슨이 물었다.

"눈에 띌 것 같아." 리버스가 말했다. 두 레인지로버의 운전자들은 나와서 담배를 피우면서 호텔을 출입하는 사람들에게서 시선을 떼지 않았다. 택시에 타려는 사람이 한둘 있었지만 윌슨은 고개를 저었다.

"여기서 한몫 벌 수 있었는데." 윌슨이 투덜거렸다. 리버스는 폴로 사탕을 권했다. 윌슨은 콧방귀를 뀌며 받았다.

"그래야지." 리버스가 말했다. 윌슨은 호텔 쪽을 돌아보았다. 주차 관리인이 해도우와 프리티 보이에게 뭐라고 얘기하고 있었다. 관리인은 수첩을 꺼냈다. 해도우와 프리티 보이는 손목시계를 톡톡 치며 변명하고 있었다. 경계석 옆에 노란색 쌍선이 그어져 있었다. 주차 금지 구역이었다.

해도우와 프리티 보이는 알았다는 듯 두 손을 들고 빠르게 몇 마디 한 뒤 레인지로버로 돌아갔다. 프리티 보이가 한 손을 빙빙 돌려 부하들에게 이 블록을 돈다고 알려주었다. 관리인은 차가 떠날 때까지 서 있었다. 해도우는 휴대폰으로 전화하고 있었다. 텔포드에게 상황을 알려주는 게 분명했다.

재미있군. 주차 관리인을 위협하거나 뇌물을 먹이려고 하지 않았다. 법을 준수하는 시민 행세를 했다. 분명 텔포드의 원칙일 것이다. 캐퍼티의 부하들이라면 저렇게 순순히 물러나지 않았을 것이라는 생각이 다시 들었다.

"이제 들어갈 거야?" 월슨이 물었다.

"별 소용없어, 헨리. 텔포드는 벌써 침실에 들어갔거나 다른 사람 객실에 있겠지. 사업차 왔다면 공개된 장소에는 없을 거야."

"그래서 저게 토미 텔포드란 말이지?"

"들어봤어?"

"난 택시 기사야. 온갖 얘기를 듣지. 그가 빅 제르 캐퍼티의 택시 회사를 노리고 있어." 월슨이 잠시 말을 멈췄다. "알겠지만 빅 제르가 택시 회사를 소유하고 있는 건 아니야."

"텔포드가 캐퍼티의 회사를 어떻게 빼앗으려는지 아는 거 있어?"

"기사들을 겁줘서 그만두게 하거나 자기편으로 끌어들이겠지."

"자네 회사는 어때?"

"정직하고, 법도 잘 지키고, 괜찮아, 리버스 씨."

"텔포드가 접근하진 않고?"

"아직은."

"저기 다시 온다." 레인지로버 두 대가 다시 그리로 돌아오는 모습이 보였다. 관리인은 보이지 않았다. 잠시 후 텔포드가 나왔다. 머리카락이 삐죽삐죽하고 번쩍이는 연한 청록색 양복을 입은 일본인과 함께였다. 일본인은 서류가방을 들고 있었지만 사업가 같지는 않았다. 늦은 오후의 황혼녘인데 선글라스를 끼고 있었기 때문일지도 몰랐다. 처진 입가에 꼬나문 담배 때문일 수도 있다. 두 남자는 앞 차의 뒷좌석에 탔다. 일본인은 앞으로 몸을 기대 테디베어의 귀를 구기더니 농담을 했다. 텔포드는 재미있어하는 것 같지 않았다.

"따라갈 거야?" 윌슨이 물었다. 리버스의 표정을 보더니 시동을 걸었다.

시내를 나가 서쪽으로 향했다. 리버스는 최종 목적지가 어딘지 눈치채고 있었다. 하지만 어떤 경로로 가는지 알고 싶었다. 리버스가 캔디스와 함께 갔던 경로와 거의 같았다. 캔디스는 주니퍼 그린밖에 기억하지 못했지만, 이정표가 많은 것 같지는 않았다. 슬레이트포드 로드에서 뒤 차가 선다는 신호를 보냈다.

"어쩌지?" 윌슨이 물었다.

"계속 가. 처음 신호에서 좌회전한 다음에 차를 돌려. 저 차들이 지나갈 때까지 기다려."

해도우는 신문 판매점으로 갔다. 캔디스의 얘기와 같았다. 사업상 가는 길에 텔포드가 차를 세우게 했다는 게 이상했다. 그리고 캔디스의 말에 따르면 텔포드가 흥미를 보였다는 그 건물은? 그 건물이 있었다. 별 특징 없는 벽돌 건물이었다. 창고? 리버스는 왜 토미 텔포드가 창고에 흥미를 보이는지 이유를 알 것 같았다. 해도우는 판매점에 3분간 머물렀다. 리버스는 시간을 쟀다. 아무도 나오지 않았다. 그러니 줄을 설 필요는 없었을 것이다. 해도우가 차로 돌아오자, 수송대는 다시 출발했다. 주니퍼 그린으로, 그다음에는 포인팅헤임 컨트리클럽으로 향했다. 추적이 어려워졌다. 시내에서 멀리 나갈수록 택시는 수상쩍게 보인다. 리버스는 헨리에게 차를 돌리라고 했다. 그리고 옥스퍼드 바에 내려달라고 했다. 리버스가 가려고 할 때 윌슨이 차창을 내렸다.

"이제 신세 다 갚은 거지?" 윌슨이 외쳤다.

"다음번까지는, 헨리." 리버스는 펍의 문을 열고 들어갔다.

리버스는 TV 낮 방송과 바텐더 마거릿을 벗 삼아, 커피 한 잔과 콘비프, 그리고 비트 롤빵을 주문했다. 마거릿은 메인 코스로 브라이디*를 추천했다.

"탁월한 선택이야." 리버스는 동의했다. 그는 일본인 사업가를 생각하고 있었다. 전혀 사업가 같지 않았다. 깎은 듯 날카로운 얼굴이었다. 리버스는 옥스퍼드 바를 나와 호텔로 돌아가면서 길 건너편의 비싼 바들을 주시했다. 휴대폰으로 전화하면서 시간을 보냈다. 배터리가 바닥날 때까지 호건, 빌 프라이드, 쇼반 클락, 로나, 페이션스에게 전화했다. 그리고 토피첸 경찰서에 전화해서 슬레이트포드 로드에 있던 건물에 대해 아는 사람이 있는지 알아보려고 했다. 음료수 천천히 마시기에 관한 '개인 기록'을 깼다. 콜라 두 잔만 마셨다. 바에는 사람이 별로 없어서 아무도 개의치 않는 것 같았다. 음악은 반복되었다. 레인지로버가 호텔 밖에 섰을 때는 〈사이코 킬러Psycho Killer〉가 세 번째 나오고 있었다. 텔포드와 일본인이 악수를 하고 살짝 고개를 숙였다. 텔포드와 부하들은 떠났다.

리버스는 바를 나와 거리를 건너 호텔로 들어갔다. 일본인을 태운 엘리베이터 문이 닫히고 있었다. 리버스는 프런트로 가서 신분증을 제시했다.

---

* bridie: 고기를 넣은 작은 파이.

"방금 들어온 손님 이름을 알아야겠습니다."

프런트 직원이 확인했다. "마츠모토 씨입니다."

"이름은요?"

"타케시입니다."

"언제 도착했습니까?"

직원은 명부를 다시 확인했다. "어제요."

"얼마나 더 투숙할 예정이죠?"

"사흘 더요. 저기, 제 상사한테 연락해야……"

리버스는 고개를 저었다. "그것만 알면 됩니다. 고마워요. 라운지에 좀 앉아 있어도 될까요?"

직원은 고개를 끄덕였다. 그래서 리버스는 투숙객 라운지로 들어갔다. 유리로 된 이중문을 통해 프런트 쪽이 완벽하게 보이는 소파에 앉아서 신문을 집어 들었다. 마츠모토는 포인팅헤임 사업 때문에 시내에 왔다. 하지만 리버스는 뭔가 수상쩍은 조짐을 느꼈다. 휴 맬러하이드 말로는 클럽을 매수하려는 회사가 있었다. 하지만 마츠모토는 합법적인 사업에 종사하는 것처럼 보이지 않았다. 마침내 마츠모토가 프런트 쪽으로 나왔다. 흰색 양복, 검은색 오픈넥 티셔츠, 버버리 트렌치코트로 갈아입고 모직 타탄무늬 스카프를 걸쳤다. 담배를 물고 있었지만 호텔을 나갈 때까지는 불을 붙이지 않았다. 그는 코트 깃을 세우고 걷기 시작했다. 리버스는 최대한 멀찍이 거리를 두고 미행하면서 마츠모토를 따라오는 사람이 없는지 계속 확인했다. 어쨌든 그럴 가능성은 있었다. 텔포드가 마츠모토에게 꼬리를 붙일 수도 있었다. 하지만 감시가 있다고 해도 예외적일 것이다. 마츠모토는 관광객을 가장하지도, 꾸물거리지도 않았다. 바람을 피하려고 고개를 숙였고, 생각해둔 목적지가 있는 것 같았다.

마츠모토가 어떤 건물 속으로 사라지자, 리버스는 멈춰 서서 유리문과 그 뒤의 붉은 카펫이 깔린 계단을 살펴보았다. 여기가 어딘지 알고 있었다. 안내판도 필요 없었다. 모베나 카지노였다. 소유주는 토퍼 해밀턴이라는 악당이었고 맨델슨이라는 자가 관리하고 있었다. 하지만 해밀턴은 은퇴했고 맨델슨은 자취를 감췄다. 새 주인이 누군지는 아직 알려지지 않았다. 하지만 이제는 알 것 같았다. 리버스는 토미 텔포드와 일본인 친구들을 용의선상에 놓은 게 크게 틀리지 않았다고 생각했다. 주차된 차를 확인하면서 주위를 둘러보았다. 레인지로버는 없었다.

"빌어먹을." 리버스는 혼잣말을 하면서 문을 열고 계단을 오르기 시작했다.

위층 입구에서 경비원 두 사람이 날카로운 눈으로 쳐다보았다. 경비원들은 검은색 양복과 넥타이, 흰색 셔츠가 어색해 보였다. 하나는 말랐고(잽싸고 민첩할 것이다) 다른 하나는 진짜 헤비급(마른 친구를 지원해줄 것이다)이었다. 리버스는 무사히 통과해서 칩을 20파운드어치 환전하고 게임실로 들어갔다.

한때 이곳은 조지아 양식 저택의 거실이었을 것이다. 두 개의 거대한 돌출창과, 6m 높이의 크림색 벽을 파스텔 핑크 천장에 연결하는 화려한 처마돌림띠가 있었다. 이제 이곳은 블랙잭, 다이스, 룰렛 같은 게임 테이블로 가득했다. 소음은 거의 없었다. 도박꾼들은 진지하게 자기 일에 몰두했다. 붐빈다고 할 정도는 아니었지만, 이곳의 고객들은 진정한 국제연합을 이루고 있다고 할 수 있었다. 마츠모토는 코트를 보관실에 맡기고 룰렛 테이블에 앉았다. 리버스는 블랙잭 테이블의 두 남자 옆에 앉고는 고개를 끄덕여 인사했다. 젊지만 자신감 넘치는 딜러가 미소를 지었다. 리버스는 첫째 판에서 이겼다. 둘째 판과 셋째 판에서는 졌다. 넷째 판에서는 다시 이겼다. 오른쪽 바로 뒤에서 목소리가 들렸다.

"마실 것 좀 드릴까요?"

호스티스가 깊게 파인 가슴골을 보이며 몸을 숙여 말했다.

"콜라요." 리버스가 말했다. "얼음과 레몬 타서요." 그는 호스티스가 멀어지는 모습을 보는 척했지만 사실 방을 살펴보고 있었다. 그런 뒤 게임 테이블에 빨리 앉았다. 방을 돌아다니면 사람들의 이목을 끌고, 아는 사람이 있을지도 몰랐기 때문이다.

걱정할 필요 없었다. 유일하게 아는 사람은 마츠모토뿐이었는데, 딜러가 칩을 밀어줄 때마다 손을 문지르고 있었다. 리버스는 18에서 멈췄다. 딜러는 20이었다. 리버스는 도박에 소질이 전혀 없었다. 축구 도박도 해봤고, 가끔 경마도 했고, 요즘은 가끔 로또를 산다. 하지만 슬롯머신이나, 사무실 내 포커 모임에는 관심이 없었다. 돈 잃을 방법은 그것 말고도 많았다.

마츠모토는 잃었고, 욕 비슷한 말을 했다. 방에서 보통 들리던 욕지거리보다 소리가 좀 컸다. 마른 경비원이 문 주위를 쳐다봤지만 마츠모토는 무시했다. 그리고 말라깽이는 누가 소리를 냈는지 알아보고는 재빨리 물러섰다. 마츠모토는 웃었다. 영어는 잘 못 할지 몰라도 자신이 이 장소에서는 권력을 쥐고 있다는 걸 알고 있었다. 모든 사람에게 일본어로 뭔가를 주절거리고, 고개를 끄덕이고, 눈을 맞추려고 했다. 호스티스가 큰 위스키 잔과 얼음을 가져왔다. 마츠모토는 팁으로 칩 몇 개를 줬다. 딜러가 사람들에게 돈을 걸라고 말했다. 마츠모토는 입을 다물고 다시 도박을 시작했다.

리버스의 음료가 뒤늦게 왔다. 콜라는 도박사들이 잘 안 찾는 메뉴다. 리버스는 몇 판 따고 기분이 좋아졌다. 그는 일어나서 잔을 받았다. 테이블에서는 그가 다음 판은 빠진다는 것을 알았다.

"어디서 왔어요?" 호스티스에게 물었다. "악센트가 낯선데."

"우크라이나요."

"영어 잘하네요."

"감사합니다." 호스티스는 가버렸다. 도박장에서 대화는 금지였다. 손님의 주의를 돌리기 때문이다. 우크라이나. 리버스는 그녀가 타라비츠의 또 다른 수입품이 아닌지 의구심이 들었다. 캔디스처럼. 몇 가지가 확실히 보였다. 마츠모토는 여기가 편안했다. 친숙한 곳이기 때문이다. 직원들은 마츠모토를 두려워한다. 텔포드가 뒷배를 봐주고 있어서 힘이 있기 때문이다. 텔포드는 마츠모토에게 잘 대해주려고 한다. 리버스의 수사와는 큰 관련이 없지만, 뭔가가 있다.

그때 누가 들어왔다. 리버스가 아는 사람이었다. 콜쿠혼 박사였다. 박사는 리버스를 곧바로 알아보았고 얼굴이 두려움에 질렸다. 콜쿠혼은 대학에 병가를 내고 휴가를 떠났다. 연락할 주소도 알리지 않았다. 콜쿠혼은 리버스가 캔디스를 드리니치에게 데려간다는 사실을 알고 있었다.

리버스는 콜쿠혼이 문 쪽으로 돌아가는 것을 보았다. 콜쿠혼은 돌아서서 가버렸다.

콜쿠혼을 쫓아갈까? 아니면 마츠모토와 함께 있을까? 지금 자신에게 무엇이 더 중요할까? 캔디스일까? 텔포드일까? 리버스는 머물렀다. 하지만 이제 콜쿠혼이 시내에 돌아왔으니 쫓아갈 생각이었다.

확실하게.

한 시간 15분쯤 게임을 한 후, 리버스는 칩을 더 바꿀까 생각했다. 한 시간 정도밖에 지나지 않았는데 20파운드가 날아갔고, 머릿속은 캔디스 생각으로 복잡했다. 잠시 쉬고 슬롯머신 쪽으로 갔지만 조명과 버튼 때문에 정신이 없었다. 그림 세 개를 맞추려다가 시간이 지났다. 2파운드가 또 날아갔다. 이번에는 불과 몇 분만이었다. 클럽과 펍이 슬롯머신을 원할 거라는 생각이 들었다. 토미 텔포드는 제대로 사업 방향을 잡았다. 호스티스가 다시 와서 음료가 더 필요한지 물었다.

"괜찮아요." 리버스가 말했다. "오늘 밤은 사람이 많지 않네요."

"이른 시간이니까요." 호스티스가 말했다. "자정까지 기다리면……"

그렇게까지 오래 머물 생각은 없었다. 하지만 마츠모토는 놀랍게도 게임에서 손을 떼고는 또다시 일본어를 주절거리고, 고개를 끄덕이고 웃으면서 칩을 모은 다음, 자리를 떴다. 그는 칩을 환전하고 카지노를 나갔다. 리버스는 30초 기다린 다음 따라갔다. 경비들에게 유쾌하게 작별인사를 했다. 계단을 내려가는 내내 그들의 시선이 느껴졌다.

마츠모토는 코트 단추를 채우고, 스카프를 목에 단단히 감았다. 그런 뒤 호텔 방향으로 향했다. 리버스는 갑자기 엄청난 피로를 느끼고 추적을 중단했다. 새미와 린츠, 위즐을 생각했다. 낭비처럼 보였던 모든 시간을 생각했다.

"빌어먹을 병정놀이."

리버스는 발길을 돌려서 차로 갔다.

플린트 스트리트까지는 20분 걸렸다. 대부분 오르막이었고, 반갑지 않은 바람이 불었다. 도시는 조용했다. 사람들은 버스정류장에 모여 있었고, 학생들은 구운 감자나 카레 소스 뿌린 감자칩을 먹고 있었다. 고주망태가 된 사람 몇이 줄지어 집으로 향하고 있었다. 사브를 둔 곳이 여기였다. 확실했다. 아니, '확실(positive)'에는 '양성'이라는 불길한 뜻도 있으니까 쓰지 말자. 분명하다. 맞다. 사브를 바로 여기 뒀다. 지금 검은색 포드 시에라가, 그리고 그 뒤에는 BMW 미니가 주차되어 있는 바로 이곳. 하지만 리버스의 차는 어디에도 없었다.

"제기랄!" 리버스는 폭발했다. 길옆에 유리 조각은 없었다. 누가 벽돌로 창을 깬 것은 아니라는 얘기다. 차를 찾든 못 찾든 사무실에서는 웃음거리가 되겠지. 택시가 다가와서 세우려다 현금이 한 푼도 없다는 것을 깨닫고 보냈다.

아든 스트리트에 있는 아파트까지는 멀지 않았다. 하지만 자신이 낙타라면 밀짚을 깡그리 먹어 치우고 싶을 정도로 배가 고팠다.

20

리버스는 거실 창가 의자에서 이불을 목까지 끌어올리고 자고 있었다. 그때 버저가 울렸다. 알람을 설정해 놓은 기억이 없었다. 의식이 돌아오면서 초인종이라는 생각이 들었다. 발을 질질 끌고 가 바지를 찾아 입었다.

"나가요!" 리버스는 소리치며 현관으로 향했다. "나간다고요!"

문을 열었다. 빌 프라이드가 있었다.

"맙소사, 빌. 무슨 악감정이야?" 리버스는 시계를 보았다. 새벽 2시 15분이었다.

"아니야, 존." 프라이드가 말했다. 얼굴과 목소리가 나쁜 일이 생겼다고 리버스에게 말하고 있었다.

아주 나쁜 일이.

"몇 주 동안 술은 입에도 안 댔어요."

"확실해?"

"확실해요." 리버스의 눈은 질 템플러 경감의 눈을 쏘아보고 있었다. 둘은 세인트 레너즈의 템플러 경감 사무실에 있었다. 프라이드도 있었다. 재킷은 벗었고 소매는 걷어 올렸다. 질 템플러는 자다가 깨서 멍해 보였다. 리버스는 앉아 있을 수가 없어서 일어나 서성거렸다.

"종일 마신 건 커피와 콜라뿐이에요."

"정말?"

리버스는 머리를 헝클어뜨렸다. 휘청거리는 느낌이었고 머리가 지끈거렸다. 하지만 파라세타몰과 물을 청하지 않았다. 숙취로 오해받을 수 있다.

"말해봐요, 질." 리버스가 말했다. "내가 여기 끌려왔잖아요."

"누가 감시를 승인했죠?"

"아무도 안 했어요. 내 개인 시간에 했어요."

"어떻게 그게 가능했죠?"

"총경님이 휴가 내도 된다고 했어요."

"딸 문병하라고 그렇게 하셨죠." 질이 말을 잠깐 멈췄다. "그래서 이렇게 한 건가요?"

"아마도요."

"피해자……" 질이 수첩을 확인했다. "마츠모토 씨는 토머스 텔포드와 연결되어 있어요. 당신 딸을 공격한 배후에 텔포드가 있다는 추측인가요?"

리버스는 주먹으로 벽을 쳤다. "이건 계략이에요. 책에 나와 있는 오래된 수법이죠. 완벽하게 들어맞아요. 현장에는 뭔가 있어요. 이상한 게." 리버스는 프라이드 쪽으로 몸을 돌렸다. "거기 데려가서 둘러보게 해줘."

템플러는 빌 프라이드를 쳐다보았다. 프라이드는 팔짱을 끼고 어깨를 으쓱해 동의했다. 하지만 이것은 질 템플러의 권한이었다. 이 사무실에서 제일 상급자였기 때문이다. 템플러는 펜으로 이를 톡톡 두드리고는 책상위에 놓았다.

"혈액검사 받을 거죠?"

리버스는 침을 삼켰다. "그럼요." 결국 말했다.

"그럼 그렇게 하죠." 일어서며 그녀가 말했다.

사건은 이랬다. 마츠모토는 호텔로 돌아가는 중에 길을 건너다 과속 차량에 치였다. 운전자는 바로 정지하지 않았다. 하지만 겨우 200m 정도 더 가서 앞바퀴를 보도에 올려놓았다. 차는 운전석 문이 열린 채 방치되었다.

사브 900이었다. 로디언 앤 보더스 경찰서의 절반은 누구 차인지 알고 있는.

내부에는 위스키 냄새가 물씬했다. 조수석 위에 병뚜껑이 있었다. 병도, 운전자도 보이지 않았다. 차뿐이었다. 그리고 180m 뒤에는 길가에서 차갑게 식어가는 일본인 사업가의 시체가 있었다.

목격자는 없었다. 무슨 소리를 들은 사람도 없었다. 리버스는 이해할 수 있었다. 도심의 붐비는 도로가 아니었다. 그 시간대에는 쥐죽은 듯 조용했다.

"내가 호텔에서 따라갔을 때는 이 길로 가지 않았어요." 리버스는 템플러에게 말했다. 템플러는 어깨를 웅크린 채 손을 코트 주머니에 집어넣고 추위를 견디고 있었다.

"그래서요?"

"지름길이라기에는 너무 돌아왔어요."

"경치를 보고 싶었나 보지." 프라이드가 의견을 냈다.

"그 시간에 뭐 볼 게 있다고?" 리버스가 물었다.

템플러는 머뭇거렸다. "착각할 여지는 있어요."

"이봐요, 질. 곤란하다는 거 알아요. 날 여기 데려오면 안 되죠. 내 질문에 대답해서도 안 되고요. 어쨌든 나는 가장 유력한 용의자니까요." 리버스는 질이 얼마나 잃을 게 많은지 알고 있었다. 스코틀랜드 경찰에 남자 경감은 200명이 넘는 데 반해 여자는 단 5명이었다. 심각한 불균형이었고, 질이 실패하기만을 목 빠지게 기다리는 사람은 수없이 많았다. 리버스는 손을 들었다. "내가 엉망으로 취해서 사람을 쳤다면, 차를 현장에 두고 갔겠어요?"

"사람을 쳤는지도 몰랐을 수 있죠. 탁 하는 소리를 듣고 차를 제어하지 못해 경계석을 타고 올라간 거죠. 생존 본능으로 차에서 나와 걸었고요."

"술 안 마셨어요. 플린트 스트리트 근처에 차를 놔뒀어요. 거기서 놈들이 차를 가져갔죠. 차에 침입한 흔적은 있나요?"

템플러는 아무 말도 하지 않았다.

"없겠죠." 리버스가 말을 이었다. "프로는 흔적을 남기지 않으니까요. 하지만 시동을 걸려면 배선을 연결하거나 스티어링 칼럼*을 움직여야 하죠. 그것부터 찾아봐야 해요."

차는 견인되어 갔다. 날이 밝자마자 과학수사팀이 샅샅이 조사할 것이다.

리버스는 고개를 절레절레 흔들며 웃었다. "대단하군요. 놈들이 처음에는 새미를 뺑소니 사고인 것처럼 위장하더니 이번에는 나를 같은 혐의로 엮으려고 하는군요."

"'놈들'이 누구죠?"

"텔포드와 부하들이요."

"텔포드가 마츠모토와 사업을 한다면서요?"

"놈들은 전부 조폭이에요, 질. 조폭들은 사이가 틀어지죠."

---

* steering column: 핸들의 조작력을 조향 기어에 전달하는 축.

"캐퍼티는요?"

리버스는 얼굴을 찌푸렸다. "캐퍼티가 왜요?"

"캐퍼티는 당신에게 오랜 원한을 갖고 있어요. 이런 식으로 캐퍼티가 당신을 엮고 텔포드의 화를 돋우는 거죠."

"그럼 내가 누명을 썼다고 생각하나요?"

"무죄추정의 원칙을 적용하는 거예요." 질은 잠시 말을 멈췄다. "모든 사람에게 그렇게 해주지는 않지만요. 마츠모토는 텔포드하고 무슨 사업을 하고 있죠?"

"컨트리클럽과 관계있어요. 적어도 표면상으로는요. 일본인 몇 명이 사려고 하고, 텔포드가 방해물을 처리하죠." 리버스는 몸을 떨었다. 재킷 위에 코트를 걸쳤어야 했다. 알코올 농도 검사를 위해 혈액을 채취해간 자리를 문질렀다. "사망자의 호텔 객실을 뒤져보면 뭔가 나올 수도 있어요."

"이미 했어." 프라이드가 말했다. "특이한 건 없었어."

"어떤 게으름뱅이를 보냈나?"

"내가 직접 했어요." 질 템플러가 말했다. 찬바람이 쌩쌩 도는 목소리였다. 리버스는 사과의 표시로 고개를 숙였다. 하지만 질의 말에는 일리가 있었다. 마츠모토와 텔포드는 사업을 했다. 둘이 헤어지는 모습에는 결렬을 암시하는 게 없었다. 그리고 마츠모토는 카지노에서 즐거워했고 자신감이 넘쳤다. 마츠모토를 죽여서 텔포드가 얻는 게 뭘까?

리버스가 귀찮게 하지 못하는 것 말고는.

템플러는 캐퍼티를 언급했다. 빅 제르가 그런 행동에 나설 수 있을까? 뭘 얻으려고? 리버스에 대한 오랜 원한을 해결하려고? 텔포드를 골치 아프게 하려고? 포인팅헤임 컨트리클럽을 손에 넣고 일본인들과 직접 거래하려고?

리버스는 텔포드와 캐퍼티 사이를 견주어보았다. 캐퍼티 쪽이 기울어지면서 바닥을 칠 상황이다.

"경찰서로 돌아가요." 템플러가 말했다. "동상 걸릴 것 같아요."

"집에 가도 되나요?"

"당신 일은 아직 안 끝났어요, 존." 차에 타며 질이 말했다. "전혀."

하지만 그녀는 결국 리버스를 가게 해줬다. 아직까지는 기소하지 않았다. 하지만 원하기만 하면 재판에 넘길 수 있다는 것을 알 수 있었다. 아주 잘 알았다. 리버스는 마츠모토를 클럽에서부터 따라갔다. 텔포드에게 오랜 원한을 품고 있다. 사업 파트너 하나를 차로 쳐 죽임으로써 텔포드에게 인과응보의 메시지를 보낼 수 있는 사람이다.

존 리버스는 확실한 용의자였다. 근거는 확실하고 방법은 명쾌하다. 저울이 다시 텔포드 쪽으로 기울어졌다. 캐퍼티보다 훨씬 더 절묘하다.

텔포드다.

리버스는 팔로우가 있는 유치장을 찾아갔다. 팔로우는 자고 있지 않았다.

"여기 얼마나 있어야 하나요?" 그가 물었다.

"가능한 한 오래."

"텔포드는 어때요?"

"가벼운 화상이야. 자네를 고소하지는 않을 거야. 밖에서 손보려고 하겠지."

"그럼 날 내보내 주셔야죠."

"꿈도 꾸지 말게, 네드. 우리가 기소할 수 있어. 텔포드가 고소하지 않아도."

팔로우는 리버스를 쳐다보았다. "절 기소하실 건가요?"

"전체 그림을 보고 있어. 무고한 사람에 대한 부당한 폭행."

팔로우는 코웃음 치더니 미소를 지었다. "아이러니하네요. 저 자신을 위해 기소한다니." 그러고는 말을 멈췄다. "새미도 볼 수 없겠죠?"

리버스는 고개를 저었다.

"그 생각은 안 했어요. 사실 생각 자체를 안 했어요." 팔로우가 유치장 끝에서 올려다보았다. "그냥 저질렀어요. 그리고 저지른 순간까지는 느낌이 좋았어요."

"그러고 나서는?"

팔로우는 어깨를 으쓱했다. "나중이 뭐 중요한가요? 그냥 남은 인생 사는 거죠."

리버스는 집에 가지 않았다. 잠들지 못하리라는 걸 알았기 때문이다. 차가 없었기 때문에 드라이브도 갈 수 없었다. 대신 병원에 가서 새미의 병상 옆에 앉았다. 새미의 손을 잡아 자신의 얼굴에 댔다.

간호사가 와서 필요한 게 없는지 물었다. 리버스는 파라세타몰이 있냐고 물었다.

"병원인데 없을까봐요?" 간호사는 미소를 지으며 말했다. "알아볼게요."

21

리버스는 아침 10시에 세인트 레너즈에서 추가 조사를 받아야 했다. 그래서 8시 15분에 호출기가 울렸을 때, 그 약속을 상기시키려는 연락이라고 생각했다. 하지만 호출기에 찍힌 전화번호는 카우게이트에 있는 시체 공시소였다. 리버스는 병원 공중전화로 전화했다. 커트 박사에게 연결되었다.

"내가 재수 없게 걸린 것 같군." 커트 박사가 말했다.

"마츠모토 사건 시작했나요?"

"내 업보지. 얘기는 들었네. 이게 말이나 되는 소린가?"

"제가 죽이지 않았어요."

"그렇다니 다행이군, 존." 커트 박사는 무슨 말인가 하려고 애쓰는 것 같았다. "물론 윤리 문제가 있어서 이리로 와보라고 제안할 수는 없지만……"

"제가 봐야 할 게 있나요?"

"그건 말할 수 없네." 커트 박사는 목청을 가다듬었다. "하지만 자네가 여기 있다면…… 그리고 이곳이 아침 이 시간에는 아주 조용하지."

"바로 갈게요."

병원에서 시체 공시소까지는 걸어서 10분 거리다. 커트 박사가 기다리고 있다가 리버스를 부검실까지 안내했다.

부검실은 흰색 타일과 밝은 조명, 스테인레스가 전부였다. 부검대 두 개가 비어 있었다. 마츠모토의 벌거벗은 시체가 세 번째 부검대 위에 누워 있었다. 리버스는 그 주위를 걸어 다니면서 자신이 본 것에 놀랐다.

문신이었다.

선원들이 팔뚝에 새기는 킬트 입은 파이프 연주자 문신 같은 게 아니었다. 이 문신들은 거대한 예술이었다. 분홍색과 빨간색 불을 내뿜는, 비늘에 뒤덮인 녹색 용이 한쪽 어깨를 덮고 팔뚝으로 내려와 손목까지 이어졌다. 용의 뒷다리는 시체의 목 주변까지 닿았고, 앞다리는 가슴에 있었다. 작은 용들과 풍경도 있었다. 물에 비친 후지산이었다. 일본의 상징, 그리고 호구를 쓴 검도 챔피언이 있었다. 커트 박사는 고무장갑을 끼고, 리버스에게도 끼게 했다. 그런 다음 두 남자는 시체를 뒤집었다. 마츠모토의 등에는 문신이 더 있었다. 노*를 연기하는 것 같은 가면 쓴 배우, 그리고 완전무장한 무사가 있었다. 섬세하게 그려진 꽃도 있었다. 넋을 잃을 정도였다.

"놀랍지?" 커트가 말했다.

"감탄스럽군요."

"학회 발표차 일본에 몇 번 간 적이 있어."

"그럼 이 문신들을 알아보겠네요?"

"기본이 되는 몇 가지는 알지. 문신, 특히 이 정도 크기의 문신이라면 조폭을 의미한다는 게 중요해."

"삼합회처럼요?"

"일본 조폭은 야쿠자라고 해. 여길 보게." 커트는 시체의 왼손을 들어

---

* Noh: 일본 전통 가면극.

올렸다. 새끼손가락 첫 마디가 잘렸고 피부는 거친 껍질로 아물어 있었다.

"일을 실패했을 때 받는 벌이죠?" 리버스가 말했다. '야쿠자'라는 단어가 머릿속을 맴돌았다. "누군가 매번 손가락을 자르고."

"그렇다네." 커트가 말했다. "자네가 알고 싶어 할 것 같아서."

리버스는 고개를 끄덕였다. 눈은 시체에 못 박혀 있었다. "다른 건요?"

"글쎄, 사실, 아직 시작도 안 해서. 아주 표준적인 것처럼 보여. 움직이는 차량에 충돌한 증거가 있어. 흉곽이 으스러졌고 팔다리가 골절됐어." 시체는 한쪽 종아리에서 뼈가 하나 돌출되었다. 피부에 비해 불쾌할 정도로 하얬다. "내부 손상도 많을 거야. 쇼크사였겠지." 커트는 생각에 잠겼다. "게이츠 교수님께 알려야겠어. 비슷한 사례를 보셨을 거야."

"전화 좀 써도 되나요?"

야쿠자에 대해 알 만한 사람이 하나 있었다. 각국의 범죄 조직에 조예가 깊은 사람. 리버스는 뉴캐슬의 미리엄 켄워디에게 전화했다.

"문신과 잘린 손가락이요?" 켄워디가 말했다.

"빙고."

"그럼 야쿠자네요."

"사실은 새끼손가락 끝 마디만 잘렸어. 조직의 규율을 어겼을 때 하는 처벌이지?"

"꼭 그렇지는 않아요. 사죄의 의미로 스스로 자르기도 해요. 그 이상은 잘 모르겠어요." 종이를 넘기는 소리가 들렸다. "수첩을 뒤져보고 있어요."

"어떤 수첩?"

"다른 국가의 조폭들을 연결해보려고 조사를 좀 했어요. 야쿠자에 관한 것도 있을 텐데…… 다시 전화해도 될까요?"

"언제?"

"5분 후에요."

리버스는 커트 박사의 전화번호를 알려주고는 앉아서 기다렸다. 커트 박사의 방은 거대한 벽장이 있어서 사무실 같지 않았다. 책상 위에는 파일이 높게 쌓였고, 그 위에는 딕터폰*이 새 테이프 상자와 함께 놓여 있었다. 방에는 담배 냄새가 났고 환기 상태가 나빴다. 벽에는 회의 일정, 엽서, 액자에 넣은 판화 몇 개가 있었다. 방은 나사 구멍처럼 좁고 꼭 필요한 것만 있었다. 커트 박사는 대부분 다른 곳에서 시간을 보냈다.

리버스는 콜쿠혼의 명함을 꺼내서 집과 사무실에 전화했다. 비서는 콜쿠혼이 아직 병가 중이라고 했다.

그렇겠지. 하지만 카지노에 갈 정도로는 나았다. 텔포드의 카지노. 분명 우연의 일치는 아니다.

켄워디는 시간관념이 철저했다.

"야쿠자." 켄워디가 말했다. 마치 대본을 읽는 것 같았다. "전체 조직원은 9만 명 정도이고, 250여 개의 조직으로 나누어져 있다. 극도로 무자비하지만 동시에 매우 지적이고 교양 있다. 외부인이 들어갈 수 없을 정도로 위계질서가 엄격하다. 비밀 결사와 비슷하다. '소카이야'라고 하는 일종의 중간 관리자 계층까지 있다."

리버스는 전부 받아 적었다. "철자가 어떻게 되지?"

켄워디가 말해주었다. "야쿠자는 일본에서 파친코 매장을 운영하고, 대부분의 불법행위에 손을 뻗고 있어요."

* dictaphone: 구술용 녹음 재생기.

"쫓겨나지 않는 한 그렇지. 일본 밖에서는?"

"고가의 명품을 일본으로 가져가서 암시장에 내놓는다는 것, 도난당한 예술품을 부자들에게 판다는 것까지만 알아냈어요."

"잠깐. 제이크 타라비츠가 러시아에서 이콘화*를 밀수하는 사업을 시작했다고 했지?"

"펑크 아이가 야쿠자와 연결됐다는 말씀이세요?"

"토미 텔포드가 야쿠자들을 안내하고 다녔어. 다들 관심을 가질 만한 창고가 있었지. 컨트리클럽도."

"창고에는 뭐가 있죠?"

"아직은 몰라."

"알아내시겠죠."

"목록에 올려놨어. 그건 그렇고, 이 파친코 매장이라는 건 게임 센터와 비슷한가?"

"거의 그래요."

"텔포드와의 관련성이 또 생겼군. 동부 해안의 펍과 클럽 절반에 게임기를 들여놨어."

"야쿠자가 거래할 만한 상대라고 생각하시나요?"

"모르겠어." 리버스는 하품을 참으려고 했다.

"어려운 질문을 하기에는 너무 이른 시간이죠?"

리버스는 미소를 지었다. "뭐 그렇지. 도와줘서 고맙네, 미리엄."

"천만에요. 계속 알려주세요."

"물론이지. 타라비츠에 관해서는 새 소식 없어?"

---

* 러시아 정교회 성화.

"제가 들은 건 없어요. 캔디스의 흔적도요. 죄송해요."

"다시 한 번 고맙네."

"안녕히 계세요."

커트 박사가 입구에 서 있었다. 가운과 장갑을 벗었고, 손에서는 비누 냄새가 났다.

"조수들이 오기 전까지는 내가 할 수 있는 게 별로 없어." 커트는 시계를 봤다. "아침 먹을까?"

"이 문제가 어떻게 보일지 생각해야 해, 존. 언론이 몰려들 거야. 자네만 노리고 있는 기자들도 몇 명 생각나는군."

왓슨 총경은 자기 사무실에 있었다. 두 손을 모으고 책상 뒤에 앉았다. 그는 돌부처처럼 침착했다. 존 리버스와 관련해 가끔 위기를 겪으면서 농부는 강해졌다. 인생의 웬만한 시련에는 끄덕하지도 않고 차분하게 받아들였다.

"정직 처분을 내리시겠군요." 리버스는 확신을 갖고 말했다. 전에도 있던 일이었다. 왓슨이 준 커피는 다 마셨지만, 손은 아직 잔을 감싸고 있었다. "그러고는 수사 상황을 공개하시겠죠."

"바로 하지는 않을 생각이야." 왓슨이 이렇게 말해서 리버스는 놀랐다. "내가 무엇보다 원하는 건 자네의 최근 행동, 마츠모토와 토머스 텔포드에 보인 관심에 대한 자네 진술이야. 완전하고 정직한 설명. 딸의 사고에 대해 자네가 원하는 것, 자네가 갖는 의심, 그리고 이 모든 의심의 근거. 텔포드의 변호사가 이미 이 일본인의 급작스러운 죽음에 관해 난처한 질문을 던지고 있네. 이름이……" 왓슨은 질 템플러를 쳐다보았다. 템플러는 문 옆에 무덤덤한 표정으로 앉아 있었다.

"찰스 그롤입니다." 템플러가 활기 없이 말했다.

"맞아, 그롤. 카지노 일을 계속 묻고 있어. 마츠모토에 바로 뒤이어 카지노에 왔고, 마츠모토가 떠나자마자 따라간 사람의 인상착의를 갖고 있어. 자네라고 생각하는 것 같더군."

"그자에게 다른 말씀 하셨습니까?" 리버스가 물었다.

"아무 말도 안 했네. 우리 자체 조사가 끝날 때까지는…… 하지만 영원히 모른 척할 수는 없어."

"마츠모토가 여기서 뭘 하고 있었는지는 물어보셨습니까?"

"경영 컨설팅 회사에서 일한다더군. 고객의 지시에 따라 컨트리클럽 인수를 마무리 지으려고 왔대."

"토미 텔포드를 데리고요."

"존, 초점을 흐리지 말고……"

"마츠모토는 야쿠자 조직원입니다, 총경님. 전에는 TV에서밖에 보지 못했죠. 지금 갑자기 에든버러에 나타났습니다." 리버스는 잠시 말을 멈췄다. "이게 단순한 호기심이라고 생각하십니까? 걱정되지 않으세요? 모르겠습니다. 제가 엉뚱한 데 우선순위를 뒀는지도 모르죠. 하지만 저는 우리가 해일이 몰려오는데 조개나 줍고 있다고 생각합니다!"

리버스는 손으로 커피잔을 점점 더 세게 쥐었다. 잔이 박살나면서 바닥에 조각이 떨어졌다. 리버스는 움찔했다. 손바닥에서 조각 하나를 집어 들었다. 카펫에 핏방울이 떨어졌다. 질 템플러가 앞으로 다가와서 손을 뻗었다.

"어디 봐요."

리버스는 몸을 돌렸다. "됐어요!" 소리가 너무 컸다. 손수건을 찾으려고 주머니를 뒤적였다.

"핸드백에 휴지 있어요."

"괜찮아요." 리버스의 신발에 피가 떨어졌다. 왓슨은 잔에 금이 가 있었다고 말했다. 템플러는 리버스를 쳐다보았다. 리버스는 손수건으로 상처 부위를 감쌌다.

"가서 씻어야겠습니다." 리버스가 말했다. "허락해 주시겠습니까?"

"어서 가보게, 존. 괜찮겠나?"

"괜찮습니다."

심한 상처는 아니었다. 찬물에 씻으니 나았다. 종이타월로 손을 닦은 다음, 변기에 집어넣고 물을 내렸다. 다음엔 구급상자에서 반창고를 대여섯 개 꺼내 상처를 단단히 덮었다. 주먹을 쥐어보았다. 피는 나오지 않았다. 만족스러웠다.

자리로 돌아와서 왓슨의 지시대로 자술서를 쓰기 시작했다. 질 템플러가 왔다. 위로의 말이 필요하다고 생각한 것 같았다.

"우린 누구도 당신 짓이라고 생각하지 않아요, 존. 하지만 이런 일⋯⋯ 일본인의 변호사가 한 질문은 규정대로 처리해야 해요."

"결국에는 정치 문제군요?" 리버스는 조셉 린츠를 생각하고 있었다.

리버스는 점심때 네드 팔로우에게 들러서 필요한 게 있는지 물었다. 팔로우는 샌드위치, 책, 신문, 말벗을 원했다. 수감 걱정으로 핼쑥해 보였다. 조만간 변호사를 불러야 할지 생각할 것이다. 변호사라면, 어떤 변호사든 팔로우를 나가게 해주겠지.

리버스는 보고서를 왓슨의 비서에게 건네주고 경찰서 밖으로 나갔다.

10m도 채 가지 않았을 때 차 한 대가 옆에 섰다. 레인지로버였다. 프리티 보이가 타라고 했다. 리버스는 차 뒷좌석을 봤다.

텔포드가 있었다. 물집이 생긴 얼굴에 연고를 발랐다. 제이크 타라비츠의 축소판 같았다.

"타." 프리티 보이가 되풀이했다. 공짜 제안을 마다할 이유가 없어서 탔다.

프리티 보이는 차를 돌렸다. 커다란 노란색 테디베어가 조수석에 묶여 있었다.

"네드 팔로우한테 손대지 말라고 부탁해도 되나?" 리버스가 말했다.

텔포드는 다른 데 정신이 팔려 있었다. "놈은 전쟁을 원해. 전쟁을 벌일 생각이야."

"누구?"

"네 보스."

"난 캐퍼티 밑에서 일하지 않아."

"말 같지도 않은 소리."

"그놈을 처넣은 게 나야."

"그러고 나서는 가깝게 지냈지."

"난 마츠모토를 죽이지 않았어."

텔포드는 처음으로 리버스를 쳐다보았다. 리버스는 그가 주먹이 근질근질해 한다는 걸 알 수 있었다.

"내가 안 죽였다는 걸 알 텐데." 리버스가 말을 이었다.

"무슨 소리야?"

"네 짓이잖아. 그리고 나한테……"

텔포드가 리버스의 멱살을 잡았다. 리버스는 어깨로 밀쳐내고는 텔포드를 꼼짝 못 하게 잡으려고 했다. 움직이는 차의 비좁은 뒷좌석에서는 불가능했다. 프리티 보이가 차를 세우고 차 밖으로 나가 리버스를 보도로 끌어냈다. 텔포드가 따라왔다. 얼굴은 시뻘게졌고 눈은 튀어나왔다.

"나한테 뒤집어씌울 생각 마!" 텔포드가 고함을 질렀다. 운전자들이 속도를 늦추고 구경했다. 보행자들은 길을 가로질러 피했다.

"그럼 누구야?" 리버스의 목소리가 떨렸다.

"캐퍼티!" 텔포드가 소리를 질렀다. "너하고 캐퍼티잖아! 날 막으려고!"

"말했잖아. 내가 안 했다고."

"보스." 프리티 보이가 말했다. "다른 데로 가시죠?" 그는 사람들의 이목을 끌까 걱정하며 주위를 둘러보았다. 텔포드는 알아듣고 어깨의 힘을 좀 풀었다.

"차에 타." 텔포드가 리버스에게 말했다. 리버스는 그를 응시했다. "괜찮아. 타기만 해. 보여줄 게 있어."

전 세계에서 가장 미친 경찰인 리버스는 다시 탔다.

몇 분 동안 침묵이 흘렀다. 텔포드는 싸우면서 느슨해진 손가락의 붕대를 매만졌다.

"캐퍼티가 전쟁을 원할 것 같지는 않아." 리버스가 말했다.

"어떻게 확신해?"

내가 캐퍼티와 거래를 했으니까. 널 막으려는 사람은 나야. 차는 서쪽으로 향하고 있었다. 리버스는 가능한 목적지를 생각하지 않으려고 했다.

"군 출신이지?" 텔포드가 물었다.

리버스는 고개를 끄덕였다.

"낙하산 부대. 그다음에는 SAS."

"훈련 과정을 통과하지 못했어." 리버스는 생각했다. 아주 잘 알고 있군.

"그래서 대신에 경찰이 되기로 했군." 텔포드는 다시 완전히 침착해졌다. 양복의 먼지를 털고, 넥타이 매듭을 확인했다. "군대나 경찰 같은 조직에서 일하려면 명령에 복종하는 게 중요해. 당신은 별로 그렇지 않다고 하더군. 나하고도 오래갈 생각은 없겠지." 텔포드는 차창 밖을 내다보았다. "캐퍼티의 계획이 뭐지?"

"몰라."

"왜 마츠모토를 감시했지?"

"너하고 연관이 있으니까."

"강력반은 감시 팀을 철수시켰어." 리버스는 아무 말도 하지 않았다. "하지만 당신은 계속했지." 텔포드는 리버스 쪽으로 몸을 돌렸다. "왜지?"

"네가 내 딸을 죽이려고 했으니까."

텔포드는 눈도 깜짝 않고 리버스를 쳐다보았다. "이 모든 일의 이유가 그거야?"

"네드 팔로우가 네 눈을 멀게 하려고 했던 이유지. 남자친구거든."

텔포드는 믿지 못하겠다는 듯 숨 막히게 웃다가 고개를 저었다. "난 당신 딸과 아무 관계없어. 그럴 이유가 없잖아?"

"날 노렸겠지. 딸애가 캔디스를 도와줬으니까."

텔포드는 생각에 잠겼다. "좋아." 고개를 끄덕이며 그가 말했다. "당신 생각은 알겠어. 내 말이 별로 설득력은 없겠지. 하지만 그건 중요하지 않아. 난 당신 딸에 대해선 아무것도 몰라." 텔포드는 잠시 말을 멈췄다. 리버스는 근처에서 사이렌 소리를 들을 수 있었다. "그래서 캐퍼티한테 간 거야?"

리버스는 아무 말도 하지 않았다. 텔포드 생각에는 그게 의심을 확인해 주는 것 같았다. 텔포드는 다시 미소를 지었다.

"세워." 텔포드가 말했다. 프리티 보이가 차를 세웠다. 어차피 앞쪽 길은 막혀 있었다. 경찰이 차량을 옆길로 유도하고 있었다. 리버스는 연기 냄새가 난다는 걸 깨달았다. 주택에 가려 있었지만 이제 불을 볼 수 있었다. 캐퍼티가 택시를 세워두는 부지였다. 사무실로 사용되던 창고는 이제 잿더미가 되었다. 기사들이 일하고 세차하는 그 뒤의 차고는 물결 모양 지붕이 날아가기 직전이었다. 줄지어 선 택시들이 활활 타고 있었다.

"불구경 표도 팔 수 있었는데." 프리티 보이가 말했다. 텔포드는 화재 현장에서 리버스 쪽으로 몸을 돌렸다.

"소방서는 일손이 모자라겠지. 캐퍼티의 사무실 두 곳이 동시에 탔으니까." 텔포드는 시계를 확인했다. "지금쯤이면 캐퍼티의 멋진 집도 같은 꼴일 거야. 걱정 마. 캐퍼티 마누라가 쇼핑하러 나갈 때까지 기다렸으니까. 캐퍼티 부하들에게 최후통첩을 했어. 시내를 떠나든가 이 죽음의 불길을 벗어나든가 하라고." 텔포드는 어깨를 으쓱했다. "나한테는 별 차이 없어. 가서 캐퍼티에게 전해. 에든버러에서 당신은 끝장났다고."

리버스는 입술을 핥았다. "방금 내가 틀렸다고, 넌 내 딸과 아무 관계없다고 했다. 너도 캐퍼티에 대해 틀렸다면?"

"정신 차려. 메건 클럽에서의 칼부림. 그리고 대니 심슨. 캐퍼티 짓이 아닌 게 이상하지."

"캐퍼티의 부하 짓이라고 대니가 그랬어?"

"대니는 알아. 나도 마찬가지고." 텔포드는 프리티 보이의 어깨를 툭툭 쳤다. "기지로 돌아가." 리버스에게는 이렇게 말했다. "캐퍼티한테 전할 메시지가 있어. 캐퍼티 부하들한테도 똑같이 말했지. 자정 후에 여길 떠나라고. 그리고 난 포로를 잡지 않아." 텔포드는 스스로에게 만족한 듯 코를 훌쩍이며 좌석에 등을 기댔다. "플린트 스트리트에 내려줘도 되지? 15분 안에 사업상 회의가 있어서."

"마츠모토의 두목들하고?"

"포인팅헤임을 원한다면 나하고 계속 거래해야지." 텔포드는 리버스를 쳐다보았다. "당신도 나와 거래해야 하고. 생각해봐. 누가 날 쫓아내겠어? 캐퍼티 짓이야. 당신 딸을 치고, 마츠모토를 죽이고. 전부 그자 짓이 되겠지. 생각해봐. 그러고 나서 다시 얘기하자고."

몇 분 뒤 리버스가 침묵을 깼다.

"조셉 린츠라고 알아?"

"바비 호건이 말한 적 있어."

"플린트 스트리트의 네 사무실에 전화했어."

텔포드는 어깨를 으쓱했다. "호건에게 했던 얘기 그대로 해주지. 잘못 걸었어. 어찌됐든 난 늙은 나치하고는 말한 적 없어."

"하지만 그 사무실은 너만 쓰는 게 아니잖아." 리버스는 프리티 보이가 룸미러로 자신을 쳐다보고 있다는 걸 알았다. "너는?"

"들어본 적 없어."

차는 플린트 스트리트에 섰다. 차창을 검게 선팅한 거대한 흰색 리무진이 있었다. 트렁크에는 무선 TV 안테나가 있었고, 휠캡은 분홍색으로 칠했다.

"맙소사." 텔포드는 재미있다는 듯 말했다. "최신 장난감이군." 리버스에 대해서는 완전히 잊은 듯했다. 텔포드는 차에서 내려 리무진 뒷좌석에서 나오고 있는 사람에게로 천천히 달려갔다. 흰색 양복에 파나마 모자를 쓰고, 커다란 시가를 물었다. 밝은 빨간색 페이즐리무늬 셔츠를 입었다. 흉터투성이 얼굴과 파란색 선글라스는 눈에 띄지 않을 수 없었다. 텔포드는 복장, 차, 대담함에 대해 의견을 냈고, 핑크 아이는 만족해했다. 그는 텔포드의 어깨에 손을 두르고 게임 센터로 향했다. 그러고는 걸음을 멈추고 손가락을 딱 튕겼다. 그는 리무진으로 돌아가 손을 뻗었다.

여자가 나왔다. 짧은 검정 드레스와 검은색 타이츠에 추위를 막기 위한 모피 재킷을 입었다. 타라비츠는 여자의 등을 문질렀다. 텔포드는 여자의 목에 키스했다. 여자는 미소를 지었다. 눈이 살짝 흐릿했다. 그리고 타라비츠와 텔포드는 레인지로버로 돌아왔다. 둘 다 리버스를 쳐다보았다.

"여행은 끝났어, 경위." 프리티 보이가 말했다. 나가라는 얘기였다. 리버스는 나왔다. 눈이 캔디스를 향했다. 하지만 캔디스는 그를 보고 있지 않았다. 핑크 아이에게 파고들었다. 머리를 그의 가슴에 댔다. 핑크 아이는 아직 캔디스의 등을 문지르고 있었다. 드레스가 오르락내리락했다. 핑크 아이는 리버스를 보고 있었다. 눈을 빛내며 씩 웃었다. 리버스는 캔디스에게 다가갔다. 캔디스는 그를 보고 겁에 질린 것 같았다.

"경위." 타라비츠가 말했다. "다시 만나 반갑군. 여자를 안전하게 데려가려고 왔나?"

리버스는 무시했다. "이리 와, 캔디스." 조금 흔들리는 손을 내밀었다.

캔디스는 리버스를 보고는 고개를 저었다. "내가 왜요?" 그녀가 말했다. 타라비츠에게 상으로 키스를 받았다.

"납치당했잖아. 고소할 수 있어."

타라비츠는 웃으며 캔디스를 카페로 데리고 갔다.

"캔디스." 리버스는 캔디스의 팔을 잡았다. 하지만 그녀는 뿌리치고 주인을 따라 안으로 들어갔다.

텔포드의 부하 둘이 문을 막아섰다. 프리티 보이가 리버스 뒤에 있었다.

"싸구려 영웅심이 안 통하나 보지?" 프리티 보이가 이죽거리고는 리버스를 지나쳐 갔다.

리버스는 세인트 레너즈로 돌아가 팔로우에게 음식과 신문을 가져다준 다음, 토피첸까지 가는 순찰차에 얻어 탔다. 만나려는 사람은 '셔그'* 데이비드슨 경위였다. 데이비드슨은 기진맥진한 표정으로 CID 사무실에 있었다.

"누가 택시 회사에 불을 질렀어." 데이비드슨이 리버스에게 말했다.

"누군지 알아?"

데이비드슨이 눈을 찌푸렸다. "사주는 잭 스캘로우야. 나한테 하고 싶은 말 있어?"

"실제 소유주가 누군지 알아, 셔그?"

"아주 잘 알지."

"그럼 누가 캐퍼티의 재산에 손을 댈까?"

"나도 소문은 들었어."

리버스는 데이비드슨의 책상 맞은편에 앉았다. "토미 텔포드는 전쟁을

---

* Shug: 스코틀랜드에서 이름이 Hew 또는 Hugh 또는 이와 비슷한 철자를 가진 사람에게 붙이는 별명.

벌일 생각이야. 우리가 막아야 해."

"우리?"

"나 좀 데려다줄 데가 있어." 리버스가 말했다.

셔그 데이비드슨은 이해심 많은 아내와 행복하게 살고 있었다. 아이들은 아버지를 생각만큼 높게 평가하지 않았다. 1년 전에 데이비드슨은 5만 파운드짜리 로또에 당첨됐다. 경찰서의 모든 사람들에게 술을 샀다. 나머지는 숨겨뒀다.

리버스는 전에 데이비드슨과 함께 일했던 적이 있다. 상상력이 좀 부족하긴 해도 나쁜 경찰은 아니었다. 그들은 화재 현장을 우회해야 했다. 2.5km쯤 더 간 후에 리버스는 데이비드슨에게 차를 세우라고 했다.

"무슨 일이야?" 데이비드슨이 물었다.

"이게 뭔지 알려줬으면 좋겠어." 리버스는 벽돌 건물 쪽을 보고 있었다. 토미 텔포드가 관심을 보였던 건물이었다.

"맥클린이야."

"대체 맥클린이 뭐야?"

데이비드슨이 미소를 지었다. "정말 몰라?" 그가 차 문을 열었다. "보여주지."

둘은 정문에서 신분증 검사를 받았다. 리버스는 눈에 띄지 않기는 해도 경비원이 많다는 것을 눈치챘다. 건물 모서리에는 감시 카메라가 설치되어서 모든 접근 각도를 포착하고 있었다. 전화 통화 후 흰색 가운을 입은 남자가 내려와 들어오라고 신호했다. 둘은 재킷에 방문증을 달았다. 견학이 시작되었다.

"전에 와본 적 있어." 데이비드슨이 털어놓았다. "여기가 바로 에든버러에서 가장 비밀스러운 곳이지."

둘은 계단을 올라 복도를 지나갔다. 어디나 경비가 있었다. 경비원이 방문증을 검사했다. 문은 자물쇠를 열어야 했다. 카메라가 움직임을 기록했다. 리버스는 어리둥절했다. 이곳은 정말로 평범한 건물이었기 때문이다. 그리고 특별한 일이 일어나지도 않았다.

"대체 뭐야? 포트 녹스*인가?" 하지만 경비원이 건네준 흰색 가운을 입고 실험실 문을 여는 순간 리버스는 알 수 있었다.

사람들이 화학물질을 처리하고, 검사 튜브를 조사하고, 메모하고 있었다. 온갖 종류의 이상하고 놀라운 기계들이 있었다. 하지만 기본적으로는 학교 화학실험실을 약간 확장한 듯한 규모였다.

"환영하네." 데이비드슨이 말했다. "세계에서 가장 큰 마약 제조소야."

정확한 표현은 아니었다. 안내자의 말에 따르면 맥클린은 세계 최대의 합법적인 헤로인 및 코카인 제조소였기 때문이다.

"정부의 허가를 받았습니다. 1961년에 세계의 모든 국가는 단 하나의 제조소만 보유할 수 있다는 국제 조약이 체결됐습니다. 그리고 이곳은 영국의 제조소죠."

"그래서 뭘 제조하십니까?" 리버스가 잠긴 채 늘어선 냉장고를 쳐다보았다.

"모든 걸 만들죠. 헤로인 중독자를 위한 메타돈, 임신부를 위한 페타딘, 불치병을 완화하기 위한 헤로인, 그리고 의료 목적의 코카인요. 우리

---

* Fort Knox: 미국 켄터키 주에 위치한 미국 최대 규모의 금고. 세계 각국에서 거둬들인 황금이 보관되어 있으며 경비가 삼엄하다.

회사는 빅토리아 시대부터 아편 약물 공급을 시작했습니다."

"요즘에는요?"

"1년에 70톤의 아편제*를 생산하고 있습니다." 안내자가 말했다. "그리고 약 200만 파운드어치의 순수 코카인도요."

리버스가 이마를 문질렀다. "경비가 삼엄한 게 이해가 되는군요."

안내자는 미소를 지었다. "우리 회사의 보안이 얼마나 철저한지 국방부에서 자문을 요청할 정도입니다."

"침입 사건은 없었나요?"

"몇 차례 시도는 있었지만 다 처리했습니다."

아니. 리버스는 생각했다. 토미 텔포드와 야쿠자는 만나보지 못했겠지. 아직까지는.

리버스는 실험실 주위를 서성이다, 서 있는 여자에게 미소를 지으며 고개를 끄덕였다. 여자는 아무 일도 하지 않았다.

"저분은 누굽니까?" 리버스가 안내자에게 물었다.

"간호사입니다. 대기 중이죠."

"무슨 대기죠?"

안내자는 기계 하나를 다루고 있는 남자 쪽으로 고개를 끄덕였다. "에토르핀입니다." 안내자가 말했다. "1kg에 4만 파운드고, 아주 강력하죠. 간호사는 만약의 경우를 대비해서 해독제를 가지고 있습니다."

"이 에트로핀은 무슨 용도죠?"

"코뿔소를 쓰러뜨리는 데 씁니다." 당연한 답이라는 듯 안내자가 말했다.

코카인은 페루에서 수입한 코카나무 잎사귀로 만든다. 아편은 테즈메

---

* 아편이 든 약.

이니아와 호주에서 수입한다. 순수 헤로인과 코카인은 금고실에 보관된다. 각 실험실은 금고에 각자 구역이 있다. 보관 창고는 적외선 감지기와 동작 센서로 무장하고 있다. 리버스는 토미 텔포드가 맥클린에 관심을 보인 이유를 5분 만에 이해했다. 그리고 텔포드는 야쿠자를 계획에 끌어들였다. 도움을 받거나 허풍을 떨기 위해서겠지.

차로 돌아와서 데이비드슨은 당연한 질문을 했다.

"대체 무슨 일이야, 존?"

리버스는 콧등을 꼭 잡았다. "텔포드가 이곳을 칠 생각인 것 같아."

데이비드슨은 코웃음을 쳤다. "발도 못 들일걸. 자네가 말했듯, 이곳은 포트 녹스나 마찬가지야."

"이곳은 유명해. 만일 텔포드가 여길 털 수 있다면 이름을 날리겠지. 캐퍼티를 쓰러뜨릴 수 있어." 화염 폭탄이나 마찬가지다. 단순히 캐퍼티에게 보내는 메시지만이 아니다. 핑크 아이에게 '레드 카펫'을 깔아주는 것이다. 에든버러에 오신 걸 환영합니다. 제 능력을 보시죠.

"분명히 말하는데," 데이비드슨이 말했다. "들어갈 수 있는 방법이 없어. 젠장, 말도 안 돼!" 데이비드슨의 관심은 길모퉁이 가게 유리창에 붙은 광고판으로 향했다. 리버스도 봤다. 할인 가격으로 파는 담배. 저렴한 샌드위치. 뜨거운 롤빵. 5펜스만 추가하면 아침 신문까지.

"이 동네는 경쟁이 치열해." 데이비드슨이 말했다. "롤빵 먹을래?"

리버스는 직원들이 맥클린 정문을 나가는 것을 보았다. 아마 오후 휴식 시간일 것이다. 직원들이 차를 피하면서 길을 건너는 게 보였다. 주머니 속의 잔돈을 세면서 가게 문을 열고 들어서고 있었다.

"그래." 리버스는 조용히 말했다. "괜찮겠지."

작은 가게는 만원이었다. 데이비드슨이 줄을 섰다. 리버스는 신문과 잡지 판매대를 보았다. 직원들은 농담과 소문 이야기를 하고 있었다. 카운터 뒤에는 직원이 둘 있었다. 젊은 남자들이었다. 손님들과 농담을 주고받느라 서비스가 그렇게 효율적이지는 않았다.

"뭐 먹을래? 베이컨 롤빵?"

"좋지." 리버스가 말했다. 점심을 먹지 않은 게 생각났다. "두 개."

베이컨 롤빵 두 개에 정확히 1파운드였다. 둘은 차에 앉아서 먹었다.

"저그, 저런 가게의 상술은 한두 개의 미끼 상품으로 손님을 끌어들이는 거야." 데이비드슨은 롤빵을 먹으며 고개를 끄덕였다. "하지만 저기는 대형 할인점 같아." 리버스는 먹는 걸 멈췄다. "이렇게 하지. 저 가게의 내력을 알아내줘. 주인이 누군지, 카운터 뒤에 있던 둘은 누군지도."

데이비드슨이 먹는 속도가 느려졌다. "자네 생각에……?"

"그냥 확인만 해줘. 알겠지?"

22

세인트 레너즈의 자리로 돌아왔을 때, 전화가 울렸다. 리버스는 앉아서 커피컵의 뚜껑을 열었다. 차를 몰고 돌아오는 내내 캔디스 생각을 했다. 커피를 두 번 들이켜고 수화기를 들었다.

"리버스 경위입니다." 리버스가 말했다.

"대체 그 개자식은 무슨 생각이야?" 빅 제르 캐퍼티의 목소리였다.

"지금 어디야?"

"어디겠어?"

"휴대폰 같아서."

"발리니니에는 뭐든 들어오지. 말해봐. 대체 무슨 일이 일어나고 있는 거야?"

"들었군."

"내 집에 불을 질렀어! 내 집에! 놈이 설치는 꼴을 내가 보고만 있을 것 같아?"

"그놈을 잡을 방법을 찾은 것 같아."

캐퍼티는 조금 진정했다. "말해봐."

"아직은 아니야. 난……"

"내 택시도 전부 불탔어!" 캐퍼티는 다시 폭발했다. "그 쥐새끼 같은 놈!"

"놈이 자네한테 원하는 게 무엇인지가 중요해. 즉각적인 보복이겠지."

"바로 그렇게 할 생각이야."

"놈은 대비가 다 됐어. 경계를 풀 때 잡는 게 낫지 않겠어?"

"걸음마 떼기 전에도 경계를 늦추지 않았을 놈이야."

"놈이 왜 그랬는지 말해줄까?"

캐퍼티의 분노가 다시 누그러졌다. "이유가 뭔데?

"자네가 마츠모토를 죽였기 때문이라더군."

"누구?"

"사업상 지인이야. 범인은 내가 운전한 것처럼 꾸몄어."

"내가 한 짓 아니야."

"텔포드에게 그걸 말해봐. 자네가 날 시켜서 한 짓이라고 생각해."

"우린 그렇지 않다는 걸 알지."

"맞아. 누군가 나한테 뒤집어씌워서 치워버리려는 것도."

"죽은 놈 이름이 뭐랬지?"

"마츠모토."

"일본놈이야?"

리버스는 캐퍼티의 눈을 볼 수 있었으면 했다. 지금도 캐퍼티가 게임을 하고 있는지 알아내기는 쉽지 않았다.

"그래, 일본인이야." 리버스가 말했다.

"텔포드하고는 무슨 관계지?"

"머리가 굳은 것 같군."

전화선에 침묵이 흘렀다. "자네 딸 말인데……"

리버스는 얼어붙었다. "내 딸이 왜?"

"포티에 있는 중고품 가게." 포르토벨로 얘기였다. "주인이 판매자에게서 물건 몇 개를 샀어. 오페라 테이프와 로이 오비슨이래. 기억에 남았대. 함께 파는 경우가 보통은 없잖아."

리버스의 손이 수화기를 세게 움켜잡았다. "어떤 가게야? 판매자는 어떻게 생겼대?"

싸늘한 웃음이 터졌다. "알아보고 있어, 스트로맨. 그냥 우리한테 맡겨 둬. 이제 이 일본 친구 말인데……"

"텔포드를 몰아내는 건 나라고 했잖아. 그렇게 합의했고."

"아직 아무 행동도 없잖아."

"하고 있어."

"그 얘기 듣고 싶군."

리버스는 말을 잠시 멈췄다.

"그나저나 사만다는 어때?" 캐퍼티가 물었다. "딸 이름이 사만다였지?"

"딸애는……"

"내 쪽 의무는 언제든 완수할 수 있을 것 같거든. 반면에 자네는……"

"마츠모토는 야쿠자였어. 들어봤어?"

잠시 침묵이 흘렀다. "들어본 적 있어."

"텔포드는 야쿠자들이 컨트리클럽을 매수하는 걸 돕고 있어."

"대체 뭘 하려고?"

"나도 모르겠어."

캐퍼티는 다시 입을 다물었다. 휴대폰 배터리가 바닥났나 생각할 정도였다. "놈이 큰 꿈을 꾸는군." 그렇게 하지 않으려고 애썼지만 어쩔 수 없이 약간의 경외심이 묻어나는 듯한 말이었다.

"우리 둘 다 과욕을 부리다 망한 사람들을 많이 봤지." 리버스의 머릿속에서 아이디어가 떠올랐다. 모든 일이 어디로 흘러갈지 갑자기 알 것 같았다.

"하지만 텔포드는 손을 뻗칠 곳이 많은 것 같군." 캐퍼티가 말했다. "난 아직 절반도 못 했는데."

"이거 알아? 자네가 좌절한 척할 때가, 사실은 폭발 직전이라는 걸."

"원하건 원치 않건 난 보복해야 해. 악수처럼 거쳐야 할 작은 의식이야."

"부하들은 얼마나 있어?"

"충분해."

"마지막으로 한마디만 할게." 리버스는 자신의 최대 적수에게 이런 말을 한다는 게 믿기지 않았다. "제이크 타라비츠가 오늘 여기 왔어. 불꽃놀이에 감명을 받은 것 같아."

"텔포드가 내 집을 불 지른 이유가 그 추한 러시아 개새끼한테 잘 보이기 위해서라고?"

어린애가 어른한테 자랑하는 거나 마찬가지지. 리버스는 생각했다. 과욕이다.

"바로 그거야, 스트로맨!" 캐퍼티는 다시 분노에 사로잡혔다. "이제 거래는 없어. 그 두 놈이 모리스 제럴드 캐퍼티를 더럽히려고 한다면, 놈들에게 탄저병을 안겨주겠어. 쌍으로 감염시켜주지. 놈들은 에이즈에 걸렸다고 생각하겠지!"

리버스는 더 이상 감당할 수 없었다. 수화기를 내려놓고 차가운 커피를 마신 다음 메시지를 확인했다. 페이션스가 저녁을 함께할 수 있는지 물어왔다. 로나는 새미가 다시 정밀 검사를 받아야 한다고 전했다. 바비 호건이 연락해달라고 했다.

먼저 병원에 전화했다. 로나는 새 검사를 통해 뇌 손상 정도를 파악할 수 있다고 했다.

"그럼 왜 바로 그 검사를 하지 않았지?"

"모르겠어."

"물어봤어?"

"여기 와서 직접 물어보지 그래? 내가 여기 없을 때도 당신은 사만다와 즐겁게 시간을 보냈잖아? 의자에서 자면서까지. 대체 뭐야? 내가 겁나서 피하는 거야?"

"로나, 미안해. 힘든 하루여서 그랬어."

"당신만 그런 게 아니야."

"알아. 난 이기적인 개자식이야."

나머지 대화는 예측 가능했다. 전화를 끊으니 안심이 됐다. 페이션스에게 전화했다. 응답기로 연결되었다. 기꺼이 초대를 받아들이겠다고 했다. 그런 다음, 바비 호건에게 전화했다.

"바비, 뭐 알아냈어?"

"많지는 않아. 텔포드하고 얘기했어."

"알아. 텔포드가 말했어."

"텔포드하고 얘기했다고?"

"린츠를 전혀 모른다고 하더군. 놈들 패밀리하고는 말해봤어?"

"사무실 지키는 놈들? 똑같아."

"5천 파운드 얘기는?"

"내가 바보야? 이봐, 자네 도움이 필요한 것 같아."

"말해."

"린츠의 주소록에서 콜쿠혼 박사 주소 두 개를 발견했어. 처음에는 주치의인 줄 알았지."

"슬라브어 학부 교수야."

"린츠가 계속 콜쿠혼을 추적했던 것 같아. 주소를 세 번 바꿨는데 20년 전까지 거슬러 가. 처음 주소 두 개에는 전화번호가 있었는데, 최근 건 아니야. 확인해봤는데, 콜쿠혼이 최근 주소에서 산 건 3년밖에 안 돼."

"그래서?"

"그래서 린츠가 콜쿠혼의 집 전화번호를 모른 거지. 그러니 콜쿠혼과 얘기하고 싶었다면……" 리버스는 불현듯 깨달았다. "대학에 전화했겠군." 린츠의 고지서에 있었던 20여 분의 통화. 리버스는 콜쿠혼이 린츠에 대해 했던 말이 떠올랐다. '우리 학부는 교수들끼리 그렇게 친하지 않습니다. 가끔 있는 강연 때 사교상 한두 번 만났습니다.'

"둘은 학부가 달랐어." 리버스가 말했다. "콜쿠혼은 둘이 만난 적이 별로 없다고 했는데……"

"그러면 어떻게 콜쿠혼이 주소를 옮긴 걸 계속 알고 있었지?"

"모르겠어. 콜쿠혼에게 물어봤어?"

"아니. 하지만 그럴 생각이야."

"콜쿠혼은 숨어 있어. 일주일 넘게 얘기하려고 시도하는 중이야." 마지막으로 본 것은 모베나 카지노였다. 콜쿠혼이 텔포드를 린츠에게 연결해줬을까?

"지금은 돌아왔어."

"뭐?"

"콜쿠혼의 사무실에서 만나기로 약속했어."

"나도 끼워줘." 리버스는 일어나며 말했다.

리버스가 버클루 플레이스에 주차했다. 세인트 레너즈의 양해를 얻어 경찰차 표식이 없는 아스트라를 탔다. 옆 칸에 있는 차가 출발하려는 게 보였다. 리버스는 손을 흔들었지만 커스틴 메디는 보지 못했다. 경적을 울리려고 했을 때는 이미 가버렸다. 리버스는 메디가 콜쿠혼을 얼마나 잘 알고 있는지 궁금했다. 어쨌든 그녀가 콜쿠혼을 통역으로 추천했으니까.

호건이 난간 옆에 서서 이 장면을 보고 있었다.

"아는 사람이야?"

"커스틴 메디."

호건은 그 이름을 알았다. "서류 번역해준 사람?"

리버스는 슬라브어 학부 건물을 올려다보았다. "데이비드 레비는 추적했어?"

"딸 얘기로는 아직 소식이 없대."

"얼마나 됐대?"

"의심이 들 만큼 오래. 그런데 별로 걱정하는 것 같지는 않았어."

"역할 분담을 어떻게 할까?" 리버스가 물었다.

"상대에 따라 다르겠지."

"자네가 질문을 해. 난 가만히 있을게."

호건이 리버스를 쳐다보았다. 그러고는 어깨를 으쓱하고 문을 열었다. 닳은 돌계단을 오르기 시작했다. "꼭대기 층이 아니었으면 좋겠네."

콜쿠혼의 이름은 3층에 있는 문 앞에 붙어 있었다. 문을 열자 짧은 복도와 대여섯 개의 문이 있었다. 콜쿠혼의 사무실은 오른쪽 첫 번째였고, 콜쿠혼은 이미 입구에 서 있었다.

"오시는 소리 들었습니다. 여기서는 소리가 잘 퍼져요. 들어오세요." 콜쿠혼은 호건에게 동행이 있으리라고는 생각하지 못했다. 그는 리버스를 보자 말을 멈추었다. 사무실로 돌아가면서 두 형사에게 들어오라고 손짓한 다음, 책상과 마주 볼 수 있도록 의자를 어수선하게 옮겼다.

"끔찍할 정도로 엉망진창이죠." 책더미를 차면서 콜쿠혼이 말했다.

"그 느낌 알 것 같습니다." 호건이 말했다.

콜쿠혼은 리버스가 있는 방향을 훔쳐봤다. "경위님이 도서관을 이용했다고 비서가 그러더군요."

"몇 군데 공백을 채우려고요." 리버스는 목소리를 침착하게 유지했다.

"네, 캔디스⋯⋯" 콜쿠혼은 생각에 잠겼다. "캔디스는⋯⋯ 제 말은 캔디스가 혹시⋯⋯?"

"오늘은, 교수님." 호건이 끼어들었다. "조셉 린츠 얘기를 하고 싶습니다."

콜쿠혼은 나무 의자에 천천히 앉았다. 의자가 체중 때문에 삐걱댔다. 그가 다시 일어섰다. "차? 커피? 방이 어수선한 걸 양해해주십시오. 보통 이렇게 엉망은 아닌데⋯⋯"

"저희는 괜찮습니다." 호건이 말했다. "그냥 앉아주시겠습니까?"

"그럼요, 물론이죠." 콜쿠혼은 다시 의자에 주저앉았다.

"조셉 린츠 말인데요." 호건이 입을 뗐다.

"끔찍한 비극입니다. 끔찍해요. 살인이라고 하더군요."

"네, 알고 있습니다."

"물론 아시겠죠. 죄송합니다."

콜쿠혼 앞의 책상은 오래됐고 나무좀에 먹힌 자국이 있었다. 책꽂이는 책의 무게 때문에 휘었다. 벽에는 액자 안에 든 판화가 걸렸고, '캐릭터'라는 단어가 적힌 칠판이 있었다. 창문에는 대학 서류가 쌓여서 아래쪽 유리 두 장을 가리고 있었다. 이 방의 냄새는 실패한 지식인의 것이었다.

"린츠 씨 주소록에 교수님 이름이 있었습니다." 호건이 말을 이었다. "그분 친구 전부와 얘기해보는 중입니다."

"친구요?" 콜쿠혼이 올려다보았다. "우리 사이는 '친구'는 아니었는데요. 동료였습니다. 하지만 20여 년 동안 의례적인 모임에서 서너 번 만난 게 다입니다."

"재미있군요. 린츠는 교수님한테 흥미가 있는 것 같았는데요." 호건이 수첩을 뒤적였다. "워렌더 파크 테라스에 있는 교수님 주소부터 시작하죠."

"1970년대 이후로는 거기 살지 않았습니다."

"린츠는 그곳 전화번호도 알고 있었습니다. 그다음에는 커리입니다."

"전원생활을 준비했었던 것 같습니다."

"커리에서요?" 호건의 목소리는 회의적이었다.

콜쿠혼은 머리를 기울였다. "결국에는 실수란 걸 깨달았습니다."

"그리고 더딩스턴으로 이사하셨죠."

"처음은 아니었습니다. 집을 사기 전에 임대로 몇 군데 살았죠."

"린츠 씨는 교수님의 커리 집 전화번호는 가지고 있었지만, 더딩스턴은 아니었습니다."

"재미있네요. 이사할 때는 전화번호부에 올리지 않는데요."

"이유가 있나요?"

콜쿠혼은 의자에서 몸을 흔들었다. "이상하게 들리겠습니다만……"

"말씀해보세요."

"학생들이 귀찮게 하는 게 싫어서요."

"학생들이요?"

"네. 전화로 질문을 하고 조언을 구하죠. 시험 걱정을 하거나 제출 기한을 연장해 달라고 합니다."

"린츠 씨에게 주소를 알려주신 적이 있습니까?"

"아니요. 없습니다."

"확실한가요?"

"네. 하지만 찾기가 어렵지는 않았을 겁니다. 행정실 직원에게 물어보면 되니까요."

콜쿠혼은 전보다 더 불안해하는 것 같았다. 의자가 버티지 못할 것 같았다.

"교수님." 호건이 말했다. "린츠 씨에 대해 해주실 말씀이 정말 없으십니까?"

콜쿠혼은 책상 위를 쳐다보며 고개를 저을 뿐이었다.

리버스는 조커를 쓰기로 했다. "린츠 씨는 이 사무실로 전화했습니다. 20분 넘게 통화했죠."

"그건…… 사실이 아닙니다." 콜쿠혼은 손수건으로 얼굴을 문질렀다. "저기, 돕고 싶지만, 사실 조셉 린츠에 대해 잘 모릅니다."

"린츠가 전화한 적도 없고요?"

"네."

"왜 린츠가 지난 30년 동안 교수님의 에든버러 주소를 추적했는지도 모르시고요?"

"네."

호건은 과장되게 한숨을 쉬었다. "그러면 교수님과 저희는 시간 낭비만 했군요." 호건이 일어섰다. "감사합니다, 콜쿠혼 박사님."

늙은 학자가 안도하는 표정만 봐도 두 형사는 알아야 할 건 다 알 수 있었다.

아래층으로 내려가면서 둘은 아무 말도 하지 않았다. 콜쿠혼이 말했듯이 소리가 들릴 수 있기 때문이었다. 호건의 차는 가장 가까이 있었다. 둘은 차에 기대 이야기했다.

"걱정하고 있었어." 리버스가 말했다.

"뭔가 숨기고 있어. 다시 올라갈까?"

리버스는 고개를 저었다. "하루 정도 땀 좀 빼라고 해. 그런 다음 치는 거지."

"자네가 있는 걸 좋아하지 않더군."

"나도 눈치챘어."

"그 레스토랑…… 린츠가 노신사와 저녁을 했지."

"레스토랑 직원이 인상착의를 알려줬다고 콜쿠혼에게 말해볼 수 있어."

"구체적으로 얘기하지 않고도?"

리버스는 고개를 끄덕였다. "어떻게 나올지 보자고."

"린츠가 점심을 함께했던 젊은 여자는?"

"모르겠어."

"고급 레스토랑, 노인, 젊은 여자……"

"콜걸?"

호건은 미소를 지었다. "아직도 그렇게 부르나?"

리버스는 생각에 잠겼다. "텔포드에게 전화한 게 설명이 될 수 있어. 텔포드가 그런 사업을 사무실에서 논의할 정도로 멍청한지는 의문이지만. 게다가 에스코트 회사는 다른 주소에서 운영해."

"린츠가 텔포드의 사무실에 전화했다는 건 사실이지."

"그리고 아무도 린츠와 얘기했다고 인정하지 않고."

"에스코트 사업이란 건 아주 순수할 수 있어. 린츠는 혼자 식사하기 싫어서 동행자를 고용했지. 그런 다음에 뺨에 키스하고, 택시를 태워 보내." 호건이 숨을 내쉬었다. "쳇바퀴 도는 기분이네."

"그 느낌 알아, 바비."

둘은 3층 창문을 올려다보았다. 콜쿠혼이 손수건을 얼굴에 대고 내려다보고 있었다.

"그냥 둬." 차 문을 열며 호건이 말했다.

"그나저나 애버네시는 어떻게 됐어?"

"별 말썽은 되지 않아." 호건이 리버스의 시선을 피했다.

"가버렸어?"

호건이 운전석에 탔다. "갔어. 나중에 봐, 존."

리버스는 얼굴을 찌푸리며 보도 위에 남아 있었다. 호건의 차가 모퉁이를 돌 때까지 기다렸다가 층계참으로 돌아가서 다시 계단을 오르기 시작했다.

사무실 문은 열려 있었다. 콜쿠혼은 책상 뒤에서 꼼지락거리고 있었다. 리버스는 맞은편에 앉아서 아무 말도 하지 않았다.

"그동안 아파서요." 콜쿠혼이 말했다.

"숨어 계셨죠." 콜쿠혼이 머리를 떨기 시작했다. "어디 가면 캔디스를 찾을 수 있을지 놈들에게 알려줬죠." 콜쿠혼은 아직 머리를 떨고 있었다. "그리고 박사님이 걱정하자 놈들이 숨겨줬죠. 카지노의 게임실 안에." 리버스는 말을 멈췄다. "어떻습니까?"

"아무 할 말 없습니다." 콜쿠혼이 날카롭게 말했다.

"계속 얘기해도 될까요?"

"당장 나가주세요. 안 그러면 변호사를 부르겠습니다."

"찰스 그롤 변호사요?" 리버스는 미소를 지었다. "놈들이 지난 며칠 동안 박사님을 교육시켰겠죠. 하지만 박사님이 한 짓을 바꿀 수는 없습니다." 리버스는 일어섰다. "박사님은 캔디스를 놈들에게 돌려보냈습니다. 박사님 짓입니다." 리버스는 책상 위로 몸을 기울였다. "캔디스가 누군지 내내 알고 계셨죠? 그래서 그렇게 불안했던 겁니다. 캔디스가 누군지 어떻게 알게 되셨죠, 콜쿠혼 박사님? 어떻게 토미 텔포드 같은 쓰레기와 친하게 되셨죠?"

콜쿠혼은 수화기를 들었다. 손이 심하게 떨려서 숫자판을 계속 잘못 눌렀다.

"걱정마세요." 리버스가 말했다. "지금 가니까요. 하지만 우린 다시 얘기할 겁니다. 그리고 박사님도 얘기하게 되고요. 겁쟁이니까요. 그리고 겁쟁이들은 결국에는 털어놓기 마련입니다."

23

페테스의 강력반 사무실. 클래버하우스는 전화를 끊었다. 오민스턴과 클락은 없었다.

"호출 받고 나갔어요." 클래버하우스가 말했다.

"칼부림 사건은 진전 있어?"

"어떨 것 같으세요?"

"자네가 알아야 할 일이 있어." 리버스는 깔끔한 정리에 감탄하면서 쇼 반 클락의 책상 뒤에 앉았다. 서랍을 열었다. 서랍도 깔끔했다. 칸막이군. 리버스는 혼자 생각했다. 클락은 생활을 별개의 칸막이로 나누는 능력이 아주 뛰어났다. "제이크 타라비츠가 시내에 있어. 요란한 흰색 리무진을 타고 있으니까 눈에 확 띌 거야." 리버스는 잠시 말을 멈췄다. "그리고 캔 디스를 데려왔어."

"여기서 뭘 하는 걸까요?"

"쇼를 구경하러 온 것 같아."

"무슨 쇼요?"

"캐퍼티와 텔포드. 15라운드. 맨주먹. 심판 없음." 리버스는 팔을 책상 위에 얹고 몸을 앞으로 기울였다. "그 쇼의 목적이 뭔지 알 것 같아."

리버스는 집에 왔다. 페이션스에게 전화를 걸어서 늦을지도 모른다고 말했다.

"얼마나 늦어요?" 페이션스가 물었다.

"차이지 않으려면 언제까지 가면 되죠?"

페이션스는 생각해보았다. "9시 반이요."

"그때까지는 갈게요."

응답기를 확인했다. 데이비드 레비였다. 집 전화를 받을 수 있다고 했다.

"대체 어디 계셨습니까?" 레비의 딸이 바꿔주자 리버스가 물었다.

"다른 데 일이 있었어요."

"따님이 걱정하시던데요. 전화해주셨어야죠."

"이 상담 서비스는 무료인가요?"

"몇 가지 질문에 대답해주시면 상담료 면제해드리죠. 린츠가 죽은 거 아십니까?"

"들었어요."

"소식 들었을 때 어디 계셨습니까?"

"말씀드렸잖아요. 일이 있었습니다, 경위님. 내가 용의자인가요?"

"사실은 유일한 용의자입니다."

레비는 귀에 거슬리게 웃었다. "당치도 않아요. 난 용……" 레비는 잠시 말을 멈추었다. 리버스는 딸이 통화를 들을 수 있는 거리에 있다고 생각했다. "잠깐만 기다려요." 레비는 수화기를 감쌌다. 딸에게 방에서 나가라고 지시했다. 다시 수화기를 들었다. 목소리가 아까보다 낮아졌다.

"경위님. 분명히 말씀드립니다. 소식 들었을 때 내가 얼마나 화가 났는지 알려드리고 싶군요. 정의가 실현되었을 수도, 아닐 수도 있습니다. 지금 당장은 알 수 없죠. 하지만 바로 여기서 역사가 농락당했다는 것은 100% 확신합니다!"

"재판이요?"

"물론이죠! 그리고 랫 라인도요. 용의자들이 죽으면 랫 라인의 존재를 입증할 가능성은 훨씬 떨어집니다. 아시겠지만 린츠가 처음은 아니에요. 어떤 사람은 차의 브레이크가 고장 났습니다. 건물 창에서 추락한 사람도 있습니다. 명백히 자살인 게 둘, 자연사처럼 보이는 게 여섯입니다."

"음모 이론 강의인가요?"

"농담 아닙니다, 경위님."

"제가 웃던가요? 선생님은 어떻습니까? 에든버러를 떠나신 게 언제죠?"

"린츠가 죽기 전입니다."

"만나셨습니까?" 리버스는 만났다는 것을 알고 있었지만, 레비가 거짓말을 하는지 알아보고 있었다.

레비는 말을 잠시 멈췄다. "'맞섰다'가 더 적절한 용어겠군요."

"딱 한 번이었습니까?"

"세 번이요. 린츠는 자신에 대해 얘기하고 싶어 하지 않더군요. 하지만 나는 내 주장을 폈습니다."

"전화는요?"

레비는 잠시 말을 멈췄다. "무슨 전화요?"

"린츠가 록스버그 호텔로 한 전화요."

"후대를 위해 녹음해둘 걸 그랬어요. 분노였습니다, 경위님. 욕설과 분노였죠. 미쳤다는 확신이 들더군요."

"미쳤다고요?"

"말하는 걸 못 들어보셨죠? 린츠는 완전히 정상인처럼 위장하는 데 아주 능숙합니다. 그랬던 게 분명해요. 그러니까 그렇게 오래 발각되지 않고 지낼 수 있었겠죠. 하지만 미친 사람이에요. 진짜 미쳤어요."

리버스는 묘지에 있던 작고 구부정한 남자를 생각했다. 그리고 개가 지나가자 갑자기 공격적인 태도를 보이던 것도. 침착, 분노, 다시 침착.

"린츠가 말한 얘기는……" 레비가 한숨을 쉬었다.

"레스토랑에서 한 얘기였나요?"

"무슨 레스토랑이요?"

"죄송합니다. 두 분이 점심을 함께했다고 생각해서요."

"그런 적 없었습니다."

"그럼 무슨 이야기였죠?"

"린츠 같은 사람들은 행동을 정당화하기 위해 자신을 지워버리거나 떠넘깁니다. 떠넘기는 경우가 더 흔하죠."

"다른 사람 짓이라고 스스로에게 말한다?"

"그렇습니다."

"린츠의 얘기도 그것이었습니까?"

"제일 터무니없었습니다. 사람을 잘못 봐서 생긴 일이라고 하더군요."

"누구하고 착각한 거라고 그러던가요?"

"대학 동료…… 콜쿠혼 박사요."

리버스는 호건에게 전화해서 자초지종을 들려주었다.

"자네가 얘기하고 싶어 할 거라고 레비한테 말해뒀어."

"바로 전화할게."

"어떻게 생각해?"

"콜쿠혼이 전범?" 호건은 코웃음 쳤다.

"나도 그래." 리버스가 말했다. "왜 우리한테 이야기하지 않았느냐고 레비한테 물었지."

"그랬더니?"

"허무맹랑해서 말할 가치가 없다고 생각했다더군."

"그래도 콜쿠혼하고 얘기해봐야겠어. 오늘 밤에."

"난 오늘 밤에 다른 약속이 있어, 바비."

"이해해, 존. 도와줘서 정말 고마워."

"혼자 갈 거야?"

"누구 데려가야지."

리버스는 끼지 못하는 게 싫었다. 늦은 저녁 약속을 취소한다면……

"진행 상황 알려줘." 리버스는 수화기를 내려놓았다. 오디오에서는 업비트에 멜로딕한 에디 해리스가 흘렀다. 욕실로 가서 욕조에 몸을 담그고 눈 위에 얼굴 수건을 얹었다. 리버스가 보기에 사람들은 작은 상자 안에서 살면서 상황마다 각기 다른 상자를 여는 것 같았다. 자아 전체를 드러내는 사람은 없다. 경찰도 그렇다. 각 상자는 안전 메커니즘이다. 살면서 만나는 대부분의 사람들은 이름도 모른다. 모든 사람은 다른 사람의 상자로부터 격리된다. 그게 사회다.

조셉 린츠를 생각했다. 끊임없이 질문하고, 대화를 철학 강의로 바꿨다. 자신만의 상자에 처박혀서 외부로부터 정체성을 차단하고, 과거를 수수께끼로 남겨둔다…… 조셉 린츠는 자신과 관련되면 분노를 보였다. 임상적으로 미쳤다. 하지만 분노하게 만든 건…… 무엇이었을까? 기억? 아니면 기억의 부재? 타인에 의해 유발된 분노?

욕실에서 나왔을 때는 에드 해리스 CD의 마지막 트랙이 흘러나오고 있었다. 페이션스를 만나러 가려고 옷을 입었다. 두 군데만 들르면 됐다. 먼저 병원에 가서 새미를 확인하고, 그다음에는 토피첸에서 회의가 있다.

"조직들이 여기 다 모이셨군." CID 사무실로 들어오며 리버스가 말했다.

셔그 데이비드슨, 클래버하우스, 오민스턴, 쇼반 클락이 큰 책상 주위에 둘러앉아서, 똑같은 레인저스 팀 머그컵으로 커피를 마시고 있었다. 리버스는 의자를 당겨 앉았다.

"확인해봤어, 셔그?"

데이비드슨이 고개를 끄덕였다.

"가게는 언제?"

"방금 말하려던 참이야." 데이비드슨은 펜을 집어 들어 만지작거렸다. "전 주인은 폐업했어. 매상이 신통찮았지. 1년 내내 거의 닫혀 있다가 갑자기 재개장했어. 주인도 바뀌고 가격도 사람들이 다른 데 안 갈 만큼 엄청나게 저렴해졌지."

"그리고 맥클린에 관심 있는 직원도 고용하고." 리버스가 덧붙였다. "언제부터 그랬지?"

"5주 됐어. 모든 메뉴를 할인 가격으로 팔아."

"이익을 볼 목적은 아니군." 리버스는 주위를 둘러봤다. 오민스턴과 클락을 위해 한 이야기였다. 클래버하우스에게는 이미 말해줬다.

"새 주인은?"

"데클란 딜레이니와 켄 윌킨슨이라는 사람이 운영해. 어디 출신인 것 같아?"

"페이즐리." 빨리 진행시키려고 안달하며 클래버하우스가 말했다.

"그럼 텔포드의 수하인가요?" 오민스턴이 물었다.

"그런 얘기는 들리지 않지만, 텔포드와 연결돼 있는 건 분명해." 데이비드슨이 코를 크게 훌쩍였다. "물론 덱과 켄이 가게를 운영하지만, 소유자는 아니야."

"텔포드겠지." 리버스가 말했다.

"좋습니다." 클래버하우스가 말했다. "텔포드가 밑지며 파는 가게를 소유하고 있군요. 정보를 수집할 목적으로."

"그 이상인 것 같아." 리버스가 말했다. "소문을 듣는 것도 목적이겠지. 하지만 그 가게에 오는 직원들이 다양한 보안 시스템과 그 시스템을 깨는 방법을 얘기할 것 같지는 않아. 덱과 켄은 수다스러워. 텔포드가 지시한 임무를 수행하기에 딱이지. 하지만 너무 많은 질문을 하기 시작하면 의심을 살 거야."

"그럼 텔포드의 목적은 뭐죠?" 오민스턴이 물었다. 쇼반 클락이 오민스턴 쪽으로 몸을 돌렸다.

"끄나풀이요." 클락이 말했다.

"말 되네." 데이비드슨이 말을 이었다. "그 건물은 보안이 삼엄하지만 난공불락은 아니야. 내부자를 심어두는 게 외부에서 침입하는 것보다 훨씬 쉽지."

"오늘 밤 늦게 맥클린의 대표를 만나기로 했어." 데이비드슨이 말했다.

"제가 함께 가겠습니다." 찬밥 신세가 되지 않으려고 클래버하우스가 말했다.

"그럼 우리도 내부자를 심어둬야 해요." 클락이 스스로 해결책을 생각했다. "그리고 가게에 가서 놈들이 혹할 만한 얘기를 흘리는 거죠. 그러고는 텔포드가 그 내부자에게 접근하기만 기도해야죠."

"넋 놓고 가만있는 것보다는 낫지." 클래버하우스가 말했다. "바로 시작하죠."

"그래서 이렇게 모인 거야." 리버스가 말했다. "마티 존스라는 마권업자가 있어. 나한테 큰 신세를 졌지. 우리 내부자가 텔포드의 가게에 들어갔다 나오는 순간, 차가 그 앞에 서. 마티와 부하들 몇 명이지. 마티가 도박 빚을 갚으라고 다그쳐. 말다툼이 벌어지지. 마티가 경고의 표시로 내부자의 배에 주먹을 날려."

클락은 알아들었다. "내부자는 비틀거리며 가게로 돌아가서는 앉아서 숨을 몰아쉬어요. 덱과 켄이 무슨 일이냐고 묻겠죠."

"그리고 내부자는 슬픈 사연을 얘기하지. 도박 빚, 파탄 난 결혼 등등."

"더 솔깃하게 하려면," 데이비드슨이 말했다. "내부자를 경비원으로 만들어야지."

오민스턴이 데이비드슨을 쳐다보았다. "맥클린이 허락할까요?"

"설득해야지." 클래버하우스가 조용히 말했다.

"더 중요한 게 있어요." 클락이 물었다. "텔포드가 걸려들까요?"

"놈이 얼마나 절박한지에 달렸지." 리버스가 대답했다.

"내부자……" 오민스턴의 눈이 빛났다. "텔포드 밑에서 일한다…… 우리가 늘 바라던 거네요."

클래버하우스가 고개를 끄덕였다. "딱 하나 남았네요." 그가 리버스와 데이비드슨을 처다보았다. "누구를 보내죠? 텔포드는 우리를 알잖아요."

"외부에서 데려와야지." 리버스가 말했다 "전에 함께 일했던 동료야. 텔포드가 못 들어본 친구지. 믿을 만해."

"하려고 할까요?"

테이블에 침묵이 흘렀다.

"누가 청하느냐에 달렸지." 입구에서 목소리가 들렸다. 다부진 체격의 남자였다. 머리카락은 숱이 많고 잘 다듬어졌고, 눈이 작았다. 리버스는 일어났다. 잭 모튼과 악수하고 소개했다.

"경력이 필요해." 모튼이 사무적으로 말했다. "존이 내용은 설명해줬어. 마음에 들더군. 하지만 현지에 아파트가 필요해. 지저분한 걸로."

"내일 당장 처리하죠." 클래버하우스가 말했다. "문제가 없으려면 상관들한테 알려야 해요." 그가 모튼을 처다보았다. "상관한테는 뭐라고 하셨어요, 잭?"

"며칠 휴가 냈어. 군이 알릴 필요가 없을 것 같아서."

클래버하우스는 고개를 끄덕였다. "시작하면 그쪽 상관께 알리겠습니다."

"오늘 밤에 시작해야 해." 리버스가 말했다. "텔포드의 부하들이 이미 누군가를 끌어들였을 수 있어. 어물거리다간 실패해."

"동의합니다." 시계를 확인하며 클래버하우스가 말했다. "전화 몇 군데 하겠습니다. 식후 위스키 마시고 있을 텐데 방해 좀 해야죠."

"필요하면 나도 돕겠네." 데이비드슨이 말했다.

리버스는 친구인 잭 모튼 경위를 처다보고는 '고마워'라고 입을 뻥긋거렸다. 모튼은 대수롭지 않다는 듯 어깨를 으쓱했다. 리버스는 일어섰다.

"나머지는 자네들한테 맡길게." 리버스는 동료들에게 말했다. "필요하면 호출기나 휴대폰으로 연락해."

복도를 반쯤 걸어갔을 때 쇼반 클락이 잡았다.

"감사하단 말씀 드리려고요."

리버스는 눈을 깜빡였다. "뭐가?"

"경위님이 클래버하우스의 의욕을 불러일으켜주신 덕분에, 저한테 치근대지 않거든요."

24

저녁은 괜찮았다. 페이션스에게 새미, 로나, 그리고 자신이 1960년대 음악에 대해 집착하며 패션에 무식하단 얘기를 했다. 페이션스는 일, 듣고 있는 실험적인 요리 수업, 오크니 여행을 꿈꾸고 있다는 얘기를 했다. 그녀가 직접 만든 특제 소스를 곁들인 신선한 파스타를 먹고 하이랜드 스프링 탄산수 한 병을 나눠 마셨다. 리버스는 함정 수사 생각을 잊으려고 애썼다. 타라비츠, 캔디스, 린츠…… 페이션스는 리버스의 생각 절반은 딴 데가 있다는 걸 알고 배신감을 느끼지 않으려고 애썼다. 리버스에게 집에 갈 것인지 물었다.

"초대인가요?"

"모르겠어요…… 그런 것 같아요."

"아닌 척해요. 그럼 거절해도 내가 인간쓰레기같이 느껴지지 않을 테니까요."

"그게 좋겠네요. 다른 생각 하고 있죠?"

"그 생각이 귀로 흘러나오는 걸 당신이 못 본 게 놀랍네요."

"얘기하고 싶어요? 눈치채지 못했을지 몰라도, 우린 오늘 밤엔 우리 얘기 말고 전부 했어요."

"얘기한다고 도움이 될 것 같지 않아요."

"억누른다고 달라져요?" 페이션스는 팔을 뻗었다. "스코틀랜드 남자들은 거절할 때 제일 행복하죠."

"내가 뭘 거절했는데요?"

"처음부터 내가 당신 삶에 다가가는 걸 거부했죠."

"미안해요."

"맙소사, 존. 그 말은 이마에 써 붙이고 다녀요."

"고마워요. 그럴게요." 리버스는 소파에서 일어섰다.

"아, 정말. 미안해요." 페이션스는 미소를 지었다. "봐요. 나도 미안하다고 말하게 됐잖아요."

"그러네요. 전염성이 있네요."

페이션스는 일어서서 리버스의 팔을 어루만졌다. "검사 받는 것 때문에 걱정이죠?"

"믿거나 말거나지만, 지금은 안중에도 없어요."

"그래야죠. 잘될 거예요."

"헝키 도리."*

"헝키 도리." 페이션스가 다시 미소를 지으며 되풀이했다. 리버스의 뺨에 가볍게 입을 맞췄다. "그런데 그게 무슨 뜻인지 잘 모르겠네요."

"헝키 도리?"

페이션스는 고개를 끄덕였다.

"데이비드 보위 앨범 제목이에요." 리버스는 그녀의 이마에 키스했다.

어떤 직감 때문에 우회할 생각이 들었는지는 몰랐다. 하지만 다행이었

---

* Hunky dory: '더할 나위 없이 좋다'는 뜻.

다. 모베나 카지노 앞에 흰색 리무진이 주차해 있었기 때문이다. 운전자는 차에 기대서 담배를 피우고 있었다. 지루해하는 것 같았다. 가끔 휴대폰을 꺼내 짧게 통화했다. 리버스는 모베나를 쳐다보며 생각했다. 토미 텔포드는 저 카지노에 지분을 보유하고 있다. 호스티스들은 핑크 아이가 제공한 동유럽 여자들이다. 리버스는 타라비츠와 텔포드라는 두 제국이 얼마나 밀접하게 얽혀 있는지 궁금했다. 그리고 제3세력도 있다. 야쿠자. 뭔가 앞뒤가 안 맞는다.

타라비츠가 얻는 게 뭐지?

미리엄 켄워디는 폭력배가 아닐까 하는 의견을 냈다. 스코틀랜드의 폭력배는 텔포드의 조직에서 훈련을 받고 남부로 이동한다. 하지만 그것만으로는 충분하지 않다. 뭔가 더 있어야 한다. 타라비츠가 맥클린에 배당금 지분이 있나? 텔포드가 야쿠자를 이용해 타라비츠를 끌어들였나? 텔포드가 타라비츠의 공급자라는 추론은?

자정이 되기 15분 전, 운전자는 다른 전화를 받고 곧바로 행동에 착수했다. 담뱃불을 길바닥에 비벼 끄고는 문을 열기 시작했다. 타라비츠와 측근들이 세상을 다 가진 듯한 모습으로 카지노에서 나왔다. 캔디스는 희미하게 반짝이는 분홍색 드레스 위에 검은색 롱코트를 걸쳤다. 드레스는 무릎까지도 닿지 않았다. 그녀는 샴페인 병을 들고 있었다. 리버스는 타라비츠의 부하 세 명을 알아봤다. 폐차장에서 본 게 기억났다. 변호사와 크랩은 보이지 않았다. 텔포드도 경호원 두 명과 함께 있었다. 그중 하나는 프리티 보이였다. 프리티 보이는 재킷을 걸치고는 버튼을 채우는 게 더 낫게 보일지 고심하고 있었다. 하지만 눈은 어두운 거리에 못 박혀 있었다. 리버스는 가로등에서 떨어진 곳에 차를 세우고 있어서 눈에 띄지 않을 것이라고 확신했다. 놈들은 리무진에 탔다. 리버스는 리무진이 떠나는 것을 지켜보았다. 리무진이 모퉁이를 도는 것을 본 다음, 헤드라이트를 켜고 시동을 걸었다.

놈들은 마츠모토가 묵었던 호텔로 갔다. 텔포드의 레인지로버가 밖에 주차되어 있었다. 클럽에서 서둘러 나오는 커플들이 리무진을 쳐다보았다. 팝스타나 영화 관계자들로 생각하는 것 같았다. 리버스는 자신을 캐스팅 디렉터라고 생각해봤다. 캔디스는 더러운 제작자 타라비츠의 노리개가 된 신인 여배우였다. 텔포드는 자수성가한 수완가로, 제작자에게서 최대한 단물을 빼먹은 다음 쓰러뜨릴 생각이다. 다른 놈들은 단역이다. 프리티보이만 빼고. 놈은 보스의 꽁무니를 따라다니며 자신만의 결정적인 기회를 노리고 있는지도 모른다.

타라비츠가 스위트룸을 쓴다면, 부하들이 묵는 방도 있을 것이다. 그렇지 않다면 바에 있겠지. 리버스는 차를 세우고 안으로 따라 들어갔다.

조명에 눈이 부셨다. 프런트는 온통 거울과 소나무, 황동 기념패, 화분으로 가득했다. 리버스는 파티에 늦은 사람처럼 보이려고 했다. 놈들은 유리로 된 회전문 두 개 건너에 있는 바에 앉아 있었다. 리버스는 남았다. 빈 프런트 쪽에 있으면 표적이 된다. 바에 가면 더 큰 표적이 된다. 차로 후퇴할까? 누군가 서서 긴 검정 코트를 벗고 있었다. 캔디스였다. 미소를 지으며 타라비츠에게 뭔가 말하고 있었다. 타라비츠는 고개를 끄덕였다. 캔디스의 손을 잡고 손바닥에 키스했다. 더 나갔다. 손바닥을 지나 손목까지 천천히 핥았다. 모두가 웃으며 휘파람을 불었다. 캔디스는 멍해 보였다. 타라비츠는 캔디스의 팔꿈치 안쪽까지 가서 깨물었다. 캔디스는 비명을 지르며 물러서서 팔을 문질렀다. 타라비츠는 구경꾼들 쪽으로 보란 듯이 혀를 내밀었다. 토미 텔포드는 인정할 만했다. 다른 사람들과는 달리 웃지 않았다.

캔디스는 거기 서 있었다. 주인이 하는 작은 공연의 꼭두각시였다. 그리고 타라비츠는 손가락을 튕겨 캔디스를 보냈다. 캔디스는 허락을 받고 문 쪽으로 향했다. 리버스는 호텔 공중전화가 있는 쪽으로 물러났다. 캔디스는 문 앞에서 오른쪽으로 돌아 여자 화장실로 사라졌다. 놈들은 테이블에서 샴페인과 프리티 보이가 마실 오렌지 주스를 시켰다.

리버스는 주위를 둘러보고 심호흡했다. 아주 자연스럽게 여자 화장실로 들어갔다.

캔디스는 세수를 하고 있었다. 옆 세면대에 작은 갈색 병이 있었다. 노란 알약 세 개가 준비되어 있었다. 리버스는 그걸 바닥으로 쓸어버렸다.

"안녕!"

캔디스가 돌아보았다. 리버스를 보고는 한 손으로 입을 막았다. 물러서려고 했지만 갈 데가 없었다.

"이걸 원했어, 카리나?" 리버스는 강력한 무기로 그녀의 진짜 이름을 사용했다. 내부 총질이었다.

캔디스는 얼굴을 찡그리며 고개를 저었다. 이해하지 못하겠다는 표정이었다. 리버스는 그녀의 어깨를 그러잡았다.

"새미." 리버스는 낮은 목소리로 말했다. "새미는 병원에 있어. 많이 아파." 호텔 바를 가리켰다. "놈들이 새미를 죽이려고 했어."

알아들었다. 캔디스는 머리를 흔들었다. 눈물에 마스카라가 번졌다.

"새미한테 뭔가 말했어?"

캔디스는 다시 얼굴을 찡그렸다.

"텔포드나 타라비츠. 새미한테 놈들 얘기를 했어?"

캔디스는 천천히 단호하게 고개를 저었다. "새미…… 병원?"

리버스는 고개를 끄덕였다. 손을 핸들 잡은 모양으로 만들고, 차 소리를 낸 다음, 주먹을 한 손 손바닥에 쳤다. 캔디스는 몸을 돌려 세면대를 잡았다. 울고 있었다. 어깨가 들썩였다. 알약을 더 찾았다. 리버스가 빼앗았다.

"전부 잊어버리려고? 그만둬." 리버스는 알약을 바닥에 던지고 발로 밟아 으스러뜨렸다. 캔디스는 쭈그려 앉아서 손가락에 침을 묻힌 다음 가루에 갖다 댔다. 리버스는 캔디스를 일으켜 세웠다. 캔디스의 무릎이 흔들렸다. 리버스가 계속 세우고 있어야 했다. 캔디스는 리버스의 시선을 피했다.

"재미있군. 처음 만난 곳도 화장실이었지. 기억나? 넌 겁에 질렸지. 자신의 삶을 너무나 혐오해서 죽으려고 했잖아." 리버스는 캔디스의 흉터투성이 손목을 만졌다. "네가 삶을 얼마나 혐오했는지 보여주는 상처야. 그런데 다시 그리로 돌아갔지."

캔디스는 리버스의 재킷에 얼굴을 댔다. 눈물이 그의 셔츠로 흘러내렸다.

"일본인들 기억나?" 리버스는 다정하게 말했다. "주니퍼 그린 기억나? 골프장."

캔디스는 물러서서 맨손으로 코를 닦았다. "주니퍼 그린." 그녀가 말했다.

"맞아. 그리고 큰 공장…… 차가 섰던 곳. 모두 그 공장을 쳐다봤지."

캔디스는 고개를 끄덕였다.

"그 얘기 한 사람 있어? 놈들이 뭐라고 얘기했어?"

캔디스는 고개를 저었다. "존……" 그녀의 손이 리버스의 옷깃에 닿았다. 캔디스는 훌쩍이고 다시 코를 닦았다. 리버스의 재킷과 셔츠로 손을 내렸다. 무릎을 꿇고 리버스를 올려다보면서 타일에 있는 가루를 젖은 손가락에 묻혔다. 리버스는 그녀 앞에 쭈그리고 앉았다.

"같이 가자." 리버스가 말했다. "도와줄게." 그는 문 쪽을, 바깥세상을 가리켰다. 하지만 캔디스는 이제 자기만의 세상에 몰두해 있었다. 손가락을 입으로 가져갔다. 누군가가 문을 열었다. 리버스는 올려다보았다.

젊은 여자였다. 취했고, 머리카락이 눈까지 흘러내렸다. 여자는 걸음을 멈추고 바닥에 있는 두 사람을 쳐다보고는 미소를 짓고 칸막이로 향했다.

"내 것 좀 남겨놔." 칸막이를 닫으며 여자가 말했다.

"가요, 존." 캔디스의 입가에 가루가 있었다. 앞니 두 개 사이에 작은 알약 조각이 끼어 있었다. "제발, 당장 가요."

"네가 상처받는 걸 바라지 않아." 리버스는 캔디스의 손을 잡았다.

"난 더 이상 상처받지 않아요."

캔디스는 일어나서 리버스에게서 몸을 돌렸다. 거울로 얼굴을 확인하고는 가루를 닦아내고 마스카라를 정리했다. 코를 풀고 심호흡을 했다.

화장실을 나갔다.

리버스는 캔디스가 테이블로 돌아갈 정도까지 기다렸다. 그러고는 화장실 문을 열고 나갔다. 자기 다리가 아닌 듯한 느낌으로 걸어서 차로 돌아왔다.

집으로 차를 몰고 돌아왔다. 눈물을 흘리지는 않았다.

하지만 그렇다고 울지 않는 건 아니다.

25

새벽 4시였다. 전화 소리가 구원처럼 리버스를 악몽에서 벗어나게 해주었다.

정치범 수용소였다. 여러 지점에 줄지어 선 매춘부들이 리버스 앞에 무릎을 꿇고 있었다. 나치 친위대 복장을 완전히 갖춰 입은 제이크 타라비츠가 뒤에서 리버스를 붙들고 저항해봐야 소용없다고 말하고 있었다. 리버스는 창살이 쳐진 창문을 통해 검은색 베레모를 쓴 마키*들이 분주하게 수용소를 해방시키면서도 자신의 임시 숙소는 마지막까지 남겨두는 모습을 볼 수 있었다. 비상벨이 울리고 있었다. 모든 것이 해방이 눈앞에 왔음을 알리고 있었다.

……비상벨은 전화기가 되었다. 리버스는 의자에서 비틀대며 일어나 수화기를 집어 들었다.

"네."

"존?" 총경의 목소리였다. 애버딘 사투리를 즉각 알 수 있었다.

"네, 총경님."

"성가신 일이 생겼어. 이리로 나오게."

"어떤 성가신 일이요?"

---

* maquis: 제2차 세계대전 중 독일에 맞서 싸운 프랑스 무장 게릴라 단체.

"오면 알려주겠네. 이제 근무 시간이야."

정확히 말하면 야간 근무였다. 도시는 잠들어 있었다. 세인트 레너즈에는 불이 켜져 있었지만 주택들은 어둠에 싸였다. 농부가 말한 '성가신 일'의 자취는 없었다. 총경의 사무실에 가보니 농부가 질 템플러와 회의 중이었다.

"앉게, 존. 커피 줄까?"

"괜찮습니다."

템플러와 총경이 누가 말할지 머뭇대는 동안, 리버스가 도와주었다.

"토미 텔포드의 사업체가 공격당했군요."

템플러가 눈을 깜빡였다.

"텔레파시인가?"

"캐퍼티의 사무실과 택시들이 잿더미가 됐죠. 집도." 리버스는 어깨를 으쓱했다. "우린 보복이 있으리라 예상했습니다."

"우리?"

뭐라고 말해야 할까? 리버스는 예상했다. 캐퍼티가 말해줬으니까. 총경과 템플러는 그럴 것 같지 않았다. "그냥 이에는 이라고 생각했죠."

농부가 손수 커피를 따랐다. "이젠 대놓고 전쟁이군."

"어디가 공격당했죠?"

"플린트 스트리트의 게임 센터." 템플러가 말했다. "스프링클러 시스템이 있어서 피해는 크지 않았어요." 그녀가 미소를 지었다. 스프링클러가 있는 게임 센터…… 텔포드가 신중하거나 그런 건 아니군.

"나이트클럽 두어 개." 농부가 덧붙였다. "그리고 카지노도."

"어떤 카지노죠?"

총경은 템플러를 쳐다봤다. 템플러가 대답했다. "모베나."

"피해자는요?"

"매니저와 친구 몇 명. 뇌진탕과 타박상이에요."

"어쩌다가?"

"계단을 뛰어 내려오다가 얽히면서 넘어졌어요."

리버스는 고개를 끄덕였다. "계단이 늘 말썽이죠." 그는 의자에 등을 기 댔다. "이 모든 일이 저하고 무슨 상관이죠? 텔포드의 일본 친구를 해치우 고 난 다음에 불을 질렀다는 얘기는 하지 마십시오."

"존." 농부가 일어섰다. 그는 등을 책상에 기댔다. "우리 셋은 자네가 이 일과 아무 관계없다는 걸 알지. 말해보게. 자네 운전석 아래 따지 않은 몰 트위스키병이 발견됐는데……"

리버스는 고개를 끄덕였다. "제 겁니다." 또 다른 소형 자살 폭탄.

"그런데 왜 슈퍼마켓에서 파는 블렌드 위스키를 마시겠나?"

"병뚜껑이 그거였습니까? 개자식이 취향도 싸구려네요."

"자네 혈액에서는 알코올이 검출되지 않았네. 하지만 자네가 말했듯이, 캐퍼티는 유력한 용의자야. 그리고 캐퍼티와 자네는……"

"제가 캐퍼티 얘기를 하기 바라십니까?"

질 템플러가 의자에서 몸을 앞으로 기댔다. "우린 전쟁을 원하지 않아 요."

"두 놈을 잡아넣으면 휴전하겠죠."

"텔포드에게 말해볼게요." 템플러가 말했다.

"젊은 놈이 보통이 아니에요. 조심해요."

템플러가 고개를 끄덕이며 말했다. "캐퍼티한테 얘기할 건가요?"

리버스는 전쟁을 원하지 않았다. 전쟁은 맥클린 강도 계획에 대한 텔포드의 관심을 돌릴 것이다. 가능한 한 모든 병력을 동원하겠지. 가게도 닫을지 모른다. 안 될 일이다. 리버스는 전쟁을 원하지 않았다.

"얘기해보겠습니다." 리버스가 말했다.

발리니니 교도소의 아침 식사 시간이었다.

리버스는 운전 후에 신경이 날카로웠다. 이럴 때 위스키를 마시면 가라앉는다는 것을 알고 있었다. 캐퍼티는 전과 같은 방에서 리버스를 기다리고 있었다.

"꼭두새벽이야, 스트로맨." 그는 만족한 듯 팔짱을 끼고 있었다.

"밤새 바빴겠군."

"정반대야. 여기 온 후 제일 편히 잤는걸. 자네는?"

"4시에 일어나서 피해 보고서를 확인했지. 여기 오지 않고도 끝낼 수 있었어. 자네 휴대폰 번호만 알려주면."

캐퍼티가 씩 웃었다. "나이트클럽이 잿더미가 됐다는 얘긴 들었지."

"자네 부하들이 허풍 떨었군." 캐퍼티의 얼굴에서 웃음이 가셨다. "텔포드의 건물은 최첨단 화재 예방 시설을 갖추고 있었어. 연기 감지기, 스프링클러, 방화분. 피해는 최소한이었지."

"이건 시작일 뿐이야." 캐퍼티가 말했다. "그 개새끼를 없애버리겠어."

"그건 내 일인데?"

"손도 까딱 않고 있잖아, 스트로맨."

"계획을 꾸미는 중이야. 성공하면 자네 마음에 들 거야."

캐퍼티가 눈을 찌푸렸다. "자세하게 말해봐. 믿음을 줘."

하지만 리버스는 고개를 저었다. "가끔은 무조건 믿어봐." 그리고 말을 잠깐 멈췄다. "알겠지?"

"내가 손해 보는 게 분명한데."

리버스는 설명했다. "자넨 물러서. 텔포드는 나한테 맡겨."

"우리가 끝내야 해. 놈이 날 쳤는데 내가 속수무책으로 당하면, 난 발에 채는 돌만도 못한 꼴이 돼."

"경찰에서 텔포드에게서 물러서라고 경고하고 있어."

"그리고 그동안에는 자네만 믿고 있으라고?"

"우린 손잡았잖아."

캐퍼티는 코웃음을 쳤다. "내가 손잡은 개자식들이 한둘인 줄 알아?"

"이제 그 원칙의 예외를 만난 거지."

"자네는 수많은 원칙의 예외지, 스트로맨." 캐퍼티는 생각에 잠긴 것 같았다. "카지노, 나이트클럽, 게임 센터······ 피해가 별로 없었다고?"

"스프링클러 자체가 상당한 피해를 입혀."

캐퍼티의 표정이 굳어졌다. "나를 더 얼간이로 만드는군."

리버스는 잠자코 앉아서 캐퍼티가 머릿속에서 벌이고 있는 수 싸움이 끝나기를 기다렸다.

"좋아." 캐퍼티가 마침내 말했다. "애들 철수시킬게. 어차피 병력 보충도 해야 하고." 그가 리버스를 올려다보았다. "새 피를 수혈할 때가 됐어."

이 말에 리버스는 자신이 미뤄두고 있던 다른 일이 생각났다.

대니 심슨은 에든버러의 남서쪽에 위치한 웨스터 헤일스의 테라스 하우스에서 어머니와 함께 살았다.

이 음산한 주택 단지는 이런 데 살 필요가 없고, 심장은 있어도 제대로 뛰지 않는 새디스트가 설계했다. 리버스는 이 단지에 깊은 존경심을 가지고 있었다. 토미 스미스는 여기서 자라면서, 건물의 얇은 벽 건너에 사는 이웃에게 방해가 되지 않으려고 구멍에 양말을 집어넣은 색소폰으로 연습했다. 토미 스미스는 리버스가 들어본 최고의 색소폰 연주자 중 하나였다.

웨스터 헤일스는 어떤 의미에서 현실 세계의 바깥에 존재했다. 장소와 장소 사이의 경로에 있지 않았다. 리버스는 그곳을 통과할 일이 없었다. 용무가 있을 때만 갔다. 도시의 우회로는 이곳을 지나쳐 갔다. 운전자들이 이 지역과 마주칠 기회는 그 우회로뿐이었다. 눈에 보이는 것은 고층 블록 건물, 테라스 하우스, 사용하지 않는 운동장이었다. 사람도 볼 수 없었다. 콘크리트 정글이라기보다는 콘크리트 진공이었다.

리버스는 대니 심슨의 병실 문을 노크했다. 심슨에게 무슨 말을 해야 할지 몰랐다. 그저 심슨을 다시 보고 싶었다. 피와 상처투성이가 아닌 모습을 보고 싶었다. 멀쩡한 한 사람의 모습을 보고 싶었다.

만나고 싶었다.

하지만 대니 심슨은 없었다. 그의 어머니도 없었다. 윗니에 틀니를 한 이웃이 나와서 사정을 말해줬다.

이야기를 들은 리버스는 왕립병원으로 갔다. 대니 심슨은 쉽게 찾기 힘든 작고 음산한 병실의 병상에 누워 있었다. 머리에는 붕대를 감았고, 축구 경기 전후반 90분을 다 뛴 것처럼 땀을 흘리고 있었다. 의식이 없었다. 어머니는 옆에 앉아서 대니의 손목을 쓰다듬고 있었다. 간호사는 대니가 호스피스 병실로 옮기는 것이 최선이며, 병실을 알아보고 있다고 설명했다.

"어떻게 된 일이죠?"

"감염이 분명해요. 면역력이 없으면…… 세상은 위험한 곳이죠." 간호사는 이런 일을 겪은 게 한두 번이 아니라는 듯 어깨를 으쓱했다. 대니의 어머니는 두 사람이 얘기하는 걸 보았다. 리버스가 의사라고 생각하는지도 몰랐다. 일어나서 리버스에게 다가왔다. 그러고는 리버스가 말하기를 기다리며 서 있기만 했다.

"대니를 만나러 왔습니다." 리버스가 말했다.

"그래요?"

"대니가 사고를 당했던 날 밤에, 제가 이리로 데려왔습니다. 상태가 어떤지 궁금해서요."

"직접 보세요." 대니 어머니의 목소리가 갈라졌다.

리버스는 생각했다. 여기서 5분만 걸어가면 새미의 병실이다. 새미의 상황이 특별하다고 생각했다. 자신에게 특별했기 때문이다. 이제 리버스는 새미의 병상에서 얼마 떨어지지 않은 곳에 다른 부모가 자식의 손을 쥐고 울면서 이유를 묻고 있는 걸 보고 있다.

"정말 유감입니다." 리버스가 말했다. "부디……"

"나도 그래요." 어머니가 말했다. "대니는 나쁜 애가 아니었어요. 까불긴 했어도 나쁜 애는 절대 아니었죠. 언제나 지루한 걸 못 견디고, 뭔가 새로운 게 하고 싶어 안달했던 게 문제였어요. 그러다가 어떤 길로 빠지게 될지는 뻔하죠."

리버스는 고개를 끄덕였다. 갑자기 여기 있기가, 대니 심슨이 살아온 이야기를 듣기가 싫어졌다. 그가 씨름해야 할 유령은 지금도 넘쳤다. 리버스는 그녀의 팔을 꼭 잡았다.

"저기," 리버스는 말했다. "죄송하지만 이만 가봐야 합니다."

그녀는 듣는 둥 마는 둥 고개를 끄덕이며 아들의 침대가 있는 쪽으로 향했다. 리버스는 바이러스가 전염됐을 단순한 가능성 때문에 대니 심슨을 욕하고 싶었다. 리버스는 그녀와 문간에서 만났다면, 이 대화도 진작 끝났고 자신은 자리를 뜰 수 있었다는 사실을 이제 깨달았다.

리버스는 대니를 욕하고 싶었지만 그럴 수 없었다. 신을 저주하는 것이나 마찬가지다. 시간과 기력을 낭비하는 짓이다. 그래서 대신 새미의 병실로 갔다. 새미가 또 혼자 병실에 있었다. 다른 환자도, 간호사도, 로나도 없었다. 그는 새미의 이마에 키스했다. 짭짤한 맛이 났다. 땀이었다. 닦아줘야 한다. 전에 눈치채지 못했던 냄새가 났다. 텔컴 파우더*였다. 그는 앉아서 새미의 따뜻한 손을 잡았다.

"좀 어떠니, 새미? 오아시스 CD를 가져와야겠다는 생각을 계속했어. 혹시 네가 의식을 찾는 데 도움이 될까 해서. 엄마는 여기 앉아서 클래식을 듣고 있어. 너도 들리는지 모르겠네. 네가 그런 음악을 좋아한다는 것도 전혀 몰랐어. 우리가 얘기하지 않은 것들이 많구나."

리버스는 뭔가를 보았다. 일어서서 새미를 확인했다. 눈꺼풀 뒤에 움직임이 있었다.

"새미? 새미?"

새미가 이러는 것을 전에는 보지 못했다. 침대 옆에 있는 버튼을 눌렀다. 간호사가 오기를 기다렸다. 다시 버튼을 눌렀다.

"제발, 어서……"

눈썹이 흔들리다가 멈췄다.

---

* talcum powder: 주로 땀띠약으로 몸에 바르는 가루.

"새미!"

문이 열리고 간호사가 들어왔다.

"무슨 일이죠?"

리버스가 말했다. "새미가 움직이는 걸 본 것 같아요!"

"움직였어요?"

"눈만요. 눈을 뜨려고 하는 것 같았어요."

"의사 선생님 모셔 올게요."

"제발, 새미. 다시 해봐. 일어나야지, 아가야." 리버스는 새미의 손목을, 그다음에는 뺨을 톡톡 두드렸다.

의사가 왔다. 첫날 리버스가 소리 질렀던 그 의사였다. 의사는 새미의 눈꺼풀을 들어 올리고 가는 손전등을 비춰본 다음, 손전등을 치우고 동공을 확인했다.

"아버님이 보셨다면, 움직임이 분명히 있었겠죠."

"네. 하지만 그게 어떤 의미죠?"

"얘기하기 어렵네요."

"어쨌든 말해주세요." 리버스는 의사의 눈을 응시했다.

"새미는 자고 있어요. 꿈을 꾼 거예요. 사람들은 가끔 꿈꿀 때 REM을 경험합니다. 급속 안구 운동이죠."

"그럼……" 리버스는 그 단어를 생각했다. "무의식적 동작인가요?"

"뭐라고 말하기 어렵습니다. 최근 검사에서는 분명히 차도가 보였어요." 의사는 잠시 말을 멈췄다. "조금이긴 하지만, 분명히 차도가 있었습니다."

리버스는 몸을 떨며 고개를 끄덕였다. 의사는 그 모습을 보고 필요한 게 있는지 물었다. 리버스는 고개를 저었다. 의사는 시계를 확인하고 다른 병실에 가야 한다고 했다. 간호사는 발을 동동 굴렀다. 리버스는 두 사람에게 감사를 전하고 병실을 나섰다.

호건: 심문을 녹음하는 데 동의하십니까, 콜쿠혼 박사님?

콜쿠혼: 이의 없습니다.

호건: 박사님과 우리 모두를 위한 것입니다.

콜쿠혼: 저는 숨길 게 없습니다, 호건 경위님. (기침)

호건: 좋습니다. 그럼 시작할까요?

콜쿠혼: 질문 하나만 해도 될까요? 기록을 위해서입니다. 조셉 린츠에 대해서만 묻고 다른 건 없죠?

호건: 다른 게 뭐죠?

콜쿠혼: 그냥 확인하려고요.

호건: 변호사가 동석하길 원하십니까?

콜쿠혼: 아니요.

호건: 알겠습니다. 음, 이건…… 조셉 린츠 교수와의 관계에 대한 질문일 뿐입니다.

콜쿠혼: 네.

호건: 전에 저희와 얘기했을 때는, 린츠 교수를 모른다고 하셨습니다.

콜쿠혼: 잘 알지는 못한다고 했던 것 같은데요.

호건: 알겠습니다. 그렇게 말씀하신다면……

콜쿠혼: 제가 기억하기로는 그랬습니다.

호건: 저희가 새로운 정보를 입수했는데……

콜쿠혼: 그런데요?

호건: 박사님은 린츠 교수를 말씀하신 것보다 더 잘 알고 계신다는 정보입니다.

콜쿠혼: 근거가……?

호건: 저희가 입수한 새 정보입니다. 조셉 린츠가 박사님을 전범이라고 비난했다는군요. 이것에 대해 하실 말씀 있으십니까?

콜쿠혼: 거짓말입니다. 터무니없는 거짓말이에요.

호건: 린츠 교수가 박사님이 전범이라고 생각하지 않았다는 말씀입니까?

콜쿠혼: 린츠가 그렇게 생각한 건 맞아요. 면전에서 여러 번 그렇게 말했습니다.

호건: 언제요?

콜쿠혼: 여러 해 전에요. 린츠는 확신하고 있었어요. 그는 미쳤습니다, 경위님. 난 알 수 있었어요. 그는 악마에 사로잡혔습니다.

호건: 린츠가 정확히 뭐라고 했습니까?

콜쿠혼: 기억하기 어렵군요. 오래전 일입니다. 1970년대 초반 같아요.

호건: 기억해내시면 도움이 될 겁니다.

콜쿠혼: 파티가 한창일 때 욕을 했어요. 객원 교수에 대한 일종의 신고식이라고 생각했죠. 어쨌든 조셉은 나보고 한쪽으로 가자고 계속 주장했어요. 몹시 흥분한 것 같았습니다. 그러더니 내가 나치였고, 어떤 편법을 써서 영국에 들어왔다고 욕했죠. 귀찮을 정도였습니다.

호건: 박사님은 어떻게 하셨죠?

콜쿠혼: 취해서 횡설수설한다고 했습니다.

호건: 그러고는요?

콜쿠혼: 린츠는 정말 취했어요. 택시를 불러야 할 정도였죠. 그 일에 대해서는 아무 말도 하지 않았습니다. 교수 사회에 있다 보면 어느 정도…… 별난 행동에 익숙해집니다. 학자란 뭔가에 사로잡힌 사람들이라 어쩔 수 없는 일이죠.

호건: 하지만 린츠는 집요했죠?

콜쿠혼: 사실 그렇지는 않습니다. 하지만 몇 년마다…… 뭔가 얘기했죠. 내가 잔혹한 행위를 했다고 비난했습니다.

호건: 린츠가 대학 밖에서 박사님께 접근한 적은요?

콜쿠혼: 한동안 우리 집에 전화했습니다.

호건: 이사하셨죠?

콜쿠혼: 네.

호건: 전화번호부에서 번호는 빼셨고요?

콜쿠혼: 결국에는요.

호건: 린츠가 전화하는 걸 막으려고요?

콜쿠혼: 그것도 이유였던 것 같습니다.

호건: 다른 사람과 린츠 이야기를 하신 적 있습니까?

콜쿠혼: 당국에요? 아니요. 아무에게도 안 했습니다. 린츠는 그냥 귀찮은 존재일 뿐이었습니다.

호건: 그러고는 무슨 일이 일어났죠?

콜쿠혼: 신문에 린츠가 나치 전범이라는 기사가 나오기 시작했습니다. 그리고 린츠가 다시 등 뒤에 나타났습니다.

호건: 박사님 사무실로 전화했죠?

콜쿠혼: 네.

호건: 그 일에 대해 저희에게 거짓말하셨죠?

콜쿠혼: 죄송합니다. 당황해서 그랬습니다.

호건: 당황하신 이유가 뭐였습니까?

콜쿠혼: 그건…… 모르겠습니다.

호건: 그래서 린츠를 만나셨군요? 일을 바로잡으려고?

콜쿠혼: 점심을 함께했습니다. 린츠는…… 멀쩡한 것 같았습니다. 하지
       만 이야기를 할 때는 일종의 광기 같은 게 보였죠. 저는 계속 말
       했습니다. "조셉, 전쟁이 끝났을 때 난 10대였어." 게다가 난 영
       국에서 태어나고 자랐습니다. 기록에 전부 나와 있어요.

호건: 그랬더니 린츠가 뭐라고 했죠?

콜쿠혼: 기록은 위조될 수 있다고 했습니다.

호건: 위조 기록…… 요제프 린츠스테크가 발각되지 않고 지낼 수 있었
      던 방법이죠.

콜쿠혼: 알고 있습니다.

호건: 조셉 린츠가 요제프 린츠스테크라고 생각하십니까?

콜쿠혼: 모르겠습니다. 린츠가 그 이야기를 듣고…… 믿기 시작해
       서…… 모르겠습니다.

호건: 하지만 박사님에 대한 비난은 언론에서 난리를 치기 수십 년 전
      부터 시작했죠.

콜쿠혼: 그렇습니다.

호건: 그래서 박사님을 따라다니며 괴롭혔고요. 언론에 자기 버전의 이
      야기를 할 거라고 말했나요?

콜쿠혼: 그랬을 수도…… 모르겠습니다.

호건: 흠.

콜쿠혼: 동기를 찾고 계신 거죠? 제가 린츠가 죽기를 바란 이유요.

호건: 린츠를 죽였습니까, 콜쿠혼 박사님?

콜쿠혼: 절대 아닙니다.

호건: 누구 짓인 것 같습니까?

콜쿠혼: 모르겠습니다.

호건: 왜 저희한테 얘기하지 않았죠? 왜 거짓말하셨습니까?

콜쿠혼: 이렇게 될 줄 알았으니까요. 의심받을 줄 알았어요. 피할 수 있
　　　　다고 바보같이 생각했죠.

호건: 피해요?

콜쿠혼: 네.

호건: 젊은 여성이 린츠와 함께 저녁을 먹는 게 목격되었습니다. 린츠
　　　　가 박사님을 데려간 레스토랑에서요. 누군지 아십니까?

콜쿠혼: 아니요.

호건: 린츠 교수와 오랫동안 아는 사이였습니다. 린츠의 성적 취향이
　　　　어떻다고 생각하십니까?

콜쿠혼: 생각해본 적 없습니다.

호건: 없다고요?

콜쿠혼: 네.

호건: 박사님 본인은 어떻습니까?

콜쿠혼: 이게 대체 무슨…… 기록을 위해 밝혀 두죠. 저는 일부일처주
　　　　의자이고 이성애자입니다.

호건: 솔직하게 말씀해주셔서 감사합니다.

리버스는 테이프를 껐다.

"자네가 해낼 줄 알았어."

"어떻게 생각해?" 바비 호건이 물었다.

"콜쿠혼에게 당신 짓이냐고 묻는 타이밍이 잘못된 것 같아. 그 외에는 나쁘지 않네." 리버스는 녹음기를 톡톡 쳤다. "아직 많이 남았어?"

"그다지 많지는 않아."

리버스는 녹음기를 다시 켰다.

호건: 레스토랑에서 만났을 때, 전과 똑같은 식이었습니까?

콜쿠혼: 네. 이름, 날짜…… 유럽에서 영국으로 오는 중에 거친 나라 들……

호건: 어떻게 해냈는지 말했나요?

콜쿠혼: 린츠는 그걸 '랫 라인'이라고 했습니다. 믿으실지 모르겠지만, 바티칸에서 운영했다고 하더군요. 그리고 서방의 모든 정부들 이 공모해서 나치들, 그러니까 과학자와 지식인들을 러시아에 서 빼냈다고요. 제 말은…… 이언 플레밍과 존 르 카레의 소설 에나 나올 얘기 아닌가요?

호건: 하지만 매우 자세했죠?

콜쿠혼: 집착하면 그럴 수 있습니다.

호건: 린츠 교수가 얘기했던 것과 동일한 주장을 하는 책들이 있는데 요.

콜쿠흔: 그런가요?

호건: 밀입국한 나치…… 교수대 신세를 면한 전범들이요.

콜쿠흔: 아, 네. 하지만 그냥 주장일 뿐이죠. 진지하게 받아들이시는 건
　　　　아니겠죠?

호건: 정보를 모을 뿐입니다. 제 직무상 어떤 것도 허투루 버리지 않습
　　　　니다.

콜쿠흔: 네, 압니다. 이삭과 가라지를 가려내는 게 문제죠.

호건: 거짓에서 진실을 가려내는 것 말씀인가요? 네, 그것도 문제죠.

콜쿠흔: 여러분이 보스니아와 크로아티아에 대해 들은 얘기…… 인간
　　　　도살장, 집단 고문, 사라진 범죄자들…… 그게 진실인지 알아내
　　　　기는 어렵죠.

호건: 심문을 마치기 전에…… 돈이 어떻게 됐는지 혹시 모르십니까?

콜쿠흔: 돈이요?

호건: 린츠가 은행에서 인출한 돈 말입니다. 현금으로 5천 파운드였습
　　　　니다.

콜쿠흔: 금시초문입니다. 다른 동기인가요?

호건: 시간 내주셔서 감사합니다, 콜쿠흔 박사님. 다시 박사님과 얘기
　　　　해야 할 수도 있습니다. 유감스럽지만 저희한테 거짓말을 하셨기
　　　　때문에, 일이 훨씬 어려워졌습니다.

콜쿠흔: 죄송합니다, 호건 경위님. 이해합니다. 하지만 제가 왜 그랬는
　　　　지 이해해주시기 바랍니다.

호건: 제 어머니는 절대로 거짓말하지 말라고 가르치셨죠. 시간 내주셔
　　　　서 다시 한 번 감사드립니다.

리버스는 호건을 쳐다보았다. "자네 어머니?"

호건은 어깨를 으쓱했다. "할머니였을 수도 있고."

리버스는 커피를 비웠다. "린츠와 식사한 사람 중 하나는 알게 됐군."

"그리고 린츠가 콜쿠혼을 스토킹했다는 것도."

"콜쿠혼이 용의자일까?"

"꼭 그렇다고는 생각하지 않아."

"맞아. 하지만 그렇긴 해도……"

"콜쿠혼이 수상하다고 생각해?"

"모르겠어, 바비. 진술이 꼭 연습한 것처럼 들렸어. 끝에 가서는 안심한 것 같고."

"만족스럽지 않나 본데? 다시 데려올 수 있어."

리버스는 콜쿠혼이 한 말을 생각했다. '여러분이 들은 얘기…… 사라진 범죄자들.' '읽은' 게 아니라 '들은' 얘기들…… 콜쿠혼은 누구에게 들었지? 캔디스? 제이크 타라비츠?

호건은 콧등을 문질렀다. "한잔해야겠어."

리버스는 종이컵을 쓰레기통에 버렸다. "메시지 듣고 이해했어. 그런데 애버네시 소식은?"

"진짜 골칫거리야." 호건이 몸을 돌리며 말했다.

26

"준비됐습니다." 리버스가 전화로 잭 모튼에 대해 묻자 클래버하우스
가 말했다. "폴워스에 침실 하나짜리 코딱지만 한 집을 얻어줬죠. 유니폼
도 맞췄고 이제 공식적으로 현장 경비원이 됐습니다."

"아는 사람은?"

"사장뿐입니다. 이름은 리빙스턴이고요. 지난밤에 오랫동안 회의했습
니다."

"낯선 사람이 들어오는 걸 경비원들이 이상하게 생각하지 않을까?"

"적응하는 건 잭한테 달렸죠. 자신만만하던데요."

"잭의 위장은?"

"몰래 술을 마시고, 대놓고 도박을 하죠. 결혼생활은 파탄 났고요."

"술 안 마시는데."

"네, 잭한테 들었지만 상관없어요. 남들이 그렇게 생각하기만 하면 됩
니다."

"시작할 준비는?"

"거의 됐어요. 잭은 2교대로 근무하게 됩니다. 그래야 가게에 더 자주
들를 수 있죠. 사람이 적은 저녁에도요. 켄이나 덱과 안면을 틀 가능성이
더 높아지죠. 우리는 낮에는 잭과 연락하지 않습니다. 보고는 귀가한 후에

전화로만 합니다. 너무 많이 만나면 위험할 수 있어요."

"놈들이 잭을 주시할까?"

"철저하다면요. 그리고 놈들이 계획에 속아 넘어간다면요."

"마티 존스하고는 얘기했어?"

"내일로 정했어요. 덩치들 두엇을 데려오겠지만 잭한테는 살살 할 겁니다."

"너무 이르지 않아?"

"기다릴 여유가 없잖아요? 놈들이 벌써 누군가를 염두에 두고 있을 수도 있고요."

"잭에게 너무 많은 부담을 주는군."

"경위님 아이디어였습니다."

"알아."

"잭이 이 일에 맞지 않는다고 생각하세요?"

"그런 게 아니라…… 전쟁에 발을 들여놓는 거잖아."

"그리고 휴전하게 하죠."

"그래."

"제가 듣기로는 그게 아닌데……"

리버스도 그 말을 듣고 바로 전화를 끊었다. 총경의 사무실 문을 두드렸다. 총경은 질 템플러와 회의 중이었다.

"말했나?" 농부가 물었다.

"휴전에 동의했습니다." 리버스가 말하고 템플러를 쳐다보았다. "경감님은요?"

템플러는 심호흡했다. "텔포드하고 얘기했어요. 변호사가 내내 배석했죠. 우리가 원하는 걸 얘기했고, 변호사는 계속 우리가 자기 고객을 모욕하고 있다고 했어요."

"텔포드는요?"

"팔짱 긴 채 앉아서 벽을 보고 웃기만 하더군요." 템플러의 얼굴이 벌게 졌다. "내 쪽은 거들떠보지도 않았어요."

"하지만 메시지는 전했죠?"

"네."

"캐퍼티는 우리 조건에 따를 거라는 얘기도요?"

템플러가 고개를 끄덕였다.

"그런데 대체 어떻게 된 일이죠?"

"우리 손을 벗어나게 할 수 없네." 농부가 말했다.

"이미 벗어난 것 같은데요."

최근의 상황은 이랬다. 캐퍼티의 부하 둘의 얼굴이 으깬 과일처럼 으스 러졌다.

"죽지 않은 것만도 다행이지." 농부가 말을 이었다.

"어떻게 된 일인지 아시죠?" 리버스가 말했다. "타라비츠예요. 그자가 문제입니다. 텔포드는 놈의 조연이고요."

"이런 때야말로 독립이 필요한데." 농부가 동의했다. "그러면 타라비츠 를 잉글랜드에 인도해버리면 끝이니까."

"그렇게 하는 게 어떻겠습니까?" 리버스가 제안했다. "여기 있는 걸 더 는 용납할 수 없다고 놈한테 말하는 거죠."

"버티면?"

"따라다녀야죠. 우리가 따라다닌다는 걸 사방에 알리고요. 우리 자신이 골칫거리가 되는 겁니다."

"그게 먹힐까요?" 질 템플러는 회의적인 것 같았다.

"안 되겠죠." 의자에 주저앉으며 리버스가 동의했다.

"우리에겐 힘이 없어." 시계를 보며 농부가 말했다. "경찰청장님 마음에 안 들 거야. 30분 내에 사무실로 오라고 하셨어." 농부는 전화기를 들어 차를 대기시키라고 지시하고는 일어섰다.

"자네들 둘이 철저히 논의해."

리버스와 템플러는 시선을 교환했다.

"한두 시간 내에 돌아오겠네." 농부는 갑자기 길을 잃은 듯 주위를 둘러보았다. "나갈 땐 문 잠가." 그 말과 함께 손을 흔들고는 떠났다. 방 안에는 정적이 흘렀다.

"문을 계속 잠가놔야겠어요." 리버스가 말했다. "총경님 커피맛의 비법이 도난당하지 않으려면."

"사실 요새 좀 나아지긴 했어요."

"경감님 미각이 떨어졌을 수도 있죠. 그런데 경감님," 리버스는 의자를 돌려 템플러와 마주했다. "뭘 논의하죠?"

템플러는 미소를 지었다. "총경님은 그자가 미쳤다고 생각해요."

"죽이려고 한다고요?"

"아마도."

"그럼 우리가 구해야 하나요?"

"우리가 슈퍼 히어로 콤비는 아니잖아요?"

"그렇죠."

"그러면 당신이 늘 말하듯이, 무고한 시민이 피해를 입지 않는 한 자기

들끼리 치고받고 싸우게 내버려둬야죠."

리버스는 새미를, 캔디스를 생각했다. "하지만," 그가 말했다. "언제나 무고한 피해자가 생긴다는 게 문제죠."

템플러는 리버스를 쳐다보았다. "어떻게 지내요?"

"늘 똑같죠."

"늘 똑같이 안 좋다고요?"

"제 삶이 좀 그렇죠."

"그런데 린츠 사건은 끝냈어요?"

리버스는 고개를 저었다. "텔포드와 연결되었을 가능성이 절반쯤 있어요."

"아직도 텔포드가 뺑소니 사건의 배후라고 생각해요?"

"텔포드 아니면 캐퍼티죠."

"캐퍼티?"

"텔포드한테 덮어씌우려고요. 마츠모토 사건을 나한테 덮어씌우는 방법으로."

"아직 위험에서 완전히 벗어난 게 아닌 건 알죠?"

리버스는 템플러를 쳐다보았다. "내사요? 고무 밑창 구두 신은 애들?" 그녀는 고개를 끄덕였다. "그러라고 하세요." 리버스는 의자에서 몸을 앞으로 기울이고 관자놀이를 문질렀다. "걔들이 파티에 안 낄 리 없죠."

"무슨 파티요?"

"내 머릿속에 있는 파티. 결코 끝나지 않죠." 리버스는 몸을 책상 쪽으로 기울여서 울리는 전화를 받았다. "아니요, 안 계십니다. 메시지 전해드릴까요? 저는 리버스 경위입니다." 상대는 잠시 말이 없었다. 리버스는 질 템플러를 쳐다보았다. "네, 그 사건 담당입니다." 리버스는 펜과 종이를 찾아 적기 시작했다. "알겠습니다. 네, 그런 것 같군요. 돌아오시면 전해드리겠습니다." 그의 시선이 템플러를 향했다. 그런 다음 핵심을 말했다. "사망자가 몇 명이라고 하셨죠?"

사망자는 단 한 명이었다. 현장에서 빠져나온 다른 사람은 어깨에서부터 잘려나간 팔을 붙들고 있었다. 나중에 그는 지역 병원으로 왔는데 수술과 대량의 수혈이 필요했다.

대낮이었다. 에든버러가 아니라 페이즐리였다. 텔포드의 고향이자 그가 아직도 지배하고 있는 곳이었다. 현장 작업팀 같은 공무원 작업복을 입은 남자 넷이 곡괭이와 삽 대신 마체테와 대구경 권총으로 무장했다. 그들은 두 사람을 주택단지 안까지 쫓아왔다. 아이들이 세발자전거를 타거나 공을 차면서 놀고 있었다. 여자들은 창밖으로 몸을 내밀고 있었다. 남자들은 서로 싸웠다. 마체테를 머리 위로 올렸다가 세게 내리쳤다. 부상을 입은 남자는 계속 도망쳤다. 남자의 친구는 담장을 넘으려고 했지만 민첩하지 못했다. 5cm만 더 올라갔어도 성공했을 것이다. 그때 발을 잡혀 떨어졌다. 총구가 뒤통수에 닿자 몸을 뒤로 밀쳤다. 총성 두 방이 울렸고, 피와 뇌수가 흩뿌려졌다. 아이들은 노는 걸 멈췄고, 여자들은 도망가라고 비명을 질렀다. 하지만 이 총성 두 발로 완료된 게 있었다. 추격이 끝난 것이다. 남자 넷은 몸을 돌려 거리에서 기다리는 밴을 향해 다시 달려갔다.

토미 텔포드의 심장부에서 벌어진 공개 처형이었다.

피해자 두 명은 사채업자였다. 병원에 있는 피해자는 '쥐방울' 스티비 머레이였고 스물두 살이었다. 시체 공시소에 누운 놈은 도니 드레이퍼였

고, 어렸을 때부터 '커튼'이라는 별명으로 불렸다.* 그 때문에 농담거리가
됐다. 커튼은 2주 후면 스물다섯 번째 생일이었다. 리버스는 커튼이 지상
에서의 짧은 생을 충분히 즐겼길 바랐다.

페이즐리 경찰은 텔포드가 에든버러로 갔다는 것과 거기에서 문제가 있
었다는 사실을 알고 있었다. 그래서 예의상 왓슨 총경에게 전화한 것이다.

두 놈이 텔포드 부하 중에서 최고이고 최강이었다고 전화한 경찰이 말
했다.

공격자들의 인상착의가 모호하다는 얘기도 했다.

아이들이 증언하지 않으려고 한다는 얘기도 했다. 보복을 두려워한 부
모들이 막고 있다고 했다. 글쎄, 경찰에게는 말하지 않겠지. 하지만 토미 텔
포드가 와서 묻고 대답하라고 하면 그때도 입 다물고 있을지는 모르겠군.

좋지 않았다. 전쟁이 확대되고 있었다. 방화와 구타. 이런 건 복구하면
된다. 하지만 살인은…… 살인은 훨씬 심한 보복전으로 이어진다.

"놈들과 다시 얘기할 필요가 있을까요?" 질 템플러가 물었다. 둘은 구
내식당에 앉아 있었다. 손도 안 댄 샌드위치가 앞에 놓여 있었다.

"마체테를 썼어요." 리버스가 말했다.

"대니 심슨의 머리가죽을 벗기려던 그 칼이죠." 리버스는 고개를 끄덕
였다. "물어볼 게 있는데……" 템플러가 말했다.

"뭔데요?"

"린츠…… 아까 뭐라고 했죠?"

리버스는 남아 있는 차가운 커피를 비웠다. "다른 게 필요해요?"

"존……"

---

* 드레이퍼(draper)는 '직물점'이라는 뜻이다.

리버스는 템플러를 쳐다보았다. "린츠는 전화를 몇 통 했는데 그걸 숨기려고 했어요. 그중 하나는 플린트 스트리트에 있는 토미 텔포드의 사무실에 한 거였죠. 어떻게인지는 모르지만, 연관이 있는 건 분명해요."

"린츠와 텔포드 사이에 공통점이 있을까요?"

"어쩌면 린츠가 도움을 청했을 수도 있어요. 매춘부를 불렀을 수도 있고. 말했듯이, 아직 몰라요. 그래서 아직 붙들고 있죠."

"텔포드를 간절히 원하는군요?"

리버스는 템플러를 응시하면서 생각했다. "그 정도론 부족해요."

"캐퍼티도 원해요?"

"그리고 타라비츠…… 야쿠자도요. 관련자는 누구든지요."

템플러는 고개를 끄덕였다. "당신이 말하던 파티가 이거군요?"

리버스는 자신의 머리를 톡톡 쳤다. "전부 여기 있어요, 질. 쫓아내려고 하는데 버티고 있네요."

"당신이 좋아하는 음악을 틀면 도망갈 수도 있죠."

리버스는 피로한 듯 웃었다. "그거 좋은 생각이네요. 어떤 게 좋을까요? 이니드The Enid? 예스Yes의 세 장짜리 앨범?"

"내 취향이 아니라서 다행이에요."

"얼마나 좋은 앨범인지 몰라서 그래요."

"알아요. 첫 공연 때 갔었거든요."

스코틀랜드의 옛 격언 중에 '얻어맞고 엉뚱한 사람에게 화풀이한다'는 말이 있다. 그래서 리버스는 왓슨의 사무실로 다시 불려갔다. 농부는 청장에게 깨지고 왔는지 뺨이 벌겋다. 리버스가 앉으려고 하자 왓슨은 다시 일어나라고 했다.

"내가 앉으라고 하기 전까지는 앉지 마."

"알겠습니다."

"대체 어떻게 된 일이야, 존?"

"뭐가요?"

농부는 리버스가 책상에 남기고 간 메모를 쳐다보았다. "이게 뭐야?"

"페이즐리에서 한 명이 사망했고, 한 명은 중상을 입었습니다. 텔포드의 부하들입니다. 캐퍼티가 텔포드의 아픈 데를 찔렀죠. 텔포드의 구역에 금이 갔다고 생각할 겁니다. 구멍이 생기게 한 거죠."

"페이즐리." 농부는 메모를 서랍에 집어넣었다. "우리 문제는 아니지."

"그렇게 될 겁니다. 텔포드가 보복한다면 여기서 하겠죠."

"그건 신경 끄게. 맥클린 제약 얘기나 하지."

리버스는 눈을 깜빡이며 어깨에 힘을 풀었다. "말씀드릴 생각이었습니다."

"청장님한테 듣게 만들었지."

"사실은 제 아이가 아닙니다. 강력반이 유모차를 밀고 있어요."

"그 유모차에 있는 아이는 누구 작품인데?"

"말씀드리려고 했습니다."

"내가 무슨 꼴이 됐는지 알아? 내 부하가 아는 일을 내가 모르고 있었잖아. 멍청이가 따로 없었지."

"그렇지 않다고 확신합니다, 총경님."

"내가 멍청이처럼 보였다고!" 농부는 두 손바닥으로 책상을 쳤다. "그리고 이게 처음도 아니지. 난 언제나 자네를 위해 최선을 다했네. 자네도 알 거야."

"그렇습니다."

"언제나 공평했고."

"물론입니다."

"그런데 이렇게 뒤통수를 쳐?"

"다시는 이런 일 없도록 하겠습니다."

농부는 리버스를 응시했다. 리버스는 그 시선을 받고 마주 보았다.

"그러길 바라네." 농부는 의자에 등을 기댔다. 조금 진정했다. 분노가 치료제다. "내가 자네를 여기 붙잡아두고 있는 동안 하고 싶은 말 있나?"

"없습니다. 다만 음⋯⋯"

"말해보게." 농부는 다시 몸을 앞으로 기울였다.

"제 아파트 위층에 사는 남자가," 리버스가 말했다. "루칸 경* 같습니다."

---

* Lord Lucan: 아이들의 유모를 살해하고 자취를 감춘 영국의 연쇄 살인 용의자.

27

그들은 텔포드의 보복 공격을 기다리고 있었다. 청장의 아이디어였다. '존재감을 과시해 제지한다.' 텔포드는 찰스 그롤을 플린트 스트리트에 대기시켰고 순찰차가 나타날 때마다 경찰이 괴롭힌다고 주장하게 했다. 찰스 그롤은 경찰이 불필요하고 부당하게 감시하고 있는 상황에서 자신의 고객이 어떻게 합법적이고 중요한 사업과 다수의 지역 발전을 수행할 수 있겠냐고 강변했다. '지역 발전'이란 연금 생활자와 그들의 무상 임대 아파트를 말한다. 텔포드는 연금 생활자들을 주저 없이 장기판의 졸로 썼다. 언론이 좋아할 것이다.

순찰차는 철수할 것이다. 시간문제다. 그 후에는 밤마다 다시 불꽃놀이가 벌어질 것이다. 모든 사람이 예상하고 있었다.

리버스는 병원에 가서 로나와 함께 앉았다. 이제는 병실에 친숙해졌다. 그곳은 고요하고 정돈된 오아시스였고, 병실에 있는 시간은 리버스에게 안도감을 주는 의식이었다.

"병원에서 새미 머리를 감겨줬네." 리버스가 말했다.

"다른 정밀 검사를 했어." 로나가 설명했다. "머리에 묻은 건 나중에 닦아내야 했고." 리버스는 고개를 끄덕였다. "새미 눈동자가 움직이는 걸 당신이 알아챘다며?"

"그런 것 같아."

로나는 리버스의 팔을 만졌다. "재키가 주말에 다시 올지도 모른다고 했어. 미리 알려주는 거야."

"알았어."

"피곤해 보이네."

리버스는 미소를 지었다. "요새 내 모습 멋지다는 사람들이 많았는데."

"하지만 오늘은 아니야." 로나가 말했다.

"술이랑 나이트클럽, 여자들 때문인 게 분명해."

리버스는 생각했다. 콜라, 모베나 카지노, 그리고 캔디스.

생각했다. 내가 왜 고래 싸움에 새우 등 터지는 신세가 됐지? 캐퍼티와 텔포드는 둘 다 나를 가지고 노는 걸까?

걱정됐다. 잭 모튼이 무사해야 할 텐데.

아든 스트리트로 돌아오니 전화벨이 울리고 있었다. 리버스는 자동응답기로 넘어가려는 순간 수화기를 집어 들었다.

"응답기 멈추는 동안 기다리세요." 그는 버튼을 제대로 찾아서 눌렀다.

"기술자네, 스트로맨."

캐퍼티였다.

"무슨 일이야?"

"페이즐리 얘기 들었어."

"자기가 말하고 자기가 듣나?"

"난 그 일과 관계없어."

리버스는 크게 웃었다.

"정말이야."

리버스는 의자에 주저앉았다. "나보고 그걸 믿으라고?" 게임. 리버스는 생각했다.

"믿든 안 믿든 자네한테 알려주려고."

"고맙네. 푹 잘 수 있겠군."

"나한테 뒤집어씌운 거야, 스트로맨."

"텔포드는 자네한테 뒤집어씌울 필요 없어." 리버스는 한숨을 쉬고 목을 펴 좌우로 돌렸다. "다른 가능성은 생각해봤어?"

"무슨 가능성?"

"자네 부하들이 우왕좌왕해. 자네 뒤통수를 치려고 해."

"알아."

"자네 똘마니들이 말해준 것만 알겠지. 놈들이 거짓말한다면? 자네 부하들이 다 그렇다는 게 아니야. 두세 놈이 등을 돌렸을 수 있어."

"알아." 캐퍼티의 목소리는 무덤덤했다. 그는 실제로 그 문제를 생각하고 있었다.

"좋아. 이걸 알아둬. 누가 자네한테 먼저 알려주지? 자네는 다른 세상에 있어. 교도소에 있다고. 자네 물건을 지키는 게 쉽지 않아."

"목숨을 맡길 만큼 신임하는 애들이 있어." 캐퍼티는 잠시 말을 멈췄다. "그 친구들이 말해줄 거야."

"그 친구들이 안다면 그렇겠지. 자네한테 말하지 말라는 경고를 받지 않았다면 말이야. 내가 무슨 말 하는지 알겠어?"

"두세 놈이 등을 돌린다……" 캐퍼티가 되풀이했다.

"생각나는 놈들이 있군?"

"제프리스가 알 거야."

"제프리스? 위즐 이름이 제프리스야?"

"위즐한테 그 이름으로 부르지 마."

"전화번호 알려줘. 얘기해볼게."

"안 돼. 자네한테 전화하라고 해둘게."

"위즐이 배신자 중 하나라면?"

"배신자가 없는지도 모르지."

"하지만 말이 된다며?"

"토미 텔포드가 날 관에 집어넣으려고 한다는 게 말이 된다고."

리버스는 창문에서 시선을 돌렸다. "문자 그대로?"

"거래가 있었다는 얘길 들었어."

"하지만 자네는 보호받고 있잖아?"

캐퍼티가 킬킬 웃었다. "스트로맨, 날 정말 걱정해주는 것 같군."

"자네 상상이야."

"이봐, 여기서 빠져나갈 길은 두 가지뿐이야. 첫째, 자네가 텔포드하고 거래하는 것. 둘째, 내가 놈하고 거래하는 것. 합의했잖아? 텔포드 구역에 애들 보내서 놈의 부하들 손봐준 건 내가 아니야."

"놈이 자네보다 야망이 큰지도 모르지. 자네가 전에 쓰던 수법을 상기시켰을 수도 있어."

"내가 물러터졌다는 거야?"

"적응하거나 죽거나 둘 중 하나라는 얘기야."

"자넨 적응했어, 스트로맨?"

"조금은."

"깨알만큼이겠지."

"지금 내 얘길 하는 게 아니야."

"자네도 여기 관련되어 있어. 그걸 명심해, 스트로맨. 좋은 꿈꿔."

리버스는 수화기를 내려놓았다. 기진맥진하고 우울했다. 거실을 둘러보았다. 리버스가 전에 아파트를 팔 생각을 했을 때 잭 모튼은 거실 페인트칠을 도와주었다. 술을 끊는 것도 도와주었다.

잠들지 못하리라는 걸 알았다. 차로 돌아가서 영 스트리트로 향했다. 옥스퍼드 바는 조용했다. 철학자 두 명이 구석에 있었고, 뒤쪽 방에는 바이올린을 케이스에 넣은 음악인들이 있었다. 리버스는 블랙커피 두 잔을 마시고 옥스퍼드 테라스로 차를 몰았다. 좋은 음악을 계속 들었다. 아스트리드 질베르토, 스탄 게츠, 아트 페퍼, 듀크 엘링턴. 신통찮은 노래가 나올 때까지 기다렸다가 페이션스의 집 문을 두드리겠다고 혼잣말했다.

하지만 그때쯤에는 너무 늦었다. 알리지도 않고 찾아가긴 싫었다. 그건 좋아 보이지 않을 것이다. 자포자기한 행동이라고 해도 상관없었다. 하지만 자신이 무리하고 있다고 페이션스가 생각하는 건 바라지 않았다. 그는 시동을 다시 걸고 떠났다. 뉴타운 주위를 돌아 그랜턴으로 향했다. 포스브리지 주변에 차를 세웠다. 창문을 열고 물소리와 밤을 달리는 대형 트럭 소리를 들었다.

눈을 감고서도 세상을 차단할 수 없었다. 사실 잠이 오기 직전의 순간에 이미지가 가장 선명하다. 새미가 어떤 꿈을 꾸고 있는지, 꿈을 꾸기는 하는 건지 궁금했다. 로나는 새미가 리버스와 함께 있으려고 북부로 왔다고 말했다. 그럴 자격이 있는 어떤 행동을 새미에게 했는지 생각나지 않았다.

시내로 돌아가 고든 트라토리아에서 에스프레소를 마신 다음 병원으로 갔다. 밤 이 시간에는 주차 자리를 찾기 쉬웠다. 택시 한 대가 입구에서 쉬고 있었다. 새미의 병실로 갔다가 누가 있는 걸 보고 놀랐다. 처음에는 로나인 줄 알았다. 방에서는 닫힌 커튼을 통해서만 불빛이 비치고 있었다. 여자 하나가 시트에 머리를 기댄 채 침대 옆에 무릎을 꿇고 있었다. 리버스는 앞으로 걸어갔다. 여자는 리버스가 오는 소리를 듣고 몸을 돌렸다. 얼굴이 눈물로 번들거렸다.

캔디스였다.

캔디스의 눈이 휘둥그레졌다. 그녀는 비틀거리며 일어섰다.

"새미 보고 싶어요." 캔디스는 조용히 말했다.

리버스는 고개를 끄덕였다. 그늘 속에서 보니 새미와 훨씬 더 비슷해 보였다. 비슷한 체구, 비슷한 머리카락과 얼굴형. 캔디스는 길고 빨간 코트를 입었다. 주머니에 손을 넣어 손수건을 찾았다.

"새미를 좋아해요." 캔디스가 말했다. 리버스는 다시 고개를 끄덕였다.

"타라비츠가 여기 있는 거 알아?" 리버스가 물었다.

캔디스는 고개를 저었다.

"바깥에 있는 택시?" 리버스는 추측했다.

캔디스는 고개를 끄덕였다. "카지노에 있어요. 화났어요." 캔디스는 각 단어가 맞는지 확인하면서 더듬더듬 말했다.

"네가 나간 건 알아?"

캔디스는 생각해보고는 고개를 저었다.

"같은 방에서 자?" 리버스가 물었다.

캔디스는 고개를 세차게 젓고는 미소 지었다. "제이크는 여자 좋아하지 않아요."

리버스에게는 새로운 소식이었다. 미리엄 켄워디는 타라비츠가 영국 여자와 결혼했다는 얘기를 한 적이 있다. 하지만 그건 영주권 때문이었다. 리버스는 타라비츠가 캔디스를 거칠게 다루는 걸 보았다. 그건 텔포드를 위해서 한 행동이라는 걸 이제 깨달았다. 타라비츠는 텔포드에게 자신이 여자를 통제할 수 있다는 것을 과시했다. 하지만 텔포드는…… 캔디스가 체포되고 강력반으로 이송되는 것을 내버려두었다. 두 파트너 사이에 라이벌 의식이 있다는 작은 신호였다. 이용할 방법이 있지 않을까?

"새미는…… 새미는 나을 수……?"

리버스는 어깨를 으쓱했다. "우리도 그러길 바라, 캔디스."

캔디스는 바닥을 내려다보았다. "내 이름은 카리나예요."

"카리나." 리버스는 되풀이했다.

"사라예보는……" 카리나는 리버스를 올려다보았다. "어떤지 잘 알겠죠. 난 탈출했어요. 운이 좋았죠. 그들이 전부 나한테 그랬어요. 운이 좋다고." 카리나는 손가락으로 가슴을 찔렀다. "운이 좋다. 생존자." 카리나는 다시 허물어졌다. 이번에는 리버스가 그녀를 잡아주었다.

때로는 껍데기에 불과한 몸만 살아남고, 영혼은 그 경험에 잡아먹히고 부수어진다.

"카리나." 리버스는 이름을 반복해 말해주고, 진정한 정체성을 강화해주고, 사라예보에서 탈출한 이후 숨겨왔던 그녀의 일부를 알아내려고 했다. "카리나, 진정해. 새미는 괜찮을 거야." 그러고는 카리나의 머리카락과 얼굴을 토닥였다. 다른 손으로는 카리나의 등을 토닥였다. 그녀의 몸이 떨리는 게 느껴졌다. 리버스는 눈물을 참으며 새미의 몸을 쳐다보았다. 병실의 공기가 전기처럼 탁탁거렸다. 그 일부가 새미의 뇌에 닿지 않을까 생각했다.

"카리나, 카리나, 카리나……"

카리나는 몸을 떼고 등을 돌렸다. 리버스는 카리나를 보낼 수 없었다. 그녀에게 다가가서 어깨에 손을 얹었다.

"카리나." 리버스가 말했다. "타라비츠가 어떻게 널 찾아냈지?" 카리나는 이해하지 못하는 것 같았다. "앤스트루더에서 타라비츠 부하들이 널 찾아냈어."

"브라이언." 카리나는 조용히 말했다.

리버스는 얼굴을 찡그렸다. "브라이언 서머스?" 프리티 보이.

"브라이언이 제이크한테 말했어요."

"네가 어디 있는지 타라비츠한테 말했다고?" 그런데 왜 에든버러로 데려오지 않았지? 리버스는 알 것 같았다. 카리나는 너무 위험했다. 경찰과 너무 가까웠다. 방해물은 제거하는 게 최선이다. 하지만 죽여선 안 된다. 모두가 연루될 수 있다. 하지만 타라비츠는 카리나를 통제할 수 있다. 그러면 핑크 아이가 텔포드를 한 번 더 구해주는 셈이다.

"타라비츠가 너를 여기 데려오면, 텔포드를 보며 고소해하겠군." 리버스는 생각에 잠겼다. 캔디스를 쳐다보았다. 어떻게 하지? 어디가 안전할까? 캔디스는 그의 생각을 읽은 것 같았다. 리버스의 손을 쥐었다.

"알겠지만 나한테는……" 캔디스는 손으로 아이를 부드럽게 안는 동작을 했다.

"아들." 리버스가 말했다. 캔디스는 고개를 끄덕였다. "그리고 타라비츠는 아들이 어디 있는지 알고?"

캔디스는 고개를 저었다. "트럭…… 트럭이 데려갔어요."

"타라비츠의 난민 트럭?" 캔디스는 다시 고개를 끄덕였다. "어디 있는 지는 모르고?"

"제이크는 알아요. 말했어요. 부하들이……" 캔디스는 손으로 가라앉히 는 동작을 했다. "죽인다고…… 내가 만약……"

가라앉히는 동작. 크랩이다. 타라비츠 뒤에 서 있던 놈. 무쇠주먹 크랩. 리버스는 뭔가 떠올랐다. "크랩은 왜 타라비츠와 함께 오지 않았지?" 캔디 스는 그를 쳐다보았다. "타라비츠는 여기 있어." 리버스가 말했다. "크랩 은 뉴캐슬에 있고. 왜지?"

캔디스는 어깨를 으쓱했다. 생각에 잠긴 것 같았다. "크랩 안 왔어요." 그녀는 대화의 몇 토막을 기억했다. "위험."

"위험하다고?" 리버스는 얼굴을 찡그렸다. "누가?"

캔디스는 다시 어깨를 으쓱했다. 리버스는 그녀의 손을 잡았다.

"타라비츠를 믿으면 안 돼, 카리나. 벗어나야 해."

캔디스는 리버스를 올려다보았다. 눈이 반짝였다. "노력해봤어요."

둘은 서로를 쳐다보고는 잠깐 포옹했다. 리버스는 캔디스를 택시까지 데려다주었다.

28

아침이었다. 리버스는 병원으로 전화해 새미의 상태를 물었다. 그런 다음, 다른 병실에 연결해달라고 부탁했다.

"대니 심슨은 어떤가요?"

"유감입니다······ 가족이신가요?"

그 말로 충분했다. 리버스는 신분을 밝힌 다음, 언제 죽었는지 물었다.

"밤이었어요." 간호사가 말했다.

대니의 몸은 쇠약했다. 벌써 죽었을 목숨이었다. 리버스는 대니의 어머니에게 전화를 걸어 다시 한 번 신분을 밝혔다.

"소식 들었습니다. 조의를 표합니다." 리버스가 말했다. "장례식은······?"

"괜찮다면 가족끼리 치르려고요. 조화도 사양하고요. 대신 자선단체에 기부해달라고 부탁하고 있어요. 대니도 좋게 생각해주겠죠."

"물론입니다."

리버스는 자선단체의 세부 사항을 받아 적었다. 에이즈 호스피스였다. 어머니는 그 단어를 차마 자신의 입 밖으로 낼 수 없었다. 그는 전화를 끊었다. 봉투를 꺼내 10파운드와 함께 메모를 넣었다. '대니 심슨을 추모하며.' 리버스는 검사를 받으러 갈까 생각했다. 그때 전화가 울려서 수화기를 집어 들었다.

"여보세요?"

잠음과 엔진 소음이 들렸다. 달리는 차 안의 카폰이었다.

"이건 새로운 수준의 괴롭힘이군." 텔포드였다.

"무슨 소리야?" 리버스는 화를 누르려고 애썼다.

"대니 심슨은 죽은 지 여섯 시간밖에 안 됐어. 그런데 벌써 그 엄마한테 전화했더군."

"어떻게 알았어?"

"나도 거기 있었으니까. 조의를 표하려고."

"이유가 있어서 전화했어. 이거 알아, 텔포드? 네가 사태를 새로운 수준으로 복잡하게 만든 것 같아."

"그래. 그리고 캐퍼티는 날 막으려고 했지."

"자기는 페이즐리 일과는 상관없다고 했어."

"어렸을 때 이빨 요정* 믿었지?"

"아직도 믿어."

"캐퍼티 편을 들려면 요정만으로는 부족할 거야."

"협박인가? 말하지 마. 타라비츠가 차에 함께 있지?" 침묵이 흘렀다. 빙고. 리버스는 생각했다. "경찰을 욕하면 타라비츠가 존경할 것 같지? 놈은 널 존중하지 않아. 네 눈앞에서 캔디스 다루던 걸 봐."

경박함과 분노가 섞여 나왔다. "이바, 리버스. 당신 캔디스하고 그 호텔에 있었지? 캔디스 어땠어? 제이크 말로는 화끈하다던데." 뒤에서 웃음이 터져 나왔다. 캔디스 말에 따르면 핑크 아이는 그녀를 건드리지 않았다.

---

* Tooth Fairy: 밤에 어린아이의 침대 머리맡에 빠진 이를 놓아두면 이것을 가져가고 그 대신에 동전을 놓아둔다는 상상 속의 존재.

허세 부리는군. 텔포드와 타라비츠는 자기들끼리도 게임을 하고, 세상과도 게임을 한다.

리버스는 자신이 원하던 음색을 찾았다. "난 캔디스를 도우려고 했어. 캔디스가 그걸 모를 정도로 멍청하다면, 너나 타라비츠 같은 놈한테나 맞는 여자겠지." 그는 더 이상 캔디스에게 관심이 없다고 말했다. "어쨌든 타라비츠는 손쉽게 너한테서 캔디스를 데려갔군." 리버스는 텔포드-타라비츠의 관계를 감싸고 있는 갑옷의 허점을 찾으려 잽을 날렸다.

"캐퍼티가 페이즐리 사건의 배후가 아니면 어떻게 할 거야?" 리버스는 조용히 물었다.

"놈의 부하들이었어."

"멋대로 한 짓이지."

"캐퍼티는 부하들을 통제할 수 없어. 그게 놈의 한계야. 웃음거리가 됐지, 리버스. 캐퍼티는 끝났어."

리버스는 아무 말도 하지 않았다. 대신 소리를 죽인 대화에 귀를 기울였다. "타라비츠 씨가 얘기 좀 하자는군." 전화를 바꿨다.

"리버스? 우린 문명인이라고 생각했는데."

"어떤 면에서?"

"뉴캐슬에서 만났을 때…… 서로 양해하지 않았나?"

무언의 합의였다. 텔포드를 놔둘 것. 캐퍼티와 더 이상 관계를 맺지 말 것. 캔디스와 그 아들의 안전을 보장할 것. 타라비츠는 이 중에 무엇을 말하는 것일까?

"내 약속은 지켰어."

억지로 웃는 소리가 들렸다. "페이즐리 사건이 뭘 의미하는지 알아?"

"뭔데?"

"모리스 제럴드 캐퍼티의 종말이 시작됐다는 거야."

"그리고 넌 무덤에 꽃을 보내겠군."

그것도 죽은 꽃을.

리버스는 세인트 레너즈로 가서 컴퓨터 앞에 앉았다. 그리고 크랩을 찾아보았다.

크랩. 윌리엄 앤드류 콜튼. 관련 자료가 어마어마했다. 리버스는 파일을 읽어보기로 했다. 전화로 요청하고 서면으로 보충했다. 아래층에서 연락이 왔다. 어떤 남자가 리버스를 만나러 왔다고 했다. 이름은 밝히지 않았다. 인상착의를 들으니 위즐 같았다.

리버스는 아래층으로 내려갔다.

위즐은 밖에서 담배를 피우고 있었다. 녹색 방수 재킷을 입고 있었는데 두 주머니가 찢어졌다. 벌목꾼용 모자를 썼는데, 바람으로부터 귀를 보호하려고 덮개를 내렸다.

"좀 걷지." 리버스가 말했다. 위즐이 보조를 맞췄다. 그들은 새 아파트 단지를 돌았다. 레고 상자에서 나온 듯한 위성 안테나와 창문이 있었다. 단지 뒤에는 솔즈베리 크랙스*가 있었다.

"걱정 마." 리버스가 말했다. "암벽타기 할 기분 아니니까."

"난 실내에 들어가고 싶은 기분인데." 위즐이 턱을 코트의 세운 옷깃에 틀어박았다.

"내 딸 관련 소식은?"

---

* Salisbury Crags: 에든버러 시내가 한눈에 내려다보이는 언덕.

"말했잖아. 거의 가까이 왔어."

"얼마나 가까이?"

위즐은 리버스의 반응을 살폈다. "차에 있던 테이프를 찾았어. 그걸 판 놈도, 다른 공범한테서 받았다더군."

"그 공범은?"

위즐이 교활하게 미소를 지었다. 그는 리버스를 가지고 놀 수 있다는 걸 알았다. 되도록 오래 그럴 생각이다.

"곧 놈을 만나게 될 거야."

"테이프는 차가 버려진 다음에 훔쳤다고 했지?"

위즐은 고개를 저었다. "그렇게 된 게 아니야."

"그럼 어떻게 된 건데?" 리버스는 위즐을 땅바닥에 패대기치고 대갈통을 보도에 찧고 싶었다.

"하루나 이틀만 줘. 필요한 거 다 알아다 줄게." 세찬 바람에 돌조각이 날렸다. 둘은 얼굴을 돌렸다. 리버스는 50m쯤 뒤에 육중한 체구의 남자가 어슬렁거리는 걸 보았다.

"걱정 마." 위즐이 말했다. "내 동행이야."

"신경과민이야?"

"페이즐리 사건 이후에 텔포드가 피를 보려고 해."

"페이즐리 사건에 대해 아는 거 있어?"

위즐이 눈을 찌푸렸다. "없어."

"없다고? 캐퍼티는 부하들이 뒤통수 쳤다고 의심하기 시작하던데?" 리버스는 위즐이 고개를 젓는 것을 보았다.

"난 그 일은 아예 몰라."

"너희 두목의 오른팔이 누구야?"

"캐퍼티 씨한테 직접 물어봐." 위즐은 대화가 지루하다는 듯 주위를 둘러보았다. 뒤따라오던 남자에게 신호했고, 남자는 그 신호를 전달했다. 몇 초 후, 새빨갛게 칠한 새 재규어가 달려와 그들 옆에 섰다. 리버스는 차 안쪽을 보았다. 운전사는 이런 일을 별로 하고 싶지 않은 듯했다. 내부는 크림색 가죽이었다. 뒤에 따라오던 남자가 앞으로 달려와서 위즐에게 문을 열어주었다.

"너로군." 리버스가 말했다. 위즐은 거리에서 캐퍼티의 눈과 귀였다. 노숙자 같은 옷을 입고 다녔다. 위즐이 쇼의 연출자였다. 다양한 전초 기지에 배치된 행동대장들…… 명품 양복을 입은 변호사들…… 경찰 정보에 따르면 캐퍼티의 부재중에 그의 왕국을 다스리는 집단…… 그것들은 전부 연막이었다. 지금 벌목꾼 모자를 벗고 있는 구부정한 남자, 치아 상태가 좋지 않고 면도도 제대로 하지 않은 남자, 그가 책임자였다.

리버스는 진짜로 웃었다. 경호원은 조수석에 타서는 뒷좌석에 앉은 보스가 편안한지 확인했다. 리버스는 차창을 톡톡 쳤다. 위즐이 창을 내렸다.

"말해봐." 리버스가 물었다. "권한을 받아서 일을 망치는 중인가?"

"캐퍼티 씨는 날 믿어. 내가 옳은 일을 한다는 걸 알아."

"텔포드는 어떻게 된 거야?"

위즐이 리버스를 응시했다. "난 텔포드한테 관심 없어."

"그럼 누구야?"

하지만 차창이 다시 올라갔고 위즐은 얼굴을 돌려 리버스에게서 관심을 껐다.

리버스는 그 자리에 서서 차가 떠나는 것을 지켜보았다. 위즐을 책임자로 앉힌 건 캐퍼티의 큰 실수였을까? 아니면 그의 오른팔의 마음이 떠났거나 상대편에 넘어간 것일까?

아니면 위즐이 이름처럼 교활하고 영리하고 사악한 것일까?*

리버스는 경찰서로 돌아와서 빌 프라이드를 찾았다. 프라이드는 리버스가 자리 앞으로 와도 어깨를 으쓱할 뿐이었다.

"미안해, 존. 새로운 소식은 없어."

"전혀? 잃어버린 테이프는?" 프라이드는 고개를 저었다. "재미있군. 방금 그 테이프를 누가 팔았는지, 판 사람은 누구한테서 그 테이프를 받았는지 안다고 주장하는 사람과 얘기했는데."

프라이드는 의자에 등을 기댔다. "왜 날 쫓아다니지 않나 했네. 사설탐정이라도 고용했어?" 프라이드의 얼굴이 벌게졌다. "난 이 사건을 계속 붙잡고 있었어, 존. 자네도 알잖아. 그런데 이제 와서 날 못 믿겠다는 거야?"

"그런 게 아니야, 빌." 리버스는 자신이 갑자기 수세에 몰렸다는 걸 알았다.

"누굴 시켰어?"

"그냥 거리에 있는 놈이야."

"인맥이 장난 아니군." 프라이드가 잠시 말을 멈췄다. "질이 안 좋은 놈이지?"

"내 딸이 혼수상태야, 빌."

"그건 아주 잘 알아. 이제 묻는 말에나 대답해!"

주위 사람들이 쳐다보았다. 리버스는 목소리를 낮췄다. "내 *끄나풀*이야."

---

* 'weasel'은 '족제비'라는 뜻이다.

"그럼 이름을 말해봐."

"왜 이래, 빌……"

프라이드의 손이 책상을 움켜잡았다. "요 며칠 자네가 흥미를 잃은 것 같아서 답을 원하지 않을 수도 있다고 생각했지." 프라이드는 생각에 잠겼다. "텔포드한테 가진 않았을 테고…… 캐퍼티?" 그의 눈이 휘둥그레졌다. "그랬어, 존?"

리버스는 고개를 저었다.

"맙소사, 존, 무슨 거래를 했어? 운전자를 넘겨주면 뭘 주기로 했어?"

"그런 게 아니야."

"캐퍼티를 신뢰한다니 믿을 수 없군. 자네가 잡아넣은 놈이잖아!"

"신뢰의 문제가 아니야."

하지만 프라이드는 고개를 저었다. "넘지 말아야 할 선이라는 게 있어."

"정신 차려, 빌. 선 같은 건 없어." 리버스는 팔을 벌렸다. "있다면 보여 봐."

프라이드는 이마를 톡톡 쳤다. "여기 있어."

"그럼 그건 허구야."

"정말 그렇게 믿어?"

리버스는 대답을 찾으려고 했다. 책상에 기대서 머리를 손으로 헝클어 뜨렸다. 언젠가 린츠가 했던 말이 기억났다. '우리가 신을 믿는 것을 그만 둔다고 해도 아무것도 믿지 않는 건 아닙니다. 우린 무엇이든 믿게 되죠.'

"존?" 누군가 소리쳤다. "전화 왔어요."

리버스는 프라이드를 응시했다. "나중에." 리버스가 말했다. 다른 자리로 가서 전화를 받았다.

"리버스입니다."

"바비야." 바비 호건이었다.

"무슨 일이야?"

"특수부의 그 개새끼 좀 치워줘."

"애버네시?"

"나한테 달라붙어서 떨어지지 않아."

"계속 전화한다고?"

"맙소사. 내 말 듣기나 한 거야? 여기 있다고."

"언제 왔는데?"

"떠나지도 않았더라고."

"뭐? 잠깐만."

"돌아버리겠다니까. 아주 옛날부터 자네랑 아는 사이래. 그러니 한마디 좀 해줘."

"리스에 있어?"

"그럼 어디겠어?"

"갈 테니까 20분만 기다려."

"너무 열 받아서 상관한테 갔어. 좀처럼 안 쓰는 수단인데." 바비 호건은 커피를 마치 약처럼 마셨다. 셔츠 윗단추는 풀어졌고 넥타이는 느슨했다.

"그랬더니," 호건이 말을 이었다. "놈의 상관이 내 상관의 상관하고 얘기하더군. 결론은 나보고 협조하라는 경고였고."

"그 말은?"

"애버네시가 여기 있다는 사실을 아무한테도 알리지 말라고 했어."

"고마워, 친구. 애버네시는 대체 뭘 하고 있어?"

"뭘 안 하고 있느냐고 묻는 게 맞겠어. 모든 심문에 동석하려고 해. 테이프와 녹취록 사본을 원하고. 모든 서류를 보려고 하고, 내가 다음에 뭘 할 계획인지, 아침에 뭘 먹었는지까지 알고 싶어 해."

"어떤 식으로든 도움은 안 되겠군."

호건의 표정만 봐도 알 수 있었다.

"놈이 관심을 보이든 말든 상관없어. 하지만 이건 아예 방해에 가까워. 수사 속도가 늦어져서 발이 묶일 정도야."

"그게 놈의 속셈이겠지."

컵을 보던 호건이 올려다보았다. "무슨 말인지 모르겠네."

"나도 그래. 놈이 방해가 되면, 연극을 해서 반응을 보자고."

"어떤 연극?"

"애버네시는 언제 오지?"

호건은 시계를 확인했다. "30분쯤 뒤에. 놈이 오면 내 업무는 완전 정지 상태야."

"30분이면 충분해. 전화 좀 써도 될까?"

29

애버네시는 놀란 기색을 숨기지 않았다. 수사에 할당된 공간(호건의 공간)에는 이제 세 사람이 있었고, 전부 미친 듯이 일하고 있었다.

호건은 사서에게 전화했다. '랫 라인'에 관한 책과 기사 목록을 요청했다. 리버스는 서류를 분류해 순서대로 정리하고 상호 참조한 후, 필요 없다고 생각되는 것들은 옆에 치워 놓았다. 쇼반 클락도 있었다. 유대인 단체 몇 곳에 전화해 전범 명단을 요청했다. 리버스는 애버네시 쪽으로 고개를 끄덕였지만 일은 계속했다.

"어떻게 된 일이야?" 레인코트를 벗으며 애버네시가 물었다.

"도와주는 중이야. 바비가 실마리를 너무 많이 찾아내서." 리버스는 쇼반 쪽으로 고개를 끄덕였다. "강력반에서도 흥미를 보이고."

"언제부터?"

리버스는 서류 한 장을 흔들었다. "이게 생각보다 큰 거 같아."

애버네시는 주위를 둘러보았다. 호건에게 얘기하고 싶었지만 아직 전화를 하고 있었다. 얘기할 사람은 리버스뿐이었다.

이게 바로 리버스의 계획이었다.

쇼반에게 설명할 시간은 5분뿐이었지만, 타고난 배우라 상대방 없이도 그럴듯하게 대화를 이어나가고 있었다. 한편 호건의 상대인 가상의 사서는 질문을 퍼붓고 있었다. 애버네시는 어리둥절한 것 같았다.

"무슨 뜻이야?"

"사실," 리버스는 파일을 내려놓으며 말했다. "자네도 도와줄 수 있어."

"어떻게?"

"자네는 특수부잖아. 특수부는 정보국에 접근할 수 있고." 리버스는 잠시 말을 멈췄다. "그렇지?"

애버네시는 입술을 핥고 어깨를 으쓱했다.

"이봐." 리버스는 말을 이었다. "뭔가 의심이 가는 게 생겼어. 누군가 조셉 린츠를 죽이려는 이유야 수없이 많겠지만, 그중에 우리가 사실상 무시했던 게 하나 있었어." (호건의 말에 따르면 호건은 애버네시의 제안을 무시했다) "그게 답을 알려줄지도 몰라. 랫 라인 얘기야. 린츠가 살해당한 게 랫 라인과 관계있는 게 아닐까?"

"어떻게?"

이제 리버스가 어깨를 으쓱할 차례였다. "그래서 자네 도움이 필요해. 랫 라인에 관해 가능한 모든 정보가."

"하지만 랫 라인은 존재하지도 않았어."

"재미있군. 존재했다고 주장하는 책들이 많은데."

"그 책들은 틀렸어."

"그리고 이 생존자들이 있어. 결국 생존하지는 못했지만. 자살, 자동차 사고, 추락사. 린츠는 이 길게 이어진 사망자들 중 하나일 뿐이야."

쇼반 클락과 바비 호건은 통화를 마치고 귀를 기울이고 있었다.

"자넨 엉뚱한 나무를 오르고 있어." 애버네시가 말했다.

"글쎄. 숲에 있다면 어떤 나무에 올라가도 경치를 잘 볼 수 있지."

"랫 라인은 없어."

"자네가 전문가야?"

"정보를 수집하고 있었어."

"그래. 수사도 했겠지. 그래서 알아낸 게 뭐야? 재판에 넘긴 놈이 하나라도 있어?"

"말하긴 아직 너무 일러."

"그리고 조만간 너무 늦어지겠지. 이 사람들은 더 이상 젊지 않으니까. 유럽에서도 이런 일들이 벌어지는 걸 봤어. 피고인들이 너무 늙어서 죽거나 미칠 때까지 재판을 지연시키지. 결과는 똑같아. 재판은 열리지 않지."

"그건 이 일과는 관계가 없어."

"여기 왜 왔어, 애버네시? 왜 린츠하고 얘기하려 했지?"

"이봐, 리버스. 그런 게 아니라……"

"우리에게 말할 수 없다면, 자네 상관한테 말해. 자네 상관이 우리한테 말하게 해. 그렇지 않으면, 우리가 파헤쳐서 오래된 증거를 찾아내야 해."

애버네시는 한 걸음 물러섰다. "알 것 같군." 애버네시가 말했다. 그리고 미소를 짓기 시작했다. "날 속이려는군." 그는 호건을 쳐다보았다. "이게 다 그 속임수고."

"전혀." 리버스가 대답했다. "내 말 잘 들어. 우린 두 배로 노력할 거야. 아무리 작은 단서도 살펴볼 생각이야. 랫 라인, 바티칸…… 냉전 시대에 나치들을 연합국의 스파이로 이용했지. 전부 증거 가치가 있어. 자네 명단에 있는 다른 사람, 다른 용의자들…… 전부 얘기해서 조셉 린츠를 아는지 확인할 거야. 만난 사람이 있을지도 몰라."

애버네시는 고개를 저었다. "그건 용납하지 않겠어."

"수사를 방해하겠다고?"

"그런 말이 아니야."

"아니. 그러겠다는 말이잖아." 리버스는 잠시 말을 멈췄다. "우리가 엉뚱한 나무를 오르고 있다고 생각한다면, 그리고 그게 헛다리 짚는 거라면 입증해봐. 린츠의 과거에 대해 알아낸 걸 다 얘기해줘."

애버네시의 눈이 험악해졌다.

"아니면 우린 계속 파헤치고 조사하겠어." 리버스는 다른 파일을 열고, 첫 번째 서류를 꺼냈다. 호건은 다시 수화기를 들고 다시 전화했다. 쇼반은 숫자 목록을 보고 하나를 골랐다.

"여보세요. 에든버러 유대교 회당입니까?" 호건이 말했다. "네. 저는 리스 CID의 호건 경위입니다. 조셉 린츠에 관한 정보를 가지고 계신가요?"

애버네시는 코트를 집어 들고는 발을 돌려 떠났다. 셋은 30초 더 기다렸다. 그런 다음, 호건이 수화기를 내려놓았다.

"짜증난 모양이네."

"제 소원 하나가 이루어졌네요." 쇼반 클락이 말했다.

"시간 내줘서 고마워, 쇼반." 리버스가 말했다.

"기꺼이 도와드려야죠. 그런데 왜 저였어요?"

"자네가 강력반 소속이라는 걸 애버네시가 알고 있으니까. 사람들이 점점 더 관심을 가진다는 걸 보여주고 싶었어. 그리고 자네하고 애버네시는 지난번에 만났을 때 사이가 좋지 않았잖아. 적대감은 언제나 도움이 되지."

"우리가 얻은 건 뭐지?" 파일들을 한데 모으며 호건이 물었다. 절반은 다른 사건 파일이었다.

"애버네시의 우리를 흔들어놨지." 리버스가 말했다. "애버네시는 건강을 위해 여기 온 게 아니야. 자네 건강을 위해서도 아니지. 런던의 특수부가 수사에 관한 모든 것을 알고 싶어 했기 때문이야. 내가 보기에 특수부는 뭔가 두려워하고 있어."

"랫 라인?"

"내 짐작이야. 애버네시는 전국에서 일어나는 새로운 사건들을 계속 주시하고 있었어. 런던의 누군가가 초조해한다는 얘기지."

"랫 라인이 린츠의 살인범과 연결되는 걸 걱정한다고?"

"그 정도까지 갈지는 확실히 모르겠어."

"그러면?"

리버스는 클락을 쳐다보았다. "그 정도까지 갈지 확실히는 모르겠다는 얘기야."

"어쨌든," 호건이 말했다. "적어도 당분간은 애버네시가 날 귀찮게 하지 않겠군. 고마워." 호건이 일어났다. "커피 마실래?"

클락은 시계를 확인했다. "그러죠."

리버스는 호건이 갈 때까지 기다렸다가 쇼반에게 다시 한 번 감사했다. "자네가 시간을 내줄지 확신하지 못했어."

"잭 모튼에게 폭넓은 재량권을 줬죠." 클락이 설명했다. "손가락이나 빨면서 기다리는 것 말고는 할 일도 없어요. 경위님은요? 어떻게 돼 가요?"

"말썽을 일으키지 않으려고 노력 중이지."

클락이 미소를 지었다. "그러셔야죠."

호건이 커피 세 잔을 가지고 돌아왔다. "가루우유밖에 없었어. 미안."

클락이 코를 찡그렸다. "돌아가야 할 시간이네요." 일어나서 코트를 걸쳤다.

"신세 단단히 졌네." 악수하며 호건이 말했다.

"잊으시면 안 돼요." 클락은 리버스 쪽으로 몸을 돌렸다. "나중에 봬요."

"수고했어, 쇼반."

호건은 클락의 컵을 한쪽으로 밀었다. "애버네시는 떨쳐냈지만, 그 밖에는 얻은 게 뭐지?"

"좀 기다려, 바비. 전략을 짜낼 시간이 별로 없었어."

호건이 뜨거운 커피를 한 모금 마시는 순간 전화기가 울렸다. 리버스가 수화기를 들었다.

"여보세요."

"존, 당신이에요?" 뒤에서 컨트리 앤드 웨스턴이 들렸다.

"클락 방금 떠났는데." 리버스가 말했다.

"클락이 아니라 경위님한테 용건이 있어요."

"그래?"

"흥미 있어 하실 만한 게 있어서요. NCIS에서 방금 보내왔어요." 클래버하우스가 서류를 집어 드는 소리가 들렸다. "사키지 쇼다. 이 발음이 맞는지 모르겠네요. 어제 간사이 공항을 출발해 히스로 공항에 왔어요. 남동부 지역 강력반에서 알려왔죠."

"잘했어."

"기다리지 않고 바로 인버네스 공항 연결편을 탔어요. 지역 호텔에서 하룻밤 묵고 이제 에든버러에 왔다더군요."

리버스는 창밖을 내다보았다. "골프 칠 만한 날씨는 아닌데."

"골프 치러 온 것 같지는 않아요. 원본 보고서에 따르면, 쇼다는…… 팩스를 잘 알아보기 힘드네요. 소키…… 뭔가의 고위 간부라고 하네요."

"소카이야?" 리버스는 자세를 바로했다.

"그런 것 같네요."

"지금 어디 있지?"

"호텔 몇 군데에 연락해봤어요. 칼리 호텔에 묵고 있더군요. 소카이야가 뭐죠?"

"야쿠자의 고위 간부야."

"어떻게 생각하세요?"

"마츠모토의 대타가 아닌가 했는데 그보다 더 고위급인 것 같네."

"마츠모토의 두목일까요?"

"자기 부하에게 무슨 일이 일어났는지 알아보려고 왔겠지." 리버스는 펜으로 이를 톡톡 두드렸다. 호건은 듣고 있었지만 무슨 말인지는 몰랐다. "왜 인버네스였을까? 바로 에든버러로 오지 않고?"

"저도 그게 의아합니다." 클래버하우스가 재채기를 했다. "어느 정도 화가 났을까요?"

"'약간'과 '매우' 사이 어디쯤이겠지. 더 중요한 게 있어. 텔포드와 핑크 아이는 어떻게 반응할까?"

"텔포드가 맥클린을 포기할 것 같으세요?"

"반대야. 쇼다에게 자기 능력을 과시하려 할 것 같아." 리버스는 클래버하우스가 말했던 것을 다시 생각해보았다. "남동부 지역 강력반이라고 했지?"

"네."

"런던 경찰청이 아니라?"

"같은 데 아닌가요?"

"그럴 수도 있지. 전화번호 있어?"

클래버하우스가 알려주었다.

"오늘 밤에 잭 모튼하고 통화하지?" 리버스가 물었다.

"네."

"이 일을 말해주는 게 좋겠어."

"경위님께도 다시 말씀드릴게요."

리버스는 수화기를 내려놨다가 다시 집어 들었다. 외선으로 연결해 통화했다. 전화한 이유를 밝히고 도와줄 수 있는 사람이 있는지 물었다.

끊지 말고 기다리라는 얘기를 들었다.

"텔포드하고 관계있는 일인가?" 호건이 물었다. 리버스는 고개를 끄덕였다.

"그 후에 텔포드하고 다시 얘기해봤어?"

"몇 번. 잘못 건 게 분명하다고 계속 그러더군."

"부하들도 마찬가지였고?"

호건은 고개를 끄덕이고 미소를 지었다. "재미있는 얘기 하나 해주지. 텔포드의 사무실에 들어갔는데 누군가가 텔포드 자리에 앉아 있었어. 내 쪽으로 등을 돌리고. 난 사과하고 아가씨와 일을 끝내면 다시 오겠다고 했지. 그 '아가씨'가 몸을 돌렸는데, 분노한 얼굴이었지."

"프리티 보이?"

호건이 고개를 끄덕였다. "마지막으로 봤을 때 엄청나게 화가 났더군." 호건이 웃었다.

"연결되었습니다." 교환이 리버스에게 말했다.

"어떻게 도와드릴까요?" 웨일즈 사투리였다.

"스코틀랜드 경찰청 강력반의 리버스 경위입니다." 리버스는 호건에게 윙크했다. 거짓말 덕분에 영향력이 생길 것이다.

"네, 경위님."

"성함이?"

"모건 경위입니다."

"오늘 아침에 이 메시지를 받았습니다."

"그런데요?"

"사키지 쇼다 관련 메시지요."

"제 상관이 보냈을 겁니다."

"왜 관심을 가졌는지 궁금하네요."

"저는 '보리 브 사코니(vory v zakone)' 전문가입니다."

"무슨 뜻인지 모르겠네요."

모건이 킬킬 웃었다. "'규칙을 따르는 도둑들'이죠. '마피아'란 뜻입니다."

"러시아 마피아?"

"바로 그겁니다."

"그럼 좀 도와주십시오. 그게 어떻게 관련이……"

"왜 알고 싶으십니까?"

리버스는 커피를 한 모금 마셨다. "야쿠자가 골치입니다. 피해자도 한 명 생겼고요. 제 생각에 쇼다는 피해자의 두목 같습니다."

"거기서 비공식적으로 가두시려고요?"

"스코틀랜드에서는 그렇게 하지 않습니다, 모건 경위님."

"그럼 다행이군요."

"여긴 벌써 러시아 조폭이 있습니다. 러시아라고 했습니다만 사실은 체 첸인이죠."

"제이크 타라비츠 말입니까?"

"들어보셨습니까?"

"그게 제 일인걸요."

"어쨌든 야쿠자와 체첸인이 시내에 있으니……"

"악몽 같은 시나리오군요. 이해합니다. 음, 그러면, 거기 전화번호를 알 려주십시오. 5분 후에 전화 드려도 될까요? 우선 몇 가지 사실들을 모아야 겠군요."

리버스는 전화번호를 알려주고 기다렸다. 10분 후에 전화가 왔다.

"내 신원을 확인했군요." 리버스는 모건에게 말했다.

"신중을 기해야 해서요. 강력반인 척하시다니 장난이 심하셨네요."

"차선책이라고 해두죠. 알려주실 게 있습니까?"

모건은 심호흡을 했다. "우리는 전 세계의 더러운 돈을 추적해 왔습니다."

리버스는 받아 적을 새 종이를 찾을 수 없었다. 호건이 패드를 건네줬다.

"구 소비에트 연방의 중앙아시아 지역은 현재 세계에서 가장 큰 생아 편 공급지입니다. 그리고 마약이 있는 곳에는 세탁해야 할 돈이 있는 법이 죠." 모건이 말했다.

"그리고 그 돈이 영국으로 오고 있다는 말이군요?"

"다른 데로도 갑니다. 런던에 있는 회사, 건지*의 개인 은행…… 그리로

---

* Guernsey: 영국 채널제도의 한 섬.

보내져서 세탁됩니다. 다들 러시아 마피아들과 거래하고 싶어 합니다."

"왜죠?"

"모두가 돈을 벌게 해주니까요. 러시아는 거대한 벼룩시장입니다. 무기, 위조품, 돈, 가짜 여권, 심지어 성형수술까지 없는 게 없습니다. 국경도 무사통과고, 아무도 모르는 공항도 있죠. 한마디로 천국입니다."

"국제 조폭들한테는 그렇겠군요."

"맞습니다. 그리고 러시아 마피아는 시칠리아의 사촌들과 관계를 맺고 있죠. 카모라*, 칼라브리아…… 끝도 없습니다. 영국 조폭들도 그리로 쇼핑을 갑니다. 전부 러시아를 사랑하죠."

"영국에도 러시아 마피아가 있습니까?"

"있고말고요. 경호와 매춘 사업을 운영하고, 마약을 거래하죠."

매춘과 마약. 핑크 아이의 구역이다. 텔포드의 구역이다.

"야쿠자와 연결시킬 증거는 있습니까?"

"제가 알기론 없습니다."

"하지만 야쿠자가 영국에 온다면?"

"마약과 매춘을 손에 쥐려 하겠죠. 돈세탁도 할 겁니다."

돈세탁하는 방법이 있다. 컨트리클럽 같은 합법적인 사업을 이용하는 방법. 모베나 같은 카지노에서 더러운 돈을 칩으로 환전하는 방법.

리버스는 야쿠자가 예술품을 일본으로 다시 밀반입하려고 한다는 것을 이미 알고 있었다. 핑크 아이가 러시아에서 이콘화를 밀수입해 초기 자금을 마련한 것도 이미 알고 있었다. 두 가지를 합해보자.

그리고 그 방정식에 토미 텔포드를 더해보자.

---

* Camorra: 이탈리아 4대 범죄 조직 중 하나.

맥클린에서 마약을 훔치는 게 필요할까? 그럴 것 같지 않았다. 그럼 왜 토미 텔포드는 그러려고 하는 것일까? 가능한 이유는 두 가지다. 첫째, 과시하기 위해. 둘째, 타라비츠와 야쿠자가 시키기 때문에. 일종의 통과의례로. 거물들과 놀려면 자신을 증명해야 한다. 캐퍼티를 제거하고 스코틀랜드 역사상 최대의 강도 사건을 성공시켜야 한다.

뭔가가 리버스의 뇌리를 강타했다.

텔포드는 성공할 수 없다. 실패할 수밖에 없다. 텔포드는 타라비츠와 야쿠자에게 설계당하고 있다.

타라비츠와 야쿠자가 원하는 것을 갖고 있기 때문이다. 안정적인 마약 공급. 그들이 텔포드의 손에서 빠져나가길 기다리고 있는 왕국이다. 미리엄 켄워디가 그렇게 말했다. 마약이 스코틀랜드에서 남부로 온다는 소문이 있다고. 텔포드가 공급책을 보유하고 있다는 얘기다. 아무도 모르는 공급책을.

캐퍼티만 제거하면 경쟁자가 없다. 야쿠자는 영국에 기지를 갖게 된다. 견고하고 공손하며 신뢰할 수 있는 기지를. 전자 회사는 완벽한 위장 기능을 할 수 있다. 돈세탁 작전 자체의 기능도 할 수 있다. 리버스가 보기에 텔포드는 마치 안전하게 상쇄할 수 있는 0처럼, 모든 면에서 방정식에 불필요했다.

그래서 리버스는 텔포드가 필요했다. 다만 부르는 값대로 치를 생각은 없다.

"도와주셔서 감사합니다." 리버스가 말했다. 호건이 듣는 걸 그만두고 허공을 보고 있는 걸 눈치챘다. 수화기를 내려놓았다.

"지루하게 해서 미안해."

호건이 눈을 깜빡였다. "아니, 그런 거 아니야. 뭔가 생각하고 있었어."

"뭔데?"

"프리티 보이. 내가 놈을 여자로 착각했어."

"아까도 얘기했잖아."

"그렇지."

"무슨 얘기 하는지 모르겠는데?"

"레스토랑에서 린츠와 있던 젊은 여자가 프리티 보이였을 수도 있어." 호건이 어깨를 으쓱했다. "가능성은 낮지만."

리버스는 무슨 말인지 알아챘다. "사업 얘기?"

호건이 고개를 끄덕였다. "프리티 보이는 텔포드의 여자들을 관리하지."

"그리고 고급 매춘부들은 직접 챙겼고. 시도해볼 만하겠어, 바비."

"어떻게 할 생각이야? 잡아들이려고?"

"물론이지. 레스토랑 쪽을 다그쳐 봐. 확실한 증거가 있다고 해. 놈이 어떻게 말하는지 보자고."

"콜쿠혼한테 했던 것처럼? 프리티 보이는 부인할 텐데."

"부인한다고 사실이 아니라는 건 아니지." 리버스는 호건의 어깨를 두드렸다.

"자네 통화는?"

"내 통화?" 리버스는 휘갈겨 쓴 메모를 쳐다보았다. 조폭들이 스코틀랜드를 나눠 가질 준비를 하고 있다. "이보다 더 심한 소식도 들어봤는데 뭘."

"그렇게 심각해?"

"아니야, 바비." 재킷을 입으며 리버스가 말했다. "그렇지는 않아."

30

리버스는 연극이 끝날 때쯤까지도 크랩에 관한 파일을 받지 못했다. 대신 애버네시로부터 노골적이고 욕설 섞인 전화를 받았다.

차는 돌려받았다. 리버스는 트렁크에 쌓인 먼지 위에 손가락으로 메시지 두 개를 적었다. '구제불능' 그리고 '스티비 원더가 세차함'. 모욕당한 사브는 바로 시동이 걸렸고, 덜커덩거리고 턱턱거리는 소리가 많이 없어졌다. 리버스는 차창을 열어 시트에 스며든 위스키 냄새를 뺐다.

저녁에는 날씨가 좋아졌다. 하늘은 맑았고 기온은 뚝 떨어졌다. 붉게 지는 해가 옥상들 뒤로 사라졌다. 리버스는 코트 단추를 푼 채로 칩스 가게로 걸어갔다. 생선튀김과 버터 롤빵 두 개, 아이언브루 몇 캔을 산 다음 아파트로 돌아왔다. TV에는 볼 게 없어서 레코드를 틀었다. 밴 모리슨의 《별의 주간Astral Weeks》 앨범이었다. 레코드에는 습진 걸린 개만큼이나 긁힌 자국이 많았다.

첫 번째 곡에는 '다시 태어나기 위해(To be born again)'라는 후렴구가 있었다. 리버스는 약으로 가득한 냉장고로 버티는 리어리 신부를 생각했다. 그리고 새미를 생각했다. 머리에 전극을 부착하고, 양옆에는 의료 기기가 세워져 있어서 마치 희생 제물 같았다. 리어리 신부는 종종 믿음에 대해 얘기했지만, 리버스는 인간에게 믿음을 갖기 어려웠다. 인간은 과거에서 결코 교훈을 얻지 못하며, 언제든 고문, 살인, 파괴를 자행할 준비가 되어 있는 것 같았기 때문이다. 그는 신문을 펼쳤다. 코소보, 자이레, 르완다. 북아일랜드에서 징벌적 구타 사건, 잉글랜드에서 젊은 여성 피살, 다른 젊은 여성은 '실종 우려'. 포식자는 분명 저 밖에 있다. 얇은 판때기 하나만 벗기면, 세상은 동굴에서 살던 시절과 별로 달라지지 않았다.

1970년, 벨파스트. 저격수의 총탄이 영국군 신병의 머리를 날려버렸다. 피해자는 열아홉 살이었고 글래스고 출신이었다. 병영 안에는 약간의 애도와 함께 분노가 넘쳐흘렀다. 암살자는 잡히지 않았다. 그는 고층 건물의 그림자로 돌아가 가톨릭교회 건물 안으로 깊게 숨었다.

그 사건은 그저 신문에 기삿거리 하나만 더해줬고, 북아일랜드가 '골칫거리'임을 보여주는 초기의 통계 수치에 포함되었을 뿐이다.

그리고 분노가 남았다.

'미친개'란 별명의 우두머리가 등장했다. 에이셔 주 어딘가에서 온 일병이었다. 금발을 짧게 깎아서 럭비 선수 같았고, 팔굽혀펴기와 윗몸일으키기뿐이긴 했어도 운동을 좋아했다. 그는 보복을 시작했다. 비밀 작전이었다. 장교들의 눈에 띄지 않아야 한다는 의미였다. 병영이라는 비좁은 공간 안에서 쌓인 불만과 압박감의 배출 밸브였다. 바깥세상은 적지였고, 모든 사람은 잠재적인 적군이었다. 미친개는 모든 공동체를 적으로 돌리기로 했다. 집단 책임이므로 집단적인 정의가 실현되어야 한다.

미친개는 유명한 IRA* 바를 습격할 계획을 했다. IRA 동조자들이 술을 마시고 공모하는 장소였다. 권총을 가진 남자가 바에 들어갔으므로 수색

---

* Irish Republican Army: 아일랜드공화국군. 북아일랜드와 아일랜드공화국의 통일을 위해 싸우는 비합법적 조직.

이 필요하다는 거짓 구실을 댔다. 그들을 최대한 괴롭힌 끝에 IRA 자금줄을 구타하는 것으로 끝났다.

리버스도 함께 있었다. 집단이었기 때문이다. 집단의 일원이 되지 않으면 죽은 목숨이나 마찬가지다. 리버스는 버림받고 싶지 않았다.

그렇긴 해도 리버스는 '착한 편'과 '나쁜 편' 사이의 경계가 애매하다는 건 알았다. 그리고 습격 중에는 그런 경계는 사라져버린다.

미친개는 가장 극렬했다. 이를 드러냈고 눈은 이글거렸다. 소총을 휘두르며 두개골을 강타했다. 테이블이 날아다녔고, 파인트 잔이 박살 났다. 처음에는 다른 군인들은 급작스러운 폭력에 충격을 받은 것 같았다. 어쩔 줄 몰라 서로를 쳐다보았다. 그러다 하나가 몰아세우자 나머지도 합세했다. 거울이 깨져 별처럼 반짝거렸고 나무 바닥에는 스타우트와 라거 맥주가 홍건했다. 남자들은 소리를 지르고, 빌면서 유리 조각투성이의 바닥을 기어갔다. 미친개는 IRA 하나를 벽으로 몰아붙인 다음 사타구니 사이로 기어나가게 했다. 몸을 비틀어 바닥에 내동댕이친 다음, 소총 개머리판으로 계속해서 구타했다. 더 많은 병사들이 클럽으로 몰려들었다. 밖에는 무장한 차들이 들이닥쳤다. 의자가 술 계량기를 박살 냈다. 위스키 냄새에 정신을 잃을 지경이었다.

리버스는 막으려고 했다. 분노가 아니라 괴로움으로 이를 드러냈다. 그러고는 천장을 향해 소총을 겨냥하고 한 방 쏘았다. 모두가 얼어붙었다. 미친개는 바닥에 쓰러진 피투성이의 IRA에게 마지막으로 발길질을 한 후 몸을 돌려 클럽을 나갔다. 미친개는 다른 사람들에게 뭔가를 증명해냈다. 계급은 낮았지만 우두머리였다.

그들은 리버스가 손가락이 미끄러져 방아쇠를 당긴 걸 책망하며, 그날 밤 병영에서 실컷 즐겼다. 맥주를 마시며 이야기를 했다. 이야기는 과장되면서 사건을 신화로 만들었고, 원래 부족했던 장엄함까지 더해졌다.

거짓을 만들었다.

몇 주 후, 같은 IRA 남자가 도난당한 차 안에서 총에 맞은 시체로 발견되었다. 도시 남부, 언덕과 목초지가 보이는 농장 길이었다. 프로테스탄트 준군사조직이 자신들의 짓이라고 주장했다. 미친개는 아무것도 인정하지 않았지만 그 사건이 언급될 때 윙크하며 씩 웃었다. 허세 아니면 자백이었다. 리버스는 어느 쪽인지 알 수 없었다. 그저 나가고만 싶었다. 미친개가 새로 만든 윤리 규범에서 벗어나고 싶었다. 그래서 유일한 방법을 썼다. SAS에 자원했다. 정예군에 지원하면 누구도 자신을 겁쟁이나 변절자로 보지 않을 것이다.

다시 태어나기 위해.

1면이 끝났다. 리버스는 레코드를 뒤집었다. 불을 끄고 의자에 가 앉았다. 온몸에 소름이 끼쳤다. 빌프랑슈 같은 사건이 어떻게 일어났는지 알았기 때문이다. 세계에서 계속되는 공포가 20세기의 끝 무렵에도 어떻게 저질러지는지 알았기 때문이다. 인류의 본능은 날것 그대로이며, 용기와 친절은 수많은 야만에 가로막혔다.

리버스는 딸이 그 저격수의 피해자였다면, 자신도 아마 바로 달려가서 방아쇠를 당기지 않았을까 하는 의구심이 들었다.

텔포드의 조폭들도 무리를 이루고 우두머리를 신뢰한다. 하지만 이제 텔포드는 훨씬 더 큰 조직을 거느리고 싶어 한다.

전화가 울려서 받았다.

"존 리버스입니다." 리버스가 말했다.

"잭이야."

"어디야?" 리버스는 캔을 내려놓았다.

"페테스 친구들이 얻어준 침실 하나짜리 비좁은 아파트지."

"이미지에 맞춰야 해서."

"맞아, 나도 그렇게 생각해. 동전 투입식이긴 하지만 전화도 있어. 모든 걸 가질 순 없지." 잭은 말을 멈췄다. "자네 괜찮아, 존? 페테스에 계속 있는 건 아닌 것 같던데……"

"간단히 말하면 그래, 잭. 경비원으로 일하는 건 어때?"

"어영부영하고 있지. 몇 년은 된 것 같아."

"연금이 무사할 때까지는 기다려."

"맞아, 그렇지."

"마티 존스하고는 얘기 잘됐어?"

"아카데미상 감이었지. 적당히 세게 때리더군. 비틀거리면서 가게로 돌아가서 좀 앉아야겠다고 했지. 직원 한 쌍은 아주 세심하게 배려해주고는 여러 가지 질문을 하기 시작했어. 그렇게 교묘하지는 않던데."

"놈들이 눈치챈 것 같진 않고?"

"자네처럼 나도 이렇게 빨리 착수해야 할지 조금 의심스럽긴 했어. 하지만 놈들이 걸려든 것 같아. 놈들의 두목이 끼어들지 여부는 다른 얘기지만."

"놈은 굉장한 압력을 받고 있어."

"전쟁 중이라서?"

"그게 전부가 아닌 것 같아. 파트너들에게서 압력을 받는 것 같더군."

"증거는?"

"직감이지."

잭은 생각에 잠겼다. "그럼 나는 어느 편에 서지?"

"태업을 해."

"그건 생각해보지 않았는데."

리버스는 웃었다. "언제 놈들이 접촉해 올 것 같아?"

"집까지 날 따라왔어. 절박하다는 얘기지. 지금 집 밖에 앉아 있어."

"자네가 쓸 만하겠다고 생각하는 게 분명해."

리버스는 일이 어떻게 흘러가는지 알 수 있었다. 덱과 켄은 점점 다급해져서 빨리 결과를 내려고 한다. 플린트 스트리트에서 멀리 떨어져 있기 때문에 캐퍼티의 다음 표적이 될 수 있다는 생각에 겁내고 있다. 텔포드는 타라비츠로부터 압박을 받았고, 이제 야쿠자 두목과 함께 시내에 있다. 결과가 필요했다. 자신이 승리자라는 것을 보여줄 수 있는 무언가가.

"자네는 어때, 존? 꽤 됐잖아."

"그래."

"어떻게 버텨?"

"무알코올 음료만 마셔. 자네가 묻는 게 그거라면." 그리고 위스키 범벅이 된 차. 폐에서 그 냄새를 맡을 수 있었다.

"잠깐." 잭이 말했다. "누가 왔어. 나중에 전화할게."

"조심해."

전화가 끊겼다.

리버스는 한 시간 동안 기다렸다. 잭이 전화를 하지 않아서 클래버하우스에게 연락했다.

"괜찮아요." 클래버하우스는 휴대폰으로 통화하고 있었다. "못난이 콤비 둘이 와서 잭을 어디론가 데려갔어요."

"아파트를 감시하고 있었나?"

"인테리어 업자의 밴이 거리에 주차 중이죠."

"그럼 잭을 어디로 데려갔는지는 모르는군?"

"플린트 스트리트에 있을 것 같아요."

"지원도 없이?"

"우리가 원하던 대로죠."

"맙소사. 난 몰랐어."

"신임투표 덕분이죠."

"발사를 결정하는 건 자네가 아니야. 그리고 잭한테 제안한 건 나고."

"잭은 상황을 알아요, 존."

"그럼 지금 자네는 잭이 돌아오는지 아니면 송장 신세가 되는지 기다리고 있을 뿐이야?"

"맙소사, 존. 선배님한테 비하면 칼뱅도 얌전한 개겠네요." 클래버하우스는 완전히 참을성을 잃었다. 리버스는 대꾸할까 하다가 대신 수화기를 거칠게 내려놓았다.

갑자기 밴 모리슨을 들을 기분이 나지 않았다. 대신 데이비드 보위를 얹었다.《알라딘 세인Aladdin Sane》. 멋진 불협화음이었다. 마이크 가슨Mike Garson의 피아노가 리버스의 생각과 조화를 이루었다.

빈 주스 캔과 꺼진 담배꽁초가 리버스를 쳐다보고 있었다. 리버스는 잭의 아파트 주소를 몰랐다. 주소를 아는 사람은 클래버하우스였고, 그에게 연락하고 싶지 않았다. 1면 중간쯤에 데이비드 보위를 끄고, 더 후The Who의《콰드로페니아Quadrophenia》로 바꿨다. 해설지에는 '조현병? 나는 네 배 더 미쳤다'라고 쓰여 있었다. 그 말이 맞는 것 같았다.

밤 12시 15분에 전화가 울렸다. 잭 모튼이었다.

"무사히 돌아왔어?" 리버스가 물었다.

"털끝 하나 안 다쳤지."

"클래버하우스한테는 연락했고?"

"차례를 기다려야지. 자네한테 전화한다고 했잖아."

"그래서 뭘 알아냈어?"

"기본적으로 3단계야. 염색한 검은 곱슬머리에 딱 붙는 청바지를 입은 어떤 남자에게 날 데려갔어."

"프리티 보이군."

"마스카라를 칠했더군."

"그랬던 것 같아. 그래서 요점이 뭐야?"

"두 번째 장애물은 통과했어. 무슨 일인지는 아직 아무도 언급하지 않았어. 오늘은 일종의 소개 자리더군. 나에 대해 모든 걸 알고 싶어 했고, 돈 걱정은 이제 안 해도 된다고 했어. 프리티 보이 말로는 '작은 문제'를 해결하는 것만 도와주면 된다고 했어."

"문제가 뭔지 물어봤어?"

"말해주지 않았어. 내 생각에 프리티 보이는 텔포드한테 가서 전부 말할 것 같아. 그러면 놈들끼리 또 회의를 할 거고, 그러고 나서 나한테 계획을 알려주겠지."

"자네는 마이크를 숨겨 가고?"

"그래."

"놈들이 몸수색하면?"

"클래버하우스가 초소형으로 구했어. 커프스 버튼 같은 거."

"자네 캐릭터에는 커프스 버튼 달린 복장이 없잖아."

"펜 같은 데 전송기를 넣을 수는 있지."

"이제 머리가 좀 돌아가는군."

"완전 녹초가 됐어."

"분위기는 어땠어?"

"별로였어."

"타라비츠나 쇼다의 낌새는?"

"그들은 없었어. 프리티 보이와 직원 콤비뿐이었어."

"클래버하우스는 못난이 콤비라고 하던데."

"좀 배운 친구네." 모튼이 잠시 말을 멈췄다. "클래버하우스하고 얘기했어?"

"자네가 전화를 안 해서."

"감동이네. 그 친구가 해낼 것 같아?"

"클래버하우스?" 리버스는 생각해보았다. "내가 책임자라면 더 낫겠지. 하지만 그러면 난 왕따가 될 거야."

"그렇진 않을 거야."

"자네밖에 없어, 잭."

"놈들이 내 배경 조사를 할 거야. 하지만 전부 준비했어. 운이 좋으면 통과하겠지."

"자네가 갑자기 맥클린에 채용된 건 뭐라고 해?"

"다른 공장에서 전근 왔다고 했지. 찾아보면 인사 파일에 나와." 모튼이 다시 말을 멈췄다. "알고 싶은 게 하나 있는데."

"뭔데?"

"프리티 보이가 100파운드를 계약금으로 쳤어. 이 돈 어떻게 하지?"

"자네와 자네 양심에 달린 문제겠지. 나중에 봐."

"잘 자, 존."

오랜만에 리버스는 침대에서 잤다. 꿈도 꾸지 않고 숙면을 취했다.

31

다음 날 아침 리버스가 병원에 도착했을 때, 흰 가운을 입은 의사가 새미에게 무엇인가 하고 있었다. 맥박을 재고, 눈에 라이트를 비췄다. 다른 검사를 준비하면서, 간호사가 얇은 컬러 전깃줄을 풀었다. 로나는 잠을 설친 것 같았다. 리버스를 보고는 일어나서 달려왔다.

"새미가 깨어났어!"

잠깐 동안 알아듣지 못했다. 로나는 리버스의 팔을 잡고 흔들었다.

"새미가 깨어났어, 존!"

리버스는 침대로 달려갔다.

"언제?"

"어젯밤에."

"왜 전화 안 했어?"

"서너 번 했어. 통화 중이던데. 페이션스에게도 했는데 받지 않았어."

"어떻게 된 일이야?" 리버스가 보기에 새미는 전과 마찬가지였다.

"눈을 떴을 뿐이야…… 아니, 처음에는 눈동자가 움직이는 것 같았어. 눈은 감은 채로. 그러고는 눈을 떴어."

리버스는 의료진이 그들이 방해된다고 생각하는 걸 알았다. 리버스의 절반은 '우린 새미의 부모야!'라고 다그치고 싶었다. 나머지 절반은 의료

진이 최선을 다해 새미의 의식을 찾아주기를 바라고 있었다. 리버스는 로나를 복도로 데리고 나갔다.

"새미가…… 새미가 당신을 봤어? 말은 했어?"

"대형 형광등이 있는 천장을 쳐다보기만 했어. 눈을 깜빡이려고 하는 것 같았지만 다시 눈을 감더니 계속 그 상태야." 로나는 울음을 터뜨렸다. "마치…… 새미를 다시 영원히 잃은 것 같았어."

리버스는 팔로 로나를 감쌌다. 로나도 리버스를 안았다.

"새미는 한 번 해냈어." 리버스는 로나의 귀에 속삭였다. "다시 할 수 있어."

"의사도 그렇게 말했어. '전망이 밝다'고 생각한대. 당신한테 말하고 싶었어! 모두한테 말하고 싶었어!"

그리고 리버스는 일로 바빴다. 그리고 새미보다 일을 우선했다. 새미와 캔디스는 웅덩이에 떨어진 조약돌이었다. 이제 그 파문이 너무 커져서 중심을, 출발점을 거의 잊어버릴 정도였다. 결혼했을 때와 마찬가지로 일이 리버스를 삼켜서 그 자체가 목표가 되어버렸다. 로나는 그렇게 말했다. '당신은 모든 관계를 이용해.'

다시 태어나기 위해.

"미안해, 로나." 리버스가 말했다.

"네드한테도 알려줄래?" 로나는 다시 울기 시작했다.

"진정해." 리버스가 말했다. "아침 좀 먹자. 밤새 여기 있었어?"

"자리를 뜰 수 없었어."

"그래." 리버스는 로나의 뺨에 키스했다.

"뺑소니 운전자……"

"응?"

로나는 리버스를 쳐다보았다. "더 이상 신경 안 쓸래. 잡히든 말든 상관 없어. 새미가 깨어나기만을 바랄 뿐이야."

리버스는 고개를 끄덕이고 이해한다고 말했다. 아침은 자신이 사겠다 고 했다. 대화는 이어 갔지만 생각은 딴 데 가 있었다. 대신 로나의 말이 머리에 맴돌았다. 잡히든 말든 상관없어.

어디에 중점을 두든, 리버스는 그 말을 포기한 것으로 생각할 수는 없 었다.

세인트 레너즈로 가서 네드 팔로우에게 소식을 알렸다. 팔로우는 병원으 로 가고 싶어 했지만 리버스는 고개를 저었다. 팔로우는 리버스가 유치장을 떠날 때 울고 있었다. 자리로 돌아오니 크랩의 파일이 기다리고 있었다.

크랩. 본명은 윌리엄 앤드류 콜튼. 10대 때부터 교도소를 드나들었고, 11월 5일에 40세가 되었다. 리버스는 에든버러에 있을 때 크랩을 많이 다 뤄보진 않았다. 크랩은 80년대 초반, 그리고 90년대 초반에 에든버러에서 몇 년 산 것 같았다. 1982년에 리버스는 불법 공모죄 재판에서 크랩에 대 한 증언을 했다. 기소는 취하되었다. 1983년에 크랩은 다시 문제를 일으 켰다. 펍에서 싸움이 벌어졌는데, 피해자는 혼수상태에 빠졌고, 피해자의 여자친구는 얼굴을 60바늘 꿰맸다. 60바늘. 벙어리장갑 한 켤레를 짜고도 남을 숫자다.

크랩은 다양한 직업을 거쳤다. 경비원, 경호원, 막노동자 등. 1986년에 국세청의 조사를 받았다. 88년에 크랩은 서해안 지역에 있었다. 아마 토미 텔포드가 여기서 크랩을 알게 됐을 것이다. 보자마자 힘깨나 쓴다는 걸 알고, 페이즐리에 있는 자신의 클럽 경비원으로 썼다. 유혈 난투극이 몇 건 있었고, 기소되었다. 소득은 없었다. 크랩은 마법의 보호막을 쓴 듯한 삶을 살았다. 전 세계 경찰들의 골치를 썩일 그런 삶이었다. 증인들은 겁에 질려서 증언을 철회하거나 거부했다. 재판까지 가지도 않는 경우가 잦았다. 성인이 된 후 전과가 세 차례(복역 기간은 총 27개월) 있었고, 이제 40대에 접어들었다. 리버스는 서류를 다시 살펴보고, 수화기를 들어 페이즐리 CID에 전화했다. 통화하려고 했던 사람은 머더웰로 전근을 갔다고 했다. 리버스는 전화를 건 끝에 로니 해니건 경사와 연결되었고, 자신이 관심을 가지고 있는 내용을 설명했다.

"행간을 보니, 크랩에게 서류에 적힌 것보다 뭔가 더 있다고 생각하는 것 같더군."

"맞습니다." 해니건이 목청을 가다듬었다. "하지만 아무것도 증명하지 못했어요. 크랩이 지금 잉글랜드에 있다고 하셨죠?"

"텔포드가 그를 뉴캐슬에 조폭들과 함께 파견했어."

"범죄 성향을 가지고 있고, 떠돌아다닙니다. 뉴캐슬 조폭들이 붙들어두길 바랄 뿐입니다. 크랩은 인간 흉기예요. 과장이 아닙니다. 아마 텔포드가 크랩을 속여서 다른 조폭에게 떠넘겼겠죠. 통제를 벗어나려고 하니까요. 제 추측에 텔포드는 크랩을 청부 살인자로 쓰려고 했던 것 같아요. 적합하지 않았죠. 그러니 텔포드는 크랩을 처분해야 했겠죠."

"청부 내용이 뭐였지?"

"에어*에서였어요. 4년쯤 전이었을 겁니다. 마약이 대량으로 돌았어요. 대부분이 댄스 클럽에서였는데…… 이름은 기억나지 않네요. 구체적인 사

---

* Ayr: 에어셔 주의 수도인 항구도시.

정은 몰라요. 아마 거래가 틀어졌겠죠. 누군가가 빼돌렸을 수도 있고요. 어쨌든 습격은 클럽 밖에서 일어났어요. 카빙 나이프*로 얼굴 절반을 잘라냈죠."

"크랩을 용의선상에 올렸나?"

"당연히 그는 알리바이가 있었죠. 그리고 목격자들은 전부 일시적으로 실명한 것 같았어요. 「X-파일」로 만들어도 될 정도였죠."

나이트클럽 밖에서 나이프 공격이라…… 리버스는 펜으로 책상을 톡톡 쳤다. "공격자는 어떻게 도망쳤지?"

"오토바이를 타고요. 크랩은 오토바이를 좋아해요. 헬멧은 좋은 위장이 되죠."

"최근에 비슷한 공격이 있었어. 오토바이를 쓴 자가 토미 텔포드의 나이트클럽 밖에서 마약상을 공격했어. 근데 경비원이 대신 죽었지."

그리고 캐퍼티는 자기와는 무관한 사건이라고 했었다.

"글쎄요. 경위님이 말씀하셨듯이 크랩은 뉴캐슬에 있으니까요."

그래. 그리고 꼼짝 않고 있지…… 크랩은 스코틀랜드로 올 엄두를 못 냈다. 타라비츠가 경고했으니까. 왜냐하면 에든버러는 너무 위험하기 때문이다. 크랩을 기억하는 사람들이 있을 수 있으니까.

"뉴캐슬이 얼마나 먼지 아나?"

"두어 시간 정도요?"

"오토바이로도 갈 만한 거리지. 다른 게 있나?"

"글쎄요. 텔포드는 크랩을 밴에 태우려고 했습니다. 하지만 별로 도움이 되지 않았죠."

---

* carving knife: 요리된 큰 고깃덩어리를 저미는 칼.

"무슨 밴?"

"아이스크림 밴이요."

리버스는 수화기를 떨어뜨릴 뻔했다. "설명해보게." 리버스가 말했다.

"쉽죠. 텔포드의 부하들은 아이스크림 밴에서 마약을 팝니다. '5파운드 특선'이라고 부르죠. 5파운드를 주면 아이스크림콘이나 와플과 함께 작은 비닐봉지를 줍니다. 그 봉지 안에 든 건……"

리버스는 해니건에게 감사하고 전화를 끊었다. 5파운드 특선. 미스터 테이스티에게는 사시사철 아이스크림을 사 먹는 손님들이 있었다. 낮에는 대학 근처, 밤에는 텔포드의 클럽 밖. 메뉴에는 5파운드 특선이 있었고, 텔포드는 자신의 몫을 가져간다…… 미스터 테이스티가 새 벤츠를 산 게 큰 실수였다. 돈을 빼돌리는 걸 텔포드의 재정 담당이 알아채는 데는 그리 오래 걸리지 않았겠지. 텔포드는 미스터 테이스티를 본보기로 삼으려고 결심했을 것이다.

전부 이해가 갔다. 리버스는 펜을 돌리다가 멈추고는 다시 전화를 걸었다. 이번에는 뉴캐슬이었다.

"전화 주시니 반갑네요." 미리엄 켄워디가 말했다. "그 여자 소식은요?"

"여기 나타났어."

"다행이군요."

"핑크 아이에게 끌려다니고 있지."

"그럼 다행이 아니네요. 핑크 아이가 어디를 갔나 했더니……"

"관광하러 온 건 아니지."

"그렇겠죠."

"그래서 전화한 거야."

"네?"

"핑크 아이가 마체테 공격과 관련된 적이 있는지 찾고 있어."

"마체테요? 생각해볼게요." 켄워디가 한참 동안 말이 없어서 리버스는 연관성을 찾지 못했나 생각했다. "그러고 보니 떠오르는 게 있어요. 컴퓨터로 찾아볼게요." 키보드를 두드리는 소리가 들렸다. 리버스는 피가 날 정도로 아랫입술을 세게 깨물었다.

"맙소사, 있어요." 켄워디가 말했다. "1년쯤 전에 공터에서 난투극이 있었어요. 표면적으로는 라이벌 조폭 간의 싸움이었지만 배후에 뭐가 있는지 다들 알았죠. 마약이에요."

"마약이라면 타라비츠인가?"

"타라비츠 부하들이 끼어들었다는 소문이 돌았어요."

"놈들이 마체테를 썼나?"

"한 놈이요. 이름은 패트릭 케네스 모이니한이고, 다들 PK라고 불러요."

"인상착의 알려주겠나?"

"팩스로 사진 보내드릴 수 있어요. 간단히 말하면 키가 크고, 체구가 육중해요. 검은 곱슬머리에 검은 턱수염을 길렀어요."

타리비츠의 수행원 중에는 없었다. 핑크 아이가 가진 최고의 싸움꾼 둘이 뉴캐슬에 남았다는 말이다. 만약을 위해서. 리버스는 PK가 페이즐리 사건의 공격자 중 하나라고 보았다. 캐퍼티는 다시 한 번 혐의를 벗었다.

"고마워, 미리엄. 그 소문 말인데."

"어떤 소문이요?"

"텔포드가 타라비츠에게 마약을 공급하고 있다는 소문. 입증할 만한 게 있나?"

"핑크 아이와 부하들을 추적했어요. 짧게 유럽으로 몇 번 다녀왔는데, 빈손으로 돌아왔죠."

"자네들을 헤매게 만들었군?"

"그래서 재조사하기 시작했죠."

"텔포드가 어디서 마약을 구할까?"

"아직 거기까지는 조사하지 못했어요."

"어쨌든 고마워."

"경위님, 헛갈리게 하지 마세요. 어떻게 된 일이죠?"

"아직은 몰라. 수고했어, 미리엄."

리버스는 가서 커피를 탔다. 깨닫지도 못한 채 설탕을 탔고, 반쯤 마신 후에야 알아챘다. 타라비츠는 텔포드를 공격했다. 텔포드는 캐퍼티의 짓인 줄 안다. 그 결과 발발한 전쟁은 캐퍼티를 파멸시키고 텔포드를 약화시킨다. 그러면 텔포드는 맥클린 강도를 실행하겠지만 경찰이 이미 눈치채고 있다.

그리고 타라비츠는 그 공백을 메운다. 그게 계획이다. 맙소사, 멋지군. 두 라이벌에게 서로 뒤집어씌우고 대학살이 끝나기를 기다린다…….

리버스는 상품이 무엇인지는 아직 몰랐다. 뭔가 엄청난 것이겠지. 추측한 바로는 타라비츠가 마약을 런던이 아니라 스코틀랜드에서 조달했다. 토미 텔포드에게서.

텔포드는 무엇을 알고 있을까? 왜 텔포드의 공급책이 그렇게 중요하지? 맥클린과 관계가 있을까? 리버스는 커피를 또 한 잔 마시면서 파라세타몰 세 알을 함께 삼켰다. 머리가 터지기 직전이었다. 자리로 돌아가서 클래버하우스에게 전화했지만 연결되지 않았다. 호출기로 연락하자 바로 전화가 왔다.

"밴에 있어요." 클래버하우스가 말했다.

"말할 게 있네."

"뭔데요?"

리버스는 일이 어떻게 돌아가는지 알고 싶었다. 작전에 참가하고 싶었다. "직접 만나서 얘기해야 해. 차 어디 세웠어?"

클래버하우스는 미심쩍어하는 것 같았다. "가게에서 내려온 쪽에요."

"흰색 밴?"

"좋은 생각이 아닌데요."

"내가 알아낸 거 듣고 싶지 않아?"

"납득시켜 보세요."

"모든 게 시원하게 이해돼." 리버스는 거짓말했다.

클래버하우스는 더 기다렸지만 리버스는 꿈쩍하지 않았다. 큰 한숨 소리가 들렸다. 클래버하우스에게는 쉬운 게 없었다.

"30분 안에 갈게." 리버스가 말했다. 수화기를 내려놓고 주위를 돌아보며 말했다. "전신 작업복 가진 사람 있어?"

"멋진 위장이네요." 리버스가 앞자리로 밀고 들어오자 클래버하우스가 말했다.

오민스턴은 운전석에 있었다. 그의 앞에는 플라스틱 상자가 열려 있었다. 차가 든 보온병 뚜껑이 열려 있어서 앞 유리에 김이 서렸다. 밴 뒤는 페인트 통, 브러시, 기타 용품들로 가득했다. 밴 위에는 사다리가 하나 묶여 있었고, 다른 하나는 밴이 주차되어 있는 주택단지 벽에 기대 있었다.

클래버하우스와 오민스턴은 흰색 전신 작업복을 입었고, 옷에는 오래된 페인트 자국들이 군데군데 묻어 있었다. 리버스는 파란색 전신 작업복을 입었는데 허리와 가슴 부위가 꽉 조였다. 그는 자리에 앉으면서 단추 몇 개를 풀었다.

"무슨 일 있었어?"

"잭이 오늘 아침에 두 번 들렀어요." 클래버하우스는 가게 쪽을 쳐다보았다. "한 번은 담배와 신문, 또 한 번은 주스와 롤빵을 샀어요."

"담배 안 피우는데."

"작전 때문에 피워요. 가게에 다녀올 핑계로는 완벽하죠."

"자네한테 신호 보낸 건 없어?"

"잭이 그럴 것 같으세요?" 오민스턴이 핫바 냄새를 풍겼다.

"그냥 물어본 거야." 리버스는 시계를 확인했다. "좀 쉬어야 하지 않아?"

"괜찮습니다." 클래버하우스가 말했다.

"쇼반은 뭘 하고 있어?"

"서류 작업이요." 오민스턴이 미소를 지으며 말했다. "여자 페인트공 본 적 있으세요?"

"쇼반이 자네보다 많이 칠해봤을걸."

이 말에 클래버하우스가 미소를 지었다. "그런데," 클래버하우스가 말했다. "우리한테 알려주실 게 뭐죠?"

리버스는 빠르게 설명했다. 그는 클래버하우스가 점점 흥미를 보이는 데 주목했다.

"그럼 타라비츠는 텔포드를 배신할 계획이군요?" 이야기가 끝나자 오민스턴이 말했다.

리버스는 어깨를 으쓱했다. "내 추측이야."

"그럼 왜 우리가 귀찮게 함정수사를 하나요? 놈들이 서두르게 내버려 두면 될 것 같은데."

"그러면 타라비츠를 잡을 수 없어." 클래버하우스가 말했다. 그는 집중 하느라 눈을 가늘게 떴다. "텔포드가 몰락하도록 타라비츠가 계획을 짰다 면 성공할 거야. 텔포드는 철창신세가 되고, 그 결과 한 악당이 다른 악당 으로 대체되겠지."

"게다가 훨씬 더 나쁜 놈으로." 리버스가 말했다.

"네? 텔포드가 로빈 후드라도 되나요?"

"아니. 하지만 적어도 우린 상대가 어떤 놈인지는 알지."

"그리고 텔포드의 아파트에 살고 있는 노인들은 그를 사랑하죠." 클래 버하우스가 말했다.

리버스는 네덜란드 여행을 준비하던 헤더링턴 부인을 생각했다. 인버 네스 공항에서 출발해야 한다는 게 유일한 결점이었던. 사키지 쇼다는 런 던에서 인버네스로 날아왔다.

리버스는 웃기 시작했다.

"뭐가 그렇게 재미있으세요?"

리버스는 눈물이 날 정도로 계속 웃다가 고개를 저었다. 사실 전혀 재 미있지 않았다.

"우리가 아는 걸 텔포드가 알게 해서는 안 돼요." 클래버하우스가 리버 스를 살펴보며 말했다. "텔포드와 타라비츠가 반목하게 해야죠. 서로 산 채 먹고 먹히도록."

리버스는 고개를 끄덕이고 심호흡을 했다. "분명 하나의 선택지지."

"다른 선택지를 제시해보세요."

"나중에." 리버스가 말했다. 그는 차 문을 열었다.

"어디 가세요?" 클래버하우스가 물었다.

"비행기 타러."

32

하지만 사실은 차로 가고 있었다. 긴 여정이었다. 북쪽으로 퍼스를 통과해 거기서부터 혹한기에는 끊길 수도 있는 경로를 타고 하이랜드로 들어갔다. 도로 상태는 나쁘지 않았지만 차량이 많았다. 천천히 달리는 트럭을 추월하면 또 다른 트럭이 나타났다. 양보에 고마워해야 한다는 걸 알고 있었다. 여름에는 캠핑카의 행렬이 몇 km씩 이어진다.

피틀로크리 외곽에서 캠핑카를 몇 대 지나쳤다. 네덜란드에서 온 차들이었다. 헤더링턴 부인은 지금이 네덜란드 여행 시즌은 아니라고 했다. 부인 정도 나이의 사람들은 봄에 네덜란드로 가서 튤립밭의 경치를 감상한다. 하지만 헤더링턴 부인은 아니었다. 텔포드가 가라고 제안한 때 가는 것이다. 텔포드는 여행 경비도 제공했을 것이다. 아무 걱정 말고 즐거운 시간 보내라고 했겠지.

인버네스에 가까워지면서 다시 중앙분리대가 있는 고속도로가 나왔다. 두 시간 넘게 운전하고 있었다. 새미가 다시 의식이 돌아왔을 수 있다. 로나는 리버스의 휴대폰 번호를 안다. 시내로 들어가는 도로 떨어진 곳에 인버네스 공항 표지판이 있었다. 리버스는 차를 세우고 나와 다리와 등 스트레칭을 했다. 척추가 튀어나오는 느낌이었다. 터미널로 가서 보안 담당자를 찾았다. 안경을 쓴 키 작은 대머리 남자가 나왔다. 다리를 절고 있었다.

리버스는 자기소개를 했다. 남자는 커피를 권했지만 리버스는 장기간 운전 때문에 충분히 과민했다. 하지만 점심을 걸러서 배는 고팠다. 리버스는 남자에게 온 이유를 설명한 끝에 세관으로 안내되었다. 세관으로 가는 동안 시설이 소극적으로 운영되고 있다는 인상을 받았다. 세관 공무원은 30대 초반의 여자였다. 장밋빛 뺨에 검은 곱슬머리였다. 이마 가운데 작은 동전 크기의 반점이 있어서 꼭 세 번째 눈 같았다.

세관 공무원은 리버스를 세관 구역으로 데리고 가서 대화를 나눌 수 있는 방으로 갔다.

"해외 직항편은 막 시작했어요." 리버스의 질문에 그녀가 답했다. "정말 놀랍죠."

"왜요?"

"인력은 감축했거든요."

"세관 말씀인가요?"

그녀는 고개를 끄덕였다.

"마약이 걱정되시나요?"

"물론이죠." 그녀는 잠시 말을 멈췄다. "그리고 다른 것들도요."

"암스테르담 행 항공편이 있습니까?"

"생길 예정이에요."

"그럼 지금은?"

그녀는 어깨를 으쓱했다. "런던으로 가서 갈아타야죠."

리버스는 생각에 잠겼다. "며칠 전에 어떤 사람이 일본에서 히스로 공항으로 온 다음, 인버네스 행으로 갈아탔습니다."

"런던에서 머물렀나요?"

리버스는 고개를 저었다. "첫 번째 연결편을 탔습니다."

"그러면 국제 연결편으로 간주돼요."

"무슨 뜻이죠?"

"일본에서 실은 짐이 인버네스 공항까지 검사를 받지 않아요."

"그럼 여기가 첫 번째 세관 지점이겠군요?"

그녀는 고개를 끄덕였다.

"힘든 시간대에 비행기가 도착하면요?"

그녀는 다시 어깨를 으쓱했다. "우리가 할 수 있는 일을 할 뿐이죠."

그렇겠지. 리버스는 상상이 갔다. 피곤에 지친 눈의 세관 공무원 한 명. 그렇게 눈치가 빠르지도 않고.

"그럼 짐은 히스로에서 다른 비행기로 옮겨지지만 거기선 아무도 검사 하지 않는군요?"

"그렇다고 봐야죠."

"네덜란드에서 런던을 통해 인버네스로 온다면?"

"마찬가지예요."

리버스는 이제 알았다. 토미 텔포드의 아이디어가 뛰어나다는 걸. 텔포 드는 타라비츠에게 마약을 공급해왔다. 그리고 수없이 많은 다른 조폭들 에게도. 텔포드의 아파트에 사는 노인들은 이른 아침 또는 늦은 밤에 세 관 지점을 통과한다. 짐 하나에 뭔가를 집어넣는 것은 일도 아니다. 그런 다음 텔포드의 부하들이 대기하다가 노인들을 에든버러로 데려와서 짐을 위층까지 들어다 준다. 그리고 마약 꾸러미를 빼낸다.

연금 생활자 노인들이 자신도 모르게 마약 운반책이 된 것이다. 놀라웠다.

그리고 쇼다는 지역의 관광 시설을 확인하려고 인버네스로 온 게 아니었다. 텔포드가 발견한 경로가 얼마나 쉽고 탁월한지, 최소한의 위험으로 빠르고 효과적으로 운반할 수 있는지 확인하려고 온 것이다. 리버스는 다시 웃지 않을 수 없었다. 최근 하이랜드는 지루한 10대들과 현금이 풍부한 유전 노동자들 사이에 만연한 마약 문제로 골머리를 앓고 있었다. 리버스는 초여름에 북동부의 조직 하나를 박살 냈지만, 덕분에 토미 텔포드만 편해졌다.

캐퍼티는 결코 생각하지 못했을 것이다. 그 정도로 대담한 적이 없었다. 하지만 조용하게 유지했을 것이다. 조직을 확장할 생각도, 파트너를 끌어들일 생각도 하지 않았을 것이다.

텔포드는 어떤 면에서는 아직 어린애였다. 조수석의 테디베어가 그 증거다.

리버스는 세관 공무원에게 감사를 전하고 요기할 곳을 찾아 나섰다. 시내 중심가에 주차하고 햄버거를 하나 샀다. 그는 창가 자리에 앉아서 골똘히 생각했다. 아직 이해가 되지 않는 점이 있었지만, 처리할 수 있을 것이다.

전화를 두 통 했다. 한 통은 병원에, 다른 한 통은 바비 호건에게 했다. 새미는 아직 의식이 돌아오지 않았다. 호건은 7시에 프리티 보이를 심문할 예정이었다. 리버스는 그쪽으로 가겠다고 했다.

남쪽으로 내려오는 길에 날씨는 좋았고 교통도 괜찮았다. 사브는 긴 운전에도 멀쩡해 보였다. 아니면 시속 110km로 달리면서 나는 엔진 소음 때문에 모든 덜거덕거리고 털털거리는 소리가 가려졌기 때문일지도 모른다.

리버스는 바로 리스 경찰서로 갔다. 시계를 보니 15분 늦었다. 상관없었다. 심문이 방금 시작되었기 때문이다. 프리티 보이는 다목적 변호사인 찰스 그롤과 함께 있었다. 호건은 다른 CID 경관인 제임스 프레스턴 경장과 함께 있었다. 녹음기는 준비되었다. 호건은 초조해 보였다. 이 모험이 특히 변호사가 동석한 상태에서는 얼마나 위험한지 깨달았기 때문이다. 리버스는 안심시켜주듯 윙크를 하고, 늦어서 미안하다고 사과했다. 햄버거는 소화가 잘 되지 않았고, 커피를 마셨어도 날카로워진 신경에는 도움이 되지 않았다. 인버네스와 그 범죄 연관성 생각을 떨쳐버리고 프리티 보이와 조셉 린츠에 집중하려고 고개를 흔들었다.

프리티 보이는 침착해 보였다. 짙은 회색 양복에 노란색 티셔츠, 검은색 스웨이드로 된 끝이 뾰족한 부츠 차림이었다. 비싼 애프터셰이브 로션 냄새가 났다. 앞에 있는 책상에는 테가 거북딱지로 된 레이밴 선글라스와 자동차 열쇠가 있었다. 리버스는 프리티 보이가 레인지로버를 소유하고 있다는 걸 알고 있었다. 텔포드의 부하들에게는 의무적이었다. 하지만 열쇠고리에는 포르쉐 마크가 있었다. 그리고 밖에서 리버스는 코발트 블루색 포르쉐 944 뒤에 주차했다. 프리티 보이는 자신의 개성을 과시하고 있었다.

그롤은 옆 바닥에 서류가방을 연 채로 놓아두었다. 책상에는 A4 용지 패드, 그리고 두툼한 검은색 몽블랑 펜이 있었다.

변호사와 의뢰인은 쉽게 돈을 벌고 쓴다는 분위기를 풍겼다. 프리티 보이는 계급을 사는 데 돈을 썼다. 하지만 리버스는 프리티 보이의 배경을 알고 있었다. 페이즐리의 노동자 계급. 거칠고 고달픈 인생이었다.

호건은 녹음을 위해 심문자의 신분을 밝혔다. 그런 다음 자신의 수첩을 봤다.

"서머스 씨." 프리티 보이의 본명이었다. 브라이언 서머스. "여기 왜 왔는지 아십니까?"

프리티 보이는 번들거리는 입술로 O자를 만든 다음 천장을 응시했다.

"서머스 씨는," 찰스 그롤이 입을 뗐다. "협조하겠다는 의사를 저에게 밝혔습니다, 호건 경위님. 하지만 본인에게 제기된 혐의와 그 근거에 대해 말하고 싶어 합니다."

호건은 눈도 깜짝 않고 그롤을 응시했다.

"서머스 씨가 기소되었다고 누가 그러던가요?"

"경위님. 서머스 씨는 토머스 텔포드 씨 밑에서 일합니다. 그리고 경찰이 텔포드 씨를 괴롭히고 있다는 사실이 기록되어 있습니다."

"저나 이 경찰서와는 관계없습니다, 그롤 씨." 호건이 잠시 말을 멈췄다. "현재의 심문과도 관계없습니다."

그롤은 대여섯 번 계속해서 빠르게 눈을 깜빡였다. 그롤은 프리티 보이를 쳐다보았다. 프리티 보이는 이제는 부츠 끝을 쳐다보고 있었다.

"내가 뭔가 말하길 바랍니까?" 프리티 보이가 변호사에게 말했다.

"저는 그저…… 확실하지는 않지만……"

프리티 보이는 손을 흔들어 말을 끊고는 호건을 쳐다보았다.

"물어보세요."

호건은 다시 수첩을 살펴보는 척했다. "왜 여기 왔는지 아십니까, 서머스 씨?"

"내 고용주를 마녀사냥하기 위한 명예훼손 때문이겠죠." 프리티 보이는 CID 형사 세 사람에게 미소를 지었다. "하지만 당신들은 내가 '명예훼손'이라는 단어를 안다고 생각하진 않았을 겁니다." 그의 시선이 리버스에게 머물렀다가 그롤에게 향했다.

"리버스 경위는 이 경찰서 소속이 아닙니다."

그롤은 힌트를 알아들었다. "맞습니다, 경위님. 무슨 권한으로 이 심문에 참석하고 있습니까?"

"그건 차차 밝혀질 겁니다." 호건이 말했다. "시작해도 될까요?"

그롤은 헛기침을 했지만 아무 말도 하지 않았다. 호건은 잠시 침묵이 흐르게 했다가 심문을 시작했다.

"서머스 씨. 조셉 린츠라는 사람을 아십니까?"

"아니요."

침묵이 계속되었다. 서머스는 다리를 다시 꼬았다. 호건을 쳐다보고 눈을 깜빡였다. 눈을 깜빡이다가 한쪽 눈이 순간적으로 경련했다. 코를 훌쩍이고는 코를 문질러 경련이 아무렇지도 않은 척했다.

"린츠를 만난 적이 전혀 없습니까?"

"없습니다."

"아는 사이 아닙니까?"

"전에도 그 사람에 대해 물어봤죠. 그때와 똑같이 대답하죠. 그 사람을 전혀 모릅니다." 서머스는 의자에서 약간 자세를 바로했다.

"전화 통화도 한 적 없습니까?"

서머스는 그롤을 쳐다보았다.

"제 의뢰인이 분명히 말하지 않았나요, 경위님?"

"대답을 듣고 싶습니다."

"나는 린츠를 모릅니다." 억지로 긴장을 풀려고 하면서 서머스가 말했다. "말해본 적도 없어요." 다시 호건을 응시했지만 이번에는 눈에 경련이 일지 않았다. 눈 뒤에는 노골적인 이기심밖에 없었다. 리버스는 서머스의 인생관이 이렇게 추악한데 사람들이 어떻게 '프리티'하다고 부를 수 있는지 의아했다.

"린츠가 당신의 사업장에 전화한 적이 없다고요?"

"난 사업장이 없습니다."

"고용주와 같이 쓰는 사무실 말입니다."

프리티 보이는 미소를 지었다. 그는 '사업장', '당신의 고용주' 같은 어구를 좋아했다. 모두 진실을 알지만 이 작은 게임을 한다. 그리고 그는 게임을 좋아했다.

"말했듯이, 얘기한 적 없습니다."

"재미있군요. 전화 회사의 기록은 다르던데요."

"그쪽 실수겠죠."

"그런 것 같지 않습니다, 서머스 씨."

"이봐요. 전에도 똑같았잖아요." 서머스가 의자에서 몸을 앞으로 뺐다. "잘못 건 전화일 거라고요. 내 동료 중 한 사람이 받아서 잘못 걸었다고 했겠죠." 팔짱을 풀었다. "이건 분명한 사실입니다."

"저도 의뢰인 말씀에 동의합니다." 무엇인가 갈겨쓰며 찰스 그롤이 말했다. "대체 이 질문의 목적이 뭡니까?"

"서머스 씨의 신원을 확인하기 위해서입니다."

"어디서, 그리고 누구요?"

"린츠 씨와 함께 있었던 레스토랑이요. 만난 적도, 얘기한 적도 없다는 그 린츠 씨 말이죠."

리버스는 프리티 보이의 얼굴에서 주저하는 빛을 보았다. 놀라움보다는 주저함이었다. 프리티 보이는 즉각 부인하지 않았다.

"레스토랑 직원이 신원을 확인할 겁니다." 호건이 말을 계속했다. "다른 간이식당 직원이 확증하고요."

그롤은 의뢰인을 쳐다보았다. 프리티 보이는 아무 말도 하지 않고 테이블만 쳐다보았다. 리버스는 아직 테이블이 뚫어지지 않은 게 이상하다고 생각했다.

"글쎄요." 그롤이 말을 이었다. "이건 심각한 불법입니다, 경위님."

호건은 변호사에게 관심을 보이지 않았다. 이제는 프리티 보이와 자신의 대결이었다.

"어떻습니까, 서머스 씨? 진술을 변경하시겠습니까? 린츠 씨와 무슨 얘기를 했습니까? 여성 파트너를 원하던가요? 당신의 전문 분야로 알고 있습니다만."

"경위님, 분명히 주장하는데······"

"주장은 미뤄두시죠, 그롤 씨. 그렇다고 사실이 달라지지는 않습니다. 증인이 확인했을 때 서머스 씨가 법정에서 전화 통화와 만남에 대해 뭐라고 말할지 알고 싶을 뿐입니다. 수많은 핑계가 있겠죠. 하지만 그중에서 제일 그럴듯한 놈으로 골라야 할 겁니다."

서머스가 양 손바닥으로 책상을 치며 반쯤 일어섰다. 몸에는 지방이 1g도 없었다. 손등 혈관이 튀어나왔다.

"말했잖습니까. 만난 적도, 얘기한 적도 없다고. 더 할 말 없습니다. 끝이에요. 증인이 있다면 그자가 거짓말하는 겁니다. 당신네들이 시켰겠죠. 내가 할 말은 그것뿐입니다." 프리티 보이는 다시 자리에 앉아서 두 손을 주머니에 찔러넣었다.

"내가 듣기로는," 마치 친구들 사이의 맥빠진 대화에 활기를 불어넣으려는 듯 리버스가 말했다. "고급 매춘부들을 데리고 있다더군요. 보통 매춘부보다 백 배는 더 돈을 버는 일이죠."

서머스는 코웃음 치며 고개를 저었다.

"경위님." 그롤이 말했다. "이런 혐의를 계속 씌우는 걸 용납할 수 없습니다."

"린츠가 그걸 원했어요? 고급 매춘부 취향이던가요?"

서머스는 계속 고개를 저었다. 뭔가 말하려고 하는 것 같았지만 억누르고 대신 웃었다.

"여러분에게 상기시키고 싶군요." 그롤은 말을 계속했지만 아무도 귀를 기울이지 않았다. "제 의뢰인은 전적으로 협조해 왔습니다."

리버스는 프리티 보이의 시선을 느끼고 마주 보았다. 그 시선에는 말하지 않은 게 너무 많았다. 말하고 싶어 죽을 지경인 것들이 너무나 많았다. 리버스는 린츠의 집에 있던 밧줄의 길이를 생각했다.

"린츠는 여자들을 묶는 걸 좋아했죠?" 리버스가 물었다.

그롤은 일어나면서 서머스를 잡아 일으켰다.

"브라이언?" 리버스가 물었다.

"그만 됐습니다." 그롤이 말했다. 노트패드를 서류가방에 집어넣고 구리 자물쇠를 채웠다. "제 의뢰인의 시간을 뺏을 만한 가치가 있는 질문이라면 기꺼이 협조하겠습니다. 하지만 그렇지 않다면……"

"브라이언?"

프레스턴 경장이 녹음기를 끄고 문을 열어주러 갔다. 서머스는 자동차 열쇠를 집어 들고 선글라스를 꼈다.

"여러분." 그가 말했다. "유익한 시간이었습니다."

"S&M." 리버스는 프리티 보이의 얼굴을 보며 집요하게 물었다. "린츠가 여자들을 묶었나요?"

프리티 보이는 다시 코웃음 치며 고개를 저었다. 그는 변호사의 안내에 따라 리버스를 지나쳐갔다.

"밧줄은 자신을 위한 것이었죠." 프리티 보이가 낮은 목소리로 말했다.

밧줄은 자신을 위한 것이었다.

리버스는 병원으로 차를 몰았다. 20분 동안 새미 옆에 앉아 있었다. 머리를 맑게 하고 명상하는 20분이었다. 20분간의 부활 시간이었다. 이 시간이 끝날 즈음에는 딸의 손을 쥐었다.

"살아 있어 줘서 고마워." 리버스가 말했다.

그는 아파트로 돌아왔다. 목욕을 마칠 때까지는 자동응답기를 무시할 생각이었다. 인버네스로 차를 몰고 갔다 오느라 어깨와 등이 쑤셨다. 하지만 무슨 이유에선지 버튼을 눌렀다. 잭 모튼의 목소리였다. "텔포드하고 만나기로 했어. 나중에 만나. 옥스퍼드 바에서 10시 반. 약속은 하지만 장담은 못 해. 행운을 빌어줘."

잭은 11시에 바로 들어섰다.

뒤쪽에서는 포크 음악이 흐르고 있었다. 퇴근한 후부터 계속 있었을 것 같은 목소리 큰 두 사람만 없었다면 앞쪽도 조용했을 것이다. 아직도 양복 차림에 주머니에는 신문을 말아 꽂았다. 진토닉을 마시고 있었다.

리버스는 잭에게 뭘 마실 것인지 물었다.

"레모네이드 1파인트."

"그래서 어떻게 됐어?" 리버스는 음료를 주문했다. 40분 동안 콜라 두 잔을 마셨고, 지금은 커피를 마시고 있었다.

"예민한 것 같더군."

"만나는 자리엔 누가 나왔어?"

"가게의 그 두 사람. 거기에 텔포드와 부하 둘."

"송신기는 잘 작동했어?"

"아주 훌륭하던데."

"몸수색은?"

모튼은 고개를 저었다. "대충대충 하더군. 뭔가에 정신이 팔려 있는 것 같았어. 계획 들어볼래?" 리버스는 고개를 끄덕였다. "한밤중에 트럭이 도착하고 내가 정문을 통과시키지. 상사가 배송을 승인하는 전화를 받았기 때문이야. 그러니 난 의심을 사지 않지."

"자네 상사가 전화를 하지 않았다는 것만 빼고는 말이지?"

"맞아. 비슷한 목소리에 속은 거지. 경찰에는 그렇게 말하면 돼."

"우리는 자네한테서 진실을 캐낼 거야."

"말했듯이, 전체 계획은 설익었어. 하지만 난 놈들에게 이 사실을 알릴 생각이야. 놈들은 내 배경을 확인했겠지. 만족할 거야."

"트럭에는 누가 타지?"

"완전무장한 부하 열 명. 내일 장소에 관한 대략적인 계획을 텔포드에게 알려줘야 해. 사람이 얼마나 있을지, 알람 시스템은 어떤지를."

"대가로 얼마를 준대?"

"5천 파운드. 그게 맞는 액수라고 생각하는 것 같았어. 5천이면 빚을 다 갚고도 두둑하게 남을 거래."

5천 파운드. 조셉 린츠가 은행에서 인출한 액수다.

"자네 사연은 믿던가?"

"내 아파트 밖에서 잠복하고 있었어."

"여기까지 미행하지는 않고?"

모튼은 고개를 저었다. 리버스는 자신이 알게 된 사실과 의심하는 내용을 모튼에게 알려주었다. 모튼이 파악하는 동안, 리버스는 질문을 하나 했다.

"클래버하우스는 자네가 어떻게 하기를 원해?"

"테이프 증거는 괜찮았어. 텔포드가 말하면 나는 꼭 '텔포드 씨' 또는 '토미'라고 몇 차례 불렀지. 녹음에 나온 건 분명히 텔포드야. 하지만……클래버하우스는 텔포드 무리를 현행범으로 잡길 원해."

"'제대로 해야죠.'"

"그게 클래버하우스의 캐치프레이즈 같군."

"날짜는?"

"별일 없으면 토요일이야."

"우리는 금요일에 제보를 받게 되나?"

"자네 추측이 맞는다면."

"내 추측이 맞는다면 그렇겠지." 리버스는 동의했다.

33

 토요일 낮까지 무소식이었다가 마침내 제보가 들어오자 리버스는 예감이 적중했다는 걸 알았다.

 클래버하우스가 제일 먼저 축하해서 놀랐다. 처리해야 할 일도 많았고, 전화가 왔을 때 아주 무심하게 행동했기 때문이다. 강력반 사무실 벽에는 맥클린 마약 제조소의 상세한 지도가 직원 명단과 함께 붙어 있었다. 인력이 배치된 곳은 컬러 스티커로 표시했다. 초과 근무가 필요한 대량 주문이 없는 한, 밤 시간에는 경비원들만 있었다. 오늘 밤에는 통상적인 경비 인력에 로디언 앤 보더스 경찰들이 추가되었다. 제조소 안에 스무 명이, 옥상과 요충지 창문에는 명사수들이 배치되었다. 지원 병력으로 열두 대의 차와 밴도 준비되었다. 클래버하우스의 경력에서 가장 큰 작전이었고, 큰 기대를 받고 있었다. 클래버하우스는 계속해서 '제대로 해야 한다'고 말했다. '만반의 준비'를 할 것이라고 했다. 그 두 문장이 그의 주문이 되었다.

 리버스는 제보 전화 녹음을 들었다. "오늘 밤 슬레이트포드의 맥클린 공장입니다. 새벽 2시에 습격합니다. 완전무장한 열 명이 탄 트럭입니다. 운이 좋으면 열 명 다 잡을 수 있을 겁니다."

 스코틀랜드 악센트였지만 장거리 전화처럼 들렸다. 리버스는 돌아가는 테이프 릴을 보며 미소를 지었다. 그리고 "다시 만나서 반가워, 크랩"이라고 크게 말했다.

텔포드에 대한 언급이 없는 게 흥미로웠다. 텔포드의 부하들은 충성스러웠다. 말없이 복종한다. 그리고 타라비츠는 텔포드를 밀고한 게 아니다. 타라비츠는 경찰이 이미 텔포드의 가담에 관한 테이프 증거를 확보하고 있다는 걸 알 수 없었다. 텔포드를 놓아둘 생각이라는 의미였다. 아니, 충분히 생각해보자. 계획이 수포로 돌아가고 최정예 부하 열 명이 갇히게 된다면, 타라비츠는 굳이 텔포드가 철창신세를 지게 할 필요가 없다. 타라비츠는 텔포드가 모든 약점이 노출된 무방비상태가 되어 야쿠자가 목을 따러 오지 않을까 노심초사하길 원했다. 텔포드는 언제든 제거할 수도, 모든 것을 넘기게 할 수도 있다. 유혈사태는 필요 없다. 단순한 사업상 제의가 될 것이다.

"그건 반드시……"

"잘했어." 리버스가 말했다. "클래버하우스, 우리도 이미 다 알아. 그렇지?"

클래버하우스는 자제심을 잃었다. "경위님은 내가 참아주기 때문에 여기 있는 겁니다! 그러니 단도직입적으로 말하죠. 내가 손가락을 튕기면 경위님은 게임에서 빠지는 겁니다. 알겠습니까?"

리버스는 그저 클래버하우스를 응시할 뿐이었다. 클래버하우스의 왼쪽 관자놀이를 따라 한 줄기 땀이 흘러내렸다. 오민스턴은 자기 자리에서 그를 올려보고 있었다. 쇼반 클락은 벽에 걸린 차트 앞에서 다른 경찰들에게 브리핑을 하고 있다가 말을 멈췄다.

"시키는 대로 하겠다고 맹세할게." 리버스는 조용히 말했다. "자네가 고장 난 녹음기처럼 똑같은 말만 되풀이하지 않는다고 약속한다면."

클래버하우스의 턱이 움직였지만, 결국 사과의 미소 비슷한 걸 지었다.

"그럼 시작하죠."

사실 할 일이 많지 않았다. 잭 모튼은 2교대로 일했고, 3시가 되어야 근무를 시작한다. 텔포드가 계획을 변경할 때를 대비해서 그때부터 현장을 감시할 것이다. 이스터 로드 경기장에서 열리는 힙스 대 하츠*의 빅게임을 놓친다는 뜻이다. 리버스는 홈팀의 3대 2 승리에 걸었다.

오민스턴이 요약했다. "가장 쉽게 돈을 잃는 방법이죠."

리버스는 컴퓨터로 가서 다시 일을 시작했다. 쇼반 클락이 벌써 와서 기웃거렸다.

"타블로이드지에 팔려고요?"

"그런 행운은 없겠지."

리버스는 간단하게 쓰려고 애썼다. 작업을 마치고 사본 2부를 출력하니 기분이 좋았다. 그다음에는 밝은색의 멋진 폴더를 두 개 사러 나갔다.

리버스는 폴더 하나를 남겨두고 집으로 왔다. 너무 안절부절못해서 페테스에 붙어 있을 수 없었다. 그의 아파트 층계참에 세 남자가 기다리고 있었다. 뒤에 두 명이 더 다가와서 유일한 탈출로를 막았다. 리버스는 제이크 타라비츠와 폐차장에 있던 그의 부하 하나를 알아보았다. 다른 놈들은 생소했다.

"계단을 올라가." 타라비츠가 지시했다. 리버스는 호송되는 죄수처럼 계단을 올라갔다.

"문 열어."

---

* 에든버러를 연고지로 하는 두 축구팀인 하이버니언 FC와 하츠 FC의 라이벌 경기.

"자네들이 오는 줄 알았으면 맥주라도 준비해뒀을 텐데." 주머니에서 열쇠를 찾으며 리버스가 말했다. 놈들을 안으로 들이는 것과 쫓아내는 것 중에 어느 게 더 안전할까 생각했다. 타라비츠가 대신 결정해줬다. 고개를 끄덕여 신호를 보냈다. 리버스의 팔이 잡히고, 다른 부하들이 재킷과 바지를 뒤져 열쇠를 찾아냈다. 리버스는 무심한 표정으로 타라비츠를 쳐다보았다.

"큰 실수 하는 거야." 리버스가 말했다.

"들어가." 타라비츠가 명령했다. 놈들이 리버스를 현관으로 밀어 넣고 거실로 끌고 갔다.

"앉아."

부하들이 리버스를 소파로 밀었다.

"적어도 차는 끓이게 해줘." 리버스가 말했다. 아무것도 내줄 수 없다는 것을 알기 때문에 속으로는 떨고 있었다.

"집이 좋군." 핑크 아이가 말했다. "하지만 여자의 손길이 부족해." 핑크 아이는 리버스 쪽으로 몸을 돌렸다. "그년 어딨어?" 부하 둘이 집을 뒤지기 시작했다.

"누구?"

"그년이 누구한테 가겠어? 네 딸은 아냐. 지금 혼수상태니까."

리버스는 타라비츠를 노려보았다. "그 일에 대해 뭘 알고 있지?" 부하 둘이 돌아와서는 고개를 저었다.

"소문을 들었어." 타라비츠는 식탁 의자를 당겨서 앉았다. 소파 앞뒤로 각각 부하 둘이 섰다.

"편히 지내, 친구들. 크랩은 어디 있지, 제이크?"

"남쪽에 있지. 그건 왜 물어?"

리버스는 어깨를 으쓱했다.

"딸 일은 유감이야. 곧 낫겠지?" 리버스는 대답하지 않았다. 타라비츠는 미소를 지었다. "건강보험…… 나 같으면 믿지 않겠지만." 타라비츠는 잠시 말을 멈췄다. "그년 어딨어, 리버스?"

"내 예리한 형사의 촉으로 판단해보니, 캔디스를 말하는 것 같군." 도망쳤다는 얘기다. 이번 한 번만은 자기 자신을 믿기로 한 것이다. 리버스는 그녀가 자랑스러웠다.

타라비츠가 손가락을 튕겼다. 팔이 리버스를 뒤에서 잡더니 어깨를 뒤로 고정시켰다. 부하 하나가 앞으로 나와서 리버스의 턱에 강력한 주먹을 날렸다. 손 하나가 리버스의 머리카락을 잡고 강제로 천장을 쳐다보게 했다. 그는 손날이 목구멍을 겨냥하는 것을 보지 못했다. 손날이 강타하자 목울대가 튀어나올 것 같았다. 놈들이 손을 놓자 리버스는 앞으로 고꾸라졌다. 손을 목에 가져다 대고 숨을 쉬기 위해 헛구역질을 했다. 손수건을 꺼내 침을 뱉었다.

"불행히도," 타라비츠가 말했다. "난 유머 감각이 없어. 그러니 내가 죽인다고 하면 농담이 아니라는 걸 알았으면 좋겠군."

리버스는 고개를 흔들어 알고 있는 모든 비밀, 타라비츠에 대해 가지고 있는 모든 힘을 없애려고 했다. 리버스는 스스로에게 말했다. 넌 아무것도 몰라. 넌 죽지 않아.

"내가 안다고 하더라도……" 리버스는 숨을 쉬려고 애썼다. "너한테는 말하지 않아. 우리 둘이 지뢰밭에 서 있더라도 너한테는 말하지 않아. 왜 그런지 알고 싶나?"

"말로는 나한테 상처를 줄 수 없어, 리버스."

"네가 어떤 놈인지 알기 때문이지. 넌 인신매매범이야." 리버스는 입을 가볍게 두드렸다. "나치하고 다를 바 없는 놈이지."

타라비츠는 손 하나를 가슴에 댔다. "난 철두철미하지."

"가능성이 있다는 건 좋은 일이야." 리버스는 다시 기침을 했다. "말해 봐. 왜 캔디스가 돌아오길 원하지?" 리버스는 답을 알고 있었다. 타라비츠는 텔포드를 아수라장에 남겨두고 남쪽으로 갈 생각이기 때문이다. 캔디스 없이 뉴캐슬에 돌아가는 것은 작지만 뚜렷한 패배이다. 타라비츠는 모든 걸 원했다. 접시에 남은 마지막 부스러기까지.

"내 일이니까." 타라비츠가 말했다. 신호가 떨어지자 부하들이 다시 리버스를 잡았다. 이번에는 리버스도 저항했다. 포장용 테이프가 리버스의 입을 막았다.

"다들 에든버러가 얼마나 점잖은 곳인지 얘기하더군." 타라비츠가 말했다. "이웃 사람들이 비명 소리 때문에 불평하게 할 수는 없지. 의자에 앉혀."

리버스는 일으켜 세워졌다. 몸부림쳤다. 신장에 주먹이 날아들었다. 무릎에 힘이 빠졌다. 놈들이 리버스를 강제로 식탁 의자에 앉혔다. 타라비츠는 재킷을 벗고 금으로 된 커프스 버튼을 풀었다. 분홍색과 파란색 줄무늬 셔츠의 소매를 걷어 올렸다. 팔에는 털이 없고 팔뚝은 두꺼웠다. 얼굴과 똑같은 색깔의 반점이 있었다.

"피부질환이야." 파란색 코팅을 한 선글라스를 벗으며 타라비츠가 설명했다. "나병의 먼 친척쯤 된다고 하더군." 그는 셔츠 제일 윗단추를 풀었다. "난 토미 텔포드만큼 잘생기지는 않았어. 하지만 그 밖의 모든 면에서는 내가 놈의 주인이라는 걸 알게 될 거야." 부하들이 미소를 지었다. 리버스가 이해할 수 없는 미소였다. "네가 원하는 어디서나 시작할 수 있어. 멈추고 싶으면 언제든 선택할 수 있고. 고개만 까딱하고 그년이 어디 있는지 말해. 그러면 네 인생에서 완전히 사라져주지."

타라비츠는 리버스 가까이 다가왔다. 얼굴의 번들거림이 마치 보호막 같았다. 창백한 푸른 눈의 눈동자는 작고 검었다. 리버스는 생각했다. 마약 소비자 겸 판매자군. 타라비츠는 리버스가 고개를 끄덕이길 기다렸지만 반응이 없자 뒤로 물러섰다. 그는 리버스 의자 옆에 있는 앵글포이즈 램프를 발견했다. 램프의 밑판에 양발을 놓고 전원 케이블을 잡아당겨 벗겨 냈다.

"이리로 데려와." 타라비츠가 명령했다. 케이블이 벽 전원에 꽂혀 있고 소켓이 켜져 있는지 확인하는 곳으로 부하들이 리버스를 의자째 끌고 왔다. 다른 부하는 커튼을 닫았다. 건너편 아파트에 사는 아이들은 공짜 쇼를 못 보게 되었다. 타라비츠는 케이블을 달랑거리며 리버스가 피복이 벗겨진 전선을 볼 수 있게 했다. 아주 생생한 전선이었다. 240볼트짜리 전기가 리버스를 기다리고 있었다.

"내 말 명심해." 타라비츠가 말했다. "이건 아무것도 아니야. 세르비아인들은 고문을 예술의 경지로 끌어올렸어. 단지 자백만을 받아내는 게 목표가 아니었지. 난 그중에서 더 똑똑한 사람들 몇을 도왔어. 언제가 도망갈 때인지 아는 사람들이었지. 처음에는 움켜쥐면 되는 돈과 권력이 널려 있었어. 이제는 정치인들이 판사들을 데리고 몰려오지." 그는 리버스를 쳐다보았다. "똑똑한 사람들은 언제 그만둬야 할지 알아. 마지막으로 기회를 한 번 주겠어, 리버스. 명심해. 고개만 한 번 끄덕이면……" 전선이 리버스의 뺨 앞 몇 센티미터 거리까지 다가왔다. 타라비츠는 생각을 바꿔 전선을 리버스의 콧구멍으로, 그다음에는 눈알로 움직였다.

"고개만 한 번 끄덕이면⋯⋯"

리버스는 몸을 뒤틀었다. 타라비츠의 부하들이 다리, 팔, 어깨를 붙잡고 있었다. 머리와 가슴도 붙잡았다. 잠깐. 전기 쇼크가 타라비츠의 부하들에게까지 바로 흘러 들어갈 것이다! 리버스는 이게 허풍이란 걸 깨달았다. 리버스의 시선이 타라비츠와 마주쳤다. 그리고 둘 다 알았다. 타라비츠는 물러섰다.

"의자에 테이프로 묶어." 그들은 5cm 너비의 테이프로 리버스를 의자에 고정했다.

"이번엔 진짜야, 리버스." 타라비츠가 부하들에게 말했다. "내가 가까이 갈 때까지 붙들고 있어. 내가 말하면 물러서고."

리버스는 생각했다. 놈들이 물러설 때 잠깐의 틈이 있을 것이다. 풀려날 수 있는 시간이다. 테이프는 단단하게 붙어 있지는 않았지만 양이 많았다. 너무 많았다. 리버스는 가슴을 움직여 봤지만 테이프가 끊어질 것 같지는 않았다.

"시작하지." 타라비츠가 말했다. "처음에는 얼굴이고 그다음에는 성기야. 넌 결국 말을 하게 될 거야. 우리 둘 다 알지. 얼마나 허세를 떨고 싶은지는 너한테 달려 있지만, 그게 먹힐 거라고 생각하지는 마."

리버스는 재갈 뒤에서 뭔가 말했다.

"말은 필요 없어." 타라비츠가 말했다. "고개만 끄덕이면 돼. 알겠어?"

리버스는 고개를 끄덕였다.

"고개 끄덕인 거야?"

리버스는 억지로 미소를 지으며 고개를 저었다.

타라비츠는 별 인상을 받은 것 같지 않았다. 그저 사업으로 생각했다. 리버스는 그에게 그 정도의 의미였다. 그는 전선을 리버스의 뺨에 겨냥했다.

"비켜!"

리버스를 누르던 압력이 사라졌다. 테이프를 끊으려고 몸을 밀었지만 꼼짝하지 않았다. 전기가 리버스의 신경계를 강타했고, 몸이 뻣뻣해졌다. 심장이 두 배로 터지는 느낌이었고, 눈알이 불거졌다. 혀가 재갈을 밀었다. 타라비츠는 케이블을 뗐다.

"잡아."

부하들이 다시 리버스를 잡았다. 리버스는 아까보다 덜 저항했다.

"자국도 안 남아." 타라비츠가 말했다. "더 멋진 게 뭔지 알아? 네 전기 요금으로 청구된다는 사실이지."

부하들이 웃었다. 즐기기 시작했다.

타라비츠는 쭈그려 앉아서 리버스와 얼굴을 맞댔다. 그의 시선이 리버스를 향했다.

"참고로 알려주자면, 단 5초였어. 30분은 돼야 재미있어지기 시작하지. 심장은 어때? 네 자신을 위해 상태가 괜찮았으면 좋겠군."

리버스는 아드레날린을 정맥에 주사한 느낌이었다. 5초. 훨씬 길게 느껴졌다. 전략을 바꿨다. 핑크 아이가 믿을 만한 새 거짓말을 생각했다. 놈을 아파트에서 내보낼 만한 것으로.

"바지 벗겨." 타라비츠가 말했다. "아래쪽은 어떻게 되는지 보자."

리버스는 재갈 뒤에서 소리를 지르기 시작했다. 타라비츠는 다시 거실을 둘러보았다.

"여자의 손길이 부족한 게 분명해."

부하들이 리버스의 바지 벨트를 풀기 시작했다. 그러다 버저가 울리자 멈췄다. 누군가 정문에 와 있다.

"그냥 기다려." 타라비츠가 조용히 말했다. "곧 가겠지."

버저가 다시 울렸다. 리버스는 결박과 씨름했다. 그때 다시 버저가 울렸다. 이번에는 집요했다. 부하 하나가 창가 쪽으로 갔다.

"그러지 마." 타라비츠가 짧게 말했다.

버저가 다시 울렸다. 리버스는 버저 소리가 영원히 계속됐으면 했다. 누구일지 짐작할 수 없었다. 로나? 페이션스? 갑자기 그런 생각이 들었다. 만약 계속 누른다면, 그리고 타라비츠가 안으로 들이자고 생각한다면? 로나나 페이션스를⋯⋯

시간이 흘렀다. 버저 소리가 멈췄다. 가버렸다. 타라비츠는 안심하면서 다시 일에 집중하기 시작했다.

그때 아파트 문에서 노크 소리가 들렸다. 안으로 들어온 것이다. 이제 누군가가 문밖에 있다. 다시 노크 소리가 들렸다. 우편함 뚜껑을 들었다.

"리버스!"

남자 목소리였다. 타라비츠는 부하들을 보며 다시 신호를 보냈다. 커튼이 열리고 리버스의 결박이 풀렸다. 얼굴에서 테이프가 떼어졌다. 타라비츠는 소매를 내리고 재킷을 다시 입었다. 전선은 바닥에 그대로 뒀다. 그는 리버스에게 마지막으로 말했다. "다시 얘기하지." 그러고는 부하들과 함께 밖으로 나갔다.

리버스는 의자에 앉아 있었다. 몸이 너무 떨려서 일어날 수 없었다.

"이봐, 거기, 기다려!"

리버스는 누구 목소리인지 알았다. 애버네시였다. 타라비츠는 이 특수부 형사는 거들떠보지도 않는 것 같았다.

"어떻게 된 일이야?" 이제 애버네시는 거실로 와서 주위를 둘러보았다.

"사업상 회의야." 리버스는 꺽꺽거리며 말했다.

애버네시가 앞으로 다가왔다. "무슨 사업을 바지 벗고 해?"

리버스는 아래를 내려다보고 옷매무새를 고치기 시작했다.

"누구야?" 애버네시는 집요했다.

"뉴캐슬에서 온 체첸인들."

"단체관광을 좋아하나 보네." 애버네시는 거실을 돌아다니다 전선을 발견하고 혀를 찼다. 소켓에서 플러그를 뺐다. "재미 좀 봤나 보네."

"걱정하지 마." 리버스가 말했다. "다 알아서 해."

애버네시는 웃었다.

"그나저나 무슨 일이야?"

"자넬 보겠다는 사람을 데려왔어." 애버네시는 입구 쪽으로 고개를 끄덕였다. 눈에 띄는 외모의 남자가 서 있었다. 7부 길이의 검은색 모직 코트에 흰색 실크 스카프 차림이었다. 머리가 완전히 벗어졌고, 넓은 정수리와 뺨은 추위로 벌게졌다. 그는 코를 훌쩍이다가 손수건으로 닦았다.

"어디 좀 가는 게 좋겠군요." 남자가 말했다. 흠잡을 데 없는 말투였다. 리버스를 제외한 사방을 둘러보았다. "배고프면 식사라도 하고."

"배 안 고픕니다." 리버스가 말했다.

"그럼 마실 거라도."

"부엌에 위스키 있어요."

남자는 주저하는 것 같았다.

"이봐요, 친구." 리버스가 말했다. "난 여기 있을 겁니다. 들어오든지 나

456

가든지 해요."

"알겠습니다." 남자가 말했다. 그는 손수건을 치우고 앞으로 나온 다음 손을 내밀었다. "그나저나 제 이름은 해리스입니다."

리버스는 손가락 끝에서 불꽃이 튀기를 바라며 악수했다.

"식탁에 앉죠, 해리스 씨." 리버스는 일어났다. 몸을 떨고 있었지만 무릎에 힘을 줘가며 마루를 가로질렀다. 애버네시는 부엌에서 위스키병과 잔 세 개를 가지고 나타났다. 다시 자리를 뜨고는 물이 든 주전자를 가지고 돌아왔다.

주인인 리버스가 술을 따랐다. 오른팔의 경련이 심해졌다. 방향 감각을 잃은 느낌이었다. 아드레날린과 전기가 온몸에 흘렀다.

"건배." 잔을 들며 리버스가 말했다. 하지만 콧구멍에서 멈췄다. 신에게 맹세했다. 새미를 돌려주면 술을 마시지 않겠다고. 마른침을 삼키자 목이 아팠다. 하지만 잔에 손대지 않고 내려놓았다. 애버네시조차 눈을 의심하는 것 같았다.

"그런데 해리스 씨." 목을 문지르며 리버스가 말했다. "당신은 대체 누굽니까?"

해리스는 과장되게 미소를 지었다. 잔을 만지작거리고 있었다.

"저는 정보국 사람입니다, 경위님. 무슨 생각 하시는지 압니다만 현실은 훨씬 더 따분합니다. 정보 수집이란 건 수많은 서류와 파일 작업이죠."

"조셉 린츠 때문에 여기 왔군요?"

"애버네시 경위 말로는 경위님이 조셉 린츠의 살인을 린츠에게 제기되었던 다양한 혐의와 관련시킨다더군요. 그래서 왔습니다."

"그래서요?"

"그건 물론 경위님 권한입니다. 하지만 반드시 관련이 있다고 볼 수는 없는 문제들이 있습니다. 이런 문제들은 공개되면…… 난처할 수 있죠."

"린츠가 사실은 요제프 린츠스테크였고, 아마도 바티칸의 도움을 받아 랫 라인을 통해 영국에 왔다는 사실 같은 거요?"

"린츠와 린츠스테크가 동일인인지 여부는 알려드릴 수 없습니다. 전쟁 직후에 수많은 문서가 파기되었으니까요."

"하지만 '조셉 린츠'는 연합국이 이리로 데려왔죠?"

"네."

"이유가 뭡니까?"

"린츠는 이 나라에 쓸모가 있었습니다, 경위님."

리버스는 애버네시에게 위스키를 새로 따라주었다. 해리스는 손도 대지 않았다. "어떻게 쓸모 있죠?"

"그는 저명한 학자였습니다. 전 세계를 돌며 학회에 참석하고 초청 강연을 했습니다. 그러면서 우리를 위해 일했습니다. 번역, 정보 수집, 신규 채용……"

"다른 나라에서 사람을 채용했다고요?" 리버스는 해리스를 응시했다. "스파이였군요?"

"이 나라를 위해 위험하고…… 영향력이 큰 일을 했습니다."

"그리고 보상을 받았군요. 헤리엇 로우에 있는 집을요."

"초기에 돈을 많이 벌었죠."

해리스의 음색이 뭔가를 암시했다. 리버스가 말했다. "무슨 일이 생겼습니까?"

"린츠를…… 믿을 수 없게 됐습니다." 해리스는 잔을 들어 코에 대고 쿵

쿵거리다가 다시 손도 대지 않고 내려놓았다.

"향 날아가기 전에 마셔요." 애버네시가 한소리 했다. 해리스가 쳐다보았다. 그러자 애버네시는 사과의 말을 웅얼거렸다.

"'믿을 수 없게 됐다'는 게 무슨 뜻이죠?" 자기 잔을 옆으로 밀어놓으며 리버스가 말했다.

"망상에…… 빠지기 시작했습니다."

"대학의 동료가 랫 라인에 있었다고 생각했군요?"

해리스가 고개를 끄덕였다. "랫 라인에 집착했습니다. 주위의 모든 사람이 랫 라인에 관련되었고, 우리 모두가 비난받아야 한다고 생각하기 시작했죠. 편집증입니다, 경위님. 그게 일에도 영향을 미쳐서 내보내야 했죠. 수십 년 전입니다. 그 이후로는 우리와 일하지 않았습니다."

"그럼 왜 관심을 가지죠? 이 일이 드러나든 말든 무슨 상관입니까?"

해리스는 한숨을 쉬었다. "물론 경위님 말씀이 옳습니다. 문제는 랫 라인 그 자체가 아닙니다. 바티칸이 연관되었다는 언급이나, 다른 음모 이론도 아니고요."

"그럼 뭐가……" 리버스는 말을 멈췄다. 진실을 깨달았다. "문제는 사람이군요." 리버스가 말했다. "랫 라인으로 데려온 다른 사람들." 그는 혼자서 고개를 끄덕였다. "문제가 되는 사람이 누구죠? 누가 관련되어 있습니까?"

"고위층이요." 해리스가 인정했다. 잔을 만지작거리는 걸 그만뒀다. 손을 테이블 위에 얹었다. 심각한 상황이라고 리버스에게 말하고 있었다.

"전직 고위층입니까? 아니면 현직?"

"전직…… 그리고 그 자손들이 권력을 쥐고 있는 사람들이죠."

"의원? 장관? 판사?"

해리스는 고개를 저었다. "말할 수 없습니다. 나 자신조차 그 사실을 믿지 못했으니까요."

"하지만 추측은 할 수 있잖습니까?"

"저는 추측을 다루지 않습니다." 해리스는 리버스를 쳐다보았다. 눈 뒤에 강한 결의가 있었다. "알려진 사실만을 다루죠. 좋은 격언입니다. 경위님이 지켜야 할 격언이죠."

"하지만 린츠를 죽인 자는 자신의 과거 때문에 그런 겁니다."

"확신하십니까?"

"그렇지 않으면 말이 안 됩니다."

"애버네시 말로는 에든버러의 범죄 조직과 관련이 있다더군요. 아마도 매춘 문제로요. 믿기에는 너무 추악합니다."

"신빙성이 있다면 괜찮습니까?"

해리스는 일어섰다. "얘기 들어주셔서 감사합니다." 해리스는 다시 코를 풀고는 애버네시를 쳐다보았다. "갈 시간이 됐군요. 호건 경위가 기다리고 있습니다."

"해리스 씨." 리버스가 말했다. "린츠가 미쳐서 골칫거리가 됐다고 당신 스스로 말했습니다. 당신이 린츠를 죽이게 시켰다고 볼 수도 있지 않을까요?"

해리스는 어깨를 으쓱했다. "우리가 했다면, 이렇게 눈에 띄게 죽이지는 않았을 겁니다."

"교통사고, 자살, 추락사로 위장?"

"안녕히 계십시오, 경위님."

해리스가 문으로 향하자 애버네시는 일어나서 리버스에게 시선을 고정했다. 아무 말도 하지 않았지만 시선 안에 메시지가 있었다.

이건 우리가 생각했던 것보다 더 깊은 수렁이야. 살아 남으려면 빠져 나와.

리버스는 고개를 끄덕이고 손을 내밀어 악수했다.

34

새벽 2시였다.

차 앞 유리에는 성에가 꼈지만 제거할 수 없었다. 거리에 있는 다른 차들에 섞여 있어야 했다. 지원팀 넷은 길모퉁이 바로 근처 건설 현장에 대기하고 있었다. 가로등 전구를 제거해서 주변은 거의 암흑이었다. 맥클린 건물은 크리스마스트리 같았다. 다른 날과 똑같이 모든 창문에 경비등이 켜져 있었다.

차의 히터는 틀지 않았다. 성에가 녹고, 배기가스는 눈에 확연히 띈다.

"아주 익숙하네요." 쇼반 클락이 말했다. 리버스는 플린트 스트리트에서 감시하던 게 까마득한 옛날 같았다. 클락이 운전석에, 리버스는 뒷좌석에 앉았다. 각 차마다 두 명씩 있었다. 이렇게 하면 누가 살펴보러 와도 몸을 웅크려 숨을 공간이 생긴다. 그럴 것 같진 않았지만. 강도 계획은 설익었다. 텔포드는 필사적이지만 생각은 딴 데 팔려 있다. 사키지 쇼다는 아직 시내에 있다. 호텔 지배인에게 몰래 알아본 바로는 월요일 아침에 체크아웃한다고 했다. 타라비츠와 부하들은 이미 떠났다고 리버스는 확신했다.

"아주 포근해 보이네." 리버스가 말했다. 클락의 패딩 얘기였다. 클락은 주머니에서 한 손을 꺼내 쥐고 있던 것을 보여주었다. 얇은 라이터 같았다. 리버스가 집어 들었다. 따뜻했다.

"이게 뭐야?"

클락이 미소 지었다. "카탈로그에서 보고 샀죠. 손난로예요."

"어떻게 작동하는데?"

"연료봉이 있어요. 하나당 열두 시간까지 가죠."

"그럼 한 손은 따뜻하겠네?"

클락은 다른 손을 꺼내서 똑같은 손난로를 보여주었다. "두 개 샀어요." 그녀가 말했다.

"진작 알려줄 것이지." 리버스는 손난로를 쥐고 자기 주머니에 집어넣었다.

"가져가시면 어떡해요."

"억울하면 출세해."

"불빛이에요." 클락이 경고했다. 둘은 몸을 날려 숨었다. 차가 지나가자 몸을 다시 일으켰다. 틀린 경고였다.

리버스는 시계를 확인했다. 잭 모튼은 트럭이 1시 30분에서 2시 15분 사이에 올 것 같다고 했다. 리버스와 클락은 자정 직후부터 차에 있었다. 옥상에 있는 저격수는 불쌍하게도 새벽 1시부터 위치를 지키고 있었다. 리버스는 저격수들에게 손난로가 충분히 지급되길 바랐다. 아직도 오후에 있었던 사건 때문에 초조했다. 애버네시에게 큰 신세를 진 게 싫었다. 게다가 목숨까지 빚졌을 수도 있었다. 호건과 함께 린츠 수사를 덮어주면 갚을 수 있기는 하다. 하지만 마음에 들지 않는 생각이었다. 그래도 한 가지 기쁜 소식이 있었다. 캔디스가 타라비츠에게서 탈출했다.

클락의 경찰 무전은 조용했다. 자정부터 그랬다. 클래버하우스가 말했다. "지시는 내가 내린다. 나보다 먼저 말하는 사람은 죽을 줄 알아. 그리고 난 트럭이 건물 안으로 들어가기 전까지는 아무 말도 하지 않을 거야. 알겠나?" 다들 고개를 끄덕였다. "도청하고 있을지도 몰라서 그래. 제대로 해야 해." 그는 이렇게 말하면서 리버스 쪽으로 눈을 돌렸다. "모두에게 행운이 있기를 바라. 조금의 운이라도 있다면 잡는 게 좋아. 계획대로라면 몇 시간 후에 텔포드의 조직을 박살 낼 수 있어." 클래버하우스는 말을 잠시 멈췄다. "생각해봐. 우린 영웅이 된다고." 그는 엄청난 대가를 생각하며 침을 삼켰다.

리버스는 그다지 흥분되지 않았다. 오랜 경험으로 터득한 단순한 진실이 있다. 공백은 없다는 것이다. 사회가 있는 한 범죄자들은 존재한다. 빛이 있으면 어둠이 있다.

리버스는 자신의 기준이 싸구려려는 걸 알고 있다. 아파트, 책, 음악, 낡아빠진 차. 자신의 삶은 작은 껍질 속으로 쪼그라들었다. 사랑, 관계, 가정생활 같은 중요한 일들에서 완전히 실패했다는 것을 깨달았기 때문이다. 그는 일에 사로잡혀 있다고 비난받았다. 하지만 사실은 결코 그렇지 않았다. 일은 그저 쉬운 선택지였을 뿐이다. 매일 낯선 사람들, 넓게 보면 자신에게 아무 의미가 없는 사람과 마주하며 보냈다. 그들의 인생에 쉽게 들어갔다가 다시 그만큼 쉽게 나왔다. 다른 사람들의 생활, 또는 적어도 그 일부를 살다가 경험이 끝나면 한 번에 떠났다. 현실의 삶만큼 어렵지 않았다.

새미는 중요한 진실을 깨닫게 해주었다. 리버스가 아버지로서뿐만 아니라 인간으로서도 실패했다는 것을. 경찰 일은 정상적으로 해냈지만, 자신이 가질 수 있었던 삶은 다른 모든 사람들이 가질 수 있을 것 같은 삶의 대체물일 뿐이었다. 그리고 사건에 집착하는 것은 기차 번호나 담배 카드*, 록

* 담뱃갑 속에 끼워 팔았던 그림 카드.

밴드의 앨범에 집착하는 것과 다르지 않았다. 집착은 쉽다. 특히 사람에게 는. 무엇인가를 고생 없이 쉽게 통제할 수 있기 때문이다. 비록 그 통제의 대상이 사실은 아무 쓸모없더라도. 롤링 스톤스의 1960년대 초반 앨범의 곡명을 줄줄 읊을 수 있다고 한들 그게 무슨 의미가 있을까? 아무 의미도 없다. 토미 텔포드를 제거한다고 해도 무슨 의미가 있을까? 타라비츠가 그 자리를 대신할 것이다. 그렇지 않다고 해도 언제나처럼 빅 제르 캐퍼티 가 있겠지. 캐퍼티가 아니라면 다른 누군가가. 전염병이나 마찬가지다. 치 료약은 없다.

"무슨 생각 하세요?" 손난로를 왼손에서 오른손으로 바꿔가며 클락이 물었다.

"담배."

페이션스가 그랬다. 거부할 때 가장 행복하다고.

트럭이 보이기도 전에 소리부터 들렸다. 시끄럽게 기어를 변속하고 있 었다. 그들은 좌석 아래로 몸을 숨겼다가 트럭이 맥클린 구내 쪽으로 들어 가자 다시 몸을 일으켰다. 트럭이 정문에 서면서 브레이크를 밟는 소리가 들렸다. 경비원이 나와서 운전자와 이야기했다. 경비원은 클립보드를 들 고 있었다.

"잭은 정말 제복이 잘 어울리는군." 리버스가 말했다.

"옷이 날개죠."

"자네 상사가 제대로 할 것 같아?" 클래버하우스의 계획 얘기였다. 트 럭이 구내로 들어오면 메가폰으로 운전자에게 나오라고 경고한다. 저격수 가 있다는 사실을 보여준다. 나머지 놈들은 차 뒤에 있다. 놈들에게 무기 를 버리고 한 번에 하나씩 나오게 한다.

아니면 놈들이 모두 트럭에서 나올 때까지 기다린다. 이 두 번째 계획의 장점은 놈들에게 상대가 누군지를 알려주는 것이다. 첫 번째 계획의 장점은 놈들 대부분을 트럭에 집어넣고 마음대로 다룰 수 있다는 것이다.

클래버하우스는 첫 번째 계획을 선택했다.

트럭이 정지해 시동을 끄는 즉시 경찰차들이 구내로 들어온다. 출구를 막는다. 클래버하우스가 2층 창문에서 메가폰을 들고 등장하고 저격수들이 옥상과 1층 창문에서 저격 준비를 하는 동안 안전한 거리에서 감시한다. 클래버하우스의 설명에 따르면 '힘을 앞세운 교섭'이다.

"잭이 문을 열고 있어." 옆 차창으로 훔쳐보며 리버스가 말했다.

"운전자가 좀 초조해하는 것 같네요." 클락이 의견을 냈다.

"아니면 대형 트럭에 익숙하지 않거나."

"좋아요. 들어갔어요."

리버스는 무전이 켜지길 바라며 무전기를 응시했다. 클락은 차 키를 돌렸다. 한 번만 더 돌리면 시동이 걸린다. 잭 모튼은 트럭이 구내로 들어가는 것을 보고 있었다. 그는 길 건너 차들이 줄지어 있는 쪽으로 고개를 돌렸다.

"이제……"

트럭의 브레이크등이 들어왔다가 다시 꺼졌다. 브레이크 소리가 들렸다.

무전에서 한마디가 터져 나왔다. "지금이야!"

클락이 시동을 걸고 세게 밟았다. 다른 차 다섯 대도 똑같이 했다. 배기가스가 밤공기 속으로 급작스레 피어올랐다. 마치 자동차 경주의 출발 때와 같은 소음이 났다. 리버스는 클래버하우스의 메가폰 소리가 잘 들리게 차창을 내렸다. 클락의 차가 앞으로 달려나가 정문에 제일 먼저 도착했다.

클락과 리버스가 차에서 뛰어나왔다. 차가 트럭과의 사이에서 방패막이 될 수 있게 머리를 아래로 숙였다.

"엔진이 아직 켜져 있어." 리버스가 낮은 목소리로 말했다.

"네?"

"트럭 말이야. 엔진이 켜져 있다고!"

클래버하우스의 목소리는 불안정했다. 부분적으로는 초조해서이고, 부분적으로는 메가폰 문제일 것이다. "경찰이다. 운전석 문을 천천히 열고 한 번에 하나씩 손을 들고 천천히 나와라. 반복한다. 경찰이다. 나오기 전에 무기를 버려라. 반복한다. 무기를 버려라."

"말해!" 리버스가 낮은 목소리로 말했다. "빌어먹을 엔진 끄라고 말해!"

클래버하우스가 말했다. "정문은 차단됐다. 탈출구는 없다. 사상자가 발생하길 바라지 않는다."

"열쇠를 버리라고 해!" 리버스는 욕을 하며 차로 다시 들어가 무전기를 잡았다. "클래버하우스! 놈들에게 열쇠를 버리라고 해!"

차창에 성에가 잔뜩 껴서 아무것도 보이지 않았다. 클락이 찢어지듯 외치는 소리가 들렸다. "나와요!"

흐릿한 흰색 불빛이 보였다. 트럭이 후진하고 있었다. 전속력으로. 엔진의 굉음이 들렸다. 미친 듯이 방향을 바꾸어 정문 쪽을 향했다.

리버스 쪽으로 빠르게 오고 있었다.

폭발이 일어났다. 공장의 정문 벽에서 벽돌이 날아왔다.

리버스는 무전기를 버리고 안전벨트에 매달렸다. 리버스가 공중에 뜬 모습에 클락이 비명을 질렀다.

곧이어 트럭과 차가 충돌하면서 차체가 찢기고 유리가 박살 났다. 도미

노처럼 클락의 차가 뒤에 있던 차를 박았고, 경찰관들이 균형을 잃고 쓰러졌다. 도로는 마치 스케이트장 같았다. 트럭이 차 한 대, 두 대, 그리고 세 대를 고속도로로 밀어냈다.

클래버하우스는 메가폰에서 먼지에 메인 목소리로 외쳤다.

"사격 중지! 경찰이 너무 가까이 있다! 너무 가까이 있다!"

그래. 이제 남은 건 저격수의 총에 쓰러지는 것뿐이겠지. 경찰들이 미끄러지고, 발을 헛디디며 차에서 기어 나왔다. 일부는 무장했지만 혼란스러운 상태였다. 최초의 충돌로 찌그러진 트럭 뒷문이 열리면서 일고여덟 명의 남자가 엎드린 채 달려 나왔다. 권총을 가지고 있던 두 놈이 서너 발 쐈다.

고함과 비명, 메가폰 소리가 뒤섞였다. 총알이 명중하면서 정문 유리벽이 박살 났다. 리버스는 잭 모튼을 볼 수 없었다. 쇼반도 보이지 않았다. 리버스는 손으로 머리를 감싼 채 잔디밭 구역 길가에 엎드렸다. 고전적인 방어-대피 자세였지만 하나도 쓸모없었다. 거리 전체가 조명등으로 환했다. 총을 가진 놈 중 하나인 가게 직원 데클란이 조명등을 겨눴다. 다른 놈들도 거리로 달려나갔다. 그들은 산탄총과 각목을 들고 있었다. 리버스는 몇 놈의 얼굴을 알아보았다. 앨리 콘웰과 딕 맥그레인이었다. 가로등이 당연히 꺼져 있어서 놈들이 원하는 대로 숨을 수 있었다. 리버스는 공사장에 있던 지원팀이 오고 있길 바랐다.

그들은 오고 있었다. 헤드라이트를 켜고 사이렌을 울리며 이제 모퉁이를 돌고 있었다. 주택단지 커튼이 열리며 사람들이 내다보기 시작했다. 리버스 바로 코앞에는 두껍게 서리가 내린 잔디가 있었다. 서리 조각 하나하나, 서리가 이루는 패턴까지 눈에 보였다. 숨을 내쉴 때마다 서리가 빠르게 녹아내리는 것도 알아챌 수 있었다. 몸 앞쪽이 차가워졌다. 저격수들은 건물에서 내려와 사격 훈련장처럼 불을 밝혔다.

쇼반 클락은 안전했다. 차 뒤에 누워 있는 게 보였다. 잘했어.

여자 경관 하나도 누워 있었는데, 무릎에 부상을 입었다. 그녀는 손으로 무릎을 계속 만지다가 손을 떼고 피투성이의 무릎을 보고 있었다.

아직도 잭 모튼의 자취는 없었다.

총을 든 놈들이 반격하며 난사해 차 앞 유리가 박살 났다. 첫 번째 지원 차량에서 제복 경관들이 총의 위협을 받고 밖으로 나왔다. 그 차에는 조폭 네 명이 올라탔다.

두 번째 차량에서 제복 경관들이 끌려 나오고 조폭 세 명이 탔다. 앞 유리창이 없었지만 그들은 개의치 않았다. 소리와 함성을 지르며 무기를 흔들었다. 남은 두 놈은 냉정했다. 주위를 둘러보며 상황을 분석했다. 저격수들이 도착해도 여기 있으려고 할까? 아마 그럴 것이다. 기회가 있으리라고 생각할 것이다. 어쨌든 지금까지는 놈들의 운이 좋았다. 클래버하우스가 그랬다. 조금의 운이라도 있다면 잡는 게 좋다고.

리버스는 쭈그린 자세로 무릎을 세우고 몸을 일으켰다. 그런대로 멀쩡했다. 어쨌든 오늘은 운이 좋았다.

"괜찮나, 쇼반?" 리버스는 총을 든 놈들에게서 시선을 떼지 않고 낮은 목소리로 말했다. 도주한 차에는 일곱 명이 탔다. 두 놈은 아직 남았다. 열 번째 놈은 어디 있지?

"괜찮아요." 클락이 말했다. "경위님은요?"

"난 무사해." 리버스는 클락을 떠나 트럭 앞쪽으로 향했다. 운전자는 운전석에서 의식을 잃고 있었다. 충돌 후 부딪힌 머리에서 피를 흘리고 있었다. 운전석 뒤에는 유탄 발사기가 몇 대 있었다. 그것이 맥클린 건물 벽에 엄청나게 큰 구멍을 냈다. 리버스는 운전자에게 무기가 있는지 확인했다. 없었다. 그런 다음 맥박을 확인했다. 일정했다. 얼굴을 알아볼 수 있었다. 게임 센터 단골 중 하나였다. 열아홉 아니면 스무 살쯤 돼 보였다. 리버스는 수갑을 꺼내 운전자를 핸들에 결박했다. 유탄 발사기는 길에 던졌다.

그런 다음 경비실로 향했다. 잭 모튼은 제복을 입었지만 모자는 없어진 채로 바닥에 엎어져 있었다. 유리 조각이 그 위에 덮여 있었다. 총알이 오른쪽 가슴주머니를 관통했다. 맥박은 약했다.

"세상에, 잭……"

경비실에는 전화가 있었다. 리버스는 999를 누르고 구급차를 요청했다.

"슬레이트포드 로드에 있는 맥클린 공장이다. 경찰관이 당했다!"

"슬레이트포드 로드 어디인가?"

"오면 바로 찾을 수 있다!"

검은 옷을 입은 저격수 다섯 명이 밖에서 리버스에게 총을 겨눴다. 저격수들은 리버스가 전화를 하고 고개를 젓는 것을 보고는 계속 이동했다. 거리에 있던 표적들이 순찰차로 들어가는 것을 보았다. 그들에게 멈추지 않으면 발포하겠다고 경고했다.

대답 대신 총구가 불을 뿜었다. 리버스는 다시 몸을 수그렸다. 저격수들이 응사했다. 귀를 찢는 듯한 총성이 들렸지만 잠시였다.

거리에서 고함 소리가 들렸다. "잡았다!"

애처로운 울부짖음이 들렸다. 총을 가지고 있던 놈 중 하나가 맞았다. 다른 놈은 길에 죽은 듯이 쓰러져 있었다. 저격수가 부상자에게 외쳤다. "무기를 버려! 손을 등에 대고 돌아서!"

대답이 들렸다. "총에 맞았다고!"

리버스는 혼잣말했다. "저 개자식은 부상만 당했을 뿐이야. 끝장내버려."

잭 모튼은 의식이 없었다. 리버스는 잭을 옮기면 안 된다는 것을 알고 있었다. 지혈해주는 게 다였다. 그는 잭 모튼의 재킷을 벗긴 다음 접어서 친구의 가슴에 대고 눌렀다. 아프겠지만 잭은 정신을 잃은 상태였다. 리버스는 주머니에서 손난로를 꺼냈다. 아직 따뜻했다. 잭의 손에 놓은 다음 손가락을 구부려 쥐게 했다.

"조금만 참아, 친구. 버텨."

쇼반 클락이 눈물이 가득 고인 채 입구에 서 있었다.

리버스는 클락을 지나 길을 건너 특공대가 부상자에게 수갑을 채우고 있는 곳으로 갔다. 부상자의 죽은 파트너에게는 아무도 신경을 쓰지 않았다. 조금 떨어진 곳에 구경꾼들이 있었다. 리버스는 곧바로 시체로 가 손가락에서 권총을 빼 다시 차 앞쪽으로 돌아갔다. 누군가 "저 사람이 총을 가졌어요!" 하고 외치는 소리가 들렸다.

리버스는 권총의 총열이 부상자의 목에 닿을 때까지 몸을 구부렸다. 가게 직원인 데클란이었다. 가쁘게 숨을 쉬고 있었다. 머리카락은 땀으로 엉겼고 얼굴은 타맥 도로에 파묻혀 있었다.

"존……"

클래버하우스였다. 메가폰도 필요 없었다. 바로 뒤에 서 있었다. "정말 저놈들처럼 되고 싶어요?"

저놈들처럼…… 미친개처럼…… 텔포드와 캐퍼티와 타라비츠처럼…… 전에도 선을 넘은 적이 있다. 몇 차례 합법과 불법 사이를 오락가락했다. 리버스의 발이 데클란의 목 위에 있었다. 총열이 너무 뜨거워서 목 뒤쪽 피부의 털이 탔다.

"제발, 안 돼요. 제발…… 제발……"

"닥쳐." 리버스가 낮은 목소리로 말했다. 클래버하우스의 손이 가까이 와서 권총의 안전장치를 빠르게 잡았다.

"내 책임입니다, 존. 내가 망쳤어요. 당신 탓으로 돌리지 마세요."

"잭이……"

"알아요."

리버스의 시야가 흐려졌다. "놈들은 도망쳤어."

클래버하우스가 고개를 저었다. "도로를 차단했어요. 지원팀이 이미 도착했습니다."

"텔포드는?"

클래버하우스가 시계를 확인했다. "오민스턴이 지금쯤 데려오고 있을 겁니다."

리버스는 클래버하우스의 멱살을 잡았다. "놈을 집어넣어!"

가까이에서 사이렌 소리가 들렸다. 리버스는 구급차가 들어올 수 있게 운전자들에게 차를 이동하라고 소리쳤다. 그러고는 경비실로 돌아갔다. 쇼반 클락이 잭 옆에 무릎을 꿇고 잭의 이마를 토닥이고 있었다. 얼굴은 눈물범벅이었다. 쇼반은 리버스를 올려다보고는 고개를 저었다.

"죽었어요……" 클락이 말했다.

"아니야." 하지만 리버스는 사실을 알고 있었다. 그래도 그 말을 되풀이 해 말하지 않을 수 없었다.

35

잡은 조폭들은 토피첸과 페테스로 나눠 데려갔고, 텔포드와 그 '행동대장' 몇은 세인트 레너즈로 데려왔다. 결과는 악몽이었다. 클래버하우스는 프로플러스 카페인제를 두 배로 진한 커피와 함께 삼켰다. 마음 한쪽에서는 일을 제대로 하고 싶었고, 다른 한쪽에서는 자신이 맥클린에서 벌어진 유혈사태에 책임이 있다는 사실을 알고 있었다. 경찰 한 명이 사망했고, 여섯 명이 중경상을 입었다. 그중 하나는 상태가 심각했다. 조폭 한 명이 죽었고 하나는 부상을 당했는데 별로 심각하진 않았다.

도주 차량들은 검거했다. 총격전이 있었지만 유혈사태는 없었다. 조폭들은 입을 떼지 않았다. 단 한마디도 하지 않았다.

리버스는 세인트 레너즈의 빈 취조실에 앉아 있었다. 팔을 책상 위에 놓고 머리를 그 팔 위에 얹었다. 한동안 앉아서 상실에 대해, 상실이 얼마나 갑자기 일어날 수 있는지만 생각했다. 삶과 우정을 앗아갔다.

되돌릴 수 없다.

리버스는 울지 않았다. 울겠다고 생각하지도 않았다. 대신 영혼이 마취제를 맞은 것처럼 멍했다. 기계 장치가 멈춘 듯 세상이 느리게 보였다. 태양에게 다시 떠오를 에너지가 있을까 생각했다.

내가 끌어들였다.

전에도 죄책감과 무력감에 젖은 적이 있었다. 하지만 이번처럼은 아니었다. 이번은 너무나 압도적이었다. 폴커크에서 조용히 파견된 잭 모튼이 에든버러에서 살해당했다. 친구의 부탁 때문이었다. 잭 모튼은 담배와 술을 끊고, 몸을 만들고, 적절한 식사를 하고, 자기 자신을 관리하여 삶을 되찾았는데, 지금은 영안실에 누워 있다. 심부온*이 급격히 떨어지고 있다.

내가 끌어들였다.

리버스는 갑자기 일어나서 의자를 벽에 집어 던졌다. 질 템플러가 방으로 걸어들어왔다.

"괜찮아요, 존?"

리버스는 손등으로 입을 닦았다.

"괜찮아요."

"누울 곳이 필요하다면 내 사무실을 써요."

"아니요, 괜찮아요. 그저……" 리버스는 주위를 둘러보았다. "아, 이곳을 써야 하나요?"

템플러는 고개를 끄덕였다.

"알겠습니다." 리버스는 의자를 주워들었다. "누구죠?"

"브라이언 서머스." 템플러가 말했다.

프리티 보이. 리버스는 등을 곧게 폈다.

"놈이 입을 열게 할 수 있습니다."

템플러는 회의적인 것 같았다.

"솔직히 말하면, 질." 손이 떨렸다. "놈은 내가 쥐고 있는 정보가 뭔지 몰라요."

---

* 신체 내부의 체온을 지칭하는 말.

템플러는 팔짱을 꼈다. "그게 뭔데요?"

"필요한 건," 리버스는 시계를 확인했다. "한 시간 정도, 최대 두 시간이에요. 바비 호건을 이리로 데려와야 해요. 그리고 콜쿠혼을 당장 끌고 오고요."

"콜쿠혼이 누구예요?"

리버스는 명함을 찾아서 건넸다. "당장이요." 리버스는 되풀이했다. 넥타이를 매만지면서 보기 흉하지 않은 모습을 만들었다. 머리를 넘겼다. 아무 말도 하지 않았다.

"존, 당신이 어떤 상태인지 모르겠지만……"

리버스는 손가락을 내밀고 흔들었다. "추측하지 말아요, 질. 내가 놈을 무너뜨릴 수 있다고 말하면, 그건 진심이에요."

"누구 하나 입도 떼지 않았어요."

"서머스는 다를 거예요." 리버스는 템플러를 쳐다보았다. "내 말 믿어요."

리버스를 마주 보며 그녀는 그를 믿었다. "호건이 여기 올 때까지 붙잡아둘게요."

"고마워요."

"그런데, 존."

"네."

"잭 모튼 일은 정말 유감이에요. 개인적으로는 잘 모르지만 소문은 들었어요."

리버스는 고개를 끄덕였다.

"당신을 결코 탓할 사람이 아니라더군요."

리버스는 미소를 지었다. "날 탓할 사람들 줄 바로 뒤에 설걸요."

"그 줄에는 단 한 사람밖에 없어요, 존." 템플러가 조용히 말했다. "바로 당신."

리버스는 칼레도니안 호텔의 야간 프런트에 전화해 사키지 쇼다가 갑작스레 체크아웃 한 사실을 알게 되었다. 리버스가 녹색 폴더를 전한 지 두 시간도 채 되지 않았다. 폴더는 래번 플레이스에 있는 문구점에서 35펜스 주고 샀다. 원래는 세 개짜리 한 묶음에 65펜스였다. 나머지 두 개는 차에 뒀다. 그중 하나만 빈 폴더였다.

바비 호건은 오는 중이었다. 호건은 포르토벨로에 살았다. 30분 안에 오겠다고 했다. 빌 프라이드가 리버스의 자리로 와서 잭 모튼 일이 유감이라고, 두 사람이 얼마나 오랜 친구 사이였는지 안다고 말했다.

"나하고 너무 가깝게 지내지 마, 빌." 리버스가 프라이드에게 말했다. "나하고 가까이 지내던 사람들은 건강을 잃어."

리버스는 안내데스크에서 누가 만나러 왔다는 메시지를 받았다. 아래층으로 내려갔다. 페이션스 에이트킨이 보였다.

"페이션스?"

페이션스는 옷을 걸치긴 했지만, 마치 불 꺼진 방에서 입은 것처럼 뒤죽박죽이었다.

"라디오에서 들었어요." 페이션스가 말했다. "잠이 오지 않아서 라디오를 켰죠. 경찰이 현장을 급습했고 사람들이 죽었다고 하더군요. 당신이 아파트에 없어서, 난……"

리버스는 그녀를 안아주었다. "난 괜찮아요." 낮은 목소리로 말했다.

"전화했어야 했는데."

"아니에요, 난……" 페이션스가 리버스를 쳐다보았다. "당신도 현장에 있었군요. 얼굴을 보니 알겠어요." 그는 고개를 끄덕였다. "무슨 일이 일어났죠?"

"친구가 죽었어요."

"오, 세상에, 존……" 페이션스가 리버스를 다시 안았다. 아직 잠옷의 온기가 느껴졌다. 머리카락에서 샴푸 냄새가, 목에서 향수 냄새가 났다. 나와 가장 가까운 사람들…… 리버스는 부드럽게 몸을 떼어내고 페이션스의 뺨에 키스했다.

"가서 자요." 리버스가 말했다.

"아침 먹으러 와요."

"집에 가서 자고 싶어요."

"내 집에서 자도 돼요. 일요일이에요. 침대에서만 있어도 돼요."

"여기 일이 언제 끝날지 몰라요."

페이션스는 리버스의 시선을 찾았다. "죄책감에 빠지지 말아요, 존. 속에 전부 쌓아두지 말아요."

"알겠습니다, 의사 선생님." 리버스는 그녀의 뺨에 다시 가볍게 입 맞췄다. "이제 가요."

리버스는 간신히 미소 지으며 윙크했다. 미소와 윙크가 다 거짓처럼 느껴졌다. 문에 서서 페이션스가 떠나는 것을 지켜보았다. 결혼 생활 동안 수없이 그저 떠나는 생각을 했다. 책임감과 엉망인 일, 압박감과 필요성 때문에 탈출을 꿈꾸던 때가 있었다.

이제 다시 그런 유혹을 느꼈다. 문을 열고 여기가 아닌 다른 어디론가 떠나고, 이 일이 아닌 다른 일을 하는 유혹을. 하지만 그 또한 거짓일 것이다. 해결해야 할 문제가, 해결해야 할 이유가 있었다. 텔포드가 이 건물 어딘가에 있다는 걸 알았다. 아마 찰스 그롤과 상의하면서 다른 사람에게는 아무 말도 하지 않겠지. 수사팀이 어떻게 연극을 할지 궁금했다. 언제 텔포드가 그 테이프에 대해 알게 할까? 경비원이 끄나풀이었다는 사실을 언제 말할까? 그 끄나풀이 이제는 죽었다는 사실은 언제 말할까?

수사팀이 영리하길 바랐다. 텔포드의 우리를 흔들기를 바랐다.

이 모든 게 그럴 가치가 있을까 하는 의구심이 드는 건 어쩔 수 없었다. 처음도 아니었다. 어떤 경찰들은 이런 일을 게임처럼 대하고, 어떤 경찰들은 성대한 의식처럼 다룬다. 나머지 대부분은 둘 중 어느 쪽도 아니다. 그저 밥벌이일 뿐이다. 리버스는 왜 잭 모튼을 끌어들였는지 스스로에게 물어보았다. 답은 이랬다. 친구와, 게임에서 자신을 지켜줄 사람과 함께하길 바랐기 때문이었다. 잭이 지루해한다고, 도전을 즐길 것이라고 생각했기 때문이었다. 전략상 외부인이 필요했기 때문이었다. 이유는 수없이 많았다. 클래버하우스는 모튼에게 가족이 있는지, 알려야 할 사람이 있는지 물어보았다. 리버스는 말해주었다. 이혼했고 아이가 넷 있다고.

리버스가 클래버하우스를 탓했던가? 사건 이후에 현명해지기는 쉽다. 하지만 클래버하우스의 명성은 사건 전에 보였던 현명함 위에 쌓아진 것이었다. 이제 그는 실패했다. 어처구니없을 정도로.

빙판길이었다. 문을 닫았어야 했다. 바리케이드는 트럭의 힘만으로도 너무나도 쉽게 밀렸다.

저격수는 건물에 배치했다. 닫힌 공간에서는 괜찮았다. 하지만 트럭을 잡아두지 못했다. 일단 트럭이 후진해 나가자 저격수들은 쓸모가 없어졌다.

트럭 뒤에 무장 경관을 더 배치했다. 총격전의 위험만 늘었다.

클래버하우스는 놈들이 시동을 끄게 했어야 했다. 아니면 시동을 끌 때까지 기다리는 게 더 바람직했다. 그런 다음에 존재를 드러냈어야 했다.

잭 모튼은 고개를 숙였어야 했다.

리버스는 잭에게 경고했어야 했다.

소리만 질렀어도 총을 든 놈의 관심을 자신에게 돌릴 수 있었다. 감정 밑바닥에 비겁함이 있었던 것일까? 단순한 인간적 비겁함이었다. 벨파스트의 바에서와 마찬가지였다. 그때는 미친개의 분노가 겁나서, 개머리판이 자신에게 날아들까 두려워서 아무 말도 하지 못했다. 아마도 그래서, 아니, 분명히 그래서 린츠는 리버스의 속마음을 알아챘을 것이다. 리버스가 빌프랑슈에 있었고, 좌절감에 젖었고, 정복의 꿈은 사라졌고, 명령을 받았다면, 총을 든 하인에 지나지 않았다면…… 인종주의적 성향이 있고, 전우까지 잃었다면…… 무슨 짓을 저질렀을지 누가 알 수 있을까?

"맙소사, 존. 얼마나 오랫동안 여기 있었던 거야?"

바비 호건이었다. 리버스의 얼굴을 만지면서 얼어붙은 손가락에서 폴더를 비틀어 떼어냈다.

"꽁꽁 얼었네. 안으로 들어가자."

"난 괜찮아." 리버스는 숨을 쉬었다. 사실이었다. 그렇지 않으면 등과 이마에 밴 땀을 어떻게 설명할 수 있을까? 바비가 안으로 데려간 후에야 몸을 떨기 시작했다는 걸 어떻게 설명할 수 있을까?

호건은 설탕을 탄 차 두 잔을 가져왔다. 경찰서는 아직 충격과 소문, 추측으로 어수선했다. 리버스는 호건에게 정보를 알려주었다.

"아무도 입을 열지 않으면 텔포드를 보내줘야 해."

"테이프는 어떻게 하고?"

"나중에 터뜨릴 생각이겠지. 빈틈없다면."

"누가 심문하고 있어?"

리버스는 어깨를 으쓱했다. "내가 듣기로는 왓슨 총경이 직접 하고 있대. 빌 프라이드와 콤비로 하고 있는데, 빌은 나중에 왔어. 그러니 지금 잠시 휴식 중이거나 교대했겠지."

호건은 고개를 저었다. "엿 같은 일이야."

리버스는 차를 바라보았다. "난 설탕 싫어해."

"첫 번째 잔은 잘 마셨잖아."

"내가 그랬나?" 리버스는 한입 가득 마시고 진저리를 쳤다.

"밖에선 대체 뭘 하고 있었어?"

"숨 좀 돌렸지."

"숨 돌리다 숨넘어가겠던데." 호건이 제멋대로 헝클어진 머리를 가라앉혔다. "해리스란 사람이 찾아왔어."

"어떻게 할 생각이야?"

호건은 어깨를 으쓱했다. "손 떼야 할 것 같은데."

리버스는 호건을 응시했다. "그럴 필요 없을지도 몰라."

36

콜쿠혼은 여기 온 게 불편한 기색이었다.

"와 주셔서 감사합니다." 리버스가 말했다.

"선택의 여지가 별로 없더군요." 콜쿠혼은 변호사를 대동했다. 중년 남자였다. 텔포드의 변호사 중 하나일까? 리버스는 신경이 쓰이지 않을 수 없었다.

"선택의 여지가 없는 상황에 익숙해져야 할 겁니다, 콜쿠혼 박사님. 오늘 밤 또 누가 있는지 아십니까? 토미 텔포드와 브라이언 서머스입니다."

"누구요?"

리버스는 고개를 저었다. "대본을 잘못 쓰셨네요. 누군지 안다고 하셔도 괜찮습니다. 우리가 캔디스 앞에서 놈들 얘기를 했었죠."

콜쿠혼의 얼굴이 상기됐다.

"캔디스 기억하시죠? 본명은 카리나입니다. 얘기했던가요? 아들이 있는데 놈들이 데려갔죠. 캔디스는 언젠가는 아들을 찾아낼 겁니다. 아닐 수도 있고요."

"대체 이게 무슨 일인지 모르……"

"텔포드와 서머스는 한동안 철창신세를 지게 될 겁니다." 리버스는 의자에 등을 기댔다. "제가 원하기만 하면 박사님도 집어넣어서 놈들과 함께 지내게 할 수 있습니다. 어떨 것 같습니까, 콜쿠혼 박사님? 음모 이론에서 변태까지, 기타 등등."

리버스는 자신이 편안히 몰두하는 게 느껴졌다. 잭을 위한 일이다.

변호사가 뭔가 말하려고 했지만 콜쿠혼이 먼저 끼어들었다. "실수였습니다."

"실수요?" 리버스는 콧방귀를 뀌었다. "그것도 핑계의 하나겠군요." 그는 책상 위에 팔꿈치를 얹으며 몸을 앞으로 기댔다. "이제 말할 때입니다, 콜쿠혼 박사님. 자백을 어떻게 하는지는 아시겠죠."

프리티 보이, 브라이언 서머스는 깔끔해 보였다.

프리티 보이도 변호사를 대동했다. 장의사처럼 보이는 선임 파트너 변호사*였고, 계속 기다리게 한 것을 좋게 받아들이지 않았다. 취조실에 앉아 호건이 카세트와 비디오 녹화기에 테이프를 집어넣자, 변호사는 지난한두 시간밖에 사건을 준비하지 못했다고 항의하기 시작했다.

"제 의뢰인을 위해 이것만은 말해야겠군요, 경위님. 이건 제가 겪은 가장 끔찍한 행동……"

"끔찍한 행동이 뭔지 보기는 하셨습니까?" 리버스가 대답했다. "노래 제목처럼 표현하자면 변호사님은 '아직 아무것도 못 보셨습니다(You ain't Seen Nothing Yet).'**"

"제가 보기에 경위님은 분명……"

리버스는 변호사를 무시했다. 폴더를 테이블 위에 탁 소리 나게 놓은

---

* 변호사 사무실의 공동 명의나 지분을 보유하고 있는 변호사.
** 버크만 터너 오버드라이브의 1974년 노래.

다음 프리티 보이 쪽으로 밀었다.

"보시죠."

프리티 보이는 짙은 회색 양복과 보라색 셔츠를 입었다. 목 단추는 풀었다. 선글라스나 자동차 열쇠는 없었다. 뉴타운에 있는 아파트에서 그를 데려왔다. 프리티 보이를 데리러 간 경관의 말에 따르면 "그렇게 큰 오디오는 평생 처음 봤어요. 놈은 깨어 있었습니다. 팻시 클라인을 듣고 있더군요."

리버스는 휘파람으로 팻시 클라인의 〈미쳤어 Crazy〉를 부르기 시작했다. 그러자 프리티 보이가 주목하면서 재미있다는 듯한 미소를 지었다. 하지만 여전히 팔짱은 낀 채였다.

"내가 당신이라면 미칠 것 같아." 리버스가 말했다.

"준비됐습니다." 호건이 말했다. 테이프가 돌아간다는 뜻이었다. 날짜와 시간, 장소, 참석자를 밝히는 형식적인 과정을 수행했다. 리버스는 변호사 쪽을 보며 미소를 지었다. 꽤 비싸 보이는 변호사였다. 텔포드는 언제나처럼 최고를 주문했을 것이다.

"엘튼 존 노래 아는 것 있습니까, 브라이언?" 리버스가 물었다. "〈오늘 밤 누가 내 목숨을 구했지 Someone Saved My Life Tonight〉라는 노래가 있죠. 일단 이걸 보면 나한테 그 노래를 불러주게 될 겁니다." 리버스는 폴더를 톡톡 쳤다. "계속하세요. 그게 옳다는 걸 알게 될 겁니다. 난 속임수를 쓰는 게 아니고, 당신은 아무 말도 할 필요가 없죠. 하지만 당신 자신을 위해서라면……"

"난 할 말 없습니다."

리버스는 어깨를 으쓱했다. "폴더를 열고 살펴보기나 해요."

프리티 보이는 변호사를 쳐다보았다. 변호사는 확신이 없는 것 같았다.

"당신 의뢰인에게 불리한 게 아닙니다." 리버스가 설명했다. "먼저 읽어도 괜찮습니다. 변호사님께는 별 의미가 없는 것들이겠지만."

변호사는 폴더를 열었다. 10여 장의 서류가 있었다.

"오타는 미리 사과드리죠." 리버스가 말했다. "좀 급하게 타이핑해서요."

프리티 보이는 자료에는 그다지 눈길을 주지 않았다. 변호사가 서류를 훑어보는 동안 리버스에게 시선을 고정했다.

"이 주장들이," 변호사가 마침내 말했다. "가치가 없다는 건 분명히 알고 계시겠죠?"

"그게 변호사님 의견이라면 그럴 수 있습니다. 하지만 전 서머스 씨에게 무언가를 인정하거나 부인하라고 요청하는 게 아닙니다. 말했듯이, 보기만 하면 됩니다. 입은 다물고 있어도 상관없어요."

프리티 보이가 미소를 짓고는 변호사 쪽을 봤다. 변호사는 걱정할 것 없다고 말하면서 어깨를 으쓱했다. 프리티 보이는 다시 리버스를 보고는 팔짱을 풀었다. 첫 번째 서류를 집어 들고는 읽기 시작했다.

"테이프에 녹음하기 위해 밝힙니다." 리버스가 말했다. "서머스 씨는 제가 오늘 이른 시간에 준비한 보고서 초안을 읽고 있습니다." 리버스는 잠시 말을 멈췄다. "사실은 어제, 토요일에 작성했죠. 최근에 에든버러와 그 주변에서 일어난 사건, 서머스 씨의 고용주인 토머스 텔포드와 관련된 사건, 일본 컨소시엄 사업체, 제 의견으로는 야쿠자 선발대, 그리고 제이크 타라비츠라는 이름으로 뉴캐슬에서 온 신사에 관한 제 해석입니다."

리버스는 잠시 말을 멈췄다. 변호사가 말했다. "지금까지는 동의합니다." 리버스는 고개를 끄덕이고 말을 이었다.

"이 사건들에 관한 제 견해는 다음과 같습니다. 제이크 타라비츠는 토머스 텔포드와 제휴했습니다. 그 이유는 단 하나, 텔포드가 가지고 있는 무엇인가를 원했기 때문이죠. 다시 말해 의심을 사지 않고 마약을 영국에 교묘하게 반입하는 사업을 원했습니다. 일단 둘의 관계가 구축되자 타라비츠는 텔포드의 구역을 차지할 수 있겠다고 판단했습니다. 이를 위해 텔포드와 모리스 제럴드 캐퍼티 사이에 전쟁이 일어나게 했습니다. 누워서 떡 먹기였죠. 텔포드는 공격적으로 캐퍼티의 구역을 침범했습니다. 아마 타라비츠가 부추겼겠죠. 타라비츠는 불난 집에 부채질만 하면 됐습니다. 그러기 위해 타라비츠는 부하에게 텔포드의 나이트클럽 밖에서 마약상을 공격하게 했습니다. 텔포드는 즉각 캐퍼티 짓으로 생각했습니다. 타라비츠는 또 부하들에게 페이즐리에 있는 텔포드의 근거지를 습격하게 했습니다. 그사이에 캐퍼티의 구역과 동료들에 대한 공격이 있었습니다. 사정을 잘못 안 텔포드의 보복이었습니다."

리버스는 목청을 가다듬고 차를 한 모금 마셨다. 새로 끓인 차였고 설탕은 타지 않았다.

"익숙하게 들리지 않습니까, 서머스 씨?" 프리티 보이는 아무 말도 하지 않았다. 자료를 읽느라 바빴다. "제 추측은 이렇습니다. 일본인들은 끼어들 생각이 전혀 없었습니다. 여기 사정은 아무것도 몰랐겠죠. 텔포드는 일본인들에게 컨트리클럽을 매수하는 데 편의를 봐주겠다며 주변을 안내했습니다. 야쿠자 조직원들에 대한 휴식과 여가를 제공하는 데다, 돈세탁하기에도 좋은 방법이죠. 카지노 같은 사업체보다 의심도 덜 사니까요. 게다가 전자제품 공장이 곧 문을 열 예정이었습니다. 그래서 야쿠자는 일본인 사업가 몇 사람을 영국에 보냈죠."

"타라비츠는 이걸 보고 우려하기 시작했습니다. 다른 경쟁자들이 끼어들 길을 열어 주려고 토미 텔포드를 제거하려던 게 아니었거든요. 그래서 야쿠자들도 계획의 일부로 만들었습니다. 마츠모토를 미행했죠. 그리고 죽였습니다. 그러고는 사실을 왜곡해서 나를 용의자로 만들었습니다. 왜냐고요? 이유는 둘입니다. 첫째, 토미 텔포드는 나를 캐퍼티 쪽 사람으로 생각하죠. 그러니 나에게 뒤집어씌움으로써 캐퍼티한테 뒤집어씌운 겁니다. 둘째, 타라비츠는 나를 게임에서 쫓아내려고 했습니다. 내가 뉴캐슬에 가서 타라비츠의 부하 하나를 봤으니까요. 윌리엄 앤드류 콜튼, 크랩 말입니다. 난 예전부터 크랩을 알고 있었는데, 타라비츠가 텔포드의 마약상을 공격하는 데 우연히 그놈을 썼습니다. 타라비츠는 내가 이것저것 종합해서 답을 내길 원하지 않았죠."

리버스는 다시 말을 멈췄다. "어떻게 생각합니까, 브라이언?"

프리티 보이는 서류를 다 읽었다. 다시 팔짱을 끼고 리버스를 응시했다. "아직 증거를 보지 못했습니다, 경위님." 변호사가 말했다.

리버스는 어깨를 으쓱했다. "증거는 필요 없습니다. 거기 있는 것과 같은 파일 사본을 칼레도니안 호텔에 있는 사키지 쇼다 씨에게 전달했거든요." 리버스는 프리티 보이의 눈꺼풀이 흔들리는 것을 보았다. "이제 내 생각에는 쇼다 씨가 꽤 화가 날 것 같군요. 사실 이미 화가 난 상태입니다. 그래서 여기 왔죠. 쇼다는 텔포드가 일을 망친 걸 보았고, 그걸 바로잡을 수 있는지 확인하고 싶었습니다. 맥클린 습격 사건이 쇼다에게 새로이 신뢰를 주리라고는 생각하지 않습니다. 하지만 쇼다는 자기 부하가 왜 죽었는지, 누구 짓인지도 알아내려고 여기 왔습니다. 이 보고서는 타라비츠가 배후라고 밝혀줍니다. 그리고 쇼다가 이 보고서를 믿는다면 타라비츠를 쫓겠죠. 사실 쇼다는 엊저녁에 호텔에서 체크아웃 했습니다. 꽤 서두른 것 같더군요. 제 생각에는 뉴캐슬을 경유해 일본으로 돌아가지 않을까 합니다. 상관없습니다. 이런 일이 벌어지게 내버려둔 것에 대해 텔포드에게 화가 났다는 게 중요하죠. 한편 제이크 타라비츠는 누가 쇼다에게 찔렀는지 의심할 겁니다. 야쿠자는 좋은 인간들이 아닙니다, 브라이언. 당신네들은 놈들에 비하면 범생이예요."

"마지막으로 하나만 더 말하죠." 리버스가 말했다. "타라비츠의 근거지는 뉴캐슬이지만 여기 에든버러에도 눈과 귀를 심어둔 게 확실합니다. 사실 난 이미 알고 있었습니다. 방금까지 콜쿠혼 박사와 얘기했거든요. 콜쿠혼 박사 기억하죠? 린츠에게서 들었을 겁니다. 그리고 타라비츠가 동유럽 출신 매춘부들을 공급하기 시작하자, 당신은 토미 텔포드가 외국어를 몇 마디 알아둬야 한다고 생각했을 겁니다. 콜쿠혼이 가르쳤죠. 당신이 콜쿠혼에게 타라비츠에 관해, 보스니아에 관해 얘기했습니다. 문제는 이 일대에서 동유럽어를 아는 사람이 콜쿠혼뿐이었다는 겁니다. 그래서 우리도 캔디스를 잡았을 때 콜쿠혼의 도움을 받을 수밖에 없었죠. 콜쿠혼은 곧바로 사태를 파악했습니다. 자신이 두려워할 게 있는지 확신할 수 없었습니다. 콜쿠혼은 캔디스를 만난 적도 없었고, 캔디스의 대답은 안심할 수 있을 정도로 모호했습니다. 콜쿠혼이 그런 식으로 몰고 갔죠. 그래도 콜쿠혼은 당신을 찾아갔습니다. 캔디스가 파이프로 가게 한 다음 납치하고, 콜쿠혼은 사태가 잠잠해질 때까지 게임에서 빠지는 게 당신의 해결책이었죠."

리버스는 미소를 지었다. "콜쿠혼이 당신에게 파이프 얘기를 했습니다. 하지만 캔디스를 데려간 건 타라비츠였죠. 토미는 좀 이상하다고 생각했을 겁니다. 그렇죠? 그러니 이게 문제입니다. 당신은 여기서 나가는 순간 움직이는 표적이 됩니다. 당신을 노리는 건 야쿠자일 수도 있고, 캐퍼티일 수도 있고, 당신 두목 아니면 타라비츠일 수도 있죠. 친구도 없고, 어디서도 더 이상 안전하지 않습니다." 리버스는 잠시 말을 멈췄다. "하지만 우리가 도와준다면 얘기가 다르죠. 왓슨 총경님께 말씀드렸는데 증인 보호 프로그램, 새 신분, 뭐든 당신이 원하는 것을 제공하는 데 동의하셨습니다. 그럴듯하게 보이기 위해 짧은 형기를 살아야 합니다. 하지만 아주 편할 겁니다. 당신만의 방이 있고, 다른 죄수들이 접근할 수 없죠. 그다음에는 자유의 몸입니다. 우리로서는 큰 약속입니다. 그러니 우리도 당신에게서 큰 약속을 받아야 합니다. 모든 걸 원해요." 리버스는 손가락으로 수를 세었다. "마약 밀반입, 캐퍼티와의 전쟁, 뉴캐슬 커넥션, 야쿠자, 매춘부." 리버스는 다시 말을 잠시 멈추고 차를 마저 마셨다. "무리한 요구죠. 압니다. 당신 두목은 혜성처럼 등장했습니다. 그리고 거의 성공 직전이죠. 하지만 이제 다 끝났습니다. 털어놓는 게 당신에게 최선입니다. 그렇지 않으면 언제 총알이나 마체테가 날아들까 두려워하며 여생을 보내게 되겠죠."

변호사가 항의하려고 했다. 리버스는 손을 들었다.

"전부 필요합니다, 브라이언. 린츠까지 포함해서요."

"린츠." 프리티 보이는 경멸하듯 말했다. "린츠는 아무것도 아니었어요."

"그럼 손해 볼 게 없잖아요?"

프리티 보이의 눈에는 분노, 두려움, 혼란이 뒤섞여 있었다. 리버스는 일어섰다.

"뭐 좀 마셔야겠군요. 여러분은요?"

"커피요." 변호사가 말했다. "설탕 없이 블랙으로."

프리티 보이는 망설이다 말했다. "콜라." 그리고 이 시점에서 리버스는 거래가 성사되리라는 걸 알았다. 리버스는 심문을 중단했고 호건은 녹음기를 껐다. 둘은 방을 나왔다. 호건이 리버스의 등을 두드렸다.

왓슨이 복도를 따라 다가오고 있었다. 리버스는 총경을 맞아 문에서 멀리 떨어진 곳으로 갔다.

"가능성이 높아진 것 같습니다." 리버스가 말했다. "놈은 거래를 꼬아서 우리가 원하는 것보다 덜 내놓으려고 하겠죠. 하지만 가능성은 있습니다."

리버스가 벽에 기대 눈을 감자 왓슨이 미소를 지었다. "100년은 늙은 것 같네요." 리버스가 말했다.

"어, 해보니 그래." 호건이 말했다.

리버스는 호건에게 으르렁거렸다. 그리고 둘은 음료를 가지러 갔다.

"서머스 씨는," 리버스가 커피잔을 건넬 때 변호사가 말했다. "조셉 린츠와의 관계에 얽힌 사연을 얘기하려고 합니다. 하지만 먼저 몇 가지 보증이 필요합니다."

"제가 말했던 것들 외에 말인가요?"

"협상할 수 있는 내용입니다."

리버스는 프리티 보이를 응시했다. "날 믿지 않습니까?"

프리티 보이가 캔을 집어 들며 "안 믿어"라고 말했다. 그러고는 콜라를 마셨다.

"좋습니다." 리버스는 먼 쪽 벽으로 갔다. "그렇다면 가도 좋습니다." 시계를 확인했다. "다 마시면 여기서 나가세요. 오늘 밤에 취조실이 만원이라서요. 테이프에 표시해야죠, 호건 경위?"

호건이 녹음기와 녹화기에서 테이프를 꺼냈다. 리버스는 호건 옆에 앉아서 프리티 보이는 안중에도 없다는 듯 일 얘기를 했다. 호건은 다음 심문 대상이 누구인지 확인하며 서류를 살펴보았다.

리버스는 프리티 보이가 변호사 쪽으로 몸을 기울여 뭔가를 낮게 이야기하는 모습을 곁눈으로 보았다. 리버스는 그들 쪽으로 몸을 돌렸다.

"나가서 해주시겠습니까? 이 방을 비워줘야 해서요."

프리티 보이는 리버스가 허풍을 떨고 있다는 것을 알았다. 경찰이 자신을 필요로 한다는 것을 알았다. 하지만 리버스가 쇼다에게 파일을 쳤다는 사실은 허풍이 아니라는 것도 깨달았다. 그리고 그에 대해 겁을 먹지 않을 정도로 어리석지는 않았다. 프리티 보이는 의자에서 꼼짝하지 않았다. 그는 변호사의 팔을 잡았다. 변호사는 멈춰서 들을 수밖에 없었다. 결국 변호사는 헛기침을 했다.

"경위님. 서머스 씨는 경위님 질문에 답변하겠다고 합니다."

"모든 질문에요?"

변호사는 고개를 끄덕였다. "하지만 경위님이 제안하신 '거래'에 대해 좀 더 들어야겠습니다."

리버스는 호건을 쳐다보았다. "총경님 모셔와."

리버스는 방을 나와서 호건이 가는 동안 복도에 서 있었다. 지나가던 제복 경관에게 담배를 한 개비 얻었다. 막 불을 붙였을 때 왓슨이 빠르게 달려왔다. 호건은 눈에 보이지 않는 끈으로 묶여 있는 것처럼 뒤를 따라왔다.

"여긴 금연이야, 존. 자네도 알잖나."

"알겠습니다." 담배 끝을 접으며 리버스가 말했다. "호건 경위 주려고 갖고 있었던 것뿐입니다."

왓슨은 문 쪽으로 고개를 끄덕였다. "뭘 원하던가?"

"불기소 가능성을 얘기하고 있었습니다. 최대한 가벼운 형량과 안전한 수감, 그 후에는 새 신분을 원할 겁니다."

왓슨은 생각에 잠겼다. "우린 놈들에게서 한마디도 얻어내지 못했어. 하지만 큰 문제는 아니야. 현장에서 체포한 놈들에다 텔포드가 나오는 녹음 테이프도 있고."

"서머스는 진짜 내부자입니다. 텔포드의 조직을 다 알아요."

"그런데 어떻게 불 생각을 했지?"

"겁먹었으니까요. 두려움은 충성심을 압도하죠. 모든 세부사항을 끌어 낼 수 있다고 말씀드리지는 않겠습니다. 하지만 다른 놈들을 압박할 수 있을 정도로는 충분할 겁니다. 누군가가 불었다는 걸 알면, 다른 놈들도 전부 거래를 원하게 되죠."

"변호사는 어떻던가?"

"비싸 보이던데요."

"그럼 미적거릴 새가 없겠군."

"저도 동감입니다, 총경님."

총경은 다시 어깨를 꼿꼿이 했다. "좋아. 그럼 거래하지."

"조셉 린츠를 언제 처음 만났습니까?"

프리티 보이는 더 이상 팔짱을 끼고 있지 않았다. 팔을 책상 위에 놓고 머리를 손 위에 얹었다. 머리카락이 앞으로 주저앉아서 어느 때보다도 더 젊게 보였다.

"6개월 전이었습니다. 그 전에는 전화로 얘기했죠."

"고객이었습니까?"

"네."

"정확히 어떤 고객이죠?"

프리티 보이는 돌고 있는 테이프 릴을 쳐다보았다. "사람들 다 듣는 데서 설명해야 합니까?"

"그렇습니다."

"조셉 린츠는 내가 일하는 에스코트 서비스의 고객이었습니다."

"이봐요, 브라이언. 당신은 단순한 직원 이상이었잖아요. 운영자였죠?"

"그렇다고 하죠."

"언제든 여기서 나가고 싶다면……"

프리티 보이의 눈이 이글거렸다. "알았어요. 고용주를 위해 운영했습니다."

"린츠 씨가 에스코트를 원한다고 전화로 말했습니까?"

"우리가 데리고 있는 여자 중 하나를 집으로 보내달라고 했습니다."

"그러고는요?"

"그게 다입니다. 여자 맞은편에 앉아서 30분 동안 쳐다보기만 했습니다."

"둘 다 옷을 전부 입은 채로요?"

"네."

"다른 건요?"

"처음에는 없었습니다."

"아." 리버스는 잠시 말을 멈췄다. "호기심이 생겼겠군요."

프리티 보이는 어깨를 으쓱했다. "취향이야 다양하니까요."

"그렇겠죠. 그러면 업무상 관계를 어떻게 진행했습니까?"

"그런 여자들에게는 보호자가 필요하죠."

"당신이었습니까?"

"네."

"굳이 직접 안 해도 됐을 텐데요?"

프리티 보이는 다시 어깨를 으쓱했다. "호기심이 생겼습니다."

"무엇에요?"

"주소요. 헤리엇 로우."

"린츠 씨가…… 품격이 있었나요?"

"그 이상이었죠. 난 자기 호텔에서 매춘부를 찾는 부자들이나 사업가들은 많이 만나봤습니다. 하지만 린츠는 그런 사람들과는 거리가 멀었죠."

"그냥 여자들을 쳐다보고만 싶어 했군요."

"맞습니다. 그리고 린츠가 갖고 있는 큰 저택은……"

"안에 들어가 봤나요? 차에서 기다리기만 했던 게 아니었습니까?"

"회사 정책이라고 하고 들어가 봤습니다." 그는 미소를 지었다. "사실은 좀 염탐해보고 싶었죠."

"린츠와 얘기했습니까?"

"나중에 했습니다."

"친구가 됐나요?"

"꼭 그런 건…… 어쩌면요. 린츠는 세상 이치에 밝았고 머리가 명석했습니다."

"깊은 인상을 받았군요."

프리티 보이는 고개를 끄덕였다. 그래. 리버스는 상상할 수 있었다. 프리티 보이의 이전 롤모델은 언제나 토미 텔포드였다. 하지만 프리티 보이에게는 포부가 있었다. 품격을 원했다. 사람들이 자신의 생각을 인정해주길 바랐다. 리버스는 린츠의 사연이 얼마나 유혹적일 수 있는지 알고 있었다. 프리티 보이에게는 얼마나 더 유혹적이었을까?

"그러고는 무슨 일이 일어났죠?"

프리티 보이는 자세를 바꿨다. "린츠의 취향이 변했습니다."

"아니면 진짜 취향이 나타나기 시작했거나요."

"제 생각도 그렇습니다."

"그래서 린츠는 뭘 원했나요?"

"린츠가 여자들에게 원한 건…… 린츠는 긴 밧줄을 가지고 있었습니다…… 그걸로 올가미를 만들었죠." 프리티 보이는 침을 삼켰다. 변호사는 적는 걸 그만두고 집중해 듣고 있었다. "린츠는 여자들 머리에 올가미를 씌우고 그들이 죽은 것처럼 쓰러져 있길 원했습니다."

"옷을 입은 채로요? 아니면 알몸으로?"

"알몸으로요."

"그러고는요?"

"그러고는…… 의자에 앉아서 자위를 했습니다. 몇몇 여자들은 협조하지 않았죠. 린츠가 원한 건 불거진 눈, 튀어나온 혀, 뒤틀린 목이었습니다……" 프리티 보이는 손으로 머리카락을 문질렀다.

"그 일에 관해서 얘기했습니까?"

"린츠하고요? 아니요, 결코."

"그럼 어떤 얘기를 했습니까?"

"모든 종류의 이야기였죠." 프리티 보이는 천장을 쳐다보며 웃었다. "한번은 린츠가 신을 믿는다고 말했습니다. 문제는 신이 자신을 믿는지 확신할 수 없다는 거라고 하더군요. 당시에는 굉장히 독창적인 말 같았습니다…… 린츠는 언제나 내가 생각을 하게 만들었죠. 그리고 바로 그 사람이 여자들 목에다 밧줄을 걸어놓고 그 앞에서 자위를 했던 겁니다."

"당신이 린츠에게 가졌던 이 모든 개인적인 관심 때문에," 리버스가 말했다. "그가 어떤 사람인지 판단을 내리게 됐군요?"

프리티 보이는 무릎을 보며 고개를 끄덕였다.

"기록을 위해서 말해주십시오."

"토미는 언제나 고객이 쥐어짤 만한지 알고 싶어 했습니다."

"그러고는요?"

프리티 보이는 어깨를 으쓱했다. "나치 일을 알게 되었습니다. 린츠가 지금까지 받은 것보다 더한 고통은 줄 수 없다는 걸 깨달았죠. 장난처럼 되어 버렸습니다. 변태란 걸 폭로하겠다고 협박할 생각이었는데, 신문에서는 린츠가 학살자라고 떠들고 있었죠." 그는 다시 웃었다.

"그래서 협박할 생각은 버렸군요?"

"그렇습니다."

"하지만 린츠는 5천 파운드를 지급하지 않았습니까?" 리버스는 미끼를 던졌다.

프리티 보이는 입술을 핥았다. "린츠는 자살 시도를 했어요. 나한테 말했죠. 난간 꼭대기에 밧줄을 매고 뛰어내렸지만 실패했다고. 난간이 부러지면서 떨어졌다고 했어요."

"당신한테 그렇게 말했다고요?"

"사무실로 전화해서 만나자고 했어요. 이례적이었죠. 전에는 항상 공중전화로 내 휴대폰에 전화했거든요. 늙은이가 조심성도 많다고 늘 생각했죠. 그때는 집에서 바로 사무실로 전화했어요."

"어디서 만났습니까?"

"레스토랑에서요. 린츠가 점심을 샀어요." 젊은 여성. 진짜 프리티 보이였군. "자살을 시도했지만 실패했다고 하더군요. 자신이 '도덕적 비겁자'라는 게 증명되었다고 되풀이해 말했어요. 무슨 뜻인지는 몰랐지만."

"그래서 린츠가 뭘 원했나요?"

프리티 보이는 리버스를 응시했다. "린츠는 자신을 도와줄 사람이 필요했어요."

"당신?"

프리티 보이는 어깨를 으쓱했다.

"가격은 적당했나요?"

"흥정도 필요 없었어요. 린츠는 워리스턴 묘지에서 하길 원했습니다."

"이유를 물어봤나요?"

"린츠가 거길 좋아했다는 걸 알았죠. 아주 이른 시간에 린츠의 집에서 만났습니다. 내가 운전해서 거기까지 갔죠. 전이나 다름없어 보였어요. 계속해서 내가 '해결'해줘서 고맙다고 말했던 것만 빼고는요. 나한테 '해결'은 '숙취 해결'이란 뜻인데."

리버스는 예상대로 미소를 지었다. "계속해요." 그가 말했다.

"이젠 말할 것도 별로 없어요. 린츠는 자기 머리에 올가미를 걸었어요. 마지막으로 그만두라고 말렸지만 린츠는 마음을 굳혔죠. 살인은 아니잖아요? 자살 방조인데 많은 지역에서 합법이죠."

"머리의 타박상은 어떻게 된 거죠?"

"린츠는 생각보다 무거웠어요. 처음에 끌어올릴 때 밧줄이 미끄러져서 넘어지면서 바닥에 머리를 찧었죠."

바비 호건이 헛기침했다. "브라이언. 린츠가 마지막 순간에 뭔가 말했나요?"

"유언 같은 거요?" 프리티 보이는 고개를 저었다. "'고맙다'는 말이 다였어요. 불쌍한 영감. 아, 하나 있어요. 린츠는 전부 적어 놨어요."

"뭘요?"

"내가 도와준 사실을요. 우리가 관련되었을 때를 대비한 일종의 보험이었죠. 린츠 자신이 돈을 내고 나한테 도움을 호소했다는 사실을 편지에 적었어요."

"편지는 어디 있죠?"

"금고에요. 가져다줄 수 있어요."

리버스는 고개를 끄덕이고 등을 폈다. "빌프랑슈 얘기를 한 적 있나요?"

"약간요. 대부분은 신문과 TV가 따라다니면서 괴롭힌다는 얘기, 그래서 친구를 만들기가 힘들다는 얘기였죠."

"하지만 학살 자체에 대해서는 말 안 하고요?"

프리티 보이는 고개를 저었다. "다른 게 있나요? 설사 린츠가 말했다고 해도 당신들한테는 얘기하지 않을 겁니다."

리버스는 펜으로 책상을 톡톡 두드렸다. 린츠의 사연은 영원히 묻힐 것이라는 사실을 알고 있었다. 바비 호건도 알았다. 호건과 자신은 린츠가 어떻게 죽었는지에 대한 비밀을 알게 되었다. 린츠가 랫 라인의 도움을 받왔다는 사실은 안다. 하지만 린츠가 요제프 린츠스테크인지의 여부는 영원히 알 수 없다. 정황증거는 차고 넘치게 많았다. 하지만 린츠가 죽을 정도로 괴롭힘을 당했다는 증거도 무수히 많다. 린츠가 매춘부에게 올가미를 씌웠던 건 학살 혐의가 제기된 이후뿐이었다.

호건은 리버스와 시선을 마주치고 어깨를 으쓱했다. '무슨 상관이야?' 하고 말하는 것 같았다. 리버스는 마주 고개를 끄덕였다. 마음 한쪽에서는 잠시 쉬고 싶었지만, 프리티 보이가 불고 있는 지금은 계속하는 게 중요했다.

"감사합니다, 서머스 씨. 몇 가지 의문점이 더 생각나면 린츠 씨에 대해 다시 물을 수도 있습니다. 이제 토머스 텔포드와 제이크 타라비츠 사이의 관계로 가보죠."

프리티 보이는 몸을 편하게 하려는 듯 자세를 바꿨다. "시간이 좀 걸릴 수 있습니다." 그가 말했다.

"원하는 만큼 얼마든지 말해도 됩니다." 리버스가 말했다.

37

늦지 않게 모든 걸 얻어냈다.

프리티 보이는 휴식이 필요했다. 리버스와 호건도 마찬가지였다. 다른 지역에서 일하는 다른 팀들이 들어왔다. 쌓인 테이프를 다른 곳에서 들은 다음, 메모와 녹취록을 작성했다. 보충 질문이 취조실로 전달되었다. 텔포드는 입을 열지 않았다. 리버스는 가서 건너편에 앉아 텔포드를 쳐다보았다. 텔포드는 눈 한 번 깜빡하지 않았다. 손을 무릎에 대고 대쪽처럼 꼿꼿하게 앉아 있었다. 그동안 리버스는 프리티 보이의 자백을 이용해, 누가 밀고한 것인지 알리지 않으면서 다른 조직원들을 압박했다.

조직은 무너졌다. 혐의와 자기방어, 부인이 처음에는 천천히, 나중에는 봇물처럼 쏟아졌다. 그리고 전부 토해냈다.

텔포드와 타라비츠. 유럽 매춘부들을 북쪽으로, 조폭과 마약을 남쪽으로 보냄.

미스터 테이스티. 자기의 정당한 몫 이상을 챙김. 그에 따라 처단됨.

일본인들. 텔포드를 스코틀랜드 진출 기지로 이용. 스코틀랜드가 사업 근거지로 좋다는 것을 발견.

이제 리버스는 그 시도를 좌절시켰다. 쇼다에게 전한 폴더에서 리버스는 포인팅헤임에서 손 떼라고, 그렇지 않으면 '진행 중인 범죄 수사에 연루될 것'이라고 경고했다. 야쿠자는 바보가 아니었다. 적어도 한동안은 돌아오지 않을 것이다.

리버스는 그날 밤 마지막 일정으로 유치장에 갔다. 유치장 문 하나를 열고는 네드 팔로우에게 석방이라고 말했다. 그리고 걱정할 것 없다고 말했다.

타라비츠…… 핑크 아이는 달랐다. 야쿠자는 받을 빚이 있었다. 오래 걸리지도 않았다. 핑크 아이는 폐차장에서 발견되었다. 안전벨트는 용접되어 있었다. 부하들은 도망치기 시작했다.

일부는 지금도 도망치고 있다.

리버스는 거실에 앉아서 문을 바라보았다. 잭 모튼이 페인트를 칠했던 문이었다. 주스 교회에서 치르는 장례식에 얼마나 올지 생각했다. 교인들이 자신을 탓하지 않을까 생각했다. 잭의 아이들도 올 것이다. 리버스는 잭의 아이들을 한 번도 본 적이 없었다. 보고 싶은 생각도 없었다.

수요일 아침에는 인버네스 공항에 가서 입국하는 헤더링턴 부인을 만났다. 부인은 세관에서 조사를 받느라 네덜란드에서 지체되었다. 세관에서는 함정 수사를 편 끝에 드 기에르라는 유명한 마약상을 검거했다. 드 기에르는 헤더링턴 부인의 짐에 헤로인 1kg을 몰래 집어넣었다. 집어넣은 곳은 여행가방의 비밀 칸이었는데, 그 여행가방은 부인이 집주인에게서 선물로 받은 것이었다. 텔포드의 노인 세입자 몇 명은 벨기에에서 짧은 휴가를 즐기고 있었다. 이들은 지역 경찰의 조사를 받았다.

리버스는 집에 돌아와서 데이비드 레비에게 전화했다.

"린츠는 자살했습니다." 리버스는 레비에게 말했다.

"그게 경위님 결론입니까?"

"사실입니다. 음모 이론도 위장도 아닙니다."

한숨 소리가 들렸다. "그건 중요한 게 아닙니다. 나치를 또 잃었다는 게 문제죠."

"빌프랑슈는 당신에게 아무 의미가 없었죠? 당신의 관심은 오로지 랫 라인뿐이었습니다."

"빌프랑슈 사건에 관해서는 우리가 할 수 있는 게 없습니다."

리버스는 심호흡했다. "해리스라는 남자가 찾아왔었습니다. 영국 정보 국에서 일하는 사람이죠. 정보국에서는 거물들, 고위층들을 비호하고 있 습니다. 랫 라인의 생존자들, 어쩌면 그 자손들이겠죠. 메이어링크에게 계 속 파보라고 하십시오."

잠시 침묵이 흘렀다. "감사합니다, 경위님."

리버스는 차 안에 있었다. 위즐의 재규어였다. 위즐은 뒷좌석에 리버스 와 함께 앉았다. 운전기사는 왼쪽 귀 한 움큼이 없었다. 그래서 픽시*처럼 보였다. 하지만 옆에서 볼 때만 그랬다. 그리고 면전에서 그런 말을 할 생 각은 들지 않았다.

"잘했어." 위즐이 말했다. "캐퍼티 씨가 만족해 하셔."

"얼마나 오랫동안 붙들고 있었지?"

위즐은 미소를 지었다. "그냥 넘어가는 게 없군, 리버스."

"레인저스 팀에서 골키퍼 테스트 받아보라고 제안했을 정도지. 얼마나 오랫동안 붙잡고 있었나?"

---

* pixie: 귀가 뾰족한 작은 사람 모습의 도깨비 혹은 요정.

"며칠. 맞는지 확인하려고."

"이제 확신해?"

"100% 확신해."

리버스는 창밖으로 가게, 보행자, 버스들이 지나가는 것을 내다보았다. 차는 뉴헤이븐과 그랜턴을 향해 가고 있었다. "어떤 낙오자에게 뒤집어씌우려는 건 아니지?"

"진범 맞아."

"놈이 맞는 말을 하는지 확인하려고 며칠 걸렸을 수도 있지."

위즐은 재미있어 하는 것 같았다. "예를 들면?"

"텔포드에게 돈을 받았는지 확인하는 것."

"캐퍼티 씨의 돈을 받은 게 아닌지 확인했냐는 뜻이지?" 리버스는 위즐을 쏘아보았다. 위즐은 웃었다. "놈이 유력한 용의자란 걸 알게 될 거야."

그 말투에 리버스는 소름이 끼쳤다. "아직 살아 있기는 해?"

"아, 그럼. 얼마나 남았는지는 당신에게 달려 있지만."

"내가 놈이 죽기를 바란다고?"

"그렇다는 거 알아. 당신이 캐퍼티 씨에게 간 건 정의를 원해서가 아니야. 복수를 원해서지."

리버스는 위즐을 응시했다. "평소와는 다르게 말하는군."

"내 겉모습과는 다르게 말한다는 뜻이지? 완전히 다르게."

"그 겉모습 뒤에는 얼마나 많은 사람들이 있지?"

위즐은 다시 미소를 지었다. "당신은 그럴 자격이 있어. 수많은 괴로움을 겪었잖아."

"네 두목을 기쁘게 해주려고 텔포드를 박살 낸 게 아니야."

"그렇긴 해도……" 위즐은 좌석에서 리버스 쪽으로 몸을 밀었다. "그나저나 새미는 어때?"

"괜찮아."

"의식은 회복했고?"

"그래."

"좋은 소식이네. 캐퍼티 씨도 기뻐할 거야. 당신이 면회 안 와서 실망했거든."

리버스는 주머니에서 신문을 꺼냈다. '교도소에서 칼에 찔려 사망'이란 기사가 있는 부분에서 접혀 있었다.

"네 두목 짓인가?" 신문을 건네주며 리버스가 물었다.

위즐은 읽는 척했다. "거반 출신 26세. 감방에서 심장이 찔림. 목격자 없음. 철저한 수색에도 흉기는 발견되지 않음." 그가 혀를 찼다. "좀 부주의했네."

"캐퍼티에 대한 거래를 받아들인 자였나?"

"그렇대?" 위즐은 놀란 것 같았다.

"집어치워." 리버스는 다시 창 쪽으로 몸을 돌리며 말했다.

"그런데 리버스, 만일 그 운전자를 재판에 넘길 생각이 아니면……" 위즐은 무엇인가를 내밀었다. 수제 스크루드라이버였다. 끝이 날카롭게 갈렸고, 손잡이는 포장 테이프로 덮여 있었다. 리버스는 역겨운 듯 쳐다보았다.

"피는 닦아냈어." 위즐이 장담했다. 그러고는 다시 웃었다. 리버스는 지옥행 배를 타고 있는 느낌이었다. 앞으로는 회색으로 펼쳐진 포스 만을, 뒤쪽으로는 파이프를 볼 수 있었다. 부두, 가스 발전소, 창고가 있는 지역으로 들어섰다. 리스가 개발되면서 그 영향으로 생긴 곳이었다. 도시 전체가 변하고 있었다. 밤사이에 도로와 우선 주행권이 바뀌었고, 건설 현장에서는 크레인이 분주하게 작업 중이었다. 늘 예산이 부족하다고 타령하는 지방자치단체는 지역의 형태와 범위를 바꾸기 위한 모든 계획을 실행하고 있었다.

"거의 다 왔어." 위즐이 말했다.

리버스는 돌아갈 길이 있기나 한지 의아했다.

창고 단지 정문에 차를 세웠다. 운전기사는 맹꽁이자물쇠를 열고 사슬을 풀었다. 정문이 열렸다. 안으로 들어갔다. 위즐은 운전기사에게 뒤쪽에 주차하라고 지시했다. 평범한 흰색 밴이 있었다. 금속이라기보다는 녹에 가까웠다. 뒤쪽 유리창은 페인트로 칠해져 있어서 상황에 따라서는 영구차로도 쓸 수 있을 것 같았다.

차를 나와 소금기 섞인 바람 속으로 들어섰다. 위즐은 문 쪽으로 발을 끌며 걸었다. 한 번 두드렸다. 문이 안쪽에서 열렸다. 안으로 들어갔다.

텅 빈 넓은 공간이었다. 포장 상자 몇 개, 방수포로 덮인 기계류 몇 개가 다였다. 그리고 두 남자가 있었다. 하나는 문을 열어준 사람이고, 다른 하나는 한쪽 끝에 있었다. 이 남자는 나무 의자 앞에 서 있었다. 의자에는 한 사람이 묶여 있었는데, 남자에 반쯤 가려 있었다. 위즐이 앞장섰다. 리버스는 숨을 가다듬으려고 했다. 숨이 점점 고통스럽게 가빠졌다. 심장이 두근거렸고 신경이 곤두섰다. 분노를 가라앉히려 했지만 참을 수 있을지 확신이 들지 않았다.

의자로부터 2.5m 거리에 다다랐을 때 위즐이 고개를 끄덕였다. 남자가 비켜섰다. 겁에 질린 아이의 모습이 리버스의 눈앞에 드러났다.

남자애였다.

아홉 살 아니면 열 살. 그 이상은 아니었다.

한쪽 눈에 새까맣게 멍이 들었고, 코에는 피가 말라붙었다. 두 뺨에는 타박상이, 턱에는 까진 자국이 있었다. 터진 입술은 아물기 시작했고, 바지는 무릎에서 찢어졌다. 한쪽 신발이 없었다.

오줌을 지린 것 같은, 아마도 그보다 더 지독한 냄새가 났다.

"얘는 대체 뭐야?" 리버스가 물었다.

"얘가," 위즐이 말했다. "차를 훔친 꼬마 개자식이야. 한눈팔다가 빨간 불에서 지나쳤지. 브레이크 페달에 발이 닿지 않아서 밟을 수가 없었어. 얘가……" 위즐이 앞으로 나와서 아이의 어깨에 손을 얹었다. "얘가 뺑소니범이야."

리버스는 주위의 얼굴들을 둘러보았다. "이거 네 아이디어야? 아니면 장난이야?"

"장난 아니야, 리버스."

리버스는 남자애를 보았다. 눈물 자국이 말라붙었다. 울어서 눈이 새빨갰다. 어깨가 떨리고 있었다. 팔은 뒤로 묶였다. 무릎은 의자 다리에 묶였다.

"제, 제발요, 선생님……" 마르고 갈라진 목소리였다. "제발 도와주세요. 제발요……"

"차를 훔쳤어." 위즐이 낭독하듯 말했다. "그러고는 사고를 내고 도주했지. 겁에 질려서 집 근처에 차를 버렸어. 카세트와 테이프를 떼어갔지. 경주용 차를 갖고 싶어 했어. 이런 애들이 하는 짓이지. 단지 주변에서 하는 자동차 경주. 이 꼬마는 10초 안에 엔진 시동을 걸 수 있어." 위즐은 두 손을 문질렀다. "그래서…… 이렇게 된 거지."

"도와주세요……"

리버스는 도시의 낙서를 떠올렸다. '도와주지 않을 건가요?' 위즐은 부하 한 명 쪽으로 고개를 끄덕였다. 부하는 각목을 보여주었다.

"아니면 스크루드라이버도 있어." 위즐이 말했다. "원하는 건 뭐든 있어. 시키는 대로 할게." 그리고 고개를 살짝 숙였다.

리버스는 거의 목소리를 낼 수 없었다. "밧줄 잘라."

창고 안에 침묵이 흘렀다.

"이 빌어먹을 밧줄 자르라고!"

위즐이 코를 훌쩍였다. "시키는 소리 들었잖아, 토니."

잭나이프 날이 튀어나오는 소리가 들렸다. 밧줄이 버터처럼 잘렸다. 리버스는 남자애의 코앞에 다가갔다.

"이름이 뭐냐?"

"조, 조던이요."

"이름이야, 성이야?"

남자애는 리버스를 쳐다보았다. "이름이요."

"좋아, 조던." 리버스는 아래로 몸을 기울였다. 남자애는 움찔했지만 리버스가 일으켜 세울 때 저항하지 않았다. 깃털처럼 가벼웠다. 리버스는 남자애와 함께 걷기 시작했다.

"이젠 어떻게 하지, 리버스?" 위즐이 물었다. 하지만 리버스는 대답하지 않았다. 남자애를 입구까지 데려가서 문을 차서 열고 햇빛 속으로 나왔다.

"저, 정말 죄송해요……" 남자애는 햇빛이 익숙하지 않은 듯 손으로 눈을 가렸다. 울기 시작했다.

"네가 한 짓을 알아?"

조던은 고개를 끄덕였다. "그날 밤부터요…… 얼마나 나쁜 짓인지 알았어요……" 이제 눈물이 흘러내렸다.

"놈들이 내가 누군지 말해줬니?"

"제발 살려주세요."

"난 널 죽이지 않아, 조던."

남자애는 눈물을 삼키려고 눈을 깜빡거렸다. 거짓말은 아닌지 알아보려는 것이었다.

"넌 충분히 벌을 받은 것 같아." 리버스가 말했다. 그리고 덧붙였다. "우리 둘 다 그런 것 같구나."

그 모든 일 끝에 결국 이렇게 됐다. 단순한 운명의 장난, 이게 당신이 원했던 일이야?*

리버스는 그 답을 알지 못했다.

---

* 밥 딜런의 노래 〈Simple Twist of Fate〉와 레너드 코헨의 노래 〈Is This What You Wanted?〉의 제목을 인용한 것.

38

리버스는 멀쩡한 정신상태로 병원에 갔다. 이번에는 개방형 병실이었고 면회 시간이 정해져 있었다. 더 이상 어둠 속에서 밤샘 간호를 하지 않아도 된다. 캔디스는 면회 오지 않았지만, 간호사 말로는 외국 말투의 누군가가 주기적으로 전화한다고 했다. 캔디스의 행방을 알 방법은 더 이상 없었다. 아들을 찾고 있을지도 모른다. 안전하기만 하다면 상관없었다. 캔디스가 스스로를 통제할 수만 있다면.

리버스가 병실 제일 끝쪽에 다가가자 두 여자가 자리에서 일어났다. 리버스는 둘에게 키스했다. 로나와 페이션스였다. 리버스는 잡지와 포도가 든 쇼핑백을 들고 있었다. 새미는 베개 세 개로 등을 받치고 앉아 있었다. 파 브룬이 옆에서 버티고 있었다. 새미는 머리를 감고 빗질을 한 상태였다. 리버스를 보고 미소를 지었다.

"여성잡지야." 고개를 저으며 리버스가 말했다. "이런 책은 손 안 닿는 데 있어야 해."

"여기서 버티려면 판타지가 필요해요." 새미가 말했다. 리버스는 새미 쪽을 향했다. "안녕"이라고 인사했다. 그러고는 허리를 굽혀 딸에게도 키스했다.

메도우스를 걸어가는 동안 햇빛이 쨍쨍했다. 둘 다에게 드문 휴일이었다. 둘은 손을 잡고 사람들이 일광욕과 축구를 하는 것을 지켜보았다. 로나가 흥분한 것을 알고 있었다. 그 이유도 알 것 같았다. 하지만 추측으로 일을 망칠 생각은 없었다.

"딸이 생긴다면 뭐라고 부를 거야?" 로나가 물었다.

리버스는 어깨를 으쓱했다. "사실은 생각해본 적 없어."

"아들은?"

"샘이 좋을 것 같아."

"샘?"

"어렸을 때 샘이라는 곰인형이 있었어. 엄마가 만들어주셨지."

"샘……" 로나는 그 이름을 입으로 내 보았다. "아들이나 딸이나 모두 어울릴 것 같지?"

리버스는 발을 멈추고 로나의 허리에 팔을 둘렀다. "무슨 뜻이야?"

"음, 사무엘이나 사만다 다 되잖아. 아들과 딸에게 다 어울리고. 당신이 더 생각할 것 같지도 않고."

"아닐걸. 로나, 혹시……?"

로나는 손가락을 리버스의 입술에 댄 다음 키스했다. 둘은 계속 걸었다. 하늘에는 구름 한 점 없었다.

후기

내가 만든 가상의 프랑스 마을인 빌프랑슈 달바르데는 실제 마을인 오라두르 쉬르 글랑에서 영감을 받았다. 오라두르 쉬르 글랑은 SS '지도자'* 연대 제3중대의 공격을 받았다.

1944년 6월 10일 토요일 오후, '제국 중대(Das Reich)'로 알려진 제3중대가 마을에 침입해 모든 주민을 체포했다. 여자와 아이들은 교회 안으로 내몰렸고, 남자들은 몇몇 그룹으로 나뉘어 마을 주변의 여러 헛간과 건물로 끌려갔다. 그리고 학살이 시작되었다.

희생자는 642명으로 집계되었지만, 그날 천여 명에 이르는 사람이 사망한 것으로 추정된다. 시체 중 53구만 신원이 확인되었다. 로렌 출신으로 SS의 잔혹성에 대해 잘 알고 있던 소년 하나만이 부대가 마을로 들어올 때 간신히 빠져나왔다. 라우디의 헛간에서 벌어진 학살에서 다섯 명의 남자가 탈출했다. 그들은 불타고 있는 건물에서 부상을 입은 상태로 기어 나와 다음 날까지 숨어 있었다. 교회에서는 한 여성이 탈출했다. 자기 아이의 시체 옆에서 죽은 척하고 있다가 유리창으로 기어 올라가 빠져나왔다.

군인들은 집집마다 돌아다니며 노령과 병환으로 침대에 누워 있는 주민들을 찾아내 나오라고 명령했다. 이들은 총살당했고, 집은 불태워졌다.

---

* Der Führer: 히틀러를 부르는 통칭.

시체 일부는 공동묘지에 암매장되거나 우물, 빵 굽는 화덕에 버려졌다.

명령권자는 래머딩 장군(General Lammerding)이었다. 6월 9일, 래머딩 장군은 툴레Tulle에서 99명의 포로를 사살하라고 명령했다. 오라두르 학살 명령도 내렸다. 2차 대전 말기에 래머딩은 영국군에 체포되었는데, 프랑스로 송환되는 것을 거부했다. 대신에 뒤셀도르프로 돌아가 사업에 성공했고 1971년까지 살았다.

노르망디 상륙 작전의 성공이 가져다준 환희 속에서, 오라두르의 비극은 거의 주목받지 못했다. 결국 1953년 1월에, 학살에 관여한 것으로 확인된 65명에 대한 재판이 보르도에서 열렸다. 65명 중에서 25명만이 출석했다. 독일인이 7명, 알자스 출신 프랑스인이 14명이었다. 장교 계급은 하나도 없었다.

보르도에서 유죄 판결을 받은 사람들은 전부 풀려났다. 국민 통합을 명분으로 특별 사면법이 통과되었기 때문이다(알자스 사람들은 자신들의 지역 주민이 혐의를 받고 체포된 데 불만을 품었다). 한편, 독일인들은 이미 형기를 마쳤다고 주장했다.

그 결과, 오라두르는 프랑스 주들과의 모든 관계를 끊어버렸다. 이 분열은 17년 동안 계속되었다.

1983년 5월, 동베를린에서 한 남자가 재판에 넘겨졌다. 오라두르 학살 당시 '제국 중대'의 중위였다는 혐의였다. 남자는 모든 사실을 시인했고, 종신형에 처해졌다.

1996년 6월, 바펜 SSWaffen SS의 외국인 자원입대자 약 12,000명이 아직도 독일 연방정부로부터 연금을 수령하고 있다는 사실이 보도되었다. 이들 연금수급자 중 하나인 전직 상급돌격대지도자*는 오라두르 학살에 관여했었다.

오라두르는 여전히 성지로 자리하고 있다. 이 마을은 1944년 7월의 그 날과 똑같은 상태로 유지되고 있다.

---

* Obersturmbannführer: 나치 친위대 및 돌격대의 중령급 계급.

버티고 시리즈 출간 목록

행잉 가든

초판 1쇄 인쇄 2020년 5월 4일
초판 1쇄 발행 2020년 5월 11일

지은이 | 이언 랜킨
옮긴이 | 정세윤
펴낸이 | 정상우
편집 | 이민정
디자인 | 김해연
관리 | 남영애 김명희

펴낸곳 | 오픈하우스
출판등록 | 2007년 11월 29일 (제13-237호)
주소 | 서울시 마포구 동교로13길 34(04003)
전화 | 02-333-3705 팩스 | 02-333-3745
facebook.com/vertigo.kr
instagram.com/vertigo_mysterybook

ISBN 979-11-88285-76-1 04840
     979-11-86009-19-2 (세트)

VERTIGO는 (주)오픈하우스의 장르문학 시리즈입니다.

이 도서의 국립중앙도서관 출판예정도서목록(CIP)은 서지정보유통지원시스템 홈페이지(http://seoji.nl.go.kr)와
국가자료공동목록시스템(http://www.nl.go.kr/kolisnet)에서 이용하실 수 있습니다.(CIP제어번호: CIP2020012486)